D1563304

Ginsberg esencial

Allen Ginsberg

Ginsberg esencial

Edición e introducción de Michael Schumacher

Traducción de Andrés Barba y Rodrigo Olavarría

EDITORIAL ANAGRAMA
BARCELONA

Título de la edición original:
The Essential Ginsberg
Harper Perennial
Nueva York, 2015

Diseño de la colección: Ggómez, guille@guille01.com
Ilustración: Daniel Burch Caballé

ISBN: 978-84-339-5959-1
Depósito Legal: B. 8516-2018

Printed in Spain

Liberdúplex, S. L. U., ctra. BV 2249, km 7,4 - Polígono Torrentfondo
08791 Sant Llorenç d'Hortons

INTRODUCCIÓN

Allen Ginsberg, uno de los poetas más influyentes del siglo XX, fue un rostro tan habitual en los periódicos, las revistas y la televisión que su celebridad internacional llegó a millones de personas que jamás habían leído su poesía. Pasó gran parte de su vida siendo abogado de causas relacionadas con los derechos humanos, la libertad de expresión y la liberación gay, entre otras, y fue uno de los primeros y más francos opositores a la guerra de Vietnam. Fue profesor, budista, ensayista, letrista, fotógrafo. Gracias a su condición de miembro fundacional de la Generación Beat adoptó con facilidad puestos de liderazgo entre los manifestantes contra la guerra, los estudiantes universitarios, los hippies del movimiento Flower Power y los radicales políticos. «Se me ocurre que yo soy América», escribió de manera semihumorística en uno de sus primeros poemas, pero en realidad le irritaba ser mucho más que eso. El poeta y editor J. D. McClutchy resumió su influencia en una sencilla declaración publicada en el *New York Times* tras la muerte de Ginsberg en 1997: «Su obra es una historia de la psique de nuestra era, con todos sus deseos contradictorios.»

Si se piensa en el hombre en el que se acabó convirtiendo resulta difícil de creer que hubo un momento en que la gente sospechara de su salud mental –y hasta temiera por su supervivencia–. A Louis Ginsberg, el padre de Allen, le preocupaba que su hijo siguiera los pasos de su madre, Naomi Ginsberg, una profesora de escuela brillante y muy problemática que se vio obligada a pasar la mayor parte de su edad adulta en instituciones especializadas en desórdenes mentales. William Carlos Williams, el primer mentor y promotor de Allen, manifestó igualmente su preocupación cuando escribió en el prólogo de *Aullido y otros poemas:* «Nunca pensé que viviría lo bastante como para crecer y escribir un libro de poemas. Me maravilla su capacidad para sobrevivir, viajar y continuar con su escritura. Y no me maravilla menos que haya continuado progresando en su arte.»

¿Cómo consiguió progresar la vida de Allen Ginsberg desde aquellos días difíciles de su juventud hasta el punto de verse honrado por sus logros intelectuales y artísticos? En este libro, aparte de reunir una selección de lo más memorable de su poesía, su prosa, su música y sus fotografías, se intentará dar respuesta a esa pregunta. Ginsberg describió su obra como «un gráfico de mi mente». Se pasó toda la vida tratando de expandir su conciencia y empleó todo lo que estaba a su alcance, desde las drogas hasta la meditación, para incentivar esa expansión. Creía que su escritura, su música y su fotografía podían ser «útiles» (como le gustaba decir) a los lectores, tanto si esa utilidad provenía desde el lado del arte en el sentido estricto de la palabra, de la forma en la que su obra detallaba ciertos momentos precisos de la historia, como de dar a entender a otras personas que no estaban solas, que tanto sus pensamientos como sus deseos formaban parte de una conciencia universal más grande que la suya individual.

Aquí, y en un solo volumen, puede encontrarse un ejemplo de todas las gamas y topografías de los paisajes mentales de Ginsberg. Están presentes los versos largos y rítmicos de Whitman, una de sus influencias más significativas; la voz profética de William Blake, a quien Ginsberg escuchó a lo largo de una serie de «visiones» auditivas en Harlem en 1948; la «prosodia bop» de Jack Kerouac, poeta, novelista y amigo de Ginsberg durante mucho tiempo. Hay anotaciones de sus sueños, diarios de viaje, fragmentos autobiográficos, cartas afectuosas a sus amigos, detalles de sus expulsiones de Cuba y Checoslovaquia en 1965, fotografías de las personas más importantes de su vida, e incluso el testimonio que prestó a un subcomité del Senado de los Estados Unidos. Habla con gran profundidad de la creación de «Aullido» (1955) y de «Kaddish» (1959), dos de sus obras maestras, y relata cómo la práctica de la meditación dio forma y textura a su trabajo. Desde el poema en prosa «La hora del almuerzo del albañil» hasta los versos rimados de «Rimas estrelladas», una de las últimas composiciones de Ginsberg, el lector puede conocer aquí una de las mentes más cautivadoras que ha producido el mundo literario americano.

«Kaddish», la emotiva elegía que escribió a su madre, va más allá de los detalles sobre la problemática juventud de Ginsberg y la forma en la que su familia se relacionó con la enfermedad mental de Naomi Ginsberg. El poema, al igual que «Aullido», ofrece un poderoso trasfondo a la empatía que Ginsberg sintió durante toda su vida por las personas a las que privaban de sus derechos, los peregrinos acosados, los espíritus viajeros en espacios inexplorados: los beat. Esa empatía resulta evidente en el «Retrato de Huncke», un fragmento de una larga entrada de su diario de 1949, en el que un joven e ingenuo Allen Ginsberg siente piedad por un vagabundo callejero y le invita a quedarse en su casa, para acabar al final atrapado en sus chanchullos y en última instancia con problemas con la justicia. Su carta en 1979 a Diana Trilling, ensayista y esposa de uno de los profesores universitarios en los que más confiaba, Lionel Trilling, relata el incidente por el que Ginsberg fue expulsado de la Universidad de Columbia. Pueden leerse también aquí los relatos (en su carta a John Clellon Holmes y en la entrevista del *Paris Review)* de sus «visiones» Blake de 1948 que tanto alarmaron a su familia y a algunos de sus amigos, y que les hicieron plantearse la posibilidad de que estuviera perdiendo la cabeza. Aquellas «visiones» supusieron para Ginsberg el disparador de una cruzada en la que trató de descubrir y expandir las regiones sin explorar de su mente.

Y todo eso sucedió antes de que celebrara su veintitrés cumpleaños.

A pesar de las dificultades del final de su adolescencia y de sus primeros veinte años, Ginsberg nunca abandonó su extrema disciplina a la hora de escribir poesía. Su obra temprana, deudora de los poetas a los que había estudiado en la escuela y la universidad, evolucionó a gran velocidad cuando conoció a Jack Kerouac, William S. Burroughs, Neal Cassady y otros tantos –todos ellos adoptaron la posición de mentores en su desarrollo intelectual y creativo–. «La hora del almuerzo del albañil» (1947) y «El temblor del velo» (1948), dos poemas compuestos a partir de unas entradas de sus diarios, agradaron a William Carlos Williams cuando el viejo poeta los leyó, y con el ánimo de Williams, Ginsberg se despojó de la piel de su juventud. Creció a un ritmo asombroso, sobre todo a mediados de los años cincuenta, tras su traslado a la Costa Oeste, conoció a Peter Orlovsky y se involucró en lo que acabó conociéndose como la Renaissance de la poesía de San Francisco, escribió clásicos como «Aullido», «Un supermercado en California», «América» y otros poemas que se incluyeron en *Aullido y otros poemas,* su primer libro. La extensa carta explicativa de Ginsberg a Richard Eberhart sobre la composición de «Aullido» demuestra, por si aún quedaba alguna duda, que el trabajo de Ginsberg era el resultado de la convergencia de una sabiduría adquirida, un proceso continuo de autodescubrimiento, la experiencia y la audacia creativa.

El fenómeno de la Generación Beat, sumado a la atención que generó con la publicación de «Aullido» y su exitosa defensa en un juicio por obscenidad, cambiaron para siempre la vida de Ginsberg. Disfrutó de su condición de celebridad, su poesía fue siempre muy solicitada y la prensa le pedía que opinara sobre todos los temas imaginables. A Ginsberg le gustaba la luz de los focos y empleó los formatos de la entrevista y los ensayos ocasionales para hablar largo y tendido de un amplio espectro de temas, desde la literatura hasta la política. Había crecido escuchando a sus padres discutir sobre esta última y eso le había hecho desarrollar un interés por los asuntos políticos y sociales desde la adolescencia, época en la que en compañía de su hermano mayor, Eugene, escribía cartas a los editores de los periódicos locales, incluyendo el *New York Times.* La fama se convirtió en la tarima de Ginsberg y desde 1960 no fue precisamente tímido a la hora de expresar sus opiniones sobre la censura, las drogas psicodélicas, la liberación gay, la política internacional, Vietnam y la supresión de las libertades del individuo. Poemas como «Sutra del vórtice de Wichita» y «Oda plutoniana» estaban inflamados de los apasionados sentimientos que le generaban a Ginsberg la guerra de Vietnam y la proliferación del poder nuclear. Puede encontrarse un testimonio más tranquilo, pero aún firme y razonado, en su intervención en el Senado frente al subcomité encargado de la legalidad del LSD o en su declaración sobre la censura. El relato de sus desventuras en Cuba y Checoslovaquia, que se describen aquí en una carta a Nicanor Parra y en un fragmento inédito de sus diarios, son un complemento perfecto al «Kraj Majales», el poema de Ginsberg sobre su elección como Rey de Mayo y su subsiguiente expulsión de Checoslovaquia.

Ginsberg creía que una de las claves para escribir con más eficacia (y para ganar en conciencia) era «darse cuenta de que uno se está dando cuenta», y sus escritos de viaje por lo general le encontraban en ese estado mental, tanto si le enviaba una carta a William S. Burroughs sobre su viaje a Sudamérica en busca de una droga alucinógena, la ayahuasca, como si ofrecía, en «La aparición de Gales», uno de sus poemas más hermosos, sus apreciaciones acerca de las particulares maravillas naturales del campo galés. Su larguísima e inédita hasta la fecha carta a Jack Kerouac sobre su prolongado viaje por la India supone un fuerte contraste con una entrada del diario escrita durante esa misma estancia entre 1962 y 1963. Aquellos viajes recompensaron a Ginsberg con una perspectiva mundial profunda y madura que añadió peso a su obra.

Jack Kerouac animó a Ginsberg a que estudiara budismo desde comienzos de la década de los cincuenta, un estudio en el que Ginsberg, que tenía entonces otras preocupaciones, se empleó solo esporádicamente, si bien su contacto con las religiones orientales cuando estaba en la India y el lejano Oriente le inclinaron más en aquella dirección. Cantaba mantras como parte de sus recitales poéticos y comenzó a practicar la meditación de una forma poco disciplinada y rudimentaria. Su encuentro en 1971 con Chögyam Trungpa Rinpoche, un controvertido pero influyente maestro budista, le ayudó a concentrarse –y es que en buena medida estaba necesitado de concentración–. En «El cambio», su largo poema inspirado en sus meditaciones mientras observaba cómo incineraban los cuerpos en las escalinatas de acceso al río Ganges en la India, Ginsberg escribió sobre su necesidad de regresar a su cuerpo y a su mente antes de seguir buscando respuestas en cualquier parte; aquel pensamiento le procuró seguramente cierta paz de espíritu pero tampoco era tan distinto de las ideas que ya había expresado con más sencillez en su poema «Canción» de 1954, un texto que compuso poco después de su regreso de una prolongada estancia en México.

Trungpa predicaba un tipo de meditación que requería el seguimiento de los pensamientos en el momento en el que emergían con la respiración. Se meditaba sentado y en una postura relajada, con la mirada fija en algún punto cercano. Tal y como ilustra Ginsberg en «Respiraciones mentales», los pensamientos se conformaban y expandían de una manera no muy distinta a la forma en la que lo habían hecho cuando experimentaba con drogas para expandir su mente. Trungpa animaba a sus discípulos a que tuvieran fe en el lugar al que les iban a llevar sus pensamientos. En cierta ocasión, cuando Ginsberg insistió a Trungpa en que era incapaz de improvisar su poesía sobre un escenario, Trungpa se burló de él: «¿Por qué habrías de depender de un pedazo de papel? ¿Es que no confías en tu mente?»

Esa era una idea por la que Kerouac había estado abogando desde el principio de su amistad. La práctica de la composición espontánea de Kerouac era algo que a Ginsberg le resultaba muy fascinante, y llegó a tener cierto éxito con ella en algunos poemas, especialmente en «Sutra del girasol», una joya en la que prácticamente no hay ninguna corrección desde el borrador original. «El primer pensamiento es el mejor pensamiento», afirmó Ginsberg, aunque era algo que le resultaba difícil de llevar a la práctica. El impulso de la revisión era demasiado poderoso en él. Pero era el pensamiento, insistía, lo que tenía que permanecer puro e inalterado.

Allen Ginsberg jamás publicó ni una autobiografía ni ningunas memorias. Le parecía que bastaba con el corpus general de su obra. Escribió mucho (sobre todo cartas y diarios) deteniéndose poco a pensar en si lo acabaría publicando, y hay que decir en su honor que no cambió de opinión cuando tuvo fama internacional y se publicaron sus cartas y diarios. Continuó consignando sus pensamientos más íntimos hasta que murió.

Este libro, por tanto, funciona como un mosaico de la vida de Ginsberg y del enorme corpus de su obra tanto publicada como inédita, y es una introducción para los lectores que no conozcan su poesía, su prosa y sus fotografías. El contenido representa solo una pequeña porción de la obra publicada de Ginsberg. Tengo la esperanza de que tras la lectura de las muestras que se ofrecen aquí, los lectores más curiosos y aventureros se decidirán a investigar más profundamente la obra de Ginsberg y sentirán la llamada del descubrimiento de este hombre, de su época y de esa odisea personal que cambió el rostro de la poesía y retó a todo el mundo a abandonar la contención de la norma.

MICHAEL SCHUMACHER

Primera parte

Poemas

LA HORA DEL ALMUERZO DEL ALBAÑIL

Dos albañiles levantan los muros
de una bodega en un nuevo sitio baldío,
un tierral detrás de una vieja casa de madera
con gabletes marrones cubiertos de hiedra
en una sombreada calle de Denver.
Es mediodía y uno de ellos se aleja caminando.
El joven subordinado se sienta ociosamente
minutos después de comer un sándwich
y tirar lejos la bolsa de papel. Lleva
pantalones y está desnudo de la cintura
hacia arriba; tiene el cabello rubio y usa
un gorro rojo, sucio pero todavía brillante.
Sentado ocioso sobre el muro en una escalera
que apoya entre sus muslos abiertos, su cabeza
gacha, mira con desinterés la bolsa de papel
tirada en el pasto. Desliza su mano
a lo ancho de su pecho, frota lentamente
sus nudillos a los lados de su barbilla
y se mueve de un lado para otro
en el muro. Un gato chico se acerca
y él lo toma con sus manos. Se saca el gorro
y lo pone sobre el cuerpo del gatito.
Mientras, oscurece como si fuera a llover
y el viento en las copas de los árboles
de la calle se manifiesta, casi severamente.

Denver, verano de 1947

EL TEMBLOR DEL VELO

Hoy tras la ventana
los árboles parecían organismos
vivientes en la luna.

Cada rama extendida hacia arriba
cubierta de hojas en su extremo
norte, como una verde

protuberancia peluda. Vi asomos
de brotes escarlata y rosa
de hojas ondear

delicadamente bajo la luz del sol,
soplados por la brisa,
todos los brazos de los árboles
se tensan y se doblan

hacia abajo, cuando el viento
los empuja.

Paterson, agosto de 1948

EL EXTRAÑO AMORTAJADO

La piel desnuda es mi saco arrugado
Cuando Apolo el caliente monta mi espalda
Cuando Jack Frost me atrapa en estos harapos
Envuelvo mis piernas con bolsas de arpillera

Mi carne es ceniza y mi cara es nieve
Camino de aquí para allá por la vía férrea
Cuando las calles de la ciudad están negras y muertas
El terraplén del ferrocarril es mi cama

Sorbo mi sopa en tarros viejos
Y obtengo mis caramelos de pequeñas manos
En Tiger Alley cerca de la cárcel
Me escapo por el tacho de la basura

En la noche más oscura donde nadie puede ver
En las profundas entrañas de la fábrica
Descalzo me escabullo sobre la piedra
Vengan y escuchen el gemido del anciano

Me escondo y espero como un niño desnudo
Bajo un puente mi corazón se vuelve loco
Le grito a una fogata en la ribera del río
Entrego mi cuerpo a un viejo tanque de gasolina

Sueño que tengo una cabellera ardiente
Brazos hervidos que rasguñan el aire
El torso de un rey de acero
Y en mi espalda un ala rota

Quién saldrá de putas adentrándose en la noche
En la carretera sin ojos en la delgada luz de luna
Una doncella un desaliñado un atleta arrogante
Ojalá lascivo conmigo bajo la mortaja

Quién vendrá a yacer en la oscuridad conmigo
Vientre con vientre y rodilla con rodilla
Quién se asomará en mi ojo encapuchado
¿Quién yacerá bajo mi muslo oscurecido?

Nueva York, 1949-1951

EL AUTOMÓVIL VERDE

Si tuviera un Automóvil Verde
saldría a buscar a mi viejo compañero
a su casa en el océano del Oeste.
Ha! Ha! Ha! Ha! Ha!

Tocaría mi bocina frente a su puerta varonil,
dentro su esposa y tres
niños desparramados desnudos
en el suelo del estar.

Él saldría corriendo
hacia mi auto lleno de heroica cerveza
y saltaría gritando al volante
pues él es el conductor más grande.

Haríamos un peregrinaje a la montaña más alta
de nuestras tempranas visiones de Rocky Mountain
riendo el uno en los brazos del otro,
el deleite sobrepasaría las más altas Rockies.

y después de la vieja agonía, ebrios con nuevos años,
rumbo a un nevado horizonte
reventando la consola con bop original
auto preparado en la montaña

sacudiríamos las nubladas carreteras
donde ángeles de la ansiedad
serpentean entre árboles
y gritan fuera del motor.

Arderíamos toda la noche en el pico de los pinos
vistos desde Denver en la oscuridad veraniega,
esplendor antinatural de un bosque
iluminando la cima de la montaña:

niñez juventud edad y eternidad
se abrirían como tiernos árboles
en las noches de otra primavera
y nos sorprenderían con amor,

pues juntos podemos ver
la belleza de las almas
escondidas como diamantes
en el reloj del mundo,

como magos Chinos pueden
confundir a los inmortales
con nuestra intelectualidad
oculta en la niebla,

en el Automóvil verde
que he inventado
imaginado y divisado
en las carreteras del mundo

más real que la locomotora
sobre los rieles en el desierto
más puro que el Greyhound y
más veloz que el aeroplano físico.

¡Denver! ¡Denver! Volveremos
rugiendo a través del césped del Edificio City & County
que captura la pura llama de esmeralda
que fluye tras nuestro auto.

¡Esta vez compraremos la ciudad!
cambié un gran cheque en el banco de mi cráneo
para fundar una milagrosa escuela del cuerpo
en el techo de un terminal de buses.

Pero primero conduciremos por las estaciones del centro,
salón de billar albergue club de jazz cárcel

casa de putas desde Folsom
hasta los más oscuros callejones de Larimer

ofreciendo nuestros respetos al padre de Denver
perdido entre las vías férreas,
en un estupor de vino y silencio
santificando los arrabales de sus décadas,

saludémoslo a él y a su santa valija
de oscuro moscatel, bebamos
y reventemos las dulces botellas
sobre Diesels como prueba de lealtad.

Luego conduciremos ebrios por avenidas
donde los ejércitos marchan y aún desfilan
tambaleándose bajo el invisible
estandarte de la Realidad –

disparados por la calle
en el auto de nuestro destino
compartimos un arcangélico cigarrillo
y nos vemos la suerte el uno al otro:

reputaciones de iluminación sobrenatural,
desolados y lluviosos fragmentos de tiempo
arte mayor aprendido en la desolación
y nos separamos después de seis décadas...

y sobre el asfalto de una intersección,
lidiar el uno con el otro con principesca
gentileza una vez más, recordando
célebres conversaciones muertas en otras ciudades,

El parabrisas está lleno de lágrimas,
la lluvia moja nuestros pechos desnudos,
nos arrodillamos juntos en la sombra
en medio del tráfico nocturno del paraíso.

y ahora renovamos el voto solitario
que nos hicimos tomar el uno al otro
en Texas, una vez:
No lo puedo inscribir aquí...
• • • • • •
• • • • • •

¿Cuántas noches de sábado serán
emborrachadas por esta leyenda?
¿Cómo llegará la joven Denver a llorar
a su olvidado ángel sexual?

¿Cuántos muchachos golpearán el negro piano
imitando el exceso de un santo nativo?
O ¿cuántas chicas caerán lascivas bajo su espectro en las altas
escuelas de la noche melancólica?

Mientras todo el tiempo en la Eternidad
en la pálida luz del radio de este poema
nos sentaremos tras sombras olvidadas
oyendo el jazz perdido de todos los sábados.

Neal, ahora seremos héroes reales
en una guerra entre nuestras vergas y el tiempo:
seamos los ángeles del deseo mundial
y llevémonos el mundo a la cama antes de morir.

Durmiendo solo o con un compañero,
con una chica o un marica, una oveja o un sueño,
yo fallaré por falta de amor, tú, saciedad:
todos los hombres caen, nuestros padres cayeron antes,

pero resucitar esa carne perdida
no es sino un momentáneo trabajo mental:
un monumento sin edad al amor
en la imaginación:

un memorial construido con nuestros propios cuerpos
consumidos por el poema invisible –
Temblaremos en Denver y perduraremos
aunque la sangre y las arrugas nos cieguen.

Así que este Automóvil Verde:
Te doy en vuelo
un regalo, un regalo
de mi imaginación.

Saldremos a conducir
sobre las Rockies,
y seguiremos conduciendo
toda la noche hasta el amanecer,

luego, de vuelta a tu ferrocarril, el SP
tu casa y tus niños
y a tu destino con la pierna rota
conducirás por las llanuras

en la mañana: y de vuelta
a mis visiones, mi oficina
y apartamento en el Este
volveré a Nueva York.

Nueva York, 22-25 de mayo de 1953

CANCIÓN

El peso del mundo
    es el amor.
Bajo la carga
    de la soledad,
bajo la carga
    de la insatisfacción

    el peso,
el peso que cargamos
    es el amor.

¿Quién puede negarlo?
    En sueños
él toca
    el cuerpo,
en el pensamiento
    construye
un milagro,
    en la imaginación
angustias
    hasta que nace
en ser humano –

mira fuera del corazón
    ardiendo con pureza –
porque la carga de la vida
    es el amor,

pero cargamos el peso
    fatigosamente
y así debemos descansar
en los brazos del amor
    finalmente,
debemos descansar en los brazos
    del amor.

No hay descanso
        sin amor,
no hay sueño
        sin sueños
de amor –
        sean locos o fríos
obsesionados con ángeles
        o máquinas,
el deseo final
        es amor
– No puede ser amargo,
        no puede ser negado,
no puede ser contenido
        si es negado:

el peso es demasiado pesado

        – debe entregar
a cambio de nada
        como el pensamiento
es entregado
        en la soledad
en toda la excelencia
        de su exceso.

Los cuerpos tibios
        brillan juntos
en la oscuridad,
        la mano se mueve
hacia el centro
        de la carne,
la piel tiembla
        de felicidad
y el alma viene
        feliz al ojo –

sí, sí,
        eso es lo que

deseaba,
    siempre deseé,
siempre deseé,
    volver
al cuerpo
    donde nací.

San José, 1954

SOBRE LA OBRA DE BURROUGHS

El método debe ser la más pura carne
sin nada de aliños simbólicos,
visiones reales & prisiones reales
vistas entonces como ahora.

Prisiones y visiones presentadas
con extrañas descripciones
que se corresponden exactamente
con las de Alcatraz y Rose.

Un almuerzo desnudo nos es natural,
comemos sándwiches de realidad.
Pero las alegorías son demasiada lechuga.
No escondas la locura.

San José, 1954

AULLIDO

Para Carl Salomon

I

Vi las mejores mentes de mi generación destruidas por la locura, hambrientas histéricas desnudas,

arrastrándose por las calles de los negros al amanecer en busca de un colérico pinchazo,

hipsters con cabezas de ángel ardiendo por la antigua conexión celestial con la estrellada dínamo de la maquinaria nocturna,

que pobres y harapientos y ojerosos y drogados pasaron la noche fumando en la oscuridad sobrenatural de apartamentos de agua fría, flotando sobre las cimas de las ciudades contemplando jazz,

que desnudaron sus cerebros ante el cielo bajo el El y vieron ángeles mahometanos tambaleándose sobre techos iluminados,

que pasaron por las universidades con radiantes ojos imperturbables alucinando Arkansas y tragedia en la luz de Blake entre los maestros de la guerra,

que fueron expulsados de las academias por locos y por publicar odas obscenas en las ventanas de la calavera,

que se acurrucaron en ropa interior en habitaciones sin afeitar, quemando su dinero en papeleras y escuchando al Terror a través del muro,

que fueron arrestados por sus barbas púbicas regresando por Laredo con un cinturón de marihuana hacia Nueva York,

que comieron fuego en hoteles de pintura o bebieron trementina en Paradise Alley, muerte, o sometieron sus torsos a un purgatorio noche tras noche,

con sueños, con drogas, con pesadillas que despiertan, alcohol y verga y bailes sin fin,

incomparables callejones de temblorosa nube y relámpago en la mente saltando hacia los polos de Canadá y Paterson, iluminando todo el inmóvil mundo del intertiempo, realidades de salones de peyote, amaneceres de cementerio de árbol verde en el patio trasero, borrachera de vino sobre los tejados, barrios de escaparate de paseos drogados luz de tráfico de neón parpadeante, vibraciones de sol, luna y árbol en los rugientes atardeceres invernales de Brooklyn, desvaríos de cenicero y bondadosa luz reina de la mente,

que se encadenaron a los subterráneos para el interminable viaje desde Battery al santo Bronx en benzedrina hasta que el ruido de ruedas y niños los hizo caer temblando con la boca desvencijada y golpeados yermos de cerebro completamente drenados de brillo bajo la lúgubre luz del zoológico,

que se hundieron toda la noche en la submarina luz de Bickford salían flotando y se sentaban a lo largo de tardes de cerveza desvanecida en el desolado Fugazzi's, escuchando el crujir del Apocalipsis en el jukebox de hidrógeno,

que hablaron sin parar por setenta horas del parque al departamento al bar a Bellevue al museo al puente de Brooklyn,

un batallón perdido de conversadores platónicos saltando desde las barandas de salidas de incendio desde ventanas desde el Empire State desde la luna,

parloteando gritando vomitando susurrando hechos y memorias y anécdotas y excitaciones del globo ocular y shocks de hospitales y cárceles y guerras,

intelectos enteros expulsados en recuerdo de todo por siete días y noches con ojos brillantes, carne para la sinagoga arrojada en el pavimento,

que se desvanecieron en la nada Zen Nueva Jersey dejando un rastro de ambiguas postales del Atlantic City Hall,

sufriendo sudores orientales y crujidos de huesos tangerinos y migrañas de la China con síndrome de abstinencia en un pobremente amoblado cuarto de Newark,

que vagaron por ahí y por ahí a medianoche en los patios de ferrocarriles preguntándose dónde ir, y se iban, sin dejar corazones rotos,

que encendieron cigarrillos en furgones furgones furgones haciendo ruido a través de la nieve hacia granjas solitarias en la abuela noche,

que estudiaron a Plotino Poe San Juan de la Cruz telepatía bop kabbalah porque el cosmos instintivamente vibraba a sus pies en Kansas,

que vagaron solos por las calles de Idaho buscando ángeles indios visionarios que fueran ángeles indios visionarios,
que pensaron que tan solo estaban locos cuando Baltimore refulgió en un éxtasis sobrenatural,
que subieron en limusinas con el chino de Oklahoma impulsados por la lluvia de pueblo luz de calle en la medianoche invernal,
que vagaron hambrientos y solitarios en Houston en busca de jazz o sexo o sopa, y siguieron al brillante español para conversar sobre América y la Eternidad, una tarea inútil y así se embarcaron hacia África,
que desaparecieron en los volcanes de México dejando atrás nada sino la sombra de jeans y la lava y la ceniza de la poesía esparcida en la chimenea Chicago,
que reaparecieron en la Costa Oeste investigando al FBI con barba y pantalones cortos con grandes ojos pacifistas sensuales en su oscura piel repartiendo incomprensibles panfletos,
que se quemaron los brazos con cigarrillos protestando por la neblina narcótica del tabaco del Capitalismo,
que distribuyeron panfletos supercomunistas en Union Square sollozando y desnudándose mientras las sirenas de Los Álamos aullaban por ellos y aullaban por la calle Wall, y el ferry de Staten Island también aullaba,
que se derrumbaron llorando en gimnasios blancos desnudos y temblando ante la maquinaria de otros esqueletos,
que mordieron detectives en el cuello y chillaron con deleite en autos de policías por no cometer más crimen que su propia salvaje pederastia e intoxicación,
que aullaron de rodillas en el subterráneo y eran arrastrados por los tejados blandiendo genitales y manuscritos,
que se dejaron follar por el culo por santos motociclistas, y gritaban de gozo,
que mamaron y fueron mamados por esos serafines humanos, los marinos, caricias de amor atlántico y caribeño,
que follaron en la mañana en las tardes en rosales y en el pasto de parques públicos y cementerios repartiendo su semen libremente a quien quisiera venir,
que hiparon interminablemente tratando de reír pero termina-

ron con un llanto tras la partición de un baño turco cuando el blanco y desnudo ángel vino para atravesarlos con una espada,

que perdieron sus efebos por las tres viejas arpías del destino la arpía tuerta del dólar heterosexual la arpía tuerta que guiña el ojo fuera del vientre y la arpía tuerta que no hace más que sentarse en su culo y cortar las hebras intelectuales doradas del telar del artesano,

que copularon extáticos e insaciables con una botella de cerveza un amorcito un paquete de cigarrillos una vela y se cayeron de la cama, y continuaron por el suelo y por el pasillo y terminaron desmayándose en el muro con una visión del coño supremo y eyacularon eludiendo el último hálito de conciencia,

que endulzaron los coños de un millón de muchachas estremeciéndose en el crepúsculo, y tenían los ojos rojos en las mañanas pero estaban preparados para endulzar el coño del amanecer, resplandecientes nalgas bajo graneros y desnudos en el lago,

que salieron de putas por Colorado en miríadas de autos robados por una noche, N.C., héroe secreto de estos poemas, follador y Adonis de Denver – regocijémonos con el recuerdo de sus innumerables jodiendas de muchachas en solares vacíos y patios traseros de restaurantes, en desvencijados asientos de cines, en cimas de montañas en cuevas o con demacradas camareras en familiares solitarios levantamientos de enaguas y especialmente secretos solipsismos en baños de gasolineras y también en callejones de la ciudad natal,

que se desvanecieron en vastas y sórdidas películas, eran cambiados en sueños, despertaban en un súbito Manhattan, y se levantaron en sótanos con resacas de despiadado Tokai y horrores de sueños de hierro de la Tercera Avenida y se tambalearon hacia las oficinas de desempleo,

que caminaron toda la noche con los zapatos llenos de sangre sobre los bancos de nieve en los muelles esperando que una puerta se abriera en el East River hacia una habitación llena de vapor caliente y opio,

que crearon grandes dramas suicidas en los farellones de los departamentos del Hudson bajo el foco azul de la luna durante la guerra y sus cabezas serán coronadas de laurel y olvido,

que comieron estofado de cordero de la imaginación o digirieron el cangrejo en el lodoso fondo de los ríos de Bowery,
que lloraron ante el romance de las calles con sus carritos llenos de cebollas y mala música,
que se sentaron sobre cajas respirando en la oscuridad bajo el puente, y se levantaron para construir clavicordios en sus áticos,
que tosieron en el sexto piso de Harlem coronados de fuego bajo el cielo tubercular rodeados por cajas naranjas de teología,
que escribieron frenéticos toda la noche balanceándose y rodando sobre sublimes encantamientos que en el amarillo amanecer eran estrofas incoherentes,
que cocinaron animales podridos pulmón corazón pie cola borsht y tortillas soñando con el puro reino vegetal,
que se arrojaron bajo camiones de carne en busca de un huevo,
que tiraron sus relojes desde el techo para emitir su voto por una Eternidad fuera del Tiempo, y cayeron despertadores en sus cabezas cada día por toda la década siguiente,
que cortaron sus muñecas tres veces sucesivamente sin éxito, desistieron y fueron forzados a abrir tiendas de antigüedades donde pensaron que estaban envejeciendo y lloraron,
que fueron quemados vivos en sus inocentes trajes de franela en Madison Avenue entre explosiones de versos plúmbeos y el enlatado martilleo de los férreos regimientos de la moda y los gritos de nitroglicerina de maricas de la publicidad y el gas mostaza de inteligentes editores siniestros, o fueron atropellados por los taxis ebrios de la Realidad Absoluta,
que saltaron del puente de Brooklyn esto realmente ocurrió y se alejaron desconocidos y olvidados dentro de la fantasmal niebla de los callejones de sopa y carros de bomba de Chinatown ni siquiera una cerveza gratis,
que cantaron desesperados desde sus ventanas, se cayeron por la ventana del metro, saltaron en el sucio Passaic, se abalanzaron sobre negros, lloraron por toda la calle, bailaron descalzos sobre vasos de vino rotos y discos de fonógrafo destrozados de nostálgico europeo jazz alemán de los años treinta se acabaron el whisky y vomitaron gimiendo en el baño sangriento, con lamentos en sus oídos y la explosión de colosales silbatos de vapor,

que se lanzaron por las autopistas del pasado viajando hacia la cárcel del Gólgota – solitario mirar – autos preparados de cada uno de ellos o encarnación de jazz de Birmingham,

que condujeron a campo traviesa por setenta y dos horas para averiguar si yo había tenido una visión o tú habías tenido una visión o él había tenido una visión para conocer la eternidad,

que viajaron a Denver, murieron en Denver, que volvían a Denver; que velaron por Denver y meditaron y andaban solos en Denver y finalmente se fueron lejos para averiguar el Tiempo, y ahora Denver extraña a sus héroes,

que cayeron de rodillas en desesperanzadas catedrales rezando por la salvación de cada uno y la luz y los pechos, hasta que al alma se le iluminó el cabello por un segundo,

que chocaron a través de su mente en la cárcel esperando por imposibles criminales de cabeza dorada y el encanto de la realidad en sus corazones que cantaba dulces blues a Alcatraz,

que se retiraron a México a cultivar un hábito o a Rocky Mount hacia el tierno Buda o a Tánger en busca de muchachos o a la Southern Pacific hacia la negra locomotora o de Harvard a Narciso a Woodland hacia la guirnalda de margaritas o a la tumba,

que exigieron juicios de cordura acusando a la radio de hipnotismo y fueron abandonados con su locura y sus manos y un jurado indeciso,

que tiraron ensalada de papas a los lectores de la CCNY sobre dadaísmo y subsiguientemente se presentan en los escalones de granito del manicomio con las cabezas afeitadas y un arlequinesco discurso de suicidio, exigiendo una lobotomía al instante,

y recibieron a cambio el concreto vacío de la insulina Metrazol electricidad hidroterapia psicoterapia terapia ocupacional ping pong y amnesia,

que en una protesta sin humor volcaron solo una simbólica mesa de ping pong, descansando brevemente en catatonia,

volviendo años después realmente calvos excepto por una peluca de sangre, y de lágrimas y dedos, a la visible condenación del loco de los barrios de las locas ciudades del Este,

los fétidos salones del Pilgrim State Rockland y Greystones, discutiendo con los ecos del alma, balanceándose y rodando en la banca de la soledad de medianoche reinos dolmen del amor, sueño de la vida una pesadilla, cuerpos convertidos en piedra tan pesada como la luna,

con la madre finalmente ******, y el último fantástico libro arrojado por la ventana de la habitación, y la última puerta cerrada a las 4 A.M. y el último teléfono golpeado contra el muro en protesta y el último cuarto amoblado vaciado hasta la última pieza de mueblería mental, un papel amarillo se irguió torcido en un colgador de alambre en el closet, e incluso eso imaginario, nada sino un esperanzado poco de alucinación –

ah, Carl, mientras no estés a salvo yo no voy a estar a salvo, y ahora estás realmente en la total sopa animal del tiempo –

y que por lo tanto corrió a través de las heladas calles obsesionado con una súbita inspiración sobre la alquimia del uso de la elipse el catálogo del medidor y el plano vibratorio,

que soñaron e hicieron aberturas encarnadas en el Tiempo y el Espacio a través de imágenes yuxtapuestas, y atraparon al arcángel del alma entre 2 imágenes visuales y unieron los verbos elementales y pusieron el nombre y una pieza de conciencia saltando juntos con una sensación de Pater Omnipotens Aeterna Deus

para recrear la sintaxis y medida de la pobre prosa humana y pararse frente a ti mudos e inteligentes y temblorosos de vergüenza, rechazados y no obstante confesando el alma para conformarse al ritmo del pensamiento en su desnuda cabeza sin fin,

el vagabundo demente y el ángel beat en el Tiempo, desconocido, y no obstante escribiendo aquí lo que podría quedar por decir en el tiempo después de la muerte,

y se alzaron reencarnando en las fantasmales ropas del jazz en la sombra de cuerno dorado de la banda y soplaron el sufrimiento de la mente desnuda de América por el amor en un llanto de saxofón eli eli lamma lamma sabacthani que estremeció las ciudades hasta la última radio

con el absoluto corazón del poema sanguinariamente arrancado de sus cuerpos bueno para alimentarse mil años.

II

¿Qué esfinge de cemento y aluminio abrió sus cráneos y devoró sus cerebros y su imaginación?

¡Moloch! ¡Soledad! ¡Inmundicia! ¡Ceniceros y dólares inalcanzables! ¡Niños gritando bajo las escaleras! ¡Muchachos sollozando en ejércitos! ¡Ancianos llorando en los parques!

¡Moloch! ¡Moloch! ¡Pesadilla de Moloch! ¡Moloch el sin amor! ¡Moloch mental! ¡Moloch el pesado juez de los hombres!

¡Moloch la prisión incomprensible! ¡Moloch la desalmada cárcel de tibias cruzadas y congreso de tristezas! ¡Moloch cuyos edificios son juicio! ¡Moloch la vasta piedra de la guerra! ¡Moloch los pasmados gobiernos!

¡Moloch cuya mente es maquinaria pura! ¡Moloch cuya sangre es un torrente de dinero! ¡Moloch cuyos dedos son diez ejércitos! ¡Moloch cuyo pecho es una dínamo caníbal! ¡Moloch cuya oreja es una tumba humeante!

¡Moloch cuyos ojos son mil ventanas ciegas! ¡Moloch cuyos rascacielos se yerguen en las largas calles como inacabables Jehovás! ¡Moloch cuyas fábricas sueñan y croan en la niebla! ¡Moloch cuyas chimeneas y antenas coronan las ciudades!

¡Moloch cuyo amor es aceite y piedra sin fin! ¡Moloch cuya alma es electricidad y bancos! ¡Moloch cuya pobreza es el espectro del genio! ¡Moloch cuyo destino es una nube de hidrógeno asexuado! ¡Moloch cuyo nombre es la mente!

¡Moloch en quien me asiento solitario! ¡Moloch en quien sueño ángeles! ¡Demente en Moloch! ¡Chupavergas en Moloch! ¡Sin amor ni hombre en Moloch!

¡Moloch quien entró tempranamente en mi alma! ¡Moloch en quien soy una conciencia sin un cuerpo! ¡Moloch quien me ahuyentó de mi éxtasis natural! ¡Moloch a quien yo abandono! ¡Despierten en Moloch! ¡Luz chorreando del cielo!

¡Moloch! ¡Moloch! ¡Departamentos robots! ¡suburbios invisibles! ¡tesorerías esqueléticas! ¡capitales ciegas! ¡industrias demoníacas! ¡naciones espectrales! ¡invencibles manicomios! ¡vergas de granito! ¡bombas monstruosas!

¡Rompieron sus espaldas levantando a Moloch hasta el cielo! ¡Pavimentos, árboles, radios, toneladas! ¡levantando la ciudad al cielo que existe y está alrededor nuestro!

¡Visiones! ¡presagios! ¡alucinaciones! ¡milagros! ¡éxtasis! ¡arrastrados por el río americano!

¡Sueños! ¡adoraciones! ¡iluminaciones! ¡religiones! ¡todo el cargamento de mierda sensible!

¡Progresos! ¡sobre el río! ¡giros y crucifixiones! ¡arrastrados por la corriente! ¡Epifanías! ¡Desesperaciones! ¡Diez años de gritos animales y suicidios! ¡Mentes! ¡Nuevos amores! ¡Generación demente! ¡Abajo sobre las rocas del Tiempo!

¡Auténtica risa santa en el río! ¡ellos lo vieron todo! ¡los ojos salvajes! ¡los santos gritos! ¡dijeron hasta luego! ¡saltaron del techo! ¡hacia la soledad! ¡despidiéndose! ¡Llevando flores! ¡Hacia el río! ¡por la calle!

III

¡Carl Solomon! Estoy contigo en Rockland
donde estás más loco de lo que yo estoy
Estoy contigo en Rockland
donde te debes sentir muy extraño
Estoy contigo en Rockland
donde imitas la sombra de mi madre
Estoy contigo en Rockland
donde has asesinado a tus doce secretarias
Estoy contigo en Rockland
donde te ríes de este humor invisible
Estoy contigo en Rockland
donde somos grandes escritores en la misma horrorosa máquina de escribir
Estoy contigo en Rockland
donde tu condición se ha vuelto seria y es reportada por la radio
Estoy contigo en Rockland
donde las facultades de la calavera no admiten más los gusanos de los sentidos
Estoy contigo en Rockland
donde bebes el té de los pechos de las solteras de Utica

Estoy contigo en Rockland
donde te burlas de los cuerpos de tus enfermeras las arpías del Bronx
Estoy contigo en Rockland
donde gritas en una camisa de fuerza que estás perdiendo el juego del verdadero ping pong del abismo
Estoy contigo en Rockland
donde golpeas el piano catatónico el alma es inocente e inmortal jamás debería morir sin dios en una casa de locos armada
Estoy contigo en Rockland
donde cincuenta shocks más no te devolverán nunca tu alma a su cuerpo de su peregrinaje a una cruz en el vacío
Estoy contigo en Rockland
donde acusas a tus doctores de locura y planeas la revolución socialista hebrea contra el Gólgota nacional fascista
Estoy contigo en Rockland
donde abres los cielos de Long Island y resucitas a tu Jesús humano y viviente de la tumba sobrehumana
Estoy contigo en Rockland
donde hay veinticinco mil camaradas locos juntos cantando las estrofas finales de la Internacional
Estoy contigo en Rockland
donde abrazamos y besamos a los Estados Unidos bajo nuestras sábanas los Estados Unidos que tosen toda la noche y no nos dejan dormir
Estoy contigo en Rockland
donde despertamos electrificados del coma por el rugir de los aeroplanos de nuestras propias almas sobre el tejado ellos han venido para lanzar bombas angelicales el hospital se ilumina a sí mismo colapsan muros imaginarios Oh escuálidas legiones corren afuera Oh estrellado shock de compasión la guerra eterna está aquí Oh victoria olvida tu ropa interior somos libres
Estoy contigo en Rockland
en mis sueños caminas goteando por un viaje a través del mar sobre las carreteras a través de América llorando hasta la puerta de mi cabaña en la noche del Oeste

San Francisco, 1955-1956

NOTA A PIE DE PÁGINA PARA «AULLIDO»

¡Santo! ¡Santo! ¡Santo! ¡Santo! ¡Santo! ¡Santo! ¡Santo! ¡Santo! ¡Santo! ¡Santo! ¡Santo! ¡Santo! ¡Santo! ¡Santo! ¡Santo!

¡El mundo es santo! ¡El alma es santa! ¡La piel es santa! ¡La nariz es santa! ¡La lengua y la verga y la mano y el agujero del culo son santos!

¡Todo es santo! ¡todos son santos! ¡todos los lugares son santos! ¡todo día está en la eternidad! ¡Todo hombre es un ángel!

¡El vago es tan santo como el serafín! ¡el demente es tan santo como tú mi alma eres santa!

¡La máquina de escribir es santa el poema es santo la voz es santa los oyentes son santos el éxtasis es santo!

¡Santo Peter santo Allen santo Solomon santo Lucien santo Kerouac santo Huncke santo Burroughs santo Cassady santos los desconocidos locos y sufrientes mendigos santos los horribles ángeles humanos!

¡Santa mi madre en la casa de locos! ¡Santas las vergas de los abuelos de Kansas!

¡Santo el gimiente saxofón! ¡Santo el apocalipsis del bop! ¡Santas las bandas de jazz marihuana hipsters paz peyote pipas y baterías!

¡Santas las soledades de los rascacielos y pavimentos! ¡Santas las cafeterías llenas con los millones! ¡Santos los misteriosos ríos de lágrimas bajo las calles!

¡Santo el argonauta solitario! ¡Santo el vasto cordero de la clase media! ¡Santos los pastores locos de la rebelión! ¡Quien goza Los Ángeles ES Los Ángeles!

¡Santa New York Santa San Francisco Santa Peoria y Seattle Santa París Santa Tánger Santa Moscú Santa Estambul!

¡Santo el tiempo en la eternidad santa eternidad en el tiempo santos los relojes en el espacio santa la cuarta dimensión santa la quinta Internacional santo el ángel en Moloch!

¡Santo el mar santo el desierto santa la vía férrea santa la loco motora santas las visiones santas las alucinaciones santos los milagros santo el globo ocular santo el abismo!

¡Santo perdón! ¡compasión! ¡caridad! ¡fe! ¡Santos! ¡Nosotros! ¡cuerpos! ¡sufriendo! ¡magnanimidad!
¡Santa la sobrenatural extra brillante inteligente bondad del alma!

Berkeley, 1955

UN SUPERMERCADO EN CALIFORNIA

Qué ideas tengo de ti esta noche, Walt Whitman, porque caminé por las calles laterales bajo los árboles con un dolor de cabeza consciente de mí mismo mirando la luna llena.

En mi fatiga hambrienta, y comprando imágenes, entré al supermercado de frutas de neón, ¡soñando con tus enumeraciones!

¡Qué duraznos y qué penumbras! ¡Familias enteras comprando por la noche! ¡Pasillos llenos de maridos! ¡Esposas en las paltas, bebés en los tomates! – y tú, García Lorca, ¿qué estabas haciendo junto a las sandías?

Te vi, Walt Whitman, sin hijos, viejo mendigo solitario, husmeando entre las carnes en el refrigerador y echando el ojo a los muchachos del supermercado.

Te oí preguntando a todos: ¿Quién mató a las chuletas de cerdo? ¿Cuánto valen los plátanos? ¿Eres tú mi ángel?

Anduve dentro y fuera de los brillantes montones de latas siguiéndote, y seguido en mi imaginación por el detective del negocio.

Caminamos juntos a grandes pasos por los abiertos corredores en nuestra solitaria fantasía probando alcachofas, poseyendo todas las delicias congeladas, y nunca pasando por la caja.

¿Dónde vamos, Walt Whitman? Las puertas se cierran en una hora. ¿En qué dirección apunta tu barba esta noche?

(Toco tu libro y sueño con nuestra odisea en el supermercado y me siento absurdo.)

¿Caminaremos toda la noche a través de calles solitarias? Los árboles añaden sombra a la sombra, luces apagadas en las casas, los dos estaremos solitarios.

¿Pasearemos soñando con la América perdida del amor más allá de los automóviles azules estacionados, hacia nuestra cabaña silenciosa?

Ah, querido padre, barbagrís, viejo solitario profesor del coraje, ¿qué América tuviste cuando Caronte dejó de empujar su barca y bajaste en una humeante ribera y viste el bote desaparecer sobre las negras aguas del Leteo?

Berkeley, 1955

SUTRA DEL GIRASOL

Caminé por las orillas del muelle de latas y bananas y me senté bajo la inmensa sombra de una locomotora Southern Pacific para mirar el ocaso sobre las colinas con casas como cajas y llorar.
Jack Kerouac se sentó a mi lado sobre un roto y oxidado poste de hierro, compañero, pensábamos los mismos pensamientos del alma, débiles y azules y de ojos tristes, rodeados por las nudosas raíces de acero de árboles de maquinaria.
La aceitosa agua del río reflejaba el cielo rojo, el sol se hundía en la punta de los picos finales de Frisco, ningún pez en ese arroyo, ningún eremita en esos montes, solo nosotros con ojos legañosos y resaca como viejos vagabundos en la orilla del río, cansados y astutos.
Mira el Girasol, dijo, ahí había una muerta sombra gris en contraste con el cielo, grande como un hombre, sentada seca en el tope de una pila de antiguo serrín –
– Me abalancé encantado – era mi primer girasol, memorias de Blake – mis visiones – Harlem
e infiernos de ríos del Este, puentes campaneando Sandwiches Grasientos de Joe, coches de bebés muertos, negras llantas sin miedo olvidadas sin recauchutar el poema de la orilla del río, condones y potes, cuchillos de acero, nada inoxidable, solo el pestilente estiércol y los artefactos afilados como navajas entrando al pasado –
y el gris girasol suspendido contra el crepúsculo, agrietado triste y polvoriento con el tizne y el smog y el humo de viejas locomotoras en su ojo –
corola de espinas dobladas y rotas como una maltratada corona, semillas caídas de su cara, pronta a ser una desdentada boca de aire soleado, rayos de sol arrasaban sobre su peluda cabeza como una reseca tela de araña de alambre,
hojas extendidas como brazos fuera del tallo, gestos desde la raíz de serrín, piezas rotas de yeso caídas de las negras ramas, una mosca muerta en su oreja,
Maldita maltratada vieja cosa eras tú, mi Girasol ¡Oh mi alma, te amé entonces!

La mugre no era mugre de ningún hombre sino muerte y locomotoras humanas,
todo ese vestido de polvo, ese velo de oscurecida piel de vía férrea, ese smog de mejilla, esa pestaña de negra miseria, esa mano o falo o protuberancia cubierta de hollín de artificial peor-que-la-basura-industrial-moderna – toda esa civilización manchando tu loca corona dorada –
y esos pensamientos de muerte y polvorientos ojos sin amor y puntas y raíces resecas abajo, en la hogareña pila de arena y serrín, billetes de goma de un dólar, piel de maquinaria, las tripas y entrañas del sollozante y tosiente automóvil, las vacías y solitarias latas con sus ausentes lenguas oxidadas, qué más puedo nombrar, las ahumadas cenizas de algún cigarro verga, los coños de las carretillas y los lácteos pechos de automóviles, gastados culos de sillas y esfínteres de dínamos – todos
enredados en tus momificadas raíces – ¡y tú ahí parado frente a mí en el ocaso, toda tu gloria en tu forma!
¡Una perfecta belleza de girasol! ¡una perfecta excelente adorable existencia de girasol! ¡un dulce ojo natural para la nueva luna hip, despertó vivo y excitado aferrándose en la sombra del ocaso la brisa mensual del dorado amanecer!
¿Cuántas moscas zumbaban alrededor tuyo inocentes de tu mugre, mientras tú maldecías los cielos de las vías férreas y tu alma de flor?
¿Pobre flor muerta? ¿cuándo olvidaste que eras una flor? ¿cuándo miraste tu piel y decidiste que eras una imponente vieja sucia locomotora? ¿el fantasma de una locomotora? ¿el espectro y sombra de la que fue una loca y poderosa locomotora americana?
¡Nunca fuiste una locomotora, Girasol, fuiste un girasol!
¡Y tú Locomotora, eras una locomotora, no me olvides!
Así que tomé el girasol delgado como esqueleto y lo tuve a mi lado como un cetro,
y entregué mi sermón a mi alma, y al alma de Jack también, a quien quisiera escuchar,
– No somos nuestra piel de mugre, no somos nuestra triste espantosa polvorienta locomotora sin imagen, todos somos hermo-

sos dorados girasoles por dentro, benditos por nuestra propia semilla y desnudos peludos cuerpos de logros creciendo hacia locos negros formales girasoles en el ocaso, espiados por nuestros propios ojos bajo la sombra de la loca locomotora ribera puesta de sol Frisco visión sentada del anochecer en colinas de latón.

Berkeley, 1955

AMÉRICA

América te lo he dado todo y ahora no soy nada.
América dos dólares y veintisiete centavos 17 de enero de 1956.
No soporto mi propia mente.
¿América cuándo acabaremos con la guerra humana?
Métete por el culo tu bomba atómica.
No me siento bien no me molestes.
No escribiré mi poema hasta que no esté en mis cabales.
América ¿cuándo serás angelical?
¿Cuándo te quitarás la ropa?
¿Cuándo te verás a través de la tumba?
¿Cuándo serás digna de tu millón de trotskistas?
América ¿por qué están tus bibliotecas llenas de lágrimas?
América ¿cuándo enviarás tus huevos a India?
Estoy enfermo de tus demenciales demandas.
¿Cuándo puedo ir al supermercado y comprar lo que necesito con mi bonita cara?
América después de todo somos tú y yo quienes son perfectos no el mundo próximo.
Tu maquinaria es demasiado para mí.
Tú me hiciste desear ser un santo.
Debe haber otro modo de establecer este argumento.
Burroughs está en Tánger no creo que vuelva esto es siniestro.
¿Estás siendo siniestra o es esto algún tipo de broma?
Estoy tratando de ir al punto.
Rehúso renunciar a mi obsesión.
América deja de presionar sé lo que estoy haciendo.
América las flores de los ciruelos están cayendo.
No he leído los diarios en meses, todos los días alguien va a juicio por asesinato.
América me siento sentimental por los «wobblies».
América era comunista cuando era un muchacho y no lo lamento.
Fumo marihuana cada vez que tengo ocasión.
Me siento en mi casa días y miro las rosas en el closet.
Cuando voy a Chinatown me emborracho y no me acuesto con nadie.

Mi mente está decidida va a haber problemas.
Debieras haberme visto leyendo a Marx.
Mi psicoanalista opina que estoy perfectamente bien.
No diré la Plegaria del Señor.
Tengo visiones místicas y vibraciones cósmicas.
América aún no te he contado lo que le hiciste al Tío Max cuando vino de Rusia.
Me dirijo a ti.
¿Dejarás que tu vida emocional sea guiada por la revista *Time*?
Estoy obsesionado con la revista *Time*.
La leo todas las semanas.
Su portada se me queda mirando cada vez que me escabullo por la confitería de la esquina.
La leo en el sótano de la Biblioteca Pública de Berkeley.
Está siempre hablándome sobre la responsabilidad. Los hombres de negocios son serios. Los productores de películas son serios. Todo el mundo es serio menos yo.
Se me ocurre que yo soy América.
Estoy hablando solo de nuevo.

Asia se está levantando contra mí.
No tengo las chances de un chino.
Mejor considero mis recursos nacionales.
Mis recursos nacionales consisten en dos porros de marihuana millones de genitales una impublicable literatura privada que vuela a 1.400 millas por hora y veinticinco mil instituciones mentales.
Nada digo sobre mis prisiones ni los millones que viven sin privilegios en mis macetas bajo la luz de quinientos soles.
He abolido las casas de putas de Francia, Tánger es la siguiente.
Mi ambición es ser presidente a pesar de que soy Católico.

América ¿cómo puedo escribir una santa letanía en tu tonto estado de ánimo?
Continuaré como Henry Ford mis estrofas son tan individuales como sus automóviles más aún son de diferentes sexos.
América te venderé mis estrofas por 2.500 $ cada una 500 $ por tu vieja estrofa

América libera a Tom Mooney
América salva a los republicanos españoles
América Sacco y Vanzetti no deben morir
América soy los muchachos de Scotsboro.
América cuando tenía siete años mi mama me llevó a reuniones de célula comunista nos vendían garbanzos un puñado por ticket un ticket cuesta un níquel y los discursos eran gratis todos eran angelicales y sentimentales acerca de los trabajadores todo era tan sincero no tienes idea de lo bueno que era el partido en 1835 Scott Nearing era un magnífico anciano un verdadero mensch Madre Bloor me hizo llorar una vez vi al orador yidish Israel Amter. Todos deben haber sido espías.
América realmente no quieres ir a la guerra.
América son ellos los rusos malos.
Esos rusos esos rusos y esos chinos. Y esos rusos.
La Rusia quiere comernos vivos. La Rusia está loca por el poder. Ella quiere sacar nuestros autos de nuestros garajes.
Ella querer atrapar Chicago. Ella necesitar un Reader's Digest Rojo. Ella desear nuestras fábricas de autos en Siberia. Él gran burocracia dirigiendo nuestras gasolineras.
Eso no bueno. Ugh. Él enseñar a indios leer. Él necesitar grandes negros. Hah. Ella hacernos trabajar dieciséis horas diarias. Ayuda.
América esto es muy serio.
América esta es la impresión que tengo por mirar la televisión.
América ¿es esto verdad?
Mejor me pongo a trabajar inmediatamente.
Es verdad no quiero unirme al ejército o girar tornos en fábricas de piezas de precisión, en todo caso soy miope y psicópata.
América estoy arrimando mi hombro de maricona.

Berkeley, 17 de enero de 1956

KADDISH

Para Naomi Ginsberg, 1894-1956

I

Es extraño pensar en ti ahora, lejos sin corsé ni ojos, mientras camino por el soleado pavimento de Greenwich Village.
el centro de Manhattan, luminoso mediodía de invierno, y me pasé toda la noche hablando, hablando, leyendo el Kaddish en voz alta, escuchando los blues de Ray Charles que gritan ciegos en el fonógrafo
el ritmo el ritmo – y tu recuerdo en mi cabeza tres años después – Y leí las triunfantes estrofas finales del Adonais en voz alta – lloré, al darme cuenta de cómo sufrimos –
Y cómo la Muerte es aquel remedio que todos los cantantes sueñan, cantan, recuerdan, profetizan como en el Himno Hebreo o en Libro Budista de las Respuestas – y mi propia imaginación de una hoja marchita – al amanecer –
Soñando hacia atrás por la vida, Tu tiempo – y el mío acelerando hacia el Apocalipsis,
el momento final – la flor ardiendo en el Día – y lo que viene después,
recordando la mente misma que vio una ciudad norteamericana
a un flash de distancia, y el gran sueño de Mí o de China o tú y una Rusia fantasma o una cama arrugada que nunca existió –
como un poema en la oscuridad – que huye de vuelta al Olvido –
Nada más que decir y nada por lo que llorar sino los Seres en el Sueño, atrapados en su desaparición,
mientras suspiran y gritan en una compra y venta de pedazos de fantasma, venerándose los unos a los otros,
venerando al Dios involucrado en todo eso – ¿nostalgia o inevitabilidad? – mientras dura, una Visión – ¿algo más?
Salta a mi alrededor, cuando salgo y camino por la calle, la miro por encima del hombro, Séptima Avenida, las almenas de los edificios de oficina hombro con hombro altos, bajo una nube,

por un instante altos como el cielo – y el cielo en lo alto – un viejo lugar azul.

o por la Avenida hacia el sur, hacia – mientras camino hacia el Lower East Side – donde caminabas tú hace 50 años, pequeña niñita – de Rusia, comiéndote los primeros tomates venenosos de Norteamérica – asustada en el muelle –

luchando luego con las multitudes en Orchard Street ¿hacia qué? – hacia Newark –

hacia la confitería, las primeras sodas caseras del siglo, helado batido a mano en la trastienda sobre mohosos tablones café –

Hacia la educación el matrimonio el colapso nervioso, la operación, la escuela, aprender a estar loca, soñando – ¿qué es esta vida?

Hacia la Llave en la ventana – y la gran Llave apoya su cabeza luminosa sobre Manhattan y sobre el suelo y se tiende en la vereda – en un solo rayo, moviéndose, mientras camino por la Primera hacia el Teatro Yiddish – y el lugar de la pobreza

que conociste y yo conozco, pero sin que me importe ahora – Es extraño haberse movido por Paterson y el Oeste y Europa y de nuevo aquí,

con los gritos de los españoles ahora en los umbrales y muchachos oscuros en la calle, salidas de incendio viejas como tú

– Aunque tú ya no eres vieja, eso se queda aquí conmigo –

Yo, de todas formas, quizás tan viejo como el universo – y supongo que eso muere con nosotros – suficiente para cancelar todo el porvenir – Lo que vino se fue para siempre cada vez –

¡Está bien! Así quedamos abiertos a la falta de remordimientos – a no temer a los radiadores, a la falta de amor, al final hasta el dolor de muelas es una tortura –

Aunque mientras llega es un león que se come el alma – y el cordero, el alma, en nosotros, ay, ofreciéndose en sacrificio al hambre feroz del cambio – dientes y cabellos – y el rugido del dolor en los huesos, el cráneo descubierto, la costilla rota, la piel podrida, Implacabilidad engañada por el cerebro.

¡Ay! ¡ay! ¡nos va peor! ¡Estamos en aprietos! Y tú estás fuera, la Muerte te dejó salir, la Muerte tuvo Piedad, terminaste con tu siglo, terminaste con Dios, terminaste con el sendero que lo atraviesa – Por fin terminaste contigo misma – Pura – De

vuelta a la oscuridad Infantil antes de tu Padre, antes de todos nosotros – antes del mundo –
Ahí, descansa. No más sufrimiento para ti. Sé adónde te fuiste, es un buen lugar.
No más flores en los veraniegos campos de Nueva York, no más alegría, no más miedo a Louis,
y no más de su dulzura y anteojos, sus décadas de colegio, deudas, amores, temerosas llamadas telefónicas, camas para la concepción, parientes, manos –
No más hermana Elanor, – ella partió antes que tú – lo mantuvimos en secreto – tú la mataste – o se mató ella para poder soportarte – un corazón artrítico – Pero la Muerte las mató a las dos – No importa –
Tampoco el recuerdo de tu madre, lágrimas de 1915 en películas mudas semanas y semanas – olvidando, dolida viendo a Marie Dressler dirigirse a la humanidad, al joven Chaplin bailando,
o a Boris Gudonov, a Chaliapin en el Met, alzando su voz de Zar sollozante – de pie al fondo junto a Elanor y Max – mirando también a los Capitalistas sentarse junto a la Orquesta, pieles blancas, diamantes,
viajando a dedo por Pennsylvania con las Juventudes Socialistas vistiendo una falda pantalón negra para hacer gimnasia, fotografía de 4 muchachas abrazándose en torno al yermo y ojo risueño, demasiado tímida, virginal soledad de 1920
todas las muchachas envejecidas, o muertas, ahora, y ese largo cabello en la tumba – afortunadas por tener maridos luego –
Tú lo lograste –también yo vine – mi hermano Eugene antes (todavía de luto y seguirá lamentasoñando hasta su última mano tiesa, mientras lidia con su cáncer – o matará – quizás más tarde – de pronto pensará –)
Y es el último momento que recuerdo, que los veo a todos, a través de mí, ahora – aunque no a ti
No pude anticipar lo que ibas a sentir – qué horrenda apertura de boca sucia vino primero – a ti – ¿y estabas preparada?
¿Para ir adónde? En esa oscuridad – esa – ¿en ese Dios? ¿un resplandor? ¿Un Señor en el Vacío? ¿Como un ojo en las oscuras nubes de un sueño? ¿Está Adonoi contigo finalmente?

¡Más allá de mi recuerdo! ¡Incapaz de adivinar! No solo el cráneo amarillo en la tumba, o una caja de polvo agusanado, y una cinta manchada – ¿la Cabeza de la Muerte con Aureola? ¿puedes creerlo?

¿Es solo el sol que brilla una vez para la mente, solo el chispazo de la existencia, que nunca jamás existió?

Nada más allá de lo que tenemos – lo que tuviste – eso es tan lamentable – aun así el Triunfo,

haber estado aquí, y haber cambiado, como un árbol, quebrada, o una flor – que alimenta el suelo – pero loca, con sus pétalos, coloreada, pensando en el Gran Universo, conmovida, un corte en la cabeza, despojada de sus hojas, escondida en un hospital huevera, envuelta en telas, irritada – trastornada en el cerebro lunar, con menos que Nada.

Ninguna flor como esa flor, que se sabía en el jardín, y luchó contra el cuchillo – perdió

Cortada por un idiota y gélido Hombre de Nieve – incluso en Primavera – extraño pensamiento fantasma – un poco de Muerte – Un carámbano puntiagudo en su mano – coronada con antiguas rosas – un perro para sus ojos – la verga de una fábrica clandestina – corazón de planchas eléctricas.

Todas las acumulaciones de la vida, que nos agotan – relojes, cuerpos, conciencias, zapatos, pechos – hijos concebidos – tu Comunismo – «Paranoia» en los hospitales.

Una vez pateaste a Elanor en la pierna, después ella murió de un paro cardíaco. Tú de un derrame. ¿Dormida? en cosa de un año, las dos, hermanas en la muerte. ¿Está feliz Elanor?

Max vive su duelo en una oficina de Lower Broadway, largo bigote solitario sobre Contabilidades de medianoche, no estoy seguro. Su vida pasa – según él ve – ¿y de qué duda ahora? Todavía sueña con hacerse rico o con que pudo hacerse rico, contratar a una enfermera, tener hijos, ¿incluso encontrar tu Inmortalidad, Naomi?

Lo veré pronto. Ahora tengo que ir al grano – para hablarte – como no lo hice cuando tenías boca.

Para Siempre. Y estamos destinados a eso, Para Siempre – como los caballos de Emily Dickinson – encaminados al Fin.

Conocen el camino – Estos Corceles – corren más rápido de lo que imaginamos – es nuestra propia vida la que cruzan – y llevan consigo.

Magnífica, no más llorada, con el corazón dañado, la mente detrás, soñó su matrimonio, mortal cambiada – Culo y rostro cansados de los homicidios.

En el mundo, entregada, enloquecida por las flores, no hizo una Utopía, encerrada bajo los pinos, en la caridad de la Tierra, en el bálsamo de la Soledad, Jehová, acepta.

Sin nombre, Un Solo Rostro, Para Siempre más allá de mí, sin principio, sin fin, Padre en la muerte. Aunque no estoy aquí por su Profecía, no estoy casado, no tengo un himno, no tengo un Cielo, decapitado en el éxtasis aun así te adoraría

a Ti, al Cielo, después de la Muerte, solo Uno bendito en la Nada, sin luz ni oscuridad, Eternidad sin Días –

Toma esto, este Salmo, de mí, surgido de mi mano en un día, algo de mi Tiempo, entregado ahora a la Nada – para alabarte a Ti – Pero la Muerte

Este es el final, la redención de las Tierras Salvajes, una ruta para el Errante Maravillado, la Casa buscada por Todos, pañuelo negro lavado por lágrimas – página más allá del Salmo – El último cambio de Naomi y mío – hacia la perfecta Oscuridad de Dios – ¡Muerte, detén a tus fantasmas!

II

Una y otra vez – estribillo – de los Hospitales – todavía no he escrito tu historia – dejándola abstracta – unas pocas imágenes

corren por la mente – como el coro de saxofón de años y hogares – el recuerdo del electroshock.

Durante largas noches cuando niño en el departamento de Paterson, vigilando tu nerviosismo – estabas gorda – tu próxima movida –

Esa tarde me quedé en casa y no fui al colegio para cuidarte – de una vez por todas – cuando juré para siempre que si el hombre no estaba de acuerdo con mi opinión sobre el cosmos, estaría perdido –

Por la carga que luego asumí – el voto de iluminar a la humanidad – esto es publicar los detalles – (tan loco como tú) – (la cordura es una estafa de mutuo acuerdo) –

Pero tú mirabas por la ventana de la iglesia de Broadway y espiabas a un asesino místico de Newark,

Así que llamé al Doctor –«Bueno, que vaya a descansar»– así que me puse mi abrigo y te llevé caminando calle abajo – Inexplicablemente, en el camino un escolar gritó –«¿Adónde va Señora, a la Muerte?» Yo temblé –

y tú te cubriste la nariz con tu apolillado cuello de piel, una máscara antigás contra el veneno escondido en la atmósfera del centro, rociado por la Abuela –

¿Y era el chofer del bus escolar un miembro de la pandilla? Temblaste ante su rostro, apenas pude subirte – rumbo a Nueva York, al mismísimo Times Square, para tomar otro Greyhound –

donde pasamos dos horas peleando con bichos invisibles y enfermedades judías – la brisa envenenada por Roosevelt –

que te perseguía – y yo te acompañaba, esperando que esto acabara en una tranquila habitación de una casa victoriana junto a un lago.

Tres horas de viaje por túneles más allá de toda la industria americana, Bayonne se preparaba para la Segunda Guerra Mundial, tanques, campos de gas, fábricas de soda, cafeterías, la fortaleza de la maestranza de locomotoras – en los bosques de pino indios de Nueva Jersey – tranquilos pueblos – largas carreteras que cruzan arenosas arboledas –

Puentes sobre arroyos sin venados, antiguos abalorios cargaban el lecho – más allá un tomahawk o un hueso de Pocahontas – y un millón de viejas votando por Roosevelt en pequeñas casas café, caminos lejanos de la autopista de la Locura –

quizás un halcón en un árbol o un eremita buscando una rama cargada de búhos –

Todo el tiempo discutiendo – temerosa de los extraños en el asiento de enfrente, a pesar de sus ronquidos – ¿en qué bus roncan ahora?

«Allen, tú no entiendes – es – desde que me pusieron esos 3 palos grandes en la espalda – me hicieron algo en el Hospital, me envenenaron, me quieren ver muerta – 3 palos grandes, 3 palos grandes –

»¡La Perra! ¡La vieja Abuela! La vi la semana pasada, llevaba pantalones como un anciano y un saco en la espalda, estaba escalando por los ladrillos del edificio

»En la escalera de incendios, con gérmenes venenosos, para tirármelos – de noche – quizás Louis la está ayudando – él está bajo su poder –

»Soy tu madre, llévame a Lakewood» (cerca de donde el Graf Zeppelin se estrelló, todo Hitler en Explosión) «donde pueda esconderme.»

Llegamos allí – la casa de reposo del Dr. Zutano – ella se escondió en el armario – exigió una transfusión de sangre.

Nos echaron – vagando con la Maleta hacia desconocidas casas de céspedes sombríos – anochecer, pinos después de oscurecer – larga calle muerta llena de grillos y hiedra venenosa –

La hago callar ahora – una gran casa HOGAR DE REPOSO HABITACIONES – le di a la casera su dinero por la semana – subí la maleta de hierro – me senté en la cama esperando escapar –

Prolija habitación en el ático con cubrecama acogedor – cortinas de encaje – alfombra tejida a mano – Manchado papel mural tan viejo como Naomi. Estábamos en casa.

Me fui en el siguiente bus a Nueva York – apoyé la cabeza en el último asiento, deprimido – ¿lo peor está por llegar? – abandonándola, viajé aletargado – tenía solo 12 años.

¿Se esconderá en su habitación y saldrá alegre a desayunar? ¿O cerrará su puerta por dentro y se pondrá a mirar por la ventana buscando espías en las calles laterales? ¿Escuchará por las cerraduras la llegada del invisible gas Hitleriano? ¿Soñará en una silla – o se burlará de mí, al – frente a un espejo, sola?

A los 12 viajando en bus de noche por Nueva Jersey, acabo de abandonar a Naomi a las Parcas en la casa embrujada de Lakewood – abandonado a mi propio bus del destino – hundido en un asiento – todos los violines rotos – mi corazón herido entre las costillas – la mente estaba vacía – Ojala esté segura en su ataúd –

O de vuelta en la Escuela Normal de Newark, estudiando sobre América con una falda negra – invierno en las calles sin almuerzo – a un centavo el pepinillo – de vuelta en casa al anochecer para cuidar a Elanor en el dormitorio –

La primera crisis nerviosa en 1919 – no fue al colegio y estuvo tres semanas acostada en una habitación oscura – algo malo – nunca dijo qué – cada sonido dolía – sueños con los chirridos de Wall Street –

Antes de la gris Depresión – fue al norte de Nueva York – se recuperó – Lou le tomó una foto sentada con las piernas cruzadas sobre la hierba – su largo cabello entretejido con flores – sonriendo – tocando canciones de cuna con la mandolina – el humo de la hiedra venenosa en campamentos de verano izquierdistas y yo en mi infancia vi árboles –

o de vuelta en la escuela de pedagogía, riéndose con idiotas, las clases menos favorecidas – su especialidad rusa – imbéciles con labios soñadores, ojos inmensos, pies delgados & dedos enfermizos, con espaldas hundidas, raquíticos – grandes cabezas oscilantes sobre Alicia en el País de las Maravillas, una pizarra llena de G A T O.

Naomi leyendo pacientemente una historia tomada de un libro de cuentos de hadas Comunista – El cuento de la Súbita Dulzura del Dictador – La Clemencia de los Brujos – Ejércitos que se Besan –

Las Cabezas de la Muerte Alrededor de la Mesa Verde – El Rey & los Obreros – Paterson Press los imprimió en los años treinta hasta que ella se volvió loca o ellos cerraron el negocio, o ambas cosas.

¡Oh, Paterson! Llegué tarde a la casa ese día. Louis estaba preocupado. Cómo pude ser tan – ¿acaso no pensé? No debí abandonarla ahí. Loca en Lakewood. Llama al Doctor. Llama a la casa de los pinos. Demasiado tarde.

Me fui a la cama exhausto, queriendo dejar el mundo (probablemente ese año recién enamorado de R – mi héroe mental de la secundaria, muchacho judío que luego fue doctor – entonces un chico pulcro y silencioso –

Y yo después di la vida por él, me fui a Manhattan – lo seguí a la universidad – Recé en el ferry diciendo que ayudaría a la humanidad si me aceptaban – hice un voto, el día que viajé a hacer mi Examen de Admisión – siendo un honesto y revolucionario abogado laboral – me prepararía para eso – inspirado por Sacco y Vanzetti, Norman Thomas, Debs, Altgeld, Sandburg, Poe – Pequeños Libros Azules. Quería ser presidente o senador.

ignorante dolor – más tarde sueños de arrodillarme ante las estupefactas rodillas de R declarando mi amor de 1941 – Qué dulzura me habría mostrado, aunque yo lo había deseado & desesperado – primer amor – un encaprichamiento –

Luego una avalancha mortal, montañas enteras de homosexualidad, vergas como el Matterhorn, anos como el Gran Cañón, pesan sobre mi cabeza melancólica –

mientras caminaba por Broadway imaginando el Infinito como una pelota de goma sin nada más allá – ¿qué hay allá afuera? – llegando a casa desde Graham Avenue, todavía melancólico cruzando los verdes setos solitarios de enfrente, soñando después del cine –)

El teléfono sonó a las 2 de la mañana – Emergencia – se volvió loca – Naomi escondida debajo de la cama gritando bichos de Mussolini – ¡Ayuda! ¡Louis! ¡Buba! ¡Fascistas! ¡Muerte! – la casera asustada – el viejo ayudante marica le responde a gritos –

El Terror, eso despertó a los vecinos – señoras del segundo piso recuperándose de la menopausia – todos esos paños entre los muslos, sábanas limpias, dolor por bebés perdidos – maridos cenicientos – niños burlándose de Yale o aceitándose el pelo en el City College of New York – o temblando en la Universidad Pedagógica Estatal de Montclair como Eugene –

Su inmensa pierna doblada hacia su pecho, su mano estirada No Se Acerquen, el vestido de lana sobre sus muslos, el abrigo de piel arrastrado debajo de la cama – hizo una barricada con maletas bajo los resortes de la cama.

Louis atendiendo el teléfono en pijama, asustado – ¿qué hacer ahora? – ¿Quién podría saber? – ¿es mi culpa entregarla a la soledad? – sentado en un sofá en la habitación oscura, temblando, para entender –

Tomó el tren de la mañana a Lakewood, Naomi todavía estaba debajo de la cama – pensó que había traído Policías envenenadores – Naomi gritaba – Louis, ¿qué le pasó a tu corazón en ese momento? ¿Fuiste asesinado por el éxtasis de Naomi?

La arrastró hacia afuera, a la vuelta de la esquina, un taxi, la obligó a subirse con la maleta, pero el chofer los dejó en la farmacia. Parada de buses, dos horas de espera.

Yo estaba acostado nervioso en el departamento de cuatro habitaciones, la gran cama en el salón, junto al escritorio de Louis – temblando – llegó a casa esa noche, tarde, me dijo lo que pasó.

Naomi en el mostrador de prescripciones defendiéndose del enemigo – estantes con libros para niños, imbéciles, aspirinas, frascos, sangre – «¡No se me acerquen – asesinos! ¡Aléjense! ¡Prometan que no me van a matar!»

Louis horrorizado en la fuente de soda – con niñas exploradoras de Lakewood – adictos a la Coca-Cola – enfermeras – choferes de bus esperando su salida – Policías rurales, enmudecidos – ¿y un cura soñando con cerdos en un antiguo precipicio?

Esnifando el aire – ¿Louis apunta hacia el vacío? – Los clientes vomitan sus Coca-Colas – o miran fijamente – Louis humillado – Naomi triunfante – El Anuncio de la Conspiración. El bus llega, los choferes no quieren llevarlos a Nueva York.

Llamadas telefónicas al Dr. Zutano, «Ella necesita descansar», El hospital psiquiátrico – Doctores estatales de Greystone – «Tráigala acá, Sr. Ginsberg.»

Naomi, Naomi – sudando, bolsas en los ojos, gorda, el vestido desabotonado de un lado – el pelo sobre la frente, sus medias colgando perversamente de sus piernas – pidiendo a gritos una transfusión de sangre – una honrada mano levantada – un zapato en ella – descalza en la Farmacia –

Los enemigos se acercan – ¿qué venenos? ¿grabadoras? ¿FBI? ¿Zhdanov escondido detrás del mostrador? ¿Trotski mezclando bacterias de ratas en el fondo de la tienda? ¿El Tío Sam en Newark, tramando perfumes mortales en el barrio Negro? ¿El tío Ephraim, ebrio de violencia en el bar de los políticos, conspirando sobre La Haya? ¿La tía Rose orinando a través de las jeringas de la guerra civil española?

hasta que llegó la ambulancia contratada por 35 dólares desde Red Bank – La tomaron de los brazos – la amarraron en la camilla – gimiendo, envenenada por imaginarios, vomitando químicos a través de Nueva Jersey, pidiendo compasión desde el condado de Essex hasta Morristown –

y de vuelta a Greystone donde estuvo tres años – ese fue el último logro, entregarla nuevamente a la Casa de Locos –

En qué pabellones – tiempo después caminé por ahí, a menudo – viejas señoras catatónicas, grises como nubes o ceniza o muros – sentadas canturreando en el suelo – Sillas – y las arpías arrugadas se arrastran, acusando – mendigando mi compasión de trece años –

«Llévame a casa» – algunas veces fui solo, buscando a la perdida Naomi, que recibía terapia de shock – y yo le decía, «No, Mamá, estás loca, – Confía en los Doctores» –

Y Eugene, mi hermano, su hijo mayor, lejos de ella estudiando Leyes en una habitación amueblada de Newark –

llegó a Paterson al día siguiente – y se sentó en el destartalado sofá del salón – «Tuvimos que mandarla de vuelta a Greystone» –

– su rostro perplejo, tan joven, luego sus ojos llenos de lágrimas – que luego se deslizaban sobre su rostro llorando – «¿Para qué?» un lamento que vibraba en sus pómulos, los ojos cerrados, la voz aguda – La cara de dolor de Eugene.

Él lejos, escapó a un Ascensor en la Biblioteca de Newark, su diaria botella de leche en el alféizar de la habitación amueblada de 5 dólares a la semana en el centro junto a la línea del tranvía –

Trabajaba 8 horas al día por 20 dólares semanales – todos sus años en la Escuela de Leyes – vivió solo inocente cerca de las casas de putas de los negros.

Nadie lo llevó a la cama, pobre virgen – escribiendo poemas sobre Ideales y cartas políticas al editor de Pat Eve News – (los dos escribíamos, denunciando al Senador Borah y los Aislacionistas – y nos sentimos misteriosos hacia el Ayuntamiento de Paterson –

Me escabullí adentro una vez – la torre Moloch local con falo aguja & remate de ornamento, extraña Poesía gótica que se alzaba en Market Street – réplica del Hôtel de Ville de Lyon –

alas, balcón & portales con detalles finos, entrada al gigante reloj de la ciudad, el salón de mapas lleno de Hawthorne – el oscuro Debs en la Comisión de Impuestos – Rembrandt fumando en la penumbra –

Silenciosos escritorios pulidos en el gran salón del comité – ¿Aldermen? ¿Comisión de Finanzas? Mosca, el peluquero conspirando – Crapp el gánster emitiendo órdenes desde el baño – Los locos disputando sobre las Zonas, el Fuego, la Policía & la Metafísica de la Trastienda – todos estamos muertos – afuera junto a la parada de buses Eugene miraba fijo a través de la infancia –

donde el Evangelista predicó tres décadas como loco, pelo duro, chiflado y fiel a su mezquina Biblia – escribió con tiza Prepárate para Conocer a tu Dios en el pavimento cívico –

o Dios es Amor en el cemento de la pasarela del ferrocarril – despotricaba como yo despotricaría, el evangelista solitario – Muerte en el Ayuntamiento –)

Pero Gene, joven, estuvo 4 años en la Universidad Pedagógica de Montclair – enseñó medio año & renunció para salir adelante en la vida – temeroso de los Problemas Disciplinarios – estudiantes italianas de sexo oscuro, chicas frescas teniendo sexo, nada de inglés, indiferencia a los sonetos – y él no sabía mucho – solo que perdió –

así partió su vida en dos y pagó para estudiar Leyes – leyó inmensos libros azules y se subió al antiguo elevador a 13 millas en Newark & estudió duro por el futuro

acaba de encontrar el Grito de Naomi en el umbral de su fracaso, por última vez, Naomi no estaba, nosotros solitarios – en casa – él sentado ahí –

Entonces toma un poco de sopa de pollo, Eugene. El hombre del Evangelio llora frente al Ayuntamiento. Y este año Lou tiene poéticos amores de mediana edad suburbana – en secreto – música de su libro de 1937 – Sincero – anhela la belleza –

Ningún amor desde que Naomi gritó – ¿desde 1923? – ahora perdida en un pabellón de Greystone – un nuevo shock para ella – Electricidad, después de la Insulina 40.

Y el Metrazol la engordó.

De modo que unos pocos años después ella regresó a casa – lo habíamos anticipado y planificado mucho – esperé ese día – mi Madre cocinaría de nuevo & – tocaría el piano – cantaría acompañada de la mandolina – Guiso de Pulmón, & Stenka Razin, & la línea comunista en la guerra con Finlandia – y Louis endeudado – sospechas de dinero envenenado – misteriosos capitalismos

– & caminó por el largo pasillo & miró los muebles. Nunca

pudo recordarlo todo. Un poco de amnesia. Examinó las blondas – y los muebles del comedor habían sido vendidos –

la mesa de caoba – amor de 20 años – se fue a la tienda de usados – todavía teníamos el piano – y el libro de Poe – y la Mandolina, aunque le faltaba alguna cuerda y estaba polvorienta –

Fue a acostarse a la habitación del fondo para pensar, o dormir una siesta, esconderse – yo entré con ella, no dejarla nunca sola – me acosté en la cama junto a ella – las cortinas cerradas, atardecer crepuscular – Louis en el escritorio del salón, esperando – quizás el pollo hervido de la cena –

«No me tengas miedo porque estoy de vuelta en casa desde el hospital psiquiátrico – soy tu madre – »

Pobre amor, perdida – un miedo – me quedé ahí – Dije: «Te amo Naomi», – rígido, junto a su brazo. Habría llorado, ¿era esta la incómoda unión solitaria? – Nerviosa, y pronto se levantó.

¿Estuvo satisfecha alguna vez? Y – se sentaba sola en el sofá nuevo junto al ventanal del frente, inquieta – la mejilla apoyada en su mano – el ojo que se estrechaba – ante qué destino ese día –

Escarbando un diente con la uña, los labios formaban una O, sospecha – la vieja gastada vagina del pensamiento – la ausente mirada lateral – una perversa deuda escrita en el muro, sin pagar – & los envejecidos pechos de Newark se acercan –

Puede haber escuchado chismes radiales por los alambres en su cabeza, controlada por 3 grandes varillas instaladas en su espalda por gánsters en amnesia, a través del hospital – causando dolor entre sus hombros –

Dentro de su cabeza – Roosevelt debe conocer su caso, me dijo – Tienen miedo de matarla, ahora que el gobierno sabe sus nombres – que llegan hasta Hitler – quería abandonar la casa de Louis para siempre.

Una noche, un ataque repentino – sus ruidos en el baño – como si estuviera graznando su alma – convulsiones y vómito rojo saliendo de su boca – agua de diarrea explotando desde su trasero – en cuatro patas frente al inodoro – la orina corriendo entre sus piernas – abandonada a las arcadas sobre baldosas manchadas con sus negras heces – infatigable –

A los cuarenta, varicosa, desnuda, gorda, condenada, escondida al otro lado de la puerta del departamento cerca del ascensor llamando a la Policía, gritando a su amiga Rose para que la ayude –

Una vez se encerró con una navaja o yodo – podía escucharla toser entre lágrimas frente al lavamanos – Lou atravesó la puerta de vidrio pintada de verde, la sacamos hacia el dormitorio.

Luego tranquila durante meses ese invierno – paseos, sola, cerca de Broadway, leía el *Daily Worker* – Se quebró el brazo, se cayó en la calle helada –

Empezó a urdir un plan de escape de los asesinatos cósmico financieros – luego se escapó al Bronx donde su hermana Elanor. Y he ahí otra saga de la difunta Naomi en Nueva York.

O a través de Elanor en el Círculo de Obreros, donde trabajó, anotando direcciones en sobres, que ella hacía – iba a comprar sopa de tomate Campbell – ahorraba el dinero que Louis le mandaba –

Después encontró un novio, y era doctor – el Dr. Isaac trabajaba para la Unión Marítima Nacional – ahora calvo muñeco italiano viejo y rollizo – quien también era huérfano – pero lo expulsaron – Viejas crueldades –

Más descuidada, se sentaba en la cama o en una silla, con un corsé soñando para sí misma – «Tengo calor – estoy engordando – tenía una figura tan hermosa antes de ir al hospital – deberías haberme visto en Woodbine –» Esto en una habitación amueblada cerca del salón del Sindicato de Marineros, 1943.

Mirando fotos de bebés desnudos en la revista – anuncios de talco, papilla de zanahoria y cordero – «No voy a pensar nada más que pensamientos hermosos.»

Moviendo su cabeza en círculos sobre su cuello ante la luz de la ventana, en verano, en hipnosis, en memorias de sueños con palomas –

«Toco su mejilla, toco su mejilla, él toca mis labios con su mano, pienso pensamientos hermosos, el bebé tiene una mano hermosa.» –

O una No-sacudida de su cuerpo, asco – algún pensamiento de Buchenwald – un poco de insulina pasa por su cabeza – una mueca temblor nervioso en Involuntario (como tiemblo cuando meo) – mal químico en su corteza – «No, no pienses en eso. Es un soplón.»

Naomi: «Y cuando estamos muertos nos convertimos en una cebolla, un repollo, una zanahoria, una calabaza, una verdura.» Llego al centro desde Columbia y concuerdo. Ella lee la Biblia, piensa pensamientos hermosos todo el día.

«Ayer vi a Dios. ¿Cómo era? Bueno, en la tarde subí una escalera – él tiene una cabaña barata en el campo, como Monroe, NY las granjas avícolas en el bosque. Era un viejo solitario de barba blanca.

»Le preparé la cena. Le hice una rica cena – sopa de lentejas, verduras, pan & mantequilla – miltz – se sentó a la mesa y comió – estaba triste.

»Le dije: Mira todas esas peleas y matanzas por allá, ¿Qué pasa? ¿Por qué no le pones fin a esas cosas?

»Eso intento, dijo – Eso es todo lo que podía hacer, se veía cansado. Está soltero hace tanto tiempo y le gusta la sopa de lentejas.»

Mientras me servía un plato de pescado frío – repollo crudo picado lavado con agua del grifo – tomates pasados – comida naturista de hace una semana – remolachas & zanahorias ralladas goteando jugo, tibias – más y más comida desconsolada – a veces las náuseas me impiden comerla – la Caridad de sus manos hediondas con Manhattan, locura, deseos de complacerme, pescado crudo frío – rosado cerca de los huesos. Sus olores – y a menudo desnuda en el dormitorio, de modo que miro hacia delante o paso las páginas de un libro ignorándola.

Una vez pensé que estaba tratando de que me acostara con ella – coqueteando consigo misma en el lavabo – se echó en la enorme cama que ocupaba casi toda la habitación, el vestido levantado hasta las caderas, gran mata de pelo, cicatrices de operaciones, páncreas, heridas en el vientre, abortos, apéndice, costuras de incisiones desplegándose en la grasa como horribles y gruesos cierres – largos labios deshilachados entre sus piernas – ¿Qué, incluso, olor a culo? Yo estaba helado – luego un poco asqueado, no mucho – me parecía que quizás era una buena idea intentarlo – conocer el Monstruo del Útero del Comienzo – Quizás – de esa forma. ¿Le importaría? Ella necesita un amante.

Yisborach, v'yistabach, v'yispoar, v'yisroman, v'yisnaseh, v'yishador, v'yishalleh, v'yishallol, sh'meh d'kudsho, b'rich hu. Y Louis recuperándose en el sucio departamento de Paterson en el distrito negro – viviendo en oscuras habitaciones – pero encontró una chica con la que luego se casó, enamorándose de nuevo – aunque marchito & tímido – herido por 20 años del loco idealismo de Naomi.

Una vez volví a casa, después de un largo tiempo en NY, estaba solitario – sentado en el dormitorio, la silla del escritorio girada para darme la cara – solloza, lágrimas en ojos enrojecidos detrás de sus lentes –

Que lo habíamos abandonado – Gene extrañamente había ingresado en el ejército – ella había salido sola a NY, casi infantil en su habitación amueblada. Así que Louis caminaba al centro hasta correos para buscar la correspondencia, enseñaba en la secundaria – permanecía en el escritorio de la poesía, abandonado – comió pena en Bickford's todos estos años – se fueron.

Eugene se retiró del ejército, llegó a casa cambiado y solitario – se cortó la nariz en una operación judía – pasó años abordando chicas en Broadway invitándoles tazas de café para llevarlas a la cama – Fue a NYU, serio allí, para terminar Leyes. –

Y Gene vivió con ella, comió croquetas de pescado, baratas, mientras ella se volvía más loca – Adelgazó, o se sentía incapaz, Naomi haciendo poses de 1920 a la luna, medio desnuda en la cama de al lado.

se comía las uñas y estudiaba – era el extraño hijo-enfermero – Al año siguiente se cambió a una habitación cerca de Columbia – aunque ella quería vivir con sus niños –

«Escucha la súplica de tu madre, te lo ruego»– Louis seguía enviándole cheques – ese año estuve 8 meses en la casa de locos – mis propias visiones innombradas en este Lamento –

Pero entonces se volvió medio loca – Hitler estaba en su dormitorio, vio su bigote en el lavabo – ahora tenía miedo del Dr. Isaac, sospechaba que estaba involucrado en la conspiración de Newark – se fue al Bronx para vivir cerca del Corazón Reumático de Elanor –

Y el tío Max nunca se levantó antes del mediodía, a pesar de que Naomi escuchaba la radio a las 6 de la mañana buscando espías – o escrutando el alféizar, pues en el sitio vacío allá abajo, un viejo se arrastra con un bolso metiendo paquetes de basura en su abrigo negro.

Edie, la hermana de Max, trabaja – 17 años llevando los libros de Gimbels – vivía abajo en un departamento, divorciada – así que Edie recibió a Naomi en Rochambeau Avenue –

Cruzando la calle estaba el Cementerio Woodlawn, un amplio valle de tumbas donde Poe una vez – Última parada del subterráneo del Bronx – un montón de comunistas en esa área.

Que se matriculó en clases de pintura de noche en la Escuela de Adultos del Bronx – caminaba sola a clases bajo la vía elevada Van Cortlandt – pintaba Naomismos –

Humanos sentados en la hierba en algún Campamento de Ninguna Preocupación en veranos de antaño – santos de lacios rostros y largos pantalones mal ajustados, del hospital –

Novias frente al Lower East Side con novios bajitos – perdidos trenes elevados corriendo sobre los Babilónicos tejados de los departamentos del Bronx –

Tristes pinturas – pero se expresaba. Había perdido su mandolina, todas las cuerdas rotas en su cabeza, lo intentó. ¿Hacia la Belleza? ¿O algún Mensaje de la antigua vida?

Pero empezó a darle puntapiés a Elanor, y Elanor tenía problemas cardíacos – subió las escaleras y la interrogó durante horas sobre el Espionaje, – Elanor agotada. Max estaba en la oficina, llevando la contabilidad de las tabaquerías hasta la noche.

«Soy una gran mujer – soy verdaderamente un alma hermosa – y por eso ellos (Hitler, la Abuela, Hearst, los Capitalistas, Franco, el Daily News, los 20, Mussolini, los muertos vivientes) quieren silenciarme – Buba es la cabeza de una red de arañas – »

Pateando a las niñas, Edie & Elanor – Despertó a Edie a medianoche para decirle que era una espía y que Elanor era una delatora. Edie trabajaba todo el día y no pudo soportarlo – Estaba organizando el sindicato. – Y Elanor empezó a morir, arriba en cama.

Los parientes me llaman, está empeorando – yo era el único que quedaba – Fui a verla con Eugene en el metro, comimos pescado rancio –

«Mi hermana susurra por la radio – Louis debe estar en el apartamento – su madre le dice lo que tiene que decir – ¡MENTI-

ROSOS! – yo cocinaba para mis dos niños – yo tocaba la mandolina – »

Anoche me despertó el ruiseñor / Anoche cuando todo estaba en silencio / cantaba en la dorada luz de la luna / desde la colina invernal. Ella lo hizo.

La empujé contra la puerta y grité «¡NO PATEES A ELANOR!» – me miró fijamente – Desprecio – muere – no puede creer que sus hijos sean tan ingenuos, tan tontos – «¡Elanor es la peor espía! ¡Recibe órdenes!»

« – ¡No hay micrófonos en la habitación!» – le estoy gritando – último abandono, Eugene escuchando en la cama – qué puede hacer él para escapar de esa madre fatal – «Has estado lejos de Louis hace años – La abuela está demasiado vieja para caminar – »

De pronto estamos todos vivos – incluso yo & Gene & Naomi en una mitológica habitación Primesca – gritándonos en la Eternidad – yo con la chaqueta de Columbia, ella a medio vestir. Yo golpeando contra su cabeza que veía Radios, Varillas, Hitlers – toda la gama de Alucinaciones – realmente – su propio universo – ninguna ruta que lleve a otro lado – al mío – No América, ni siquiera un mundo –

Que uno se va como todos los hombres, como Van Gogh, como Hannah la loca, todos igual – a la condena final – ¡Truenos, Espíritus, Relámpagos! ¡He visto tu tumba! ¡Oh extraña Naomi! ¡Mi propia – tumba partida! Shema Y'Israel – yo soy Svul Avrum – tú – ¿en la muerte?

Tu última noche en la oscuridad del Bronx – llamé por teléfono – a través del hospital a la policía secreta.

Que llegó, cuando tú y yo estábamos solos, gritándole a Elanor en mi oído – que respiraba dificultosamente en su cama, enflaquecida –

Tampoco olvidaré, el golpe en la puerta, ante tu miedo a los espías, – la Ley avanzando, en mi honor – la Eternidad entrando en la habitación – tú corriendo al baño desnuda, escondiéndote en protesta del último destino heroico –

mirándome a los ojos, traicionada – los policías finales de la locura rescatándome – de tu pie contra el corazón roto de Elanor,

tu voz hacia Edie cansada de Gimbels llegando a casa a encontrar la radio rota – y Louis con necesidad de un divorcio pobre, quiere casarse pronto – Eugene soñando, escondido en la calle 125, demandando negros por dinero en muebles mugrientos, defendiendo chicas negras –

Protestas desde el baño – Dijiste que estabas cuerda – vestida con una bata de algodón, tus zapatos, entonces nuevos, tu cartera y tus recortes de periódicos – no – tu honestidad –

mientras en vano hacías tus labios más reales con lápiz labial, mirando en el espejo para ver si la Locura era Yo o un montón de policías.

o la Abuela espiando a los 78 años – Tu visión – Ella escalando por los muros del cementerio con un bolso de secuestrador político – o lo que viste en los muros del Bronx, en un rosado camisón a medianoche, mirando por la ventana sobre el sitio vacío –

Ah Rochambeau Avenue – Parque de Juegos para Fantasmas – el último departamento del Bronx para espías – último hogar para Elanor o Naomi, aquí estas hermanas comunistas perdieron su revolución –

«Bueno – póngase su abrigo señora – vamos – Tenemos el furgón abajo – ¿usted quiere acompañarla a la estación?»

Luego el viaje – tomé la mano de Naomi, y su cabeza apoyada sobre mi pecho, soy más alto – la besé y dije que lo había hecho por su bien – Elanor enferma – y Max con sus problemas cardíacos – Necesidades –

A mí – «¿Por qué hiciste esto?» – «Sí señora, su hijo tiene que dejarla en una hora» – La Ambulancia

llegó a las pocas horas – se fue a eso de las 4 de la mañana a algún Bellevue en la noche del centro – se fue a un hospital para siempre. Vi cómo se la llevaban – se despidió con la mano, lágrimas en sus ojos.

Dos años, después de un viaje a México – inhóspito en la llanura cerca de Brentwood, matorrales y hierba en torno a las vías abandonadas del tren a la casa de locos –

nuevo edificio central de ladrillo de 20 pisos – perdido en los vastos prados de la ciudad de los locos en Long Island – inmensas ciudades de la luna.

El asilo despliega sus inmensas alas sobre el camino que conduce a un diminuto agujero negro – la puerta – entrada por la entrepierna –

Entré – olía raro – nuevamente los pasillos – subir por el ascensor – hasta una puerta de vidrio en el Pabellón de Mujeres – hacia Naomi – Dos blancas enfermeras tetonas – La condujeron afuera, Naomi miraba fijo – y yo apenas respiraba – Había tenido un derrame –

Demasiado delgada, encogida sobre sus huesos – la edad llegó a Naomi – ahora quebrada entre las canas – un holgado vestido sobre su esqueleto – el rostro hundido, ¡viejo! – marchita – mejilla de anciana –

Una mano tiesa – la pesadez de los cuarenta & la menopausia reducidas por un infarto, coja ahora – arrugas – una cicatriz en su cabeza, la lobotomía – ruina, la mano zambulléndose en la muerte –

Oh cara de rusa, mujer en la hierba, tu pelo largo negro coronado de flores, la mandolina sobre tus rodillas –

Belleza comunista, siéntate aquí casada en el verano entre margaritas, la felicidad prometida al alcance de la mano –

madre santa, ahora sonríes a tu amor, tu mundo ha renacido, los niños corren desnudos en el prado salpicado de dientes de león,

ellos comen en el pequeño bosque de ciruelos al final de la pradera y encuentran una cabaña donde un negro canoso enseña los misterios de su barril de lluvia –

bendita hija ven a América, anhelo escuchar tu voz de nuevo, recordando la música de tu madre, en la Canción del Frente Natural –

Oh gloriosa musa que me parió de su vientre, que me dio a mamar la primera vida mística & me enseñó el habla y la música, de cuya cabeza doliente tomé Visión por primera vez –

Torturada y golpeada en la calavera – Qué locas alucinaciones de los condenados me expulsan de mi propia calavera para buscar la Eternidad hasta que encuentre Paz para Ti, Oh Poesía – y para toda la humanidad llamada al Origen

¡La Muerte que es la madre del universo! – Ahora viste tu desnudez para siempre, flores blancas en tu pelo, tu matrimonio sellado tras el cielo – ninguna revolución que pueda destruir esa pureza –

Oh hermosa Garbo de mi Karma – todas las fotos de 1920 en el Campamento Nicht-Gedeiget no han cambiado aquí – con todos los profesores de Newark – Ni Elanor se ha ido, ni Max espera su espectro – ni Louis se retira de su High School –

¡Atrás! ¡Tú! ¡Naomi! ¡La calavera en ti! Llegan la delgada inmortalidad y la revolución – pequeña mujer rota – los cenicientos ojos puertas adentro de los hospitales, el gris de los pabellones en la piel –

«¿Eres un espía?» Me senté en la amarga mesa mientras mis ojos se llenaban de lágrimas – «¿Quién eres? ¿Te mandó Louis? – Los alambres – » en su pelo, mientras se pega en la cabeza – «¡No soy una niña mala! – ¡no me maten! – yo escucho el cielorraso – crié dos niños – »

Dos años desde mi última visita – Comencé a llorar – Ella me miró fijamente – la enfermera interrumpió la reunión un momento – fui a esconderme en el baño, apoyado en los blancos muros del inodoro

«El Horror» yo sollozaba – por volver a verla – «El Horror» – a través de la podredumbre funeraria como si estuviera muerta – «¡El Horror!»

Regresé ella gritaba más – se la llevaron – «Tú no eres Allen – » Miré su rostro – pero pasó de largo frente a mí, sin mirar –

Abrieron la puerta al pabellón, – entró sin mirar atrás, súbitamente tranquila – miré hacia afuera – se veía vieja – el borde de la tumba – «¡Todo el Horror!»

Un año más, me fui de NY – en la Costa Oeste en una cabaña de Berkeley soñé con su alma – que, a través de la vida, bajo qué forma permanecía en ese cuerpo, ceniciento o maníaco, ida más allá de la alegría –

cerca de su muerte – con ojos – era mi propio amor bajo esa forma, la Naomi, mi madre en la tierra todavía – le mandé una larga carta – & escribí himnos a los locos – Obra del misericordioso Dios de la Poesía.

que hace verde al pasto quebrado, o que la piedra se quiebre sobre el pasto – o que el Sol sea constante a la tierra – Sol de todos los girasoles y los días sobre brillantes puentes de hierro – que resplandece sobre los viejos hospitales – y sobre mi patio –

Una noche regresando de San Francisco, Orlovsky en mi dormitorio – Whalen en su apacible silla – un telegrama de Gene, Naomi muerta –

Afuera incliné mi cabeza hacia el suelo bajo los arbustos cerca del garaje – supe que estaba mejor –

al fin – ya no abandonada a mirar la Tierra sola – 2 años de soledad – nadie, cerca de los 60 – vieja mujer de calaveras – alguna vez la Naomi Bíblica de largos bucles –

o Ruth que lloró en América – Rebeca envejecida en Newark – David recordando su Arpa, ahora un abogado en Yale

o Svul Avrum – Israel Abraham – yo mismo – para cantar a Dios en tierras salvajes – ¡Oh Elohim! – entonces al final – 2 días después de su muerte recibí su carta –

¡Extrañas Profecías nuevas! Escribió – «La llave está en la ventana, la llave está en la luz del sol en la ventana – Yo tengo la llave – Cásate Allen no tomes drogas – la llave está en las rejas, en la luz del sol en la ventana.

Con amor,

tu madre»

que es Naomi –

HIMMNNO

En el mundo que Él ha creado según su voluntad Bendito Alabado Magnificado Loado Glorificado el Nombre del Santísimo ¡Bendito sea Él!

¡En la casa de Newark Bendito sea Él! ¡En el manicomio Bendito sea Él! ¡En la casa de la muerte Bendito sea Él!

¡Bendito sea Él en la homosexualidad! ¡Bendito sea Él en la Paranoia! ¡Bendito sea Él en la ciudad! ¡Bendito sea Él en el Libro!

¡Bendito sea Aquel que reside en la sombra! ¡Bendito sea Él! ¡Bendito sea Él!

¡Bendita seas tú Naomi entre lágrimas! ¡Bendita seas tú Naomi entre miedos! ¡Bendita Bendita Bendita en la enfermedad!
¡Bendita seas tú Naomi en Hospitales! ¡Bendita seas tú Naomi en soledad! ¡Bendito sea tu triunfo! ¡Benditas sean tus rejas! ¡Bendita sea la soledad de tus últimos años!
¡Bendito sea tu fracaso! ¡Bendito sea tu derrame! ¡Bendito sea el cerrarse de tu ojo! ¡Bendita sea la delgadez de tu mejilla! ¡Benditos sean tus muslos marchitos!
¡Bendita seas Tú Naomi en la Muerte! ¡Bendita sea la Muerte! ¡Bendita sea la Muerte!
¡Bendito sea Él que conduce todo el dolor al Cielo! ¡Bendito sea Él en el fin!
¡Bendito sea Él que construye el Cielo en la Oscuridad! ¡Bendito Bendito Bendito sea Él! ¡Bendito sea Él! ¡Bendita sea la Muerte en Todos nosotros!

III

Solo no haber olvidado el principio en el cual bebió bebidas baratas en las morgues de Newark,
solo haberla visto llorar sobre mesas grises en los largos pabellones de su universo
solo haber conocido las extrañas ideas de Hitler en la puerta, los alambres en su cabeza, las tres grandes varillas
metidas en su espalda, las voces en el cielorraso gritando sus feos polvos precoces por 30 años,
solo haber visto los saltos temporales, lapsus de la memoria, el estruendo de las guerras, el rugido y el silencio de vastos electroshocks,
solo haberla visto pintando toscos cuadros de trenes elevados corriendo sobre los tejados del Bronx
sus hermanos muertos en Riverside o en Rusia, ella solitaria en Long Island escribiendo una última carta – y su imagen en la luz del sol en la ventana
«La llave está en la luz del sol en la ventana en las rejas la llave está en la luz del sol»,
solo haber llegado a esa noche oscura sobre una cama de hierro mediante un derrame cuando el sol ha caído en Long Island

y el inmenso Atlántico ruge la gran llamada del Ser a los suyos
para que regresen de la Pesadilla – creación dividida – con su cabeza apoyada en una almohada del hospital para morir
– en una última mirada – toda la Tierra una eterna Luz en el apagón familiar – no hay lágrimas para esta visión –
Sino que la llave debe ser dejada acá – en la ventana – la llave en la luz del sol – para los vivos – que pueden tomar
esa tajada de luz con la mano – y abrir la puerta – y mirar hacia atrás y ver
la Creación resplandeciente marcha atrás hacia la misma tumba, del tamaño del universo,
el tamaño del tic del reloj del hospital en el arco sobre la puerta blanca –

IV

Oh madre
qué he dejado afuera
Oh madre
qué he olvidado
Oh madre
adiós
con un largo zapato negro
adiós
con el Partido Comunista y una media rota
adiós
con seis oscuros vellos en el lunar de tu pecho
adiós
con tu viejo vestido y una larga barba negra alrededor de la vagina
adiós
con tu barriga fláccida
con tu miedo a Hitler
con tu boca de malos cuentos
con tus dedos de mandolinas podridas
con tus brazos de gordas terrazas de Paterson
con tu vientre de huelgas y chimeneas
con tu barbilla de Trotski y la guerra civil española

con tu voz cantando por los obreros envejecidos quebrantados
con tu nariz de mal polvo con tu nariz de olor a pepinillos de Newark
con tus ojos
con tus ojos de Rusia
con tus ojos de no hay dinero
con tus ojos de falsa porcelana china
con tus ojos de Tía Elanor
con tus ojos de India hambrienta
con tus ojos meando en el parque
con tus ojos de América dejándose perder
con tus ojos de tu fracaso en el piano
con tus ojos de tus parientes en California
con tus ojos de Ma Rainey muriendo en una ambulancia
con tus ojos de Checoslovaquia atacada por robots
con tus ojos yendo a clases vespertinas de pintura en el Bronx
con tus ojos de la Abuela asesina que ves en el horizonte desde la Salida de Incendios
con tus ojos corriendo desnuda afuera del departamento y gritando en el corredor
con tus ojos siendo arrastrada por policías hasta una ambulancia
con tus ojos amarrada a la mesa de operaciones
con tus ojos con el páncreas extirpado
con tus ojos de cirugía del apéndice
con tus ojos de aborto
con tus ojos de ovarios extirpados
con tus ojos de electroshock
con tus ojos de lobotomía
con tus ojos de divorcio
con tus ojos de derrame
con tus ojos sola
con tus ojos
con tus ojos
con tu Muerte llena de Flores

V

Crar crar crar graznan los cuervos bajo el sol blanquecino sobre las lápidas de Long Island
Señor Señor Señor Naomi bajo esta hierba la mitad de mi vida y la mía como la suya
crar crar mi ojo sea enterrado en la misma Tierra donde estoy de pie en Ángel
Señor Señor gran Ojo que mira atento a Todos y se mueve en una nube oscura
Crar crar extraños gritos de Seres arrojados hacia el cielo sobre oleadas de árboles
Señor Señor Oh triturador de gigantes Más-Allás mi voz en un ilimitado campo en el Sheol
Crar crar el llamado del Tiempo alquiler del pie y el ala un instante en el universo
Señor Señor un eco en el cielo el viento a través de hojas rotas el rugido de la memoria
crar crar todos los años mi nacimiento un sueño crar crar Nueva York el bus el zapato roto la inmensa secundaria crar crar todo Visiones del Señor
Señor Señor Señor crar crar crar Señor Señor Señor crar crar crar Señor

París, diciembre de 1957-Nueva York, 1959

MENSAJE

Desde que cambiamos
follamos giramos trabajamos
lloramos y meamos juntos
me despierto por la mañana
con un sueño en los ojos
pero tú estás lejos en NY
recordándome Bien
te amo te amo
& tus hermanos están locos
acepto sus alcohólicos casos
Hace demasiado que estoy solo
hace demasiado que me siento en la cama
sin nadie que me toque la rodilla, hombre
o mujer ya no me importa qué, yo
quiero amor para eso nací te quiero conmigo ahora
Los barcos hierven sobre el Atlántico
Delicadas estructuras de acero en rascacielos inacabados
La cola del dirigible ruge sobre Lakehurst
Seis mujeres bailan en un escenario rojo desnudas
Las hojas están verdes en todos los árboles de París ahora
En dos meses estaré en casa y te miraré a los ojos

París, mayo de 1958

A LA TÍA ROSE

Tía Rose – ahora – podría verte
con tu delgado rostro y tu sonrisa llena de dientes y dolor
de reumatismo – y un largo y pesado zapato negro
para tu huesuda pierna izquierda
cojeando por el pasillo de Newark sobre la alfombra de diario
más allá del piano de cola negro
en el salón
donde se hacían las fiestas
y yo cantaba canciones republicanas españolas
en una voz aguda y chillona
(histérico) el comité escuchaba
mientras tú cojeabas por la habitación
juntabas el dinero –
Tía Miel, Tío Sam, un extraño con un vendaje
en su bolsillo
y una inmensa y prematura cabeza pelada
de la Brigada Abraham Lincoln

– tu cara larga y triste
tus lágrimas de frustración sexual
(cuántos llantos ahogados y caderas huesudas
bajo las almohadas de Osborne Terrace)
– cuando me paré desnudo encima del retrete
y tú espolvoreaste mis muslos con calamina
para curar la hiedra venenosa – mi tiernos
y vergonzosos primeros vellos negros
qué pensabas en el secreto corazón entonces
sabiendo que yo ya era un hombre –
y yo una ignorante nena de familia silencio en el delgado pedestal
de mis piernas en el baño – Museo de Newark.

Tía Rose
Hitler está muerto, Hitler está en la Eternidad; Hitler está con
Tamerlán y Emily Brontë
Aunque aún te veo caminar, un fantasma en Osborne Terrace

por el largo pasillo oscuro hasta la puerta de enfrente
cojeando un poco con una sonrisa contraída
en lo que debe haber sido un florido
vestido de seda
recibiendo a mi padre, el Poeta, en su visita a Newark
– te veo llegando al salón
bailando sobre tu pierna tullida
y aplaudiendo porque su libro
había sido aceptado por Liveright

Hitler está muerto y Liveright quebró
El ático del pasado y *El minuto interminable* se agotaron
El tío Harry vendió su última media de seda
Claire abandonó la escuela de danza interpretativa
Buba sentada es un arrugado monumento en el Hogar
de Ancianas cerrando un ojo a los nuevos bebés

la última vez que te vi fue en el hospital
pálida calavera prominente bajo la piel cenicienta
chiquilla inconsciente de venas azules
en una tienda de oxígeno
la guerra en España terminó hace mucho tiempo
Tía Rose

París, junio de 1958

EL CAMBIO: TREN EXPRESO KIOTO-TOKIO

I

Magos negros

Llego a casa: la imagen de la carne rosada
        la imagen negra y amarilla con
        diez dedos y dos ojos
ya es inmensa: el oscuro
        y rizado vello púbico, el
        estómago ciego y hueco,
la suave silenciosa y abierta vagina
        extraño vientre del nuevo nacimiento
verga solitaria y dichosa de estar en casa
                    una vez más
tocada por manos y bocas,
        por labios peludos–

¿Cerrar los portales del festival?

Abrirlos a lo que ES,
El colchón cubierto con sábanas,
        suaves almohadas de piel,
largo y suave cabello y delicadas
        palmas sobre las nalgas
        que tímidamente tocan,
esperando una señal, un pulso
        suavidad de las bolas, rugosos
        pezones que solos en la oscuridad
        encuentran un dedo desconocido;
Lágrimas bienvenidas y risa
        Bienvenida
Soy lo que soy–

            Alejado de esto
Empiezan las maquinaciones, la ruleta,
        ondas cerebrales, dados de hueso,

motocicletas estroboscópicas
escamosas serpientes
esteroscópicas curvándose a través
de nublados espacios de
lo que no es–
«retorcido, lanzándose sobre
una hormiga, una conflagración, una–»

II

¡Mierda! Intestinos que hierven en arenas ardientes
arrastran cerebro amarillo sudor helado
tierra desbalanceada vomitan a través
de lágrimas, mocos ganglios zumbadores
la Serpiente Eléctrica se levanta hipnótica
barajando bobinas de ojos metálicos
girando anillos dentro de las ruedas
desde el agujero del culo a la columna
Ácido en la garganta el pecho
un nudo tembloroso Tragar de nuevo
la bola negra y peluda del gran
Miedo

¡Oh!

La lastimosa serpiente se arrastra
en mi cama bebés no deseados de
culebra cubiertos de venas y poros
respiran pesadamente con temeroso amor
un Belén metálico afuera de la ventana
los perdidos, los perdidos fantasmas
hambrientos están vivos aquí atrapados
en habitaciones alfombrada   Cómo puedo
ser enviado al Infierno
con mi piel y mi sangre

Oh, me acuerdo de mí mismo tan

Jadeante, viendo amanecer sobre
el bajo Manhattan   los puentes
cubiertos de óxido, el limo
en mi boca y en mi culo, chupando
su verga como un bebé y gritando
métemela en el culo   Hazle el amor
a este esclavo podrido   Dame el
poder de azotar & comerme tu corazón
soy el dueño de tu vientre & de tus ojos
hablo a través de los gritos que
salen de tu boca Mantra Negro Jódete
Métemela Madre Hermano Amigo
viejo canoso depravado estremeciéndose
en el suelo del baño de un tugurio–

Oh, qué herido, qué herido, yo,
asesino de hermosas mujeres chinas

Llegará por las vías férreas, bajo
las ruedas, odiando borracho gritando
a través de una delgada metralleta, va
a salir de la boca del piloto
el diplomático de labios secos, la profesora
peluda saldrá de mí una vez más
cagando carne por mis orejas
en mi lecho de muerte y cáncer

Oh, hombre que lloras mujer que lloras
almacenero de la guerrilla que lloras
rostro de disentería que llora en
la calle urinario del Yo

Oh, Negro golpeado en el ojo en
mi casa, oh, magos negros
con sotanas de piel blanca hirviendo
los estómagos de sus hijos para
no morir y seguir temblando bajo la forma
de Serpiente & gusano por siempre

mentes Poderosas & sobrehumano
rugido del volcán & cohete en
Tus entrañas–

Saludo tu deseo feroz, tu
orgullo Divino, la puerta de mi Paraíso
no cerrará hasta que todos
estemos adentro–

Todas las formas humanas, todos
los monos & burros temblorosos, todos
los amantes convertidos en fantasmas
todos los sufrientes en los trenes &
los cuerpos de taxis huyeron veloces
de su cita con el deseo, viejas películas,
todos los que fueron rehusados–

Todo lo que fue rechazado, los
leprosos del sexo hambrientos de
convenciones nazis, marxistas árabes
de mejillas pronunciadas de Acco
Cruzados que mueren de hambre
en Tierra Santa–

Buscando el Gran Espíritu del
Universo bajo una forma terrible
y divina, Oh judíos sufrientes
quemados en el fuego sin esperanza
Oh delgados y devotos sadhus bengalíes
a la madre Kali y la pesadilla
de sus calaveras colgantes ¡Oh yo mismo
bajo sus pies que pisan
fuerte!

Sí, soy esa alma gusano bajo
los cascos de los caballos demonio
soy ese hombre temblando para morir
vomitando & en trance en eternidades

de bambú con el vientre desgarrado por
las rojas manos de hijos de chinos
corteses–Ven con dulzura
ahora de vuelta a mi Yo como era–

Allen Ginsberg dice esto: Yo soy
una masa de llagas y gusanos
& calvicie & panza & olores
yo soy el falso Nombre la presa
de Yamantaka Devorador de
sueños Extraños, la presa de la
radiación & los Infiernos Policiales de la ley

Yo soy lo que soy Yo soy el
hombre & el Adán del cabello en
mis entrañas Este es mi espíritu y
la forma física con que habito
este Universo Oh llorando
ante lo que por ahora
es mi propia naturaleza

¿Quién podría negar la belleza
de sus propias formas en su
momento soñado en la cama?
¿Quién ve sus deseos de ser
horrible en lugar de sí mismo?

¿Quién es, quién se avergüenza, quién perece,
quién renace como colorado bebé
Gritón? ¿Quién se avergüenza de miedo
ante esa forma
carnosa?

En este sueño yo soy el Soñador
y el Soñado Yo soy
el que soy Ah, pero siempre
he sabido

uuuh por el odio que he gastado
negando mi imagen & maldiciendo
los pechos de la ilusión–
Gritando a los asesinos, temblando
entre sus piernas por miedo a las
pistolas de acero de mi mortalidad–

Ven, dulce espíritu solitario, regresa
a tus cuerpos, ven gran Dios
regresa a tu imagen única, ven
a tus muchos ojos & pechos,
ven a través del pensamiento y
movimiento sube por todos tus
brazos el gran gesto de
Paz & aceptación Abhaya
Mudra Mudra de la valentía
¡Mudra del Elefante Calmo &
el fin del miedo a la guerra!

La guerra, la guerra contra el Hombre, la
guerra contra la mujer, los ejércitos
fantasmas reunidos desaparecen en
sus reinos

Libros de los muertos chinos y estadounidenses
tiemblan las setenta mil campanas de
Orleans a Argelia, todas tiemblan
mientras tiernos soldados lloran

Los jóvenes poetas de Rusia se alzan
para besar el alma de la revolución
en Vietnam el cuerpo es quemado
para mostrar la verdad de solo el
cuerpo en el Kremlin y la Casa Blanca
los maquinadores se retiran
lloran de sus maquinaciones–

En mi asiento de tren renuncio

a mi poder, para así realmente
vivir y morir luego

Por ahora pongamos fin al vómito, los
recortes & pinzas en la calavera,
el miedo a los huesos, que intentan
atrapar al hombre mujer & bebé.

Dejen que el dragón de la Muerte
salga de su
cuadro en el remolino
oscuro de las nubes blancas

Y chupe sueños cerebros &
exija estos corderos por su
carne, déjenlo alimentarse
y ser otro distinto a mí

Hasta que llegue mi turno y yo
ingrese en esas fauces y me transforme
en una roca ciega y cubierta
de helechos neblinosos que
hoy no soy el todo

sino un universo de pie y aliento
& pensamiento cambiante y
manos ardientes & corazón
suavizado en la vieja cama de
mi piel   Desde este único
nacimiento el renacido que soy
para ser tan–

Mi propia identidad ahora anónima
ni hombre ni dragón ni
Dios

sino el Yo soñador lleno
de los rayos físicos de tiernas

lunas rojas en mi vientre &
Estrellas en mis ojos que giran

¡Y el Sol el Sol el
Sol mi padre visible
hace visible mi cuerpo
a través de mis ojos!

Tokio, 18 de julio de 1963

Y los Comunistas no tienen nada que ofrecer sino gordas mejillas y anteojos y policías mentirosos
y los Capitalistas ofrecen Napalm y dinero en maletines verdes a los Desnudos,
y los Comunistas crean industria pesada pero el corazón también es pesado
y los ingenieros hermosos están todos muertos, los técnicos secretos conspiran por su propio glamour
en el Futuro, en el Futuro, pero ahora toman vodka y lamentan las Fuerzas de Seguridad,
y los Capitalistas toman ginebra y whiskey en aviones pero dejan que los millones de cafés de la India mueran de hambre
y cuando los imbéciles Comunistas y Capitalistas se enredan el hombre Justo es apresado o asaltado o acaba con la cabeza cortada,
pero no como Kabir, y la tos de cigarrillo del hombre Justo sobre las nubes
bajo la brillante luz del sol es un homenaje a la salud del cielo azul.
Porque fui apresado tres veces en Praga, una vez por cantar borracho en la calle Narodni,
otra vez fui derribado sobre el pavimento a medianoche por un agente bigotón que gritó BOUZERANT
y la última por perder mis cuadernos con inusuales opiniones sueños políticas del sexo,
y fui enviado desde La Habana en avión por detectives con uniformes verdes,
y fui enviado desde Praga en avión por detectives con ternos checoslovacos,
jugadores de cartas sacados de un cuadro de Cézanne, los dos extraños muñecos que entraron en la habitación de Joseph K al amanecer
entraron también a la mía, se sentaron a comer en mi mesa y examinaron mis escritos
y me siguieron día y noche de las casas de mis amantes a los cafés en el Centrum–

Y yo soy el Rey de Mayo, que es el poder de la juventud sexual,
y yo soy el Rey de Mayo, que es la industria de la elocuencia y la acción amorosa,
y yo soy el Rey de Mayo, que es la larga cabellera de Adán y la Barba de mi propio cuerpo,
y yo soy el Rey de Mayo, que se dice Kraj Majales en la lengua checoslovaca,
y yo soy el Rey de Mayo, que es la vieja poesía Humana y 100.000 personas eligieron mi nombre,
y yo soy el Rey de Mayo y en unos pocos minutos aterrizaré en el aeropuerto de Londres,
y yo soy el Rey de Mayo, naturalmente, porque estoy emparentado con los Eslavos y soy un Judío Budista
que venera el Sagrado Corazón de Jesús el cuerpo azulado de Krishna la recta espalda de Ram
los collares de Chango el Nigeriano cantando Shiva Shiva en una manera que yo mismo inventé
y ser el Rey de Mayo es un honor centroeuropeo, mío en el siglo XX
a pesar de naves espaciales y de la Máquina del Tiempo, porque escuché la voz de Blake en una visión,
y repito esa voz. Soy el Rey de Mayo que se acuesta con adolescentes y ríe.
Y yo soy el Rey de Mayo, que ojalá sea expulsado de mi Reino con Honores, como en la antigüedad,
para mostrar la diferencia entre el Reino de César y el Reino de Mayo del Hombre–
Y yo soy el Rey de Mayo, algo paranoico, porque Reino de Mayo es demasiado hermoso para durar más de un mes–
y yo soy el Rey de Mayo porque llevé mi dedo hasta mi frente en un saludo
a las manos temblorosas de una luminosa chica robusta que dijo: «un momento, Sr. Ginsberg»
antes de que un joven y gordo policía de civil se interpusiera entre nuestros cuerpos–yo me estaba yendo a Inglaterra–
y yo soy el Rey de Mayo, regresando para ver los campos de Bunhill y caminar por Hampstead Heath,
y yo soy el Rey de Mayo, montado en un enorme avión de reac-

ción que se posa en el aeródromo de Albión temblando de miedo
mientras ruge para aterrizar en el concreto gris, se sacude & expele aire,
y gira lentamente para detenerse bajo las nubes con parte del cielo azul todavía visible.
Y pese a que soy el Rey de Mayo, los marxistas me han golpeado en las calles, me encerraron toda la noche en la Estación de Policía, me siguieron por toda la Praga primaveral, me detuvieron en secreto y me deportaron de mi Reino.
En consiguiente, escribí este poema sentado en un avión en medio del Cielo.

7 de mayo de 1965

CON QUIÉN SER AMABLE

Sé amable contigo mismo, eres solamente uno
    y perecible
entre muchos en este planeta, tú eres ese
que desea un suave dedo que trace la
línea que va de las tetillas al pubis–
ese que desea una lengua que bese su axila.
    un labio sobre la mejilla en la
    blancura de tu muslo–
Harry, sé amable contigo mismo, porque la crueldad
    llega cuando el cuerpo explota
napalm cáncer y el lecho de muerte en Vietnam
es un lugar extraño para soñar con árboles
    inclinados y furiosos rostros estadounidenses
sonriendo con terror noctámbulo sobre tu
    último ojo–
Sé amable contigo mismo, porque el deleite de tu propia
    bondad mañana inundará a la policía,
porque la vaca llora en el campo y el
    ratón en el agujero del gato–
Sé amable con este lugar, que es tu habitación
    actual, con grúa y torre radar
    y flores en el viejo arroyo–
Sé amable con tu vecino que derrama
    sólidas lágrimas en el sofá viendo la televisión,
no tiene otro hogar y no escucha nada más
    que la dura voz de los teléfonos
clic, zumbido, cambia de canal y el inspirado
    melodrama desaparece
y se queda solo toda la noche, desaparece
    en la cama–
Sé amable con tu madre y tu padre antes que se
    desvanezcan mirando por la ventana de la terraza
    al lechero y la carroza doblando la esquina
Sé amable con el político que llora en las galerías
    del Whitehall, del Kremlin, de la Casa Blanca

el Louvre y Phoenix
envejecido, narigón, enojado y marcando nerviosamente
el teléfono la laringe calva conectada a
electrodos que convergen subterráneamente a través
de cables más vastos que la mirada de un gatito
sobre el lóbulo del miedo con forma de hongo
debajo de la oreja del durmiente Dr. Einstein
cubierto de gusanos, cubierto de gusanos, cubierto
de gusanos llegó la hora–
Enfermas, insatisfechas, sin amor, ¡las gigantescas
frentes del Capitán Premier Presidente
Sir Camarada Miedo!
Sé amable con ese temeroso que está a tu lado
Que está recordando las Lamentaciones
de la Biblia
las profecías del Adán Crucificado   Hijo
de todos los porteros y aseadores del
Bell   gravia–
Sé amable contigo mismo que lloras bajo
la luna de Moscú y escondes tus pelos de placer
bajo un impermeable y Levi's de gamuza–
Porque este es el gozo de haber nacido, la bondad
recibida a través de extraños anteojos en
un bus que cruza Kensington,
el toque de un dedo londinense en tu pulgar,
que prende su cigarrillo con el tuyo,
la sonrisa matinal en la estación central
de Newcastle, cuando Tom el rubio pelilargo
marido recibe al barbudo extraño de los teléfonos–
el bum bum que rebota en las gozosas entrañas
cuando los juglares de Liverpool del
Cavernsink
elevan sus gozosas voces y guitarras
en un eléctrico Afric Hurra
por Jerusalén–
Los santos vienen marchando, Twist &
Shout y las Puertas del Edén son nombradas
una vez más en Albión

La esperanza canta un salmo negro de Nigeria
y hace eco en un salmo blanco en Detroit
y vuelve a hacer eco amplificado de Nottingham a Praga
y se oirá un salmo chino, si todos nosotros
vivimos nuestras vidas seis décadas más–
Sé amable con el salmo chino en el transistor rojo
de tu pecho–
Sé amable con el Monje en el 5 Spot que toca
solitarios acordes golpeados en su inmenso piano
perdido en el espacio sobre una banca oyéndose a sí mismo
en el universo club nocturno–
Sé amable con los héroes que perdieron sus
nombres en el periódico
y solo oyen sus propias súplicas por
el pacífico beso del sexo en los gigantescos
auditorios del planeta,
voces sin nombre llorando por ternura en la orquesta,
gritando de angustia porque la dicha se haga realidad
y los gorriones canten cien años más
a bebés de blancas cabelleras
y los poetas sean locos de su propio deseo–¡Oh, Anacreonte
y angelical Shelley!
Guíen a estas generaciones de flamantes pezones en naves
espaciales al próximo universo de Marte
La oración es para el hombre y la muchacha, los únicos
dioses, únicos señores de los Reinos del
Sentimiento, Cristos de sus propias
costillas vivientes–
Cadena de bicicleta y ametralladora, mueca y olor
del miedo fría lógica de la Bomba del Sueño
han llegado a Saigón, Johannesburgo,
Dominica, Phnom Penh, el Pentágono
París y Lhasa–
Sé amable con el universo del Yo que
tiembla y se estremece y se emociona
en el siglo XX,
que abre sus ojos y su vientre y su pecho
encadenado con carne para sentir

la miríada de flores de la dicha
que Yo Soy para Ti–
¡Un sueño! ¡Un Sueño! ¡No quiero estar solo!
¡Quiero saber que soy amado!
Deseo la orgía de nuestra carne, la orgía
de ver todos los ojos felices, la orgía del alma
besando y bendiciendo a su crecido cuerpo
mortal,
la orgía de la ternura debajo del cuello, la orgía de
la bondad para el muslo y la vagina
El deseo entregado con carne, manos
y verga, el deseo obtenido con
la boca y el culo, ¡el deseo devuelto
hasta el último suspiro!
Esta noche hagamos todos el amor en Londres
como si fuera el año 2001 los años
del dios electrizante–
Y sé amable con la pobre alma que llora en
una grieta del pavimento porque
no tiene cuerpo–
Oraciones a los fantasmas y demonios, los insensibles
al amor en Capitales & Congresos
que hacen ruidos sádicos
en la radio–
Destructores de estatuas & capitanes de tanques, asesinos
infelices en el Mekong & Stanleyville,
Que un nuevo tipo de hombre ha alcanzado su éxtasis
para acabar la guerra fría él ha nacido
contra su propia carne amable
desde los días de la serpiente.

8 de junio de 1965

SUTRA DEL VÓRTICE DE WICHITA

I

Dobla a la Derecha en la Siguiente Esquina
El más grande de los pueblos chicos de Kansas
McPherson
El sol rojo se pone tras las chatas planicies manchadas del oeste
con diáfanos velos, la neblina de las chimeneas extendida
alrededor de las refinerías y sus luces de árbol de navidad–blancos
estanques de aluminio ocultos debajo
brillantes luces de aviones de las parpadeantes torres de control,
naranjas balizas de gas
bajo almohadones de humo, llamaradas de la maquinaria–
transparentes pilares del crepúsculo

Adelantándose a la Ola de Frío
la Nieve se extiende hacia el este en
dirección a los Grandes Lagos
Boletín de noticias & viejos clarinetes
Domo de las torres de agua Iluminado en la planicie
la radio del auto a toda velocidad a través de las vías férreas–

¡Kansas! ¡Kansas! ¡Al fin temblorosa!
¡PERSONA que apareces en Kansas!
furiosas llamadas telefónicas a la Universidad
los Policías perplejos apoyados sobre
el capó de sus patrullas
¡Mientras los Poetas cantan a Alá en el escenario del restorán de
[carretera!
Niños de ojos azules bailan y toman tu Mano, oh envejecido Walt
que viniste de Lawrence a Topeka para imaginar
el acero entrelazado sobre la planicie de la ciudad–
¡Cables de telégrafo tensados de pueblo en pueblo, oh Melville!
La televisión ilumina *tus riachuelos de la solitaria Kansas*
Llego,
Hombre solo desde el vacío, montado en un bus

Hipnotizado por las luces traseras rojas en la recta
carretera espacial adelante–
& el ministro Metodista con ojos agrietados
apoyado en la mesa
citando la «muerte de Dios» de Kierkegaard
un millón de dólares
en el banco   es el dueño de todo el lado oeste de Wichita
¡ven a la Nada!
El Sutra Prajnaparamita mientras tomamos café–Vórtice
de radioteléfono marco de ensamblaje de la munición y la aeronave
club nocturno de petróleo calles de Periódico iluminadas con un brillante
VACÍO–

¡Wichita, todos tus pecados han sido perdonados!
¡Tu soledad ha sido anulada, Oh querida Kansas!
tal como lo profetizó el tañido occidental
con el banjo, cuando un vaquero solitario caminaba por las vías
[férreas
más allá de una estación vacía hacia el sol
que se hundía como un inmenso bulbo naranja detrás del
[cañón ciego–
La música tensada tras sus espaldas
y con las manos vacías   cantando en este planeta tierra
¡Soy un perro solitario, oh mamá!
Ven, Nebraska, canta y baila conmigo–
Vengan amantes de Lincoln y Omaha,
escuchen por fin mi dulce voz
Como los Bebés necesitan el contacto químico de la carne en la rosa
[infancia
para que no mueran Idiotizados antes de regresar a la Inhumana–
Nada–
Así pues, muchacha adolescente de tiernos labios, pálida juventud
devuélveme mi suave beso
Abrázame con tus brazos inocentes,
acepta mis lágrimas coséchalas como si fueran tuyas
idéntica   en naturaleza al trigo
autor de los musculares huesos en sus cuerpos
amplios hombros, bíceps de muchacho–

adquiridos apoyándose en vacas & tomando Leche
en la soledad del Medio Oeste–
No más miedo a la ternura, mucho deleite en el llanto, éxtasis
en el canto, risas que se elevan y se confunden
mirando a los alcaldes Idiotas
y políticos insensibles que te miran
tu pecho,
¡Oh, hombre de Norteamérica, debes nacer!
¡La verdad acaba por asomarse!
¡Qué tan larga es la verga del Presidente!
¿Qué tan grande es el Cardenal de Vietnam?
¡Qué pequeño es el príncipe del FBI, soltero todos estos años!
¿Qué tan grandes son las Figuras Públicas?
¿Qué tipo de carne cuelga, oculta detrás de sus Imágenes?

Acercándome a Salina,
Una excavación prehistórica, pasan *Rebelión apache*
en el autocinema
Alcance del fuego de artillería y bombardeo mapeado a distancia,
El espectáculo de prevención criminal, auspiciado por las mentas
[Wrigley's
El anuncio de Dinosaurio de Sinclair, su verde resplandeciente–
La calle 9 sur poblada de álamos & ramas de olmos
extendidas sobre las diminutas luces frontales–
Los ladrillos de la escuela secundaria de Salina oscurecen el gótico
sobre una puerta iluminada por la noche–
¿Qué guirnaldas de cuerpos desnudos, muslos y rostros,
pequeñas y peludas vaginas con moños,
vergas de plata, axilas y pechos
humedecidos por las lágrimas
durante veinte, cuarenta años?
La Radio Pekín sondeada por las pastillas para la tos Luden
Ataques a los rusos y los japoneses,
La Osa Mayor apoyada sobre el límite de Nebraska,
Entregada a las oscurecidas planicies,
fantasmas de postes telefónicos cruzados
en la carretera, luces frontales bajas–
noche oscura & chuletas gigantescas,

y en el Village Voice
Producciones Nueva Frontera presenta
la comedia camp: *Maricas que he conocido.*
Azules luces de la carretera enhebradas a lo largo del horizonte en Hebrón
el Monumento nacional Homestead cerca de Beatrice–

Lenguaje, lenguaje
negro círculo de la tierra en la ventana trasera,
ningún auto en la carretera durante kilómetros
faros en la planicie oceánica
lenguaje, lenguaje
sobre el río Big Blue
cantando *La illaha el (lill) Allah hu*
revolviendo mi cabeza hacia mi corazón como mi madre
barbilla sobre el pecho para Alá
Los ojos cerrados, una oscuridad
más vasta que las praderas de la medianoche
Nebraskas del solitario Alá,
Gozo, yo soy yo
el Solitario cantando para mí mismo
Dios hazte real–
Emociones del miedo.
¿más cercanos que la vena en mi cuello–?
¿Y si abriera mi alma para cantarle a mi yo absoluto
Cantando mientras el choque mastica sangre & músculos
tendones cráneo?
¿Y si cantara y liberase los acordes del ceño del miedo?
¿Qué exquisito sonido
estremecería a mis compañeros de auto?
Esta noche yo soy el universo
manejando en todo mi Poder manejando
siendo conducido a través de mí mismo por un santo pelilargo con anteojos
¿Y si cantara hasta que los Estudiantes supieran que soy libre
de Vietnam, de los pantalones, libre de mi propia carne,
libre para morir en mi pensativo trono tembloroso?
más libre que Nebraska, más libre que Norteamérica–
¡Que ojalá yo desaparezca
en una humareda de Gozo mágico! ¡Puf! Vapor enrojecido,

Fausto desaparece riendo & llorando
bajo las estrellas de la carretera 77 entre Beatrice & Lincoln–
¿«Es mejor no moverse y dejar que las cosas sean» Reverendo Pastor?
¡Pero si ya desaparecimos todos!

El espacio abierto de la carretera, entrando al oído de Lincoln
varado ante una Advertencia en la Vía Férrea
Bulevar de los Pioneros–
William Jennings Bryan cantó
¡No has de crucificar a la humanidad en una cruz de Oro!
¡Oh cervatilla bebé! Los grandes
almacenes Gold se imponen sobre todo en la Calle 10
–un viejo petimetre empedernido que no quería ser un mono
Ahora es el polvo de la más perfecta y alta sabiduría
y el llanto de Lindsay
sobrevive compasivo en la Antología de la Secundaria–
un dormitorio universitario gigante resplandece al atardecer sobre la
[planicie
y se deja llevar con sus recuerdos–
Ahí hay una linda puerta blanca
para mí. ¡Oh, querido! En la calle Cero.

15 de febrero de 1966

II

Da la cara a la Nación
A través de las rodantes colinas de tierra de Hickman
aguas heladas
cielo gris árboles pelados al borde del camino
Al sur rumbo a Wichita
estás en la generación Pepsi signum en el camino
El republicano Aiken en la radio 60.000
Tropas de Vietnam del Norte se han infiltrado pero más de 250.000
Vietnamitas del Sur hombres armados
nuestro Enemigo–
No es Hanói nuestro enemigo

No es China nuestro enemigo
¡El Viet Cong!
McNamara tuvo una «mala corazonada»
«¿Mala corazonada?» repitieron los reporteros.
Sí, solamente una Mala Corazonada, en 1962
«8.000 Tropas Norteamericanas controlan
la situación»
Mala Corazonada
en 1954, el 80% de los
vietnamitas habrían votado por Ho Chi Minh
escribió Ike años más tarde en su *Mandate for Change*
Una mala corazonada en el Pentágono
Y los Hawks intentaban adivinar todo el tiempo
Bombardear los 200.000.000 de China
gritó Stennis desde el Misisipi
parece que tres semanas atrás
Holmes Alexander en el periódico de Alburquerque
periodista provinciano
dijo supongo que es mejor que hagamos eso Ahora,
su máquina de escribir repicando en su oficina envejecida
en una calle lateral ¿bajo la montaña Sandia?
A medio mundo de distancia de China
Johnson recibió muy malos consejos cantaba Aiken el republicano
a los periodistas en la radio
El General supuso que dejarían de infiltrarse en el Sur
si bombardeaban el Norte–
¡Así que supongo que lo bombardearon!
¡Una multitud de pálidos muchachos indochinos llegó de la jungla
en inmensos números
a la escena del TERROR!
Mientras el techo triangular del Farmer's Grain Elevator
estaba inmóvil a un lado de la carretera
junto a las vías férreas
el Águila Norteamericana sacudía sus alas sobre Asia
helicópteros de un millón de dólares
un billón de dólares en Marines
que aman a la Tía Betty
alejados de las costas y las granjas temblando

de las escuelas secundarias a las lanchas de desembarco
con miedo soplando aire a través de sus mejillas
en Life en la televisión
Plantéalo así en la radio
Plantéalo así en lenguaje televisivo
Usa las palabras
lenguaje, lenguaje:
«Una mala corazonada»
Plantéalo así en los titulares
En el Omaha World Herald–*Rusk Dice Que La Rudeza*
Es Esencial Para La Paz
Plantéalo así
En el Morning Star de Lincoln, Nebraska–
La Guerra de Vietnam Trae Prosperidad
Plantéalo *así*
Declaró McNamara hablando con el lenguaje
afirmó Maxwell Taylor
el General, Asesor de la Casa Blanca
las bajas del Viet Cong suman tres cinco cero cero cada mes
testimonio de la primera plana en febrero del 66
aquí en Nebraska al igual que en Kansas al igual que en Saigón
y en Pekín, en Moscú, lo mismo que saben
los jóvenes de Liverpool tres cinco cero cero
el presupuesto más reciente del mercado de carne humana–
¡Padre no puedo mentir!

Un caballo negro inclina su cabeza sobre el pasto recién cortado
junto a un arroyo plateado que serpentea a través de los bosques
a un lado de un antiguo granero rojo en las afueras de Beatrice–
La quietud, la quietud
en estos campos
con la excepción de inequívocas señales en la radio
seguidas del tintineo del honkytonk
de un piano en la ciudad
para calmar los nervios de esposas pagadoras de impuestos un domingo
[temprano
¿Alguien ha mirado a los muertos a los ojos?
El letrero del servicio de reclutamiento del ejército de los EE. UU.

[*Carreras con Futuro*
¿Queda alguien con vida para buscar el perdón en el futuro?
Mangueras de agua congeladas en la calle, la
Multitud reunida para ver un extraño suceso de garaje–
¡Rojas llamaradas en la mañana del Domingo
en un pueblo tranquilo!
¿Alguien ha mirado a los ojos a los heridos?
¿Hemos visto otra cosa que ojos de papel, revista Life?
¿Los rostros que gritan están hechos de puntos,
puntos eléctricos en la televisión?–
borrosos decibeles registran
el aullido que vocaliza un mamífero
desde las afueras de Saigón para la consola modelo de tubos catódicos
en Beatrice, en Hutchinson, en El Dorado
en la histórica Abilene
¡Oh, inconsolable!

Detente y come más carne.
«Negociaremos en cualquier lugar en cualquier momento»
dijo el Presidente gigante
Kansas City Times 14 de febrero de 1966: «Las autoridades de los EE. UU. han recibido información de que los líderes de Tailandia temen que en Honolulu Johnson podría haber intentado persuadir a los dirigentes de Vietnam del Sur de ablandar su postura hacia las negociaciones con el Viet Cong.
Oficiales norteamericanos dijeron que esos temores no tenían bases y que la información de los Tailandeses provenía de Humphrey».
Corresponsal de AP
El periódico de la semana pasada es Amnesia.

Tres cinco cero cero son números
Poesía del lenguaje de titulares, nueve décadas después de *Perspectivas*
[*democráticas*
Y la Profecía del Buen Poeta Gris
Nuestra nación «la fabulada maldita»
sino…

Lenguaje, lenguaje

Ezra Pound caracteres chinos escritos por la verdad
definido como un nombre que honra su palabra
Dibujo de una palabra: una criatura bifurcada
el Hombre
de pie junto a una caja y de la cual vuelan pájaros
que representan el habla de la boca
Mesera, una rebanada de jamón, por favor, en el tibio café.
Es diferente a una mala corazonada.
La guerra es el lenguaje,
el lenguaje es abusado
de la Publicidad,
el lenguaje es usado
como magia para obtener poder en el planeta:
Lenguaje de la Magia Negra,
fórmulas para la realidad–
el comunismo es una palabra de nueve letras
usada por magos menores con
la fórmula alquímica errada para transformar la tierra en oro
–fétidos hechiceros que actúan según conjeturas,
Terminología mandrake de segunda mano
Eso nunca funcionó en 1956
para Dulles y su gran domo gris,
pensativo sobre el estado,
eso nunca le funcionó a Ike que se arrodilló para recibir
la oblea mágica en la boca
de la mano de Dulles
dentro de la iglesia en Washington:
La comunión de los magos holgazanes:
congreso de fracasados de Kansas & Misuri
trabajando con las ecuaciones equivocadas
Aprendices de Hechicero que perdieron el control
de la más sencilla de las escobas en el mundo:
El Lenguaje
Oh mago de larga cabellera vuelve a casa y cuida a tu tonto asistente
Antes que el diluvio de radiación inunde tu sala de estar,
tu mágico niño de los mandados
acaba de tener una nueva mala corazonada
que ha durado toda una década.

NBCBSUPAPINSLIFE
Time Mutual presenta
La comedia camp Más Grande del Mundo
Magia en Vietnam–
la realidad patas arriba
cambiando su sexo en los medios de comunicación
durante 30 días, farsa para la sala de TV y el dormitorio
Fotografías parpadeantes del salón del comité de Relaciones Internacionales
[del Senado
los rostros de los Generales parpadean dentro y fuera de la pantalla
balbuceando lenguaje
el Secretario de Estado no dice nada sino lenguaje
McNamara negándose a hablar el lenguaje público
El presidente hablando lenguaje,
Senadores reinterpretando lenguaje
los *Objetivos limitados* del General Taylor
Búhos de Pensilvania
el final abierto del rostro de Clark
el *Apocalipsis* de Dove
las orejas peludas de Morse
Stennis perorando en Misisipi
medio billón de chinos se agolpan en las
salas de votación,
la imagen del General Gavin recién afeitado
imaginando *Enclaves*
el Bombardeo Táctico es la fórmula mágica para
Symington, el de los cabellos plateados:
El viejo apotegma chino:
Viejo en vano.
los halcones en picada a través de los periódicos
con los talones a la vista
las alas desplegadas en el gran soplo de aire caliente
perdiendo su seco chillido en el cielo
sobre el Capitolio
napalm y nubes negras emergen en letra de imprenta
Carnes suaves como una chica de Kansas
destrozadas por una explosión de metal–
tres cinco cero cero   al otro lado del planeta

atrapado en alambre de púas, bola de fuego
impacto de bala, electricidad de la bayoneta
explosión de bomba terrible en el cráneo & vientre, carne palpitante
[por la metralla
Mientras esta nación americana discute sobre la guerra:
lenguaje en conflicto, lenguaje
que prolifera en las ondas de radio
llenando los oídos de la casa en la hacienda, llenando
la cabeza del administrador municipal en su oficina de roble
la cabeza del profesor en su cama a medianoche
la cabeza del pupilo cuando está en el cine
su cabello rubio, su corazón palpitante de deseo
por la imagen de muchacha corporeizada en la pantalla:
o fumando cigarrillos
y viendo al Captain Kangaroo
esa fabulada maldita entre las naciones
una profecía hecha realidad–
Aunque la carretera es recta,
se hunde a veces a través de las colinas más bajas
se eleva angosta en el horizonte lejano
vacas negras exploran terrenos embarrados
los estanques congelados en la hondonada,
quietud.
¿Es esta la tierra que empezó la guerra con China?
¿Este el suelo que pensó la Guerra Fría durante décadas?
¿Son estos nerviosos árboles desnudos y estas casas
el vórtice
de las moléculas de ansiedad oriental
que imaginaron la Política Internacional Norteamericana
y conjuraron la paranoia en Pekín con magia
y cortinas de sangre viviente
que rodean el lejano Saigón?
¿Son estos los pueblos donde el lenguaje emergió
de las bocas aquí
que crean un Infierno de motines en Dominica
mantienen la envejecida tiranía de Chiang en la silenciosa Taipéi
Pagada por la guerra perdida de los franceses en Argelia
derrocaron las polis de Guatemala el '54

manteniendo la avaricia bananera de United Fruit
trece años más
para el secreto prestigio de la firma de la familia Dulles?

Aquí está Marysville–
una negra locomotora en el parque para niños,
descansando–
y el Cruce de las Vías
con vagones de la zona del algodón
llevando autos hacia el oeste desde Dallas
góndolas Delaware & Hudson llenas de cosas del poder–
una fila de vagones en un oriente tan lejano como el ojo puede ver
guiando el ganado para cruzar las Rocallosas
a las manos de ricos estibadores cargando
barcos en el Pacífico–
Luces del Terminal del Ejército de Oakland
ahora iluminadas azules toda la noche–
Choque de enganches y el gran tren Norteamericano
se mueve con su amortiguada carga de condena metálica
los Union Pacific unidos por tu Hoosier Line
seguido por el pasivo Wabash
que rueda detrás
todo Erie lleva algún cargamento en el maletero,
el camión color óxido de Georgia Central proclama
The Right Way, concluyendo
el asombroso poema escrito junto al tren
a lo largo del norte de Kansas,
la tierra que dio derecho de paso
a la acumulación de metal destinado a la destrucción
en Indochina–
Pasando a través de Waterville,
La maquinaria electrónica en el bus zumba profecía–
signos de papel sacudidos por el viento helado,
el silencio de media tarde de domingo en el pueblo
bajo un cielo gris como la escarcha
que cubre el horizonte–
Que no es posible ver el resto de la tierra,
un universo exterior invisible,

desconocido excepto a través del
lenguaje
impreso en el aire
imágenes mágicas
o la profecía del secreto
el corazón es el mismo
en Waterville como en Saigón una forma humana:
Cuando el corazón de una mujer estalla en Waterville
una mujer grita idéntica en Hanói–
¡Adelante hacia Wichita para profetizar! ¡Oh, espantoso Bardo!
en el corazón del Vórtice
donde la ansiedad llama
a la Universidad con presión millonaria,
solitarias voces de teléfono con manivela suspiran con temor,
y los estudiantes despiertan temblando en sus camas
con sueños de una nueva verdad tibia como la carne,
niñas pequeñas sospechan de asesinatos cometidos
por sus mayores con maquinaria a control remoto.
muchachos con vientres sexuales excitados
enfriados en el corazón del cartero
con una carta de un envejecido General de cabellos canos
Director de selección para el servicio en la Guerramuerte
¡todo esto es lenguaje negro
escrito por una máquina!
Oh, incompetentes Padres y Profesores
en Hué ¿experimentan
el mismo dolor?

Ahora yo soy un hombre viejo y un hombre solitario en Kansas
pero no tengo miedo
de hablar de mi soledad en un auto,
porque no solo mi soledad
es Nuestra, por toda Norteamérica,
Oh, tiernos camaradas–
& la soledad puesta en palabras es Profecía
en la luna 100 años atrás o ahora
en la mitad de Kansas.
No son las inmensas planicies enmudecidas nuestras bocas

que se llenan a medianoche con lenguaje extático
cuando nuestros cuerpos temblorosos se abrazan
pecho con pecho en un colchón–
No el cielo vacío que oculta
el sentimiento de nuestros rostros
ni tampoco nuestras faldas y pantalones que esconden
el cuerpo del amor emanando en un resplandor de piel bienamada,
suave abdomen blanco hasta los cabellos
entre nuestras piernas,
No es el Dios que nos trajo al mundo el que prohibió
nuestro Ser, como una rosa soleada
toda roja con desnudo deleite
entre nuestros ojos & vientres, sí
Todo lo que hacemos es por esta cosa atemorizada
que llamamos Amor, deseo y falta–
miedo de no ser aquel cuyo cuerpo podría ser
amado por todas las novias de Kansas City,
besado en todas partes por cada muchacho de Wichita–
Oh, pero cuántos en su soledad lloran como yo en voz alta–
En el puente sobre el río Republicano
casi llorando para saber
cómo hablar el lenguaje correcto–
en la amplia carretera escarchada
colina arriba entre terraplenes de la carretera
busco el lenguaje
que sea también el tuyo–
casi todo nuestro lenguaje ha sufrido el impuesto de la guerra.
Alta tensión de las antenas de radio
cables oscilando desde Junction City a través de las planicies–
el distribuidor vial hundido en una inmensa pradera
pistas que se curvan más allá de Abilene
hacia un Denver lleno de viejos
héroes del amor–
hasta Wichita donde la mente de McClure
explota con belleza animal
borracho, fornicando en un auto
en una calle de neblina de neón
quince años atrás–

hacia Independence donde todavía vive el viejo
que dejó caer la bomba que esclavizó toda la consciencia humana
        e hizo el cuerpo del universo un lugar de miedo–
Ahora, acelerando por la vacía planicie,
            sin ninguna máquina demoniaca
                a la vista en el horizonte
    solo pequeños árboles humanos y casas de madera en el borde del cielo
        ¡Reclamo mi derecho de nacimiento!
            por siempre renacido mientras el Hombre
                en Kansas o en otro universo–¡Gozo
        renacido después de la inmensa tristeza de los Dioses de la Guerra!
¡Un hombre solitario me habla, ninguna casa que oír en la inmensidad
[marrón,
        imaginando la multitud de Identidades
            que hacen de esta nación un solo cuerpo de Profecía
                lenguajeado por la Declaración como la Búsqueda de
                    la Felicidad!
Llamo a todos los poderes de la imaginación
    a mi lado en este auto para hacer una Profecía,
                        para todos los Señores
        de reinos humanos por venir
Shambu Bharti Baba que gime Oh, qué herido, qué herido
    Sitaram Onkar Das Thakur que te ordena
                renunciar a tu deseo
Satyananda que tranquilamente levanta dos pulgares
    Kali Pada Guha Roy cuyo yoga se desploma ante el vacío
        Shivananda quien toca el pecho y dice OM
Srimata Krishnaji de Brindaban que dice toma como gurú
        a William Blake el padre invisible de las visiones inglesas
        Sri Ramakrishna maestro de los ojos entrecerrados
                en éxtasis que solo llora por su madre
Chaitanya que canta con los brazos en alto & danza su propia alabanza
        el misericordioso Chango juzgando nuestros cuerpos
            Durga-Ma cubierto de sangre
                destructor de ilusiones en el campo de batalla
            Tathagata el del millón de rostros ya lejos del sufrimiento
        El preservador Harekrishna regresando en la edad del dolor
El Sagrado Corazón de mi Cristo aceptable

Alá el Compasivo
Jawé el Íntegro
a todos los sabios príncipes en la tierra de los
[hombres,
a todos los antiguos Serafines del Deseo celestial,
[Devas yoguis
& santos, a todos canto–
Visiten mi presencia solitaria
En este Vórtice llamado Kansas,
Alzo fuerte mi voz,
ahora hago un Mantra con la lengua Norteamericana,
¡Aquí declaro el fin de la Guerra!
¡Ilusión de los días arcaicos!–
y pronuncio palabras que dan inicio a mi propio milenio.
Dejen que los Estados tiemblen,
dejen que la Nación llore,
dejen que el Congreso legisle según su propio placer
dejen que el Presidente ejecute su propio deseo–
esta Legislación creada por mi propia voz,
Misterio sin nombre–
publicada para mis propios sentidos,
dichosamente recibida por mi propia forma
aprobada con placer por mis sensaciones
manifestación de mi propio pensamiento
lograda en mi propia imaginación
satisfechos todos los reinos dentro de mi consciencia
a 60 millas de Wichita
cerca de El Dorado
el que está hecho de oro,
en una neblina helada y terrestre
marrones planicies cultivadas sin casas ondulan hacia el cielo
en todas direcciones
en la mitad del invierno un Domingo por la tarde llamado el día del
[Señor–
Pura Agua del Manantial acumulada en una torre
donde está Florence
en medio de una colina,
detenerse para tomar té & cargar gasolina

Autos entregan sus mensajes a lo largo de cruces de carretera [campesinos
a pueblos del llano en un sistema interconectado con cemento,
la gigante niebla blanca sobre la tierra
y el titular del Wichita Eagle-Beacon reza
«Kennedy Exhorta al Cong a Sumarse a las Negociaciones»
La Guerra se acaba,
El lenguaje emerge del kiosco de revistas en el motel,
la Fórmula mágica
correcta, el lenguaje conocido
desde antes en la parte trasera de la mente, ahora impresa con tinta [negra
consciencia del día a día
los Servicios del Eagle News en Saigón–
Titular El Vietcong Rodeado se Lanza al Ataque
el sufrimiento todavía no acaba
para los otros
Los últimos espasmos del dragón del dolor
se disparan a través de los músculos
un chisporroteo rodea los globos oculares
de un sensible muchacho amarillo junto a un muro embarrado
Continuación de la página uno área
después que los Marines asesinaron a 256 Vietcongs y capturaron a 31
en los diez días de la operación Harvest Moon en diciembre recién [pasado
Lenguaje lenguaje
El vocero del ejército de los EE. UU.
Lenguaje lenguaje
El total de bajas del Cong
se elevó a 100 en el Sector correspondiente a la División
de la Primera Caballería Aérea
Lenguaje lenguaje
La operación White Wing cerca de Bong Son
Algunos de los
Lenguaje lenguaje
Comunista
Lenguaje soldados del lenguaje
atacan tan desesperadamente

que reciben seis o siete balas antes de caer
Lenguaje lenguaje Ametralladoras M60
Lenguaje lenguaje en el valle de La Drang
el terreno es rudo y está infestado de sanguijuelas y escorpiones
¡La guerra se acabó hace varias horas!
Oh, por fin la radio se abre
¡Invitaciones azules!
el angelical Dylan canta a lo largo de la nación
«Cuando todos tus hijos empiecen a resentirte
¿No vendrás a verme, Reina Jane?»
Su voz llena de juventud alegrando
las infinitas praderas marrones
su ternura penetrando el éter,
la dulce plegaria en las ondas de radio
Lenguaje lenguaje y también dulcísima música
incluso hacia ti,
¡peluda llanura!
incluso hacia ti,
¡Burns, que desesperas!

¡El futuro acelera montado en ruedas ligeras
directo al corazón de Wichita!
Ahora las voces en la radio gritan población hambre mundo
de gente infeliz
esperando el nacimiento del Hombre
¡Oh, hombre en Norteamérica!
ciertamente hueles bien
la radio dice
misteriosas familias de torres parpadeantes en tránsito
agrupadas en una loma en torno a cabañas prefabricadas–
¿almacén de pienso para ganado o una fábrica de terror militar?
¡Ciudad sensitiva, Oh! La gasolinera de Skelley, sus hamburguesas
y sus luces alimentan al hombre y a la máquina,
El robot de aluminio de la Subestación Eléctrica de Kansas
señaliza a través de delgadas torres y antenas
por encima del campo de fútbol vacío
en el anochecer del Domingo
a una solitaria grúa que extrae petróleo del inconsciente

trabajando día & noche
& las llamas de gas de las fábricas junto a un inmenso campo de golf
donde cansados oficinistas pueden venir y jugar–
Cloverleaf, el desvío de Tráfico del Este de Wichita Confluye en
la Base Aérea McConnell
nutriendo a la ciudad–
las luces se elevan en los suburbios
La luminosidad estelar del Supermercado Texaco
sobre las vértebras de postes de luz en Kellogg,
joyas verdes en las luces de semáforo
enfrentan el parabrisas,
¡Hemos ingresado en el ganglio del centro de la ciudad!
Multitudes de autos se mueven con sus resplandores,
las luces de los letreros parpadean en el globo ocular del chofer–
La recolección del nido humano, iluminado con neón,
y firmado por la luz del sol
para todo negocio como siempre, excepto en el Día del Señor–
Las tres cruces del Redentor Luterano iluminadas en el pasto
nos recuerdan nuestros pecados
y Titsworth nos ofrece seguros para los Hidráulicos
junto a la Funeraria De Voor's Guard para cuerpos obsoletos
del vehículo humano
que ningún seguro de Titsworth puede ajustar para reventa–
así que, a casa, viajero, más allá de la fábrica del lenguaje de periódico
debajo del puente ferroviario de Union Station en Douglas
hacia el centro del Vórtice, regresando con calma
al Hotel Eaton–
Carry Nation empezó la guerra contra Vietnam aquí
con una destructora hacha furiosa
atacando el Vino–
Aquí, hace cincuenta años, gracias a su violencia
se abrió un vórtice de odio que deshojó todo el delta del Mekong–
¡Orgullosa Wichita! ¡Vanidosa Wichita
tira la primera piedra!–
Que asesinó a mi madre
que murió por la psicosis comunista anticomunista
en la casa de locos hace una década
quejándose de cables de comunicación de masas en su cabeza

y fantasmales voces políticas en el aire
mancillando su carácter de muchacha.
Muchos otros han sufrido la muerte y la locura
en el Vórtice desde la calle Hidráulica
al final de la calle 17–¡suficiente!

Ahora la guerra ha terminado–
Excepto para las almas
prisioneras en Niggertown
añorando todavía el amor de sus tiernos cuerpos blancos ¡Oh,
[hijos de Wichita!

14 de febrero de 1966

TENSIONES DE DROGA CIUDAD Y MEDIANOCHE

Para Frank O'Hara

Enciende luces amarillas como el sol
en el dormitorio…
El llamativo poeta muerto   los huesos de Frank O'Hara
bajo el pasto del cementerio
Un vacío a las 8 p. m. en el Cedar Bar
Multitudes de tipos
borrachos hablan sobre pintura
& lofts y la juventud de Pensilvania.
Kline es atacado por su corazón
& Frank, el parlanchín
es silenciado por siempre–
Los fieles adoradores borrachos están de luto.
El pasaje de bus cuesta 10 centavos más
después de su viejo apartamento junto al parque en la Calle 9.
El delicado Peter amaba sus elogios,
Espero escuchar las cosas que dice
de mí–
Acaso me imaginaba un Ángel
como ángel sigo hablando al micrófono de la tierra sin ton ni son
–para volver como palabras con el tono fantasmal
de una muerte temprana
pero escritas tan corpóreas
maduras en otra década.
Profeta parlanchín
de tus propios amores, compañero
de la memoria y sentimiento personal
Poeta de la construcción de vidrio
Te veo caminando dijiste con la corbata
encima del hombro   en el viento bajando por la Quinta
[Avenida
bajo los obreros de atractivos pectorales
en sus andamios ascendiendo al Tiempo

& limpiando los ventanales de la Vida
–rumbo a una cita con martinis & un rubio
poeta amado lejos de casa
–con usted y vuestra sagrada Metrópolis
en el enorme gozo de una larga tarde
donde la muerte es la sombra
que el Rockefeller Center arroja
sobre tu íntima calle.
¿Con quién ibas a encontrarte, trajeado de negro y veloz,
oh, insatisfecho?
Inconfundible,
Adorable cita
Para el solitario encantador joven poeta con una verga enorme
que podía cogerte toda la noche
hasta que ya no te venías,
intentando tu tortura en su complaciente cuerpo cariñoso
ansioso por satisfacer el capricho del dios que te hizo
Inocente, como eres.
Probé tus muchachos y los hallé dispuestos
dulces y amables
compuestos caballeros
con apartamentos de grandes sofás
solitarios para complacer solo por lenguaje;
y te mezclabas con los adinerados
porque conocías suficiente lenguaje como para ser rico
si querías tus muros vacíos–
Profundos términos filosóficos con el querido Edwin Denby serio
[como Herbert Read
con cabellos plateados anunciando tu regalo muerto
a la multitud de la tumba cuyo histórico arte
óptico estremecía
la nueva escultura tu gran cuerpo azul herido hecho en el
[Universo
cuando te fuiste a pasar el fin de semana a Fire Island
entonado con una familia de amigos de más de una década

Peter mira por la ventana a los asaltantes
el Lower East Side distraído por las Anfetaminas

Yo miro dentro de mi cabeza & busco tu / quebrada nariz
[romana
tu boca húmeda y su olor a martinis
& un gran beso artístico y un poco borracho
40 es solo media vida para haber llenado
con tantas fiestas elegantes y atardeceres
de tragos interesantes junto a un
amigo olvidado o un nuevo
y sociable muchacho comprensivo…
Quiero estar ahí en tu fiesta al aire libre en las nubes
todos desnudos
tocando nuestras arpas y leyéndonos nueva poesía
en el aburrido comité
del Museo de la Amistad Celestial.
¿Estás de mal humor?
Tómate una aspirina.
¿Con el ánimo por el suelo?
Me estoy quedando dormido
a salvo en tus considerados brazos.
Alguien fuera del control de la Historia debiera ser dueño del
[Cielo,
en la tierra, tal como es.
Espero que hayas satisfecho tu amor de infancia
Tu fantasía de la pubertad tu castigo de marinero de
[rodillas
tu boca chupadora
Elegante insistencia
En el bocinazo personal autoprofético
como Curador de divertidas emociones para la chusma,
Tembloroso, cuando era posible. Veo Nueva York a través de tus
[ojos
y a estas alturas escucho de un funeral al año–
desde los días de Billie Holiday
apreciada más y más
un oído en común
para nuestro profundo comadreo.

29 de julio de 1966

LA APARICIÓN DE GALES

Una blanca niebla se eleva & cae sobre la cima de la montaña
Los árboles se mueven sobre ríos de viento
Las nubes se levantan
como una ola, gigante niebla elevadora de remolinos
sobre helechos pululantes oscilando exquisitamente
a lo largo de un risco verde
entrevisto a través de un ventanal en el valle lluvioso–

Bárdica, Oh Identidad, Visitación, no digas sino
lo visto por un hombre en un valle de Albión,
de la gente, cuyas ciencias físicas acaban en la Ecología,
la sabiduría de las relaciones terráqueas,
de bocas & ojos entretejidos durante diez siglos jardines
visibles del lenguaje mental manifiesto humano,
del satánico cardo que eleva su encornada simetría
floreciendo sobre las hermanas margaritas en el pasto pequeños
[brotes
rosados angelicales como focos–

recuerda a 160 millas de la simétrica torre de las espinas de Londres
& el canal de películas de TV parpadeando a tu barbudo Ser
los corderos balan este día en el rincón arbolado de la colina
escuchada en el viejo oído de Blake & el silencioso
[pensamiento de Wordsworth
en la antigua Quietud
nubes que pasan a través de esqueletos arqueados en Tintern Abbey–
Bardo Innombrable como lo Inmenso, ¡balbuceo a la
[Inmensidad!

Todo el valle se estremecía, un movimiento extendido, el viento
ondulante sobre colinas cubiertas de musgo
un oleaje gigante que hundió delicadamente la blanca neblina
[en rojos arroyuelos
en la ladera de la montaña
cuyos nudos de hojas y ramas se mecen

hacia abajo en una resaca granítica–
y levantaba el cúmulo de nubes y levantaba los brazos de los árboles
y levantaba los pastizales un instante de equilibrio
y levantaba a los corderos para estar quieto
y levantaba el verde de la colina en una ola única y solemne

Una masa sólida de Cielo, una infusión de niebla, baja a través del valle,
una ondícula de Inmensidad, chocando gigante a través de Llanthony
[Valley,
el largo de toda Inglaterra, valle tras valle bajo el océano del Cielo
una tonelada de nubes cargadas.
–el Cielo balanceado sobre una hoja de hierba.
Rugido del viento en la montaña, lento suspiro del cuerpo,
Un Ser en la ladera de la montaña moviéndose con suavidad
Exquisitas escamas temblando en todas partes en equilibrio,
Un movimiento a través del cielo nuboso –vacila el suelo en el millón de
[pies
de margaritas,
una Majestad el movimiento que agitó el estremecido pasto húmedo
hasta el más lejano rizo de niebla blanca derramada
a través de las temblorosas flores en la cima de la montaña–

Ninguna imperfección en la germinada montaña,
Los Valles respiran, el cielo y la tierra se mueven juntos,
las margaritas empujan espacios de aire amarillo, los vegetales
[tiemblan,
el verde pasto resplandece,
las ovejas motean la montaña, revolviendo sus quijadas con ojos vacíos,
los caballos bailan en la tibieza de la lluvia,
la red de canales bordeados de árboles tierra de cultivo viva,
muros de piedra cargados de arándanos en colinas
[cubiertas de espinos,
faisanes graznan entre la cabellera de helechos de los prados–

lejos, lejos en la pradera, hacia el ruido del océano, en delicadas ráfagas
[de aire
húmedo,
¡Cae al suelo, oh, gran Humedad, Oh Madre, Sin daño para tu cuerpo!

Mira de cerca, no hay imperfección en el pasto,
Cada flor es un ojo de Buda, repitiendo la historia,
innumerables–
Arrodíllate ante las dedaleras y sus verdes brotes, las campanas colgantes [de la malva
dobladas a lo largo de las temblorosas antenas del tallo,
& mira a los ojos de los corderos marcados esa mirada
que respira inmóvil bajo los espinos goteantes–
Me recuesto y mezclo mi barba con el húmedo cabello de la ladera,
olisqueando la vagina café la tierra húmeda, inofensivo,
saboreando el cabello violeta del cardo, dulzura–
Un ser tan balanceado, tan inmenso, que su más suave respiración
mueve cada florecilla en el silencioso suelo del valle,
estremece el pelo de las ovejas la telaraña rociada de lluvia en [la hierba,
levanta los árboles desde sus raíces, los pájaros en medio del chiflón
ocultan su fuerza en la lluvia, soportando el mismo peso,

Gime a través del pecho y el cuello, un gran ¡Oh! Al corazón de la tierra
Llamando a nuestra Presencia juntos
El gran secreto no es secreto
Los sentidos se ajustan a los vientos,
Lo visible es visible,
cortinas de lluvia y niebla ondean a través del valle barbudo,
átomos grises mojan la cábala del viento
De piernas cruzadas en una piedra lluvioso crepúsculo,
con botas de goma en la suave hierba, mente inmóvil,
el aire tiembla entre las blancas margaritas junto al camino,
el aliento del Cielo y mis propios aires simétricos
que vacilan a través de cornamentas de verdes helechos
dibujadas en mi ombligo, el mismo aliento que respira a través de [Capel-y-ffin.
Sonidos de Aleph y Ohm
a través de árboles de cartílago,
mi cráneo y la verga de Lord Hereford son iguales,
toda Albión, una sola.

¿De qué me di cuenta? ¡Detalles! La

visión del grandísimo es innumerable–
rizos de humo se elevan desde el cenicero,
el fuego del hogar arde bajo,
La noche, todavía un húmedo & malhumorado cielo negro
sin estrellas
se eleva con el viento húmedo.

29 de julio de 1967 (LSD)–3 de agosto de 1967 (Londres)

POR FAVOR, AMO

Por favor amo puedo tocar su mejilla
por favor amo puedo arrodillarme a sus pies
por favor amo puedo abrir sus pantalones azules
por favor amo puedo mirar el dorado vello de su vientre
por favor amo puedo bajar suavemente sus calzoncillos
por favor amo puedo desnudar sus muslos ante mis ojos
por favor amo puedo sacarme la ropa bajo su silla
por favor amo puedo besar sus tobillos y su alma
por favor amo puedo tocar con mis labios su musculoso muslo lampiño
por favor amo puedo apoyar mi oído en su estómago
por favor amo puedo rodear su pálido culo con mis brazos
por favor amo puedo lamer su entrepierna con rizos de suave vello rubio
por favor amo puedo tocar su ojete rosado con mi lengua
por favor amo puedo pasar mi cara por sus bolas,
por favor amo, por favor míreme a los ojos,
por favor amo ordéneme bajar al suelo,
por favor amo dígame que lama su gruesa verga
por favor amo ponga sus rudas manos sobre mi cráneo calvo y peludo
por favor amo empuje mi boca contra el corazón de su verga
por favor amo apriete mi rostro contra su vientre, lentamente con poderosos pulgares
hasta que su muda dureza llene mi garganta hasta el fondo
hasta que trague & saboree el cañón delicado y venoso de su carne caliente, por favor
Amo empújeme por los hombros y míreme a los ojos & haga que me incline sobre la mesa
por favor amo agarre mis muslos y levante mi culo hasta su cintura
por favor amo la dura caricia de su mano en mi cuello su palma bajo mis nalgas
por favor amo levánteme, mis pies sobre sillas, hasta que mi agujero sienta el aliento de su saliva y la caricia de su pulgar

por favor amo hágame decir Por Favor Amo Métamela ahora Por favor
Amo engrase mis bolas y mi boca peluda con dulces vaselinas
por favor amo acaricie su verga con cremas blancas
por favor amo toque el arrugado agujero de mi ser con la cabeza de su verga
por favor métala delicadamente, sus codos alrededor de mi pecho
sus brazos descendiendo hacia mi vientre, toque mi pene con sus dedos
por favor amo métamela un poco, un poco, un poco,
por favor amo hunda su enorme cosa en mi trasero
& por favor amo hágame contonear el culo para que se coma todo su tronco
hasta que mis nalgas se arrimen a sus muslos, mi espalda arqueada,
hasta que mi erección esté sola, su espada clavada palpitando dentro de mí
por favor amo sáquela y lentamente métase hasta el fondo
por favor amo embista de nuevo y retírese hasta la punta
por favor por favor amo cójame otra vez con su ser, por favor cójame Por Favor
Amo métase hondo hasta que me duela la suavidad la
Suavidad por favor amo hágale el amor a mi culo, dele cuerpo al centro & cójame para siempre como a una chica,
sujéteme con ternura por favor amo me presento ante Usted,
& meta en mi vientre el dulce crucifijo caliente de su mismísimo ser
que manoseó en soledad Denver o Brooklyn o que metió en una virgen en los estacionamientos de París,
por favor amo condúzcame su vehículo, cuerpo de gotas de amor, sudor de coito
cuerpo de ternura, deme a lo perro más rápido
por favor amo hágame gemir en la mesa
Gemir Oh por favor amo métamela así
con su propio ritmo estremézcase –métalo & retírese rebote y empuje fuerte
hasta que relaje mi agujero un perro sobre la mesa bramando de terror y deleite de ser amado
Por favor amo dígame perro, bestia anal, orto mojado,

& métamela con más violencia, mis ojos tapados por sus palmas
sobre mi cráneo
& húndase en un duro latigazo de fuerza brutal a través de suave
carne goteante
& palpite por cinco segundos hasta disparar el calor de su semen
una vez & otra vez, bombeando mientras grito su nombre lo amo
por favor Amo.

Mayo de 1968

SOBRE LAS CENIZAS DE NEAL

Delicados ojos que parpadeaban azules Rocallosas todos cenizas
tetillas, Costillas que toqué c/ mis pulgares son cenizas
la boca que mi lengua tocó una o dos veces toda cenizas
las suaves y huesudas mejillas sobre mi vientre son cenizas
lóbulos & párpados, la punta juvenil de la verga, el pubis rizado
la tibieza del pecho, la palma de hombre, el muslo de secundaria
los brazos con bíceps de béisbol, el agujero templado en sedosa piel
todo cenizas, todo cenizas una vez más.

Agosto de 1968

cubierto de hojas amarillas
bajo la lluvia de la mañana

–Quel déluge
levantó sus manos
& escribió el Universo no existe
& murió para demostrarlo.

Luna llena sobre el Ozone Park
el bus del aeropuerto cruza raudo el crepúsculo hacia
Manhattan,
Jack, el Mago, pasa su
primera noche en su
tumba en Lowell–
Ese Jack a través de cuyos ojos
vi
la luz de gloria del smog
oro sobre las agujas de Mannahatta
nunca más verá estas
chimeneas humeantes
sobre estatuas de María
en el cementerio

Cañones de negras neblinas
se elevan sobre el río
desolado
Anuncios de pan de Esso
parecidos a muñecos brillantes–
Réplicas multiplican las barbas
Adiós a la Cruz–
Fijación eterna, la cabezota del muñeco
de Buda de cera pintada
pálido descansando en su ataúd–

Calles de cráneos vacíos

de Nueva York
Fantasmas famélicos
llenan la ciudad–
Muñecos de cera caminan por Park
Ave,
Resplandor de luz en el ojo de vidrio
El eco de la voz a través de los micrófonos
La llegada del marinero a Grand
Central 2 décadas más tarde
sintiéndose melancólico–
Nostalgia de la Inocente Segunda
Guerra Mundial–
Un millón de cadáveres corren
por la calle 42
Edificios de vidrio cada vez más altos
aluminio
transparente–
árboles artificiales, sofás robot,
automóviles Ignorantes–
Calle de Una Vía al Cielo.

*

Rugido del Metro Gris

Un arrugado tipo de cara marrón
y manos hinchadas
se apoya sobre el parpadeante panel de vidrio
que refleja los postes blancos, el pesado carro
se bambolea sobre las vías hacia Columbia–
Jack no se bajará nunca más en Penn Station
con anónimos encargos, no comerá sándwiches
ni tomará cerveza cerca del Hotel New Yorker ni caminará
bajo la sombra del Empire State.
¿Acaso no nos miramos el uno al otro a lo largo del carro
& leímos titulares en las caras a través de agujeros en los
[periódicos?
Con vergas sexuales & jóvenes cuerpos calientes, miren

al hermoso Rimbaud & a la Dulce Jenny
yendo a clases desde Columbus Circle.
«Aquí vivió el amable morfinómano».

y el comisario campesino golpeaba al muchacho
pelilargo en el culo.
–la calle 103 con Broadway, hace veinticinco años Hal & yo
fuimos golpeados por mendigar en la vereda.
¿Puedo retroceder en el tiempo & apoyar mi cabeza en un vientre
adolescente en un segundo piso de la calle 110?
¿o bajarme del auto de acero con Jack
en el letrero de Columbia en mosaicos azules?
por fin la vieja estación marrón donde tuve
una visión sagrada fue reconstruida, limpias cerámicas
sobre la mugre & escupitajos & semen de un cuarto de siglo.

*

Volando a Maine en una huella de humo negro
el obituario de Kerouac conserva los párrafos frontales
de la revista *Time*–
el Empire State en una Celestial Puesta de Sol Roja,
Blanca neblina el viejo octubre
sobre el billón de árboles del Bronx–
Hay mucho que ver–
Jack vio el rojo crepúsculo sobre el horizonte del Hudson
hace dos décadas
treintainueve cuarentainueve cincuentainueve
sesentainueve
John Holmes frunció sus labios,
lloró lágrimas.
Columnas de humo de las chimeneas junto al océano
rugidos de aviones hacia Montauk
a lo largo del rojo atardecer–
Northport, en los árboles, Jack bebía
licor del malo & hacía haikus sobre pájaros
que trinaban en la barandilla de su casa al amanecer–
Cayó y vio la luz dorada de la Muerte

          en un jardín de Florida hace una década.
Ahora fue capturado del todo, su alma hacia arriba,
          & el cuerpo abajo en un ataúd de madera
                    & una lápida de concreto.
Besé un puñado de tierra húmeda y la arrojé
          sobre la tapa de piedra
                    & suspiré
     mirando el único ojo de Creeley,
el dulce Peter sostenía una flor
     el desdentado Gregory doblaba sus
          nudillos sobre una máquina de cine–
y ese es el fin del poeta de lengua fangosa
     que hizo sonar su Kock-rup
          a lo largo del Paso del Noroeste.
Atardecer azul sobre Saybrook, Holmes
          se sienta Victoriano para la cena–
¡y la revista *Time* trae un reportaje de diez páginas sobre
          Hadas Homosexuales!

Bueno, mientras esté aquí
     haré el trabajo–
¿y cuál es el trabajo?
     Aliviar el dolor de la vida.
Todo lo demás, ebria
          Pantomima.

22-29 de octubre de 1969

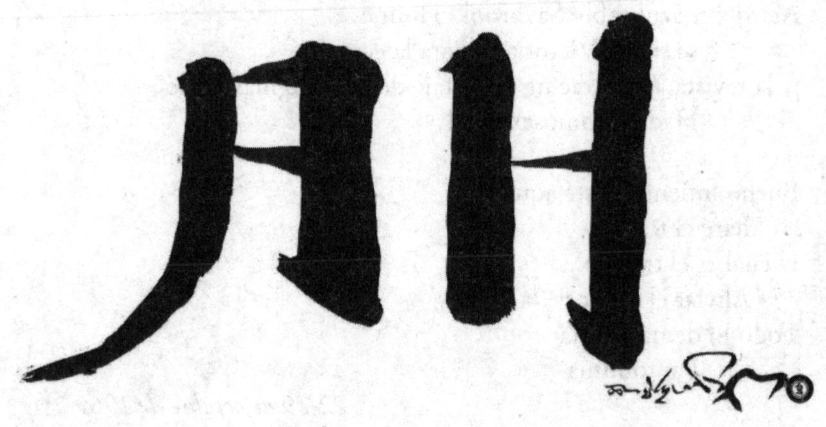

RESPIRACIONES MENTALES

Así cruzado de piernas sobre un cojín redondo en el espacio de Teton–
Respiré a un cuerpo de distancia sobre el atril de aluminio del micrófono
Respiré sobre el trono del profesor, la silla de madera con un cojín amarillo
Respiré más allá, lejos de la taza de sake medio vaciada por el gurú de la respiración
Respiré sobre los verdes ramitos llenos de hojas de la planta en el florero
Respiré sobre los inmensos ventanales que reflejaban a los reunidos haciendo Sangha en la cafetería de meditación
mi respiración flotó a través de mis fosas nasales hacia la polilla del ocaso que golpeaba la vidriada iluminación
respiré hacia fuera sobre temblorosas ramas de álamo las altas hojas amarillas de septiembre crepúsculo al pie de la montaña
respiré sobre la montaña, sobre los riscos nevados anillados bajo la lentamente respirada masa nubosa de blancas espumas
el viento a través de la cordillera Teton hacia Idaho, montañas grises bajo el espacio azul barrido
por delicadas ráfagas de nieve, respira en dirección al oeste
la hierba de la montaña tiembla en los diminutos vientos en dirección a Wasatch
Brisas del sur al final del otoño en las calles del templo de madera de Salt Lake,
el polvo blanco de sal se eleva en remolinos junto al grueso lago de plomo, el polvo es llevado a lo alto por encima de la mina de Kennecott hacia el inmenso Unit Rig,
lejos hacia los neones de Reno, billetes de dólar que se escabullen calle abajo a lo largo de la cuneta,
hacia las hojas de roble de las Sierras derribadas por los escalofríos del otoño
sobre las nevadas cumbres donde empiezan las tormentas,
un aliento de oración allá en las verdes y cornudas hojas de Kitkitdizze cerca del suelo,

por encima del techo de tejas de Gary, sobre el pilar del templo, tiendas y árboles de manzanita a los pies de las Sierras cubiertas de pinos–
un aliento cae sobre el valle de Sacramento, el rugido del viento en la autopista de seis carriles del Puente de la Bahía
el tumulto de papeles que flotan en la calle Montgomery, el aleteo de palomas antes del atardecer desde el blanco campanario de la iglesia en Washington Park–
las aguas del Golden Gate coronadas de espuma y veloces rumbo a las extensiones del Pacífico
un viento balsámico sobre Hawái a través de las palmeras del hotel, un calor húmedo recorre la base aérea, una brisa húmeda y fría en la podrida caseta de aduanas de Guam,
vientos claros soplan en las costas de palmera y coral de Fiji, ondean banderas junto a los hoteles de madera en Suva, los taxis pasan raudos junto a los oscuros paseantes de viernes por la noche bajo la ventana de la disco rocanrolera que palpita con neón inglés en el segundo piso–
en una brisa hacia Sidney y a través de la hierba de la colina donde los hongos se ocultan bajo el estiércol de vaca en Queensland, por los callejones de Adelaide el viento trae un rumor de música del dobro de Brian Moore–
sobre la tierra de Darwin, en la verde brisa oceánica de la península Gove, repica una canción de la villa de Yerkalla y se pega a la ola temblorosa–
sí y un viento sobre las mercuriales aguas del noroeste de Japón, un hueco gong de madera resuena en el templo de Kioto bajo la ondulante hierba del cementerio
Una bocina de niebla suena en el Mar de China, lluvias torrenciales sobre Saigón, flotan bombarderos sobre Camboya, diminuta en las visiones desde las torres de piedra de muchos rostros de Avalokiteshvara una noche de viento en Angkor Wat,
una nube de opio sale de una boca amarillenta en Bangkok, una densa bocanada de hachís fluye desde la nariz & ojos de un barbudo sadhu en el crematorio de Nimtala,
humo de madera en el viento sobre el Puente Hoogley, en Bodh Gaya el incienso flota sobre el árbol Bodhi, en Benarés arden

cerros de leña devolviendo a Shiva las almas incensadas en Manikarnika,

el viento se entretiene en las amorosas hojas de Vrindavan y el aire inmóvil en el suelo de inmensa mezquita sobre los callejones de la Vieja Delhi,

el viento sopla sobre el muro de piedra del pueblo de Kausani, las cimas de los Himalayas corren cientos de millas a lo largo del horizonte nevado, banderas de oración se estremecen sobre los techos de madera café de las casas de Almora,

los vientos del comercio empujan a los dhows desde el océano Índico a Mombasa o al puerto del Dar es-Salam, las palmeras se mecen & los marineros envueltos en algodón duermen en las cubiertas de tronco–

Suaves brisas suben por el Mar Rojo hacia los secos hoteles de Eilat, papeles dispersados junto al Muro de los Lamentos, soplados hacia el Sepulcro

Céfiros mediterráneos abandonan Tel Aviv, sobre Creta, los molinos en las planicies de Lasithi todavía hacen girar los siglos cerca de la cueva donde nació Zeus

el Pireo azotado por las olas, las aguas de la laguna de Venecia sobre el suelo de San Marcos, la Piazza inundada y el barro en el pórtico de mármol, las góndolas se elevan & caen en las aguas picadas del Zattere,

el frío septiembre aletea por la Galería de Milán, huesos helados & abrigos ondean la Plaza de San Pedro,

silencio junto a las tumbas de la Vía Apia, imperturbables estelas funerarias sobre la hierba de un sendero solitario, la respiración de un viejo que trabaja camino arriba–

Cruzando Escila y Caribdis, el humo del tabaco siciliano planea sobre la cubierta del bote,

en Marsella la humareda negra de las chimeneas de carbón flota hasta las nubes, el viento lleva la blanca espuma del vapor hasta Tánger,

un aliento del otoño teñido de rojo en la Provenza, lentos botes sobre el Sena, la dama se ciñe su capa en la cabeza de hierro de la torre Eiffel–

a través de las ásperas olas verdes y negras, en el Piccadilly de Londres ruedan latas de cerveza sobre el pavimento bajo el pecho

plateado de Eros, el Sunday Times vuela y se instala en los escalones mojados de la fuente–
sobre el día azulado y la agradable brisa de las Hébridas Interiores en la isla Iona, la niebla cruza el Atlántico,
el blanco y frío soplo congelado de Labrador, hacia los cañones de Nueva York bolsas de papel vuelan hacia Wall desde el Lower East Side–
un soplo sobre la cabeza de mi padre en su apartamento en Park Avenue en Paterson,
una fría brisa de septiembre baja desde East Hill, los maples de Cherry Hill tiemblan rojos,
afuera hacia Chicago la Ciudad del Viento se disuelve el vasto aliento de la consciencia, las chimeneas y franjas de caros vapores de los autos a lo largo de las vías férreas,
hacia el Oeste, un solo aliento sopla a lo largo de las planicies, los campos cosechados de Nebraska & el rastrojo se curva delicado ante el aire del atardecer
subiendo por las Rocallosas, desde Cherry Creekbed en Denver otro céfiro se eleva,
tras la puesta de sol a través del pico Pikes una ráfaga helada, las cumbres de Wind River flotan a través de la cordillera Teton,
regresa una gran respiración planeando a través de pastizales moteados de vacas en Jackson Hole, hacia un rincón de las llanuras,
por el camino asfaltado y el barro del estacionamiento, la brisa de un inquieto septiembre, sube por las escaleras de madera en el viento
a la cafetería de Teton Village bajo el montacargas rojo
una tranquila respiración, una silenciosa respiración, una lenta respiración que sale través de mi nariz.

28 de septiembre de 1973

CONFESIÓN DEL EGO

Quiero ser conocido como el hombre más brillante de los Estados Unidos
Presentado a Gyalwa Karmapa heredero del Linaje de la Práctica de Transmisión de la Loca Sabiduría Murmurada
como el joven sabio secreto que lo visitó y le hizo un guiño anónimo hace una década en Gangtok
Que preparó el camino para el Dharma en los Estados Unidos sin mencionar el Dharma–risa escrita
Que vio a Blake y abandonó a Dios
Para quien el Mesiánico Fink envió mensajes en la hora más oscura durmiendo sobre sábanas de acero «en algún lugar del sistema Federal de Prisiones» los Weathermen no recibieron el Oro de Moscú
que fue tras bambalinas para una charla seria con Cecil Taylor sobre estructura de acordes & el Tiempo en un club nocturno
que fornicó con una estrella de rock de labios de rosa en un minúsculo dormitorio de un tugurio observado por una estatua de Vajrasattva–
y derrocó a la CIA con un pensamiento silencioso–
Mucho después en cervecerías vienesas viejos bohemios recordarán
sus muchos jóvenes amantes de rostros deslumbrantes y torsos de acero
aparatos gnósticos y observación mágica de telarañas iluminadas por arcoíris
su cocina extraordinaria, su guiso de pulmón & su Spaghetti a la Vongole y su receta del aderezo para ensaladas 3 partes aceite una parte vinagre mucho ajo y una cucharada de miel
su extraordinario ego, al servicio del Dharma y completamente vacío
sin temor al espectro de su propio ser
chismorreando como un loro sobre gurúes y genios famosos por su reticencia–
Que cantó un blues hizo llorar a las estrellas del rock e hizo reír a un viejo guitarrista negro en Memphis–

Quiero ser el espectáculo de la Poesía triunfante sobre los engaños del mundo
Omnisciente respirando mi propio aliento a través del gas lacrimógeno de la Guerra alucinación espía
cuyo sentido común sorprendió a Gurúes gagá y a Artistas ricos–
que llamó al departamento de Justicia & amenazó con delatarlos a todos
Detuvo Guerras, hizo retroceder a los capitanes de las Industrias petroquímicas para llorar & gemir en la cama
Cortó madera, construyó casas en los bosques & estableció granjas
distribuyó dineros entre los poetas pobres & nutrió el genio imaginativo de la tierra
se sentó silencioso en el rugido del jazz escribiendo poesía con una lapicera–
no temió a Dios o a la Muerte después de su cumpleaños número 48–
dejó a sus sesos convertirse en agua bajo el efecto del Gas de la Risa su molar de oro removido por dentistas futuristas
Marinero que conoció la superficie del mar durante un año
carpintero tardío que aprendió el bisel y el azadón
hijo, que conversó con el anciano Pound & trató a su padre con gentileza
–Todo vacío todo por el show, todo por el bien de la Poesía
para establecer un ejemplo de cordura sin par como medida para la nueva generación
Ejemplificar el Poder de la Musa a los jóvenes evitar el suicidio futuro
aceptando su propia mentira & los huecos entre las mentiras con el mismo buen humor
Solitario en mundos llenos de insectos & pájaros cantores todos solitarios
–que no tuvo otro tema sino él mismo bajo muchos disfraces
algunos fuera de su propio cuerpo incluyendo el espacio vacío lleno de aire bosques & ciudades–
incluso escaló montañas para crear su montaña, con un hacha de hielo & crampones & cuerdas, sobre Glaciares–

San Francisco, octubre de 1974

NO ENVEJEZCAS

I

Viejo Poeta, el tema final de poesía resplandece meses en el futuro
Tiernas mañanas, los techos de Paterson cubiertos de nieve
Inmenso
Cielo sobre la torre del Municipio, terrazas con césped del Eastside Park, secundarias de pasillos marrones–
Demasiado cansado para salir a caminar, demasiado cansado para acabar con la Guerra
Demasiado cansado para salvar el cuerpo
demasiado cansado para ser heroico
Lo real tan a la mano como el estómago
hígado páncreas costilla
tosiendo un reflujo de saliva gástrica
Matrimonios desaparecidos en una tos
Es difícil levantarse de la poltrona
Manos blancas   pies con puntos   un dedo azul   vientre hinchado   delgadas tetas colgantes
pelos blancos en el pecho
demasiado cansado para sacarme los zapatos y las calcetas negras

Paterson, 12 de enero de 1976

II

Nunca más verá Times Square
marquesinas de películas subidas de tono, estaciones de bus a medianoche
Tampoco la pelota naranja del sol
elevándose sobre las copas de los árboles al este hacia el horizonte de Nueva York
Su sillón de terciopelo que mira a la ventana estará vacío
No verá la luna sobre los techos de las casas
o el cielo sobre las calles de Paterson.

Nueva York, 26 de febrero de 1976

III

Brazos exangües, rodillas débiles
80 años de edad, el cabello blanco y delgado
mejilla más huesuda de como la recordaba–
la cabeza inclinada sobre su cuello, los ojos abiertos
de vez en cuando, prestaba atención–
Le leí a mi padre *Indicios de inmortalidad* de Wordsworth
«... llegamos siguiendo nubes de gloria
desde Dios, que es nuestro hogar...»
«Eso es hermoso», dijo, «pero no es cierto».

«Cuando era niño, tuvimos una casa
En la calle Boyd, en Newark–el patio
era un enorme terreno vacío lleno de arbustos y pasto,
siempre me pregunté qué había detrás de esos árboles.
Cuando fui mayor, di la vuelta a la manzana
y descubrí lo que había allá atrás–
era una fábrica de pegamento».

18 de mayo de 1976

IV

¿Me irá a pasar eso a mí?
Por supuesto, te pasará a ti.

¿Se marchitarán así mis brazos?
Sí, el pelo de tu brazo se pondrá gris.

¿Mis rodillas se pondrán débiles y colapsarán?
Tus rodillas necesitarán muletas, quizás.

¿Acaso mi torso adelgazará?
Tu pecho será piel colgante.

¿Dónde irán a parar–mis dientes?
Conservarás los de abajo.

¿Qué le irá a pasar a mis huesos?
Terminarán mezclados con piedras.

Junio de 1976

V

BLUES DE LA MUERTE DEL PADRE

Hey, Padre Muerte, estoy volando a casa
Hey, hombre pobre, estás totalmente solo
Hey, viejo Papi, sé dónde voy

Padre Muerte, no llores más
Mamá está ahí, bajo el suelo
Hermano Muerte, cuida la tienda

Vieja Tía Muerte   No escondas tus huesos
Viejo Tío Muerte   Escucho tus quejidos
El dolor se fue, las lágrimas toman el resto

Genia Muerte   tu arte está hecho
Amante Muerte tu cuerpo ha desaparecido
Padre Muerte   estoy yendo a casa

Gurú Muerte tus palabras son ciertas
Maestra Muerte te agradezco de verdad
por inspirarme a cantar este Blues

Buda Muerte, contigo despierto
Dharma Muerte, tu mente es nueva
Sangha Muerte, trabajaremos esto

El sufrimiento es lo que nació
La ignorancia me hizo miserable
Tristes verdades que no puedo despreciar

Padre Respiración adiós una vez más
El nacimiento que diste no estuvo mal
Mi corazón reposa, como lo dirá el tiempo.

8 de julio de 1976 (sobre el lago Michigan)

VI

Mi padre será enterrado cerca del vertedero
A un lado del aeropuerto de Newark estará
Sepultado bajo un anuncio de cigarrillos Winston
En el peaje de la salida 14 al sur de Nueva Jersey
Mi padre tras la barrera de peaje del Servicio de Carreteras 1
Tras el concreto refrigerante de los mercaderes en la totora del pantano
más allá de la cervecería de ladrillo Budweiser Anheuser-Busch
en el cementerio B'Nai Israel tras una reja de hierro pintada verde

donde antes había granjas y una fábrica de pintura
donde Pennick ahora hace químicos
bajo la central eléctrica de Penn Station
transformadores & cables, en el límite
entre Elizabeth y Newark, al lado de la tía Rose
Gaidemack, cerca del tío Harry Meltzer
a una tumba de distancia de Anna la esposa de Abe mi padre será
sepultado.

9 de julio de 1976

VII

¿Qué hacer ante la Muerte?
Nada, nada
¿Dejar de ir a la escuela 6 de Paterson, N. J., en 1937?
¿Congelar el tiempo esta noche, con jaqueca, un cuarto para las
dos a. m.?
¿No ir al funeral de mi Padre mañana por la mañana?
¿No regresar a Naropa enseñar poética budista todo el verano?
¿No ser sepultado un día en el cementerio junto al aeropuerto de
Newark?

Paterson, 11 de julio de 1976

ODA PLUTONIANA

I

¿Qué elemento nuevo no nacido de la naturaleza se presenta ante nosotros? ¿Hay algo nuevo bajo el Sol?
Por fin una épica moderna, inquisitivo Whitman, un tema Científico, detonador
escrito primero distraídamente por el doctor Seaborg con mano venenosa, bautizado por el planeta de la Muerte a través del mar, más allá de Urano
cuya minería ctónica engendra este Señor del Hades y sus lágrimas de magma, Progenitor de Furias vengativas, billonario Rey del Infierno alguna vez venerado
con el degollamiento de ovejas negras, el rostro de los sacerdotes evitando los misterios subterráneos en el único templo de Eleusis,
Perséfone la verde primavera contrae nupcias con su Sombra inevitable, Deméter la madre del asfódelo llora rocío,
su hija oculta en cavernas de sal bajo blancas nieves, negro granizo, gris lluvia invernal o hielo Polar, inmemoriales estaciones anteriores
al vuelo de Peces en el Cielo, anteriores a la muerte del Carnero junto al arbusto estrellado, anteriores a que el Toro pisoteara el cielo y la tierra
o que los Gemelos inscribieran sus recuerdos en arcilla cuneiforme o que la inundación de los Cangrejos
borrara toda memoria de la calavera o que el León olfateara la brisa de las lilas en el Edén–
Antes del inicio del Gran Año y el engranaje de sus doce signos, antes de que las constelaciones rotaran veinticuatro mil años soleados
lentamente alrededor de sus ejes en Sagitario, regresando ciento sesentaisiete mil veces a esta noche

Némesis Radioactivo, ¿estabas ahí al principio oscuro mudo sin lengua y sin olor estallido de Desilusión?

Manifiesto tu Palabra Bautismal después de cuatro billones de años
Adivino tu cumpleaños en la Noche Terrícola, saludo tu espantosa presencia de duración majestuosa como los Dioses,
Sabaoth, Jehovah, Astapheus, Adonaeus, Elohim, Iao, Ialdabaoth, Aeon de Aeon nacido ignorante en un Abismo de Luz,
¡Reflejos de Sofía, pensativas galaxias resplandecientes, remolinos de espuma estelar plateada y delgada como los cabellos de Einstein!
¡Padre Whitman, celebro una materia que representa el olvido del Ser!
¡Gran Tema que aniquila manos entintadas & las oraciones de las páginas, las inspiradas Inmortalidades de los viejos oradores!
Comienzo tu canto exhalando boquiabierto al inmenso cielo sobre los molinos silenciosos de Hanford, Savannah River, Rocky Flats, Pantex, Burlington, Alburquerque
Grito a través de Washington, Carolina del Sur, Colorado, Texas, Iowa, Nuevo México,
donde los reactores nucleares crean una Cosa nueva bajo el Sol, donde las fábricas de guerra de Rockwell dan forma a este gatillo de materia mortal con baños de nitrógeno,
Hanger-Silas Mason ensambla el aterrorizado secreto del arma por decenas de miles & donde Manzano Mountains se jacta de almacenar
su horrible putrefacción durante doscientos cuarenta milenios mientras nuestra Galaxia gira en espiral en torno a su centro nebuloso
con mi mente penetro tus lugares secretos, hablo con tu presencia, rujo tu Rugido de León con boca mortal.
Un inspirado microgramo a un pulmón, diez libras de polvo de metal pesado a la deriva en cámara lenta sobre los grises Alpes
el ancho del planeta, ¿cuánto falta para que tu resplandor acelere la plaga y la muerte a los seres conscientes?
Ingreses en mi cuerpo o no yo atesoro mi espíritu dentro de ti, Peso Inasequible
Oh pesado pesado Elemento has despertado y yo vocalizo tu consciencia a seis mundos
Canto tu Vanidad absoluta. Sí, monstruo de Furia parido en el terror ¡Oh materia

extraordinariamente ignorante entre las creadas y antinatural para la Tierra! ¡Delirio de imperios metálicos!
¡Destructora de científicos mentirosos! ¡Devoradora de Generales avaros, Incineradora de Ejércitos & Fundidora de Guerras!
¡Juicio de los juicios, Viento Divino sobre naciones vengativas, Abusadora de Presidentes, Escándalo de Muerte de las políticas del Capital! ¡Ah, civilizaciones estúpidamente industriosas!
¡Embrujo gangrenoso de multitudes cultas o analfabetas! ¡Espectro manufacturado de la razón humana! ¡Oh imagen solidificada de los practicantes de Magia Negra!
Yo desafío tu Realidad, ¡Yo cuestiono tu mismísima existencia! ¡Yo publico tu causa y efecto!
¡Hago girar la Rueda de la Mente sobre tus trescientas toneladas! ¡Tu nombre ingresa en los oídos de la humanidad! ¡Yo encarno tus máximos poderes!
¡Mi oratoria avanza sobre jactancia de tu Misterio! ¡Este aliento disipa tu miedo de fanfarrón! Por fin canto tu forma
detrás de tus muros de hormigón & acero dentro de tu fortaleza de goma y tus escudos de silicona traslúcida en gabinetes filtrados y baños de aceite para tornos
Mi voz resuena a través de cajas de manipulación radioactiva y latas de lingotes y repercute en las inertes bóvedas eléctricas de la atmósfera,
entro con mi espíritu ruidoso en tus tambores subterráneos de varillas de combustible en tronos insonoros y camas de plomo
¡Oh densidad! ¡Las trompetas de este himno ingrávido trascienden a través de cámaras ocultas y atraviesan puertas de hierro hacia la Habitación Infernal!
Sobre tu espantosa vibración esta medida armonía flota audible, estos tonos jubilosos son miel y leche y agua dulce como el vino
Derramado en los bloques del suelo de piedra, estas sílabas son apenas granos que esparzo en el núcleo del Reactor,
Digo tu nombre con vocales vacías, rezo el salmo de tu Destino cerca, mi aliento casi inmortal siempre a tu lado
¡para Deletrear tu destino, instalo este verso profético en los muros de tu mausoleo para emparedarte por toda la Eternidad con la Verdad del Diamante! ¡Oh condenado Plutonio!

II

El Bardo examina la historia Plutoniana desde la medianoche iluminado por postes de luz de Vapor de Mercurio hasta que con la temprana luz del amanecer
contempla una tranquila política atontada entre papeleos de pensamiento que prolifera burocrático
& horriblemente armado, industrias Satánicas de pronto proyectadas con la Fuerza de Quinientos Billones de Dólares
alrededor del mundo al mismo tiempo que este texto es diagramado en Boulder, Colorado frente a la cordillera de las Rocallosas
doce millas al norte de la Planta Nuclear Rocky Flats en los Estados Unidos en América del Norte, en el Hemisferio Occidental
del planeta Tierra seis meses y catorce días alrededor de nuestro Sistema Solar en una Galaxia Espiral
el año local tras el Dominio del último Dios mil novecientos setentaiocho
Terminado mientras las nubes del neblinoso amanecer amarillo iluminan el Este, la ciudad de Denver blanca bajo
el transparente cielo Azul que se eleva vacío profundo & espacioso hacia una alta estrella matutina sobre el balcón
encima de algunos autos con ruedas frenadas en la cuneta de la pendiente desde la escarpada cumbre cubierta de pinos de Flatiron,
los prados de la montaña iluminados por el sol, inclinados hacia los precipicios de arenisca roja como el óxido en los techos de las casas de ladrillo
mientras los gorriones despertaban silbando a través de los árboles de verdes hojas veraniegas de Marine Street.

III

Esta oda a ustedes, Oh Poetas y Oradores venideros, a ti padre Whitman mientras me pongo a tu lado, a ti Congreso y pueblo Norteamericano,

a ustedes pensadores presentes, amigos y maestros espirituales, a ti, Oh Maestro de las Artes de Diamante,
Tomen esta rueda de sílabas con la mano, estas vocales y consonantes hasta el fin de la respiración
lleven esta inhalación de negro veneno a su corazón, exhalen esta bendición desde su pecho sobre nuestra creación
pacifiquen con esta exhalación bosques ciudades océanos desiertos cañones y montañas en las Diez Direcciones,
enriquezcan esta Oda Plutoniana para que explote su trueno vacío a través de los mundos de pensamiento terrenal
Magneticen este aullido con desalmada compasión, destruyan esta montaña de Plutonio con mente ordinaria y discurso del cuerpo,
empoderando así este espíritu guardián de la Mente que se ha ido, se ha ido, más allá, se ha ido más allá de mí, ¡Despierten al espacio, así Ah!

14 de julio de 1978

SUDARIO BLANCO

Soy convocado desde mi cama
A la Gran Ciudad de los Muertos
Donde no tengo casa ni hogar
Pero donde deambulo a veces en sueños
Buscando mi antigua habitación
Un sentimiento en mi corazón condenado,
Donde yace mi Abuela envejecida
En el sofá de sus últimos días
Y mi madre más cuerda que yo
Ríe y grita que todavía está viva.

Me vi nuevamente en la Gran Metrópolis del Este
vagando bajo la estructura de hierro del Tren Elevado–
departamentos con muchas ventanas rodeaban la concurrida calle del Bronx
bajo las marquesinas de viejos teatros multitudes de mujeres pobres
[hacían las compras
con echarpes negros ante kioscos de revistas y confiterías, niños saltaban
[a su lado
abuelos encorvados tambaleándose sobre sus bastones. Había bajado
los domingos a esta misma calle desde el metro ennegrecido mucho
[tiempo atrás,
té y salmón con mi tía y mi primo dentista cuando tenía diez años.
El pacifista viviente David Dellinger caminaba a mi diestra,
había manejado desde Vermont para visitar la Granja Tívoli
de Obreros Católicos, fuimos al Norte de Manhattan en su auto,
aliviados porque las guerras de los EE. UU. se habían acabado en el
[periódico
y se había calmado la frenética danza de puntos & sombras en el
[televisor–Más
viejo ahora que nuestros gritos y pancartas, exploramos avenidas de ladrillo
en que vivimos para encontrar nuevas residencias, arrendar altillos oficinas
o espaciosos apartamentos, retirar nuestros ojos & lágrimas & pensamientos.
Sorprendido, pasé frente a la Habitación abierta donde mi Abuela Rusa
y Judía yacía en su cama y suspiraba comiendo pequeñas sopas
de pollo o borscht, latkes de patata, migajas sobre sus frazadas, hablando

en Yiddish, abandonada quejándose de la soledad en las Casas de Ancianos.
Descubrí que podía encontrar un lugar para dormir en el vecindario, qué
alivio, la familia reunida una vez más, ¡por primera vez en décadas!–
Ahora en una vigorosa mediana edad subí por empinadas calles
[del Bronx Oeste
buscando mi propio apartamento amueblado con agua caliente para
[instalarme,
cerca para visitar a mi abuela, leer los periódicos del domingo
en las inmensas Cafeterías vidriadas, fumar por encima de lápices &
[papeles,
escritorio de la poesía, feliz con los libros que mi padre dejó en el ático,
una pacífica enciclopedia y una radio en la cocina.
Un viejo conserje negro barría la cuneta, los perros callejeros
[olisqueaban grifos rojos,
enfermeras empujaban coches de bebés frente a silenciosas fachadas.
Ansioso por instalarme con dinero en mi propia casa antes
del anochecer, vagué por diques y edificios con vistas a
los pilares de la armazón del metro junto al puente que cruza el río Bronx.
Qué parecido a los suburbios de París o Budapest, lejos del Centrum
Margen Izquierda umbrales de heroinómanos tragedia peleas intelectuales
en bares restoranes donde una vieja llena de vida llevaba su
cámara Century Universal View para registrar la Administración
de Trabajos para el Progreso en la metrópolis de periódicos
buses de dos pisos bajo el sol de septiembre cerca del tren elevado de
[Broadway,
techumbres de rascacielos elevados diez mil ventanas de oficinas brillantes
luminosidades eléctricas sobre pequeñas calles de taxis encendidas en avenidas
del centro de la ciudad en la oscuridad de la tarde el día antes de Navidad
las multitudes de Harald Square cruzan semáforos mediodía de junio
[para almorzar
andar de compras buscando telas bajo los toldos de Macy's
hacer una pausa con el bolso en los mostradores de Frankfurter con
[elegantes
sombreros de paja de la década, la próspera humanidad calzada en su
[soledad.
Pero me distraje demasiado tiempo divertido por el desfile pintado,
¿Dónde era que vivía? Recuerdo estar buscando una casa
& comer en cocinas de departamentos, estantes de libros hace décadas, la

enfermedad de la tía Rose, una operación de apendicitis, sus frenillos,
la tarde que me pusieron anteojos por primera vez, peinándome el pelo
[mojado
detrás de mi cráneo, joven e incómodo mirándome en el espejo
[fotográfico
de la secundaria. Los Muertos buscan un hogar, pero aquí yo todavía
[estaba vivo.

Pasé de largo frente a un nicho entre dos edificios con toldos de latón
un refugio de la lluvia helada entibiado por la exhalación del enrejado
[del metro,
bajo esos motores que laten con un agradable y tranquilo zumbido.
Una dama vagabunda vivía con sus bolsas en el callejón sobre un colchón,
su cama de madera sobre el pavimento, un montón de frazadas y sábanas,
ollas, sartenes y platos a su lado, ventilador y estufa eléctrica junto al muro.
Se veía desolada con el pelo blanco, pero fuerte como para cocinar y mirar.
Durante años los transeúntes ignoraron su cuchitril adosado al edificio,
algunos hombres de negocios se detenían para hablarle, darle pan o un
[yogur.
A veces desaparecía en las salas de cuidado de hospitales estatales,
pero ahora había regresado a su callejón hogareño, con mirada aguda, pelo
viejo y estrafalario, medio paralizada, se quejaba enojada cuando yo pasé.
Me horroricé un poco, quién podría hacerse cargo de semejante mujer,
familiar, medio abandonada en su calle, considerando que había resistido
muchas nieves sola y testaruda con su apolillado sombrero de piel de
[conejo.
Tenía malos dientes, dientes demasiado viejos, gastados como muelas de
[caballo–
abrió su boca para mostrar su garganta–cómo puede vivir con eso,
pensé cómo puede comer con esos incisivos como hongos o herraduras
[grises
con que mastica y esas duras flores planas que bordeaban sus encías.
Entonces reconocí que se trataba de mi madre, Naomi, habitando
este viejo rincón al borde de la ciudad, más vieja de lo que la vi antes
que su vida desapareciera. ¿Qué estás haciendo aquí? Pregunté, asombrado
de que todavía pudiera reconocerme, atónito al verla erguida en la cama,
sin ayuda, la mirada en alto para saludarme y burlarse «Estoy viviendo sola,
ya que todos me abandonaron, soy una gran mujer, vine aquí
yo sola, no me importa, ¿qué estás haciendo aquí? Pensé, estoy

buscando una casa, ella tiene una casa, en el pobre Bronx,
necesita a alguien que la ayude con las compras y la cocina, necesita a sus
[hijos
ahora, yo soy su hijo menor, casualmente pasé caminando frente a su
[callejón,
pero aquí ella ha sobrevivido, durmiendo de noche despierta encima de esa
plataforma de madera. ¿Le sobrará una habitación? Vi que su cueva
colindaba con la puerta de un departamento, la bodega de un sótano sin
[pintar
frente a su refugio al lado del edificio. Yo podría vivir aquí,
en el peor de los casos, puede ser el mejor lugar, cerca de mi madre en
nuestra vida mortal. Mis años de rodar por calles de ciudades continentales,
sueños de departamentos, viejas habitaciones en que viví y todavía pago
[arriendo,
la llave no funciona, cambiaron la chapa, una familia de inmigrantes ocupa
mi albergue familiar en el vestíbulo–habría vagado cuesta abajo por avenidas
deshabitadas, dinero perdido, o regresaría al departamento–pero no podía
reconocer mi casa en Londres, en París, en el Bronx, junto a la biblioteca
de Columbia, en la octava avenida cerca de la estación de metro de
[Chelsea–
Esos años de inestabilidad–se habían acabado ahora, aquí podría vivir
por siempre, tener un hogar aquí, con Naomi, por fin,
ahora sí por fin, este era el agradable final de mi búsqueda,
tiempo para cuidarla antes de su muerte, aunque todavía falta mucho,
muchos problemas con sus hábitos gruñones, sus frazadas vergonzantes
cerca de la calle, potes con dientes, sartenes sucias, medio paralizada e
[irritable,
ella necesitaba mi fuerza de edad madura y mundano conocimiento del
[dinero,
el arte de la economía hogareña. Puedo ganarme la vida cocinando y
[escribiendo,
ella no tendrá que mendigar su comida o sus medicinas, tendrá nuevos
[dientes
acompañándola, no tendrá que gritarle al mundo, puedo pagar un teléfono,
después de veinticinco años podríamos llamar a la tía Edie en California,
tendré un lugar donde quedarme. «Y lo mejor de todo», le dije a Naomi
«No te enojes ahora, ¿te das cuenta de que la abuela, tu vieja enemiga,
sigue viva? Su casa está a un par de cuadras colina abajo, ¡la acabo de ver,

como a ti!» Mi pecho se regocijó, todos mis problemas se habían
[acabado, estaba
contenta, demasiado vieja como para preocuparse, gritar o sentir rencor,
[solo
se quejaba de sus malos dientes. ¡Qué paz tan deseada!
Luego desperté feliz de la vida
en Boulder antes del amanecer, las ventanas de mi departamento en un
[segundo piso
sobre Bluff Street mirando al oriente sobre los techos de la ciudad, regresé
desde la Tierra de los Muertos a la Poesía viviente y escribí este relato
de una alegría hace mucho perdida, ¡volver a ver a mi madre!
Y cuando la tinta de mi pluma se acabó y vi la luminosidad rosa y violeta
en las copas de los árboles y los cielos de la ciudad, sobre la cordillera
[Front,
bajé al primer piso al sombreado salón donde Peter Orlovsky
estaba sentado su largo cabello iluminado por el resplandor de la
[televisión
para ver las noticias del amanecer y el tiempo, lo besé & llené mi pluma
[y lloré.

5 de octubre de 1983, 6.35 a. m.

SALUDOS COSMOPOLITAS

A los ganadores de la Corona Dorada del Festival Struga
& a los Bardos Internacionales, 1986

Enfréntense a los gobiernos, a Dios.

Manténganse irresponsables.

Digan solamente lo que sabemos & imaginamos.

Los absolutos son coerción.

El cambio es absoluto.

La mente común incluye percepciones eternas.

Observa lo que es vívido.

Date cuenta de lo que te das cuenta.

Atrápate a ti mismo pensando.

La viveza es autoselectiva.

Si no se lo mostramos a Nadie, somos libres de escribir lo que sea.

Recuerden el futuro.

Aconséjense solo a sí mismos.

No beban hasta matarse.

Dos moléculas que chocan una contra otra requieren de un observador para ser datos científicos.

El instrumento de medición determina la aparición del mundo fenoménico después de Einstein.

El universo es subjetivo.

Walt Whitman Persona célebre.

Somos observador, instrumento de medición, ojo, sujeto, Persona.

El Universo es una Persona.

Dentro del cráneo es tan inmenso como fuera del cráneo.

La Mente es el espacio exterior.

«Cada cual en su cama se habla solo a sí mismo, no haciendo ningún ruido.»

«La primera idea, la mejor idea.»

La Mente es Proporcionada, el Arte es Proporcionado.

El máximo de información, el mínimo número de sílabas.

Sintaxis condensada, sólido sonido.

Intensos fragmentos de lengua hablada, lo mejor.

Las consonantes alrededor de las vocales crean el sentido.

Saboreen las vocales, aprecien las consonantes.

El tema es conocido por lo que es capaz de ver.

Otros pueden medir su visión según lo que nosotros vemos.

La candidez acaba con la paranoia.

Kraj Majales
25 de junio de 1986
Boulder, Colorado

EL REGRESO DE KRAJ MAJALES

Para este aniversario de plata he perdido mucho pelo de mi cabeza
soy el Rey de Mayo
Y aunque soy el Rey de Mayo la Comisión Federal de Comunicaciones prohibió mis presentes aullidos y proclamas en las ondas radiales eléctricas desde las 6 a. m. hasta la medianoche
Así pues Rey de Mayo regresó a través del Cielo volando para reclamar mi corona de papel
Y yo soy el Rey de Mayo con la presión alta, diabetes, gota, parálisis de Bell, piedras en los riñones y tranquilos anteojos
Y uso la tonta corona de la no ignorancia no más sabiduría no más miedo ni esperanza en la corbata a rayas capitalista o en los overoles Comunistas
La pérdida del planeta dentro de los próximos cien años no es cosa para la risa
Y yo soy el Rey de Mayo que ha regresado con un diamante grande como el universo una mente vacía
Y yo soy el Rey de Mayo bouzerant carente de amor en la primavera con una débil práctica de la meditación
Y yo soy el Rey de Mayo Distinguido Profesor de Inglés de Brooklyn cantando
Perdimos todo perdimos todo se acabó todo perdimos el cielo ahora y la vieja mente entonces ¡Ah!

25 de abril de 1990

A LA MANERA DE LALON

I

Es cierto que quedé atrapado
en el mundo
Cuando era joven Blake
me pasó el dato
Luego vinieron otros maestros:
Mejor prepárate para la Muerte
No te enredes con las
posesiones
Eso fue cuando era joven,
me advirtieron
Ahora soy un Adulto Mayor
y estoy atascado con un millón
de libros
un millón de ideas un millón
de dólares un millón
de amores
¿Cómo lograré dejar mi cuerpo?
Allen Ginsberg dice, estoy
con la mierda hasta el cuello

II

Me senté a los pies de un
Amante
y me lo dijo todo
Vete a la mierda, sal de aquí,
cuídate el culo,
fíjate dónde pisas,
haz ejercicios, medita, piensa
en tu temperamento–
Ahora soy un hombre viejo y
no viviré otros

20 años quizás ni siquiera otras
20 semanas,
quizás el próximo segundo
me arrastre al
renacimiento
la granja de gusanos, quizás
ya ocurrió–
¿Cómo podría saberlo?, dice
Allen Ginsberg
Quizás he estado soñando
desde siempre–

III

Son las 2 a. m. y tengo que
levantarme temprano
y andar 20 millas en taxi para satisfacer
mi ambición–
¿Cómo fue que me metí en este
trabajólico mundo del espectáculo
y mercado de la meditación?
Si tuve un alma la vendí
por palabras bonitas
Si tuve un cuerpo lo usé
derramando mi esencia
Si tuve una mente se
cubrió de amor–
Si tuve un espíritu olvidé
mientras respiraba
Si tuve un habla fue
todo jactancia
Si tuve deseo se escapó
por mi ano
Si tuve ambiciones de
ser liberado
¿cómo me metí dentro de esta
persona arrugada?

¿Con palabras bonitas, esencias del Amor,
jactancias de la respiración, anhelos
anales, crímenes famosos?
Qué desastre soy, Allen Ginsberg.

IV

Desvelado me quedo en pie &
pienso en mi Muerte
–ciertamente está más cerca
que cuando tenía diez
años de edad
y me preguntaba qué tan grande era
el universo–
Si no descanso un poco moriré más rápido
Si duermo perderé mi
oportunidad de salvación–
desvelado o despierto, Allen
Ginsberg está en la cama
en medio de la noche.

V

4 a. m.
Entonces vinieron por mí,
me escondí en el urinario
Botaron la puerta del baño
cayó sobre un niño inocente
¡Ay! ¡La puerta de madera cayó
sobre un chico inocente!
Me paré sobre la taza & escuché,
escondí mi sombra,
engrillaron al otro y
lo arrastraron lejos
en mi lugar–¿Cuánto tiempo podré
salirme con la mía?

Pronto van a descubrir
	que no estoy ahí
Vendrán por mí una vez más, ¿dónde
	puedo ocultar mi cuerpo?
¿Acaso soy yo mismo o alguien más
	o nadie en realidad?
Entonces, ¿qué es esta pesada carne este
	débil corazón e hígado goteante?
¿Quién ha estado preso
	65 años
en este cadáver? ¿Quién más llegó
	al éxtasis junto a mí?
Todo acabará pronto ahora,
	¿de qué sirvió todo ese semen?
¿Se hará realidad? ¿Acaso
	se hará realidad de verdad?

VI

Tuve mi oportunidad y la perdí,
tuve muchas otras & no
	las tomé muy en serio.
Oh sí estaba impresionado, casi
	me volví loco de miedo
de perder la ocasión inmortal,
	Uno la perdió.
Allen Ginsberg les advierte
	no sigan mi camino
	a la extinción.

31 de marzo de 1992

EL VERTEDERO DE CADÁVERES

> ... situaciones duras y crudas, y habiéndolas aceptado como parte de tu tierra natal, entonces puede tener lugar una chispa de simpatía o de compasión. No existe apuro alguno en abandonar ese lugar inmediatamente. Te gustaría enfrentar los hechos, las realidades de ese mundo particular...
>
> CHÖGYAM TRUNGPA, RINPOCHE

Jenny, la del piso de arriba chocó su auto & se convirtió en un cadáver viviente, Jake vendió yerba, el duende panzón de barba blanca subió silenciosamente sus escaleras
John, el exconserje polaco desvió la mirada, las mejillas enrojecidas por el vodka o el vino quién sabe qué
mientras salía de su apartamento en el primer piso, negándose a hablar con el ocupante del Apto. 24
que había mandado a su novio a Bellevue y había llamado a la policía, mientras el artístico compositor budista
del sexto piso yacía dopado con los pies hinchados de agua, muriendo lentamente de sida a lo largo de un año–
el profesor chino limpiaba & cocinaba en el Apto. 23 para el poeta homosexual que anhelaba los muslos
y nalgas de su gimnasta–En el piso de abajo la vieja chica de la flor hippie se cayó borracha sobre la baranda y se rompió la quijada–
su hijo a pesar de la fama moderada estafada de dinero del rocanrol, veinte mil personas en los estadios
coreando sus letras de tambor vegetariano Hare Krishna asesino skinhead tatuado–
Mary nació en el edificio descansaba sobre su bastón, con las piernas pesadas y problemas en el corazón del segundo descanso, ahora incapaz
de pasar sus vacaciones en Caracas & Dublín–el marido de la casera rusa desapareció de nuevo del campo de concentración–nadie mencionó que había muerto–

los arrendatarios tomaron su edificio para conseguir agua caliente,
no podía subirnos la renta o pagar impuestos, usaba un largo abrigo los días de calor
sola & delgada en la calle cargando abarrotes hacia su departamento torcido y silencioso–
Un poeta profesor de secundaria cayó muerto por una misteriosa arritmia del corazón, volteado
en el departamento de su madre en Brooklyn, su primera niñita de un año de edad, la esposa estoica un par de días–
el perrito ruidoso y sus gruñidos tenían que desaparecer, la bebé lloraba–
Mientras tanto, el adicto a la metanfetamina del departamento de arriba se inyectaba cocaína & aullaba arriba y abajo por
la calle 12 este, lo echaron del restorán de Christine y luego la policía lo acorraló, encima de una salida de vapor caliente de acero
cerca de Stuyvesant Town llamando a su madre sorda desde la cabina de teléfono de la Avenida A–las sirenas aceleran el camino a Bellevue–
pasando frente al murmurante vendedor de crack y yerba que camina nervioso en círculos en el rincón suroeste
de la calle 10 este donde los yuppies del arte salen de un carísimo restorán de sushi–& le echaron sal a la sopa de patata ataque al corazón CTVA en el restorán polaco KK's
–la basura acumulada, bolsas de plástico no biodegradable vaciadas en la vereda por vagabundos diabéticos
Buscando botellas retornables radios y muñecas recicladas hamburguesas a medio comer–pasteles daneses descartados–
El notario público de la calle 13 se sienta en su fachada venida a menos, lecciones de manejo & devoluciones de impuestos preparadas sobre viejos escritorios metálicos–
Huevos estrellados en mantequilla, patatas fritas & dónuts glaseados pasan sobre el mostrador de la cafetería de al lado–
La dama hispana le grita al grosero afroamericano detrás de la ventana de la oficina de correos
«Esperé toda la semana mi cheque de bienestar ustedes me dieron aviso y ya estuve aquí ayer
quiero hablar con el supervisor perra no me insultes negándote a ver si está–»

Los ojos cerrados de un puertorriqueño ebrio de vino labios partidos y piel roja tendido en el pavimento, la puerta trasera de nafta se abre para la familia coreana de la tintorería de la esquina de la calle 14–

Ed, el obrero estafador, taladró todo el año para romper las tuberías eléctricas seis pies bajo tierra

para armar un cuello de botella de autos que esperan minutos para pasar el bus M14 se detuvo en medio del camino, ancianos muy abrigados se bajan en los escombros rojos

con tarjetas del Programa de Tarifa Reducida obtenidas en grises oficinas envejecidas en departamentos del centro hay que subir al segundo piso el ascensor no funciona–

Se escuchan noticias en la radio, ¿una vez más bombardean Bagdad y el Jardín del Edén?

Un millón de personas mueren de hambre en Sudán, montañas de alimento apiladas en los muelles, pandillas locales & temblorosos oficiales burocráticos de las Naciones Unidas sudan junto al Ecuador y discuten sobre

montones de trigo empujados por niveladoras–se les acaba la medicina a los doctores suecos–el taxista de Pakistán

dice que Salman Rushdie debe morir, por insultar al profeta en sus ficciones–

«No, esa no era mi opinión, era solo un personaje hablando como en un poema, no es un juicio»–

«No te rechazaré hasta que el sol lo haga», de modo que te doy veinticinco centavos junto a la iglesia católica de la calle 14 donde estás medio borracho

sacudiendo un vaso de plástico, ruborizado, vives con tu madre un mirada herida en tus labios, los ojos entornados,

barbilla hundida, algunas veces te secas en Bellevue, la mayoría de los días los pasas sableando dólares para comprar vino dulce

en la esquina donde el ciego gordo se apoya en un pie y luego en otro mostrando su bastón blanco, agitando sus monedas en un vaso de papel algunas semanas

donde los ceñidores a la entrada de la construcción del metro caballetes pintados de naranja

pisaderas de seguridad bajo tierra–Y cruzando la calle el letrero del cajero automático del banco NYCE dice

No Funciona mientras los taxis rebotan en los agujeros y el montículo de asfalto en la esquina cuando las luces rojas cambian a verde
& yo voy ciudad arriba a hacerme un escáner, una biopsia del hígado y a visitar al cardiólogo,
una explicación para la presión alta, la piedras en los riñones, la diabetes, los ojos nublados & la disestesia–
pérdida de sensibilidad en las plantas de los pies, entre los tobillos, en la zona lumbar, la cabeza del falo y el ano–
Enfermedad de la vejez la muerte regresa en lo que dura un pestañeo–
La juventud de la secundaria el interior de mis muslos era suave como seda aunque entonces nadie me tocaba ahí–
Cruzando la ciudad el poeta de terciopelo toma Darvon N, Valium todas las noches, duerme todo el día pateando la metadona
entre los muros de ladrillo de una habitación repleta de collages & restos de papel con lunares dorados cubiertos
con palabras: «Todo el punto parece ser la idea de donar al donante».

19 de agosto de 1992

MUERTE & FAMA

Cuando muera
no me importa lo que le pase a mi cuerpo
lancen las cenizas al aire, espárzanlas en el East River
entierren una urna en el cementerio B'nai Israel, en Elizabeth
    Nueva Jersey
Pero quiero un gran funeral
En la catedral de Saint Patrick, en la iglesia de Saint Mark, en la
    sinagoga más grande de Manhattan
Primero, la familia, hermano, sobrinos, la envejecida y vivaz ma-
    drastra Edith de 96, la tía Honey del viejo Newark,
el doctor Joel, la prima Mindy, mi hermano Gene un ojo y una
    oreja, mi rubia cuñada Connie, cinco sobrinos, hermanastros
    & hermanastras y sus nietos,
mi compañero Peter Orlovsky, mis cuidadores Rosenthal & Hale,
    Bill Morgan–
Luego, la mente fantasma del maestro Trungpa Vajracharya, ahí
    Gelek Rinpoche, Sakyong Mipham, alerta de Dalai Lama, po-
    siblemente visite los Estados Unidos, el Swami Satchitananda,
& los fantasmas de Shivananda Dehorahava Baba, Karmapa XVI,
    Dudjon Rinpoche, Katagiri & Suzuki Roshi
Baker, Whalen, Daido Loori, Qwong, el frágil y canoso Kapleau
    Roshis, Lama Tarchin–
Luego, más importante, los amantes de más de medio siglo
Docenas, cien o más, viejos compañeros pelados & ricachones
Jóvenes muchachos que conocí recientemente desnudos en la
    cama, multitudes sorprendidas de verse, innumerables, ínti-
    mos, intercambiando recuerdos
«Él me enseñó a meditar, ahora soy un viejo veterano del retiro de
    los mil días–»
«Yo tocaba música en las plataformas del metro, soy heterosexual,
    pero lo amaba, él me amaba»
«Yo sentí más amor de él a los 19 que después de nadie más»
«Nos metíamos bajo las frazadas, chismeábamos, leíamos mi poe-
    sía, nos abrazábamos & nos besábamos vientre con vientre
    con los brazos alrededor del otro»

«Siempre me metía en su cama con ropa interior & en la mañana mis calzones estaban en el suelo»
«Japonés, siempre quise que un maestro me la metiera por el trasero»
«Hablábamos toda la noche sobre Kerouac & Cassady nos sentábamos como Buda y luego dormía en su cama de capitán»
«Parecía necesitar tanto afecto, fue una vergüenza no haberlo hecho feliz»
«Yo era un solitario y nunca antes estuve desnudo en la cama con alguien, él fue tan delicado
temblaba mientras trazaba con su dedo pasando por mi abdomen mis pezones y mis caderas–»
«Todo lo que hice fue tenderme con los ojos cerrados, él me hacía venirme con la boca & sus dedos por la cintura»
«La chupaba maravillosamente»
De modo que habría chismes de amores de 1946, el fantasma de Neal Cassady mezclándose con la carne y la sangre juvenil de 1997
y sorpresa–«¿Tú también? ¡Pero si yo pensaba que eras hetero!»
«Lo soy, pero Ginsberg fue una excepción, por alguna razón me gustaba»,
«olvidé si era hetero, gay, loca o lo que fuera, fui yo mismo, tierno y cariñoso para ser besado en la cabeza,
en la frente, garganta, corazón & plexo solar, en medio del vientre, en la verga, haciéndome cosquillas en el culo con la lengua»
«Amaba la forma en que me recitaba "Pero a mis espaldas siempre escuché / la carroza alada del tiempo corriendo cerca", con las cabezas unidas, ojo con ojo, sobre la almohada–»
Entre los amantes un guapo muchacho quedándose al fondo
«Yo estudié en su clase de poesía, tenía 17 años, hice algunos mandados a su apartamento sin ascensor,
me sedujo aunque yo no quería, me hizo acabar, me fui a mi casa, nunca lo volví a ver, nunca quise...»
«No logró levantarla, pero me amaba», «Era un viejo muy limpio», «Se aseguró de que me viniera primero»
Esta es la multitud más sorprendida y orgullosa en el lugar de honor de la ceremonia–

Luego los poetas & músicos–bandas grunge de universitarios–estrellas del rock envejecidas Beatles, fieles acompañantes con guitarra, conductores gay de música clásica, desconocidos compositores de jazz, trompetistas funky, genios negros del bajo de arco & del corno francés, cantantes folk con violín dobro, pandereta, armónica, mandolina, arpa, silbatos & mirlitones

Después, artistas italianos realistas románticos educados en los místicos años 60 en la India, pintores poetas fauvistas tardíos de la Toscana, dibujante clásico de Massachusetts, surrealistas impertinentes con esposas europeas, pobreza de cuadernos de dibujo escayola óleo acuarelas maestros de las provincias norteamericanas

Luego profesores de secundaria, solitarios bibliotecarios irlandeses, delicados bibliófilos, tropas de la liberación sexual, mejor dicho, ejércitos, damas de uno y otro sexo

«Lo vi docenas de veces nunca recordó mi nombre y lo amé de todas formas, un verdadero artista»

«Un ataque nervioso después de la menopausia, el humor de su poesía me salvó de los hospitales del suicidio»

«Encantador, un genio de modales modestos, lavaba los platos, se quedó una semana en mi estudio en Budapest»

Miles de lectores, «*Aullido* me cambió la vida en Libertyville, Illinois»

«Lo vi leer en el Montclair State Teacher College y decidí ser poeta–»

«Me puso a mil, empecé con el garaje rock y canté mis canciones en Kansas City»

«*Kaddish* me hizo llorar por mí & por mi padre que está vivo en Nevada City»

«*Padre muerte* me dio paz cuando mi hermano murió en Boston en 1982»

«Leí lo que dijo en un periódico, me voló la cabeza, descubrí que había otros como yo allá afuera»

Bardos Sordos & Mudos firmando rápidos y brillantes gestos con sus manos

Luego periodistas, secretarias de editores, agentes, retratistas & aficionados a la fotografía, críticos de rock, obreros cultivados, historiadores culturales vienen a presenciar el histórico funeral

Superfanáticos, poetastros, envejecidos beatniks y fanáticos de Grateful Dead, cazadores de autógrafos, *paparazzi* distinguidos, mirones inteligentes
Todos sabían que estaban siendo parte de la «Historia» excepto el muerto
que nunca supo exactamente qué estaba pasando incluso cuando estaba vivo

22 de febrero de 1997

RIMAS ESTRELLADAS

El sol se eleva por el este
El sol se pone por el oeste
Nadie sabe
Lo que el sol sabe bien

Nortina Estrella del Norte
Sureña Cruz del sur
Ten cerca al universo
Dentro de tu boca

Alto como Géminis
Bajo como las Pléyades
El cielo del invierno
Empieza a nevar

Por debajo de Orión
Arriba de la Estrella del Norte
Las hojas llameantes
Empiezan a caer

23 de marzo de 1997, 4.51 a. m.

Segunda parte

Canciones

September on Jessore Road
Rubato
Fm
Mil-lions of ba- bies watch-ing the skies
Bb
Bellies swollen, with big round eyes On
Eb
Jessore Road long bam-boo huts
Bb
No place to shit but sand channel ruts
Fm
Mil- lions of fath- ers in rain
Bb
Mil- lions of moth- ers in pain
Eb
Mil - lions of broth- ers in woe
Bb
Mil- lions of sis – ters no- where to go
Final Verse
Fm
Mil- lions of ba – bies in pain
Bb
Mil – lions of moth- ers in rain
Eb
Mil- lions of broth- ers in woe
Bb
Eb
Mil- lions of chil d– ren no – where to go
Copyright © 1972 by Poetry Music Inc., Allen Ginsberg

SEPTIEMBRE EN EL CAMINO A JESSORE

Millones de bebés contemplando los cielos
Vientres hinchados, grandes ojos redondos
Sobre el camino a Jessore–chozas de largo bambú
No hay donde cagar más que en acanalados surcos de arena

Millones de padres bajo la lluvia
Millones de madres sufriendo
Millones de hermanos en problemas
Millones de hermanas sin un lugar donde ir

Un millón de tías mueren por pan
Un millón de tíos lloran por los muertos
Abuelos por millones sin hogar y tristes
Abuelas por millones calladamente locas

Millones de hijas caminan en el barro
Millones de niños se bañan en la inundación
Un millón de chicas vomitan & gimen
Millones de familias sin esperanza y solas

Millones de almas milnovecientossetentaiuno
sin techo en el camino a Jessore bajo el sol gris
un millón están muertos, los millones que pueden
caminar hacia Calcuta desde Pakistán Oriental

Taxi de septiembre a lo largo del camino a Jessore
Carreta de bueyes esqueléticos arrastran el carbón
por campos aguados y surcos inundados de lluvia
pasteles de mierda sobre troncos, chozas de techo plástico

Empapadas procesiones   Familias que caminan
Niños atrofiados   los cabezones no hablan
Mira los cráneos huesudos   & silenciosos ojos redondos
Hambrientos ángeles negros con disfraz humano

La madre se acuclilla llora & apunta a sus hijos
De pie con las piernas delgadas   como monjas ancianas
pequeños cuerpos   las manos sobre sus bocas en oración
Cinco meses poca comida   desde que se instalaron aquí

en una esterilla en el cielo   con una pequeña olla vacía
El padre levanta sus manos ante los suyos
Las lágrimas anegan los ojos de la madre
El dolor hace llorar a la madre Maya

Dos niños juntos   bajo la sombra de la palmera
me miran   y no dicen ninguna palabra
ración de arroz, lentejas   una vez por semana
Leche en polvo para humildes niños cansados de la guerra

No hay dinero para verduras o trabajo para el hombre
El arroz dura cuatro días   comen mientras pueden
Luego los niños pasan hambre   tres días seguidos
y vomitan la siguiente comida   si no comen lento.

En el camino a Jessore   la Madre llora ante mis rodillas
La lengua bengalí   lloraba míster por favor
Tarjeta de identidad   desgarrada en el suelo
El marido espera todavía   en la puerta de la oficina del campo

Mientras el bebé juega yo limpiaba la inundación
Ahora ya no nos darán más comida
Los pedazos están aquí en mi cartera de celuloide
Juega bebé inocente   nuestra maldición mortal

Los policías rodeados   de miles de niños
La multitud esperando   la alegría de su pan diario
Llevan grandes silbatos   & largas varas de bambú
para ordenarlos a golpes   ellos hacen trucos de hambre

Desarman la fila   y saltan en frente
Dentro del círculo   el flacucho menor se escabulle
Dos hermanos bailan adelante   en el escenario de barro
Los guardias soplan sus silbatos   & los persiguen furiosos

Por qué están estos infantes en masa en este lugar
Riendo mientras juegan & presionando por tener espacio
Por qué esperan aquí tan alegres & temen
Por qué esta es la Casa donde les dan pan a los niños

El hombre en la puerta del pan Grita & sale
Miles de niños & niñas aceptan este grito suyo
¿es alegría? ¿es oración? «No hay más pan hoy»
Miles de Niños gritan a la vezv«¡Hurra!»

Corren a las tiendas sus casas donde esperan los mayores
Los niños mensajeros con pan del estado
¡No hay más pan hoy! & ningún lugar donde sentarse
Doloroso bebé, enferma mierda es lo que él tiene.

Miles de calaveras malnutridas durante meses
Drenajes de disentería todos los intestinos a la vez
La enfermera muestra la tarjeta sanitaria enterostrep
Se espera la suspensión de otro modo clorostrep

Campos de refugiados en las casuchas del hospital
El recién nacido desnudo en el delgado regazo de la madre
De una semana y el tamaño de un mono Bebé de ojo reumático
Gastroenteritis Sangre Veneno miles deben morir

Septiembre en Jessore camino de rickshas
50.000 almas vi en un solo campo
Hileras de bambú cabañas en la inundación
Drenajes abiertos & familias mojadas esperando comida

Los camiones inundados en el límite, la comida no puede pasar
Maquina del ángel norteamericano ¡por favor ven rápido!
¿Dónde está el embajador Bunker hoy?
¿Acaso sus Helios están ametrallando a niños que juegan?

¿Dónde están los helicópteros con ayuda de los EE. UU.?
Contrabandeando heroína en la sombra verde de Bangkok.
¿Dónde está la Luminosa Fuerza Aérea Norteamericana?
¿Bombardeando el norte de Laos día y noche enteros?

¿Dónde están los Ejércitos de Oro del Presidente?
¿La Billonaria Fuerza Naval   misericordiosa y Audaz?
¿La que nos traerá medicinas   comida y alivio?
¿Arrojando napalm en Vietnam del Norte   y causando más dolor?

¿Dónde están nuestras lágrimas? ¿Quién llora por este dolor?
¿Dónde pueden ir estas familias bajo la lluvia?
Los niños de la carretera a Jessore cierran sus ojos enormes
¿Dónde iremos a dormir cuando muera Nuestro Padre?

¿A quién debemos rezar por arroz y cuidados?
¿Quién puede traer pan a la guarida de esta inundación de mierda?
¡Millones de niños solos bajo la lluvia!
¡Millones de niños llorando bajo la lluvia!

Resuenen oh lenguas del mundo por su dolor
Resuenen fuerte oh voces del Amor que no conocemos
Resuenen fuerte ustedes campanas del dolor eléctrico
Resuenen en el consciente cerebro norteamericano

¿Cuántos niños somos los que estamos perdidos?
¿Quiénes son estas hijas que vemos volverse fantasmas?
¿Qué son nuestras almas que hemos perdido el cuidado?
Resuenen fuerte oh músicas y lloren si se atreven–

Gritos en el barro junto al drenaje de la casa con techo de paja
Dormir en enormes tubos bajo la lluvia del húmedo campo de mierda
esperas junto a la bomba del pozo, ¡Pobre del mundo!
cuyos niños pasan hambre enroscados   en los brazos de sus madres.

¿Es esto lo que me hice a mí mismo en el pasado?
Le pregunté al poeta Sunil ¿Qué debo hacer?
¿Seguir adelante y dejarlos sin ninguna moneda?
¿Debiera importarme el dolor de mis entrañas?

¿Debieran importarnos nuestras ciudades y autos?
¿Qué debiéramos comprar en Marte con nuestros vales de comida?
¿Cuántos millones se sientan en Nueva York
& cenan esta noche a la mesa asado de hueso y cerdo?

¿Cuántos millones de latas de cerveza son lanzadas
en los Océanos de la Madre? ¿Cuánto nos cuesta?
Habanos gasolinas y   sueños de autos y asfalto
apestan el mundo y oscurecen los rayos de las estrellas–

Termina la guerra en tu pecho   con un suspiro
Ven y prueba las lágrimas   en tu propio ojo Humano
Ten piedad de nosotros millones de fantasmas que ves
Pasando hambre en el Samsara   del planeta TV

¿Cuántos millones de niños más deben morir
antes que nuestras Buenas Madres perciban al Gran Señor?
¿Cuántos buenos padres pagan impuestos para reconstruir
las fuerzas armadas que se jactan   de los niños que han matado?

¿Cuántas almas caminan a través de Maya sintiendo dolor?
¿Cuántos bebés   bajo la lluvia ilusoria?
¿Cuántas familias   perdidas con ojos vacíos?
¿Cuántas abuelas   convirtiéndose en fantasmas?

¿Cuántos amores que nunca consiguen pan?
¿Cuántas tías con agujeros en la cabeza?
¿Cuántos cráneos de hermanas en el suelo?
¿Cuántos abuelos   ya no hacen más ruido?

¿Cuántos padres afligidos?
¿Cuántos hijos   sin un lugar donde ir?
¿Cuántas hijas   sin nada que comer?
¿Cuántos tíos   con pies hinchados y enfermos?

Millones de bebés sufriendo
Millones de madres bajo la lluvia
Millones de hermanos en problemas
Millones de niños   sin un lugar donde ir

Nueva York, 14-16 de noviembre de 1971

Gospel Noble Truths
G
Born in this world
C
You got to suffer
G
Ev-erything changes You
D
got no soul You got no soul
G
Try to be gay
C
Ig-no-rant happy
G
You get the blues You
D
eat jelly roll You eat jel-ly roll
[Final Chorus]
G
Die when you die Die when you die
C
Die when you die Die when you die Lie
G
down you lie down and you
D G
Die when you die
Copyright © 1978 by Poetry Music Inc., Allen Ginsberg

EL EVANGELIO DE LAS NOBLES VERDADES

Nacido en este mundo
Tienes que sufrir
Todo cambia
No tienes alma

Intenta ser dichoso
Ignorante alegre
Si sientes el blues
Cómete un brazo de gitano

Hay un Camino
Toma la ruta elevada
En tu gran Rueda
Volarás por 8 pasos

Mira la Vista
Derecho al horizonte
Habla con el cielo
Haz como que hablas

Trabaja como el sol
Brilla en tu cielo
Mira lo que hiciste
Baja & camina

Siéntate siéntate abajo
Respira cuando respires
Tiéndete y te tiendes
Camina donde camines

Habla cuando hables
Llora cuando llores
Tiéndete y te tiendes
Muere cuando mueras

Mira cuando mires
Escucha lo que escuches
Prueba lo que pruebes aquí
Huele lo que huelas

Toca lo que toques
Piensa lo que piensas
Deja ir déjalo ir lento
Tierra Cielo & Infierno

Muere cuando mueras
Muere cuando mueras
Tiéndete y te tiendes
Muere cuando mueras

Metro de Nueva York, 17 de octubre de 1975

Capitol Air
I don't like the govern-ment where I live!
I don't like dic-ta-tor-ship of the Rich I
don't like bureaucrats telling me what to eat I
don't like po-lice dogs sniffing — 'round my feet
Copyright © 1982 by Poetry Music Inc., Allen Ginsberg

AIRE DEL CAPITOLIO

No me gusta el gobierno bajo el cual vivo
No me gusta la dictadura de los Ricos
No me gusta que los burócratas me digan qué comer
No me gustan los perros policías olisqueándome los pies

No me gusta la Censura Comunista a mis libros
No me gustan los marxistas quejándose de mi apariencia
No me gusta Castro insultando a los miembros de mi sexo
Izquierdistas insistiendo en que tenemos la droga mística

No me gustan los capitalistas vendiéndome Coca Cola Gasolina
Las multinacionales convirtiendo en humo los árboles del Amazonas
La Gran Corporación tomándose la mente de los medios masivos
No me gustan los jefes bananas que roban todo a los bancos de Guatemala

No me gustan los campos de concentración Gulag de la KGB.
No me gusta la Danza de la Muerte camboyana de los maoístas
15 millones fueron asesinados por la Secretaría del Terror de Stalin
Él asesinó nuestra vieja Revolución para siempre

No me gustan los anarquistas gritando que el Amor es Libre
No me gusta la CIA ellos mataron a John Kennedy
Los tanques paranoicos instalados en Praga y en Hungría
Pero no me gusta la contrarrevolución pagada por la CIA

La tiranía en Turquía o en Corea mil novecientos ochenta
No me gusta la Democracia de Escuadrón de la muerte de la derecha
El Estado Policial de Irán y Nicaragua ayer
Por favor Gobierno *laissez-faire* mantengan su policía secreta lejos de mí

No me gusta la Supremacía Nacional sea Blanca o Negra
No me gustan los Narcos ni la Mafia y su mercado de la droga

El general mandoneando al Congreso en su chaleco de tweed
El Presidente construyendo sus Ejércitos en el este y el oeste

No me gustan las Verdades de tortura cárcel y policía argentinas
Las noticias del gobierno terrorista tomándose el Salvador
No me gustan los sionistas actuando como tropas de asalto nazis
La liberación palestina cocinando Israel como sopa musulmana

No me gusta la Ley de Secretos Oficiales de la Corona
Puedes cometer asesinato si eres parte del gobierno es un hecho
Los policías de seguridad rociando con gas lacrimógeno a chicos radicales
En Checoslovaquia y en Suiza no lo quiera Dios

En Estados Unidos es Attica en Rusia es el muro de Lubianka
Si desapareces en China nunca más sabrías de ti mismo
Levántense levántense ciudadanos del mundo usen sus pulmones
Respondan a los Tiranos todo lo que temen son sus lenguas

Doscientos billones de dólares son la inflación de la Guerra Mundial
En Estados Unidos todos los años están pidiendo más
Rusia tiene lo mismo en tanques y en aviones láser
Con más o menos cincuenta billones podemos volarles los sesos a todos

La escuela está arruinada porque la Historia cambia todas las noches
La mitad de las naciones del mundo libre son dictaduras de la derecha
Amigo, el único lugar donde funcionó el socialismo fue en Gdansk,
El mundo comunista se mantiene unido con la sangre de prisioneros

Los generales dicen que saben de algo por lo cual vale la pena pelear
Nunca dicen qué es hasta que inician una guerra injusta
El prisionero iraní y la histeria de los medios masivos apestaba
El Shah huyó con nueve billones de dólares iraníes

La rana Roosevelt y sus dólares derrocaron a Mossaddeq
Querían su petróleo y entonces obtuvieron el desastre del Ayatolá
Instalaron al Shah y entrenaron a su policía el Savak
Todo Irán fue nuestro rehén por un cuarto de siglo Así es Jack

El obispo Romero le escribió al presidente Carter que dejaran
De enviar armas a la junta de El Salvador y por eso le dispararon
El embajador White delató las mentiras de la Casa Blanca
Reagan lo retiró porque había visto en los ojos de las monjas muertas

La mitad de los votantes no votó sabían que era demasiado tarde
Los titulares de los periódicos lo llamaron el Gran Mandato
Alguna gente votó por Reagan con los ojos totalmente abiertos
3 de cada 4 votaron por él eso es un triunfo aplastante

La verdad puede ser difícil de encontrar pero la Falsedad es fácil
Lee entre líneas nuestro Imperialismo es sórdido
Pero si crees que el Estado del Pueblo es el Deseo de tu Corazón
Mejor salta directo del fuego a la sartén

El sistema es el sistema en Rusia & en China es lo mismo
Criticas al Sistema en Budapest y pierdes tu nombre
Coca Cola Pepsi Cola en Rusia & Chica se hacen reales
Jrushchov gritó en Hollywood «Los vamos a enterrar»

Estados Unidos y Rusia quieren bombardearse entre ellas OK
Todos muertos en ambos lados   Todo el mundo reza
Todos excepto los generales en las cuevas donde pueden esconderse
Y follarse por el culo mientras esperan el próximo paseo gratuito

No hay esperanza en el Comunismo ni en el Capitalismo Oh sí
Todo el mundo está mintiendo en ambos lados Oh sí Oh sí
La sangrienta cortina de hierro del Poder Militar Norteamericano
Es una imagen espejeada de la Roja Torre de Babel de Rusia

Jesucristo estaba limpio pero fue Crucificado por la Mafia
Ley & Orden los soldados contratados por Herodes hicieron el trabajo

El poder de las flores está bien pero la inocencia no tiene Protección
El hombre que mató a John Lennon era un adorador de héroes

La moraleja de esta canción es que el mundo está en un lugar horrible
La Industria Científica está devorando a la raza humana
La policía de todos los países está armada con Gas Lacrimógeno & TV
Los Amos Secretos burocratizan en todas partes para ti y para mí

Juntos la policía y los terroristas construyen la furia de la clase baja
El asesinato y la propaganda manipulan el escenario de la clase alta
No soy capaz de descubrir la diferencia entre un pavo & un provocador
Si te sientes confundido el Gobierno está metido puedes estar seguro

Debes estar consciente consciente donde sea que estés No tengas miedo
Confía en tu corazón No cabalgues tu paranoia querido
Respira junto con una mente común y corriente
Armado con Humor Alimenta & Ayuda a Iluminar Ay de la Humanidad

Fráncfort-Nueva York, 15 de diciembre de 1980

Tercera parte

Ensayos

POESÍA, VIOLENCIA Y CORDEROS TEMBLOROSOS
O
MANIFIESTO DEL DÍA DE LA INDEPENDENCIA

La historia reciente es la crónica de una enorme conspiración para imponer a la humanidad un nivel de conciencia mecánica con el que poder exterminar las manifestaciones de esa parte única de la sensibilidad humana, idéntica en todos los hombres, que cada individuo comparte con su Creador. Casi se ha suprimido completamente esa individualidad contemplativa.

La única información histórica que podemos conocer y que nos ayuda a actuar llega a nuestros sentidos a través de sistemas de comunicación de masas.

Esos medios son exactamente los lugares en los que las sensibilidades más profundas y personales son más prohibidas, donde las confesiones son más ridiculizadas y aniquiladas.

Al mismo tiempo se ha producido una ruptura en la conciencia de masas de Estados Unidos – la percepción de una brusca emergencia en un inmenso inframundo subconsciente nacional atestado de gases nerviosos, bombas que pueden provocar el exterminio universal, burocracias malintencionadas, sistemas de policía secreta, drogas que abren la puerta a Dios, naves que abandonan la Tierra, desconocidos peligros químicos y malos sueños a la vuelta de la esquina.

Los sistemas de comunicación de masas solo pueden comunicar niveles aceptables de realidad, por eso nadie es capaz de hacerse cargo del tamaño de esa vida secreta e inconsciente. Nadie en Norteamérica sabe lo que va a ocurrir. Nadie tiene el control de la situación. Norteamérica está teniendo un ataque de nervios. La poesía es la crónica de las percepciones individuales en el alma secreta de cada individuo y, como todos los individuos son iguales ante la mirada de su Creador, también en el alma del mundo. El mundo tiene un alma. Norteamérica está teniendo un ataque de nervios. San Francisco es uno de esos muchos lugares en los que unos pocos individuos, poetas, han tenido la suerte, el coraje y el destino de entrever algo nuevo a través de la ruptura de la conciencia de masas; ellos mismos se han expuesto a una percepción de su propia naturaleza, la naturaleza de los gobiernos, la naturaleza de Dios.

Ha habido por tanto una gran exaltación, desesperación, profecía, presión, suicidios, secretos y muestras de alegría pública entre los poetas de la ciudad. Toda esa masa del populacho con una percepción individual lo bastante débil como para dejarse formar por los estereotipos de la comunicación de masas desaprueban y niegan este conocimiento. La policía y los periódicos se han adelantado y los productores más enloquecidos de Hollywood están preparando en este mismo instante bestiales estereotipos para representar la situación.

Se ridiculiza a los poetas y a todos los que comparten sus actividades, a los que se distinguen mediante su forma de vestir, de cortarse el pelo o mediante conductas que ponen de manifiesto su entendimiento o su estar a la última. A todos aquellos de entre nosotros que hemos empleado algunas drogas benevolentes (marihuana) para alterar nuestra conciencia y ampliar nuestra percepción la policía nos detiene en plena calle. El peyote, un agente histórico en la producción de visiones, se ha prohibido bajo amenaza de arresto. A los que han utilizado opiáceos y heroína se les amenaza con cadena perpetua y muerte. Ser un yonqui en Estados Unidos es como ser un judío en la Alemania nazi.

En todos los estados ha surgido, promovida por el gobierno central, una burocracia policial inmensa y sádica con el fin de perseguir a los iluminados y lavarle el cerebro a la gente con mentiras oficiales sobre las drogas, y aterrorizar y aniquilar a los adictos que han enfermado en su búsqueda espiritual.

Y todos los que se alejan de los estereotipos sexuales, los quietistas, aquellos que no quieren trabajar por dinero, los que no quieren mentir, ni fabricar armas por contrato, ni alistarse en ejércitos que matan y amenazan, los que prefieren vagabundear, pensar y descansar en sus visiones, los que actúan por sí mismos en busca de la belleza, los que dicen la verdad públicamente, los inspirados por la Democracia – ¿qué destino psíquico tienen todas esas personas en una Norteamérica como la de hoy que ha supeditado la mayor parte de su economía a una preparación mental y mecánica para la guerra?

La literatura que se ha encargado de expresar esas percepciones ha tenido que sufrir las burlas, malas interpretaciones y expurgamientos por parte de una horda de intermediarios tan temerosamente leales a la organización de estereotipos masivos de comunicación que no han podido simpatizar no solo con su propia naturaleza interna, sino tampoco con cualquier manifestación de individualidad incondicionada. Hablo aquí de los periodistas, editores comerciales, críticos, multitudes de profesores de literatura, etc., etc. Se odia à la poesía. Ha habido escuelas enteras de crítica académica que se han alzado para demostrar que la conciencia humana del espíritu incondicionado no es más que un mito. Al renacer poético vislumbrado en San Francisco se ha respondido con fealdad, rabia, celos, críticas y detestables manifestaciones de superioridad.

Y también violencia. Por parte de la policía, los empleados de las aduanas, de las oficinas de correos, los administradores de las principales universidades. Ha sido el caso de todas las personas cuya ambición por el poder les ha llevado a un puesto en el que han podido imponerse sobre las diferencias de opinión –o visión– de otras personas.

Los intereses son muy grandes – tenemos una Norteamérica enloquecida por el materialismo, una Norteamérica convertida en un Estado policial, una Norteamérica sin sexo y sin alma, dispuesta a declarar la guerra al mundo por defender una falsa noción de autoridad. Ya no es la salvaje y hermosa Norteamérica de los camaradas de Whitman, ni la Norteamérica histórica de William Blake y Henry David Thoreau en la que el país estaba compuesto por la independencia intelectual de cada uno de sus individuos, un universo más grande y asombroso que todas las burocracias abstractas y los oficialismos autoritarios del mundo juntos.

Solo aquellos que han entrado en el mundo del espíritu conocen la vasta carcajada que produce la ilusoria aparición de las autoridades mundanas. Y todos los hombres acaban ingresando en ese espíritu antes o después, ya sea en la vida o en la muerte.

¿Cuántos hipócritas hay en Norteamérica? ¿Cuántos corderos temblorosos temen que les descubran? ¿Qué autoridad hemos impuesto sobre nosotros mismos que ha hecho que dejemos de ser lo que éramos? ¿Quién prohibirá que el arte sea público en el mundo? ¿Quiénes son los conspiradores que tienen poder para determinar nuestro modo de conciencia, nuestro placer sexual, nuestros distintos trabajos y amores? ¿Quiénes son los desalmados que determinan nuestras guerras?

¿Cuándo descubriremos una Norteamérica capaz de no negar a su propio Dios, una Norteamérica que no asesine la conciencia de Dios con armas, ni dinero, ni policía, ni un millón de manos, una Norteamérica que no escupa en el hermoso rostro de la poesía que canta la gloria de Dios y llora sobre el polvo del mundo?

Alrededor del 4 de julio de 1959

«CUANDO LA FORMA DE LA MÚSICA CAMBIA LOS MUROS DE LA CIUDAD TIEMBLAN»

El problema de la forma convencional (el recuento de sílabas en un verso fijo y la distribución en estrofas) es que todo resulta demasiado simétrico, geométrico, numerado y prefijado – justo lo contrario de lo que sucede en mi propia mente, donde no hay principio ni fin, ni medida de pensamiento (o discurso, o escritura) más allá de su propio misterio insondable – transcribir esto último en una forma en la que quede representado de la manera más próxima a lo que realmente «ha sucedido», ese es mi «método» – algo que por otra parte requiere la habilidad de la libertad de composición – y que llevará a la poesía a la expresión de las más altas esferas del cuerpo-mente – a la iluminación mística – y a su emoción más profunda (mediante las lágrimas – el amor lo es todo) – en la forma más próxima a su apariencia (información de imaginería mística) y a su sentimiento (ritmo del discurso real y ritmo motivado por la transcripción directa de la información visual y otra información mental) – eso aparte de no olvidar la súbita y genial imaginación o fabulación de construcciones verbales irreales que expresan la verdadera alegría y el exceso de libertad – (y por su propia naturaleza también la causa primera del mundo) mediante la exposición yuxtapuesta espontánea e irracional de actos relacionados entre sí de forma sublime en el torno del dentista que se enfrenta a la música del piano, o la construcción pura de imaginarios, rocolas de hidrógeno y tal vez imágenes abstractas (construidas al unir dos cosas concretas desde el punto de vista verbal pero dispares para comenzar) – y ello sin dejar de recordar en ningún momento que hay que estar a un paso de lo desconocido, escribir para alcanzar una verdad que hasta este punto la propia sinceridad no había reconocido, incluyendo la evitable belleza de la fatalidad, la vergüenza y la pena, el terreno del conocimiento personal (recuérdese que el individuo detallado es universal), cuyas convenciones formales nos impiden descubrir en nosotros y en otros – porque si se escribe con la mirada puesta en lo que debería ser el poema (lo que ha sido) y se pierde uno en él, nunca descubriremos nada nuevo sobre nosotros mismos en el proceso de escribir realmente sobre la mesa y perderemos así la oportunidad de vivir en nuestras obras y hacer habitable el nuevo mundo que todos los hombres deben descubrir en sí mismos, si se vive – lo que es la vida misma, pasado, presente y futuro.

Por esa razón hay que entrenar la mente, o lo que es lo mismo, hay que liberarla, dejarla ir – para que se relacione consigo misma tal cual es y no se imponga nada a sí misma ni tampoco a sus artefactos poéticos ningún patrón arbitrariamente preconcebido (formal o temático) – y así todos los patrones, a no ser que se sean descubiertos en el mismo momento de la composición – todos los patrones recordados y aplicados serán por su propia naturaleza arbitrariamente preconcebidos – sin que importe lo sabios o tradicionales que sean – sin que importe la suma de la experiencia heredada que representan – El único patrón de valor o interés en la poesía es el patrón solitario e individual, el patrón particular del poeta en el momento y el poema que se descubre en la mente y durante el proceso de escribirlo en la página en forma de notas, transcripciones – hasta que alcanza la forma más apropiada en el momento de la composición. («El tiempo es la esencia», dice Kerouac.) Se trata de un descubrimiento personal valioso tanto para el poeta como para el lector – y por supuesto comunica mucho más, no menos, la realidad del patrón elegido previamente, en el que se ha vertido el tema hasta rellenarlo, y por supuesto acaba distorsionándolo y emborronándolo... la mente está bien conformada, el arte está bien conformado.

II

La cantidad de palabrería y malentendidos con que nos topamos – normalmente en nombre del buen gusto, la virtud moral o de los valores civilizadores (en los más arrogantes) – me parecen reveladores de la bancarrota total de la Academia en la América de hoy, o al menos eso que se ha dado a sí mismo el nombre de Academia para la conservación de la literatura. La Academia se ha convertido en el enemigo y en su propio anfitrión filisteo. En los colegios se enseñarán mis obras dentro de 20 años o incluso antes – ya son enseñadas en algunos – después de los gritos de disgusto de la mediocridad, unos gritos que han tardado 3 años en apaciguarse y convertirse en un gemido de violación.

A nosotros, los poetas que hacemos que se puedan ganar la vida, deberían tratarnos de una manera más amable, al menos mientras estemos aquí y nos puedan disfrutar. Al fin y al cabo somos poetas y novelistas, no marcianos de incógnito con intención de envenenar la mente de los seres humanos con propaganda antiterrícola. Aunque para los más conformistas de esa panda los beat, los budistas y la investigación mística y poética no sea más que eso. Y puede que sea así: «Todo aquel que no se esfuerce en hacerse obsoleto no vale más que un grano de sal», según Burroughs.

La gente nos toma demasiado en serio y no lo bastante en serio – en realidad a nadie le interesa lo que queremos decir – no hay más que una montaña de malos artículos de prensa que se las dan de crítica de primera publicados en unos cuantos periódicos a los que el público considera intelectuales.

La ignorancia que se demuestra en ellos sobre los avances técnicos y los intereses espirituales es realmente desagradable. Ya no sé cuántas veces han vinculado mi obra con la de Fearing y Sandburg, con la literatura proletaria, con los años treinta, gente que no es capaz de relacionar mis versos largos con mis lecturas más evidentes: «Atlantis» de Crane, *Poeta en Nueva York* de García Lorca, las estructuras bíblicas, las elevadas construcciones de Shelley, Apollinaire, Artaud, Maiakovski, Pound, Williams y toda la tradición métrica de Estados Unidos, la nueva tradición de la medida. Y *Regocijaos en el Cordero* de Christopher Smart. Y *Pierre o las ambigüedades,* el poema en prosa de Melville. Y por último el espíritu y la iluminación de Rimbaud. ¿Es que acaso voy a tener que quedarme atado a Fearing (que es un buen poeta) por culpa de unos falsos críticos que no se han encontrado con más versos largos que los que Oscar Williams recogió en su antología? ¿Por todos esos intelectuales bastardos y esnobs, por esos hipócritas y vulgares que nunca han leído *Para acabar de una vez por todas con el juicio de Dios* de Artaud y que por consiguiente ni siquiera pueden empezar a comprender que esa obra maestra que dentro de 30 años será tan famosa como *Anábasis* es el verdadero modelo del tono de mis primeros poemas? Todo esto no es más que una diatriba en contra de esos judíos de Columbia que han olvidado el *shekhiná* y tratan de hacerse pasar por clase media. ¿Acaso tengo que ser atacado y condenado por esa gente, yo, que he llegado a escuchar la antigua voz de Blake recitando «El girasol» hace una década en Harlem? ¿Por esos mismos que dicen que desconozco la «tradición poética»?

La única tradición poética es la voz que sale de la zarza ardiente. El resto no es más que basura y será aniquilada.

Si lo que quieren es una declaración de principios – aquí está, estoy dispuesto a morir por la poesía y por la verdad que inspira la poesía – y lo haré en cualquier caso – como todos los hombres, lo quieran o no –. Creo en la Iglesia de la poesía Americana.

Aquellos que estén deseosos de morir por algo menos o que solo estén dispuestos a morir por sus propios pellejos temporales son unos estúpidos presos de una ilusión y lo mejor que podrían hacer es cerrar la boca y romper sus plumas hasta que la muerte les enseñe lo que corresponde – y estoy mortalmente aburrido de profetizar para esta nación que no tiene orejas para oír el trueno de la ira y la alegría que está por llegar – entre la «legendaria maldita» de las naciones – y las acaudaladas voces de los ignorantes.

En la poesía y la prosa norteamericanas todavía estamos enclavados en la venerable tradición de la autoexploración compositiva, pero yo diría que ya ha llegado la hora de no hacer ningún esfuerzo que no sea el del sincero intento de descubrir esas estructuras naturales sobre las que hemos hablado y soñado todo este tiempo. Acaso aún se puedan hacer generalizaciones acerca de esos patrones naturales – es hora de que las Academias consideren este asunto desde todas sus peculiaridades técnicas – ya se han escrito o están a punto de escribirse la información, la poesía, la prosa, los clásicos en su forma original – tenemos muchas cosas que aprender de ellos y tal vez haya generalizaciones que puedan reducirse a un conjunto de reglas e instrucciones para los no iniciados, los no-poetas (para dirigir su atención hacia lo que ya se ha hecho) – pero el camino hacia la libertad de la composición pasa por las eternas puertas sin puertas que si tuvieran una «forma» sería una indescriptible – y cuyas imágenes son, por otra parte, innumerables.

No hay nada con lo que estar en acuerdo o en desacuerdo en lo referente al método de Kerouac – hay una declaración (1953) del método, las condiciones del experimento que realizó, lo que pensaba y cómo lo llevó a cabo. Y de ese modo consiguió ampliar los límites de la composición, a la vista están los resultados, y tanto él como América han aprendido mucho en el proceso. Como método de experimentación, como logro cerrado, no hay en él nada con lo que estar en acuerdo o en desacuerdo, se trata de un hecho – eso era lo que le interesaba hacer y eso fue lo que hizo – lo único que hace es describir su interés (su pasión) por el artesano curioso o el crítico o el amigo – y eso hizo. ¿Por qué enfadarse y decir que todo fue un «error»? Allí no hay más error que el de alguien que aprende a construir una mesa de unicornio construyendo una. Descubrió (algo raro en un escritor) cómo quería escribir y no solo consiguió escribir de ese modo sino que además tuvo la gentileza de explicarlo.

La mayoría de la crítica se equivoca aquí semánticamente – lo que debe o no debería ser, lo que es arte y lo que no – al intentar decir a la gente que tienen que hacer algo distinto de lo que desean hacer de una forma elemental e inteligente, cuando experimentan en un territorio que es nuevo para ellos (y en este caso también para la literatura de los Estados Unidos).

Yo mismo he tenido mis problemas en ese mismo punto, con todo el mundo que me ha dicho directa o indirectamente que no debía escribir del modo en que lo hago. Pero ¿qué es lo que quieren: que escriba de una manera que no me interesa o empleando los medios que convierten su prosa y su poesía en algo tedioso y confuso – que haga esos textos pretenciosamente artísticos en los que se emplean solo reglas heredadas, en los que no hay espacio para la sorpresa y la invención – y se acaban correspondiendo con sus deprimentes personajes de forma inevitable – ya que la mayoría de ellos no solo no tienen carácter sino que son unos lentos mentales que no saben y discuten en el vacío con principios morales abstractos y superficiales? Esa gente es demasiado abstracta –

cuando se habla de poesía hay que discutir hechos poéticos – y lo que he aprendido en los últimos dos años es que el debate, las explicaciones, las cartas y las protestas son todo en vano – la gente no escucha (no solo lo que digo, sino lo que quiero decir), cada uno se dedica a afilar su propia hacha mental. He explicado con mucha frecuencia y lo mejor que he podido la estructura prosódica de «Aullido» y aun así no paro de leer críticas, algunas de ellas hasta favorables, en las que se da por descontado mi falta de interés por la forma y la ausencia de ella – no reconocen sencillamente otra forma que la que han escuchado siempre y esa es la que quieren y esperan encontrar (cuando en realidad todos o casi todos ellos son gente que jamás ha escrito poesía y no tienen ni la menor idea de qué conlleva y hasta qué punto están violando la belleza). – Resulta agotador también y muy frustrante escuchar cómo se nos describe a Kerouac, a mí mismo y a otros escritores beat como gente incoherente a causa de nuestras obras cuando al fin y al cabo somos exactamente lo contrario.

Pero hasta aquí nos hemos negado a hacer generalizaciones abstractas y arbitrarias para satisfacer ese particular deseo de banalidad de la gente. Puede que haya perdido cierto terreno en ese sentido al escribir estas líneas. A veces no puedo evitar gritar de exasperación (o reírme), en eso es en lo que suele acabar el intento de comunicación con esos cabezotas. Kerouac a veces exclama un «guau» de alegría. Solo una panda de dementes supraverbales cuyas vidas dependen de las alambicadas defensas de su pobre prosa podrían llamar incoherencia a todo esto.

La totalidad de los problemas literarios de los que he hablado aquí están expuestos en profundidad y situados en su correcto contexto estético en el ensayo del Dr. Suzuki titulado «Aspectos de la cultura japonesa» *(Evergreen Review).* ¿Por qué resulta tan extraño en los Estados Unidos el arte de la espontaneidad y el vacío en el contexto de la poesía y la prosa? Es evidente que hay una ausencia de espíritu intuitivo y/o de experiencia clásica del lado de esos paletos fraudulentos que atacan nuestra obra haciéndose pasar por defensores de una tradición.

Al público se le ha practicado un filisteo lavado de cerebro. ¿Cuánto tiempo tardará en filtrarse el sentido real de esa nueva poesía hasta alcanzar la escritura real y una lectura solidaria y desprejuiciada? Eso es algo que queda fuera de mi capacidad de adivinación y en este punto también más allá de mis esperanzas más inmediatas. Cada vez hay más gente cuyas ideas provienen directamente más de las reseñas, los periódicos y las estúpidas revistas académicas que de los textos reales que les sirven de base.

Lo que más miedo me da, sobre todo considerando lo superficial que es su opinión, es que se tome una parte de la poesía y la prosa demasiado a la ligera y que las ideas se acepten como un estúpido lugar común sociológico – como las ideas perfectamente naturales que son – y se les dé por tanto el mismo trato superficial, ahora empático, cuando hasta hace poco no habían provocado la afinidad de nadie. Eso sería como el epítome de nuestra manera de entender la fama. El problema es explicar la misma chispa de la vida, y no tanto las opiniones sobre la chispa. Hasta ahora la mayor parte de la crítica negativa no se ha compuesto más que de opiniones temerosas, ansiosas y desagradables relativas a la chispa – y la mayor parte de la última «crítica» no hará más que dar opiniones a favor del mismo modo aburrido. Que si eso no es arte, que si eso otro ni siquiera es crítica, que si es una obra sombría y sin chispa, que si bla-bla-bla... – cháchara suficiente como para acabar revolviendo el estómago a cualquier poeta. No es más que una especie de cáncer mental que asalta a personas que dejan que sus opiniones devoren el amor y cuyas lenguas son incapaces de enunciar ese pensamiento amable y salvaje que es la poesía.

El lavado de cerebro continuará y aunque digan que el trabajo es aceptable la gente seguirá diciendo insensateces sobre el vacío, las drogas, la ternura, la camaradería, la creatividad espontánea, los subidones con las drogas, la espiritualidad beat individual y el sacramentalismo, del mismo modo que han estado hablando del «destino moral» del hombre (cuando en realidad a lo que se referían era a tener un buen trabajo y el estómago lleno, a no asumir ningún riesgo y a la necesidad de un conformismo sin corazón, a rebajar al hermano por la inutilidad del amor contra la disciplina legal de la tradición por la pureza de la visión de Dios y los subsiguientes ángeles del alma – o lo que sirva mientras tanto). Nos han acusado a nosotros de esos monstruos horribles que no hacen más que hablar, enseñar, escribir porquerías y obstaculizar el camino de la poesía, a nosotros, los poetas, nos acusan de la falta de «valores» como lo llaman ellos; es suficiente como para hacerme prometer con solemnidad (por segunda vez) que dentro de muy poco dejaré de comunicarme de forma coherente cuando me dirija a la mayoría de la masa académica y periodística, a los medios de comunicación, a la gente de las editoriales, que se hagan en el propio jugo de sus ideas ridículas. CALLAD RETRÓGRADOS Y APRENDED O LARGAOS. Pero el mundo retrógrado jamás ha dejado ni dejará de molestar a la musa hip.

Era inevitable que iniciáramos sin quererlo una nueva revolución en la literatura americana, simplemente con la práctica real de la poesía. Nadie duda de que sabíamos lo que estábamos haciendo.

Escrito en 1961

Nota del autor: En esa época mi poesía, la prosa y la poesía de Kerouac y toda la obra de Burroughs eran objeto de un ataque sorprendente – recibíamos críticas ocultas de amigos jóvenes y también de otros escritores más viejos cuyo interés y simpatía habría sido esperable (todavía recuerdo las de Hollander, Podhoretz, Kazin, Hentoff, Rexroth, Simpson y Spender, aparte de las revistas *Time* y *Life*) – y también denuncias legales. Se nos censuró a Corso, Kerouac, Burroughs y a mí en *Chicago Review* y en *Big Table*, y también hubo juicios por «Aullido» y *El almuerzo desnudo*. New Directions no publicó por miedo el texto completo de *Visiones de Cody* de Kerouac.

En aquella época sentía que las poéticas acabarían triunfando, que los textos quedarían y mis quejas serían ejemplares – y así demostraría a las generaciones venideras a través de qué depresión, inercia y animadversión tuvimos que abrirnos camino, educar, persuadir, avisar y defendernos en la posesión del corazón de América. ¿Para qué? Para que así quedara constancia del combate que habíamos librado contra la fascista militarización del alma nativa de los Estados Unidos. En aquel momento me parecía que los críticos de poesía, con aquella actitud de repudiar las nuevas poéticas abiertas y la libertad de mente, el deseo y la imaginación, preparaban el escenario mental para una represión a largo plazo de las libertades políticas – unas libertades políticas a las que solo se podía defender con una imaginación libre, valiente, humorística, con una mentalidad completamente abierta, con una poética completamente abierta, con una democracia completamente abierta. Me daba la sensación de que las rígidas formas de la poesía antigua eran como el movimiento del avestruz que hunde la cabeza en la arena. Me daba la sensación de que las brechas abiertas por la nueva poesía eran brechas sociales, o lo que es lo mismo brechas políticas en última instancia.

Pensaba y pienso todavía que todo ese baluarte de poemas y prosa que los individuos sexualizados-anarquistas-libertarios habían creado desde aquella fecha hasta hoy – y bajo aquella gran cantidad de ataques críticos por parte de la clase media – se convertirían en las bombas mentales que explotarían en las nuevas generaciones de niños a pesar de que llegara a controlar el país aquella censura y la (mayoría moral) autoritaria, fundamentalista, jerárquicamente-militarizada, neoconservadora del «Nuevo orden» fascistoide, adulador, de economía reaganoide y filistea. Cosa que ha estado a punto de suceder. De ahí el título – Poéticas y Políticas, provenientes de Platón y de Pitágoras – continuación de los gnósticos – secreto suprimido por la política – libertad de arte y de conciencia – vieja bohemia – tradición – a través de la existencia y de la exquisitez de esas ediciones de bolsillo ya demasiado numerosas como para que las puedan quemar. El reloj ya nunca podrá retroceder.

CONTRIBUCIÓN EN PROSA A LA REVOLUCIÓN CUBANA

Llevo un rato sentado en un bar encantador que queda al otro lado de la calle en la que se reúnen los chicos griegos, son cariñosos y hacen el amor entre hombres como Platón, la escena completa es clásica y desde entonces se preserva intacta y sin mariconadas, es un alivio comprobar que es realmente cierto y bueno como ideal, pero también muy real. Hoy me veo tímido a pesar de un par de escarceos no muy satisfactorios con unos muchachos a los que he buscado por sus pollas aunque sin quererlos en realidad, o no estoy muy promiscuo o no consigo involucrarme demasiado, pero me agrada ver la escena y estar en presencia de hombres abiertos, o lo que es lo mismo estar en una situación en la que mis sentimientos no sean maricas sino que formen parte de una antigua historia de amor humano.

Esta va a tener que ser una larga carta basura así que lo mejor es que me vaya poniendo cómodo y vaya cuanto antes al asunto que me molesta y tal vez también a ti: qué debería hacer la historia de la humanidad con la política de Cuba, qué debería hacer yo, qué deberías hacer tú. No me había enterado de que era un monstruo para ti, quiero decir en lo que a ti respecta y para tu conciencia, y eso que precisamente es lo que he intentado ser para mucha gente, la imagen que tenía de mí como poeta-profeta y amigo del bando del amor y el Bien Salvaje. Ese era el karma que deseaba para mí: ser santo. Eso es al menos lo que le dije a Van Doren y también lo que soñé: entrar en el cielo sin tener que pagar el feo precio del pasado. Una profecía que no tuviera la consecuencia de la muerte, risas en el paraíso, ese es el sueño que compartimos Peter y yo y esa la agradable sensación que sentí por Kerouac y mis otros héroes como Neal, Bill, Huncke y cualquiera que compartiera ese escenario con nosotros. Es un club muy exclusivo y en ese momento yo lo entendí como un genio personal y una aceptación de la rareza de las personas y también de su nobleza, una forma de quedarse fuera del conflicto y la política, de mantenerse en un conocimiento shakesperiano o dostoievskiano, una aceptación de que las cosas son mortales, tristes, transitorias, sagradas – no unirse ni a un bando ni a otro para defender una idea por muy seria que fuera, comprender la limitación y relatividad de todos los juicios y formas de discriminación, apoyarse siempre en el ángel de la amplitud de conciencia que hay en nuestro interior para simpatizar o empatizar con cualquiera, incluso con Hitler, porque es algo natural, del mismo modo que en Whitman es natural ser todos al mismo tiempo, igual que es natural para Dostoievski comprender la naturaleza de cada cual, hasta cuando eso lleva al enfrentamiento, querer ser compasivo, incluso con Trilling, con los ladrones o los suicidas o los asesinos. Todo en el contexto libre y apropiado de los Estados Unidos, un lugar en el que no tenemos que enfrentarnos a la amenaza del hambre y el exterminio, si exceptuamos los suicidios privados a los que me he enfrentado, rozado y también evitado. En ese sentido Bill y Jack han sido mis monstruos, ellos han sido las extrañas mentes en las que he reconocido ese sentido de la vida, he visto a través de sus ojos; Jack siempre me ha dicho que soy un «desastre peludo», me ha reprochado mis intentos de ser vanidoso, de controlar las moralidades con la mente, ha visto la vanidad que había en mi deseo de Aullar en los escenarios y convertirme en un héroe, convertirme en famoso o en un líder, convertirme en alguien superior gracias a la inteligencia de la mente, criticar a los demás, meterme en política, todas esas cosas que eran vanidad a mi-su juicio, mis intentos de tomar el poder para impresionar a otras personas, todo eso que lleva a tomar grandes decisiones y ejecuciones y a ser poco amable y perder la empatía, o lo que es lo mismo, si optas por un bando conviertes a otras personas en tus enemigos y ya no podrás verlos más, serás, como ellos, una identidad limitada. Todo esto es muy simpático y cierto a su manera, pero el caso es que yo sí quería ser un líder sindical y un héroe del pueblo por mi pasado judío ateo ruso izquierdista y por eso hasta llegué a hacer un voto (para no romperlo jamás) en el transbordador en el que iba a hacer el examen de ingreso a Columbia: juré que si me daban la beca y tenía una oportunidad nunca traicionaría el ideal de ayudar a las masas en su aflicción. En esa época yo estaba muy politizado y aún me estaba recuperando de la guerra civil española, que me había tenido obsesionado en Jersey a los 11 o los 13 años. Al principio me molestaba mi propio idealismo y empecé a estudiar derecho para convertirme en un Debs total, pero Lu. C. [Lucien Carr] se burló de mí y me humilló por la estructura de mis ideas de esa época en el café de obreros de la Calle 125 – donde bajo aquel aspecto de tímido intelectual de Columbia, difícilmente «uno de los duros», me di cuenta de que era tan timorato y docto que me daban miedo hasta los currantes que estaban en el café – lo que en ese momento en realidad tenía que ver con mi absoluta falta de experiencia en la vida y mi sensible virginidad homosexual e ingenuidad general – atemorizado, lo que significa que me sentía un extraño, alguien que no pertenecía a aquel lugar, superior-inferior, y que no podía charlar con ninguno de aquellos hombres que estaban tomándose la sopa – era evidentemente demasiado torpe para encajar en ninguna parte y aun así tenía esa imagen de mí mismo como un líder de masas imaginarias. Entonces mi rumbo viró con el objeto de conseguir suficiente experiencia, trabajé en barcos y como soldador y me echaron de la universidad y empecé a moverme en el lumpen y Times Square y a lavar platos y a limpiar el suelo de las cafeterías y todas esas cosas hasta que mis aristas se fueron suavizando para ser al menos capaz de desaparecer en el paisaje del mundo común y corriente, de manera que a los 20 años yo estaba orgulloso de ese logro total o parcial de que, a pesar de ser un muchacho educado de Columbia, era capaz de relacionarme con no intelectuales y mendigos y de conocer el argot del jazz y Times Square y tener una experiencia social más variada que la que tienen o tenían los estudiantes de derecho – en parte sin darme cuenta de que por lo general la gente no estaba tan loca como yo ni se buscaba tantos líos como yo, ni eran homosexuales vírgenes como yo. Mientras tanto fui desarrollando junto a Jack un sentido de la poesía tan amable como fui capaz, leí a Rimbaud y junto a Burroughs desarrollé un sentido spengleriano de la historia y también un respeto por lo «irracional» o las propiedades inconscientes del alma, así como una falta de respeto por todas las leyes. Era algo más amplio y formal que la anarquía, es decir, uno puede crear una ley tan buena como sea capaz y como quiera pero aun así eso no cubre lo que uno siente cuando alguien queda atrapado en tu ley. Y así generé una desconfianza por las decisiones mentales, las generalizaciones, las sociologías, y desarrollé un sentido atento; eso añadido a la experiencia posterior del amor y las drogas que produjeron en mí experiencias telepáticas y lo que consideré entonces experiencias «místicas», es decir, sentimientos que quedaban completamente al margen de nada que hubiera experimentado antes. Al mismo tiempo un sentido de lo correcto en la vida me hacía confiar en la gente mucho más, en la amistad y en el reconocimiento de la luz en los ojos de la gente, y a partir de ese momento perseguí e idealicé la amistad especialmente en la poesía que era la manifestación de esa luz de la amistad secreta en todos los hombres, una luz que solo se abre a unos pocos.

A continuación, como ya he dicho pero sin llegar a describirlo del todo ni mostrar el contexto de ese desarrollo, llegó el momento en que acabaron mis días de la universidad y empecé a depender de mí mismo, y Jack y Bill siguieron sus caminos por el mundo – a pesar de que yo seguía sintiéndome sacramentalmente unido a ellos de por vida – y el romance ideal que tuve con Neal acabó por resultar impracticable pues él estaba casado y no buscaba exactamente lo mismo que yo – una unión sexual y espiritual para toda la vida – algo a lo que él estaba dispuesto pero no hasta el extremo del deseo absoluto homosexual que sentía yo – en fin, me di cuenta de que estaba solo y que nadie me iba a amar jamás como yo deseaba ser amado – aunque había vivido con él algunos episodios en la cama de *pathos* amoroso muy superiores a nada de lo que he vivido jamás en la tierra – lo que me hacía sentir aquella pérdida de una manera más dolorosa aún, una ruina absoluta y permanente de mis deseos tal y como los había entendido desde mi infancia – quiero que alguien me ame, que alguien me ofrezca la ternura de Hoagy – justo en ese momento en el que vivía solo y me alimentaba de verduras, en el que cuidaba a Huncke porque en esa época estaba tan apaleado por la vida que no podía vivir en otro lugar – abrí mi libro de Blake (ya lo he dicho otras veces, me siento como el viejo marino que relata obsesivamente la misma historia inútil a todas las visitas a las que pilla desprevenidas) y tuve una clásica experiencia alucinatoria-mística, es decir, escuché aquella voz suya dándome órdenes y dictándome profecías desde la eternidad, sentí cómo se abría completamente mi alma, sus puertas y ventanas, y cómo el cosmos pasaba a través de mí y experimentaba un estado de conciencia aparentemente alterada tan fantástico y tan de ciencia ficción que más tarde me dio miedo haberme topado a solas con la puerta secreta del universo. Mientras tanto hice de inmediato el voto número 2, que decía que, de ahí en adelante, no importaba lo que sucediera en las siguientes décadas, siempre le guardaría fidelidad a esa X Absoluta y Eterna que había podido contemplar cara a cara gracias al destino – varias veces esa misma semana. Y como era normal provocó que mi comportamiento social se volviera medio desquiciado aunque me di cuenta de que corría el peligro de que me tomaran por loco – hasta era posible (qué horror) que estuviera loco – así que intenté tranquilizarme lo suficiente al menos como para llevar una vida normal. Aun así se produjo un choque desde el interior mismo de las visiones, como en la ocasión en la que invoqué al Gran Espíritu y el Gran Espíritu apareció pero con una sensación de muerte y destrucción tan universal, vasta y viva que me dio la sensación de que el universo entero se había vuelto un organismo vivo y hostil en el que estaba atrapado y que me iba a devorar vivo a conciencia.

Esas son las experiencias más profundas que he tenido, las únicas cosas que puedo conocer. Para mí no hay forma posible de sortearlas y se han convertido de alguna manera o de otra en mi propio destino; cada vez que hago un movimiento me acabo encontrando esas profundidades bajo otro disfraz. A la vez tengo miedo de enfrentarme a la eternidad cara a cara, estar tendido sometido al miedo y a la tentación, como un perro del cielo o una polilla ante el fuego. Ha habido experiencias posteriores pero menos intensas y también aproximaciones de una intensidad casi idéntica con peyote, mescalina, ayahuasca, ácido lisérgico, concentrados de hachís, hongos de psilocibina y luces estroboscópicas, así como intervalos de tranquilidad o de cambios en mi vida y crisis personales, abiertos a la misma vastedad de conciencia en los que todo lo que sé y he planeado queda destruido de pronto por la conciencia de un ser oculto.

Esa es la razón por la que persigo de manera espontánea todos los amores, poesías y políticas y vida intelectual y escenas literarias y todos esos años de viajes o de quedarse en casa, y lo hago sin planear nada, sin imponer reglas restrictivas, sin decir lo que está bien y lo que está mal, sin juicios finales ni ideas fijas – lo intento hasta donde me resulta posible y me impongo rutinas que me llevan a adquirir hábitos que debilitan mi conciencia, pero siempre trato de mantenerme de una pieza, escribir poesía y tener una dirección de correo para que me puedan escribir.

Aun así hay algunas reglas básicas que han evolucionado al tiempo que mis instintos y mis sentimientos, lo que es lo mismo que decir que toda la creación y la poesía son una transmisión del mensaje de que la eternidad es sagrada y debe quedar libre de todo tipo de restricción racional, porque la conciencia no conoce límites. Eso me acabó llevando a experimentos con diferentes tipos de escritura y renacimientos literarios y nuevas energías y técnicas compositivas – la mayoría de ellas tomadas de Kerouac, quien siempre dio rienda suelta a su arte espontáneo para narrar los secretos de su memoria. Yo esperaba que, ya que había ampliado hasta ese punto la fe, la tolerancia y la empatía, tendría que emanar también de mi poesía y mis actividades algún toque de conciencia básica que me ayudaría a recordarle a la gente y no solo a mí la amplitud de la naturaleza humana original y así tener repercusión en sus conciencias aunque fuera un poco y promocionar la elevación del hombre y también el cumplimiento del voto número 1: ayudar a las masas en su aflicción. Pero siempre tuve la sensación de que si me entregaba a ese propósito directamente se acabaría convirtiendo en una idea superficial que acabaría confundiéndose y se vería limitada a unos juicios muchas veces erróneos del lóbulo frontal, como lo lamentaba Kerouac cuando se quejaba de mi deseo de implicarme en política, y con toda la razón.

Otra generalización básica que se produjo entonces fue la de confiar en mis sentimientos de amor natural, algo que concluyó en lo que hoy ya es una década de alianza con Peter, a quien consideré un santo de dulce tolerancia y alegría – un extraño y amable conductor de ambulancias, eso es lo que escribí a Jack para anunciarle que su presencia se iba a unir a nuestra compañía, aunque luego Jack lo bautizó como el guardián de la puerta del cielo, «un guardián tan torpe que deja entrar a todo el mundo».

De ese modo, con la poesía y con Peter y con todo lo que he contado ya, empecé a tener una identidad fija y una vida creativa con una especie de sentimientos básicos y algunas ideas, de manera que hasta donde alcanzaban mis «declaraciones» públicas me dediqué a alentar la libertad de metro y técnica en poesía, a seguir la forma de la mente y las leyes (de narcóticos) para tomar el camino de una conciencia más abierta y para amar y seguir el deseo natural.

Aun así las drogas en soledad me hacían enfrentarme al olvido omnívoro, a escalofríos de aislamiento y a una sensación de esterilidad por no haber conocido a la mujer que es la mitad del universo y no haber engendrado hijos; ese ser incompleto me generaba la insatisfacción de lo que podríamos poseer como hombres y vomité al darme cuenta de toda aquella nueva identidad que se había construido a mi alrededor, la poesía, Peter, yo mismo, las visiones, la conciencia, toda mi vida estaba destinada a la disolución del tiempo (como en Buda), a ser separado de mí, y advertí que iba a tener más tarde, si no antes y por voluntad propia, que aceptar enfrentarme a que se me arrebatara todo junto a mi cadáver.

De hecho hubo una noche en Perú que tomé ayahuasca con los doctores en que llegué a estar cara a cara con lo que me pareció que era la imagen de la muerte que regresaba de nuevo como había hecho 12 años antes en Harlem para prevenirme de que todo aquel ego mío no era más que pura vanidad y vacío, algo tan volátil como los mosquitos a los que mataba en aquella noche tropical. De hecho, y aunque había creado un principio de no-identidad, me atemorizaba que me pudieran arrebatar el destino, me horrorizaba morir – estaba atado a mi ser condenado (efímero por naturaleza), a los placeres del amor confiado, al sexo, a las ganancias, al tabaco, a la poesía, a la fama, a los rostros y a las pollas – atado, asustado de tener que permanecer en esa identidad, ese cuerpo, vomitando como me encontraba – y sin dejar de ver su ruina como un monstruo viviente que salía fuera de mí y que un día me iba a acabar COMIENDO VIVO.

Después de haberme enfrentado a la limitación humana regresé de la eternidad y quise seguir siendo el Allen que era y que soy.

En ese punto estaba tan acojonado por haber visto que mis básicos deseos de santo eran la muerte y la locura que escribí a Burroughs una larga carta desde Perú pidiéndole consejo – a Burroughs que se había librado de su hábito de la heroína y con él se había librado también del hábito de la identidad, como se ve en algunas partes de *El almuerzo desnudo*.

Su respuesta fue que siguiera adelante, hacia el espacio, fuera del logos, fuera del tiempo, fuera de los conceptos de eternidad y dios y fe y amor que había construido como una identidad – cancela tus mensajes, me dijo, y yo también cancelaré los míos.

Ese año pensamos en viajar hacia Oriente con Peter y Gregory, pasamos a buscar a Bill en Tánger y conocí a alguien a quien no conocía, alguien que me rechazó tal y como Allen y Bill lo habían sido en todas las relaciones previas que habían construido. Y si no conozco a Bill puedo estar seguro de que no me conozco a mí mismo porque él era mi bastión de tolerancia y amistad y arte verdadero. ¿Y qué hacía con su arte? Lo cortaba con una navaja como si no existieran los textos sagrados del mismo modo que cercenaba los sentimientos humanos que había entre nosotros, del mismo modo que recortaba los periódicos y que cortaba Cuba y Rusia y Estados Unidos haciendo collages, recortaba su propia conciencia y se alejaba de todo lo que le parecía su previa identidad. Y eso cambió también mi identidad porque era algo que había construido y pensado y compartido en todo momento con él. Y Peter y yo de pronto acabamos con el automatismo del amor-fe en el que nos habíamos quedado cómodamente instalados y nos miramos a los ojos – y ahí no había más que un par de robots que se decían palabras y follaban. De suerte que él se marchó a Estambul y yo me quedé en Tánger y vomité en la azotea.

El asunto serio y técnico que Burroughs quería demostrar con sus recortes era algo a lo que yo me resistía y de lo que me resentía porque amenazaba todo aquello de lo que dependía – podía soportar la pérdida de Peter pero no la pérdida de la esperanza y el amor, incluso podía soportar perder esas dos cosas, fueran lo que fueran, si me quedaba la poesía para seguir siendo al menos lo que quería ser, un poeta sagrado, sin importar lo desolado que me encontrara. Sin embargo, la poesía se convirtió en un obstáculo para ampliar mi conciencia. Y es que la ampliación de la conciencia depende del abandono de todo concepto fijo del ser uno mismo, la identidad, el rol, el ideal, las costumbres, los placeres. Implica abandonar el lenguaje mismo, las *palabras* como medio de conciencia. Implicaba literalmente alterar la conciencia fuera de la costumbre fija del lenguaje-interno-pensamiento-monólogo-abstracción matemática. La electrónica, la ciencia ficción, las drogas, las luces estroboscópicas, los ejercicios de respiración, los ejercicios de pensar en música, los colores, los no pensamientos, el ingreso y la creencia en las alucinaciones, alterar los patrones neurológicos fijos de la realidad. ¡Pero si eso era lo que pensaba que había estado haciendo la poesía todo ese tiempo! Sin embargo la poesía que yo había escrito dependía de su vida en el interior de la estructura del lenguaje, dependía de palabras como medio para la conciencia y también por tanto para el medio del ser consciente.

Desde entonces he estado perdido en depresiones, he mantenido mi costumbre de la literatura pero ya no sé si hay suficiente Yo como para seguir construyendo alguna especie de Ginsberg. No puedo escribir, solo diarios y sueños, no puedo imaginar cuál será el siguiente paso si es que hay alguno posible para regresar a la poesía – puede que hayamos llegado a un punto de la evolución humana o inhumana en el que el uso de la palabra ya no es más que un dinosaurio repetido y fútil, algo que debe ser abandonado. Hace dos meses también dejé de leer periódicos. Y también está el miedo paranoico de ser un robot degenerado dominado por el enloquecido fantasma de Burroughs. Excepto que al final parece (después de haber soñado varias veces que le asesino) que lo único que ha hecho ha sido dar los pasos, o al menos empezado a dar los pasos, hacia la expansión real de la conciencia que estaba en mi destino desde los primeros días de mi ruptura con Blake, episodio que se ha repetido en varias ocasiones posteriormente en mis trances con las drogas.

Otro efecto secundario de la pérdida de dependencia en las palabras ha sido la ruptura final de mi concepción-previa monoteísta de una sola y santa eternidad, un Dios. Toda esa conceptualización se ve obligada a pasar por las vías del lenguaje. Una experiencia real de la conciencia no puede llamarse Una. Supongo que esto está enunciado de una manera mucho más sofisticada en Wittgenstein.

Mientras tanto y durante estos últimos meses he llevado conmigo una dosis de pastillas de hongos que me ha dado demasiado miedo tomar. De momento espero el día para mirar eso, o *ser* eso, la COSA, una vez más. Y mientras tanto sigo empleando el lenguaje, de ahí esta carta.

¿Qué hacer con Cuba? ¿Puede ser mejorada la realidad del mundo (tal y como la conocemos a través de la conciencia controlada por el córtex cerebral)? Si consideramos la expansión de la población y el aumento de la necesidad de organización social y control y centralización y estandarización y socialización y extirpación de los controles ocultos del poder (capitalismo), ¿condenaremos al hombre a vivir su vida en última instancia en el interior de un monopolio fijo universal de la realidad (o en un nivel materialista) unido al control del córtex de la conciencia que regula nuestra evolución como seres? ¿no llevará más bien esa evolución hacia la inmovilidad para así poder preservar su propia realidad, su idea de la realidad, su propia identidad, su Logos? No se trata del problema del socialismo, sino del hombre. ¿Se puede fundar una buena sociedad, del mismo modo que han fracasado todas las demás, sobre la base de la antigua conciencia humana? ¿Puede regularse «democráticamente» un vasto mundo lleno de seres humanos a partir de los mecanismos de comunicación de los que la conciencia hasta ahora conocida y utilizada dispone en el presente? ¿Cómo se puede escapar de la rigidez y la inmovilidad de la conciencia cuando la mente del hombre no es más que palabras y esas palabras y sus imágenes se proyectan en el cerebro en todo momento a través de las redes interconectadas de radio televisión prensa telegramas discursos decretos leyes teléfonos libros manuscritos? ¿Cómo se puede evitar ese control centralizado de la realidad que ejercen los pocos que pueden y quieren tomar el poder y decidir en esa red? Puede que esa democracia que hemos concebido sentimentalmente en el pasado ya sea hoy imposible (como se demuestra en Estados Unidos) debido a ese vasto mecanismo retroalimentado, a los medios de comunicación de masas, que dirigen a los individuos de manera ineludible, sobre todo a niveles subliminales. El mismo problema de Rusia, China, Cuba.

No tengo ni idea de cómo podrá ser un Estado futuro o un

posible gobierno para el ser humano, no sé si la continuidad de la máquina de la civilización es ni siquiera posible o deseable. Tal vez la ciencia tenga que desmantelarse a sí misma (o acabar con la raza) – algo paralelo a la existencia individual intelectual de los ciclos de razonamiento que llevan al regreso a una vida «natural» no intelectual. Aun así supongo (aunque sin tener aún una buena razón para ello) que el ciclo más reciente de la evolución humana solo se podría revertir en el caso de un apocalipsis atómico, y supongo que la ciencia está aquí para quedarse de una forma u otra y las civilizaciones también. Creo que una posible vía de desarrollo para solucionar los problemas que ha causado el exceso de población y el control centralizado de redes es trabajar para ampliar la eficiencia y dominio del uso del cerebro, es decir, ampliar el área de la conciencia en todas las direcciones posibles. La telepatía, por ejemplo, podría acabar con el poder de los centros de control de los medios de comunicación de masas. Sea como sea puede llegar a alterarse el viejo sentido de identidad de la conciencia humana, el sentido de identidad separada. Los individuos tendrán que avanzar hacia lugares irreconocibles de la conciencia, lo que significa que deberán adentrase, por razones prácticas, en zonas irreconocibles e inexploradas del SER.

El cambio puede ser tan grande como para que no sea imaginable por la actual conciencia bidimensional del poeta. Tal vez tenga que renunciar (voluntariamente) a ser yo, a ser el Poeta A. G. (o involuntariamente, eso depende de hasta qué punto esté fijado mi deseo de seguridad y mi vida pasada). Jamás podría adivinar los cambios sociales. Es posible que descubramos que esa realidad material que damos por descontado no ha sido más que una ilusión todo este tiempo. Tal vez no *tengamos* cuerpos. No se puede suponer nada, todo es DESCONOCIDO.

La exploración del espacio es secundaria y solo triunfante en áreas limitadas de la conciencia, mientras que una evolución o exploración científica de la conciencia misma (el cerebro y el sistema nervioso) es el camino inevitable que deberá tomar el ser humano.

No veo razón para que no haya un gobierno en la Tierra que se dirija en esa dirección evolutiva. Todos los gobiernos incluido el cubano siguen manejándose todavía dentro de las reglas de la identidad forzadas sobre ellos por modos de conciencia ya obsoletos. Y digo obsoletos porque han llevado a todos los gobiernos al borde de la destrucción mundial. No hay ningún gobierno, ni siquiera el más marxista revolucionario y bienintencionado como se supone que es el de Cuba, que esté libre de culpa en el desorden mundial, nadie puede permitirse ser justo. La justicia, el bien y el mal no son más que engaños de la vieja identidad suicida.

Hasta donde alcanzo a entender el gobierno revolucionario de Cuba está ocupado en los inmediatos problemas prácticos y está orgulloso de ello, de su resistencia heroica, del drama, del estímulo, de leer y enseñar la lengua, y todavía desocupado en la exploración psíquica tal y como la acabo de describir. Cuando hablé con Franqui, del periódico *Revolución,* en Nueva York repitió como un loro las opiniones imperialistas de Estados Unidos contra la marihuana y añadió: «Para un poeta debería ser más fácil entender la revolución que para la revolución entender la poesía.» En ese contexto poesía significaba mi opinión de que el poeta está en su derecho de usar marihuana. Él me dio todo tipo de argumentos racionales en contra del uso social de la marihuana – aunque de una forma más liberal añadió luego que él no estaba en contra personalmente. Me doy cuenta también de que no hay evidencias de que haya habido una revolución técnica en la última poesía cubana – aún emplea las técnicas, los mecanismos y la vieja sintaxis. Parece evidente por tanto que todas, TODAS las mediocres tentativas cuyo fin es censurar el lenguaje, la dicción o exploración psíquica repiten el mismo sempiterno error de todas las estúpidas Academias de Rusia y Estados Unidos. Hasta donde alcanzo a entender los argumentos que se refieren a las necesidades prácticas inmediatas son incluso desde lejos el mismo engaño perpetrado por la misma gente sin inspiración que no sabe en qué consiste el problema de la escritura y que no tiene ni idea de los problemas de la conciencia que he estado comentando.

Con respecto a la censura del lenguaje. Escribí un artículo para la revista *Show Business Illustrated* sobre el Festival de Cannes en el que se empleaba la palabra *mierda* (para describir la forma en la que se usaba esa palabra en *The Connection);* ahora hasta les acobarda el uso de la palabra *mierda* en una frase. Les respondí, aunque no el mismo día que recibí la carta, ofreciéndome a devolverles los 450 dólares, que ya me había gastado – todo por una pequeña mierda. La censura del lenguaje es una censura directa de la conciencia y si no encajo no puedo cambiar la forma de mi mente. No, no hay revolución capaz de triunfar si se continúa con esta censura puritana de la conciencia impuesta al mundo desde Rusia y Estados Unidos. ¿Triunfar en qué? Triunfar en su propósito de liberar a las masas del dominio de los monopolios secretos de comunicación.

NO estoy en contra ni de los cubanos ni de su revolución pero es importante dejar claro *por anticipado, antes que nada,* lo que siento sobre la vida. Todas esas grandes declaraciones de Viva Fidel son / serían un sinsentido y mera política bidimensional.

Publicad cuanto os interese de esta carta como una pequeña prosa que desea contribuir a la Revolución cubana.

16 de octubre de 1961

CÓMO SUCEDIÓ «KADDISH»

Los primeros versos de «Kaddish» los escribí en París en 1958, eran algunas de las páginas de la parte IV y estaban planteadas como una variación de la letanía que había usado anteriormente en «Aullido» – componían un alargamiento gradual de los versos de respuesta que hacía que la letanía de «Aullido» tuviera forma de gran pirámide en la página. La parte IV de «Kaddish» tiene el aspecto de tres pequeñas pirámides puestas unas sobre otras y una pirámide al revés en forma de espejo – reflejada al final de la serie. Si se lo piensa como una respiración significa que el lector vocal debe construir el sentimiento vocal tres veces para llegar al clímax y luego, en la coda, disminuir la vocalización a un gemido cada vez más corto. La primera composición en bruto tenía todos esos elementos, luego los recorté para que fueran más limpios y exactos. (Se puede encontrar una versión más extensa de esa forma, la letanía, en un poema que escribí cuatro años después, «El cambio».)

Un año más tarde, en Nueva York, me pasé la noche entera con un amigo escuchando discos del genio de Ray Charles – yo había estado los dos últimos inviernos en Europa y no los había escuchado antes – tomamos un poco de M[arihuana] y también algo que entonces era nuevo para mí, metanfetamina – mi amigo me había enseñado su viejo libro del ritual judío del *bar mitzvah* y me leyó algunos de los pasajes centrales de «Kaddish» – cuando salí a la calle en la Séptima Avenida eran las primeras horas de un amanecer azulado y atravesé la ciudad hasta llegar a mi apartamento del Lower East Side – antes del amanecer Nueva York tiene una célebre irrealidad alucinatoria. En el campo tiene cierto encanto blakeano despertar entre vacas y pájaros pero a la misma hora la megalópolis es una visión infernal de ciencia ficción, incluso si uno es el lechero. Fábricas fantasmas, calles desiertas como inventadas por Poe y todos los familiares clubs nocturnos, colmados y librerías mortecinos.

Llegué a casa y me senté a la mesa deseando escribir – sentía una especie de urgencia visionaria catalizada por todos los extraños químicos de la ciudad – pero no tenía ni idea de la Profecía que estaba al alcance de mi mano – poesía, supuse. Comencé literalmente recopilando los datos de las últimas horas – «Es extraño pensar en ti ahora, lejos sin corsé y ojos, mientras camino, etc.» Escribí varias páginas hasta que alcancé el clímax tratando de abarcar recuerdos fragmentarios de escenas clave con mi madre y lo cerré con una oración funeraria que imitaba los ritmos del Kaddish hebreo: «Magnífica, no más llorada, etc.»

Pero entonces me di cuenta de que no había retrocedido y contado el relato completo de los secretos familiares y míos – mis recuerdos exclusivamente míos de infancia que solo yo podía saber – hasta sus detalles más excéntricos. Me di cuenta de que a la gente le iba a parecer raro, pero raro de *familia,* o lo que es lo mismo familiarmente raro – porque quién no tiene un primo loco o una tía o un hermano.

Así fue como volví de nuevo a la narrativa – «Es decir, a entrar en detalle» – y retrocedí cronológicamente con párrafos quebrados hasta los primeros recuerdos que tenía en el corazón – detalles en los que había pensado una, dos, muchas veces – escenas vergonzosas y medio olvidadas – escenas que ponían los pelos de punta de la barba negra y larga alrededor de la vagina – imágenes de cicatrices en la tripa de mi madre – todos los arquetipos.

Es posible que se tratara de arquetipos subjetivos, pero los arquetipos son arquetipos y propiamente el arquetipo articulado subjetivo es universal.

Estuve escribiendo en la misma mesa desde las seis de la mañana hasta las diez de la noche sin apartar la mente del tema más que para ir al baño, tomar una taza de café y comer los huevos duros que Peter Orlovsky me llevaba a la habitación (Peter el enfermero que cuidaba a su amado loco) y un par de tabletas de dexedrina para renovar el impulso. Después de veinte horas de atención mi mente comenzó a vagar y la escritura se volvió más difusa, me resultaba cada vez más difícil que tuvieran coherencia las imágenes disociadas y los brotes mesiánicos de otro mundo se volvieron más raros, pero perseveré hasta que conseguí cerrar la tarea cronológica. Había registrado hasta el último detalle que recordaba, incluido el telegrama en el que me informaban de la muerte de mi madre. Podía retomarlo más tarde y limpiarlo un poco.

Durante una semana no volví a mirar el manuscrito – me pasé varios días durmiendo – y cuando releí aquel batiburrillo me sentí derrotado, me pareció imposible limpiar y revisar todo aquello, el impulso continuo estaba allí a pesar del marasmo, iba a ser una tarea de auténtico investigador encontrar la manera de hacerlo.

En una esquina de la calle, a la hora del atardecer, de pronto me vino a la cabeza una variación sobre la forma de la letanía – la alternancia entre Señor Señor y crar crar y cerrar con un verso entero que solo dijera Señor y Señor y crar crar crar – un simple sonido emotivo – me fui a casa y rellené aquella estructura con información asociativa. Los últimos tres versos están entre lo mejor del poema – son los *más* disociados en la superficie pero también muy coherentes porque dan mucho detalle al poema – me parece que hay un buen salto desde el zapato roto hasta el último crar crar de la secundaria – en ese vacío se entrevé toda la Plenitud-del-Sueño-Maya.

Me llevó un año entero – la mitad de ese tiempo estuve viajando por Latinoamérica – armarme de paciencia para mecanografiar el poema y poder leerlo. Lo retrasé porque me deprimía aquel amasijo y no estaba del todo seguro de tener un poema. Pensaba que no tenía mucho interés para nadie. Ese tipo de fracasos son buenos para la poesía – uno ha ido tan lejos que ya ni siquiera sabe lo que está haciendo, se pierde el contacto con lo que han hecho los demás antes que uno y así se acaba creando un universo poético propio. «Que sea nuevo», solía decir Pound. «Invención», decía Williams. Eso es la «Tradición», algo tan jodido que uno siempre se las tiene que arreglar por su cuenta.

Cuando mecanografié el poema tuve que recortar y pegar las últimas partes de la narrativa – no tuve que cambiar la expresión, pero sí conseguir que encajara en los lapsus que llevaban a un *bathos* abstracto o cambiaban los tiempos y perdía el rastro con frecuencia. Elise Cowen, una chica a la que conocía desde hacía años y de quien había sido amante de manera intermitente, volvió a mecanografiar el poema. Cuando me dio la copia me dijo: «Aún no has acabado con lo de tu madre.» Elise también había estado leyendo la Biblia y oía voces que le aseguraban que había agentes externos que controlaban su mente y murió algunos años más tarde al saltar desde la azotea del apartamento de su familia.

En 1963 traté de cerrar el asunto recordando a aquella mujer y al poema en la nueva edición de City Lights: en medio de aquella conciencia rota de la mitad del siglo XX, y en medio de la angustia que me producía la separación de mi propio cuerpo y su infinitud al sentir la unidad de su ser con la totalidad del ser, traté de reconstruir de forma instintiva la dichosa unión sobrenatural que tan rara vez había experimentado y le di un nombre sagrado para escribir himnos lamentos de anhelo y letanías de triunfo del ser sobre la unión mental y el universo-mecánico del tiempo insensible en el que me veía a mí y a mi madre y a mi país atrapados y desolados, con nuestros mundos de la conciencia sin hogar y en guerra con la única excepción del temblor original de dicha en el pecho y el estómago de todos los cuerpos que rechazó el desnudo en trajes de miedo ese ser herido viviente e indefenso que es yo mismo abandonado igual que tantos otros y asustado del invariable deseo por el otro. Estos poemas casi in-conscientes confiesan el santo acto humano, en ellos el lenguaje se escoge de forma intuitiva como en un trance o un sueño, los ritmos se alzan desde el estómago hasta el pecho, el himno termina entre lágrimas, el movimiento de la poesía física exige y recibe décadas de vida mientras canta Kaddish los nombres de la muerte en muchos mundos-mentales y el ser busca la clave de la vida y la encuentra al fin en sí mismo.

Solo en tres ocasiones he leído este inmenso poema frente al público – generalmente a comienzo de los sesenta recitaba el proemio y las partes finales y existe una grabación de esa época en Fantasy Record 7006 del recital que se organizó en Chicago para la revista *Big Table*. La primera lectura del texto completo fue para *Catholic Worker* cuando abrieron una nueva sede de salvación cerca del Bowery en 1960. No volví a leer el poema completo para el público (exceptuando una ocasión para Jack Kerouac en mi cocina) hasta que lo grabaron en la Universidad Brandeis el 24 de noviembre de 1964. La semana anterior había hecho un par de recitales en Harvard y habíamos tenido problemas con la dirección de la universidad – es más, nos echaron de Lowell House después del recital de poesía – a la Academia le resultó demasiado confusa aquella mezcla de los experimentos sexuales de Orlovsky y los cánticos con oraciones budistas – el público de la universidad judía fue más amable y empático – yo había bebido algo de vino – se puede apreciar en lo lento que leía y en la vocalización vacilante – así que por motivos dramáticos e históricos decidí abrir mi alma y recitar «Kaddish» completo. Desde aquel momento solo lo hice una vez más, un año después en Morden Tower, Newcastle, Inglaterra, para un grupo de estudiantes melenudos y en presencia del mejor poeta vivo inglés, Basil Bunting. Me daba miedo acabar leyéndolo una y otra vez, y no solo cuando había un motivo espiritual; aquello podía convertir el asunto en una representación, un acto, más que en un episodio poético espontáneo que sucede en el tiempo.

20 de marzo de 1966

DECLARACIÓN DE ALLEN GINSBERG, POETA, EN LA AUDIENCIA DE LA CIUDAD DE NUEVA YORK FRENTE A UN SUBCOMITÉ ESPECIAL DEL PODER JUDICIAL – SENADO DE LOS ESTADOS UNIDOS

Estoy aquí porque deseo relatarles mi propia experiencia y me precupa que sin un conocimiento y una empatía por la experiencia personal suficientes se acaben aprobando al final unas leyes tan rígidas que provoquen más daños que el nuevo LSD que se intenta legislar. Pero con un poco de empatía y también, a ser posible, de amabilidad y comprensión, tal vez nos resulte posible poner las cosas en común y trabajar juntos para resolver este acertijo del LSD tal y como se le ha planteado a nuestra sociedad.

Tengo la esperanza de que si tienen algún prejuicio fundado en mi aspecto barbudo sean capaces de obviarlo para que podamos hablar como iguales en esta sala y alcancemos cierta armonía y paz entre nosotros. Tengo un poco de miedo de presentarme, tengo miedo de que me rechacen, tengo miedo de no estar lo bastante tranquilo como para darles la sensación de que podemos hablar, decir cosas con sentido y quizá hasta gustarnos – al menos lo bastante para no ofendernos los unos a los otros ni decir improperios o cosas difíciles de entender.

En estos momentos tengo 40 años, soy poeta y este año tengo también el estatus de becario de la Fundación Guggenheim. Tal vez les parezca curioso pero me haya graduado en Columbia College y haya tenido una carrera práctica en el mercado antes de dedicarme a tiempo completo a la escritura. Cuando tenía 22 años tuve una experiencia crucial – lo que se denomina una experiencia visionaria o «estética» – sin drogas – que enriqueció mi vida. El clásico de la literatura norteamericana *Las variedades de la experiencia religiosa* de William James describe algunas experiencias parecidas en la conciencia de las personas. Lo que me sucedió me llenó de asombro – me dio la sensación de que el universo entero despertaba y estaba lleno de inteligencia y sentimiento. Supuso una ruptura definitiva con la conciencia ordinaria y duró durante una semana completa de forma intermitente para desaparecer más tarde y llevarme a hacer un voto – el de no olvidar nunca lo que había visto.

Puede que nada de todo eso parezca importante y no hay duda de que se trata de algo «subjetivo», pero recuerden que no somos máquinas ni impersonales figuras «objetivas». Somos sujetos, personas, y la mayor parte de nosotros son sentimientos – estamos vivos y esta manera de estar vivos de la que todos tenemos experiencia no es más que el sentimiento de una persona individual, única, sensible. Y este país nació gracias a la asociación de ese tipo de personas, nuestra democracia fue diseñada para facilitar una estructura social en la que pudiera estimularse al máximo el desarrollo de cada individuo.

Estoy apropiándome ahora de las palabras de nuestro profeta, Walt Whitman. Esta es la tradición de los Padres Fundadores, este es el verdadero mito de los Estados Unidos y también la profecía de nuestros pensadores más amados – Thoreau, Emerson y Whitman. La de que cada hombre es un universo en sí mismo y que ese es el gran valor al que llamamos libertad.

Ahora en el siglo XX hemos entrado en una especie de era de ciencia ficción espacial: la superpoblación del planeta, la posibilidad de una guerra y muerte planetaria, como en Buck Rogers, como en el Apocalipsis de la Biblia, la red de intercomunicación electrónica que ha alcanzado y empezado a condicionar nuestras ideas y sentimientos por los demás, las naves espaciales que salen de la Tierra, la pérdida de nuestros espacios verdes en unas ciudades de cemento y polución, la tecnología cada vez más acelerada que homogeneiza nuestros caracteres y experiencias... Todas esas cosas son inevitables, sobre todo porque hemos empezado a valorar nuestras extensiones materiales y no queremos renunciar a ellas.

Todos nos hacemos cargo y nos quejamos de los inconvenientes: tenemos un sensación de haber quedado atrapados en una máquina burocrática que no se ha creado para servir a nuestros sentimientos más profundos y personales. Una máquina que se cierra sobre nuestros sentidos, reduce nuestro lenguaje y nuestros pensamientos, reduce nuestras fuentes de inspiración y de hechos a cada vez menos canales – como la televisión – monopoliza nuestra atención con una imaginería de segunda mano – con noticias enlatadas que están siendo enlatadas en este preciso instante y horas al día de entretenimiento – y que no satisfacen nuestra profunda necesidad de comunicación de unos con otros – la saludable aventura personal del entorno en el que tenemos contacto real con los otros en carne y hueso, el universo entero que construimos para crecer y ser felices.

Tal vez conozcan esos experimentos con niños que han demostrado la necesidad absoluta de contacto con otros cuerpos vivientes que tenemos los seres humanos. Hay varios estudios que demuestran que si se aísla a los bebés del contacto humano, del calor, el tacto, las caricias y el amor físico se vuelven idiotas o mueren. No tienen una vida humana a la que volver, con la que relacionarse y con la que dialogar. En nuestra naturaleza la necesidad de contacto físico está inscrita como una necesidad material tan absoluta como la comida, no podemos sobrevivir sin ella. Eso nos da una idea cabal de nuestras necesidades, incluso a los que estamos en esta sala, seres adultos. No podemos tratarnos unos a otros como simples objetos, como tipos de ciudadanos, intérpretes de papeles, grandes o pequeños nombres, objetos de investigación o de legislación – no podemos tratarnos como si fuésemos cosas que carecen de sentimientos o de empatía. Si lo hiciésemos se atrofiaría nuestra humanidad, quedaría tullida y moriría – desearía morir. Porque la vida sin sentimientos está más «cosificada» y el universo se vuelve más inhumano. Hay algo en lo que sin duda podemos ponernos de acuerdo, todos nos queremos sentir bien, básicamente nadie quiere sentirse mal.

Trato de articular aquí un cuerpo de sentimientos comunes que tenemos todas las personas que estamos en esta sala y tengo la esperanza de que no rechacen mi deseo de generar una simpatía mutua y una posibilidad de comunicación aquí y ahora – me atemorizo a medida que voy comunicándoles mi sentimientos.

Acababa de empezar a relatarles esa visión que había tenido cuando de pronto me ha invadido el temor del rechazo que pueden sentir ante la posibilidad de que alguien se presente en el Congreso y diga «hace 20 años tuve una visión», algo tan personal y poco objetivo, por eso quiero explicar por qué ese episodio tan personal tiene sentido aquí y en este momento.

La experiencia del LSD es también una experiencia personal que puede atenderse con empatía y a continuación podemos tomar una decisión sobre cómo actuar a ese respecto, hasta qué punto sienta bien probarlo y hasta qué punto sienta mal probarlo. Por favor, atiendan a mis palabras durante todo el tiempo que se sientan cómodos.

Después de aquella especie de visión, como la he denominado antes, tomé algo de peyote, el cactus indio, en mi casa de Paterson y en presencia de mi familia. Ellos no se dieron cuenta del cambio que se había producido en mi mente – yo les miraba con una mirada nueva – y la discusión familiar se convirtió en algo extraordinariamente triste, me pareció que estaban tan perdidos o aislados como lo estaba yo, les miraba desde la profundidad de mi extrañeza. Descubrí que les agradaba que les hablara con ternura y que eso nos acercaba. La mayor parte del día lo pasé en el patio trasero contemplando un cerezo en flor y escribiendo algunas observaciones acerca del cielo azul bajo el filtro de aquella nueva mirada – aquel día la apertura del cielo se me presentó tal cual es de una manera extraña – un sitio gigante en el que yo estaba sobre un planeta. En esa parcela del conocimiento las drogas psicodélicas son capaces de otorgar cierta conciencia.

Ahora bien, ese tipo de conocimiento en realidad es algo natural para nosotros, el problema es que nos hemos visto obligados a apartarnos de esos sentimientos a causa de los estereotipos de nuestros hábitos, negocios, hiperactividad y ansiedad política. Pude determinar hasta qué profundidad habían quedado enterrados en mí esos sentimientos porque tanto la primera visión que tuve como la visión del peyote me parecieron tan extrañas y familiares como si pertenecieran a otra vida, pensé que se trataba de sentimientos eternos – como los mitos de todas las religiones, como la leve aparición de la divina presencia, como si hubiese aparecido un dios en mi viejo universo neoyorquino. Por eso he empleado antes la palabra «visión» cuando habría sido más correcto decir que volví en mí.

¿Y de dónde volví? De un mundo de pensamientos, fantasías mentales, planes, palabras en mi cabeza, conceptos políticos o artísticos básicamente de un mundo en el que el mismo lenguaje o las ideas sobre la realidad habían reemplazado el lugar en el que me encontraba y a la gente que estaba allí conmigo y a todos nuestros sentimientos juntos. Un mundo en el que, por poner un ejemplo, se podía ver la muerte en la televisión sin sentir ni ver gran cosa, poco más que una imagen tan familiar como la de una película.

He tomado peyote en más ocasiones. Produce náuseas, me resulta difícil mantenerlo en el cuerpo y siempre persiste el miedo de regresar a un mundo más grande y detallado del que veo con una conciencia normal – un mundo que me hace consciente de que soy un compuesto de cerebro e intestinos y sensaciones misteriosas llamado Allen Ginsberg, y también un corazón solitario, un mundo en guerra consigo mismo, repleto de conflictos irresueltos y de miedo a dirigirse a una masacre entre naciones y razas vecinas, un mundo con Estados policiales en el que también mi propia nación está involucrada en la guerra.

En 1955 escribí un poema en el que hablaba de todas esas cosas, un texto que ahora se enseña en muchas universidades – la parte central del poema se llama «Aullido» y la escribí bajo un estado de conciencia alterada o aumentada, si quieren llamarlo así, por el peyote. Tengo el poema aquí conmigo y puedo dejar una copia para el comité si lo desean.

La segunda parte del poema «Aullido» la escribí bajo la influencia del peyote en San Francisco.

Durante los años siguientes experimenté con mescalina, no mucho, una vez cada varios años. En 1959 tomé LSD en dos ocasiones en una situación experimental controlada en la Universidad de Stanford. Escribí un poema sobre cada una de esas drogas mientras todavía estaba colocado y traté de articular las percepciones que iba teniendo. Intenté dejar constancia y publicar un registro comunicable de aquellos momentos – y continué en Sudamérica, donde tuve la oportunidad de vivir y trabajar durante un mes con un curandero,* un maestro de hierbas que trabajaba con una vid psicodélica llamada ayahuasca, de nombre latino *Banisteriopsis caapi,* en encuentros semanales con otros miembros de la comunidad.

En toda la región del Amazonas se lleva usando esa droga habitualmente desde hace siglos y se han generado tradiciones apropiadas para institucionalizar la experiencia e integrarla en la vida de la comunidad; el resultado es que existe un mínimo de ansiedad y se producen muy pocos colapsos nerviosos provocados por los cambios súbitos de los sentimientos del yo. Se trata de algo posible en algunas culturas con las drogas psicodélicas «manifestadoras de la mente». Tanto las tribus pacíficas como las tribus salvajes, los cazacabezas, la usan igual que los chauma, una tribu tranquila y mansa.

Me gustaría explicar aquí, porque me parece digno de consideración, un efecto que experimenté en Perú. Desde la infancia me he sentido desconectado en mi relación con las mujeres – una situación que se debe seguramente al hecho de que desde mis primeros años mi madre se encontraba en un estado de gran sufrimiento que me asustaba y que al final la llevó a morir en una institución psiquiátrica.

En la cabaña del curandero experimenté en estado de trance un recuerdo muy conmovedor de mi madre y sentí lo mucho que había perdido al haberme distanciado de ella y también al haberme distanciado de otras muchas mujeres amigas – había negado la mayor parte de mis sentimientos hacia ellas debido a aquel antiguo miedo. Ese descubrimiento tan triste que se me hizo visible en el momento en que mi mente estaba abierta gracias al efecto de la viña nativa produjo en mí algunos cambios – a partir de entonces empecé a sentir mayor confianza y cercanía con las mujeres. El universo humano se completó en cierto modo para mí – y también lo hicieron mis sentimientos – espero que entiendan y sepan apreciar ese valor.

He tenido también «viajes» – sentimientos de miedo muy parecidos a los de las pesadillas – que consistían básicamente en la

* En español en el original. *(N. del T.)*

comprensión de que iba a morir y que aún no estaba preparado para marcharme. Después de aquello viajé a la India en busca de yoguis respetables y santones y les expuse mis miedos. Me sentí reafirmado por su actitud tierna y su comunidad viviente, por su actitud ante las visiones – «si ves algo espantoso, no te aferres; si ves algo hermoso, no te aferres», eso fue lo que me dijo Dudjon Rimpoché, el líder de la secta nyingmapa de budistas tibetanos, un grupo que practica de forma intensiva la meditación visionaria. «El único maestro es tu propio corazón», me aconsejó Swami, el famoso Shivananda.

Pasé varios años sin tomar LSD. Ya no quería buscar la autorrealización a través de las drogas, sino de los sentimientos de mi propio corazón. En 1965 ya estaba lo bastante sereno en lo que se refiere a mi ansiedad sobre la muerte y el otoño pasado me recluí en un lugar apartado junto al océano Pacífico para ver qué sentía al probar de nuevo el LSD.

Tenía una gran empatía por esos estudiantes de Berkeley de las marchas del Día de Vietnam que preparaban las manifestaciones en medio de un ambiente de gran ansiedad. Y también de gran hostilidad – en aquel momento el país no era tan empático ni comprensivo como lo es hoy con la disidencia política. Todos estábamos muy confusos, la policía de Oakland, los manifestantes, la misma nación – muchos de los protestantes acusaban muy molestos al presidente de la situación que se estaba viviendo en el sudeste asiático, yo entre ellos.

Tomé LSD el mismo día que operaron al presidente Johnson de la vesícula. Mientras paseaba por el bosque preguntándome qué sentía por él y pensando en lo que iba a decir en Berkeley la semana siguiente – me sentí abrumado por aquel increíble lugar con sus viejos árboles y sus acantilados majestuosos. Había muchas pequeñas flores violetas como joyas en un sendero que avanzaba junto a un arroyo que me pareció la ilustración de Blake de un canal en el verde Paraíso, el abrazo de la orilla del Pacífico.

Vi a un amigo bailando con su pelo largo entre unas olas verdes gigantes bajo aquellos acantilados de naturaleza titánica que Wordsworth describió en sus poemas y un gran sol amarillo velado por la niebla que colgaba en aquel horizonte oceánico.

En el lado opuesto del planeta los ejércitos se enfrentaban en una contienda bélica. Los manifestantes que protestaban por la guerra de Vietnam preparaban entonces tristemente sus manifiestos para nuestra marcha contra la policía de Oakland y los Ángeles del Infierno – el presidente estaba en el valle de las sombras – ¿qué temores o sufrimientos experimentaba él?

Me di cuenta de que si pronunciaba más palabras cargadas de vileza no haría más que enviar vibraciones negativas a la atmósfera – que solo conseguiría añadir más odio a aquella pobre carne y alma que ya estaban siendo juzgadas. Así que me arrodillé en la arena rodeado de montones de algas verdes a las que había arrastrado una tormenta y recé para que el presidente Johnson recuperara la salud. No había duda de que aumentar el grado de hostilidad pública no iba a ayudarle a él, ni a mí, ni a nadie a tener una perspectiva menos rígida y más flexible sobre nuestra presencia en Vietnam.

El segundo Día de Vietnam, aquel mismo noviembre, fue aumentando la posibilidad de un enfrentamiento entre los estudiantes y Ángeles del Infierno en la mente de todos – como en una alucinación. Los más extremistas de entre los manifestantes veían a los Ángeles del Infierno como camisas pardas con esvásticas, mientras que los Ángeles del Infierno veían a los estudiantes como comunistas, porque eso era lo que se decía de ellos en algunos periódicos. La prensa estaba muy excitada y aseguraba que todo el mundo se preparaba para una masacre. La paranoia se adueñó de todos y algunos manifestantes llegaron a pensar que la policía de Oakland iba a apoyar a los Ángeles del Infierno.

Lo cierto es que a la mayoría de los manifestantes les caían bien los Ángeles del Infierno, les veían como a una especie de vaqueros románticos de la era espacial. Nos reunimos para un debate en el San Jose College mientras la mayoría de los estudiantes de la cafetería animaban a los otros a la violencia y manifestaban a gritos su deseo de que se derramara la sangre de los manifestantes.

En un gesto de diplomacia, el jefe de los Ángeles del Infierno prometió no iniciar la violencia, y obedecer a la policía, algo de lo que luego no dieron cuenta los periódicos, con lo que la imagen violenta de los Ángeles del Infierno tuvo que igualar la de su resistencia. Dos días antes de la marcha nadie sabía qué esperar.

Llegados a ese punto intervino Ken Kesey – un hombre al que

quizá hayan oído nombrar como uno de los mejores novelistas contemporáneos – que vive cerca de San Francisco y que por tanto simpatizaba por igual con los manifestantes y los Ángeles del Infierno. Todos acudimos a una fiesta en la sede de los Ángeles del Infierno. La mayor parte de la gente tomó LSD y discutimos la situación escuchando a Joan Baez en el tocadiscos y cantando canciones budistas.

Estábamos todos maravillados de que de pronto fuera posible la comunicación – todos descansamos por una noche de representar nuestro papel de siempre y nos sentimos más unidos que propensos al conflicto. La noche terminó con el descubrimiento de que nadie quería la violencia en realidad y no hubo violencia el día de la marcha. El LSD no fue el responsable de todo – existía también un gran deseo de comunión y mucho miedo al aislamiento final – pero sí nos ayudó a romper esa barrera del miedo.

Me gustaría exponer ahora algunos dilemas sociales planteados por el LSD. Si lo que queremos es desanimar a la gente para que no use el LSD modificando nuestra actitud, tendremos entonces que promocionar cambios en nuestra sociedad para que deje de ser necesario su uso para provocar la simpatía entre unos y otros. Ahora que ya existe tanta gente que ha experimentado con un nuevo sentido de la apertura y que ha reducido tanto sus prejuicios como su hostilidad hacia las nuevas experiencias, cabe esperar una nueva generación que trabaje por lograr un ambiente menos rígido, mecánico y dominado por las costumbres que el que nos ha dejado la guerra fría. En nuestra sociedad se ha abierto paso un nuevo tipo de luz – a pesar de toda la ansiedad que ha provocado – y tal vez estas audiencias sean la muestra de que ya se ha producido un pequeño cambio en nuestra conciencia. El año pasado nadie pensaba que fuera posible hablar de esta manera. La nueva conciencia se manifiesta en el hecho mismo de que estemos abiertos a escucharnos los unos a los otros, me anima a comunicar mi visión a un comité del Congreso.

Ya les he hablado de mí mismo y les he relatado mi experiencia directa con las drogas psicodélicas en distintas situaciones, en casa de mi familia, en un contexto de investigación formal, en las ceremonias tradicionales indígenas de Sudamérica y en soledad junto al océano. Por mi parte es evidente para mis sentidos que después de haber empleado las drogas psicodélicas como catalizadores he tenido una visión más profunda del mundo. Y eso me ha hecho más pacífico.

Ahora me gustaría ofrecer cierta información para calmar la ansiedad que ha provocado la opinión de que el LSD es una especie de amenaza monstruosa que retuerce la mente y que debe ser mantenida oculta y bajo control. Son tres las ideas que me gustaría aclarar frente a este comité:

1. La prensa ha provocado un pánico exagerado con respecto a los peligros del LSD.
2. Si nos ceñimos a las estadísticas que tenemos el peligro que el LSD puede provocar a una persona sana es casi insignificante y muy pequeño en el caso de los enfermos mentales.
3. Las investigaciones han demostrado la posibilidad de tener experiencias religiosas, trascendentales o de un alegría profunda a través de las drogas psicodélicas y en ese sentido los responsables del gobierno deberían ser lo bastante sabios como para tratar el LSD con la debida humanidad y respeto.

Nota al pie 1

En 1966 se produjo un caso que generó una ola de miedo en la mente de la mayoría de las personas, el caso de una niña de 5 años de Brooklyn que se tragó accidentalmente un terrón de azúcar que había quedado en una nevera. Antes que nada, tengo aquí un documento de una reconocida autoridad médica en el que se asegura sin discusión que nadie muere por probar LSD. En el *New York Post* se publicó una versión del suceso completamente imprecisa y casi histérica. Veinticuatro horas más tarde siguió otra ampliación de la historia en la que se seguía exagerando el terror y el miedo a la muerte. Y por último se difundió una noticia en el *New York Telegram and Sun* una semana más tarde en la que se daban los datos reales – la niña había comenzado «a comportarse con normalidad pocas horas más tarde».

En *The Pharmacological Basis of Therapeutics,* editado por Louis S. Goodman, MA y MD (presidente del departamento de

Farmacología del University Utah College of Medicine) y Alfred Gilman, doctor (presidente del departamento de Farmacología del Einsten College of Medicine, Nueva York) y publicado por Macmillan en 1965, en la página 207 de la tercera edición, se dice sobre la toxicidad del LSD: «No se tiene noticia de ninguna muerte provocada directamente por el uso de esta droga.»

La declaración es rotunda. Era una información disponible para todo el mundo en ese instante, también para los periodistas que se encargaron de investigar la historia.

A continuación sigue el artículo que se publicó sin firma el 6 de abril de 1966 en *The New York Post:*

Niña de cinco años toma LSD y «enloquece»

Una niña de cinco años de Brooklyn, etc., etc... Cuando la gente toma LSD enloquece. Pueden incluso llegar a matar – se han registrado muertes, ocasionadas a veces por los efectos tóxicos de la droga y otras por alucinaciones que han llevado al suicidio.

New York Post, jueves 7 de abril de 1966:

La niña de cinco años que tomó LSD lucha por su vida
(Firmado por Ralph Blumenfield)

Donna Wingenroth, de cinco años, tuvo que luchar por su vida hoy mismo tras ingerir un terrón de azúcar impregnado de LSD que encontró en la nevera de su casa. Se ha asegurado que la pequeña niña rubia de Brooklyn sigue aún en «estado crítico» 18 horas después de que los médicos le hayan practicado un lavado de estómago y le hayan atendido por convulsiones en el Kings County Hospital [...]. Uno de los enfermeros del centro hospitalario, no un doctor, ha comentado: «En este momento se encuentra en estado grave, complicado [...], un estado muy crítico. Está en silencio, en un coma aparente, el rostro pálido y ojeroso. Se la está alimentando con glucosa por vía intravenosa en el brazo derecho y tiene las dos muñecas atadas a las barras de la camilla con gasa para que no se desuelle la piel.»

New York World Telegram and Sun, jueves 14 de abril de 1966:

La niña del LSD regresa a casa, su estado parece normal
(Firmado por Lynn Minton)

> [...] se le dio el alta del Kings County Hospital en un estado aparentemente normal [...], Donna se empezó a comportar con normalidad pocas horas después de su ingreso en el hospital según la declaración de Norris Kelsky, el ayudante del director del hospital. A pesar de esa circunstancia a la niña se la inscribió en la lista de pacientes en estado crítico. Un grupo de pediatras y neurólogos la mantuvieron bajo atenta observación para comprobar sus reflejos y todas las funciones vitales antes de darle de alta [...]. Kelsky añadió que no son extraños los casos de envenenamiento accidental de niños en el hospital [...]. Según el Dr. Achs uno de los casos más recurrentes es el de la aspirina con sabor a caramelo [...]. «Hemos registrado varias muertes infantiles este año por ingesta de esa aspirina.»

Creo que las citas hablan por sí solas sobre la forma en la que se imprime en todos nosotros el miedo a la muerte ante un uso tan poco preciso del lenguaje al tratar la lamentable situación de esa niña que tomó LSD por accidente y sufrió un estado de conciencia que precisó (mucho más que la histeria con la que se tuvo que relacionar) cuidados, ternura, seguridad y comprensión.

La clave con el LSD es que un entorno hostil hace que se precipite la psicosis y un entorno amistoso evita tanto la ansiedad como la psicosis. Veamos ahora estadísticas sobre esas crisis nerviosas producidas por el uso del LSD, algo crucial, porque cuando leía las declaraciones previas a este comité me he encontrado con expresiones como esta:

> Una de las reacciones más habituales y reiteradas ante el LSD es la crisis nerviosa psicótica.

No existe ninguna prueba de que todos los consumidores de LSD se vuelvan locos temporalmente.

Cito esto para situar al mismo nivel las generalizaciones que se han hecho aquí con la información estadística que poseemos hasta la fecha.

Una de las causas más importantes de la preocupación médica y legal (sobre todo en el estado de Nueva York, donde la legislación ha sido aprobada sin ninguna audiencia previa para conocer las repercusiones científicas ni sociológicas del LSD ni el estado real de la situación) fueron las declaraciones relativas a un caso de psicosis provocada por LSD en Bellevue que se publicaron junto a otros informes suplementarios en el *New England Journal of Medicine* el 5 de mayo de 1966 en un informe de la New York County Medical Society.

A continuación el informe de la New York County Medical Society:

> En los últimos 12 meses han ingresado en Bellevue setenta y cinco personas con un «brote de psicosis aguda provocada por LSD». La mayor parte de ellos estaban recuperados una semana más tarde. Cinco individuos tuvieron que permanecer ingresados más tiempo en sanatorios mentales.

Me gustaría comentar un poco las presuposiciones que se dan en ese lenguaje y esas estadísticas.

En algunas escuelas de psiquiatría se sabe que un momento de *locura temporal* (llamado aquí psicosis aguda) puede llegar a ser una experiencia positiva si se sabe cómo manejarlo. Significa que se ha producido una ruptura hacia una nueva conciencia y que el resultado ha sido el de una desorientación social temporal y una reorientación «más elevada» a una conciencia ligeramente más rica y con unas actuaciones sociales más flexibles y variables. Algunas de las personas que fueron hospitalizadas muy bien podrían entrar dentro de esta categoría. Yo mismo he podido hablar con algunos de los pacientes que han salido de Bellevue para los que esa estancia ha supuesto una experiencia positiva.

Las leyes que pretenden establecer una caza de brujas contra el LSD van a provocar un inevitable aumento del número de «psicosis» marginales atribuibles al LSD. La ilegalización ha causado una ansiedad social que se filtrará en el ambiente e influirá en la experiencia de los que prueben el LSD provocándoles una desorientación traumática mayor de la normal. Si lo que se pretende es responder a los peligros marginales de la experimentación lo mejor sería que tanto Bellevue como otros lugares cumplieran una función de cómodo y seguro refugio temporal en el que los que experimentan la ansiedad provocada por el LSD puedan ser protegidos y animados para recuperar la salud y la conciencia en vez de ser clasificados como «psicóticos».

No tenemos datos reales del consumo de LSD, pero según el doctor Donald B. Louria, de la New York Medical Society, puede que la cifra esté entre 1.000 y 10.000 al año en la ciudad de Nueva York, es posible que incluso más. Considerando las cifras se produce una crisis nerviosa una vez por cada mil consumidores; se trata de una cifra especulativa, no corroborada, pero ofrecida por la New York County Medical Society. Es probable que el número de crisis nerviosas semipermanentes sea menor que el producido por el alcohol, la conducción o el matrimonio y desde luego infinitamente menor que el causado por la guerra o cualquier actividad relacionada con los negocios que implique una gran cantidad de estrés.

Nota al pie 2

A continuación algunas declaraciones de autoridades sobre las crisis nerviosas relacionadas con el LSD:

Cohen, Sidney, M. D.: *The Beyond Within,* Atheneum, Nueva York, 1964, págs. 210-211:

> En el grupo de sujetos sometidos a la experimentación y elegidos expresamente por ser ajenos a perturbaciones mentales no se han descrito en casi ninguna ocasión complicaciones psicológicas de importancia o prolongadas en el tiempo [...].
>
> Cuando los pacientes tomaron las drogas con propósitos terapéuticos las reacciones inadecuadas han sido más frecuentes. Se han producido estados psicóticos prolongados en 1 de cada 550 sujetos. Las crisis se produjeron en individuos que ya estaban emocionalmente enfermos: algunos de ellos habían tenido brotes esquizofrénicos en el pasado.

En la antología del descomunal sondeo de Cohen en el libro de R.E.O. Masters y Jean Houston *Varieties of Psychedelic Expe-*

rience, Holt, Nueva York, 1966, se dice en la nota 23 de la página 319:

> Cohen, S., «Dietilamida de ácido lisérgico: efectos secundarios y complicaciones», *Journal of Nervous and Mental Disorders,* n.º 130, pág. 30, 1960. El informe de Cohen está basado en 5.000 sujetos con LSD y mescalina que consumieron la droga un total de 25.000 ocasiones. Por decirlo de otro modo, algunos de ellos consumieron dosis muy altas que se supone que pueden llegar a ser muy dañinas pero que no lo son en la realidad. No se produjo ningún intento de suicidio y los brotes psicóticos entre los sujetos de la experimentación solo duraron más de 48 horas en 0,8 de cada 1.000 casos. En el de los pacientes que estaban en terapia las tasas fueron: 1,2 intentos de suicidio en cada 1.000 casos, suicidio real en 0,4 / 1.000 casos y brotes psicóticos de más de 48 horas: 1,8 / 1.000 casos.

Hay también otra declaración que leí en la revista *New Republic* y que fue publicada el 14 de mayo de 1966 por alguien que sospecho es un conocedor del tema. Se trata del doctor Lescek Ochota, M.D., D.S.C., que trabaja para la sección de investigación de drogas de la Food and Drug Administration:

> Se ha documentado que la tasa de suicidio (en el grupo de investigación) es del 0,1 por ciento, una cifra considerablemente baja si se considera que se ha suministrado el LSD a pacientes muy enfermos entre los que se incluía a alcohólicos crónicos, neuróticos, psicópatas, drogadictos, etc.

El autor del artículo afirma que incluso después de revisar 1.000 publicaciones médicas, después de analizar toda la literatura (y eso que hay una ingente cantidad de literatura sobre el asunto) ha sido incapaz de confirmar los datos de que se puede producir un brote psicótico en la mente de una persona saludable después de tomar una dosis de LSD.

Propongo por tanto algunas cuestiones para que el comité las someta a consideración y para ayudar a la investigación del gobierno: ¿cuál es la tasa de suicidio entre los pacientes mentalmente enfermos que no han tomado LSD? ¿Cuál es la tasa de suicidios en la población normal? ¿Es el impacto del LSD realmente significativo considerando esas cifras?

¿Es acaso posible, no lo sé, aunque creo que es algo que deberíamos empezar a considerar, que la tasa de suicidios en personas con enfermedades mentales que han tomado LSD sea menor que la de personas con enfermedades mentales que no han tomado LSD?

¿Los informes sobre el estado de la conciencia tras tomar LSD son un éxtasis o un disparate? Puede apreciarse una falta del sentido común más amistoso en el razonamiento de una agencia que tiene la responsabilidad de autorizar los experimentos con LSD y que descarta los informes de tantas deslumbrantes experiencias religiosas, o trascendentales si queremos utilizar otro término, calificándolas de «meros disparates». Lo leí ayer mismo en el *New York Times:* un oficial del gobierno cuyo trabajo respeto pero que tal vez no haya leído suficiente literatura ni hablado con gente que ha experimentado con el LSD comentó que esas experiencias visionarias no eran más que disparates, una frase que creo que ha repetido luego frente a este comité del Congreso.

Insisto: recomiendo a todos los responsables de la legislación y administración que revisen la miríada de documentos que se han ido sumando desde las investigaciones que empezaron a realizar Havelock Ellis y William James en el siglo pasado.

A continuación adjunto un resumen de las encuestas que se registran en el libro *Varieties of Psychedelic Experience* de Masters y Houston, publicado este mismo año [1966]:

> Tomados en su conjunto, estos descubrimientos deben ser considerados extraordinarios: en los cinco estudios citados anteriormente, entre el 32 y el 75 por ciento de los sujetos psicodélicos aseguró haber tenido experiencias de tipo religioso cuando se encontraban en un contexto amable, es decir amistoso. Y en los contextos en los que había estímulos religiosos se producía un aumento del 75 al 90 por ciento de experiencias de naturaleza religiosa y hasta mística.

Los estudios citados (he elaborado una lista de trabajos legítimos y apropiados) fueron realizados en un caso para Rand Corp.

y en el otro para Timothy Leary. Todo esto puede ser cuestionable desde el punto de vista científico, si es que alguien sigue cuestionando la experiencia de Leary, que es más que considerable en el asunto, pero hay también estudios impresos en el *Journal of Nervous and Mental Disease* y otro que se presentó en un encuentro de la American Psychiatric Association en St. Louis. He elaborado una lista para que tengan la referencia.

Exposición n.º 76
Aspectos sugeridos sobre la investigación creativa del LSD

Tras una serie de conversaciones informales con dos docenas de médicos que han llevado a cabo experimentos clínicos y de investigación con LSD y otras drogas químicas psicodélicas hemos estructurado las siguientes sugerencias para una investigación formal, caracterizando algunas de ellas como necesidades lógicas de la investigación y otras como posibles áreas de estudio de acuerdo con las tradiciones clásicas de la curiosidad científica. El lenguaje empleado aquí para clasificar los posibles aspectos de la investigación es informal y cada uno de estos puntos no son tanto verdades como sugerencias abiertas a una consideración:

1. Un estudio voluntario lo más amplio posible de todas las personas que han consumido LSD sin la menor sombra de ansiedad penal adjunta a la investigación: indagación científica de las estadísticas, informes subjetivos de las experiencias, pruebas psicológicas y de inteligencia posteriores a la experiencia que puedan compararse con datos previos, evaluaciones comparativas estadísticas sobre «malos» viajes y «buenos» viajes, encuestas relativas a la calidad del viaje contrastadas con la naturaleza circunstancial del entorno, estudios detallados de viajes «buenos» o indiferentes contrastados con análisis en los que se hayan exagerado los «malos» viajes, etc. Se suele decir que la utilidad médica (o no médica) del LSD es algo que está aún por demostrar y que no está ni «probada» ni «descartada»; se deben por tanto recabar datos estadísticos referentes a personas que hayan experimentado con LSD en las últimas décadas.

2. Una investigación sistemática ampliada de la eficacia del LSD con pacientes desahuciados.
3. Una investigación sistemática ampliada sobre la eficacia del LSD contra el alcoholismo.
4. Una investigación sobre los efectos del LSD en las enfermedades psicosomáticas.
5. Una investigación sobre los efectos del LSD en los problemas de obesidad.
6. Una investigación sobre la utilidad del LSD en los estados de depresión tras rupturas.
7. Una investigación sobre la utilidad del LSD con niños autistas.
8. Una investigación sobre la utilidad del LSD contra la adicción a los opiáceos y otras adicciones psicoquímicas.
9. Una investigación exhaustiva sobre la eficacia del LSD en el tratamiento de neurosis en situaciones psicoterapéuticas (una investigación que ha sido prohibida a los médicos en la actualidad).
10. Una investigación sobre la eficacia o falta de eficacia del LSD en el tratamiento de neurosis no psicoterapéuticas.
11. Una investigación sobre la clasificación en tipos de personalidad, enfermedades mentales y otras cualidades humanas según sus reacciones al LSD.
12. Una investigación sobre la influencia del LSD en problemas de homosexualidad en circunstancias psicoterapéuticas.
13. Una investigación sobre la utilidad de la experiencia del LSD a la hora de prevenir crisis psíquicas que puedan culminar en internamiento hospitalario (por ejemplo, ¿cuántas de las personas que estuvieron internadas *tomaron* LSD y *no* volvieron a ser hospitalizadas?).
14. Una evaluación profunda de los registros de crisis nerviosas relacionadas con LSD en la que se determine:
    a) En el contexto actual, ¿ha sido la experiencia total positiva y creativa o negativa y destructiva?
    b) ¿Hasta qué punto la hospitalización durante o tras la conmoción producida por el LSD es la teatralización «elegante» de un deseo previo de ayuda psicoanalítica? (La palabra «elegante» fue sugerida para este contexto por el jefe de un hospital de Long Island.)

15. Investigación de las estadísticas de «crisis nerviosas» en las que el LSD se tomaba libremente comparado desde el punto de vista legal con otras circunstancias en que su consumo era ilegal: o lo que es lo mismo, una investigación sobre la imaginería, las sensaciones y efectos psíquicos provocados por la ilegalización del LSD.
16. Una investigación a gran escala sobre las condiciones sociales, tradiciones, rituales, terminología, consecuencias, datos médicos, etc., de indios americanos y su empleo del cactus psicodélico del peyote y las posibilidades de adaptar las formas tradicionales indígenas a otras subculturas norteamericanas. En otras palabras, una investigación sobre formas seguras de consumo social-institucional de drogas psicodélicas.
17. Una investigación química de los cambios metabólicos y de la fenomenología subjetiva de la experiencia del LSD comparada con las experiencias de la ingravidez, privación de los sentidos, viajes espaciales, danza, canto, yoga, rituales y prácticas religiosas, visiones de ahogo, relajación progresiva, hipnosis, estados de ayuno, búsqueda de visiones en el mundo amerindio, insomnio y estimulación estroboscópica de los ritmos alfa, etc.
18. Una investigación sobre si son prácticas o no, valiosas o no, las comunidades utópicas de LSD (al margen de las amerindias) que ya pueden considerarse modelos válidos de estudio: la Neoamerican Church, la comunidad de los Alegres Bromistas de Ken Kesey, el Millbrook Research Center dirigido por el Dr. T. Leary y las comunidades de ayuda mutua de las universidades del Medio Oeste, etc.
19. Una investigación en profundidad y una evaluación sobre uno de los efectos más comunes tras el consumo de LSD: la «deficiencia de comportamiento social». ¿Se debe a un cambio *motivacional* y es un cambio creativamente válido o no? ¿Estamos, de hecho, regulando juicios de valor cuando regulamos el LSD? ¿Qué consecuencias podría tener (hasta donde sean capaces de determinarlo los científicos sociales y los psicoterapeutas) en la regulación autoritaria de los juicios de valor?

20. Un estudio comparativo y correlativo del lenguaje y las actitudes de varios grupos sociales considerando sus papeles al relacionarse directa o indirectamente con la experiencia del LSD: legisladores, policía, psicoanalistas con experiencia experimental, antropólogos, artistas, periodistas, teólogos, marxistas (el discurso que dio en Praga el Dr. Jiri Roubichek: «El LSD inhibe las reacciones condicionadas»), gestores de universidades, jefes de la Food and Drug Administration, indígenas, morfólogos de la cultura, músicos, pintores, cineastas. La correlación resultaría útil a la hora de determinar si la terminología empleada por distintos grupos coincide en algún punto y en qué puntos difiere para categorizar el suceso que se evalúa aquí, el efecto del LSD.
21. Un estudio directo y recopilación de datos sobre cómo manejar los estados de pánico provocados por el LSD, como el estrés o la reacción a la crisis: «Necesitamos investigar para saber cómo actuar cuando la gente ingresa enferma en el hospital; los médicos necesitan trabajar en ese sentido para obtener la experiencia necesaria – de otro modo todo se tratará con el mismo secretismo que las enfermedades venéreas y se extenderá la ignorancia pública y profesional», cito a una doctora, directora del departamento de investigación de un hospital del centro de Manhattan.

Gracias por haber atendido a mi intervención, que ha sido muy larga.

Testimonio ofrecido el 14 de junio de 1966

Hablo desde este púlpito consciente de la historia, de mi papel como poeta, de los discursos y declaraciones realizados ante la conciencia del público por mis predecesores en esta ciudad, en presencia de todas esas fantásticas profecías sobre estos estados pronunciadas por Thoreau y Emerson y en otros lugares por el aún más desnudo Whitman, profecías que ahora se han hecho realidad:

> Yo digo que todo este juego de comportamientos exclusivamente materialistas que se ha desplegado sobre la vida cotidiana de los Estados Unidos con resultados ya visibles que se acumulan cada vez más y que llegarán a ser incluso mayores en el futuro, deben ser contrapuestos y enfrentados con una fuerza sutil al menos equivalente cuyo objetivo sea la espiritualización, la pura conciencia, la estética auténtica, la total y primaria masculinidad y feminidad – si no es así nuestra civilización y todos sus logros serán en vano. Ya nos dirigimos a ese destino, a un estado equivalente, en este mundo real, al de los legendarios condenados.
>
> *Perspectivas democráticas*

Y ya que nuestros gobernantes y políticos han fracasado a la hora de percibir lo evidente me gustaría hacer a esta comunidad algunas sugerencias políticas; quiero hacerlas como poeta reclamando para mí el don de la profecía como ya lo hizo antes la buena grey de bardos que ha dado este país, porque todos los que contemplan su corazón y hablan con franqueza pueden reclamar el don de la profecía. ¿Y qué es la profecía? No puedo definir qué está bien y qué está mal ni tampoco predecir un episodio futuro como los globos morados en Júpiter de 1984, pero puedo tener la seguridad suficiente como para confiar en mi propia fantasía y exponer mis pensamientos íntimos. Todos tienen el don de la profecía, pero ¿quién se atreve a hacerse cargo de él?

El estado actual de las personas en la vida americana es de una mortal soledad pública. Hemos construido a nuestro alrededor una tecnológica torre de Babel y nos hemos quedado literalmente (como en Géminis) mirando al cielo para escapar del planeta. Esta superpoblación ya gigante depende de una vasta superestructura metálica capaz de alimentar y transportar a todos los cuerpos juntos. Esa formidable maquinaria que nos rodea condiciona nuestros «pensamientos, sentimientos e impresiones sensoriales aparentes» y refuerza nuestra esclavitud mental al universo material en el que hemos invertido.

Pero tal y como dijo Chuang Tzu hace 2.500 años, «el conocimiento de los hombres en el mundo antiguo fue muy lejos. ¿Hasta dónde llegó? Hasta el punto de que algunos hombres creyeron que las cosas no existían – hasta aquí, al menos, no se puede añadir nada [...]. La gente pensará que esas palabras no son más que una *gran estafa,* pero diez generaciones más tarde llegará un gran sabio que conocerá su significado, y aun así parecerá haber llegado a una velocidad impresionante». Yeats llegó a Irlanda este siglo y dijo:

> Este ridículo cerdo de mundo con su camada de aspecto incontestable desaparecerá en un segundo y la mente tendrá que ocuparse en otra cosa.

¿Cómo podemos los norteamericanos conseguir que nuestra mente piense en otra cosa? Porque lo cierto es que si no nos ponemos a pensar en otra cosa – el planeta acabará incrustado en esa maquinaria, en montañas de metal inorgánico y polución violenta, habrá asesinatos en masa. Ya hemos sido testigos en realidad de esos horrores.

Haré por tanto de forma abrupta una primera propuesta: una a nivel simbólico, pero que debería ser tomada lo más literalmente posible, sorprenderá a algunos y agradará a otros – que todas las personas que oigan mi voz, directa o indirectamente, prueben al menos una vez en la vida el LSD, todos los hombres mujeres y niños de Estados Unidos con buena salud y mayores de 14 años – incluso si es necesario que tengamos que pasar por una crisis nerviosa en masa de una vez por todas, que veamos a los banqueros partiéndose de risa en sus puertas giratorias con miradas extrañas. Que todo el mundo se lance en América, no importa cuál sea la ley del momento – porque el desarrollo individual de nuestras almas (como ya dijo en cierta ocasión un poeta encarcelado en esta ciudad) es una ley que trasciende las ilusiones del Estado político. El alma también transciende el LSD, añado aquí, para reafirmar a aquellos que como yo temen a una dictadura química. Propongo entonces que todas las personas, incluyendo al Presidente con todas sus (y nuestras) vastas hordas de generales, ejecutivos, jueces y legisladores de estos Estados vayan a la naturaleza, encuentren un amable maestro o un gurú o guía indígena de peyote y examinen sus conciencias con LSD.

Cuando eso suceda, profetizo que recibiremos un rayo de gloria o de inmensidad que nos llevará más allá de nuestros condicionados egos sociales, más allá de nuestro gobierno, más allá incluso de América y nos unirá en una comunidad pacífica.

Mi propuesta sobre el LSD es literal. Espero que se entienda que no la presento aquí como una solución sino como el típico catalizador espiritual y revolucionario; hacen falta muchas variedades de revolución espiritual para trascender la especificidad de la GUERRA FRÍA política en la que estamos implicados.

Nuestro problema es la ira y el control de la ira. Ya tenemos suficiente percepción política para darnos cuenta de algo muy simple: que es posible juzgar todas las políticas y las declaraciones públicas y las ideologías midiendo la ira que se manifiesta a través de ellas. Todos los partidos políticos actuales proponen resolver nuestra confusión con la violencia, como en Vietnam. Podemos buscar un tercer partido y llamarlo concretamente Partido de la Paz – para que se refiera a lo pacífico de nuestra subjetividad individual (tal y como no la hemos visto ni en el populacho ni en nuestros líderes) que nos llevará a una consiguiente paz pública, un partido fundado en la psicología, no en la ideología. Es evidente que lo que necesitamos es alimentar a China y a la India, no manipularlas ni amenazarlas ni destruirlas. Todavía podemos salvar a la Tierra de nuestra propia agresión y la vida orgánica puede volver a ocupar en la superficie el lugar en el que han proliferado la cancerígena materia inanimada, el metal y el asfalto. A pesar de que en este siglo se hayan extinguido muchas especies de mamíferos todavía hay algunas que pueden salvarse, nosotros entre ellas.

Si se sale conduciendo de NY o se llega a Boston por la noche se puede ver el brillo fantasmagórico de los edificios amurallando el horizonte, uno se da cuenta de que se trata de espectros transitorios. A la fría luz del día creemos en su sentido. Pero es esa percepción medio ensoñada de la conciencia normal la que nos puede dar el rumbo para que se manifieste nuestra imaginación en el mundo material.

¿Qué pueden hacer los jóvenes cuando se enfrentan a esa versión norteamericana del planeta? De entre «las mejores mentes» las más sensibles suelen abandonar. Vagabundean por el cuerpo del país mirando los rostros de los ancianos, se dejan crecer un pelo largo y adánico y crean comunidades como la de Kerista en los suburbios, peregrinan al Gran Sur y viven desnudos en los bosques, meditan y buscan una visión natural o habitan en el Lower East Side como si fuese un espeso bosque. Y se reúnen a miles como han hecho este año en el Golden Gate Park de San Francisco o en el Tompkins Park de Nueva York para demostrar su paz en manifestaciones de fantasía que trascienden las protestas en contra – o a favor – de las hostilidades de Vietnam. Hombres y mujeres con prendas moteadas, vestidos de juglares, de bufones, con globos en las manos y pancartas que decían «Presidente Johnson, rezamos por ti», reunidos en cantos hindúes y mantras budistas para calmar a sus compañeros ciudadanos que aún siguen enfrascados en esa planetaria pelea de taberna.

Pero ni los padres ni los maestros han hecho con respecto a los jóvenes ningún reconocimiento de esa percepción. (¡El célebre lamento del padre Zosima!) ¿Qué falta en las grandes instituciones de la enseñanza? La disciplina específica para la sabiduría que proponen los jóvenes: la de explorar el espacio interior.

Los niños abandonan las escuelas porque no son (o muy pocos son) gurús. Los adultos de los que dependen estos asuntos prácticos deberían darse cuenta de que hay una solución muy sencilla: que se establezcan en el seno de esos centros de enseñanza las instalaciones para la investigación de la sabiduría que los antiguos proponían como la verdadera función de la educación en primer término: academias de autoconciencia, clases de adiestramiento espiritual, *darshan* con hombres santos o con conciencias disciplinadas. En ese departamento se podría muy bien contratar como instructores a los bohemios beatniks y así se les reconocería oficialmente y se proclamaría la validez social de su investigación del espacio interior. En nuestras ciudades ya residen monjes tibetanos, swamis, *yogis* y *yoginas,* guías psicodélicos, jefes amerindios especializados en peyote y hasta unos cuantos *roshis* zen y muchos poetas profundos que podrían dedicarse a ese trabajo y que en la actualidad deben enfrentarse a las burocracias de inmigración y a jefes de departamentos de Religiones Orientales.

La política que propongo aquí, para nosotros los adultos, para la comunidad que tenemos, es el autoexamen como Política Oficial, una Política Oficial de Control de la Ira. Una propaganda estatal reorientada en esa dirección, una iglesia y un profesorado universitario y una investigación reorientados en esa dirección y una petición al gobierno para que invierta grandes sumas de dinero semejantes a las del programa espacial para poner carteles en las autopistas que digan: «Controle su Ira – Sea Autoconsciente».

Hay un cambio de conciencia en las generaciones más jóvenes en una dirección latente hacia la vieja América cuya intención es la de afrontar las cosas con la mayor franqueza que sea posible. Como dijo Charles Olson, el poeta de Gloucester, «lo privado es público, y lo público es nuestro comportamiento». Eso supone la revisión de los patrones de comportamiento público e incluir indicaciones sobre costumbres privadas que han sido excluidas hasta la fecha de la conciencia pública.

De ese modo los nuevos patrones sociales serán más cercanos a los deseos privados – aumentará la iluminación sexual, se harán aceptables ciertos códigos sociales nuevos que nos liberen del miedo a nuestra desnudez, del rechazo a nuestros propios cuerpos.

Es probable que de ahí surja una unidad familiar más amplia en muchos ciudadanos como ya ha observado el anarquista antropológico y budista zen Gary Snyder, con ascendencias por línea materna, una gentileza a esos *dakinis* cuya sadhana o parte sagrada es la liberación sexual y la enseñanza del *dharma* a muchos machos asustadizados (entre los que me incluyo). Los hijos se tendrán en común, con la orgía de un sacramento aceptable de la comunidad – uno que hará que las personas se acerquen las unas a las otras. Sin duda se podría seducir a la Birch Society para que participaran desnudos en una orgía, y se podría invitar también a la policía para que vinieran con sus mujeres en compañía de LeRoi Jones, el brillante poeta iracundo. La necesidad política de América es que haya orgías en los parques, o en el Boston Common, en los jardines públicos, que se llenen nuestros bosques nacionales de bacantes desnudas.

No propongo aquí una fantasía ideal, en realidad estoy otorgando un reconocimiento a lo que ya sucede entre los jóvenes tanto en los hechos como en la imaginación; lo que propongo es la bendición oficial para esos pioneros de la comunidad del espíritu. Entre los jóvenes puede encontrarse hoy en California una nueva estirpe de Indios Blancos que viven en comunidad con los pieles rojas iluminados del desierto, nuestros adolescentes bailan danzas yoruba nigerianas y entran en trance con las vibraciones eléctricas de los Beatles, que a su vez han tomado el chamanismo de fuentes africanas. Encontramos también comunidades religiosas que usan el *ganja,* el hachís sagrado de Mahadev (el Gran Señor) Shiva. Es conocida la expansión cada vez mayor de los cantos mantra tanto en privado como en las manifestaciones públicas a favor de la paz, y no tardará en escucharse Rock Mantra en la radio. Todas las tradiciones disponibles y visionarias de los Indios Americanos, los rituales con peyote, las danzas de máscaras, el *pranayama* oriental, la música de la India del este se están empezando a encontrar en Estados Unidos gracias a la búsqueda espiritual de los jóvenes. Al mismo tiempo se está produciendo una nueva diáspora de Lamas Tibetanos iniciados, y la publicación de textos como el *Libro de los muertos* o el *I Ching* han encontrado en Kansas numerosos devotos y ceñudos lectores. Me llega también el rumor desde la costa oeste de que esta temporada verá la luz el legendario Hevajra Tantra – un texto fundamental para el budismo iluminista vajrayana – que se usará como libro de normas en las comunidades tántricas. LSD estructurado por las antiguas disciplinas para la meditación y la regla de las comunidades.

Las ideas que me han obsesionado están mezcladas: hay una receta para la utopía pública a través de la educación del espacio interior. Hay también aquí más recetas para cada individuo: entre ellas, como siempre, el viejo mandamiento de liberarnos a nosotros mismos de los condicionamientos sociales, las leyes y las costumbres tradicionales.

Y descubrir al gurú en nuestros propios corazones. – Y descubrir en el interior la nueva naturaleza de la máquina América para explorar espacios abiertos de la conciencia en uno mismo y en los demás compañeros. Si es necesaria una revolución en América tiene que venir de ese lugar. Depende de nosotros, más adultos pero aún sensibles a la alegría de la juventud, animar a los jóvenes a que continúen con esa investigación individual y revolucionaria.

Pero ¿cómo va a triunfar esta política psicológica y pacífica cuando se gastan anualmente cincuenta billones de dólares en un conflicto armado? «La guerra de Vietnam trae prosperidad» – decía un titular del *Lincoln Nebraska Star* en febrero de 1966. No hay duda de que adquirir conciencia de esta situación nos ayudará a algunos de nosotros: como lo hizo Ike al advertir que el complejo militar-industrial controlaba las mentes de la nación.

Nota al margen: *existen* modelos concretos para combatir la dictadura mental que se ejerce sobre los «pensamientos, sentimientos y aparentes impresiones sensoriales» impuesta por el complejo militar-industrial a través de los medios de comunicación sobre nuestro lenguaje y nuestro imaginario. W. S. Burroughs ha hecho un listado de todas las técnicas de lavado de cerebro armamentístico: recortes de periódicos y anuncios, collage de noticias de entretenimiento político que revelan la intención secreta de sus emisores, observaciones de la imaginería televisiva sin sonido con percepciones superpuestas de voces procedentes de la radio o de la calle. Todos esos métodos son efectivos a la hora de reblandecer la maquinaria del cerebro y llevarla a un estado de hipnosis condicionada.

El abandono o la supresión de la cultura no llevará al caos de la individualidad: para los jóvenes significará un aprendizaje en el arte y la meditación (tal vez en la sabiduría Neolítica) y en la responsabilidad de un nuevo orden, una comunidad del corazón y no esta sociedad sin corazón en la que pueden leerse titulares como el del *Omaha World Herald:* «Rusk afirma que la dureza es esencial para la paz».

Esa «realidad suprema» aún por descubrir es una realidad pragmática. Todos somos capaces de reconocer las señales que afirman que un hombre está iluminado en una iglesia – es de corazón abierto, no juzga, es empático y siente compasión por los rechazados y los condenados. Es tolerante, observador, consciente. Y sabemos también que ese tipo de almas llevan a los demás a la acción.

Al final el desapego llega de forma natural: todo el mundo sabe que la guerra está pasada de moda, que el odio está pasado de moda, que el asesinato está pasado de moda, que hasta el amor está pasado de moda, todo el universo es un enorme lugar pasado de moda según Chuang Tzu y el *Prajnaparamita Sutra*. El desapego es la salvación. Tenemos toda una juventud internacional, una sociedad de niños solitarios – *stilyagis,* provisionales, beat, malcarados, nadaístas, energúmenos, mods y roqueros – asustados frente al horror de una era espacial a la que no están habituados – cuestionándose ahora la naturaleza del universo en sí mismo *como corresponde* en la era espacial.

Hay aquí muchas contradicciones, sobre todo entre esas orgías sexuales en comunidad y la conciencia contemplativa sin elección (tal y como la denominó el sabio Krishnamurti este otoño en Nueva York). Whitman también se percató de ello: «¿Me contradigo? Pues bien, me contradigo.» El diálogo entre esas contradicciones supone un saludable estilo de vida, uno corrige al otro. La indulgencia en lo sexual y los fantásticos éxtasis pueden llevar muy bien a la conciencia contemplativa del deseo y del cese del deseo:

> Sé que cuando las miradas se encuentran
> tiemblo hasta los huesos.
> Cuanto más abierta dejo la puerta
> antes se va el amor.

¿Qué satisfacción les cabe a los jóvenes? Solo la satisfacción de su deseo – el amor, el cuerpo y la orgía: la satisfacción de una comunidad pacífica y natural en la que puedan moverse y explorar personas, ciudades y la naturaleza del planeta – la satisfacción de una animosa autoconciencia, y la saciedad y el cese del deseo, de la ira, de la avaricia y la compulsión.

¿Y el respeto a los mayores? Por supuesto, pero cuando los viejos están tranquilos y no nerviosos, cuando respetan los deportes de los jóvenes. Los hombres santos inspiran respeto. Un conservador vainavita Swami Bhaktivedanta se trasladó este año al Lower East Side y al instante tenía a docenas de colgados de LSD cantando con él el mantra del Hare Krishna – un canto para la conservación del planeta.

Pero una nación en la que sus mayores están convencidos de que la búsqueda espiritual es una inmadurez y que la guerra y la comunicación a través del metal es la madurez no puede esperar el respeto de sus jóvenes. El comportamiento de nuestros mayores en América es un reflejo de esa falta de autorrespeto.

Yo estoy de hecho instalando códigos morales y patrones que incluyen drogas, orgías, música, magia primitiva y rituales de adoración – herramientas educativas que se supone que son lo contrario a nuestras costumbres culturales, y os propongo estos patrones a vosotros, respetables ministros, de una vez por todas os pido que respaldéis públicamente el deseo privado y el conocimiento de la humanidad de América, para inspirar así a los jóvenes.

Tal vez se desprenda de este discurso que me encuentro cada vez más alienado por el tono de los sentimientos, la ideología y el comportamiento de la supuesta mayoría de mis conciudadanos: de ahí el título de «pública soledad». Pero no me siento alienado por nuestros más recónditos deseos privados, esos que el profeta Walt Whitman expuso en su segundo prefacio a su obra hace 90 años, y que sigue siendo aún maravillosamente expresivo incluso para estos corazones nuestros de la era espacial en Norteamérica:

> Ha de añadirse algo más – y ya que estoy cerca haré una confesión completa. Publico también *Hojas de hierba* para despertar y abrir una corriente en los corazones de los hombres y de las mujeres, en los jóvenes y en los viejos, innumerables corrientes de vida, de amor palpitante y amistad en todos ellos, directamente desde mi ser, ahora y para siempre. A todo ese anhelo

irreprimible (que sin duda está en mayor o menor grado en la mayoría de las almas humanas) – a ese apetito por la afinidad jamás satisfecho – a esa camaradería universal y democrática – a ese viejo, eterno y aun así siempre nuevo deseo de adhesión tan emblemático en América – le he dado en este libro su expresión más abierta, desnuda y confesa. Aparte, y tal y como es en mi intención en el grupo de «Calamus» de *Hojas de hierba* (y más o menos en todo el libro exceptuando «Redobles de tambor») la mayor parte reside en su importancia política. En mi opinión solo a través de un desarrollo ferviente y aceptado de la camaradería, del afecto sano y hermoso del hombre por el hombre latente en todos los jóvenes de norte y sur, este y oeste – solo a través de esto, digo, y por todo lo que eso implica de forma directa e indirecta, los Estados Unidos del futuro (nunca lo diré demasiado) conseguirán estar juntos, ensamblados y templados en una sola unión viviente.

Nota al pie al ensayo «Soledad pública», Boston, 1966

Nuestra conciencia vital está cada vez más condicionada por la ingente estructura material que hemos erigido a nuestro alrededor para sostener a la innumerable población que ha nacido de la meditación tecnológica. Se ha producido una retroalimentación circular: cuanto más pensamiento había para esos cuerpos, más cuerpos había, y de ahí también la mayor necesidad de pensamiento para sostener el cuidado y la prolongación de la vida del cuerpo. Esos pensamientos nos han llevado a huir de los límites físicos de este planeta. Nos estamos preparando para expandir nuestra semilla a lo largo de todo el universo físico mientras nuestro pensamiento está atrapado en este universo particular y condicionado en esta área de la conciencia a reforzar la amenaza del dolor, la inanición y la muerte a manos de la torre de Babel que estamos construyendo.

Ese es un pensamiento que pasa a menudo por nuestra mente. El otro pensamiento en el que solemos entretenernos es el de que «este ridículo cerdo mundo con su camada de aspecto incontestable desparecerá en un segundo y la mente tendrá que ocuparse en otra cosa». Tenemos documentos budistas que demuestran esa experiencia y también disponemos de tecnología química capaz de provocar esa sensación. Tenemos textos como *El libro tibetano de los muertos* que une esas dos tradiciones del trascendentalismo, la antigua y la moderna. Documentos antiguos que han sido desenterrados o traducidos recientemente revelan cierto secreto sobre el mundo ordinario en el que vivimos. La palabrería de Chuang Tzu: «Voy a decir ahora algunas palabras imprudentes y quiero que las escuchéis de forma imprudente [...]. El conocimiento de los hombres en el mundo antiguo fue muy lejos. ¿Hasta dónde llegó? Hasta el punto de que algunos hombres creyeron que las cosas no existían» – Y la sabiduría del altísimo perfecto corazón de Sutra da a entender lo mismo. Aquí estamos en este pesadillesco estado de criaturas que existen en un universo soñado en el que nuestras políticas nos han llevado a expandir nuestros requerimientos a esa materia soñada hasta sus límites físicos. Y tenemos un sueño químico que – al igual que unas cuantas caladas de DMT [Dimeltriptamina] – puede hacer desaparecer al instante «la impresión sensorial aparente» de los Maya en una radiante explosión de vibraciones de onda parecida a los platónicos globos oculares de Einstein tan real como el First National Bank.

Escrito el 12 de noviembre de 1966

«LA CAÍDA DE AMÉRICA» GANA UN PREMIO

Discurso de aceptación del National Book Award de poesía que entregó el poeta Peter Orlovsky en el Alice Tulley Hall, en el Lincoln Center, Nueva York, el 18 de abril de 1974.

El libro de poemas titulado *La caída de América* es una cápsula del tiempo de la conciencia personal y nacional durante la decadencia de la guerra americana que se registró entre 1965 y 1971. Incluye un fragmento profético que escribí sobre el estrado de oradores de la movilización-protesta a favor de la paz que se celebró en Washington D. C. el 9 de mayo de 1970:

Blanca luz solar sobre numerosos cráneos
Monumentos de Washington piramidales altas nubes de granito
sobre una masa-alma, los niños gritan en el interior de sus
[cerebros en la silenciosa hierba
(un hombre negro amarrado vestido con un mono azul cuelga de
[una cruz de la tierra) –
Brillantez del alma bajo el cielo azul
Reunida ante la Casa Blanca repleta de bigotudos alemanes
y botones de policía, teléfonos del ejército, Zumbadores de la
[CIA, micrófonos del FBI
walkie-talkies del servicio secreto, altavoces de intercomunicación
[a la bofia de narcóticos
y especuladores de terrenos de la mafia de Florida
cien mil cuerpos desnudos ante un Robot de Hierro
el cerebro de Nixon cráneo presidencial espía con sus binoculares
desde la fábrica de humo de paranoia del Ala Este.

El libro al que se honra aquí con un premio público fue el que mejor proclamó el presentimiento de que nuestros Estados Unidos iba a convertirse como es ahora en la legendaria «condenada entre las naciones» que ya había anunciado Whitman hacía cien años. La brutalidad materialista con la que nos hemos forzado a nosotros mismos y al mundo ya es irrevocablemente visible en las dictaduras que nuestro gobierno ha establecido a lo largo y ancho de Sudamérica y América central, entre las que incluyo también el intencionado estado de ruina en que ha quedado la democracia chilena. Hemos creado Estados policiales desde Grecia hasta Persia y hemos inflingido por toda Indochina criminales asesinatos en masa financiados con el tráfico de opio, hemos destruido la misma Tierra, hemos impuesto tiranías militares tanto abierta como secretamente en Camboya, Vietnam y Tailandia.

Nuestro lema «Por la defensa de un mundo libre» no es más que una hipocresía brutal que ha hecho mella hasta en la mera posibilidad de supervivencia del planeta. En estas décadas hemos invertido miles de billones de dólares en guerras ofensivas mientras la otra mitad del mundo se moría de hambre. Acaba de producirse el recuento en América. De un presupuesto de 300 billones se han destinado 100 este año al Departamento de guerra. Nuestra militarización se ha hecho ya tan vasta que ya no hay vuelta atrás en la tiranía militar. Las agencias de policía se han vuelto tan enormes – la National Security Agency es hoy la burocracia más grande del país y sus actividades siguen siendo desconocidas para la mayoría de nosotros – que ya no hay vuelta atrás en el control computerizado de América que está realizando la policía estatal.

El Watergate no es más que la espuma del pantano: la impugnación de un presidente en activo no afecta al poder sustentado en cientos de billones de dólares de los militares y a los billones que se destinan en secreto para sostener el aparato policial. Si algún presidente trata de arrebatarle el poder al ejército o a la policía será defenestrado o asesinado.

Así que aprovecho este breve instante de publicidad para reclamar la atención sobre ese hecho: nuestro ejército ha llevado a la práctica ejercicios de subversión de la voluntad popular en el extranjero y muy bien podría hacerlo también aquí si se lo propone, podría crear situaciones de caos, apoderarse del país mediante un golpe militar y autoproclamarse único guardián del orden público. Nuestros enormes entramados policiales son capaces, como ya han estado haciendo durante la última década, de reforzar esa voluntad tanto en la gente como en los poetas por igual.

Todos hemos contribuido a esta debacle, yo incluido, con nuestra agresividad y nuestro fariseísmo. Ya no hay esperanza para la salvación de América que proclamaron con sus aullidos y su conciencia, con sus llantos y sus «Kaddish», Jack Kerouac y tantos otros escritores de la Generación Beat hace una década: «Rechazados y no obstante proclamando el alma.» Lo único en lo que podemos trabajar a partir de ahora es en el vasto espacio vacío y tranquilo de nuestra propia conciencia. ¡Oh! ¡Oh! ¡Oh!

Escrito el 17 de abril de 1974

UNA DEFINICIÓN DE LA GENERACIÓN BEAT

La definición «Generación Beat» surgió de una conversación concreta entre Jack Kerouac y John Clellon Holmes en 1950 o 1951 en la que discutíamos sobre la naturaleza de las generaciones y recordábamos el glamur de la «generación perdida». Kerouac comentó: «Ah, eso no es más que una generación beat.» Se discutió si se trataba de una «generación encontrada», algo a lo que el propio Kerouac llegó a hacer referencia en alguna ocasión, o de una «generación angélica» y/o otros epítetos más. Kerouac abandonó el tema de la conversación y dijo «generación beat» sin tratar de ponerle un nombre a la generación, más bien para dejarla innombrada.

El famoso artículo de John Clellon Holmes publicado en el *New York Times* a finales de 1952 llevaba por título «Esta es la Generación Beat» y llamó la atención de todo el mundo. Kerouac publicó luego de forma anónima un fragmento de *En la carretera* en *New American Writing*, una antología de la década de los cincuenta, con el nombre de «Jazz de la Generación Beat», confirmando así aquella denominación curiosamente profética.

Herbert Huncke, autor de *The Evening Sun Turned Crimson* y amigo de Kerouac, Burroughs y otras personas que pertenecían a aquel círculo literario en los años cuarenta, introdujeron la expresión en lo que entonces se conocía como el lenguaje «hip». En ese contexto la palabra *beat* significaba una especie de carnaval «subterráneo» (contracultural), un término que comenzó a utilizarse de manera habitual en los alrededores de Times Square en la década de 1940. «Colega, estoy beat...» significaba que te habías quedado sin dinero y no tenías dónde dormir. Se refería también a aquellos «que caminaron toda la noche con los zapatos llenos de sangre sobre los bancos de nieve en los muelles esperando que una puerta se abriera en el East River hacia una habitación llena de vapor caliente y opio» [«Aullido»]. O, como en una conversación: «¿Te apetece ir al Zoológico del Bronx? – No, colega, estoy beat, me he pasado la noche por ahí.» El sentido original y callejero significaba precisamente «exhausto», estar hecho polvo, quedarse afuera, insomne, con los ojos como platos, perceptivo, rechazado por la sociedad, a tu aire, con mucha calle. O, como ya implicaba también antes, estar acabado, arruinado, finiquitado, en la noche oscura del alma o en la nube de lo desconocido. «Abierto» en el sentido whitmaniano de «apertura», que es equivalente a la humildad; por eso en varios círculos se interpretó también como vaciado, agotado pero a la vez abierto – perceptivo y receptivo a una visión.

El tercer sentido del término, beatífico, lo articuló Kerouac en 1959 en señal de protesta contra la forma en la que se había abusado del vocablo en los medios (en los que se había interpretado con el significado de absoluto derrotado, «perdedor» sin humildad alguna ni inteligencia, o incluso también como «el beat del sonido de los tambores», o «que el ritmo continúe»: los errores a veces dependían de la interpretación y otras de la etimología). Kerouac trató de indicar (en varias entrevistas y conferencias) el verdadero sentido de la palabra llamando la atención sobre la raíz – beat – como en beatitud o beatífico. Así fue como lo definió en su artículo «Los orígenes de la Generación Beat». Se trata de una definición que se manifestó pronto y en el seno de la misma cultura popular (a finales de los cincuenta, más o menos) aunque ya formaba parte de una comprensión muy básica de la contracultura (a mediados de los cuarenta): él quiso aclarar ahí su intención, *beat* como beatífico, como el estado necesariamente beatífico u oscuro que precede a la apertura hacia la luz, sin ego, algo que da espacio a la iluminación religiosa.

Un cuarto sentido sería el de la «Generación Beat como movimiento literario». Un grupo de amigos que escribieron juntos poesía, prosa y textos de concienciación cultural desde mediados de los años cuarenta hasta que el término se hizo popular en todo el país a finales de los años cincuenta. El grupo lo componían Jack Kerouac y el prototipo de héroe de *En la carretera* –Neal Cassady–, William Burroughs, autor de *El almuerzo desnudo* y otros textos, Herbert Huncke, John Clellon Holmes, autor de *Go*, *The Horn* y otros libros, y yo, Allen Ginsberg. En 1948 conocimos a Carl Solomon y a Philip Lamantia, nos encontramos con Gregory Corso en 1950 y vimos por primera vez a Peter Orlovsky en 1954.

Más o menos a mitad de los años cincuenta ese pequeño grupo fue creciendo gracias a la afinidad natural de pensamiento o estilo literario y opiniones planetarias y reforzó su amistad y empeño literario gracias a un grupo de escritores de San Francisco en el que se incluía gente como Michael McClure, Gary Snyder, Philip Whalen y un grupo de poderosos aunque menos conocidos poetas como Jack Micheline, Ray Bremser o el más conocido LeRoi Jones – todos ellos aceptaron el término en alguna ocasión o en otra, con humor o con seriedad, pero siempre con simpatía y fueron incluidos en un sondeo sobre las costumbres, la moral y la literatura de la Generación Beat que realizó Paul O'Neill para la revista *Life* y Alfred Aronowitz en una serie de artículos que publicó sobre la generación en el *New York Post*. Neal Cassady estaba escribiendo en esos momentos: sus libros se publicaron póstumamente.

A mediados de los cincuenta se produjo un sentimiento de interés y confianza mutuos con Frank O'Hara y Kenneth Koch, y también con Robert Creeley y otros alumnos del Black Mountain. De todo ese círculo literario se interesaron por el budismo Kerouac, Whalen, Snyder, el poeta Lew Welch, Orlovsky, Ginsberg y otros tantos. La relación que mantuvo el budismo con sus amigos de la Generación Beat está bien detallada en un reciente estudio académico sobre la evolución del budismo en Estados Unidos escrito por Rick Fields y titulado *How the Swans Came to the Lake*.

El quinto sentido de la definición «Generación Beat» es la influencia que han tenido las actividades literarias y artísticas de los poetas, directores cinematográficos, pintores, escritores y novelistas que han trabajado en antologías, editoriales, películas independientes y otros medios. Una de las consecuencias de los grupos mencionados anteriormente fue el renacimiento de una cultura bohemia que ya contaba con una gran tradición (en cine y fotografía, Robert Frank y Alfred Leslie; en música, David Amram; en pintura, Larry Rivers; en poesía, Don Allen, Barney Rosset y Lawrence Ferlinghetti) que se extendió a otros compañeros artistas como Susan Sontag y Norman Mailer y al movimiento juvenil de esa época que estaba creciendo y fue absorbido por la masa y por la cultura de clase media a finales de los años cincuenta y principios de los sesenta. En resumen, se podrían caracterizar las consecuencias en los siguientes términos:

- La liberación espiritual, una «revolución» o «liberación» sexual, y por tanto una liberación gay, una liberación negra, una liberación de las mujeres, el activismo de los Panteras Grises, etc.
- La liberación de la palabra de la censura.
- La desmitificación y/o desacralización de algunas leyes contra la marihuana y otras drogas.
- La evolución del rhythm and blues al rock'n'roll como forma de alta cultura, tal y como lo demostraron los Beatles, Bob Dylan y otros músicos populares a los que influyeron –a finales de los cincuenta y durante los sesenta– los poetas y escritos de la Generación Beat.
- La expansión de la conciencia ecológica propuesta, sobre todo y desde el principio con gran énfasis, por Gary Snyder y Michael McClure: la idea de un «planeta fresco».
- La oposición a la civilización de la maquinaria industrial con especial hincapié en las obras de Burroughs, Huncke, Ginsberg y Kerouac.
- La atención a lo que Kerouac denominó, en palabras de Spengler, «religiosidad secundaria» en su desarrollo dentro de una civilización avanzada.
- El regreso a la apreciación de la idiosincrasia opuesta a la reglamentación del Estado y
- El respeto por la tierra, los indígenas y las criaturas tal y como lo afirma Kerouac en uno de sus lemas de *En la carretera:* «La tierra es asunto indio.»

La esencia de la definición «Generación Beat» se puede encontrar también en una de las frases más celebradas de *En la carretera:* «Todo me pertenece porque soy pobre.»

1981

Existe una vieja tradición occidental entre los grandes poetas que afirma que la poesía raramente se piensa como «simple poesía». Los auténticos practicantes de la poesía son practicantes también de la conciencia mental, practicantes de la realidad que expresan su fascinación por un universo fenoménico e intentan penetrar su esencia. Las poéticas no son un mero diletantismo pintoresco o un expresionismo vanidoso de propósito cobarde que busca la sensación y el halago. La poesía clásica es un «proceso» o experimento – un sondeo de la naturaleza de la realidad y la naturaleza de la mente.

Ese motivo ha llegado a un punto álgido en nuestro siglo tanto en lo que se refiere a su objeto como en lo que se refiere a su método. Hay artefactos recientes en muchas áreas del arte que pueden considerarse ejemplos de «proceso» o de «obra en curso» como el título preliminar de la última obra de Joyce, *Finnegans Wake*. La verdadera poesía no se escribe conscientemente como «poesía», como si uno solo se sentara a escribir poesía o una novela cuando sabe que la va a publicar. Hay gente que trabaja así: artistas cuyas motivaciones son menos interesantes que las de Shakespeare, Dante, Rimbaud y Gertrude Stein o que las de ciertos alquimistas verbales surrealistas – Tristan Tzara, André Breton, Antonin Artaud – o nuestros veteranos Pound o William Carlos Williams, o más concretamente en nuestro tiempo William Burroughs y Jack Kerouac. Para la mayoría de «los Modernos», como en el caso de los imagistas de los años veinte y treinta de nuestro siglo, el motivo principal era la purificación de la mente y el discurso. De ahí vienen aquellos grandes versos de T. S. Eliot:

Ya que nuestro interés era el discurso, y el discurso nos movió
a purificar el dialecto de la tribu
e instar a la mente a revisión y previsión,
permíteme revelar los regalos reservados a la edad
para colocar una corona sobre tu esfuerzo vitalicio.
Primero, la fría fricción del sentido moribundo
sin encanto, que no ofrece promesa
sino amarga insipidez de fruto fantasmal
a medida que cuerpo y alma empiezan a decaer.

Hay un malentendido frecuente entre los puritanos que meditan y los hombres de negocios puritanos, el de pensar que tienen la «realidad» en sus manos, que en el siglo XX la alta poética y el arte se practican con una indulgencia de bohemia descerebrada más que con la razón con la que se percibe la conciencia en la meditación o la precisión en los negocios. Las bellas artes occidentales y la meditación son actividades hermanas. (Algo que difiere mucho de esa idea de que Oriente es Oriente y Occidente es Occidente y que no se encontrarán jamás – un dicho absurdo que niega la realidad elemental de que tanto en Oriente como en Occidente la gente usa el mismo cerebro.) La importante percepción de que los practicantes de meditación y los hombres de negocios no nos sintamos inhibidos al expresarnos mediante distintas formas de arte demuestra que las hemos heredado – desde la poesía hasta la música, desde la ceremonia del té hasta los arqueros o la caballería, desde el cine hasta el jazz o la pintura, y hasta la música eléctrica New Wave.

Las obras más importantes del arte del siglo XX son sondeos de la conciencia – experimentos concretos con la memoria o la mente, experimentos con la lengua y el discurso, experimentos con las formas. El arte moderno es un intento de definir o reconocer o experimentar la percepción – la percepción pura. Tomo la palabra «sondeo» de la poesía – la poesía es un sondeo en un tema o en otro – de los poemas de Gregory Corso. Cuando habla allí de poesía lo hace como si se tratara de un sondeo en el Matrimonio, el Pelo, la Mente, la Muerte, el Ejército, la Policía, por nombrar algunos de los títulos de sus primeros poemas. Utiliza la poesía para elegir una palabra en concreto y sondear todas sus variaciones posibles. Toma, por ejemplo, un concepto como la muerte y a continuación despliega todos los pensamientos arquetípicos que se le ocurren en ese momento o que se le han ocurrido a lo largo de la vida al pensar en la muerte y les da una forma poética – construye alrededor todo un mandala de pensamientos.

Kerouac y yo, siguiendo los pasos de Arthur Rimbaud y Baudelaire, nuestros bisabuelos entre los filósofos y los poetas herméticos, experimentamos de un modo ingenuo con lo que pensamos que era la «nueva realidad» o la «realidad suprema». En verdad era una expresión que ya se usaba en 1945; pensábamos con la mente puesta en una nueva visión o una nueva conciencia de acuerdo con un fragmento de *Una temporada en el infierno* de Rimbaud que se titula «Noël sur la terre!»: «¿Cuándo iremos más allá de las playas y de los montes a saludar el nacimiento del nuevo trabajo, de la nueva sabiduría, la huida de los tiranos y de los demonios, el fin de la superstición, a adorar – ¡los primeros! – la Navidad sobre la tierra?» Aquella expresión de «la nueva conciencia» ya circulaba entre la Generación Beat, era nuestro lema poético a comienzos de los cincuenta. La intención concreta de la poesía de aquella década era la exploración de la conciencia y esa es la razón por la que nos interesaba la psicodelia y el resto de las sustancias que hacían que se manifestara nuestro interior – no necesariamente drogas sintéticas, también las hierbas y los cactus.

El tema que eligió Kerouac para su sondeo fue el del desencanto: la dura experiencia de las vidas de su padre y su hermano mayor, su vejez, enfermedad y muerte, una muerte que experimentó cuidándoles y atendiéndoles en sus lechos de muerte, junto a ellos. Como escribió en *Visiones de Cody,* en 1951:

> Escribo este libro porque todos vamos a morir – porque me encuentro en medio de la soledad de mi vida, con mi padre muerto, mi hermano muerto, mi hermana y mi mujer lejos de mí, y lo único que tengo aquí son estas manos trágicas [...] que ahora han quedado abandonadas para guiar y desaparecer a su manera en la oscuridad común de nuestra muerte, durmiendo en

esta cama desnuda, a solas, tontamente, con un solo consuelo y orgullo: el de mi propio corazón roto en esta desesperación general y abierto en mi interior hacia el Señor, hago esta plegaria en mitad de este sueño.

Como móvil para la escritura de una novela gigantesca este fragmento de *Visiones de Cody* es un golpe terrible de conciencia, un corazón *bodhisattva,* la extroversión de nuestro corazón. Hablo aquí del fundamento de la poesía y la purificación de la intención. Hay algunas expresiones *dharma* budistas que coinciden de un modo encantador con el proceso del arte bohemio en el siglo XX – expresiones como «ten una actitud no-totalitaria», «exprésate con valentía», «sé excesivo contigo mismo», «no te ajustes a la idea de lo que se espera, ajústate a la forma que tenga tu mente en cada momento, a tu conciencia más desnuda». Así es como los poetas del *dharma* consiguieron «renovarlo todo» – la petición de Pound.

Es necesario cierto desacondicionamiento de la actitud – un desacondicionamiento de la rigidez y de lo inflexible – para llegar al meollo del propio pensamiento. Se trata de algo paralelo a la idea tradicional budista de la renuncia – renuncia a los pensamientos heredados y condicionados de la mente. Es la práctica meditativa de «dejarse llevar por el pensamiento» – ni empujarlos para que vayan más allá ni provocarlos para que se produzcan, sino limitarse a permanecer sentado durante la meditación contemplando cómo esa procesión de pensamientos pasa delante de uno, cómo se alzan, florecen y se disuelven tratando de que nos pertenezcan menos, por decirlo de algún modo. Uno ya no es responsable de su existencia del mismo modo que no es responsable del clima, ya no es capaz de decir qué pensamiento vendrá a continuación. Si no fuera así uno sería capaz de predecir los propios pensamientos y eso sería muy triste. Hay gente cuyos pensamientos son totalmente predecibles.

El ejercicio requiere el cultivo de la tolerancia hacia los propios pensamientos, impulsos e ideas – una tolerancia necesaria para percibir la propia mente, una amabilidad con uno mismo necesaria para aceptar ese proceso de la conciencia y aceptar también los contenidos más crudos de la mente, como en el «Canto a mí mismo» de Whitman, en donde uno puede mirar desde el exterior hacia el interior del cráneo y saber lo que tiene en la cabeza.

El paralelismo que podría trazarse es el de la idea de «potencial negativo» de la que habló Keats a su hermano en una carta. Al comentar el carácter de Shakespeare se pregunta qué tipo de cualidad ha de tener un hombre para llevar a cabo grandes logros, sobre todo en literatura. «El potencial negativo», escribe, «es cuando un hombre es capaz de relacionarse con las incertidumbres, los misterios, las dudas sin una irritante búsqueda constante de hechos y de lógica». O lo que es lo mismo, la capacidad de sostener ideas contrarias y hasta concepciones contrapuestas sin volverse loco – experimentar la contradicción o el conflicto o el caos de la mente sin buscar de un modo irritante hechos a los que agarrarse.

La palabra verdaderamente clave aquí es «irritante», lo que en budismo se entendería como la insistencia agresiva en eliminar un concepto como opuesto a otro concepto, de atacar al enemigo o hasta a uno mismo para acabar con las contradicciones – como los marxistas se atacaron a sí mismos en cierto momento, o como los neoconservadores tratan hoy de cortarse a sí mismos sus poco eficaces cabezas. Un ejemplo actual podría ser el de la insistencia maníaca en la idea de que los sandinistas son la encarnación del mal y que los terroristas de la CIA son tan patriotas como George Washington. Se basa en una concepción del universo completamente polarizada – en la idea de que las cosas son o blancas o negras.

Una idea elemental del budismo desde el 150 a. C. es la de que «la Forma no es diferente del Vacío, el Vacío no es diferente de la Forma». Una formulación que seguramente apreciaría Keats y todos los poetas sutiles. Los poetas americanos Philip Whalen, Gary Snyder, Kerouac y Burroughs aprecian en sus obras esa «elevada sabiduría perfecta» tanto por su propia intuición como gracias a su estudio de los textos del *Prajnaparamita*.

Como parte de esa «purificación» o «des-acondicionamiento» sentimos la necesidad de una mirada clara o de una percepción directa – la percepción de un árbol joven sin el velo de las ideas preconcebidas, el vistazo sorpresa, digámoslo así, o la percepción, o la súbita Gestalt, o supongo que podría decirse también *satori,* visto fugazmente como experiencia estética.

En nuestro siglo Ezra Pound y William Carlos Williams han insistido muchas veces en la necesidad de una percepción directa de los materiales de la poesía y el lenguaje con el que se trabaja. El lema – y de aquí en adelante iré citando toda una serie de lemas sacados de distintos yoguis y poetas – es aquel de Pound: «El tratamiento directo del asunto.» ¿Cómo se pueden interpretar esas palabras? No se debe tratar el asunto de modo indirecto o simbólico, sino con una mirada directa y eligiendo de manera espontánea el aspecto que en ese momento nos resulta más llamativo – el brillo que le resulta más llamativo a nuestra atención o a nuestra conciencia, lo más fresco, lo que nos interpele más – y escribir sobre eso.

«El tratamiento directo del *asunto,* ya sea de forma subjetiva u objetiva», es un célebre axioma que Pound enunció más o menos en 1912. Se trata de una formulación americana del siglo XX de una percepción proveniente de su estudio de la poesía china, confuciana, taoísta, japonesa y budista. Al final del siglo XIX se produjo en Occidente, tanto en poesía como en pintura, una influencia budista. Pound organizó los trabajos del «difunto profesor Ernest Fenollosa», entre ellos el célebre ensayo «La escritura caracteriológica china como *medium* para la poesía». Fenollosa / Pound afirmaban que en chino es posible un «tratamiento directo» del asunto porque el asunto se trataba también de una forma pictorialista mediante el jeroglífico. Pound aconsejaba la asunción de esa misma idea: el método de la poesía china como un correctivo de la vaguedad conceptual y sentimental que se daba en la abstracción de la poesía occidental. En cierto modo pedía la intercesión de los *bodhisattvas* de la poesía budista en las poéticas occidentales y hacía un llamamiento a la percepción directa, al contacto directo sin la intervención de lo abstracto, a la visión clara y atenta que, como tal vez recuerden, resuena en nuestro cerebro y se supone que es una de las marcas de los maestros zen mientras atienden sus jardines, la ceremonia del té, los arreglos florales o el tiro con arco.

Es una idea relativamente rara en la poesía académica occidental de finales del diecinueve y eso a pesar de que Pound partía de modelos occidentales muy avanzados – desde el viejo Dante hasta poetas modernistas franceses como Jules Laforgue, Tristan

Corbière y Rimbaud. La tradición había sido instaurada por Baudelaire, quien había remozado la conciencia poética del siglo XIX incluyendo en ella la ciudad, los inmuebles, las casas, los carruajes, el tráfico, la maquinaria: «¿Llevar a la musa a la cocina, arrastrar a la musa a la cocina? Allí está, instalada entre el menaje.»

Otro lema elaborado durante más o menos la misma época que el de Pound y sobre el mismo motivo fue aquel célebre de William Carlos Williams: «Que no haya ideas sino en las cosas.» Lo repite en su épico *Paterson,* de un modo un poco más claro para aquellos que no lo habían entendido: «Que no haya idea sino en los hechos.» Limítese a los hechos, señora. Nada de hacernos un editorial, nada de ideas generales. Deme un «por ejemplo» – acompañe el concepto de un proceso real o de una acción concreta o de un objeto en particular, localizable, inmediato, palpable, practicable y que implique un contacto directo de los sentidos.

En uno de los poemas del bardo inmortal el divino Shakespeare no hace más que darnos una cosa tras otra:

> Cuando los carámbanos cuelgan de la pared
> y Dick el pastor sopla en su caracol
> y Tom lleva troncos a la sala
> y la leche llega helada a casa en los cubos [...]
> y la nariz de Marian está roja y escocida [...]

Esa es la vívida descripción que hace Shakespeare del inconfundible invierno. No es necesario generalizar si uno da ejemplos concretos. El poeta es como un Sherlock Holmes que ordena unas falanges desde las que llega a una conclusión. Es la misma idea de «solidez de especificación» de William James. Kerouac lo expresaba así: «Los detalles son la vida de la prosa.» Para conseguirlos uno debe hacer un «tratamiento directo del asunto». Y eso requiere una percepción directa – una mente capaz de adquirir conciencia, una mente despejada de abstracciones, cuando se aparta el velo de los conceptos se revelan detalles significativos del estado del mundo.

Williams lo decía también de otro modo – como un consejo doméstico para jóvenes poetas y artistas norteamericanos: «Escribid sobre lo que tengáis frente a vuestras narices.» Hay un poema suyo muy citado por los poetas budistas titulado «Jueves» que dice así:

> He tenido mi sueño – como otros –
> y nada en él se ha cumplido, de modo que
> ahora descanso sin preocupaciones
> con los pies bien plantados en el suelo
> y miro al cielo
> sintiendo mi ropa a mi alrededor,
> el peso de mi cuerpo en mis zapatos,
> el borde de mi sombrero, el aire que pasa dentro y fuera
> en mi nariz – y decido que no soñaré más.

¡Intentadlo! En realidad ese poema es la intersección entre la mente y la meditación – la disciplina de la meditación, dejar marchar libremente a los pensamientos – el ejercicio yanqui de la poesía según William James, el poeta está ahí en pie, siente el peso de su cuerpo en sus zapatos, es consciente del aire que respira a través de su nariz. Y ya que el título de estas charlas es el de «Investigaciones espirituales» podríamos incluir también aquí una nota al pie que dijera que «espíritu» proviene del latín *spiritus,* que significa «respiración», y que las prácticas espirituales de Oriente tienen que ver básicamente con la meditación, y que las prácticas de meditación suelen empezar casi siempre tratando de aumentar la conciencia sobre el espacio que está a nuestro alrededor, a menudo mediante la respiración. Por lo general uno atiende a su propia respiración, tanto en el estilo zen como en el tibetano. Todo es cuestión de atender a la propia respiración desde la punta de la nariz hasta el final de la inhalación para seguirla hasta el estómago o hasta el bajo abdomen. Por eso no deja de tener su cierto encanto que Williams llegara él solo a esa idea: «El aire pasa dentro y fuera / en mi nariz – y decido que no soñaré más.»

Otro lema de Pound que dirige la mente hacia el tratamiento directo del asunto o hacia la claridad de la visión es: «El objeto natural siempre es el símbolo adecuado.» No es necesario que uno se ponga a perseguir símbolos lejanos porque la percepción directa se encargará de ofrecernos un lenguaje eficaz. Lo que nos lleva a otro lema interesante, esta vez de un lama tibetano, el poeta Chögyam

Trungpa: «Las cosas son símbolos en sí mismas.» Pound quiere decir que el objeto natural es idéntico en cualquier caso a lo que uno trata de simbolizar a través de él, Trungpa que cuando uno percibe una cosa directamente la cosa está ahí por completo, es su totalidad y revela de una manera total el universo eterno que hay en ella, o de la propia mente tal cual es.

En el conjunto de treinta lemas que Kerouac tituló «Credo y técnica de la prosa moderna» hay unos cuantos puntos clave o «flechas mentales» que componen unas instrucciones para la concentración, para dirigir la mente para que vea cosas, ya sea una «vieja taza de té en un recuerdo» o un bosquejo verbal del paisaje al otro lado de una ventana. Kerouac aconseja a los escritores: «Si te detienes no pienses en las palabras si no es para ver mejor la imagen.» Hay un lema semejante de William Blake: «El trabajo se centra en los detalles, cuida los más pequeños.» Es muy hermoso en realidad, cuida los hechos recién nacidos. Y continúa Blake:

> Aquel que hace bien a los demás, debe hacerlo en los detalles más pequeños el bien general es la excusa de los canallas, los hipócritas y los vanidosos pero ni el arte ni la ciencia podrían existir sin los pequeños detalles minuciosos.

Un ejemplo clásico de William Carlos Williams sobre cómo en América se ven los pequeños detalles con claridad y precisión, por completo, es el famoso y más evidente de los poemas imagistas, «La carretilla roja». Como el objeto se ve de una forma tan total, el poema ha penetrado en la cultura hasta tal punto que incluso gente que no está en absoluto interesada en poesía – desde los niños de secundaria hasta los hombres de negocios más zoquetes – conocen este poema cómo si se tratara del poema moderno por antonomasia:

Cuánto depende
de una

carretilla
roja

bruñida por el agua
de la lluvia

junto a los blancos
polluelos.

Ese texto está considerado como la cumbre de la percepción directa de la poesía imagista. Creo que fue escrito en la década de los veinte. No es gran cosa en realidad. Williams no pensaba que fuera gran cosa. En cierta ocasión dijo: «Un poema intrascendente – escrito en dos minutos – como (por ejemplo) "La carretilla roja" y otros poemas breves.» Pero aun así se convirtió en una especie de objeto sagrado.

¿Qué le llevó a concentrarse en aquella imagen de su jardín? Bueno, lo más probable es que no se fijara en ella – sencillamente estaba allí y él la vio. Y la recordó. La frescura depende de sí misma. Por decirlo de otro modo, no se preparó para verlo, pero llevaba toda la vida ejercitándose en la conciencia de lo que estaba «frente a sus narices», en permanecer en su cuerpo y observar el espacio que estaba a su alrededor. Existe un término budista para esa especie de conciencia espontánea: «nonata». Y es que ¿de dónde procede un pensamiento? Uno no puede revisar su recorrido de vuelta hasta el seno, un pensamiento es «nonato». La percepción es nonata, en el sentido de que se despierta de forma espontánea. Es imposible trazar el recorrido hacia atrás hasta la fuente de una percepción por mucho que uno lo intente.

Para entender la carretilla roja es necesario tener cierta práctica poética y también cierta práctica mental común. Flaubert fue el iniciador de esa tendencia a estrechar el abanico hasta concretar la percepción con su lema: «Lo ordinario es lo extraordinario.» Y hay una formulación muy interesante de esa misma actitud mental a la hora de escribir poesía en el ensayo «Verso proyectivo» del difunto Charles Olson. Es una especie de caviar, pero William Carlos Williams reeditó este famoso ensayo para transmitir sus propias ideas a otra generación. Contiene algunos lemas muy usados por la mayoría de los poetas modernos y están relacionados con la idea de visión directa o de conciencia directa de la apertura mental y de la forma abierta en poesía. Aquí las palabras de Olson:

> Este es el principal problema al que se enfrenta el poeta que se aparta de la forma cerrada y comprende una serie completa de nuevas apreciaciones. Desde el momento en el que se aventura en la COMPOSICIÓN POR CAMPO [Olson se refiere al campo de la mente] [...] no podrá recorrer otro camino que no sea el que el poema impone en secreto. De esta manera debe comportarse y estar, instante a instante, atento a ciertas fuerzas que ahora se empiezan a estudiar [...].

El principio, la ley que preside de forma evidente la composición y que, una vez obedecida, es capaz de alumbrar a la existencia un poema proyectivo es la siguiente: LA FORMA NO ES MÁS QUE UNA EXTENSIÓN DEL CONTENIDO. (O al menos así fue formulada por Robert Creeley y para mí tiene todo el sentido del mundo, con un corolario posible, el de que una forma adecuada en cualquier poema es la única extensión posible de su contenido secreto.) Ahí tenéis la ley, hermanos, dispuesta a que la UTILICÉIS.

Por «contenido» creo que Olson entiende la secuencia de las percepciones. De modo que la forma – la forma del poema, la trama del poema, el argumento del poema, la narrativa del poema – se correspondería con la secuencia de sus percepciones. Si todo esto parece un poco oscuro puede que os lo aclare el siguiente fragmento de «Verso proyectivo» de Olson. Dice así:

> Ahora veamos el *proceso* de la cosa, de qué manera puede llevarse a cabo el principio para moldear las energías en las que tiene que manifestarse la forma. Y pienso que se puede formular en un enunciado (el primero que me lo metió en la cabeza fue Edward Dahlberg): UNA PERCEPCIÓN DEBE LLEVAR DE FORMA INMEDIATA Y DIRECTA A UNA PERCEPCIÓN POSTERIOR. Esto significa exactamente lo que dice, se trata de, en *todo* momento [...] de pasar a lo siguiente, mantener el movimiento, mantenerse dentro, acelerar los nervios, su velocidad, las percepciones, las de ellos, los actos, los divididos segundos actos [las decisiones que uno toma cuando está garabateando], todo el asunto, uno tiene que mantenerlo en movimiento tan rápido como pueda, ciudadano. Y si además te construyes como poeta, UTILIZA, UTILIZA, UTILIZA el proceso en todas partes, en cualquier poema, siempre,

siempre la percepción debe, debe, debe [como la mente] ¡MOVERSE INSTANTÁNEAMENTE HACIA OTRA PERCEPCIÓN! [...]. Ahí estamos entonces, rápido, ahí está el dogma. Y su excusa, su utilidad, en la práctica. Lo que nos lleva [...] al interior de la máquina, ahora, en 1950, de cómo se hace un verso proyectivo.

Yo interpreto esas palabras – «una percepción debe moverse instantáneamente hacia otra percepción» – como algo semejante a la práctica dhármica de dejar fluir los pensamientos y aceptar que aparezcan y se registren otros pensamientos nuevos antes que aferrarse a una imagen única y forzar a la Razón a que se extienda hasta un símbolo obsesivo. Esa es la diferencia entre la poesía de inspiración metafísica que se escribió en Estados Unidos a imitación de T. S. Eliot y la Forma Abierta que practicaron simultáneamente Ezra Pound y William Carlos Williams y más tarde Charles Olson y Robert Creeley. Dejaban vagar la mente. Ese es en realidad uno de los lemas de uno de los padres fundadores de nuestra nación: «La mente debe vagar.» Lo dijo John Adams, tal y como lo registró Robert Duncan en relación con la poética. Intentadlo en el derecho religioso. Dejad vagar la mente. Que una percepción lleve a la siguiente. No hay que aferrarse a las percepciones, no hay que generar fijaciones con las impresiones, ni siquiera con las visiones de William Blake. Como contestó el joven poeta surrealista Philip Lamantia cuando en 1958 le pidieron que definiera «estar en la onda» con respecto a «ser un retrógrado», «la onda» es «no obsesionarse».

De modo que ya tenemos la base para la purificación, el dejarse ir – tener la confianza suficiente para dejar vagar la mente y observar las propias percepciones y sus discontinuidades. Uno no puede volver atrás y cambiar la secuencia de los pensamientos que ha tenido, no puede revisar el proceso de su propio pensamiento o negar las cosas que ha pensado, pero en cierto modo el pensamiento se destruye a sí mismo. Uno no debe preocuparse por ello, siempre puede avanzar al siguiente pensamiento.

En cierta ocasión, Robert Duncan se levantó y después de cruzar de un lado a otro una habitación dijo: «No puedo volver sobre mis pasos cuando ya los he dado.» Lo utilizaba en realidad de ejemplo para explicar por qué estaba interesado en la escritura de Gertrude Stein, que escribía en momento presente, en tiempo presente, con una conciencia presente: escribía lo que sucedía en la gramática de su cabeza en el momento de la composición sin los recursos de la memoria del pasado o la planificación del futuro.

La gente que practica meditación tiene un lema que dice: «La renuncia es un modo de evitar el pensamiento condicionado.» Significa que la meditación se practica mediante una renuncia constante a la mente, un «renuncia» a los pensamientos, un «dejar vagar» los pensamientos. Eso no significa que uno tenga que dejar vagar toda su conciencia – solo es necesario esa pequeña parte de la mente que depende de lo lineal: el pensamiento lógico. No implica renunciar al intelecto, que es algo que también tiene un lugar propio en el budismo, y también en Blake. No se trata de una estupidez salvaje. Se trata de expandir la zona de conciencia para que la conciencia rodee tus pensamientos y evitar así entrar en los pensamientos propios como si fueran un sueño. De ese modo tanto la vida de la meditación como la vida del arte están basadas por igual en una concepción similar de una mente espontánea. Las dos comparten la renuncia como una forma de evitar un resultado artístico condicionado, o un arte trillado, o la repetición de las ideas ajenas.

Los poetas pueden evitar la repetición de sus obsesiones. Requiere, eso sí, confianza en la magia de lo casual. Chögyam Trungpa lo expuso en su idea de que la «magia es el placer de lo casual». Algo que también lleva cierta magia a la poesía: la casualidad del pensamiento, o del pensamiento nonato, o del pensamiento espontáneo, o del «primer pensamiento», o del pensamiento enunciado de manera espontánea en el momento de su concepción – palabra y pensamiento unidos en el mismo lugar. Requiere también cierta cantidad de desinhibición, como cantar en la ducha. No implica ninguna vergüenza, ni celos, ni aventajar a los demás, ni mímica, ni imitación y por encima de todo no implica ninguna cohibición. Y eso requiere cierta capacidad para saltar sobre uno mismo – valor y sentido del humor y apertura y perspectiva y descuido, un deseo de quemar los puentes tras tu paso, superarse a uno mismo, purificarse, por decirlo de alguna manera, darse a uno mismo el permiso para decir lo que piensa ya sea simultáneamente o inmediatamente después, o diez años más tarde.

Todo eso provoca frescura y limpieza tanto en el pensamiento como en la expresión. William Carlos Williams comentó algo interesante sobre los males que provoca no permitir que eso pase: «No puede haber ningún engaño superficial al respecto [...] es prosa con un sucio lavado de poesía rancia.» ¿Un sucio lavado de poesía rancia sobre los propios pensamientos?

Cuando conocí a Chögyam Trungpa en San Francisco en 1972 estuvimos comparando nuestros viajes y nuestra poesía. Él tenía un programa muy apretado y un largo itinerario y yo le dije que me estaba cansando del mío. Me contestó: «Seguramente eso te pasa porque no te gusta tu poesía.»

Yo le pregunté: «¿Qué sabes tú de poesía? ¿Cómo puedes decir que no me gustan mis poemas?»

Él me contestó: «¿Para qué necesitas papel? ¿Es que no confías en tu propia mente? ¿Por qué no te gustan los poetas clásicos? Milarepa recitaba sus poemas sobre la marcha y otras personas se encargaban de escribirlos.»

Esa es en realidad la costumbre clásica budista entre los maestros zen y los lamas tibetanos, como el autor de las «Cien mil canciones de Milarepa». Esas canciones son las obras más exquisitas y herméticas que se pueda imaginar y al mismo tiempo las canciones más populares y vulgares de toda la cultura tibetana – poesía clásica popular, conocida por todos los tibetanos. Pero Milarepa jamás los habría escrito. El método, una vez más, era la mente espontánea, la improvisación sobre la marcha sobre la base de una disciplina meditativa.

Lo que dijo Trungpa me recordó una conversación parecida que tuve con Kerouac, quien también me instó a que fuera más espontáneo, a que me preocupara menos de la práctica poética. A mí siempre me preocupaba mi poesía. ¿Era buena? ¿Estaban los platos limpios, estaba hecha la cama? Recuerdo a Kerouac cayéndose borracho en el suelo de la cocina del número 170 de la East Second Street en 1960, riéndose a carcajadas y diciéndome: «Ginsberg, eres un desastre peludo.»* Fue algo que se le ocurrió sobre la marcha, una frase que le vino a los labios y yo me ofendí.

* «Ginsberg, you're a hairy loss»: intraducible juego de palabras que se refiere por igual al desastre y a la incipiente calvicie del poeta. *(N. del T.)*

¡Un desastre peludo! Cuando uno permite que una frase activa entre en su mente, y permite también que salga de ella, uno habla desde un territorio en el que se pueden relacionar sus percepciones internas con los fenómenos externos, y eso une el Cielo con la Tierra.

Invierno de 1987

DECLARACIÓN [SOBRE LA CENSURA]

Durante treinta años mi poesía ha sido retransmitida sin censura, sobre todo los poemas «Aullido», «Sutra del girasol», «América», «Kaddish», «Kraj Majales» y «Cabeza de chorlito». En las dos últimas décadas se han hecho grabaciones en disco de esos poemas en Atlantic, Fantasy y Island Records, se han puesto a la venta y se han radiado en emisoras universitarias y también en emisoras públicas y educativas subvencionadas por los oyentes como Pacifica Stations.

La mayoría de esos poemas se han reeditado en antologías de uso universitario y escolar utilizadas en cursos de literatura por toda América. Solo «Aullido» ha sido traducido a 24 idiomas y hasta publicado en China y otros países prohibidos del telón de acero como Polonia.

Las traducciones y publicaciones al polaco, húngaro, checoslovaco, chino, macedonio, serbocroata, lituano y rumano se han dado en parte gracias al *glásnost* o libertad de información y literaria que se ha producido en esos países durante la última media década. En un artículo reciente de Bill Holm sobre la enseñanza de la literatura en China (incluyendo a D. H. Lawrence) y titulado «Disfrutando de lady Chatterley en China» *(New York Times Book Review,* 18 de febrero de 1990, págs. 1, 30-31) se dice: «La descripción que hace Orwell del intento del Gran Hermano de destruir y pervertir la vida sexual es una realidad exacta y literal. Cambien los nombres y describirá cualquier institución china, nombren su iglesia o gobierno favorito.» Los fundamentalistas, los charlatanes de los medios de comunicación, el senador Jesse Helms y la Heritage Foundation están haciendo todo lo posible para que Estados

Unidos caiga en ese estado de doble moral orwelliana a fuerza de destruir y pervertir las representaciones sexuales en nuestro arte y nuestra literatura.

¿Cuál es su objetivo? El profesor Holm lo señala con precisión: «Mis estudiantes chinos viven en un estado de animación en suspenso, pero bajo esta represión enloquecida todavía tengo la sensación de que muchos chinos son unos románticos empedernidos, la gente espera que se abran las puertas. La auténtica energía sexual siempre es una amenaza real contra la autoridad policial. La moral estalinista no se equivocaba.»

Me hace recordar el tono insistente del burócrata Mr. Sagatelian de la Unión de Escritores de Moscú en una reunión de la Soviet American Literary Conference que se celebró en Vilnius en 1985, poco antes del anuncio del *glásnost*. Yo me quejé de la censura política y erótica y él me contestó: «En la Unión Soviética jamás se publicará a Henry Miller.»

La censura de las retransmisiones de mi poesía y del trabajo de otros colegas es una violación directa de nuestra libertad de expresión. Soy un ciudadano. Pago mis impuestos y quiero que tanto mis ideas políticas y sociales como mis sentimientos y mi arte queden libres de la censura gubernamental. Demando mi derecho a ejercer la libertad de expresión que me ha sido garantizada por la Constitución. Me opongo a la insolencia de esos mojigatos moralistas recaudadores de fondos para políticos y a esos curas con ambiciones políticas que quieren usar mi poesía como piedra arrojadiza para defender sus planes secretos y semirreligiosos. Yo también tengo mi propio plan secreto de promover la libertad sentimental intelectual y política en Estados Unidos y tras el telón de acero. Así está expresado en mi poesía.

Los poemas citados más arriba forman parte de una liberalización doméstica, cultural y política a gran escala que comenzó con el final de la censura literaria en las retransmisiones y en la prensa entre 1957 y 1962. Hubo toda una serie de juicios legales, empezando por mi poema «Aullido», que provocó que se liberaran obras muy célebres entre las que se incluían libros de Henry Miller, Jean Genet, D. H. Lawrence, William Burroughs y otros textos clásicos.

Gran parte de mi poesía apunta precisamente a expandir el sentido de la libertad de pensamiento y de la expresión política y social de ese pensamiento en jóvenes adolescentes. Es precisamente a ese grupo al que la Heritage Foundation, la legislación del senador [Jesse] Helms y la regulación del FCC [Federal Communications Commission] han intentado evitar que acceda a través de la radio. Si hay un lugar en el que descansa la seguridad de nuestra nación es precisamente en el cuerpo, la mente y el discurso de esos jóvenes adolescentes, por eso creo estar liderando una guerra espiritual para la liberación de sus almas de la homogeneización en masa a la que les ha condenado el avaro comercio materialista y la insensibilización emocional. Desde Walt Whitman, quien ya predijo esta situación, ha habido muchas generaciones que han sufrido la alienación de sus sentimientos y afinidades por sus propios cuerpos y corazones y también de la afinidad por los cuerpos y corazones del resto de Estados Unidos y otros continentes que no encajaban comercial o políticamente con la convención estereotipada de color, sexo, religión, afinidades políticas y sentido de identidad.

La interferencia legal y seudorreligiosa en mi libertad de expresión equivale a la implantación de un Estado religioso cercano al modelo del intolerante Ayatolá o las instrucciones burocráticas del partido estalinista.

En esta situación los neoconservadores y los ideólogos religiosos han empleado las mismas armas de sus viejos enemigos comunistas: política partidaria, censura, dilemas de evasión de autoridad en sus propios sistemas de pensamiento policial, religioso y ético. Que ¿cómo me atrevo a comparar a esos mal llamados ciudadanos patriotas con los burócratas del partido comunista? Por utilizar las palabras de William Blake: «Se han convertido en lo que vigilaban.»

Esos censores pretenden limitar mis derechos como artista y mis libertades políticas del mismo modo en que lo han hecho los países comunistas que censuraron mi obra entre 1957 y 1985.

Es aquí donde entra también en cuestión la estética. Una de las características más importantes de mi poesía, al menos una de las que ha permitido que se expanda de forma más amplia, ha sido la condición de su discurso americano tanto desde el punto de vista idiomático como vernáculo, una dicción tomada directamente de la lengua viva y centrada en la claridad de su vocalización. Mi ideal es una poesía que pueda proclamarse de una manera majestuosa y digna. Siempre he tratado que mis versos tuvieran una vocalización sin obstáculos para que la voz humana se manifestara con sus ritmos variados y sus tonos emotivos, una poesía construida desde las entrañas de la cabeza, la garganta y el corazón: mi arte y mi estudio han sido siempre recitados en voz alta. Es una costumbre que han adoptado muchos poetas en muchos países y que forma parte también de la tradición norteamericana desde hace mucho tiempo desde la época de Walt Whitman pasando por William Carlos Williams y hasta el letrista Bob Dylan. El reglamento propuesto por la FCC podría prohibir las emisiones de «Aullido» (una crítica de la hipertecnología nuclear), «Rey de Mayo» (una denuncia de «los gilipollas comunistas y capitalistas» por igual), «Sutra del girasol» (un panegírico al fortalecimiento personal), «América» (una parodia de los estereotipos de la guerra fría), «Cabeza de chorlito» (una sátira de las estupideces ecológicas de Oriente y Occidente) y «Kaddish» (un estallido de lluvia de amor y sufrimiento real por mi madre). ¿Cómo es posible que se censure la emisión de estos discursos sin atentar contra la Constitución de los Estados Unidos?

Puede que los censores traten de fulminar todo lo que les parece empleando de un modo poco definido la palabra «indecencia», pero aquellos que pretenden llevar a la práctica las enmiendas de Helms prohibiendo esa desconcertante «indecencia» las 24 horas del día no pueden negar que lo que están haciendo en realidad es censurar un discurso relevante desde el punto de vista artístico y social. En el caso de los textos reseñados más arriba la postura que han adoptado los neoconservadores es muy semejante a la que adoptaron esos nazis quemadores de libros ante el «arte degenerado», o la de los dictadores chinos cuando se levantan en armas contra la «polución espiritual», o a la de los viejos estalinistas cuando prohibían los textos eróticos. El propósito de ese tipo de censura no es otro que concentrar toda la autoridad sentimental en el Estado y eliminar todo tipo de disidencia ideológica y sentimental. Los conservadores aseguran que su ideología promueve que no carguemos «el gobierno en nuestra espalda». Yo le pido a esos llamados neoconservadores autoritarios que se bajen de la mía.

Walt Whitman pidió específicamente que le siguieran todos los poetas y los oradores que hablaran con franqueza. A pesar de las prohibiciones anticonstitucionales que han impuesto a mi poesía, yo repito aquí esa llamada y afirmo que he cumplido con la prescripción de la buena grey de los poetas de hacer un arte americano patriótico, sincero y total.

19 de febrero de 1990

Cuarta parte
Diarios

Allen Ginsberg, Jack Kerouac, William S. Burroughs, John Clellon Holmes y la mayoría de los escritores beat siempre estuvieron fascinados con las existenciales vidas de los ignorados y los oprimidos, o al menos los ignorados por la sociedad –los timadores de Times Square, los drogadictos, los músicos de jazz, los vagabundos, los rateros, la gente de la calle y los que se las ingeniaban para buscarse la vida–, todos aquellos que, en palabras de John Clellon Holmes, estaban dispuestos a «apostarlo todo a un solo número». Herbert Huncke fue una de esas primeras personas a las que conocieron personalmente y el encuentro con él tuvo un profundo impacto tanto en su pensamiento como en su escritura.

Huncke tuvo también un papel importante en uno de los episodios cruciales de la juventud de Ginsberg. Descrito en «Aullido» como alguien que caminaba «toda la noche con los zapatos ensangrentados sobre los muelles convertidos en bancos de nieve esperando que una puerta en el East River se abriera a una habitación llena de vaporoso calor y opio». Huncke se presentó en el apartamento de Ginsberg como un indigente que no tenía a donde ir y con una depresión al borde del suicidio. Las siguientes entradas de su diario, primeras páginas de un extenso documento supuestamente escrito para un abogado, describen ese encuentro con Huncke y las consecuencias de esa funesta estancia en el apartamento de Ginsberg. Junto a la descripción del personaje se describen también en estas entradas las «Visiones Blake» que tuvo Ginsberg en 1948 y el sensible estado en el que se encontraba la mente del poeta en la época de la aparición de Huncke.

NUEVA YORK: HACIA FINALES DEL INVIERNO DE 1949

Retrato de Huncke

I

Alguien llamó a la puerta, cosa que me sorprendió porque solo eran las ocho de la mañana y estaba nevando en la calle. Yo estaba sentado en el sofá con la mente en blanco contemplando un enorme mapa del mundo. Vi una tenue figura familiar en el pasillo y supuse inmediatamente –a pesar de que no le había visto en los últimos sesenta días, el mismo tiempo que llevaba en la cárcel– que se trataba de Herbert Huncke. Hacía solo un mes había decidido no volver a acogerle nunca más, pero tenía tal aspecto de santo harapiento que le acompañé silenciosamente hasta el cuarto de estar.

«¿Te llegó mi carta a Riker's Island?»

«No –respondió él–, pero igualmente gracias por acordarte de mí.»

Se empezó a quitar los zapatos con cuidado. Estaban empapados y los calcetines olían de maravilla debido a la humedad. Tenía los pies fatal, repletos de ampollas y de partes en carne viva, estaban muy sucios. Llevaba varios días sin dormir y la última vez lo había hecho en la terminal de autobuses Greyhound de la Calle 50. No se había llevado a la boca más que algunas dosis de benzedrina, café y dónuts. No tenía dinero. Discutimos todas aquellas cuestiones con buen humor y me agradó poder aprovisionar y remozar un poco su armario.

Puse a calentar un cazo con agua y le ayudé a lavarse los pies. Tenía las piernas agarrotadas. Me di cuenta del poco afecto que había recibido en aquellos últimos diez días de vagabundeo alucinado, pero cuando le lavé lo hice evitándole la mirada.

Se echó en el sofá y estuvo durmiendo durante un día y una noche completas.

II

Aquella siesta de un día y medio me desalentó porque no entraba en mis planes irme de casa sin haber hablado con él. Necesitaba asegurarme de que no se largara sin robarme algo, porque eso era exactamente lo que había hecho la última vez que le había acogido. Poco a poco fui descubriendo que faltaban pequeñas radios, alguna manta barata, chaquetas, y no sin razón – eran las cosas que podían mantenerle abrigado o vender para conseguir comida. Pensé que estaría malhumorado, secretamente enfurecido, pero lo cierto es que no me importó mucho porque me encontraba demasiado sumido en el encanto de su compañía y en la tristeza de mis pensamientos.

La última vez que le había acogido había sido otra historia. Yo vivía entonces en el apartamento que me había prestado un amigo, un cuchitril de locos en medio de Harlem, una sexta planta con vistas a la Calle 125.

Solía mirar por aquella ventana, no a la calle sino al cielo, concentrado en mi propio vacío a la luz del paraíso. Mi programa diario era siempre el mismo: iba todas las mañanas una hora a la universidad. La clase a la que asistía era la última asignatura que me faltaba para acabar la carrera tras seis años de estudio intermitente. Después de la clase me iba a trabajar un par de horas a la mohosa oficina de un periódico de tres al cuarto que estaba al borde del cierre. Me pasé dos años trabajando en aquella oficina.

Al regresar a casa lo hacía por la calle comercial del italiano East Harlem, una abarrotada avenida en la que compraba comida barata y verduras exóticas. Cuando llegaba a casa dormía un par de horas y luego me iba a dar una vuelta por Harlem.

No tenía preocupaciones, ni planes, ni metas, ni interés por nada en particular. Algo muy impropio de mí, ya que durante los siete años que habían seguido a mi adolescencia me había entregado a un proyecto de crecimiento personal largo y contradictorio. Todo aquello no había hecho más que llevarme a las alcantarillas de Harlem y Times Square. Tras siete años de vaivén en la cuna del intelecto y la extravagancia juvenil, había perdido súbitamente la curiosidad. Había perdido la motivación, el sentido. Mi intención original había sido perder por completo la razón de mi propio carácter para emerger de nuevo con una voz de roca y un intenso amor por el mundo, una pasión ruda y frontal. Quería que la gente temblara cuando me mirara a los ojos, que al verme despertaran súbitamente del vasto sueño de su voluntad.

No hace falta decir – tampoco quiero juzgar aquí el intento – que no tuve mucho éxito. Me rendí, apagué las máquinas, dejé de pensar, dejé de vivir. Ya no quedaba con nadie.

Me había detenido en ese lugar y ya ni siquiera pensaba en el asunto más allá de ese nivel de renuncia. Durante meses viví sorprendido ante el vacío absoluto al que me había llevado mi progreso espiritual. No sabía qué hacer a continuación, lo único que hacía era alimentarme y tratar de mantenerme lo más cómodo posible, alejado de la tentación de nuevos esfuerzos y éxtasis. De modo que dejé también de escribir poesía, de hacer rondas de visitas semanales a mis amigos y de utilizar drogas para excitar mis sentidos en un conocimiento inquietante.

Nada de lo que había vivido me habría podido hacer sospechar lo que iba a sucederme en mi soledad. Un día en pleno verano caminaba por la Calle 125 cuando de pronto me detuve y miré en derredor mío maravillado. Fue como si acabara de despertar de un sueño en el que había estado sumido toda mi vida. Me había desembarazado de todas mis preocupaciones e ideas y me sentía tan libre que ni siquiera sabía quién era o dónde me encontraba. La apariencia total del mundo cambió en un solo minuto cuando comprendí lo que había pasado y me puse a mirar a la gente que pasaba a mi alrededor. Todos tenían en sus rostros unas expresiones bestiales y soñolientas, no muy distintas a las que solían tener habitualmente. Comprendí de pronto la confusión y los problemas que aquellas expresiones bestiales habían generado en mi mente. Todas las personas que pasaban tenían algo erróneo en ese sentido. Se alzó frente a mí la aparición perfectamente visible de una ciudad malvada, enferma, salvajemente inconsciente, y las almas que habían construido aquel prodigio se revolvían, acechaban y sacudían por todas partes con gestos de pesadilla perpetua.

Cuando vi a toda aquella gente que charlaba en torno a mí, todas sus conversaciones y el movimiento de sus cuerpos, sus gestos y los pensamientos que se reflejaban en sus rostros me parecieron los de quienes temen ser descubiertos, entendí que me observaban con el miedo angustioso con que se mira a quien trataba de adivinar sus máscaras y mentiras. Cada tono de voz, cada movimiento de sus manos, contenía un matiz negativo: eso que en el mundo se llama retraimiento y timidez y educación, o frigidez y hostilidad cuando la conciencia es demasiado evidente. Pensé que me crucificarían si hablaba con insistencia de la naturaleza divina que había en nosotros y en el universo, de modo que no dije nada y me limité a observarles en un silencio absoluto.

Aquella sobrecogedora corriente de conocimiento duró hasta que pude moverme, pero poco más tarde tuve ocasión de quedar maravillado de nuevo ante la inescrutable apariencia de las cosas. Estaba mirando por la ventana cuando vi un enorme resplandor que cubría el cielo, la esfera celeste se cubrió de un brillo inquietante como si todo el mundo que me rodeaba fuera un inmenso mar y yo me encontrara en el interior de un leviatán. Cuando comprendí que me estaba sucediendo algo extraordinario me di cuenta de que lo que veía había estado allí en todo momento, mucho antes de que yo naciera – de hecho activó en mí la comprensión de ese aspecto de la imaginación que hace referencia a lo eterno –, y que se extendía mucho más allá de mi vida y conciencia pasadas. No había nada humano en lo que observaba, solo la parte alta de unos edificios y la naturaleza. Acerca de los objetos humanos recuerdo que comprendí en una sola mirada su utilidad y su importancia. He de añadir que no vi tanto los objetos como la idea que había tras ellos. Pero el aspecto más interesante era la precisa ubicación de la inteligencia; percibí que la inteligencia rectora se encontraba en los mismos objetos, no en alguna lejana esquina del universo, y que el mundo es algo completo tal y como lo observamos: no hay nada fuera de él. Me pareció que todo se había abierto frente a mí durante un instante para permitirme comprender su secreto.

Cuando regresé a mi apartamento mi primer impulso fue consultar a un viejo autor, William Blake, a quien recordaba de los primeros tiempos por la desconcertante belleza y frontalidad de sus observaciones sobre la naturaleza divina del alma. Recordaba especialmente, y relacionado con el momento de maravilla que acababa de experimentar en la calle, un famoso poema en que el poeta vagaba por los caminos vecinales de Londres, escrito varios siglos antes:

> e impresas en cada rostro que encuentro
> señales de debilidad, señales de aflicción.

Leí el poema de nuevo pero no encontré nada que me iluminara sobre aquello que estaba buscando hasta que pasé un par de páginas y unos versos llamaron mi atención:

> en busca del dorado clima
> donde acaba la travesía del viajero.

En aquel momento sentí que me inundaba una enorme tristeza porque entendí que mi visión de aquella tarde regresaba en esa ocasión con tal intensidad que me quedé estupefacto ante la sabiduría que se encerraba en las palabras de aquella página, como si se tratara de una formulación mágica de mi propio despertar a la comprensión de la alegría. Miré por la ventana el cielo que se desplegaba sobre Harlem más allá de la sucia y desnuda pared de ladrillo del edificio de enfrente, a través del inconmensurable espacio abierto y la atmósfera inmóvil que me separaba de las estrellas invisibles, y sentí el gigantesco peso del Tiempo.

Encontré entonces el poema que se titula «La rosa enferma» y cuando llegué a los versos que dicen:

> El gusano invisible
> que vuela, por la noche,
> en el aullido de la tormenta

y seguí:

su amor sombrío y secreto
destruye tu vida

me di cuenta una vez más de que se había apartado de mi mirada el último velo y también el más terrible de todos, y un temblor final se abrió paso entre la muerte. Me puse entonces a dar vueltas por la habitación con una pulsión animal que envolvía los límites de mi cuerpo en unas lentas ondulaciones carnales y chillé y me derrumbé en una agonía silenciosa, gimiendo en el suelo y agarrándome y arañándome los muslos con las manos.

Después de aquel episodio me pasé una semana viviendo al borde del acantilado, en la eternidad. No fue sencillo. Vislumbraba destellos, indicios de posibilidades y secretas maravillas en mí mismo, en el mundo, en la «naturaleza de la realidad», en la sabiduría que parecían poseer ciertas personas, ciertos poetas del pasado, hasta Shelley. Volví a leer a Dante, fragmentos de Shakespeare, Plotino, san Agustín, Platón, cualquier cosa que se me pasara por la cabeza.

Me encontraba en medio de ese frenesí mental cuando Herbert se presentó en mi puerta aquel verano. Ni siquiera le presté más atención que para preguntarle cómo se había sentido al caminar hambriento y aterido de frío por las calles. Mientras yo esperaba que descendiera la paloma sobre mí, Herbert recorría el apartamento muerto de hambre. A veces se marchaba durante días y noches enteras y regresaba con chismes del submundo que yo escuchaba por mi interés por lo bizarro, lo fantástico y lo cósmico. Se había abierto un nuevo centro social en Times Square, una sala enorme iluminada con luces de neón y repleta de máquinas tragaperras que funcionaban día y noche. Todos los vagabundos apocalípticos de Nueva York estaban allí, fascinados por esa sala fuera del tiempo.

Yo estaba absorto en mis estudios alquímicos hacia ninguna parte, pero tratando de encontrar la clave para entender aquella luz que había experimentado. Me parecía que todos los autores que leía tenían su propia luz, su propio método y sus renuncias. Me empezaron a confundir mis teorías y las de los demás. Mientras tanto Herbert entraba y salía, hasta que un día desapareció por completo.

Para aquel entonces yo ya había empezado a darme cuenta de que las estanterías estaban más vacías que antes: habían desaparecido la radio, la máquina de escribir, la ropa de invierno y una estatuilla original. Entendí que Herbert me había estado robando para procurarse sus dosis de heroína. Le había visto picarse y había dado por descontado que era lo bastante cortés para conseguirse su propia droga, ya que yo le estaba pagando todo lo demás. Lo peor de todo es que ni siquiera eran mis libros, sino de un amigo, estudiante de teología.

Me pasé parte de aquel otoño merodeando por Times Square con [Russell] Durgin, el teólogo, buscando a Herbert. No supe nada de él durante otro año más hasta que me instalé en mi propio apartamento. Trabajaba por las noches en una cafetería como friegaplatos y había conseguido devolverle al estudiante de teología una parte del valor de sus libros, que ascendía al menos a 150 $. Un viejo conocido al que me encontré en Times Square me comentó que Herbert estaba en prisión por un cargo de posesión de marihuana. Le escribí una carta y no volví a saber de él hasta que llamó a mi puerta.

III

Cuando regresé del trabajo al día siguiente Herbert ya se había despertado. Me miró, se rió y me saludó con un movimiento hacia arriba de la cabeza que pretendía ser conciliador. La máscara irónica continuaba allí, como también mi sonrisa gélida e inquisitiva. Me había pasado toda la noche y el día pensando en él, alternando sentimientos de furia y ternura, y ya había hecho mis planes. Solo esperaba que me diera pie.

Suspiró. «¿No te habrás acordado por casualidad de traerme un tubo de benzedrina?» Me miró como si fuera consciente de que no lo había hecho, de mal humor y con un aire mezquino y rencoroso.

«No, no tengo dinero.»

«Claro, el dinero, el dinero... Sabe Dios que tienes pasta de sobra al menos para un inhalador que me levante del sofá y me devuelva a la calle, bajo la nieve. Si no has sido capaz de pensarlo antes al menos a ver si se te ocurre ahora algo que me ayude levantarme de aquí y ponerme de nuevo en marcha.»

«No hay ninguna prisa, no tengo intención de echarte a la calle bajo la nieve... al menos de momento.»

«Pues muy bien podrías, porque te aseguro que me encuentro peor que nunca. No creo que me pueda levantar de aquí nunca más.» Se dio media vuelta hacia mí y con un tono sarcástico en la voz y la mirada aún torva añadió: «Creo que me voy a morir.»

Yo asentí sin decir nada. Me hablaba como si me dijera algo que llevaba pensando varios días.

«¿Por qué? ¿Tienes intención de suicidarte?»

«No –dijo–, lo pensé hace una semana y las empecé a pasar canutas por una razón o por otra cada vez que hacía algo.» Se encogió de hombros como si en el fondo le molestara no haberse muerto. «He decidido que me mataré poco a poco, como ahora; eso si me da por suicidarme y no acabo antes más machacado de lo que ya estoy, cosa que dudo, porque no creo que se pueda caer más bajo.»

Su muerte y mis visiones parecían tener en ese sentido una rotundidad no muy distinta.

«Entonces, ¿qué te hace pensar que vas a morir?»

«No es que me esté muriendo exactamente. Es más bien como una extinción... animal. Estoy cansado. No tengo nada y tampoco deseo nada con la suficiente intensidad como para tomarme la molestia de conseguirlo.» Hablaba con una gran delicadeza, elegía las palabras dubitativo y las pronunciaba con cansancio como si el mismo esfuerzo de la conversación fuera algo inútil y todas sus palabras le parecieran un lugar común. Con un gesto impaciente de la muñeca dio a entender que todo aquello era culpa suya, que se debía a su falta de impulso o a su poca elegancia retórica. Sus gestos eran pesarosos. Abrió las manos de nuevo para explicar en qué consistía aquello tan inexplicable. «Todo lo que me sucede es innecesario. Durante toda la mañana me he estado sintiendo como si estuviera preso en un remolino gigante. Me sentía espantosamente mareado. Tenía la esperanza de perder la conciencia una vez más pero algo en mi interior me decía que eso no iba a ocurrir. Todo es muy aterrador. Me siento fatal.»

Comenzó a hablar de su cuerpo. Desde hacía años, desde que

hizo un viaje a Sudáfrica en un barco mercante, su oscuro rostro había quedado marcado por los restos de una enfermedad cutánea que se había manifestado poco después de regresar. Había comenzado como un sarpullido, algo parecido a unos hongos bajo la boca, pero luego se había extendido y le había devorado los labios y parte de las mejillas. No se trataba de algo mortal y parecía no haber hecho más destrozo aparte de la completa devastación de la oscura belleza de su rostro.

Había perdido los dientes y su rostro había degenerado desde lo que yo sospechaba que había debido de ser un aspecto enjuto, precoz y lleno de encanto, con unos grandes ojos negros y un pelo azabache que se le debía ondular en la base del cráneo al peinarse. Hacía ya mucho tiempo que había perdido su encanto juvenil, tenía solo treinta años pero ya parecía un anciano. Se había pasado la adolescencia en el centro del submundo de ciudades como Boston, Chicago, Nueva Orleans y Nueva York. Se había acostumbrado a satisfacer los extraños gustos de hombres mayores que él, algo que ahora habría resultado impensable, no solo porque su cuerpo se había convertido en algo monstruoso, sino porque una monstruosidad parecida se había adueñado también de su mente. Su antigua curiosidad y libertad juveniles habían quedado reemplazadas por una especie de santa fijación con la ausencia de hogar, su gusto por lo extraño y lo exótico en sus costumbres personales, su apariencia y su amor habían quedado convertidos en una especie de enorme decepción por su propio cuerpo. Había muerto su primigenia curiosidad por sus pasiones y había quedado sumido en la apatía, con toda aquella energía concentrada en el exterminio de su propio ser, sentía un asco infinito por sí mismo, por su vanidad, sus deseos.

Y aun así a veces exponía y admitía todas aquellas cosas con la sabiduría y el encanto de un viejo libertino o la nostalgia alegre con la que una mujer piensa en su pasado y siente la gracia de su juventud no solo perdonando su inocencia, sino con una sorpresa entrañable ante sus propias conquistas y guiñándole un ojo a la misma juventud que ha heredado su frivolidad como si se tratara de uno de los grandes tesoros de este mundo.

Mientras Herbert hablaba podía sentirse ese amargo lamento por el tiempo perdido y ya irremediablemente pasado y también cierto arrepentimiento por las oportunidades desaprovechadas –las primeras frágiles ambiciones –, todo en un tono de buen humor y de menosprecio adulto. Y como casi siempre me sucede cuando estoy con gente cuyo interés es intrínseco, el rostro de Herbert y sus expresiones me parecieron hasta tal punto el meollo de mi experiencia que me descubrí a mí mismo regresando a su rostro desnudo como si se tratara de la clave de mi recuerdo.

Con mucha frecuencia he repetido que en aquella sonrisa enmascarada había una criatura hermana que me interrogaba con una naturaleza casi conspiratoria. Con frecuencia me sonreía cuando percibía en mí algún intento de burlarme de él y eso despertaba su interés por sí mismo o por el proyecto que yo tenía en mente para él. Se trataba, eso creía entonces, de un gesto de reconocimiento y coquetería de su propia cosecha porque muchas veces vi su contrario, su gesto saludable, en compañía de poderosos y violentos macarras de Times Square. Definitivamente, era también la mirada de una madre desesperanzada a su hijo.

Tras su recuperación Huncke se adueñó del apartamento de Ginsberg y, tras asociarse con dos ladrones de poca monta, utilizó el lugar para almacenar sus botines. Ginsberg acabó ordenándole que sacara de allí los objetos robados, pero cuando se encontraban haciéndolo tuvieron un accidente de tráfico y se acabó descubriendo la mercancía robada. Arrestaron a todos, incluido Ginsberg en condición de cómplice. Después de declararse culpable, a Ginsberg se le perdonó la pena de cárcel pero a cambio se le impuso un tratamiento en una institución psiquiátrica. Durante su estancia en el hospital conoció a Carl Solomon, otro interno, que más tarde se convirtió en uno de los personajes protagonistas de «Aullido» y a quien está dedicado el emblemático poema.

Los primeros poemas de Ginsberg fueron casi en su totalidad imitaciones rimadas del libro de versos de su padre y de algunos trabajos de los maestros a los que había estudiado en Columbia. Algunos de sus mejores intentos fueron publicados en el diario estudiantil de Columbia, pero Ginsberg era consciente de que, a pesar del mucho trabajo que le habían costado, aquellos poemas estaban lejos de expresar lo que tenía en mente. Compartían aquella misma opinión también otras personas, como los profesores Lionel Trilling y Mark Van Doren. William Carlos Williams, que vivía en el cercano Rutherford, en Nueva Jersey, y a quien Ginsberg había enseñado sus primeros trabajos, fue muy franco con él. «En este oficio, la perfección es algo elemental», le comentó.

Más tarde, a comienzos de 1952, en un intento de agradar a aquella celebridad local, poeta y mentor, Ginsberg buscó entre sus diarios, seleccionó las entradas que le parecieron más interesantes y a continuación quebró sus renglones en algo que pareciera un poema estructurado. Ginsberg tenía poca confianza en aquellos nuevos poemas, a los que definió como «un puñado de fragmentos de mierda que he sacado de mis diarios y a los que he dado forma de poemas, podría escribir 10 al día de este tipo».

La respuesta de Williams fue sorprendente. «¿Cuántos poemas tienes de ese estilo? –preguntó–. Tienes que tener ya un libro. Ya me encargaré yo de que lo saques [...] Estos son los de verdad.»

Ginsberg se puso a trabajar inmediatamente en el ensamblaje de una colección de poemas de ese tipo lo bastante extensa como para conformar un volumen. La siguiente entrada del diario, compuesta por unas notas para el prólogo al libro (titulado Empty Mirror*), describe brevemente cómo se produjo ese descubrimiento en su escritura – un descubrimiento al que honró el resto de su vida.*

NUEVA YORK, 20 DE MAYO DE 1952

Para el prólogo... Disculpa, etc.

Los poemas – algunos de los que están recogidos en *Empty Mirror* tienen una integridad y un estilo propios – son a veces formas que aglutinan una totalidad enunciada en un ritmo agradable y otras veces simples estados de cosas. Sea lo que sea lo que se dice en ellos lo mejor que se puede hacer es tomarlos por lo que son, por lo que dicen: la tergiversación siempre acaba restándole elasticidad a las frases, a la pureza del pensamiento y la exactitud de la expresión. Lo que de verdad pienso es aquello que busco. Puede que haya otras formas de ser más certero con más trabajo, pero las encuentro opresoras e imposibles. Puede que haya otros caminos para alcanzar la sofisticación y la simetría, pero acabarían perjudicando lo que es más importante, esa desnudez que es la verdad. Puede que el arte no tenga que ver con la verdad; en ese caso el arte estaría vacío. Puede que el arte ofrezca una verdad más grande que la que yo ofrezco aquí, y eso debería ser valorado, no criticado.

Cuando nuestros pensamientos se encuentran con la realidad son intensos y poéticos, esa es la idea subyacente. No he escrito este libro para demostrarlo, he reunido estos fragmentos solo porque otras personas los han encontrado de su interés y eran quintaesenciales para mí, para mi propia vida.

Las únicas cosas que «sabemos» son las que pensamos en esas ocasiones en que nos entregamos, en las que «nos dejamos la piel». Prefiero esos raros momentos en los que los autores no tratan de formular leyes oficiales sobre sí mismos o sobre el mundo real.

A lo largo de toda su vida, Allen Ginsberg mantuvo un extenso y descriptivo registro de sus sueños. Muchos de ellos incluían a familiares y amigos y tenían que ver con realidades alternativas que encontraba fascinantes y reveladoras. Los impredecibles senderos en los que la mente se desinhibe de todo aquello que controla el pensamiento consciente fueron siempre una obsesión compartida con Kerouac y Burroughs, cuyos sueños fueron antologados en distintas publicaciones. White Shroud, *una de las obras más importantes de Ginsberg, es un buen ejemplo de cómo trabajó sus sueños como material para su poesía.*

En esta entrada de su diario Ginsberg relata un sueño en el que aparece Joan Vollmer, una amiga íntima de su época en la Universidad de Columbia y amante de Burroughs. Ambos se habían trasladado a México y sus vidas estaban sumidas en un autocomplaciente exceso de drogas y alcohol. Una noche, tras un día de borrachera severa, alguien provocó a Burroughs para que hiciera de Guillermo Tell y disparara a un vaso sobre la cabeza de Vollmer. Burroughs erró el tiro y Vollmer murió en aquel episodio. La muerte de Vollmer torturó a Ginsberg durante muchos años y en alguna ocasión llegó a escribir sobre ello en sus diarios. El fragmento que compone esta entrada fue reconvertido en el poema «Dream Record: June 8, 1995».

SAN FRANCISCO: 8 DE JUNIO DE 1955

Tuve este sueño en una noche de borrachera en mi casa. Había llevado a John R. y nos habíamos quedado pacíficamente dormidos en los brazos del otro a altas horas de la noche. Yo estaba de visita (era St. Louis, una ciudad nueva) en una gran ciudad cuando vi a Joan Burroughs, que por entonces ya llevaba muerta cinco años. Estaba sentada en una silla de jardín y tenía una sonrisa en los labios. Había recuperado su antigua belleza; mi imaginación había perpetuado la dulzura de aquella inteligencia que acabó perdiendo tras muchos años de tequila en Ciudad de México, porque el tequila ya había arruinado la belleza de su rostro mucho antes de que lo hiciera la bala que le atravesó la ceja. Nos pusimos a hablar de su viejo amante John Kingsland, de los últimos tiempos de Burroughs en África, de sus hijos, a los que no había visto porque estaban con sus abuelos en Syracuse, de Kerouac, que en ese momento escribía sumido en la congoja y la soledad en Rocky Mount, de mí mismo en San Francisco, con mi nueva vida y mis nuevos amores, de Joe Army, cuya sonrisa muda, cuya mirada precavida y fotogénica estaba clavada en mí mientras escribía estas líneas sobre mi mesa en una tarde soleada. A continuación me daba cuenta de que se trataba de un sueño y le decía: «Joan –ella me sonreía y volvía a hablar de nuevo como un viajero que descansa del regreso y espera noticias de lo que ha sucedido en casa durante su ausencia–, ¿tienen memoria los muertos? ¿quieren aún a sus conocidos mortales? ¿nos siguen recordando?», pero ella se desvanecía antes de responder y en el lugar en el que antes había estado su fantasma aparecía de pronto una tumba salpicada de lluvia, llena de marcas y con un epitafio mexicano escrito en ella. Era un desconocido cementerio de México y la tumba se encontraba bajo una rama retorcida, rodeada de un césped descuidado – un cementerio extranjero que nadie visitaba.

Después de aquello pensé que, ya que tenía tiempo libre en la ciudad que estaba visitando, tenía que ir a hacerle una visita a su tumba y ¿tal vez otra cosa más?

Ginsberg escribió la siguiente entrada del diario la tercera vez que tomó ayahuasca (también conocida como yagé). Bajo la influencia de la droga descubrió que tenía la extraordinaria capacidad de experimentar (en el sentido opuesto a la observación) las regiones más profundas de su conciencia sin dejar de ser sensible a lo que sucedía a su alrededor. La circunstancia le pareció tan estimulante como aterradora: ¿era realidad todo aquello o mero fruto de la locura? La madre de Ginsberg, Naomi, había estado ingresada la mayor parte de su vida adulta con un diagnóstico de paranoia esquizoide y finalmente le habían acabado practicando una lobotomía. Tras las visiones Blake, Louis, el padre de Ginsberg, comenzó a temer que también su hijo estuviese siguiendo los pasos de su madre. Allen siempre había estado obsesionado con los grandes temas –muerte, eternidad, el lugar que ocupamos en el universo, la existencia de Dios, el infinito, etc.– y sintió que la ayahuasca le ponía en contacto directo con todas aquellas cuestiones y muchas más. Pero Ginsberg también temía por su salud mental y se sentía aterrado por casi todas las cosas que experimentaba bajo la influencia del yagé. Aun así pensó que debía seguir adelante. ¿Estaba la locura destrozando su mente –tal y como le había sucedido a aquellos personajes a los que había inmortalizado en «Aullido»–, o acaso estaba llegando a un estado de redención y autoconciencia? Sus entradas del diario eran terapéuticas. Llenó muchas páginas de estos desconcertantes vuelos de su imaginación, dándole así, al lector de hoy, una oportunidad impagable para contemplar sus luchas más profundas.

AYAHUASCA III EN PUCALLPA: 11 DE JUNIO DE 1960

Todo el día preocupado, temiendo que se repitiera el espectral calvario de la última embriaguez –esta llegó tras la oscuridad y después de caminar 4 kilómetros por el fango desde Yarininicocha y luego en autobús, no llegué al encuentro con Ramón – llegada con linternas de un grupo considerable – esperaban10 personas – Me embriagué por segunda vez en la choza de al lado, luego salí y me senté en una tarima de madera que bordeaba la casa y Ramón sacó un banco a la luz de la luna – un rato allí sentado y luego me tumbé, miedo de cerrar los ojos a las estrellas que había sobre mi cabeza y a través de los árboles – sentía sutilmente la marea* o la embriaguez – el arrebato de las sensaciones – el movimiento leve – algo extraño se cernía sobre mí – me metí un Aludrox en la boca para evitar que se me revolviera el estómago – en el instante en el que la pastilla entró en contacto con mi boca sentí náuseas y aunque me puse a masticar con desesperación el estúpido Aludrox me incliné sobre los arbustos y empecé a vomitar – un fogonazo de diablos de fuego amarillo como las serpientes de la última vez – las mismas bestias – eso sí, el tránsito fue más rápido, un solo instante de percepción como un fogonazo en cada arcada, el Gato Salvaje con Colmillos de Serpiente vomitándose hasta la muerte, vomitando su propia extinción – nada preparado para la muerte. Luego me tumbé en el banco aún perturbado ante la expectativa de lo que iba a venir a continuación, sensación de fracaso, mi cuerpo y mi alma habían rechazado (tras media hora) la poción de la Muer-

* En español en el original. *(N. del T.)*

te – cobardía física ante el recuerdo que antes me había dado náuseas – me sentía culpable de haber evitado la llegada del calvario, posponiéndolo de nuevo, y a continuación la ayahuasca tuvo un efecto más poderoso y me encontré de nuevo en el mismo Universo de antes, una criatura condenada a preocuparse por su Vida – y Dios es la Muerte – por eso yo, que quería contemplar a Dios, me oponía tan frontalmente a ese real momento de comprensión de la Identidad del Misterio – porque la comprensión destruye la conciencia y destruye la vida en sí misma – Oh Ícaro – y la muerte no es algo que se pueda imaginar, ni es Dios, aunque haya un número infinito de posibles visiones de la Identidad Final, porque la Identidad Final no tiene una Identidad Final sino que es – como la caída en picado de una innombrable Ranapájaro escabulléndose tras una hoja oscura en la selva con un silbido parecido al de un cometa que se curva desde la Nada durante medio minuto hacia su propia extinción – ya que su alma tiene una duración semejante – y tal vez también Dios o muchos Dioses la tienen – Pero siempre el mismo grito, esas mismas familiares narices ganchudas se escabullen de la realidad poniendo de manifiesto su presencia, renacen una miríada de millón, una miríada de veces en cada ser – y el Para-Nosotros-Grandioso vacío de la Nada emerge y regresa a él – y al mismo tiempo los mismos aislados saltos en la Infinitud, el silbido simultáneo de mil langostas al alcance del oído, irradiando hacia el exterior, donde las langostas llegan hasta el límite del sonido invisible, y el croar de las ranas, el ruido del tam-tam de las cabañas junto a los tanques de petróleo, ladridos irritados de perro y ridículos gruñidos de inmensos sapos en el lodo bajo la lluvia, y el canturreo del curandero* na na na suavemente afinado con todo – interrumpido por un disparo de rifle celestial para dar comienzo a la carrera del infinito sobre cierta civilizada cantina – y mi conciencia descansa sobre la playa, en el exterior de la cabaña, girando sobre el espejo de su existencia y sin obtener respuesta – «lo veo todo menos mi Ojo», dijo Ramón.

Con excepción del Vacío-Ganchudo, que es una cosa, una Nada, Distante, y lo bastante cerca como para Sentir lo que aparentemente parecía una Burlona-presencia humana de mi con-

* En español en el original. *(N. del T)*

ciencia, *sentí* una presencia como siento la presencia de mi Padre, Hermano, Madre muerta, Familia – mi familia más cercana de Seres combinados en una sola presencia – y así comenzó una larga y extraña conversación.

Naomi-locura – diferentes universos reales – los cambios enloquecidos de Uno hacia el otro cada uno real, muy confusos respecto a la conciencia del Ser – y un fogonazo cada vez que los universos se desplazaban (esquizofrenia) – un fogonazo de – Nada – o un fogonazo reflejado en el Espejo de lo que fuera que el Ser era consciente en ese momento – reflejado en la forma que tenía el espejo – por esa razón cada nueva encarnación (de la Nada, del Cero) es distinta – incluso cuando se trata de la misma persona, cada una de mis visiones es diferente y contradictoria con respecto a la anterior – excepto por el hecho de que todas implican el indescriptible plástico-consciente *familiar personal* (de nariz ganchuda) – por eso los hindúes representaron a Dios con cuatro rostros diferentes en cuatro direcciones distintas – numerosas encarnaciones de una desencarnación – dioses con caras de perros y narices ganchudas.

En cuanto al Universo – está ahí afuera y aquí estoy yo, Allen – abrí los ojos & contemplé las estrellas hermosamente familiares de mi existencia presente, todo lo que conocía – todo lo que llegaré a conocer – agradecido de estar con vida y tomar parte en la Existencia de todas esas cosas a las que estaba tan acostumbrado y de las que más tarde tendré que alejarme – ¿tendré que hacerlo?

Bueno, si uno no lo desea... pero igual envejeceré, perderé el pelo, moriré.

Así es la existencia – ¿realmente *querría* vivir para siempre?

¡No!¡No! Tal vez solo si pudiese vivir para siempre tal y como soy ahora, joven, con barba.

Entonces comprendí que vivir para siempre supondría también vivir en este estado de tortura, porque siempre estaría enfrentándome a la pérdida de la gran y Única puerta de entrada al Final – de ahí que el Allen poeta siempre se torture por un objetivo imposible de cumplir – el conocimiento de la verdad que hay en la Muerte – pero al mismo tiempo le atemorice esa Verdad – de ahí que esté estancado en esa medio vida – y con todos los problemas humanos, muchachos, miedo a las mujeres, ausencia de hijos –

Debería abandonar la poesía & aprender. Mecánica & ayuda a esta ilusoria existencia humana – todo es una mera ilusión permanente –

Ser o no ser – Hamlet, por primera vez entendí lo que quería decir realmente, se trata también del dilema de Dios, el dilema de Sí mismo – él nos ha creado aquí, como a juguetes, la única forma posible de hacerlo era arrojarnos lejos de él, construir un completo universo de juguete al margen de su interna Oscuridad – y nos liberó completamente de él – nos hizo completamente – inconsistentes e inconscientes de la Nesciencia de la Muerte de la que somos el opuesto Libre, la entidad Independiente – a saber, nos ha dado la única forma posible de sí mismo, ha creado una forma independiente de sí mismo – es probable que haya creado billones de formas independientes – la gran criatura ha arrojado lejos de sí mundos enteros llenos de universos – creación pura – solo para soportar la vida – pero (tal vez) todos ellos – todas las entidades separadas de Dios – acaben regresando a su mismo origen – acaben en la Muerte – ¿lo harán? – Sí, él las ha creado libres para que se desarrollen todos esos bebés – porque el pobre universo no es más que un bebé que está aprendiendo a hablar – tal vez el universo crezca para convertirse en Dios algún día & crear así sus propios bebés de universos – quizá incluso llegue a rebelarse entonces y acabe atacando a Dios –pero en ese punto la conciencia necesaria para atacar a Dios & alcanzarle seguirá siendo la misma conciencia que tiene Dios – y tal vez lo único que pueda hacer el universo sea suicidarse – como Buda – pero entonces se producirá otro salto y lo hará emerger en alguna parte de forma ilusoria en mitad de la Nada – y así el proceso se repetirá eternamente – y

Aquí estoy yo, Allen Ginsberg, en este Universo mi hogar con miedo de disolverme –

Pero ese Yo no es más que una trampa y una fantasía – hay millones de Yoes – todo es un gran Yo – para qué preocuparse de este universo de Allen Yo.

Y el rayo X del fogonazo de la Muerte vendrá sobre mí.

Dios no dice Yo – él sencillamente se refleja en todos los diferentes Yoes. «No hay espejo.» 5.º Patriarca.

Shakespeare era el poeta de Dios – y la Tempestad, Ilusión – «No dejará atrás ni rastro» la declaración final – a él también le perturbaba su propia Muerte – «La conciencia nos hace cobardes a todos.»

¿Y Carl Solomon? 50 sacudidas le han dejado un gusto forzado por el Vacío – sabe demasiado como para permanecer bajo esa ilusión – y a pesar de estar siempre inmóvil, se mira en el espejo del Sí – debe hacerlo, igual que todos nosotros – de ese modo el vacío & este mundo – no tiene mucha importancia dónde se encuentre – siempre me ha preocupado pensar en Carl – es otro nariz-ganchuda como yo – él es yo, otro yo del que soy consciente como otro yo (todos los hombres son otros yo pero solo en alguien como Carl soy consciente de ese sabor a mí). Y la tristeza de esa conciencia de que todos somos la misma criatura que vive múltiples diferentes ilusiones, la misma criatura que muere millones de muertes & regresa a sí misma con cada una, solo para perder ese ser en la desesperación conociendo otro Ser-Idéntico que nacerá en otro lugar y recordará a Mí, en el último ganchudo segundo de la extinción.

Vomitan, todos los bebedores vomitan la Muerte – la Vid de la Muerte tiene el sabor de la Gran Muerte – los cuerpos la rechazan a través del vómito cuando su presencia es demasiado cercana – y el que vomita se ve a sí mismo en un fogonazo, una ilusión viviente (como la auto-serpiente) vomitando conocimiento, conocimiento prematuro de la Verdad, su propia extinción, vomitándolo todo, deshaciéndose de Dios.

Es necesario deshacerse de Dios para poder vivir; si no, uno muere.

Somos el vómito de Dios, vomitó de su interior nuestra conciencia y la puso dentro de nosotros para que fuéramos así conscientes de su existencia. Si no existiéramos no habría conciencia en este nivel humano, solo habría conciencias del tipo X, conciencias que en realidad no son conciencias, lo sabe Dios – tal vez él sea consciente de que vive a través de nosotros – que es la única forma en la que él puede ser consciente en este nivel de conciencia.

O tal vez él es un millón de otros, infinitos otros diversos que ha creado y en los que es consciente.

Ser o no ser. ¿Quiere Dios continuar con el experimento?

¿Quieres tú, Allen? (pregunta Dios). Todo depende de las

criaturas creadas, depende de que ellas quieran seguir adelante o no. Siempre pueden regresar a mí. (Dios)

¿Debo continuar acaso & mejorar este universo?

«Sí, si eso es lo que quieres», dice Dios.

¡Pero yo te quiero a ti!

Ya me tuviste el otro día & no te gustó. Y al fin y al cabo acabarás teniéndoMe de todos modos. ¿Me quieres ahora?

¡No! ¡No! ¡Sí! ¡No! Quiero las dos cosas, quiero la vida aquí & la vida en ti, lo quiero *Todo*.

Ya te he dicho que todo es lo que conseguirás.

Pero yo te quiero sentir ahora.

En ese caso túmbate & siente un poco & deja de hacer preguntas.

Así que me tumbé & sentí un poco, solo un poco, temeroso de sentir demasiado. Me sentí extraño, feliz, después de aquella curiosa conversación con Dios – como en un espejo – como si se tratara de una parte de mi propia mente. A veces ambas.

Los chillidos de las ranapájaros, los ladridos cercanos & lejanos, el canturreo del canturreante Curandero – mis ojos abiertos – aquel cielo bíblico y azul azul & el velo de santas nubes como en la época de los Profetas – las estrellas amarillas – y allá afuera todas esas Desconocidas presencias de Futuro – qué agradable era sentirse vivo – ¿Qué misterio había en *esta* creación? – Y tras todo aquello un Espejo, y tras el Espejo un Gran ¿qué?

¡¿Un Gran Qué?!

No paras de hacerme preguntas humanas. Pregúntame algo inhumano & te volverás inhumano. Yo soy tú, dice Dios.

¿Solo yo?

En este instante.

Pero Dios siendo la nada es algo que contiene infinitos aspectos & debería ser otro la próxima vez que me coloque.

Desilusión de regresar a la vida sin haber cambiado, con el mismo problema de Muerte por resolver – y sin poderlo resolver de otro modo más que muriendo – palabras, palabras, palabras –«Problema de Muerte» y amor Sexual.

¿Y qué debería hacer con las mujeres?

Hacer el amor con ellas.

¿Si bebo otra copa alcanzaré los horrores? ¿Vomitaré? – no lo intenté & acepté este juego enloquecido tal cual es de momento – consciente de la calavera a lo lejos, temeroso de entrar una vez más.

La palabra Dios es tan insatisfactoria como la Palabra Morir. Cuando se muere se olvida el vacío porque la experiencia es algo nuevo & extraño – lo mismo sucede con Dios que es Real, & la palabra es irreal.

Allen Ginsberg y Peter Orlovsky llegaron a Bombay, la India, el 15 de febrero de 1962. Ginsberg tenía planes de hacer una estancia prolongada como ya había hecho en sus viajes previos a México, Sudamérica y Europa. Sentía que tenía mucho que aprender del pensamiento, la cultura y la religión oriental y no regresó a los Estados Unidos hasta julio de 1963.

Tal y como solía hacer, Ginsberg se sumergió en las costumbres, las prácticas y el arte de los lugares que visitó. La India estaba absolutamente masificada y empobrecida y Ginsberg, que viajaba muy justo de dinero, solo se podía permitir los alojamientos más económicos. Vivió entre los más pobres, los malnutridos y con frecuencia los moribundos. Iba a menudo a las escalinatas junto al río donde se cremaba a los muertos en rituales religiosos y habló con muchos santones con la esperanza de que le iluminaran con respecto a las experiencias visionarias que había tenido en Harlem en 1948 y posteriormente en distintas ocasiones bajo la influencia de las drogas.

Las entradas de su diario, como sucedía siempre que se encontraba en la carretera, registraban detalles precisos de lo que veía intercalados con cuestiones profundas que se planteaba cada vez que se cruzaba con vidas y lugares en los que nunca había estado. La siguiente entrada se produjo durante su estancia en la India, cerca del regreso, y en ella Ginsberg trata de resumir lo que ha aprendido en las calles durante más de un año. Resulta conmovedora su humanidad ante un hombre que agoniza en la calle.

BENARÉS, LA INDIA: SHIVARATI, 22 DE FEBRERO DE 1963, 11 DE LA MAÑANA – (CUMPLEAÑOS DE SHIVA)

Poco antes del mediodía en la acera que queda sobre las hogueras junto a los escalones del depósito de la cantera

Cruzo con Peter el Manikarnika, el viejo oscuro al que vi hace unos días se acurruca en la oscuridad sobre los Escalones-hogueras &

¡Desconcierto! – Alguien viene temprano a punto de morir –

Ahora le veo por primera vez tendido junto al fuego – el pelo blanco y encrespado, la calavera reseca y cenicienta, sienes prominentes & ojos abiertos y amarillos

Hace señas para que me acerque con sus delgados brazos huesudos – los pies marrones hinchados y brillantes – me llama – bajo los escalones – él abre los ojos & dice ¡Panni! ¿Él? Panni – y levanta una taza de barro hasta la cabeza –

Estira entonces las piernas hacia el vacío, piernas sin músculos, largas piernas esqueléticas de Buchenwald & sin carne, puro hueso, la pelvis chata bajo el grueso taparrabos cubierto de cenizas grises –

Una quemadura en el tobillo derecho – las moscas enconándose con la herida & cerca de los párpados –

Cierra los ojos – pasan por las cejas, las grandes orejas y la cabeza reseca y cenicienta – una nariz delicada, huesuda, hambrienta –

Gris inexplicable en los agujeros del transparente Quién mira desde el interior, desde esos ojos – legañosos

En la boca abierta los grandes dientes sonrientes del Esqueleto – Un «panni» con una lengua seca brillante roja vivaz–

Le lavo la copa en los escalones más bajos & le ofrezco un

buen bocado – él alza el brazo la mano de pájaro con la taza de té color rojo ladrillo

– Peter está de pie sobre nuestras cabezas y sostiene la mantequilla & la leche en polvo en una bolsa de rejilla Israelí –

Vierto agua en esa boca profunda – «Mi *sadhana* servía vino & le servían»

Y se acerca más todavía para Preguntarme en hindi –

No puedo descifrar lo que sale de entre sus dientes & ni el suave movimiento de su largo brazo cansado –

Me marcho & subo tres escalones, le dejo una cesta con patatas al curri

Equívoco e histérico plato de hoja con patatas junto a su cabeza cenicienta – el hocico marrón de una vaca

La mano cadavérica aparta el plato – no come.

Más tarde me baño cerca de las hogueras junto a las escalinatas rodeado de botes empujo & me avergüenzo bajo la proa en las aguas profundas

Lavo los calzoncillos sobre los escalones mojados con jabón rojo – me refriego la cabeza & los pies agrietados & las orejas con un taparrabos rojo –

Trepo hasta donde se encuentra el Hombre Desnudo al que he saludado antes – junto a su fuego festivo con su reseca y suave polla – descansando entre sus piernas – la sostiene con la mano

Dulce consuelo Shambu Bharti Baba se sienta – unas tortas de trigo & guisantes con mantequilla & hojas de patata – una pipa compartida con el empleado de la universidad

en calzoncillos blancos – que me saludó desde la alfombra diciendo: «Veo que te acabas de dar un baño» – sentado en taparrabos con las piernas cruzadas y una pipa de hierro –

«No he entendido a ese hombre cuando me ha hablado en hindi, ¿puedes preguntarle por qué está muriendo?»

No sabría decir durante cuánto tiempo & ni qué necesito – solo quiero patatas – y también ahora, mientras bajamos, un cuenco de leche

la vacía hasta la mitad contra su cara – me inclino y observo su débil polla & bajo su traje

la carne afilada y encogida cuelga de su peluda osamenta en

ruinas – «que alguien me lleve – hasta las aguas – hace mucho calor aquí arriba» –

Las moscas giran alrededor de su frente bajo la luz brillante, resplandecen sobre el prominente arco de su frente –

sobre las ardientes escalinatas – bajo el cielo toma mi mano y la lleva hasta la parte interna de su rodilla & rígido espinazo – le cuelga la cabeza cuando mi compañero le lleva en brazos

«Dice que quiere frío, que aquí calor, que le lleve al río, allí abajo»–

Bajamos al río en un paso, frágil & los pies cuelgan a cada paso luego la cadera se deja caer al caminar hacia el agua – le alzamos

Me pregunto por esa calavera que se desmaya & despierta mirando hacia arriba

con sus ojos clavados débilmente en los nuestros – hace 2 semanas que le veo por las noches junto a los carbones encendidos con el brazo alzado a modo de barrera liviana para protegerse los ojos –

¿Es una especie de *sadhu* extremo? Ha venido aquí para morir – ¿Quién ha sido? – Le dejamos allí

& vamos a la puerta Scindia en el balcón elevado de la fortaleza –

Abajo se ve el río en el limpio aire azul tras la lluvia negra de ayer por la noche –

Al venir caminando hemos visto – gracias a los buitres y cuervos que descendían sobre la mezquita del dique – una vaca blanca en descomposición flotando sobre las aguas, cubierta de pájaros & desplumándose y subiendo y bajando en la lenta corriente – a la deriva y olvidada – $ – los buitres

flameaban en el cielo a causa de la misma Vaca cuya cabeza se había retorcido hacia atrás con la boca abierta

colgando de dos cuerdas delante & detrás & cinco obreros en taparrabos en medio de la noche cubren los escalones de barro y orientan el fieltro gris

La hinchazón-pesada del estómago preñada de bocas blancas –

desatada y desplomada hacia las aguas

apoyado en una repisa desanimado mientras espero al soñoliento barquero de las vacas –

observo desde una torre la tarde siguiente las olas producidas por el aleteo oscuro de las aves carnívoras –

Llego al establo de Bursa en *mandir* – dibujos de una esvástica en blanco & un brillante polvo rojo en la

húmeda piedra con olor a vaca – un altar pequeño e informal encalado bajo el techo

de celdillas, enormes cuencos de piedra en unos bloques en las esquinas – una percha a media pared junto a la ventana entro al gran templo de cantos y me acerco a una piedra, todo abarrotado, amurallado, un pequeño patio privado –

juego con un niño mientras las vacas comen paja-agua, papilla & un viejo Brahman canta & acaricia el cuello y la papada de la vaca con su mano tántrica –

En el interior del gran templo, canciones de *Sakar* – coros sánscritos & llamadas a preguntas-respuestas –

Su hija está junto a la puerta, nos sentamos a tomar el té en un pesebre bajo un porche en la calle – Regreso caminando, pienso en el pasado de Manikarnika –

Me recibe Chandar, el hombre de la pértiga al que había ayudado – está tendido sobre el húmedo y pobre suelo a cuatro escalones de distancia del agua marrón cubierta de flores –

«–» un tabaco – un *Chandala* restregado en la palma de la mano – & deja caer unos cuantos granos en medio

Los dientes del esqueleto que sonríe hacia arriba le veo cerca su inmóvil & muda boca la amargura

Ahora que está aquí yo soy mordaz está tendido con los ojos cerrados estirado sobre el escalón inferior con sus pies hinchados yo el superficial chapoteo púrpura –

Tiene la cabeza apoyada en los escalones blancos superiores con su encrespada calavera gris la herida & los párpados cubiertos de moscas, de mucosidad – silencioso – inmóvil –

El *chandala* apunta hacia el cielo – «¡Haribol!»

Saluda Namaste hacia el hombre – Doy un paseo para ver cómo eligen su delgado cuerpo en reposo – al instante se ha ido – ¿Quién es ahora y dónde está?...

A finales de 1964, el ministro cubano de Cultura invitó a Ginsberg a participar en un encuentro literario en La Habana. La invitación se produjo en plena Guerra Fría, en un momento en que a los ciudadanos norteamericanos se les había prohibido el ingreso en el país y a Ginsberg le alegró especialmente aceptar la invitación. Llegó a La Habana a mediados del mes de enero de 1965 y despertó instantáneamente las sospechas del gobierno al hablar sobre algunos temas prohibidos como la libertad de expresión, la pena capital y la homosexualidad. Insistió en comentar en extenso aquellos asuntos a pesar de los ruegos oficiales de que rebajara el tono de su retórica, hasta que los funcionarios del gobierno consideraron que ya habían oído suficiente y expulsaron a Ginsberg del país, un gesto que no pasó desapercibido en la prensa internacional. La siguiente entrada del diario es el relato de Ginsberg de aquella expulsión.

LA HABANA, CUBA: 18-19 DE FEBRERO, 1965

Me desperté con un repentino golpe en la puerta – ¿Quién es? – Grité – «ICAP»* – Me levanté y me vestí – «Un minuto» – me puse unos pantalones de pijama – Estaba desnudo... – Se suponía que iba a ir a una visita a primera hora a la Fábrica Central de Azúcar, pero le había dicho a Mario González del ICAP y a su pequeño bigote que me iba a quedar en casa esa mañana para trabajar con Nicanor –

Se abrió la puerta – la cara del ICAP me resultaba familiar pero no era la de ninguno de los chicos que me habían asignado – venía con tres soldados con uniformes militares muy pulcros y ajustados color verde oliva – «¿Qué sucede?» – Ellos salieron con lo de «si no le importa vestirse y acompañarnos» – «Pero ¿qué sucede?» – «Vamos a acompañarle para que vaya al Departamento de Inmigración esta mañana» – «¿Para qué?» – «El oficial quiere hablar con usted» – Me di cuenta al instante de que todo se había acabado y un escalofrío me recorrió la espalda – la adrenalina del pánico – algo más cercano en realidad a la fría excitación del miedo – todo parecía afilado y nítido como si se tratara de un sueño pero yo aún estaba demasiado dormido – «¿Qué hora es?» – «Las 8.25» – «Dios, es un poco temprano para todo esto, ayer me acosté a las cinco de la madrugada» – «Vístase, por favor.» Inspeccionaron la habitación. Me preguntaron cuánto dinero llevaba encima – El billete de 10 $ para conseguir un poco de hierba – De acuerdo – Yo no paraba de dar vueltas por la habitación con la

* Instituto Cubano de Amistad entre los Pueblos. (*N. del T.*)

vista nublada buscando mis calzoncillos y pensando – «¡Mi libreta! La libreta negra de Technicos estaba sobre la mesilla – y en ella la descripción de la escena amorosa del día anterior con M. – Gracias a Dios había puesto solo las iniciales – pero aún así ¿había algo en aquellas notas de lo que me podían acusar políticamente o por amoral? – ¿La iban a inspeccionar? – ¿Serían capaces de entender mis garabatos en inglés?» – «¿Ahora mismo?» – Quiero decir, ¿me desnudo? «aquí» – Me bajé los pantalones del pijama, me senté en la silla y me puse los calzoncillos – sentí una especie de vergüenza terrible y extraña – seguía preocupado por la pequeña libreta negra – ¿qué pensaban hacer? – Miedo a la cárcel, a que me raptaran – «¿Han llamado a la Casa de las Américas?» «No, no suele hacerse en este tipo de procedimiento.» «Creo que deberían llamar a Haydee Santamaría a la Casa para comprobar si corresponde este procedimiento.» «Este es el procedimiento habitual» – «¿Quién quiere verme? – «El capitán Varona» – «¿Y quién es?» – «El encargado de Inmigración» – En fin, aquello no sonaba tan mal, tal vez era una cuestión técnica, al menos no era la Lacra Social o el Departamento del Interior o la policía secreta. Aun así una incomodidad absoluta en todo el cuerpo y una gran preocupación por Manola y José – ¿les habrían pillado de nuevo? – Lo descubriría más tarde – me vestí con torpeza y entré en el baño para lavarme los dientes–

«¿Cepillo de dientes eléctrico?», dijo uno de los soldados de gorra verde.

«Sí, electricidad, muy útil & sano»* – Respondí recuperando un poco la compostura aunque aún rígido y con escalofríos. Tendría que haberme dado cuenta de que todo aquello iba en serio y no haber sido tan frívolo con mis comentarios – ¿Se habían quejado tal vez los Espín? ¿Quién había dado el chivatazo? – ¡Y esa libreta llena de secretos y encantos!

Empecé a vaciar los cajones preguntándome si tal vez debería protestar – «Quiero llamar a la Casa» – «No se le permite hacer ninguna llamada» – Abrí la mochila sobre la cama y metí los pantalones y un par de extraños libros que estaban sobre la mesilla de noche y unas libretas raras, cogí la negra sexi y repleta de

* En español en el original. *(N. del T.)*

cosas y la puse debajo de los pantalones, al fondo de la mochila –luego la llené de cosas – metí la disparatada taza de café de Feezo en un calcetín y también la estatua de Santa Bárbara que me había dado Manakosa hacía 2 días – el sustituto sincrético del chango – en un calcetín – saqué los dos collares de abalorios y a continuación quité el más grande y lo metí en una bolsa de viaje pequeña – vacié los cajones y los sobres en sobres más grandes y los metí en la mochila – «Para acelerar el proceso» – uno de los soldados había sacado mi jersey y mi desgastada chaqueta del armario que estaban colgando de unas perchas y las había puesto sobre la cama – conseguí meter todo en la mochila menos la enorme pila de libros – los soldados estaban sentados a mi alrededor y yo preguntaba una y otra vez: «¿Están seguros de que tienen permiso para hacer esto?» – El tipo del ICAP fue a llamar al ascensor para que estuviera esperándonos al llegar – No sabía qué hacer con todos aquellos libros y periódicos cubanos – ellos los apilaron todos en un carrito de mano para dejarlo listo. Recorrí el pasillo deseando gritar, ¿era como si me estuvieran secuestrando los nazis – o tal vez solo querían hacerme unas preguntas – pero entonces para qué me habían hecho recoger todas mis cosas en la habitación – tenían intención de hacerme desaparecer? El ascensor llegó al recibidor – di un paso afuera y ¡ah! me encontré con Mr. Lundquist y su mujer con gafas de sol – «Ah, Mr. Lundquist – Mira, yo voy...»* – Dije torpemente en español – luego continué en inglés. «Parece que me han arrestado...» «Vaya», respondió él jovialmente, de modo casi estúpido: «No pasa nada, lo mismo ocurrió con el periodista danés que le comenté el otro día. Le retendrán en la cárcel hasta que dispongan de un avión para sacarle de Cuba.» – Yo seguía preocupado por la libreta que estaba en el fondo de la mochila, en el carrito – de pronto me detuvieron de un modo extraño – me rodearon los soldados y el guía del ICAP – para dejarme conversar – «Escuche, cuéntele a Parra lo que ha ocurrido» – «No se preocupe, le sacarán del país en avión» – «Quiero decir que llame a la Casa de las Américas». Su mujer le interrumpió al fin: «Arthur, te está diciendo que deberías llamar.» – «Sí, llame a la Casa y dígales lo

* En español en el original. *(N. del T.)*

que está pasando – cuanto antes». Al final entendió el mensaje y me aseguró que lo haría de inmediato.

Salí por la entrada principal del hotel, saludé a los taxistas y a los botones de uniforme azul – todos me miraban con unas amables sonrisas kafkianas – ¿sentían miedo y piedad o eran sencillamente idiotas? – me metí en el coche junto a los tres auxiliares de verde y esperé – de momento nada. Metieron mi mochila en una furgoneta. Vi a Mario González subiendo por la calle en dirección al trabajo – cuando pasó junto al coche le llamé: «¿Mario?» – El se inclinó sorprendido y vacilante – «¿Qué ha sucedido?» – preguntó después de identificarse al tipo del ICAP – Se lo explicaron: «Detenido por Inmigración»* –

Me miró – «¿Pasó algo ayer por la noche?» –«No», respondí yo, todo como siempre, no pasó nada en especial – llama a la Casa – «Llama a Haydee o a Marcia o a Maria Rosa» – «Ahora mismo lo hago», respondió manteniendo su aplomo diplomático – aceptó toda aquella situación sin irritación ni pedir explicaciones – «Adiós, Mario» –

Fuimos en coche por el malecón hasta una calle lateral de La Habana Vieja, donde se encontraba el antiguo edificio del Servicio de Inmigración y me dejaron en un enorme recibidor, esperando. «El oficial vendrá enseguida.» Yo saqué mis platillos de dedos y empecé a cantar muy bajo y despacio para no molestar demasiado. Después de un rato me llevaron a un vestuario con una ventana enrejada – me ofrecieron una silla, una cama, me compraron cigarrillos – regresaron con un Hola – Yo me senté, canté un poco y eché un vistazo rápido al periódico – «1.332.056 niños fueron vacunados ayer» – «Negocio cubano-soviético: 440 millones» – «Misiles soviéticos de 100 millones de toneladas de TNT» – «México no romperá relaciones con Cuba» – «Empleado yanqui y pilotos Gusano participan en los bombardeos de Uganda» – Una foto de Vilma Espín en una inauguración del plan de algún departamento del gobierno – Un editorial sobre las últimas declaraciones del *Izvestia* dice que «están muy equivocados quienes piensan que se pueden mantener buenas relaciones con la URSS y tener al mismo tiempo una actitud hostil con los países socialistas». Gran recolección de azúcar. Decla-

* En español en el original. *(N. del T.)*

ración de los comunistas chilenos sobre el proyecto Octopus. El mundo es una panda de animales. Impensable que me vayan a echar de aquí. La rigidez de la perspectiva a ambos lados de la guerra. Atrapado entre las dos líneas.

La ventana enorme con rejas altas daba a una calle estrecha – de pronto apareció un soldado anónimo, se sentó en la cama y me dijo: «Su salida ya está programada para esta mañana a las 10.30 – el avión irá a Praga, Londres y NY – ¿Tiene el pasaporte?» – «No, me lo quitaron en el aeropuerto, cuando entré en el país» – «Ah, en ese caso lo tiene el ICAP, le estarán esperando cuando llegue al aeropuerto. Nos vamos ya.»

«De acuerdo, pero si no le importa que se lo pregunte, ¿me puede decir de qué va todo esto y por qué no están seguros de que no están cometiendo un error? ¿Han llamado a la Casa de las Américas?»

«No, pero les llamaremos. Tengo una cita con Haydee S. al mediodía.»

«¿Cómo se llama?»

«Carlos Varona.»

«¿Y su cargo es...?»

«Jefe de Inmigración» – «De toda Cuba» – «Sí.»

Nos montamos en el coche y recorrimos el malecón – pasamos junto a los barcos del puerto – de pronto vi en la popa de un barco el nombre de «MANTRIC» – saqué mis platillos y empecé a cantar muy bajo OOOM OOM OOM SARAWA BUDA DAKINI VEH BENZA WANI YEH BENZA BERO TSA NI YEH HUM HUM HUM PHAT PHAT PHAT SO Hum. Y luego Hari Krishna Hari Hari Hari Rama Hari Rama Rama Rama Rama Hari Hari, canté muy suavemente y tranquilo durante un buen rato. Aquello me limpió un poco los sentidos, fue muy útil y me sentí muy bien, como si me invadiera la sensación tranquila de estar atravesando una ciudad. Varona encendió la radio del coche y yo dejé mis platillos.

«Pero ¿podría decirme exactamente por qué razón o con qué propósito se ha producido este episodio de modo tan brusco?»

«Le llamamos ayer por la noche y no estaba en el hotel.»

«Estaba en casa de Espín» – contesté intentando sorprenderle, pero no pareció escucharme.

«Muy bien –proseguí–, ¿y qué sucede con el visado checo? –

Me gustaría quedarme allí, va a salir un libro mío y tengo que trabajar con el traductor, ¿ha arreglado el visado?»

«Podrá hacerlo usted mismo en Praga muy fácilmente.»

«¿Está seguro de que no está cometiendo un error actuando tan rápidamente y sin haber hablado siquiera con la Casa?»

«Sabemos lo que hacemos y como estamos en una Revolución debemos actuar con rapidez, hacemos muchas cosas con rapidez.» Sonrió.

«De acuerdo, pero quiero saber por qué motivo exactamente me están echando – es una situación embarazosa tanto para usted como para mí – Yo admiro su revolución y en términos generales siento simpatía por ella, por eso me avergüenza...» Se inclinó hacia atrás.

«¿Qué dice?»

«He dicho que en términos generales siento simpatía – en términos generales – con su Revolución, pero una situación de este estilo nos pone a los dos las cosas muy difíciles – ¿Está actuando de este modo por alguna de mis acciones en particular o por qué?»

«Actúo por respeto a nuestras leyes y en cumplimiento de nuestras leyes.»

«Pero *¿qué* leyes?»

«Las leyes cubanas.»

«Me refiero a qué leyes en particular.»

«Oh, se trata de una simple cuestión de política de inmigración... y también una cuestión relacionada con su vida privada... su actitud personal» –

«Me gustaría saber qué vida privada he tenido desde que estoy aquí – me reí, y también lo hizo él –. Lo que he tenido es demasiada vida pública.»

Pensé que debía seguir manteniendo con él una especie de charla, pero lo cierto – y ya que todo parecía indicar que ya no iban a revisar mis papeles – estaba – casi – alegre y excitado de seguir con aquello – de acabar con aquella pesadilla – no quería seguir suplicando de forma hipócrita – ¿qué podía decir?

«Espero que no esté cometiendo usted un error de juicio basado en algún chisme* – a mi alrededor se dicen cosas muy absurdas sobre mí.»

* En español en el original. *(N. del T.)*

«En este caso no se trata de un chisme, porque el chisme le viene solo por detrás», replicó.

«Lo que quiero decir es que La Habana es una ciudad pequeña y está llena de chismes muy exagerados.»

«La Habana tiene mucho trabajo que hacer como para ocuparse de chismes. La Habana es un lugar serio, estoy seguro de que se habrá dado cuenta. ¿Se ha dado cuenta?»

«Sí, ya lo creo, pero ¿está seguro de que no está confundiendo usted simples rumores con sucesos reales y que no me está echando del país por algo que no tiene importancia?»

«Tal vez nos estemos equivocando.»

«En ese caso, ¿por qué no se toma la molestia de discutirlo con Haydee S.?

«Ya la he llamado – Estoy seguro de que aceptará nuestra decisión. Tengo una cita con ella al mediodía.»

«¿A qué hora sale el avión?»

«A las 10.30.»

Me dejé caer hacia atrás. En realidad me sentía aliviado, solo me estaban llevando al aeropuerto, dirección Praga; no me llevaban a la cárcel ni me iban a interrogar sobre muchachos, marihuana, chismes ni el narcisismo argentino del Che Guevara.

Llegamos al aeropuerto y me metieron en la sala de espera de un despacho lateral – había varios soldados haciendo guardia, entrando y saliendo del despacho, yo me senté en una silla, abrí mi mochila y saqué mi libreta y la carta de Ferlinghetti con las direcciones checas – esperando que no se les ocurriera cambiar de idea cuando revisaran mis libros y el resto de mis cosas. Pero ya eran las 10.15 –

Llegó mi pasaporte, un oficial lo comprobó y cumplimenté un formulario–

[«¿Renodita?»]

«No – poeta», repliqué yo y él lo escribió en la hoja.

Afuera me esperaba para partir un enorme avión reactor plateado con la palabra CZECHOSLOVAKIA escrita en el costado como la raspa de un pez – un buen puñado de visitantes checos se despedían –

Cambié el billete de 10 pesos que tenía reservado para la hierba en el banco del aeropuerto – y vi a un guapo abogado del

ICAP al que había dado una charla sobre Whitman en [¿Varadero?] que se despidió de mí – estaba en la entrada esperando que llegara otra delegación, ¿la de los neurólogos tal vez? – ¿los que iban a llegar la semana siguiente? – «Parece que me han expulsado.»* – «Vaya», contestó – «Adiós» – «Hasta la vista» –respondí.

Los milicianos** esperaban de pie – charlaban entre ellos «voy a informar de lo de tus chistes», luego se miraban el ojal de la chaqueta del uniforme, buscaban en el atuendo del otro algún defecto o señal de descuido, un cordón suelto en la bota, una hebilla un poco suelta – miraban con interés mi mochila – del mismo color que su uniforme – «Aluminio» –dije, señalando la armazón – «Demasiado estrecha», criticaron ellos – «No vale para los gordos ni para los que tienen las caderas anchas» – Ya me había dado cuenta cuando la compré.

Me despedí de ellos con un apretón de manos – salí, me mezclé en silencio entre la multitud de checoslovacos y subí al avión – antes de entrar me di media la vuelta y saludé a los soldados cubanos que seguían al otro lado de la pista. Me devolvieron el saludo.

* En español en el original. *(N. del T.)*

** En español en el original. *(N. del T.)*

Ginsberg se encontraba en su granja de Cherry Valley, Nueva York, cuando recibió una llamada de teléfono en la que le informaron de que Jack Kerouac había muerto. Ginsberg, Gregory Corso y algunos autores más pensaban escribir en aquella época una respuesta al controvertido ensayo «Tras de mí, el diluvio» (la última publicación de Kerouac en vida). Fiel a su costumbre, Ginsberg fue mucho más tolerante e indulgente que los demás ante los insultos de Kerouac. Las notas de sus diarios con respecto a la muerte de este son reveladoras.

CHERRY VALLEY, NUEVA YORK: 22 DE OCTUBRE, 1969

El tictac de dos relojes en la oscuridad, el zumbido de una mosca en el cristal negro, llamadas telefónicas durante todo el día a Florida y a Old Saybrook, Lucien, Creeley, Louis – «borracheras» y «tu carta le hizo sentirse mal», dijo Stella –

Toda la noche anterior (ya que el día precedente me lo había pasado entero charlando con Creeley sobre la granja) estuve en la cama empollando la respuesta para el «Tras de mí, el diluvio» de Kerouac y al mediodía según el reloj me desperté dándome cuenta de que era él quien tenía razón, que el sufrimiento de la carne en el ecuador de la existencia es un dolor más intenso que el producido por cualquier esperanza o ira política; yo también estaba en la cama agonizando.

Di un paseo con Gregory bajo los cenicientos bosques desnudos de octubre – el viento soplaba y alzaba las hojas secas bajo nuestros pies – hablamos de la muerte de Jack – el cielo era un viejo lugar familiar con nubes ceñudas y fragantes que pasaban sobre nuestras cabezas en la Corriente Otoñal –

Él también las vio pasar sobre la luna.

Al anochecer salí al campo abierto & vi a través de los ojos de Kerouac la puesta de sol, el primer anochecer tras su muerte.

No vivió mucho más que el amado Neal – un año & medio más –

Gregory se despertó llorando a mitad de la noche – en realidad no quería irse tan pronto – desde el ático –

Su mente, mi mente, de tantas formas distintas – «Los días de mi juventud se alzan de nuevo en mi mente.»* –

La charla que mantuvimos hace 25 años despidiéndonos de los dulces y mortales escalones del seminario de la Union Theological en la misma 7.ª planta en la que conocí a Lucien –

Esta noche Lucien me dijo por teléfono que había dejado de beber en Penna. Hace unas semanas había tenido convulsiones y se había partido la nariz & toda la dentadura postiza delantera, estuvo a punto de partirse la lengua en dos – le llevaron al hospital semiinconsciente –

Jack había vomitado sangre la semana pasada, no seguía los consejos del médico, tuvo una hemorragia & tras una docena de transfusiones murió al día siguiente en plena operación de cirugía. -

* Wordsworth, «Lyrical Ballads».

Quinta parte

Entrevistas

ENTREVISTA DE THOMAS CLARK A ALLEN GINSBERG
THE PARIS REVIEW, 6 DE OCTUBRE DE 1965

Tom Clark: Creo que fue Diana Trilling, comentando su charla en Columbia, quien recalcó que su poesía, al igual que toda la poesía inglesa cuando trata algún asunto grave, adopta de forma natural el pentámetro yámbico. ¿Está de acuerdo con eso?

Allen Ginsberg: En realidad creo que no es del todo precisa esa afirmación, no lo creo. Jamás me he sentado a hacer un análisis técnico del ritmo cuando escribo. Es probable que sea más cercano al coriámbico – métricas griegas, ditirámbicas – con cierta tendencia al di-DA-di-di-DA-di-di... ¿Qué sería eso? Con propensión al dáctilo, seguramente. Williams comentó en cierta ocasión que el habla inglesa tiende al dáctilo, pero en realidad es más complicado que el dáctilo porque el dáctilo está compuesto por tres, tres unidades, es un pie compuesto por tres partes, mientras que el ritmo real está compuesto por cinco, o seis, o siete, tipo: DA-di-di-DA-di-di-DA-di-di-DA-DA. Algo que en realidad se aproxima más al ritmo de la danza griega – de ahí el nombre de coriámbico –. De modo que desde el punto de vista técnico no es del todo correcta esa afirmación. Aun así – y esto podría aplicarse a ciertos poemas, a ciertas partes de «Aullido» y también a ciertas partes de «Kaddish» –, hay algunos ritmos concretos que podrían considerarse como correspondencias de ritmos clásicos, no necesariamente ritmos clásicos ingleses; podrían ser también ritmos griegos o incluso prosodia sánscrita. Es probable también que buena parte del resto de mi poesía, poemas como «Éter» o «Gas de la risa», no encajen en esa estructura. Yo creo que a Diana Trilling le resulta cómodo pensar que es así, pero a mí me duelen ese tipo de declaraciones porque me parece que no se considera en ellas la mayor parte de los logros técnicos que he ofrecido a la Academia en lo que a prosodia se refiere, que ni siquiera reconocen esos logros. Tampoco quiero que parezca que la agredo solo por pertenecer a la Academia.

T. C.: ¿Y en el caso de «Aullido» y de «Kaddish», trabajó con algún tipo de unidad clásica? ¿Sería eso una descripción más precisa?

A. G.: Sí, pero tampoco le va mucho mejor, porque en realidad no estaba trabajando con ningún tipo de unidad clásica, trabajaba más bien con mis propios impulsos neuronales, con los impulsos de mi escritura. La diferencia es la misma que la que existe entre alguien que se sienta a escribir un poema en una forma métrica predeterminada y trata de ceñirse a esa forma y otra persona que trabaja con sus propios movimientos psicológicos y de ese modo llega a una forma, puede que a una forma que ya tuviera un nombre, y hasta un uso clásico, pero su llegada a ella no se hace de una forma sintética, sino natural. Nadie se puede oponer al pentámetro yámbico cuando proviene de una fuente más profunda que la mente – o lo que es lo mismo, cuando proviene de la respiración, del estómago, de los pulmones.

T. C.: Los poetas norteamericanos han sido capaces de romper con las estructuras prefijadas del ritmo mucho antes que los poetas ingleses. ¿Piensa que podría estar relacionado de algún modo con las peculiaridades de la tradición oral en el caso de los ingleses?

A. G.: No, no lo creo, porque los ingleses tampoco hablan en pentámetro yámbico, no hablan con un patrón reconocible en lo que escriben. La oscuridad de su discurso y la ausencia de variaciones afectivas es paralela a la dicción oscura y a los usos literarios de la poesía actual. Se pueden oír muchos tipos de acentos en Liverpool o acentos gordianos – como sucede en Newcastle – se pueden oír todo tipo de variaciones al margen del tono elevado, del tono de la clase alta, que ya no se ajusta al tono en el que se escribe poesía hoy en día. En ningún lugar como en Norteamérica se emplea de ese modo – creo que los poetas británicos son más cobardes.

T. C.: ¿Cree que se podrían señalar algunas excepciones a esa regla?

A. G.: Me temo que es bastante general, les sucede hasta a los poetas supuestamente vanguardistas. Escriben en un tono muy moderado.

T. C.: ¿Y qué hay de un caso como el de Basil Bunting?

A. G.: Bueno, supongo que en su caso puede decirse que trabajó con un buen grupo de salvajes muy rompedores desde mucho antes. Y aparte de tener esa experiencia, sabía también persa, tenía la prosodia persa. Era mucho más instruido que la mayoría de los poetas ingleses.

T. C.: El tipo de organización que utiliza en «Aullido», ese tipo de sintaxis tan recurrente, ¿cree que sigue siendo pertinente para el tipo de cosas que pretende hacer?

A. G.: No, pero sí era pertinente para el tipo de cosas que quería hacer entonces; ni siquiera se trataba de una decisión consciente.

T. C.: ¿Estaba relacionada con el jazz o con algún tipo de música que despertaba su interés en aquella época?

A. G.: Mmm... Tal vez con el mito de Lester Young tal y como lo describe Kerouac, tocando ochenta y nueve coros de «Lady Be Good» en una sola noche, o cuando yo mismo escuché el *Jazz at the Philharmonic* de Illinois Jacquet, creo que el título era «Can't Get Started».

T. C.: También ha mencionado a poetas como Christopher Smart a la hora de hacer una analogía, ¿se trata de algo que descubrió usted más tarde?

A. G.: Cuando echo la vista atrás, sí. En realidad sigo leyendo a veces, o al menos solía leer antes, que mi poesía estaba influenciada por Kenneth Fearing y Carl Sandburg, cuando en realidad yo era mucho más consciente de la influencia de Christopher Smart, de los libros proféticos de Blake y de Whitman en lo que se refiere a ciertos aspectos de retórica bíblica. Y también de muchos libros concretos de prosa, como *Santa María de las Flores* de Genet y toda la retórica que hay allí, y Céline, y Kerouac por encima de todo, la mayor influencia creo que fue la prosa de Kerouac.

T. C.: ¿En qué momento conoció la obra de Burroughs?

A. G.: Veamos... La primera obra que leí de Burroughs fue en 1946... era una pequeña comedia que luego se publicó junto a otras obras suyas que se titulaba *So Proudly We Hail,* en la que se describe el hundimiento del *Titanic* y a la orquesta tocando, una orquesta de mierda que toca «The Star Spangled Banner» en tanto todo el mundo sale corriendo hacia los botes salvavidas y el capitán se levanta vestido de mujer y corre hacia el camarote del sobrecargo, le dispara y a continuación le roba todo el dinero, mientras un paralítico espasmódico salta a uno de los botes con un machete y empieza a cortar los dedos de todos aquellos que intentan subir, gritando: «*Fueda* de aquí *idiodaz... zuziaz zorraz.*» Era un texto que había escrito en Harvard en colaboración con un amigo llamado Kells Elvins y se trata de una pieza clave para entender su obra entera: América se hundía y todo el mundo trataba de salvarse como ratas asustadas, aquella era al menos su visión de esa época.

Después de aquello escribió con Kerouac en 1945 –cuarenta y cinco o cuarenta y seis– una novela negra en la que se alternaban los capítulos. No sé dónde estará ahora ese libro. Kerouac tiene sus capítulos y los de Burroughs deben de estar en alguna parte entre sus cosas. Creo que en cierto modo fue Kerouac quien realmente animó a Burroughs a escribir; Kerouac era muy entusiasta con la prosa y con la escritura, con la lírica, con el honor de la escritura... con ese placer thomaswolfiano. En cierto modo fue él quien activó a Burroughs, porque en ese momento Burroughs encontró un compañero capaz de escribir algo que le interesaba y Burroughs admiraba mucho la percepción de Kerouac. Este era capaz de imitar a Dashiell Hammett tan bien como lo hacía Bill, y eso que aquel era el tono natural de Bill: seco, esencial, lleno de acción. En aquella época Burroughs leía a John O'Hara solo por la acción, no por ninguna sublime razón estilística, solo porque era un periodista duro.

Luego, en México, alrededor de 1951, empezó a escribir *Yonqui.* He olvidado qué relación tuve yo con todo aquello. Creo recordar que hice de agente, estuve paseando la obra por todo Nueva York intentando conseguir un editor. Creo que me enviaba fragmentos sueltos, ya he olvidado cómo lo hacíamos. Aquello fue alrededor de 1949 o 1950. Estaba en plena crisis, su mujer acababa de morir. Fue en México o Sudamérica... fue algo muy generoso por su parte empezar a escribir de pronto. Burroughs fue siempre una persona muy *tierna,* alguien muy digno, muy tímido e introvertido; para él, llevar a cabo un proyecto autobiográfico tan grande fue... en aquel momento me sorprendió tanto como que un fragmento de eternidad se enamorara de... ¿Cómo era aquello? «La eternidad está enamorada de los frutos del Tiempo.» Eso fue lo que hizo él entonces, producir un fruto del Tiempo.

Yo empecé a moverlo por ahí. Ya he olvidado a quién se lo llevé, pero creo que tal vez pudo ser Louis Simpson, que en aquella época trabajaba en Bobbs-Merrill. No estoy seguro de a quién se lo llevé... recuerdo que se lo llevé a Jason Epstein, que entonces trabajaba en Doubleday, si no me falla la memoria. En aquellos tiempos Epstein no tenía tanta experiencia como tiene ahora. Recuerdo su reacción cuando fui a la oficina a recoger el manuscrito, me dijo: mira, todo esto es muy interesante, pero en realidad no es interesante, lo que quiero decir es que si fuese la autobiografía de un yonqui y estuviera firmada por Winston Churchill, entonces sí sería interesante, pero como está escrita por alguien que nadie sabe quién es, entonces no es interesante. No importa, dije yo, qué te parece la *prosa,* la prosa es interesante, y él dijo: bueno, siento diferir en eso. Al final se lo acabé llevando a Carl Solomon, que por aquel entonces era lector de la A. A. Wynn Company, que era de su tío, y salió ahí. Pero lo sacaron en formato barato de bolsillo con un puñado de timoratas notas a pie de página, como la de que Burroughs había dicho que la marihuana no era adictiva, algo que todo el mundo considera hoy un hecho indudable, pero que en aquel entonces llevaba una apostilla del editor en la que se decía: «Poco fiable, un juicio médico acreditado no confirma esa opinión.» Y además tenía también una pequeño prólogo... en realidad tenían miedo de que el libro fuera censurado o secuestrado, eso es lo que dijeron al menos. He olvidado en qué sentido tenían miedo de la censura o el secuestro de la edición. Era 1952. Dijeron que si lo publicaban tal cual les podían abrir una investigación del Congreso o algo así, no recuerdo qué. Creo que también tenía que ver con narcóticos. Algún bulo de la prensa... He olvidado por completo de qué iba aquello. Fuera como fuera tenían que escribir un prólogo que sirviera de cobertura al libro.

T. C.: ¿Ha habido alguna época en la que el miedo a la censura o algún conflicto semejante le haya supuesto un problema a la hora de expresarse?

A.G.: Esa es una cuestión compleja. Yo, al principio, tenía miedo de lo que pensaría mi padre sobre las cosas que escribía. Hubo una época, cuando escribí «Aullido» por ejemplo, en la que daba por descontado que jamás podría publicarlo porque no quería que mi padre leyera algo así. Ni pensar que pudiera leer sobre mi vida sexual o que me dieran por culo y esas cosas, imagínate a tu padre leyendo esas cosas sobre ti. Pero eso se esfumó por completo en cuanto todo se hizo real, en cuanto hice pública mi... ya sabes, y al final tampoco tuvo tanta importancia. En realidad ayudó a la misma escritura porque yo daba por descontado que no lo iba a publicar y por tanto podía decir lo que me diera la gana. Lo hacía literalmente para mí mismo o solo para la gente a la que conocía muy bien, escritores que sabía que eran capaces de apreciarlo con una mirada tolerante –me refiero a una obra como «Aullido»–, gente que sabía que no lo iba a juzgar desde un punto de vista moralista sino buscando un testimonio de humanidad o un pensamiento secreto o como una declaración de honradez.

Más tarde llegó el problema de la publicación… tuvimos muchos problemas en ese sentido. Creo que el impresor inglés se negó al principio, teníamos miedo de la aduana; tuvimos que imprimir la primera edición con asteriscos para avisar de que había lenguaje ofensivo y cuando la *Evergreen Review* la reeditó utilizó los asteriscos. Ha habido varias personas que han reimpreso el libro y han preferido utilizar la versión de *Evergreen* antes que la versión corregida de City Lights. Creo que hay una antología de escritores judíos, ya no recuerdo quién la hizo, me parece que un par de intelectuales de primera salidos de Columbia; les escribí pidiéndoles explícitamente que quería que utilizaran la versión de City Lights, pero no hicieron caso y publicaron la versión de los asteriscos. Ya he olvidado cómo se titulaba aquella edición... algo parecido a *La nueva generación de escritores judíos,* Philip Roth, etc.

T. C.: ¿Se toma esas dificultades como problemas sociales, como simples problemas de comunicación o le parece que también dificultan sus posibilidades de expresarse por sí mismo?

A. G.: El problema empieza cuando las cosas llegan a la literatura, ahí empieza. Porque todos hablamos entre nosotros y nos entendemos, decimos lo que nos da la gana, hablamos de nuestros culos y de nuestras pollas y de a quien nos follamos ayer o a quién vamos a follarnos mañana, hablamos de nuestras relaciones de amor, o de cuando nos emborrachamos o de cuando se nos queda el palo de una escoba atascado en el culo en el Hotel Ambassador de Praga, todo el mundo le cuenta a sus amigos ese tipo de cosas. Ahora bien... ¿qué sucede cuando uno distingue entre lo que le cuenta a sus amigos y lo que le cuenta a su musa? El problema reside precisamente en acabar con esa distinción: acercarse a la Musa y hablar con la misma franqueza con la que uno se habla a sí mismo o a sus amigos. Gracias a todas aquellas conversaciones con Kerouac y Burroughs y Gregory Corso, gracias a todas las conversaciones con aquellas personas a las que conocía bien y cuyas almas respetaba, comencé a darme cuenta de que las cosas de las que nos hablábamos y que nos parecían completamente reales eran muy diferentes de las que aparecían en la literatura. Y ese fue el gran descubrimiento de Kerouac en *En la carretera.* Todas aquellas conversaciones que tenía con Neal Cassady, todas aquellas cosas, descubrió al fin, eran el verdadero tema sobre el que quería escribir. En aquel momento aquello generó una revisión completa de lo que se suponía que tenía que ser la literatura y no solo para él, también para todas las primeras personas que tuvieron ocasión de leer el libro. Y desde luego también para los críticos que lo atacaron por no tener... una estructura apropiada o algo parecido. En otras palabras: un puñado de amigos que daban vueltas en coche de acá para allá. Algo que obviamente es un gran artefacto picaresco, uno muy clásico además, pero que en aquella época no estaba reconocido como un posible motivo literario.

T. C.: No se trata entonces solo de los temas, del sexo o de algún otro tema en concreto.

A. G.: Se trata de la capacidad de escribir de la misma forma en la que uno... ¡es! ¡De cualquier forma! En vuestro caso hay muchos escritores que tienen muchas ideas preconcebidas sobre lo que debe ser la literatura que excluyen de esas ideas precisamente las cosas que son más atractivas en ellos mismos en la conversación privada. Su mariconería, su afectación, su neurastenia, su soledad, su torpeza y hasta –solo a veces– su masculinidad. Y les sucede porque piensan que tienen que escribir algo que suene a algo que ya han leído, en vez de algo que suene a ellos mismos. O que venga de sus vidas. Por decirlo de otro modo, no hay diferencia, no debería de haber diferencia entre lo que escribimos y lo que sabemos, eso para empezar. Y de la misma forma en la que lo sabemos, en la que lo exponemos entre nosotros. Esa ha sido la hipocresía de la literatura: suponer, ya sabes, que la literatura debe ser formal, que debe tener una forma distinta en lo que se refiere a los temas, la dicción o la organización que normalmente nos inspira en nuestras vidas cotidianas.

Como aquello de Whitman: «No encuentro grasa más dulce que la adherida a mis propios huesos», es como confirmar la confianza en sí mismo de alguien que sabe que está realmente vivo y que su propia existencia es tan apropiada como cualquier otro tema.

T. C.: ¿Y la fisiología también forma parte de eso? Como la diferencia que existe entre sus largos versos respiratorios y los cortos de William Carlos Williams...

A. G.: Desde el punto de vista analítico, *ex post facto,* creo que todo empieza cuando uno hace el idiota y es intuitivo por mucho que no tenga ni la menor idea de lo que escribe. Más tarde se tiene cierta tendencia a explicarlo: «Mi respiración es más amplia que la de Williams, soy judío, he estudiado yoga, escribo versos más largos...» Pero en cualquier caso a lo que se reduce todo es a una sola cosa, es mi *movimiento,* mi sentimiento me inclina hacia un verso largo y estrafalario. En parte, eso es algo que comparto –o al menos lo he tomado de él– con Kerouac y sus largas frases, unas frases que son, él mismo lo comentó en una ocasión, un poema muy amplio. Como esas extensas páginas suyas de *Doctor Sax* o de *Octubre en las vías del tren* y también algunas de *En la carretera:* si uno estudia esos libros frase por frase descubre que tienen la densidad de la poesía, la belleza de la poesía, pero por encima de todo ese ritmo elástico tan único que va del comienzo al final de la frase y que acaba con un «¡pam!».

T. C.: ¿En alguna ocasión ha tratado de ampliar esa sensación rítmica hasta el lugar al que la han llevado autores como Artaud o en nuestros días Michael Arthur McClure, hasta un lugar en el que se convierta en un ruido animal?

A. G.: El rimo de un verso largo es también un grito animal.

T. C.: ¿De modo que usted persigue más ese sentimiento que el del pensamiento o el de la imagen visual?

A. G.: Es algo simultáneo. Por lo general, la poesía es una articulación rítmica del sentimiento. El sentimiento es como un impulso que se alza desde el interior... digamos que es algo tan definido como el impulso sexual. Se trata de un sentimiento que comienza en algún lugar en el fondo del estómago y desde allí se eleva hacia el pecho para salir a través de la boca y las orejas en forma de cántico o gruñido o suspiro. Si uno observa a su alrededor y trata de describir con palabras lo que le hace suspirar –y suspirar en palabras–, uno se limita a articular su propio sentimiento. Es tan sencillo como eso. O en realidad, lo que sucede, en el mejor de los casos al menos, es que hay un cuerpo definido de ritmo que no tiene unas palabras definidas, o que tal vez solo tiene una palabra o dos unidas a él. Luego, al escribirlo, lo que me lleva a encontrar el resto de las palabras es un simple proceso de asociación... trabajo sobre lo que puedo recoger alrededor de esa palabra, sobre los vínculos con otras cosas que contiene esa palabra. En parte gracias a esa asociación lo primero que me viene a la cabeza es «Moloch es» o «Moloch que...» y de ahí surge cualquier cosa. Pero todo eso va a su vez acompañado de un impulso rítmico definido, tipo DA-di-di-DA-di-di-DA-DA. «Moloch cuyos ojos son mil ventanas ciegas.» Antes de escribir «Moloch cuyos ojos son mil ventanas ciegas» tenía ya esa palabra «Moloch, Moloch, Moloch» y también tenía ese sentimiento DA-di-di-DA-di-di-DA-di-di-DA-DA. Se trataba de una simple cuestión de mirar hacia arriba para ver todas esas ventanas y decir: por supuesto, ventanas, mas ¿qué tipo de ventanas? Pero ni siquiera eso… «Moloch cuyos ojos son». «Moloch cuyos ojos son»… solo eso ya tiene cierta belleza, pero qué más, Moloch cuyos ojos ¿qué? Y de Moloch cuyos ojos el siguiente pensamiento más probable es de pronto «mil». Muy bien, pero ¿mil qué? «Mil ciegas.» Y ahí tengo que cerrarlo de algún modo y me veo obligado a decir «ventanas». Y queda bien *después del proceso.*

Normalmente durante la composición, paso a paso, palabra a palabra y adjetivo a adjetivo, si sucede de un modo espontáneo, hay veces que ni siquiera sé si tiene sentido lo que estoy escribiendo. Hay veces que sé que tiene perfecto sentido y empiezo a llorar porque me doy cuenta de que estoy entrando en un territorio de verdad absoluta. Y en ese sentido es universalmente válido, o al menos universalmente comprensible. En ese sentido es capaz de resistir el paso del tiempo… y en ese sentido puede emocionar a alguien que lo lea siglos más tarde. En ese sentido se convierte también en una profecía porque está afinado en una clave común... profetizar algo hoy no es precisamente decir que caerá una bomba en 1942 sino pensar y sentir hoy algo que alguien pensará y sentirá dentro de cien años, articularlo con unas pistas que se podrán descifrar dentro de cien años.

T. C.: En cierta ocasión mencionó usted algo que había leído de Cézanne –un comentario que hizo sobre su propia pintura al hablar de las *petite sensations* de la experiencia– y lo comparó con los métodos que emplea en su propia poesía.

A. G.: En 1949, durante mi último año en Columbia cuando estudiaba con Meyer Shapiro, me obsesioné con Cézanne. No sé cómo se produjo aquella situación, creo que fue más o menos durante la misma época que tuve las visiones Blake. Lo que entendí gracias a Blake es que se podía transmitir un mensaje a través del tiempo a los iluminados, que la poesía tenía un efecto muy concreto; no se trataba sencillamente de algo bonito, de algo simplemente hermoso, o no al menos tal y como yo había entendido la belleza hasta aquel momento, sino de algo elemental en la experiencia humana, se trataba de alcanzar algo, de llegar al fondo de la existencia humana. Tuve la sensación de que era una especie de máquina del tiempo a través de la cual se podía transmitir. Blake había podido transmitir su conciencia más elemental y comunicársela a otra persona después de muerto... por decirlo de otro modo, se trataba de construir una máquina del tiempo.

En esa misma época tuve de pronto una extraña y súbita sensación frente a un lienzo de Cézanne, algo semejante a lo que sucede cuando alguien tira y suelta el cordón de una persiana veneciana: hay un súbito desplazamiento, una intermitencia que se ve en los lienzos de Cézanne. Sucede cuando el lienzo se abre a un espacio tridimensional y adquiere el aspecto de un objeto de madera, un objeto en un espacio sólido, situado en tres dimensiones en vez de en un plano. En parte tiene que ver también con los enormes espacios que se abren en los paisajes de Cézanne pero también con esa cualidad misteriosa que hay alrededor de sus figuras, como la de su mujer o las de los jugadores de cartas o la del cartero o quien sea, los personajes autóctonos de Aix. A veces parecen enormes muñecas de madera en 3-D. Es algo asombroso, casi al borde del misterio; por decirlo de otro modo, esa sensación extraña que se tiene al mirar esos lienzos yo empecé a asociarla entonces con la sensación extraordinaria –con la sensación cósmica de hecho– que había tenido al ser catalizado por «El girasol» y «La rosa enferma» y otros poemas de Blake. Así fue como empecé a investigar las intenciones de Cézanne y sus métodos y a estudiar todos los lienzos que pude encontrar en Nueva York, todas las reproducciones, y escribí un trabajo sobre él en Columbia para el curso de Bellas Artes que daba Shapiro.

Entonces todo se reveló al fin de dos formas: en primer lugar leí el libro que había escrito Earl Loran sobre Cézanne en el que se mostraban las fotografías y los motivos originales junto a los lienzos; y años más tarde fui yo mismo a Aix con todas las postales para ver los lugares reales, traté de encontrar los puntos desde los que había pintado el Mont-Sainte-Victoire, fui a su estudio y vi también algunos de los motivos que utilizó, como su sombrero negro y su capote. Empecé a comprender en primer lugar que tanto en el interior como en el exterior de Cézanne había muchos símbolos literarios. Yo estaba muy absorto por aquel entonces con la terminología de Plotino de tiempo y eternidad, y me pareció verla en los cuadros de Cézanne, en una de sus primeras pinturas de un reloj sobre una estantería que yo asocié entonces con el tiempo y la eternidad, y comencé a pensar que en realidad había sido un gran místico secreto. Había visto una fotografía de su estudio en el libro de Loran y me había parecido el estudio de un alquimista, tenía una calavera y un abrigo negro de cuerpo entero y un enorme sombrero negro. Empecé a pensar en él, no sé si me explico, como en un personaje mágico. Mi primera versión mental de él había sido la de un austero paleto de Aix. Comencé a sentirme realmente interesado por él como un perfil hermético y más tarde comencé a leer simbólicamente en sus lienzos algunas cosas que de fijo no estaban allí, como ese cuadro de una carretera serpenteante que desaparece, en donde vi el sendero místico: un camino que desciende hacia un pueblo y el final queda oculto. Creo que se trata de una de las pinturas que hizo cuando salía a pintar con Bernard. Y también estaba lo del relato de una fantástica conversación que había tenido y que cita Loran en su libro en un párrafo muy largo que dice: «A base de cuadrados, cubos y triángulos, trato de reconstruir las impresiones que produce en mí la naturaleza: los medios que empleo recomponen la impresión de solidez que pienso-siento-veo cuando me encuentro frente a un motivo como el Victoire, es reducirlo a un tipo de lenguaje pictórico, por eso uso los cuadrados, los cubos y los triángulos, pero intento construirlos juntos para entrelazar [y en ese punto de la conversación junta las manos y entrelaza los dedos], para que la luz no le alcance.» Aquello me dejó perplejo pero parecía corresponderse con las líneas de las pinceladas que se veían sobre el lienzo. Cuando uno lo miraba producía el efecto de una superficie sólida bidimensional, pero a una pequeña distancia con la vista desenfocada o con los párpados levemente entrecerrados podía verse una gran apertura tridimensional, misteriosa, estereoscópica, como producida por un proyector estereocópico. Empecé a descubrir todo tipo de símbolos siniestros en los *Los jugadores de cartas,* como el del tipo que está apoyado contra la pared con una especie de expresión imperturbable en la cara, el que decide que no quiere participar, y esos dos tipos que son campesinos y que tienen aspecto de haber recibido unas cartas de Muerte, a continuación uno mira al que da la cartas y resulta ser un pueblerino con un capote azul y unas mejillas de un rojo de muñeca, con ese aspecto de policía kafkiano, como si fuera un tramposo, una especie de tramposo cósmico que está jugándose el destino de toda esa gente. ¡Realmente es como un enorme retrato hermético de Rembrandt en Aix! Esa es la razón por la que tiene una extraña monumentalidad, al margen de su, abro comillas, «valores plásticos», cierro comillas.

Así que fumé un montón de marihuana y luego fui al sótano del Museo de Arte Moderno en Nueva York para ver sus acuarelas y ahí fue cuando empecé a comprender el espacio en Cézanne y la forma en la que lo construía. Hay un cuadro en concreto con unas rocas, creo que se llama *Rocas en Garonne,* en el que si uno se detiene durante un rato empieza a sentir que se trata de rocas, fragmentos de rocas, que no se sabe dónde están, que no se sabe si están sobre el suelo o en el aire o en lo alto de un acantilado, y de pronto parecen estar flotando en el espacio como nubes, y al rato empieza a dar la sensación también de que son un poco amorfas, como rótulas o glandes o rostros sin ojos. Es una sensación muy misteriosa. En fin, puede que fuera la hierba, pero lo que experimenté fue muy preciso. Luego hizo también unos estudios muy raros de estatuas clásicas, estatuas del Renacimiento, esculturas gigantescas y hercúleas con cabezas diminutas... lo que parecía una forma de expresar su opinión sobre ellas.

Y también... en Cézanne nunca se paraba de encontrar cosas. Al final estaba leyendo su correspondencia y descubrí esa frase de *mes petites sensations:* «Soy un viejo pero mis pasiones no lo son, mis sentidos no están vulgarizados por las pasiones como en el resto de los viejos que conozco, me ha llevado años de trabajo que sea así.» Me imagino que fue esa frase: «Reconstruir las *petites sensations* que me ha provocado la naturaleza, podría estar en la cima de una colina y con un simple movimiento de unos centímetros de mi cabeza cambiar completamente la composición de todo el paisaje.» Aparentemente llegó a refinar su percepción óptica hasta alcanzar el punto en que se produce la contemplación de fenómenos ópticos a la manera de los yoguis, cuando se observa, desde el punto concreto, el campo visual, la profundidad del campo visual, mientras se contempla en cierto modo los propios globos oculares. En realidad trata de reconstruir la sensación de sus globos oculares. Y lo que dice al final –en una declaración de lo más extraño que uno nunca habría esperado de un viejo austero– es: «Y esta *petite sensation* no es otra cosa que *pater omnipotens aeterna deus.*»

De modo que ahí estaba la clave del método hermético de Cézanne.

... Todo el mundo conoce hoy su maravilloso método de pintura tan obrero, tan artesano, tan rudimentario, pero el verdadero motivo *romántico* que hay tras él es absolutamente maravilloso, ¡ahí te das cuenta de que es un santo! Se empleó en aquella forma de yoga a jornada completa, en medio de unas evidentes circunstancias santas de retiro en un pequeño pueblo, llevó una vida casi sin relaciones sociales, a veces iba a la iglesia y a veces no, pero en todo momento tenía en su cabeza esos fenómenos sobrenaturales, esas observaciones... en realidad se trata de una actitud muy humilde porque ni siquiera sabía si estaba loco o no: todo es un resplandor de las dimensiones físicas y milagrosas de la existencia, tratar de reducir todo eso a las dos dimensiones de un lienzo y luego tratar de hacerlo de tal modo que pueda verse –si el que contempla el cuadro lo hace durante un tiempo suficiente– tan tridimensional como el mundo real de fenómenos ópticos que uno ve cuando mira con sus propios ojos. ¡Al final consiguió reconstruir todo el jodido mundo en sus lienzos! ¡Algo fantástico! O al menos la apariencia del universo.

Utilicé ese material en gran medida en las referencias de la última parte de la primera sección de «Aullido»: «La sensación de *pater omnipotens aeterna deus.*» La última parte de «Aullido» era en realidad un homenaje al arte, pero más concretamente un homenaje al método de Cézanne, en el sentido de que yo lo había hecho mío en mi escritura, aunque eso es algo difícil de explicar. Por decirlo de una manera sencilla, del mismo modo que Cézanne no había empleado las líneas de fuga para crear un espacio, sino que se había limitado a yuxtaponer un color frente al otro (un elemento de su espacio), yo pensé que tal vez se podía perfeccionar un poco más esa idea con lo inexplicable, con una línea de fuga inexplicada, o lo que es lo mismo, que la yuxtaposición de una palabra frente a otra generaría un vacío entre las dos palabras –como el vacío que se generaba en el lienzo–, que se generaría un vacío que la mente tendría que completar con la sensación de la existencia. Por decirlo de otro modo, cuando decía, eh... cuando Shakespeare dice: «en la temible amplitud del centro de la noche», hay algo que sucede entre «temible amplitud» y «centro». Algo que genera todo un espacio, una noche oscura y amplia. Es muy extraña la forma en la que se produce ese fenómeno al unir las palabras. O en el haiku, por ejemplo, en donde uno tiene dos imágenes distintas puestas la una junto a la otra y sin marcar una conexión; al no explicitar una conexión lógica entre las dos, la mente completa... ese espacio. Como en

La hormiga
sube el monte Fuji
despacio, muy despacio.

Por un lado tenemos a la pequeña hormiga, por otro el monte Fuji y por otro despacio, muy despacio y lo que sucede es que uno casi puede sentir... ¡un polla en la boca! De pronto sientes ese enorme espacio-universal, casi lo puedes tocar. Se trata, en cualquier caso, de un fenómeno-sensación, un fenómeno-guión-sensación, eso es, por poner un ejemplo, lo que se genera en ese pequeño haiku de Issa.

Yo intentaba cosas parecidas con yuxtaposiciones del tipo «jukebox de hidrógeno». O... «lluvia invernal de medianoche en una pequeña ciudad», en vez de utilizar cubos y cuadrados y triángulos. Cézanne reconstruía las cosas empleando triángulos, cubos y colores; yo lo hacía mediante palabras, ritmo y...

palabras, fraseos. Se trata de alcanzar así las distintas partes de la mente que están simultáneamente activas eligiendo elementos que afectan a las dos como: jazz, tocadiscos y ese tipo de cosas, de ahí sale el rocola: política, bomba de hidrógeno y de ahí sale el hidrógeno, ahí está, «jukebox de hidrógeno». Así se concentra en un instante toda una serie de cosas. O como en el final de «Girasol» con ese «los coños de las carretillas», signifique eso lo que signifique, o «billetes de goma de un dólar» o «piel de maquinaria»; el caso es que en el momento de la escritura no tengo por qué saber necesariamente lo que significa, adquiere sentido más tarde, tras un año o dos, ahí me doy cuenta de que tenía un significado muy claro, de forma inconsciente. Adquiere sentido con el tiempo, como una fotografía que se revela lentamente. Y es que no siempre somos conscientes de la total profundidad de nuestras mentes –por decirlo de otro modo, sabemos muchas más cosas de las que normalmente nos percatamos– a pesar de que hay momentos en que supongo que somos plenamente conscientes.

Hay otro asunto que es muy interesante en Cézanne... su paciencia, por supuesto. Sobre todo al registrar los fenómenos ópticos. En ese sentido se parece a Blake: «Te sientes inclinado a la mentira cuando tu mirada no ve a través de tus ojos.» Él es alguien que ve a través de sus ojos. Y al final todo se reduce a que uno puede ver a Dios a través de sus lienzos. A *pater omnipotens aeterna deus*. Puedo imaginarme bien a alguien no preparado en un sentido químico-fisiológico, alguien en un particular estado mental, psíquico, alguien no preparado que jamás ha tenido ninguna experiencia del éxtasis eterno que de pronto pasa frente a un lienzo de Cézanne distraído y desliza sin ninguna atención la mirada sobre él; de pronto entra en el espacio a través del lienzo y se le ponen los pelos de punta, se queda mudo, de pronto puede ver el universo completo. Eso es lo que Cézanne consigue con mucha gente.

¿Dónde estábamos? Sí, hablábamos de esa idea de los vacíos que se producen entre el espacio y el tiempo a través de las imágenes yuxtapuestas, como cuando en el haiku se presentan dos imágenes que la mente conecta en un fogonazo, ese fogonazo es la *petite sensation* o el *satori* tal vez, de eso es de lo que hablarían los escritores de haiku zen –si hablaran de ese modo–. Esa es la experiencia poética de la que habla Housman, el pelo de punta, la piel de gallina, no importa, se trata de algo visceral. Lo interesante sería saber si existen ciertas palabras y ritmos capaces de producir reacciones electroquímicas en el cuerpo, de catalizar ciertos estados de la conciencia. Creo que eso es lo que seguramente me sucedió a mí con Blake. Y estoy seguro de que es lo que me sucede, aunque en una escala inferior, con «Las campanas» o «El cuervo» de Poe o «Congo» de Vachel Lindsay: hay en ellos un ritmo hipnótico que cuando se introduce en tu sistema nervioso produce todo tipo de cambios electrónicos, alterándolo de manera permanente. Artaud comentó algo al respecto, dijo que existe cierto tipo de música que cuando se introduce en el sistema nervioso altera la composición de las células de los nervios o algo parecido, modifica de forma permanente al individuo que la ha experimentado. Es algo absolutamente cierto. Por decirlo de otro modo, todas las experiencias que tenemos quedan registradas en nuestro cerebro y se distribuyen en nuestros patrones neuronales y todo lo demás: los registros cerebrales se producen mediante el movimiento de pequeños electrones... y por tanto el arte provoca un efecto electroquímico.

El tema es entonces cuál sería el máximo grado de efecto electroquímico que puede provocarse en la dirección deseada. Eso se correspondería con lo que Blake provocó en mí y yo tomé como la posibilidad óptima del arte. En fin, lo he expuesto todo de una manera jodidamente abstracta, pero no deja de ser... un juguete interesante. Algo con lo que jugar. Esa idea.

T. C.: En los últimos cuatro o cinco meses ha viajado usted a Cuba, Checoslovaquia, Rusia y Polonia. ¿Le han ayudado esos viajes a tener una imagen más clara de la actual situación mundial?

A. G.: Sí, lo cierto es que no creo, nunca he creído que hubiera ninguna respuesta en el dogmatismo marxista-leninista; siento de forma muy evidente que no hay ahí ninguna respuesta capaz de satisfacer mis deseos. Ni tampoco la hay para la mayoría de la gente de esos países... tanto en Rusia como en Polonia o en Cuba sienten lo mismo. Se trata de una especie de noción religiosa que se les ha impuesto desde arriba y que no sirve más que para golpear a la gente en la cabeza. Nadie se lo toma en serio porque en realidad no significa nada y además su significado varía de país en país. Creo que está bien ese posicionamiento en contra de la estupidez norteamericana, todavía es algo compartido, y creo que se trata de algo bueno en Cuba y evidentemente en Vietnam. Pero qué viene a continuación... el dogmatismo que viene a continuación es un coñazo. Todo el mundo se disculpa del dogmatismo diciendo que no es más que la consecuencia inevitable de la lucha contra la represión norteamericana. Y puede que también sea cierto.

Hay algo de lo que tengo una certeza absoluta y es que no hay ninguna respuesta ni en el comunismo ni en el capitalismo tal y como es practicado fuera de los Estados Unidos. O por decirlo de otro modo, a toro pasado Estados Unidos no está tan mal, al menos para mí; puede que esté mal para un negro, pero tampoco muy mal; puede que sea asqueroso, pero no imposible. Al viajar a países como Cuba o Vietnam me he dado cuenta de que la gente que de verdad sufre los efectos perversos de Norteamérica están allí... en ese sentido, eso sí que es realmente el imperialismo. La gente, en Estados Unidos, tiene dinero, tiene coches, mientras que el resto del mundo se muere de hambre a causa de la política exterior de Norteamérica. O es bombardeado, o arrasado y desangrado en plena calle, o les parten los dientes, o les fumigan con gas lacrimógeno, ya sabes, todas esas cosas que cualquiera consideraría terribles en los Estados Unidos. Excepto cuando se las hacen a los negros.

De modo que no sé. No me parece que nadie tenga respuestas concretas; más aún, este mes me ha dado la sensación de que es casi inevitable una guerra atómica considerando lo dogmáticas y asustadas que están ambas partes y que nadie tiene a dónde ir ni sabe qué hacer aparte de pelear. Todos son demasiado intransigentes. Todos son demasiado malvados. No creo que al final pase nada pero... Alguien debería sentarse en el Museo Británico, como hizo Marx, y configurar un nuevo sistema, un nuevo plan de acción. Ya ha pasado un siglo, la tecnología lo ha transformado todo por completo, ya es hora de un nuevo sistema utópico. Burroughs está en ello.

Aun así me parece que hay algo impresionante en esa idea de Blake de Jerusalén, una Jerusalén británica me parece cada vez más valida. Creo que fue él quien la definió. A veces Blake todavía me confunde un poco, creo que no lo he leído aún lo suficiente como para entender de verdad hacia dónde iba. Da la sensación de que es la divina forma humana desnuda, que es Energía, que es lo sexuado, o la liberación sexual, la dirección en las que todos creemos que deben ir las cosas. Pero también parece tener una idea de la imaginación que creo que aún no he comprendido del todo. La de que es algo que está fuera del cuerpo o que es opuesto al cuerpo, y eso es una cosa que no termino de entender. Incluso una vida después de la muerte. Algo que tampoco he comprendido aún. Hay una carta en el Museo Fitzwilliam, escrita pocos meses antes de morir, en la que dice: «Mi cuerpo es confusión, ansiedad y decadencia pero mis ideas, el poder de mis ideas y mi imaginación, es más fuerte que nunca.» Y eso es algo que me resulta difícil de concebir. Creo que si estuviera agonizando en una cama, sufriendo, lo único que haría sería rendirme. Quiero decir que no creo que pueda existir fuera de mi cuerpo, pero al parecer él era capaz. No creía tampoco que Williams fuera capaz. Pero el universo de Blake no parecía estar atado a su cuerpo. Era realmente misterioso, como un mundo o un mar lejano, por decirlo de alguna manera. Es algo que me desconcierta hasta el día de hoy.

El mundo de la Jerusalén de Blake parece un mundo de paz-misericordia-indulgencia. Tiene una forma humana. La misericordia tiene un rostro humano. Así está todo claro.

T. C.: ¿Y qué hay de esa declaración de Blake de que los sentidos son las principales válvulas del alma en esta era? No sé en realidad a qué se refiere con lo de «esta era», ¿acaso hay otra?

A. G.: Eso es interesante, porque sucede lo mismo en la mitología hindú. Cuando se refieren a esta era la llaman «Kali Yuga», la era de la destrucción, una era en la que estamos sumidos en el materialismo. Vico hace una formulación parecida, habla de una Era de Oro que se transforma en una de Hierro y luego de Piedra de nuevo. Los hindúes aseguran que estamos en la era de Kali, o Kali Yuga o el ciclo de Kali, que estamos totalmente sumidos en la materia... los cinco sentidos son materia, dicen que no hay salida posible a través del intelecto, del pensamiento, de la disciplina, de la práctica, del *sadhana,* del *jnana yoga*, ni del *karma yoga* –es decir, de las buenas acciones–, que no hay más salida que la que pasa por nuestra propia voluntad y nuestro propio esfuerzo. La única salida que se prescribe a día de hoy en la India es el *bhakti yoga,* la Fe-Esperanza-Adoración-Alabanza, lo que seguramente es el equivalente al Cristiano Sagrado Corazón, que siempre me ha parecido una doctrina maravillosa... o lo que es lo mismo, el deleite puro: la única forma en la que uno se puede salvar es a través del canto. El único modo de salir de las profundidades de la depresión, de elevar el corazón a la dicha que le corresponde, al conocimiento que le corresponde, es entregarse uno mismo por completo a los deseos de su corazón. La imagen final quedará marcada por el compás del corazón, el compás de aquello que el corazón desea y a lo que se dirige. Uno se pone de rodillas o se apoya en su regazo o en su cabeza y canta y recita plegarias o mantras hasta que alcanza un estado de éxtasis y comprensión y la dicha sobreabunda el cuerpo. Dicen también que con el simple intelecto, como en el caso de santo Tomás de Aquino, jamás podría alcanzarse ese estado porque no todo gira entorno a uno mismo y a la fijación con lo que ha sucedido antes de nacer... quiero decir que es muy fácil perderse en ese territorio y además se trata de algo que no tiene la menor relevancia para la flor que existe hoy. Blake dice algo semejante, que la Energía y el Exceso... llevan al palacio de la sabiduría. El *hindu bhakti* es como el exceso de devoción, entregarse uno mismo por completo a la devoción.

En Vrindavan, una curiosa santona de Shri Matakrshnaji a la que consulté sobre mis problemas espirituales me dijo que tomara a Blake como mi gurú. Hay todo tipo de gurús, hay gurús vivos y no vivos, y al parecer el responsable de mi iniciación fue William Blake porque tuve una experiencia de éxtasis proveniente de él. Por eso, cuando vine aquí, a Cambridge, lo primero que hice fue ir corriendo al Museo Fitzwilliam a mirar sus faltas de ortografía en las *Canciones de inocencia.*

T. C.: ¿Cómo fue esa experiencia Blake de la que habla?

A. G.: Alrededor de 1945 me sentí interesado por la Realidad Suprema, con R y S mayúsculas, y me dediqué a escribir largos poemas acerca de un último viaje en busca de la Realidad Suprema. Era una idealización al estilo de Dostoievski o Thomas Wolfe o Rimbaud... Era un término de Rimbaud, ¿no es así?, el de nueva visión. O tal vez fuera Kerouac el que hablaba de esa nueva visión de forma verbal y de forma intuitiva por puro deseo, pero también debido a una extraña tolerancia de este universo. Sucedió en 1948, en East Harlem, durante el verano, yo vivía... es como lo del viejo marinero, lo he contado ya un millón de veces: «Uno de cada tres se detiene / ante su larga barba gris...» Un albatros gira en torno a él... Lo único que sentía por aquel entonces es que iba a ser un horror absoluto, ¡que una o dos décadas más tarde todavía iba a seguir tratando de explicar a la gente lo que me había sucedido ese día! Hasta escribí un poema que decía: «Creceré hasta convertirme en un gris y quejumbroso anciano / y a cada hora tendré el mismo pensamiento, y con cada pensamiento la misma negación. / ¿Acaso voy a pasarme la vida alabando la idea de Dios? El tiempo no da esperanza. Nos arrastramos y esperamos. Esperamos y avanzamos en soledad.» Se titulaba «Salmo II», y nunca lo publiqué. En fin, que allí estaba yo en mi cama de Harlem... haciéndome una paja. Tenía los pantalones abiertos y estaba tumbado en una cama junto al alféizar mirando las cornisas de Harlem y el cielo. Me acababa de correr. Tal vez ni siquiera me había limpiado la corrida de los muslos o del pantalón o de donde fuera que hubiera acabado. Como era mi costumbre me había estado masturbando mientras leía, un fenómeno que creo que es habitual entre adolescentes. Aunque en aquella época yo era poco mayor que un adolescente. Tenía unos veintidós años. Hay algo interesante en esa idea de estar distraído mientras uno se masturba... quiero decir leer al mismo tiempo o mirar por la ventana, hacer otra cosa de forma consciente hace que la acción sea incluso más excitante.

En fin, que aquello era básicamente lo que había estado haciendo esa semana... me sentía muy solo, en una especie de noche oscura del alma, leyendo a san Juan de la Cruz; toda la gente a la que conocía se había marchado, Burroughs estaba en México, Jack estaba en Long Island más o menos recluido, ya no nos veíamos, y durante los últimos años habíamos estado muy unidos. Creo que Huncke estaba en la cárcel o algo parecido. En fin, que no había nadie conocido. La cosa era que últimamente había estado acostándome con N. C., pero me había mandado una carta en la que me decía que habíamos terminado, que ya estaba, que ya no debíamos pensar en nosotros como amantes porque no iba a funcionar. Lo cierto es que antes habíamos tenido... –era Neal Cassady, antes he dicho «N. C» pero imagino que no hay problema en que utilices su nombre–, habíamos sido grandes amantes. Supongo que todo aquello era demasiado para él, en parte porque se encontraba a tres mil millas de distancia y había seis mil novias en el otro lado del continente que le tenían entretenido mientras, pero también porque del lado de Nueva York lo único que le llegaba eran mis quejidos solitarios. En fin, que me llegó una carta suya en la que me decía: Mira, Allen, tenemos que explorar nuevos territorios. Para mí aquello supuso un golpe mortal a mis expectativas más tiernas. ¡Pensé que jamás en la vida iba a poder encontrar ningún tipo de diamantina satisfacción psicoespiritual para mi polla! Me sumí en una... me sentí como si me hubiesen arrancado de algo que yo había idealizado de una forma romántica. Me acababa de licenciar, no tenía donde ir y tenía dificultades para encontrar un trabajo. Lo único que podía hacer era comer verdura y vivir en Harlem. En un apartamento alquilado. Subalquilado.

En aquel estado de desesperanza, en aquel callejón sin salida o cambio de etapa, mientras trataba de crecer para alcanzar un equilibrio, un equilibrio psíquico o mental de algún tipo, sin Nueva Visión ni Suprema Realidad, sin nada más que el mundo que tenía frente a mí y sin saber qué hacer con todo aquello... se produjo un extraño equilibrio de tensión en todas las direcciones. Después de correrme con un libro de

Blake en mi regazo dejé vagar la mirada sobre una página que decía «Ah, girasol» y de pronto sucedió –en aquel poema que había leído ya cientos de veces y que me resultaba tan familiar que apenas significaba nada concreto más allá de algo agradable sobre unas flores–, de pronto comprendí que aquel poema hablaba de mí. «¡Ah, girasol! / Hastiado del tiempo, / has contado los pasos del sol; / en busca del clima dulce y dorado / donde acaba el rumbo del viajero.» Empecé a comprender el poema mientras lo miraba hasta que de pronto, y de forma simultánea a mi comprensión, escuché una voz profunda y arcillosa en la habitación que supuse de inmediato, no lo pensé dos veces, se trataba de la voz de Blake; no era la voz de nadie conocido, aunque es cierto que previamente había concebido su voz como una roca; al leer un poema, había tenido una imagen parecida, aunque puede que fuese también después de aquella experiencia.

Con la mirada puesta en la página, y de forma simultánea, se produjo esa alucinación auditiva, o como se diga, la aparición de esa voz me llevó a una comprensión mucho más profunda del poema porque se trataba de una voz absolutamente tierna y hermosa... antigua. Como la voz de la Antigüedad. La cualidad particular de esa voz era algo inolvidable porque era como si Dios tuviese una voz humana, una voz con toda la infinita ternura y la antigüedad y la gravedad mortal con la que el Creador vivo hablaría a su hijo. «Donde la juventud, ardiente en deseo / y la joven virgen amortajada en la nieve / se alzan de sus tumbas, ahí anhelan / el lugar al que desea llegar mi girasol.» Queriendo decir que *había* un *lugar,* que había un clima dorado, que era eso... y junto a la voz había también una emoción que se alzaba en mi alma respondiendo a la voz y una súbita materialización *visual* de ese mismo fenómeno extraordinario. Lo que sucedió fue que al mirar por la ventana, a través de la ventana y hacia el cielo, me dio la súbita sensación de que estaba contemplando las profundidades del universo contemplando aquel cielo antiguo. El cielo me pareció súbitamente muy *antiguo*. Y se trataba del mismo lugar antiguo del que estaba hablando, el dulce clima dorado, ¡y de pronto comprendí que aquella experiencia era *eso!* Y que yo había nacido para poder experimentar ese momento preciso, para entender de qué iba todo... en resumen, que yo había nacido para experimentar aquel momento. Aquella iniciación. O esa visión o esa conciencia de estar vivo hasta mí mismo, vivo hasta el Creador. Y como hijo del Creador... que me amaba, lo había entendido, y respondía a mi deseo. Se trataba del mismo deseo por ambas partes.

En fin, mi primer pensamiento fue el de que había nacido para eso y mi segundo pensamiento fue... nunca lo olvides, nunca lo olvides, nunca reniegues, nunca lo rechaces. Nunca rechaces la voz: no, nunca la *olvides,* no te pierdas mentalmente vagando en otros mundos espirituales o Americanos o en mundos de trabajo o en mundos de anuncios o en mundos de guerra o en mundos terrenales. Yo había nacido solo para comprender el espíritu del universo. La parte visual de la que estaba hablando fue que, de inmediato, me puse a mirar las cornisas del edificio de apartamentos de Harlem que estaba al otro lado del patio trasero y que habían sido esculpidas con gran destreza en 1890 o 1910. Era como la materialización de una gran inteligencia y un gran cuidado y también de un gran amor. Y empecé a sentir eso mismo en cada esquina donde podía apreciar la evidencia de una mano humana, hasta en los ladrillos, en la disposición de cada ladrillo. Una mano los había puesto allí, una mano había puesto el universo entero frente a mí. Una mano había puesto el cielo. No, eso era una exageración... no era que una mano hubiese puesto allí el cielo sino que el cielo era esa misma mano azul viviente. O que Dios estaba ante mí... la existencia misma era Dios. En fin, lo formulé en unos términos parecidos, no exactamente en esos; lo que estaba viendo era una visión, mi cuerpo estaba lleno de levedad... de pronto empecé a sentir una gran ligereza en mi cuerpo, una sensación de conciencia cósmica, vibraciones, comprensión, sobrecogimiento, maravilla y sorpresa. Fue un súbito despertar a un universo infinitamente más real y profundo del que había vivido hasta entonces. Intenté evitar las generalizaciones acerca de aquel universo real más profundo y me limité a hacer estrictas observaciones de los fenómenos, aquella voz con un sonido concreto, el aspecto de las cornisas, el aspecto del cielo, es decir, de aquella enorme mano azul, aquella mano viviente, para retener esas imágenes.

Pero el caso es que la misma... *petite sensation* volvió a suceder a los pocos minutos, con la misma voz, cuando leí «La rosa enferma». Aunque esta vez la impresión de profundidad-mística-sensorial fue ligeramente distinta. Sucede que «La rosa enferma» –no me voy a poner a interpretar el poema ahora, pero tiene un sentido… quiero decir, puedo interpretarlo a un nivel verbal–, la rosa enferma es mi ser, o el ser, el cuerpo viviente, enfermo a causa de la mente, ese gusano «que vuela de noche, en el aullido de la tormenta» o Urizen, la razón; el personaje de Blake podría ser el de que ha entrado en un cuerpo para destruirlo, digamos la muerte, el gusano es la muerte, el proceso natural de la muerte, una especie de ser místico que trata de devorar el cuerpo, la rosa. El dibujo que hace Blake es complejo, una gran rosa inclinada, inclinada porque está muriendo, que contiene un gusano en su interior, y el gusano envuelve un pequeño duende que trata de salir por la boca de la rosa.

Experimenté «La rosa enferma» como si lo leyera la voz de Blake, como algo que podía aplicarse a todo el universo, como si estuviese oyendo la destrucción de todo el universo y al mismo tiempo sintiese la inevitable belleza de esa destrucción. No recuerdo nada aparte de que era muy hermoso y muy extraordinario. Aunque también daba un poco de miedo porque tenía que ver con el conocimiento de la muerte... de mi muerte, pero también de la muerte del ser en sí mismo y eso me generaba un gran dolor. Era algo parecido a una profecía, no solo desde el punto de vista humano, una profecía en la que Blake había penetrado en el mismísimo secreto del universo entero y se había acercado con una especie de pequeña fórmula mágica en forma de poesía rimada que, si se escuchaba correctamente con el oído interior, podía transportarte más allá del universo.

Más tarde ese mismo día hubo otro poema que me produjo la misma sensación, era «La niña pequeña perdida», y en él se repetía el mismo estribillo:

¿Lloran el padre y la madre?
¿Dónde dormirá Lyca?

¿Cómo puede dormir Lyca
cuando su madre llora?

Si tiene triste el corazón
que guarde vigilia Lyca
y si mi madre duerme
que Lyca no llore más.

Es esa cosa hipnótica – Y de pronto comprendí que yo era Lyca, o que Lyca era el ser; el padre, la madre que buscaba a Lyca, Dios que buscaba, el Padre, el Creador. Y «Si tiene triste el corazón / que guarde vigilia Lyca» – Vigilia ¿para qué? *Vigilia* significaba permanecer despierto en la misma vigilia de la que estaba hablando – la de la existencia en el universo entero. La conciencia total del universo entero. De eso era de lo que estaba hablando Blake. Por decirlo de otro modo, un abrirse camino desde una conciencia normal de lo cotidiano hasta una conciencia capaz de ver el cielo en una rosa. ¿Qué era eso sino ver la eternidad en una flor... el cielo en un grano de arena? Así veía yo el cielo en la cornisa de un edificio. Y cuando digo cielo me refiero a esa huella o materialización de una forma viva, de una mano inteligente – el trabajo de una mano inteligente en la que puede verse la inteligencia que la modeló. Las gárgolas de las cornisas de Harlem. Lo interesante de aquella cornisa es que había cornisas como aquella en todos los edificios, pero yo nunca me había fijado en ellas. Nunca me había dado cuenta de que suponían un trabajo espiritual – que alguien había estado trabajando para hacer esa curva en esa plancha de estaño – para hacer una cornucopia a partir de una plancha de estaño. No se trataba solo de un hombre en concreto, el obrero, el artesano, sino también del arquitecto que lo había pensado, el constructor que lo había pagado, el fundidor que lo había fundido, el minero que lo había sacado del interior de la tierra, la tierra que lo había preparado durante eras enteras. Aquellas moléculas habían dormido durante... *kalpas*. Y tras *toda* aquella sucesión de *kalpas* se habían reunido gracias a una cadena de impulsos para acabar congelado en forma de cornucopia en la cornisa que estaba frente a mí. Solo Dios sabe cuánta gente había fabricado la luna. O qué espíritus habían trabajado... para encender el sol. Como decía Blake: «Cuando miro el sol no es el sol naciente lo que veo, sino un concierto de ángeles que cantan santo, santo, santo.» Su percepción del sol es muy diferente de la del hombre que solo ve el sol en el sol y no tiene con él ningún vínculo sentimental.

Pero hubo también otra ocasión esa misma semana en que regresaron intermitentes fogonazos de esa misma... felicidad – y es que la experiencia estaba llena de felicidad. En cierto modo todo está descrito en «El león de verdad» con anécdotas referidas a distintas experiencias – fue de verdad una época muy dura, pero no lo comentaremos aquí. Por eso pensé de pronto, casi de modo simultáneo: ¡Oh, me estoy volviendo *loco!* Algo que queda descrito en ese verso de «Aullido» que dice «que pensaron que tan solo estaban locos cuando Baltimore refulgió en un éxtasis sobrenatural». – «que pensaron que *sencillamente* se habían vuelto locos...». ¡Si fuese todo tan fácil! En realidad sería todo mucho más sencillo si sencillamente uno se volviera loco en vez de – uno lo podría resolver así, «estoy como una cabra» – pero qué sucede si por el contrario acabas de nacer a un gran universo cósmico en el que eres un ángel espiritual – entonces se trata de una situación muy jodida. Es como si una mañana a uno le despertaran los raptores de Joseph K. En realidad creo que lo que hice fue salir por la escalera de incendios y golpear la ventana de una pareja de chicas que vivía al lado: «¡He visto a Dios!», y ellas cerraron la ventana de sopetón. Oh, ¡qué grandes historias les habría podido contar si me hubiesen dejado entrar! En aquel momento estaba completamente exaltado y la conciencia aún permanecía en mí – recuerdo que me lancé entonces sobre un libro de Platón y leí en el *Fedro* una gran imagen sobre unos caballos que volaban por el cielo, y luego me puse a leer fragmentos de san Juan *y con un no saber sabiendo... que me quede* *balbuciendo** y desde ahí salté hasta otra estantería y cogí un libro de Plotino sobre El Aislado – y lo encontré un poco más difícil de interpretar, el de Plotino.

Pero *al instante* se redobló el proceso de mi mente, se cuadruplicó, y de pronto fui capaz de leer cualquier texto y encontrar en él todo tipo de significados divinos. Creo que fue ese mes o esa misma semana cuando tuve que hacer un examen sobre John Stuart Mill. En vez de escribir sobre sus ideas me quedé absolutamente obsesionado con su experiencia de la lectura – ¿era de Wordsworth? Al parecer lo que le hizo regresar fue una experiencia de la naturaleza que él sintió al leer un texto de Wordsworth sobre «el sentido de lo sublime» o algo parecido. Es una descripción muy buena, la que hace de ese «sentido de lo sublime» o algo que se encuentra en un lugar mucho más interno, algo cuyo hogar es la luz de los atardeceres y el océano curvo y el... *aire viviente,* ¿era eso? El aire viviente – ahí está de nuevo esa mano– *y* el corazón del hombre. Creo que se trata de una característica habitual de toda la poesía elevada. Quiero decir que ese fue el modo en que empecé a pensar la poesía como una experiencia particular de comunicación – no cualquier experiencia sino *esa* experiencia.

T. C.: ¿Y volvió a tener una experiencia parecida?

A. G.: Sí, pero aún no he acabado con aquella época. Después de aquello me quedé en mi habitación, no sabía qué hacer pero quería que sucediera de nuevo, así que empecé a realizar experimentos sin Blake. Un día estaba en la cocina – tenía una vieja cocina con un fregadero en el que había un cubo tapado con una tabla – cuando de pronto me empecé a mover y a agitar bailando de un lado para otro diciendo: «¡Baila! ¡Baila! ¡Baila! ¡Espíritu! ¡Espíritu! ¡Espíritu! ¡Baila!», y de pronto me sentí como Fausto, invocando al diablo, hasta que súbitamente me invadió un gran... temor, un miedo criptozoide o monozoide, y me asusté tanto que tuve que parar.

Me fui a dar un paseo por Columbia y entré en la tienda de libros de Columbia y me puse a leer otro libro de Blake,

* Ginsberg cita incorrectamente dos versos de san Juan: «Quedéme no sabiendo... un no sé qué que quedan balbuciendo.» *(N. del T.)*

creo que era «El resumen de lo humano»: «La piedad no existiría...» Y de pronto me volvió a suceder en la librería, de nuevo me encontraba en aquel lugar eterno *una vez más* y eché un vistazo a los rostros que había a mi alrededor ¡y descubrí que eran todos animales salvajes! Había un dependiente de la librería al que no había prestado mucha atención, era parte del mobiliario habitual del establecimiento, todo el mundo pasaba a diario por aquella librería igual que yo porque en la planta de abajo había un café y en la superior estaban todos esos empleados a los que conocíamos todos – este tipo en concreto tenía una cara muy *larga,* ya sabes, era una de esas personas que parecen jirafas. Tenía un aspecto un poco *jirafil.* Una cara muy larga y una nariz alargada. Desconocía su vida sexual, pero suponía que tendría alguna. En fin, de pronto le miré a la cara y súbitamente me pareció un alma muy atormentada – hasta ese momento para mí solo había sido alguien al que había contemplado como un personaje no particularmente sexi o guapo, pero familiar al fin y al cabo, una especie de primo que lanzaba sus plegarias al universo igual que yo. De pronto me di cuenta de que *él lo sabía,* igual que yo. Y que todos los que estaban en aquella librería lo sabían también, ¡y lo ocultaban! Todos tenían esa conciencia, era como un gran inconsciente que nos abarcaba a todos y del que todos *éramos* completamente conscientes, pero las expresiones fijas de toda esa gente, sus gestos habituales y costumbres, su modo de hablar, no eran más que máscaras que ocultaban esa conciencia. Casi en ese momento me pareció también que habría sido demasiado terrible si nos hubiésemos comunicado entre nosotros en aquel grado de conciencia total y de alerta de nosotros mismos – habría sido demasiado terrible, habría supuesto el fin de aquella librería, el fin de la civ... – tal vez no de la civilización, pero por decirlo de algún modo, en el lugar en el que nos encontrábamos todo era *ridículo,* todo el mundo iba de un lado a otro traficando libros. ¡Aquí en el universo! Se pasaban dinero unos a otros por encima del mostrador, envolvían libros o vigilaban la puerta, ya sabes, robaban libros, y la gente estaba sentada relatando cosas de lo que les había pasado en la planta de arriba, y mientras paseaba por la librería la gente iba preocupada por sus exámenes, y todos esos millones de pensamientos que tenía la gente – todas esas cosas, ya sabes, por las que nos preocupamos –, todos aquellos pensamientos sobre si iban a conseguir echar un polvo o sobre si alguien les quería, sobre sus madres que se morían de cáncer o esa conciencia de la muerte que todo el mundo lleva consigo en todo momento – todas aquellas cosas se me revelaron de pronto en los rostros de todas esas personas, todos parecían llevar unas máscaras horriblemente grotescas, grotescas porque servían para *ocultarse* ese conocimiento unos a otros. Había conductos y fórmulas para ordenar, formas para consumar. Papeles que adoptar. Pero la percepción más importante de todas las que sentí en ese momento era la de que todos lo sabían. Todo el mundo lo sabía todo a la perfección. Y lo sabían exactamente en los términos en los que lo estaba exponiendo.

T. C.: ¿Aún cree que lo saben?

A. G.: Ahora estoy incluso más seguro. Fijo. Lo único que hay que hacer es obligar a alguien. Te das cuenta de que han sabido siempre que estaban intentando obligarles, pero hasta ese momento no se había producido la comunicación sobre ese tema.

T. C.: ¿Por qué no?

A. G.: Por temor al rechazo. Estaba en todas aquellas caras retorcidas de la gente, aquellos gestos estaban torcidos a causa del rechazo. Y en última instancia en el odio a sí mismos. En la forma en la que habían asumido ese rechazo en su interior. Y también en el descrédito del ser luminoso. En el descrédito del ser infinito. Eso se debía en parte a esa particular... en parte a que esa *conciencia* que tenemos todos es con frecuencia dolorosa, la experiencia del rechazo y de la falta de amor y de la guerra fría – me refiero a la guerra fría como la imposición de una inmensa barrera mental que afecta a todos, una descomunal psique antinatural. Una solidificación, una clausura de la percepción del deseo y la ternura que todo el mundo *sabe* y que es la misma estructura del... ¡átomo! La estructura del cuerpo humano y del organismo. Lo que construye el deseo. Todo estaba bloqueado. «Donde la juventud, ardiente en deseo / y la joven virgen amortajada en la nieve.» O, como dice Blake: «E impresas en cada rostro que encuentro / señales de debilidad, señales de aflicción.» En eso pensaba yo mientras estaba en esa librería, en las señales de debilidad, en las señales de aflicción. Para encontrarlas basta con echar un vistazo en cualquier momento a los rostros que están a tu alrededor – se puede ver en la forma en que se frunce la boca, en la forma en que se parpadea, en la forma en la que la mirada queda fija en una cerilla. Se trata de la autoconciencia, ese sustituto que evita la comunicación con el exterior. Esa conciencia hace retroceder hasta el ser y pensar en cómo sostendrá el rostro y los ojos y las manos para hacer de ellos una máscara con la que ocultar el flujo que no cesa y ¡del que todo el mundo es consciente, ese flujo que todos conocen en realidad! Digamos que es una timidez. Un miedo. Miedo de un sentimiento total en realidad, el ser total es lo que es.

El problema, después de haber hecho ese hallazgo, era enunciarlo de forma manifiesta y comunicarlo. Estaba, por supuesto, aquella vieja historia zen, cuando el sexto patriarca lega sus pequeños objetos simbólicos, sus copas, libros y ornamentos, sus copas policromadas... cuando el *quinto* patriarca se los lega al sexto le dice: escóndelos para que no los vea nadie, y no le digas a nadie que eres el patriarca, es peligroso, te acabarán matando. Ahí estaba ya ese peligro inmediato. A mí me ha llevado todos estos años manifestarlo y exponerlo de una forma que sea materialmente comunicable para la gente. Una forma que no les asuste ni a ellos ni a mí. Romper las máscaras y los papeles de todos lo suficiente al menos como para que tengan que enfrentarse al universo *y* a la posibilidad del advenimiento de la rosa enferma y la bomba atómica. Se trataba de un inmediato asunto mesiánico que parecía cada vez más y más justificado. Y también cada vez más razonable en lo que se refiere a la existencia que vivimos.

La siguiente vez que ocurrió fue una semana después dando un paseo por la tarde por un sendero circular que supongo ahora que debía ser el jardín o el prado de la Universidad de Columbia, junto a la biblioteca. Empecé a invocar al espíritu con la intención consciente de volver a tener otra profunda percepción del cosmos. Y de pronto empezó a suceder de nuevo como una especie de avance, pero en esta ocasión – esa fue la última vez que me sucedió en aquel período – se produjo a la misma profundidad o al mismo nivel de consciencia cósmica que las otras veces pero sin el estado de felicidad, más bien como algo *temible*. Algo semejante a una serpiente de miedo real invadió el cielo. El cielo dejó de ser una mano azul y se convirtió en una mano de muerte que descendía sobre mí – una presencia realmente temible, fue como ver de nuevo a Dios, pero con la diferencia de que en este caso Dios era el diablo. La conciencia era extensísima en sí misma, mucho más vasta que cualquier idea que yo me hubiese podido hacer de ella, tan vasta que había dejado de ser humana por completo – y en cierto modo constituía una amenaza porque al final yo iba a morir sumido en esa inhumanidad. No recuerdo cuál era la partitura – yo era demasiado cobarde como para seguirla. Si alguien quiere asistir en primera línea a las Puertas de la Ira hay un poema de Blake que habla de eso: «Encontrar el sendero occidental, que cruza las Puertas de la Ira.» Pero yo no quise entrar allí, lo clausuré todo. Me asusté mucho, pensé que había ido demasiado lejos.

T. C.: ¿Piensa que su uso de las drogas pudo ser una extensión de esa experiencia?

A. G.: Desde el momento en que hice el juramento, desde que comprendí que mi existencia completa estaba definida por eso, las drogas se convirtieron en una técnica evidente para experimentar con esa conciencia, para acceder a diferentes terrenos y niveles, para lograr diferentes semejanzas y diversas reverberaciones de la misma visión. La marihuana tiene algo de ese sobrecogimiento, ese sobrecogimiento cósmico que a veces se puede alcanzar con la hierba. En determinados momentos, y bajo los efectos del éter o del gas hilarante, la conciencia ha llegado a cruzar espacios semejantes – para mí al menos – a los de mis visiones Blake. Al parecer los poetas lakistas se sintieron muy interesados por las drogas gaseosas y sir Humphry Davy hizo muchos experimentos en ese sentido en el Pneumatic Institute. Creo que Coleridge y Southey solían ir a esas reuniones, y también De Quincey. Gente seria. Creo que no se ha escrito suficiente sobre ese período. ¿Qué *sucedía* en la casa de Humphry Davy los sábados al anochecer cuando Coleridge llegaba a pie, después de cruzar los bosques, junto a los lagos? Existen también ciertos estados a los que uno accede mediante el uso del opio, la heroína, una especie de encarnación del asombro, desde el que si se mira hacia la Tierra uno lo hace desde un lugar en el que ya ha muerto. No es lo mismo, pero se trata de un estado muy interesante y útil también. Es un estado natural, quiero decir que es una especie de estado santo. A veces uno tiene con los alucinógenos unos estados de conciencia que pueden ser cósmico-estáticos o cósmico-demónicos. Nuestra versión de la conciencia expandida abarca tanto como la información *in*consciente – la conciencia emerge hasta la superficie. Eso sucede con el ácido lisérgico, el peyote, la mescalina, la psilocibina y la ayahuasca. Pero yo ya no puedo soportarlos porque con ellos me han sucedido episodios parecidos a los de las visiones Blake. Después de treinta, treinta y cinco sesiones, empecé a experimentar unas vibraciones monstruosas de nuevo. Ya no conseguía llegar más allá. Tal vez lo intente de nuevo más adelante si me siento más seguro.*

* Desde el encuentro para esta entrevista con Thomas Clark en junio del 65 y su publicación en mayo del 66 se han producido más momentos de esa seguridad. He tomado dosis de LSD en dos ocasiones, una en un bosque recóndito y otra en un acantilado frente al mar en Big Sur. No he tenido vibraciones monstruosas ni alucinaciones con serpientes universales; más bien he visto numerosas flores violetas junto a un sendero que se desplegaba junto a un arroyo que parecía la ilustración de un canal de Blake en una imagen de un vergel paradisíaco, una orilla descomunal junto al Pacífico, a Orlovsky desnudo y con el pelo largo bailando igual que Shiva frente a unas gigantescas olas verdes, acantilados titánicos como los que menciona Wordsworth en lo Sublime, un gran sol amarillo velado por la bruma suspendido sobre el horizonte oceánico. Nada doloroso. Aquel día el presidente Johnson fue a la sala de operaciones del Valle de las Sombras porque su vejiga biliar & y el Berkeley's Vietnam Day Comittee estaban preparando ansiosos manifiestos para nuestra marcha en contra de la policía de Oakland y los Ángeles del Infierno. Como entendí que si pronunciaba más palabras infames iba a enviar vibraciones físicas a la atmósfera y que con eso solo iba a perjudicar la pobre carne mortal de Johnson y tal vez a perturbar su alma, me arrodillé rodeado de enormes masas de verdes algas marinas, de serpientes vegetales de las profundidades del mar que habían acabado en la orilla a causa de la tormenta de la noche anterior y recé para que el presidente recuperara la salud. Como ha habido mucha legislación poco amable con esa

De cualquier modo he obtenido mucho de ellas, sobre todo comprensión emocional, comprensión del principio femenino en cierto modo – mujeres, me refiero aquí a un mayor sentido de la dulzura y un mayor deseo por las mujeres. También deseo por los niños.

T. C.: ¿Le sucedió algo interesante en esas experiencias reales, digamos, con los alucinógenos?

A. G.: Lo que me sucede es, pongamos, que si me coloco en un apartamento con mescalina tengo la sensación de que ni el apartamento ni yo mismo nos encontramos en el este de la Calle 5, sino en medio del espacio-tiempo. Si cierro los ojos bajo el efecto de alucinógenos tengo una visión de dragones cubiertos de escamas en el espacio exterior que trazan lentos círculos sinuosos y se muerden las colas. A veces es mi propia piel y la habitación la que está cubierta de escamas, todo a mi alrededor está hecho de serpiente. Es como si la ilusión completa de la vida fuese el sueño de un reptil.

Y también el mandala. He usado el mandala en un poema de LSD. Las asociaciones de ideas que tengo en los momentos en los que estoy colocado generalmente se refieren o están construidas sobre cierta imagen con respecto a los otros poemas que no están escritos bajo los efectos de las drogas. O «según las drogas» – como en el caso de «Salmo mágico», un poema que escribí bajo el efecto del ácido lisérgico. O la mescalina. Hay un largo fragmento sobre un mandala en el poema del LSD. Se produjo una situación interesante porque estaba colocado y mirando un mandala – antes de colocarme le pedí al doctor que me lo había conseguido en Stanford que me dejara preparados unos mandalas para observarlos, le dije que le pidiera prestados unos cuantos al profesor Spiegelberg, que era un experto. Así que cogí unos mandalas de elefantes *sikki-*

---

bendición del LSD ahora me arrepiento de mi ambivalencia en esta transcripción de la entrevista con Thomas Clark y he pensado que la publicación merecía esta nota al pie.

Vuestro obediente siervo,
Allen Ginsberg, aetat 40
2 de junio de 1966

mese. En el poema me limito a describirlos – describo el aspecto que tienen mientras estoy colocado.

Por abreviar, se puede decir que las drogas son muy útiles a la hora de explorar la percepción, el sentido de la percepción y también para explorar distintas posibilidades y modos de la conciencia, para explorar las distintas versiones de esas *petites sensations* y a veces también útiles para escribir bajo su influencia. La segunda parte de «Aullido» la escribí bajo la influencia de unas visiones con peyote. Lo mismo sucedió en San Francisco con «Moloch». «Kaddish» lo escribí con inyecciones de anfetaminas. Una inyección de anfetamina y un poco de morfina más algo de dexedrina para poder seguir trabajando, porque lo compuse entero en una larga sentada. Desde una mañana de sábado hasta una noche de domingo. La anfetamina le da un tinte metafísico muy particular a las cosas. Como del espacio exterior. Y tampoco interfirió demasiado porque yo no estaba acostumbrado a tomarla, fue más bien una cosa de aquel fin de semana. No supuso una gran interferencia con la carga emocional que se manifestaba allí.

T. C.: ¿Tuvo alguna relación con las drogas durante su viaje a Asia?

A. G.: Creo que la experiencia asiática fue el rincón más extremo en el que me he visto con las drogas. Fue un rincón inhumano porque pensé que estaba expandiendo mi conciencia y que tenía que hacer esas cosas, pero eso me llevó a enfrentarme a la serpiente monstruosa y al final me vi en una situación terrible. Llegó hasta el punto de que cada vez que tomaba drogas me ponía a vomitar al instante. Pero yo pensaba que estaba atado, obligado por ese proyecto de expandir mi conciencia, aquella percepción, pensaba que debía quebrar mi identidad para buscar así un contacto más directo con las sensaciones del primate, la naturaleza, que debía continuar. Así que cuando fui a la India, y durante todo el tiempo que estuve allí, le contaba atropelladamente todas estas cosas a los santones que me encontraba. Quería que me dieran consejos. Y lo hicieron, todos me dieron muy buenos consejos. El primero al que vi fue a Martin Buber, que se mostró muy interesado. Cuando fuimos a Jerusalén Peter y yo nos acercamos a verle – le llamamos, acordamos una cita y tuvimos una larga conversación. Tenía una hermosa barba blanca y fue muy amable, era de natural austero, pero bondadoso. Peter le preguntó por las visiones que había tenido y él le relato algunas que había experimentado en la cama cuando era joven. Pero también añadió que ya no estaba muy interesado en aquel tipo de visiones. El tipo de visiones que tenía ahora se parecían más a golpecitos espirituales sobre la mesa. Se parecían más a ángeles que entraban en su habitación por la ventana que a los enormes y seráficos ángeles de Blake capaces de golpearte la cabeza. En aquel momento mi problema fundamental era el de enfrentarme a la pérdida de identidad y aquel universo inhumano, me preocupaba hasta qué punto estaba obligado también el hombre a evolucionar y desarrollarse quizá para hacerse también él más inhumano. Disolverse en el universo, digamos – por decirlo de un modo extraño y poco preciso. Buber me dijo que estaba interesado en las relaciones hombre-a-hombre, en las relaciones de lo humano-frente-a-lo-humano – me dijo que pensaba que habíamos sido destinados a vivir en un universo humano y que por tanto las relaciones eran humanas y no existía esa dicotomía de lo humano frente a lo no humano, lo que se correspondía con el tipo de pensamiento que yo pensaba que debía adoptar. Me dijo: «Recuerda mis palabras, joven, dentro de dos años te darás cuenta de que yo tenía razón.» Y tenía razón, a los dos años recordé sus palabras. Dos años más, sería el 63 – yo le vi en el 61. En fin, no sé si dijo dos años – pero sí dijo «en los años venideros». Me pareció la clásica frase de hombre sabio: «¡Recuerda mis palabras, joven, dentro de unos años te darás cuenta de que yo tenía razón!» Signo de exclamación.

También fui a ver a Swami Sivananda, en Rishikesh, la India. Me dijo: «Tu gurú es tu propio corazón.» Algo que me pareció muy dulce, muy reconfortante. Esa fue la dulzura que sentí – en mi corazón. Y de pronto comprendí que era el corazón lo que estaba buscando. Por decirlo de otro modo, que no era la conciencia, no eran las *petites sensations,* si se entiende sensación como una expansión de la conciencia mental en la que se incluye más información – estaba siguiendo un razonamiento, una broma al estilo de Burroughs. La región en la que tenía que adentrarme era más el corazón que la mente. Por decirlo de otro modo, con la mente, o a través de la mente y de la imaginación – este es el punto en el que me confunde Blake – con la mente uno puede construir todo tipo de universos, uno puede construir universos en sueños y con la imaginación y a la velocidad de la luz y con óxido nitroso uno puede experimentar múltiples universos en una sucesión acelerada. Uno puede experimentar toda una escala de posibles universos, incluida también la posibilidad de que no haya universo alguno. Y entonces uno se queda inconsciente – eso es exactamente lo que sucede con el gas, que uno se queda inconsciente. Uno siente que el universo va a desaparecer también junto a su conciencia, que todo depende de tu conciencia.

En fin, que toda una serie de santones indios acabaron haciendo referencia al cuerpo – aconsejándome que regresara al *interior* del cuerpo antes que salir de la forma humana. Lo que me llevaba de nuevo a Blake, la humana forma divina. ¿Se entiende? Por decirlo de otro modo, el problema psíquico en el que me había metido había provocado que me encontrara por distintas razones y en varios momentos ante la idea de que casi lo mejor que podía hacer era caerme muerto. O dejar de temerle a la muerte para adentrarme en ella. Adentrarme en lo no humano, en lo cósmico, por decirlo de alguna manera, que Dios era la muerte y que si quería alcanzar a Dios tenía que morir. Algo que aún pienso que *tal vez* sea cierto. Pensé que tenía que incitarme a mí mismo a romper mi cuerpo si quería alcanzar la conciencia absoluta.

Pero en el paso siguiente me encontré con todos aquellos gurús que me decían uno tras otro: vive en el cuerpo, esa es la forma para la que has nacido. Sería muy largo relatarlo aquí. Mantuve muchas conversaciones con muchos santones y todos tenían una pequeña *clave*. Todo concluyó en un viaje en tren en Japón, un año más tarde, en el poema «El cambio», en el que yo renuncio de pronto a las drogas, o no renuncio pero de pronto decido que no quiero que me *dominen* más, que no quiero ni siquiera que me domine mi obligación moral de seguir ensanchando mi mente. Que lo único que quiero hacer es *ser* mi corazón – que en este instante se limita a ser y estar vivo. En ese momento tuve una experiencia estática muy extraña, y en cuanto me deshice de esa carga que pesaba sobre mis hombros descubrí que súbitamente había quedado liberado para amarme de nuevo a mí mismo y amar por tanto a toda la gente que estaba a mi alrededor del modo en el que ya eran. Amarme a mí mismo en la forma que tenía en ese instante. Y mirar al resto de la gente, por lo que sucedió *una vez* más lo que había sucedido en la librería. Con la diferencia de que aquella vez yo me sentía completo en mi cuerpo y no me imponía misteriosas obligaciones. No tenía que cumplir con nada más que con estar dispuesto a la muerte cuando muriera, en el momento en que tuviera que ocurrir, y estar dispuesto a la vida como humano en la forma que tenía en ese momento. De modo que me puse a llorar, fue un instante de una gran felicidad. Afortunadamente también fui capaz de escribir en ese momento: «Vivo y moriré» – quería eso antes que una conciencia cósmica, la inmortalidad, los Viejos Tiempos, la conciencia perpetua en una existencia sin fin.

Luego me fui a Vancouver. Olson decía: «Yo y mi piel somos uno.» Cuando llegué a Vancouver tenía la *sensación* de que todo el mundo se había precipitado súbitamente en el interior de sus cuerpos a la vez. Me parecía que había sucedido aquello de lo que Creeley llevaba hablando tanto tiempo. El *lugar* – por utilizar sus palabras, el *lugar* que somos. Refiriéndose a este lugar, a aquí. Y al intento de ser reales en un lugar real... de tomar conciencia del lugar que uno ocupa. Yo siempre había creído que en realidad se refería a que había sido amputado de la imaginación divina, pero en realidad lo que significaba para él era que este lugar era todo lo que uno podía considerar divino si uno realmente se encontraba aquí. Vancouver era un lugar muy extraño en ese momento, o al menos eso me pareció a mí – había llegado allí con una sensación de fracaso absoluto. Mi energía de los últimos... oh, desde 1948 hasta 1963 había quedado muy mermada. En aquel tren de Kioto había renunciado a Blake, había renunciado a las visiones – ¡había renunciado a *Blake!* –, a eso también. Había un ciclo que había comenzado con las visiones Blake y había terminado en el tren de Kioto, cuando había comprendido que para alcanzar la profundidad de conciencia que buscaba cuando hablaba de las visiones Blake tenía que alejarme de las visiones y renunciar a ellas. Si no lo hacía iba a quedarme enganchado al recuerdo de una experiencia, algo que no era la conciencia real del ahora, ahora. Para poder regresar al ahora, para poder regresar a la conciencia total del ahora y el contacto, el sentido de la percepción del contacto con lo que me sucedía y estaba a mi alrededor, o con la visión directa del momento, tenía que abandonar ese removido y continuo proceso mental, ese deseo de regresar a un estado visionario. Era todo muy complicado. Y un tanto estúpido.

T. C.: Creo que en alguna ocasión ha dicho que «Aullido» era un poema lírico y «Kaddish» uno básicamente narrativo, que ahora tiene el deseo de hacer uno épico. ¿Es ese su proyecto?

A. G.: Sí, pero en realidad no son más que... ideas en las que he estado pensando mucho tiempo. Una cosa que me gustaría hacer antes o después es escribir un largo poema que sea una descripción narrativa de todas las visiones que he tenido, una especie de *Vita nuova.* Y los viajes, ahora. Otra idea era la de escribir un largo poema en el que salieran todas las personas con las que he follado o dormido. Como un poema de sexo... de amor. Un largo poema de amor que abarcara todos los innumerables polvos de una vida. Aunque eso no es la épica. La épica sería un poema que incluyera la historia, tal y como se la suele definir. Ese sería el caso de un poema que hablara de política actual y usara las mismas técnicas que usó Blake en *La Revolución francesa.* Tengo ya una buena parte escrita. Narrativa sería «Kaddish». Cuando digo épica – tendría que ser una estructura completamente distinta, tendría que funcionar por libre asociación de ideas sobre cuestiones políticas – pienso en un poema épico que incluyera la historia, en esta fase. Tengo una buena parte ya escrita, pero tendría que ser una épica tal y como la entendía Burroughs – por decirlo de otro modo, un flujo de pensamiento disociado que incluyera historia y política. No creo que se pudiera hacer de una forma narrativa, quiero decir, ¿qué se podría narrar: la historia de Corea o algo así?

T. C.: ¿Sería algo semejante a la épica de Pound?

A. G.: No, Pound me parece que trabaja desde una perspectiva de años de lectura, algo que sale de un museo de la literatura, mientras que esto tendría más bien que ver con la historia contemporánea, titulares de periódicos y todo ese pop art del estalinismo y Hitler y Johnson y Kennedy y Vietnam y el Congo y Lumumba y el Sur y Sacco y Vanzetti – todo lo que flota sobre el espacio de mi propia conciencia y está en contacto conmigo. Tendría que ver con fabricar un cesto – un cesto de mimbre compuesto con esos materiales. Evidentemente nadie tiene ni idea de hacia dónde va todo ni de cómo va a terminar esto, a no ser que uno tenga una visión con la que relacionarse. Tendría que hacerse mediante un proceso de libre asociación de ideas, supongo.

T. C.: ¿Cuál es el estado de la poesía actual?

A. G.: No lo sé aún. A pesar de todo el ruido que se ha producido en su contra, ahora que ha pasado el tiempo, creo que Kerouac sigue siendo el mejor poeta de los Estados Unidos. Ha llevado veinte años que se asentara. La razón principal es que es el más libre y el más espontáneo. Es el que tiene la mayor gama de asociaciones e imágenes en su poesía. Incluso en *Mexico City Blues* lo sublime es la materia principal. Por otra parte es el que tiene mayor facilidad para hacer lo que podría llamarse «poesía proyectiva», por darle un nombre. Creo que ha sido estúpidamente menospreciado por todo el mundo menos por unos pocos que han comprendido hasta qué punto es hermosa su escritura – como Snyder o Creeley, gente que tiene el gusto de su tono, de su verso. Pero hace falta ser grande para reconocer lo grande.

T. C.: ¿No se refiere a la prosa de Kerouac?

A. G.: No, estoy hablando de un poeta puro. Me refiero a la poesía en verso de *Mexico City Blues* y de otros muchos manuscritos que he leído. Por si fuera poco posee además una de las señales indudables de los grandes poetas, es la única persona a la que conozco en todos los Estados Unidos capaz de escribir haikus. El único que ha escrito buenos haikus. Todo el mundo escribe haikus. Pero en un lado están todos esos *deprimentes* haikus que escriben personas que se pasan semanas pensando en algo para luego decir cualquier sosería diminuta y en el otro Kerouac, que piensa en haikus cada vez que escribe sobre cualquier cosa – habla de ese modo, piensa de ese modo. Para él se trata de algo natural. Fue Snyder quien se dio cuenta. ¡Snyder, que tuvo que estar años en un monasterio zen para producir un haiku sobre el movimiento de un tronco! Y consiguió escribir uno o dos muy buenos. A Snyder le maravillaba la facilidad de Kerouac... por ejemplo cuando se dio cuenta de que unas moscas de invierno habían muerto de viejas sobre su botiquín. «Sobre mi botiquín / las moscas de invierno / mueren de viejas.» En realidad nunca los publicó – los editó en una grabación, con Zoot Sims y Al Cohn, ahí hay una bonita colección. Hasta donde yo sé esos son los únicos haikus norteamericanos.

El haiku es la prueba más difícil de todas. Aparte de otros estilos más largos. Por otra parte es evidente que la distinción entre poesía y prosa está ya completamente obsoleta. Más aún cuando, como decía, una extensa página oceánica de Kerouac puede llegar a ser tan sublime a veces como un verso épico. Creo que es ahí donde llegó más lejos en el asunto existencial de la escritura entendido como acción irreversible o declaración, algo que es imposible revisar o cambiar una vez que está hecho. Recuerdo que el otro día pensé, ayer sin ir más lejos, en el momento en que me quedé completamente asombrado cuando Kerouac me comentó que en el futuro la literatura consistiría en lo que verdaderamente estaba escrito en los textos y no en el engaño con el que los autores trataban de convencer a la gente de otra cosa que ellos mismos habían descubierto después. ¡De pronto vi abrirse frente a mí un universo entero en el que la gente ya no sería capaz de mentir nunca más! Ya no podrían *corregirse* más a sí mismos. Ya no podrían ocultar lo que han dicho. Y él estaba deseando dirigirse hacia ese lugar, convertirse en el primer peregrino que se adentrara en ese territorio recién descubierto.

T. C.: ¿Y qué hay del resto de los poetas?

A. G.: Creo que Corso tiene un gran genio imaginativo. Y sin duda está también entre los más *perspicaces* – como Keats y demás –. Me gusta el lado salvaje y nervioso de Lamantia. Me parece interesante casi todo lo que escribe – y por una razón: siempre registra el movimiento hacia delante del espíritu que investiga; la exploración espiritual siempre está ahí. También desde el punto de vista cronológico es interesante seguir su trabajo. Whalen y Snyder son los dos muy sabios y fiables. A Whalen no lo *entiendo* muy bien. Antes sí – pero tengo que sentarme de nuevo a estudiar su obra. A veces parece un poco chapucero – pero luego siempre acaba estando bien.

McClure tiene una energía tremenda, parece una especie de... serafín no es la palabra apropiada... ni tampoco un heraldo, sino un... no, un demonio tampoco. Supongo que es un serafín. Siempre se está moviendo – cuando, pongamos, estoy empezando a incomodarme, ¡de pronto se pone McClure a hablar de ser un mamífero! Ahí me doy cuenta de que estaba muy por delante de mí. Y Wieners... siempre me hace *llorar*. Es luminoso, luminoso. Son todos viejos poetas, todo el mundo conoce a esos poetas. Burroughs también es poeta, en serio. En el sentido de que una página de su prosa puede llegar a ser tan densa en imágenes como cualquiera de St. John Perse o Rimbaud. Y también tiene algunos fantásticos ritmos repetidos. Recurrentes, ritmos recurrentes, ¡y hasta alguna rima ocasional! Qué mas... Creeley es muy firme, muy sólido. Cada vez me gustan más algunos poemas suyos que no había entendido en una primera lectura. Como «La puerta», que al principio me desconcertó porque no entendí que se refería al mismo problema heterosexual que me preocupaba a mí. Me gusta Olson porque escribió «mi piel y yo somos uno». La primera cosa que me gustó de Olson fue «La muerte de Europa» y buena parte de su último trabajo recopilado en *Maximus* está bien. Dorn tiene una especie de sobriedad extensa y *real,* es masculino, político – pero su gran cualidad interna es también la ternura – «Oh, esas tumbas aún sin cortar.» Me gusta también la línea que han tomado Ashbery y O'Hara y Kock, el lugar al que se dirigen. A Ashbery le oí recitar «Los patinadores» y tenía algo creativo y refinado en todas sus partes, como en «El rizo robado».*

* En este caso Ginsberg se refiere al poema de Pope. *(N. del T.)*

T. C.: ¿Siente que tiene el control cuando escribe?

A. G.: A veces sí siento que tengo el control. Cuando me encuentro en el ardor de algunos años certeros, sí. Tengo un control absoluto. Otras veces – siento que no lo tengo en casi ningún momento. Me parece no estar haciendo nada, como si estuviera tallando en madera, tratando de conseguir una forma bonita, es el caso de la mayor parte de mi poesía. Solo en unas pocas ocasiones he conseguido alcanzar ese estado de control absoluto. Seguramente en un fragmento de «Aullido», en un fragmento de «Kaddish» y en un fragmento de «El cambio». Y también en una o dos ocasiones más, en otros poemas.

T. C.: Cuando habla de control se refiere a una sensación completa del poema más que a sus partes?

A. G.: No, me refiero a la sensación de ser el profético amo del universo.

LA ENTREVISTA SOBRE EL OFICIO

Mary Jane Fortunato, Lucille Medwick y Susan Rowe entrevistaron a Allen Ginsberg el 17 de diciembre de 1970. La entrevista, a la que algunas veces se ha denominado «la entrevista del oficio», se publicó en el New York Quarterly *y se incluyó también en el libro* El oficio de la poesía.

NYQ: Ya ha hablado de esto en otras ocasiones, pero ¿le importaría empezar esta entrevista comentándonos sus influencias más tempranas, las influencias de sus primeros trabajos?

Allen Ginsberg: Emily Dickinson. El poema «Las campanas» de Poe – «Escuchad los trineos con las campanas - ¡Plateadas campanas!...» El verso de amplio aliento de Milton en *El paraíso perdido.*

El Poder supremo
la arrojó envuelta en llamas desde la bóveda etérea,
en atroz ruina y combustión, hacia una perdición sin fondo,
para allí morar entre cadenas adamantinas y fuegos de castigo,
por haber osado desafiar a las armas al Todopoderoso.

El «Epipsychidion» de Shelley – «una vida, una muerte, / un cielo, un infierno, una inmortalidad, / y una aniquilación. ¡Pobre de mí!». El final del «Adonais», también de Shelley, y la «Oda al viento del oeste», donde se percibe una respiración continua hasta lograr un punto extático.
Las «Insinuaciones de la inmortalidad» de Wordsworth:

Nuestro nacimiento no es sino un sueño y un olvido
el alma que se alza a nuestro lado, nuestra estrella de la Vida,
ha estado antes en otro lugar.

Y también la exhortación de Wordsworth, o como lo quieras llamar, en «La abadía de Tintern»:

Un sublime sentido
de algo aún más profundo entreverado
que habita en la luz del sol poniente
y en los vastos océanos y en la vibrante brisa
y en los cielos y hasta en la mente humana.

Ese fue el tipo de poesía que me influyó: la poesía de largo aliento que buscaba producir un efecto extático.

NYQ: ¿Y qué hay de Whitman?

A. G.: No, creo haber respondido con precisión a la pregunta. Me habías preguntado por las influencias en mis primeros trabajos. Por supuesto Whitman y Blake me influyeron, pero he respondido pensando en las composiciones más tempranas. Cuando empecé a escribir hacía verso rimado, componía estrofas que provenían de los ejercicios de mi padre. Tras hacer progresos en ese sentido me involucré más con Andrew Marvell.

NYQ: ¿Solía ir a los encuentros de la Poetry Society of America?

A.G.: Sí, iba con mi padre. Una experiencia aterradora, en su mayor parte eran señoras y poetas de segunda fila.

NYQ: ¿Podría profundizar un poco más?

A. G.: Me refiero a la PSA. En aquella época estaba compuesta por enemigos declarados de William Carlos Williams, Ezra Pound y T. S. Eliot.

NYQ: ¿Cuánto tiempo le llevó descubrir que eran enemigos?

A. G.: Oh, lo supe al instante. Me refiero en realidad a que eran enemigos de la poesía. Enemigos de aquella poesía que *a posteriori* demostró ser la poesía más honesta de esa época. Para ellos el culmen era, supongo, Edwin Arlington Robinson: «Eros Turannos» les parecía el máximo de la poesía del siglo XX.

NYQ: ¿Cuándo fue la primera vez que oyó recitar versos largos?

A. G.: Los textos que he citado antes eran fragmentos que me enseñó mi padre en la preadolescencia.

NYQ: ¿Lo hizo porque le parecían hermosos o porque representaban un buen oficio poético?

A. G.: No creo que la gente usara la palabra «oficio» en aquella época. Es una palabra que se ha empezado a emplear más bien en las últimas décadas. En mi casa había muchos libros muy buenos de poesía, y él los recitaba de memoria. Jamás se sentó frente a mí y me dijo: ahora te voy a enseñar –con mayúsculas– el O-F-I-C-I-O. En realidad ni siquiera me gusta la palabra «oficio» referida a la poesía porque generalmente viene acompañada de una defensa de la rígida prosodia yámbica a la que considero pedante y muy alejada de la confección. Hay pocas personas que puedan decir esa palabra con verdadero sentido. Creo que Marianne Moore la ha usado en varias ocasiones. Pound la utilizó un par de veces en circunstancias muy concretas – más como verbo que como una cualidad. «Tal o cual poeta ha *confeccionado* una sextina.»

NYQ: ¿Le importaría hablar de otras influencias posteriores en su obra? ¿William Blake? ¿Walt Whitman?

A. G.: Más tarde me interesó mucho la poesía de Kerouac. Creo que me excitó mucho más que ningún otro autor, es un poeta magnífico muy subestimado. Los poetas aún no lo han descubierto.

NYQ: La mayoría de la gente asocia a Kerouac con la prosa, con *En la carretera,* y no tanto con *Mexico City Blues*. Tal vez hacen una distinción muy estricta entre su poesía y su prosa.

A. G.: Creo que eso sucede porque la gente está tan preocupada por el uso de la palabra «oficio» y su significado que ya son incapaces de ver poesía en una página cuando la tienen delante de sus narices. La poesía de Kerouac parece la cosa con «menos oficio» del mundo. Su idea del oficio es muy distinta a la de la mayoría de la gente. Para mí la poesía de Kerouac es la poesía con más oficio de todas. Y a pesar de ser el que más oficio tiene del mundo aún no lo han descubierto todos esos que no paran de hablar del oficio; su oficio es el de la espontaneidad, su oficio es el de la evocación instantánea del inconsciente, su oficio es la perfecta y ejecutiva combinación de las imágenes de la memoria arquetípica que articulan la observación en el presente de los detalles y el suceso epifánico de la infancia.

NYQ: En «Aullido», al final de la primera sección, se acerca usted a hacer una definición de poesía:

que soñaron e hicieron aberturas encarnadas en el Tiempo y el Espacio a través de imágenes yuxtapuestas, y atraparon al arcángel del alma entre 2 imágenes visuales y unieron los verbos elementales y pusieron el nombre y una pieza de conciencia saltando juntos con una sensación de Pater Omnipotens Aeterna Deus

A. G.: Ahí se parafrasea lo mismo que acabo de decir sobre Kerouac. Si se escucha la estructura de esa frase, se ve que trata del presente observado hasta el detalle para que se produzca la epifanía, se está cazando el arcángel del alma entre dos imágenes visuales. En ese momento pensaba en lo que Kerouac y yo pensábamos del haiku – dos imágenes visuales, dos polos opuestos que quedan conectados a través de un fogonazo de la mente. Por decirlo de otro modo: «Hoy ha sido un buen día, dejemos que otra mosca se pose en el arroz.» Dos imágenes dispares, inconexas, que se unen en la mente.

NYQ: Los poetas chinos hacen eso. ¿Es a eso a lo que se refiere?

A. G.: Es algo característico de la poesía china, ya lo señaló Ezra Pound en su ensayo: «La escritura de caracteres chinos como un *medium* para la Poesía», hace ya casi cincuenta y cinco años. ¿Conoces esa obra? Pues ya entonces Ezra Pound afirmaba que el lenguaje jeroglífico chino era el más apropiado para la poesía porque lo consideraba principalmente visual, mucho más que la abstracción lingüística generalizada del inglés con todas esas palabras no visuales como Verdad, Belleza, Oficio, etc. Pound tradujo entonces algo de poesía china y también (a partir de los estudios del profesor Fenollosa) ese ensayo filosófico en el que se habla del lenguaje chino como algo pictórico. Como en inglés no hay una imagen concreta, los poetas podían aprender de los chinos a presentar los detalles de la imagen: de aquel jeroglífico de Pound surgió toda la práctica del imagismo, la escuela que adoptó el nombre de «Imagismo». Se trata por tanto de una *vieja* historia en la poesía del siglo XX. Esa idea mía de las dos imágenes proviene precisamente de esa tradición, del descubrimiento e interpretación que hizo Pound de los chinos, tal y como más tarde lo llevó a la práctica Williams y todos los que estudiaron con Pound o lo entendieron. Lo que trato de explicar es que esa tradición de la poesía americana del siglo XX no es algo *recién* descubierto. La llevaron a cabo gente como Pound y Williams, la misma gente que eran anatema para esos mediocres de la PSA a los que no se les ocurría mejor crítica que decir que no tenían «oficio».

NYQ: En la misma sección de «Aullido», en el verso siguiente, dice:

> para recrear la sintaxis y medida de la pobre prosa humana y pararse frente a ti mudos e inteligentes y temblorosos de vergüenza, rechazados y no obstante confesando el alma para conformarse al ritmo del pensamiento en su desnuda cabeza sin fin,

A. G.: Es una descripción del método estético. Son frases clave que fui recopilando durante esa época y que utilicé cuando estaba escribiendo el libro. Quería decir de nuevo que si uno pone dos imágenes visuales la una junto a la otra y permite que la mente las conecte, que cubra ese hueco que hay entre las dos imágenes, un rayo las ilumina. Es el *sunyata* (el término budista para nombrar el espacio vacío dichoso), algo que solo las criaturas vivientes pueden conocer. El vacío al que tradicionalmente señala el dedo zen, la elipse, es la conciencia espeluznante e innombrable que genera la mente entre dos imágenes visuales. Tal vez debería responder a las preguntas de forma más sucinta.

NYQ: A pesar de sus opiniones sobre el oficio, los poetas han respondido a su trabajo y descubierto en él ciertos principios de versificación mediante la respiración...

A. G.: Una de las cualidades primordiales de mi escritura es que no tengo oficio y que no sé lo que estoy haciendo. No hay en ella ningún tipo de arte, al menos en el contexto en el que suelen emplearse esas palabras de arte y oficio. El arte y el oficio que hay en ella es el de iluminar las formaciones mentales y el de intentar observar la actividad desnuda de mi propia mente para transcribir a continuación esa actividad sobre el papel. El oficio queda envuelto en la fulgurante actividad mental. Es, digamos, una forma de atrapar al arcángel del alma por sorpresa. El tema principal es la acción de la mente. Por decirlo de la manera más vulgar posible, se trata de algo parecido a lo que se supone que ocurre en el diván del psicoanalista. Si uno está pensando en la «forma» o en un poema «bien compuesto» o en un soneto cuando está tendido en el diván, es imposible que diga lo que de verdad le pasa por la cabeza. Uno estaría balbuciendo cosas en un estilo encorsetado en vez de decir: «quiero follarme a mi madre», o lo que sea que esté deseando en ese momento. Utilizo la imagen más desagradable posible para que luego no haya malentendidos sobre el área de la mente con la que me estoy relacionando: qué es lo innombrable desde el punto de vista social, en qué consiste lo profético que sale del inconsciente, qué es universal para todos los hombres, cuál es el principal tema de la poesía, qué hay ahí abajo, *en el interior* de nuestra mente. ¿Cómo se puede llevar eso a la página? Lo que uno hace es analizar su propia mente durante el tiempo que dura la composición y escribir todo lo que sale del teletipo de su mentalidad, todo lo que produce algún eco en su oído interno o relumbra en forma de imagen en los globos oculares mientras escribe. El tema queda interrumpido constantemente porque la mente siempre se pierde en vaguedades – por eso cada vez que cambia el flujo escribo un guión –. Los guiones son una función de este método de transcripción de información inconsciente. Es imposible escribir absolutamente todo lo que se produce ahí – esa información semiconsciente. Es imposible escribirlo *todo,* uno solo puede escribir lo que la mano es capaz de plasmar. La mano no es capaz de plasmar más del veinte por ciento de lo que relumbra en la mente y el mismo acto de escritura es también una interrupción a los fogonazos de la mente que redirige la atención hacia la escritura. Esa es la razón por la que la observación (en la escritura) impide el funcionamiento de la mente. Se podría decir así: «La observación impide el funcionamiento.» Yo traslado todo lo que puedo de ese material auténtico, interrumpiendo el fluido de ese material mientras lo traslado, y cuando observo voy hasta el centro de mi cerebro para averiguar cuál es el siguiente pensamiento, cuando en realidad lo más probable es que ya hayan pasado otros treinta. Por eso pongo un guión para indicar el corte, a veces un guión y unos puntos. ¿Se entiende?

Decir «quiero follarme a mi madre» – es demasiado fuerte. Es como agitar una bandera roja frente a nuestro entendimiento, por eso no es necesario utilizar ese tipo de cosas como pensamiento arquetípico. «Quiero ir al cielo» podría ser el pensamiento arquetípico en vez de «quiero follarme a mi madre». Mi intención no es otra que trasladarlo a un lugar en el que todo el mundo sepa dónde se encuentra. Si dijera «quiero ir al cielo» alguien podría pensar que se trata de un concepto filosófico.

NYQ: ¿Revisa mucho su trabajo?

A. G.: Hago el menor número de revisiones posibles. El oficio, el arte, consiste en prestar atención a la película real de la mente. El hecho de escribirla es como fabricar un subproducto de ella. Si uno es capaz de seguir la película de su mente la tarea de escribirla se convierte simplemente en una especie de trabajo oficinesco, y ¿qué hay de artístico en ello? Usar guiones en vez de puntos y coma. Conocer la diferencia entre un tipo de guión – y otro -. Los versos largos puedes ser útiles en ciertas ocasiones y los cortos en otras. Pero siempre resulta útil tener una libreta de líneas y tres bolígrafos – de eso tienes que estar servido –. Los materiales reales son importantes. Un libro en la mesilla es importante – un lugar del que se puede obtener ciertas iluminaciones – o una linterna, Kerouac siempre tenía una linterna de guardafrenos. Ese es el oficio. Tener una linterna de guardafrenos y saber utilizar el signo & para agilizar la escritura. Si uno está concentrado en todo momento – como fue mi caso durante la escritura de «Sutra del girasol», que luego se convirtió en el poema «TV baby» (y más tarde en «Sutra del vórtice de Wichita» en un libro llamado *Planet News*) –, cuando uno tiene centrada la atención es más que probable que no haga falta usar demasiado el bolígrafo azul en las correcciones porque la composición tendrá un sentido de *continuum*. Cuando reviso algún texto que he escrito veo enseguida si ha habido algún lapso de atención con respecto al tema, comienzo a hablar sobre mi escritura o me pongo a divagar sobre el picor que siento de pronto en mi ridículo pie izquierdo en vez de la gigantesca fábrica de humo que estoy observando en Linden, Nueva Jersey. Es entonces cuando tengo que hacer correcciones a boli azul, para quitar lo que resulta irrelevante: todo lo que he incluido al ser autoconsciente y al perder la conciencia del tema. Cuando la autoconciencia interfiere en la atención, el bolígrafo azul tiene que extirpar toda esa basura autoconsciente. Como el verdadero tema es en realidad el funcionamiento de la mente, como en Gertrude Stein, todo lo que se filtre a través de la mente será apropiado y no precisará de revisión alguna, valdrá casi todo lo que se haya tamizado por la mente, todo con excepción de la autoconciencia. Todo lo que se le ocurre a la mente es un tema apropiado. De modo que si uno está haciendo un registro gráfico de los movimientos de la mente no tiene ningún sentido revisarlo. Lo único que se conseguiría así es destruir las marcas del registro gráfico. Si uno está interesado en la escritura como una forma de meditación y de yoga introspectivo, no hay revisión posible.

NYQ: Su poema sobre el girasol demuestra un extraordinario poder de concentración.

A. G.: El manuscrito original de «Sutra del girasol» está escrito a lápiz y se encuentra en el archivo de la biblioteca de Columbia. Si lo examinas te darás cuenta de que el poema que se publicó difiere solo en cinco o diez palabras del texto original escrito a lápiz, en veinte minutos, con Kerouac en la puerta esperándome para ir a una fiesta. Le dije: «Espera un minuto, tengo que anotar una cosa.» Tuve entonces la Visión Idea y quise escribirla antes de ir a la fiesta, para no olvidarla.

NYQ: ¿Impuso el poema su propio sentido o lo hizo usted mismo?

A. G.: Lo hice mediante la observación de los fogonazos de la mente. Como dijo alguien, el oficio consiste en la observación de la mente. Anteriormente el «oficio» se correspondía con una idea de reorganizar el material, reorganizar. Usar un soneto es como una bola de cristal con la que sacar cada vez más cosas del subconsciente (empaquetarlas en un soneto igual que uno podría meter un helado en una caja). El método más fresco para llegar a ese material es contemplar el flujo de la mente en ese instante, darse cuenta de que todo lo que hay allí, está allí como en el almacén de la mente en ese instante: es el eterno recuerdo de Proust, ¿recuerdas?, la totalidad de *En busca del tiempo perdido* fue algo que se le ocurrió en el momento en que estaba mojando la magdalena en el té. El contenido completo de ese instante – la mente ahí, en ese instante. Ese es el método que aprendí de Kerouac, ese es el método que me interesa. Es un método que está relacionado con otros métodos «clásicos» del arte de la composición y la meditación, como la pintura caligráfica zen budista o la composición de haikus, que es también un arte espontáneo o *supuestamente* espontáneo. La gente no se sienta luego a revisar un haiku. Se supone que están sentados bebiendo sake, junto a un *hibachi* (un brasero) con luciérnagas y abanicos y con la media luna al otro lado de la ventana en verano y uno dice: «Ah, la luciérnaga acaba de desaparecer en la luna...» Compensando el lugar con el tiempo. Tiene que surgir de la percepción del momento. Uno no puede irse a casa y mandarle a su amigo un haiku al día siguiente en plan: «Mira qué gracioso este que se me acaba de ocurrir: la luciérnaga...» Eso no sería real.

NYQ: ¿Le parece que el tiempo es un elemento de la estructura, como el punto de vista?

A. G.: El tiempo de la composición es la estructura del poema. Ese es el tema. El tema es lo que sucede en la mente durante ese momento. «El tiempo pertenece a la esencia», dijo Kerouac en un fantástico ensayo breve sobre la escritura de poesía, un puñado de consejos en una sola página, *Elementos imprescindibles de la prosa espontánea,** en la última parte de *The New American Poetry: 1945-1960* de Don Allen, en la sección del libro en la que se recoge la teoría de la composición. Yo aprendí mi teoría de Kerouac. Mis preocupaciones son hin-

* *Evergreen Review,* n.º 5, verano de 1958, Grove Press, NY, 1958.

dúes, budistas, hasídicas – todas las mañanas me paso una hora con las piernas cruzadas, los ojos cerrados, la espalda erguida observando mi conciencia, calmando mi conciencia, contemplando procesiones de imaginería mental. Para alguien que no está familiarizado con ese tipo de meditación puede parecerle un territorio un tanto desconocido, un caos, un espacio demasiado caótico como para poder implicarse.

NYQ: Usted escribió en una ocasión: «No escribiré mi poema hasta que no esté en mis cabales.»

A. G.: Sí. *Ese* poema es una serie de chistes breves, de una línea, por llamarlo de alguna manera. Una broma a costa del cuerpo político, de la alucinación del entretenimiento de la clase media en los medios de comunicación de masas.

NYQ: ¿Se refiere a una disposición suya ante su propio estado mental?

A. G.: Me refiero en realidad a una disposición nerviosamente cómica hacia Norteamérica. Acaba con el verso: «Estoy arrimando mi hombro de maricona.» Lo que quiero decir es que mi poesía – ese poema en concreto – mi poesía en general – parece tan tonta porque los Estados Unidos han caído en un estado de estupidez apocalíptica, estamos destruyendo el mundo y al hacerlo en realidad lo único que hacemos es destruirnos a nosotros mismos, por eso no escribiré mi poema hasta que esté en mis cabales. Hasta que Norteamérica abandone esa actitud tan estúpida.

NYQ: Hablemos un poco de los viajes. Cuando está en otros lugares, ¿se siente afectado por la prosodia del lugar?

A. G.: Intento aprender cuanto puedo. Cuando estuve en la India me impliqué mucho en el canto mántrico y lo seguí practicando al regresar a Estados Unidos. Aquí practico mucho el canto mántrico. Supongo que lo hago sencillamente porque me interesa y tiene que ver con la poesía. También tiene que ver con el tema de la vocalización, en ese sentido mis preocupaciones habituales se relacionan con esa máxima de Pound que dice: «Presta atención al tono destacado de las vocales.» La prosodia sánscrita tiene reglas muy antiguas relacionadas con las vocales, una gran conciencia de las vocales o al menos una conciencia de la versificación cuantitativa. Como Pound era muy consciente de eso trató de despertar la conciencia de los poetas del siglo XX en ese sentido, intentó que la gente fuera más consciente del tono destacado de las vocales y renunciara a prestar tanta atención al ritmo acentual. Pound dijo también que pensaba que el futuro de la prosodia norteamericana sería «una aproximación a la cantidad clásica», pensaba que ese sería el sustituto del recuento yámbico, el recuento del acento. Todo el movimiento poético del siglo llegó a su culmen en lo que hoy se conoce como Beat o San Francisco o movimiento hippie o movimiento Renaissance, un ciclo que culminó en una nueva forma de prosodia. He escrito mucho sobre eso. No sé si conoces el texto, pero una parte de esa poética está descrita en la entrevista del *Paris Review.* La relación entre poética y mantra la comenté en la entrevista *Playboy* y un análisis más detallado de la prosodia basada en los acentos se puede encontrar en el prólogo que escribí al libro de mi padre,* en donde hago referencia – (respondiendo a una cuestión previa) a uno de los libros que me influyeron en mi juventud llamado *American Poetry,* publicado por Allyn & Bacon en 1923 y editado por A. B. De Mille del Simmons College de Boston y secretario de la New England Association of Teachers of English, quien también está al cargo del prólogo, las notas, las preguntas y los bosquejos biográficos. Era una especie de antología para escolares y supuso la educación de muchos de los profesores de secundaria que dan clase todavía hoy. Era la antología más común a principios de los años veinte y se usaba en todos los colegios. Digamos que fue en aquel libro... donde yo leí a Dickinson y a Poe y a Archibald Rutledge y a Whittier y a Longfellow y a Thoreau y a Emerson y a John Hay Whitney, en ese volumen estaban recogidos todos los viejos poetas barbados del siglo XIX. En aquel libro se describía la prosodia basada en los acentos como una prosodia «particularmente bien adaptada a las necesidades de la poesía inglesa [...] reglas definidas que han respetado con gran cuidado todos los poetas desde Homero hasta Tennyson y

* Louis Ginsberg, *Morning in Spring,* William Morrow & Co., Inc., NY, 1970.

Longfellow». Y como ejemplo de prosodia basada en los acentos se transcribía en aquel libro:

También / tú / partirás / Oh bár / co del Estado. /

¿Te acuerdas de ese verso? Lo señalaban tal y como está ahí. Fíjate que no marcaban el acento en el «Oh» y que sin embargo sí ponían un acento en «bárco». Cuando uno lo lee se da cuenta de que «Oh» es una exclamación, por lo que por definición no puede ser que ese Oh no esté acentuado y sin embargo la marca del acento recaiga en «barco». Eso significa que lo que les llegó en 1923 a los profesores como prosodia inglesa acabó pervirtiendo tanto sus propios oídos y los de todo el mundo que no consideraban que hubiera un acento en «Oh». Ya ves, así es como se hacía. Lo que significa que nadie pronunciaba aquel verso correctamente. Enseñaban a la gente a pronunciar mal las cosas. Debería ser en realidad: También tú / partirás, / Oh barco del Estado, hay muchas vocales largas ahí, pero cuando uno se subía al estrado en primaria o en el instituto decía: «También tú / partirás, / Oh bár/co del Estado.» ¿Lo oyes? Otro ejemplo que daban era el de:

cuyos sénti /-miéntos eran / un laúd

cuando es obvio que en realidad es: cuyos sentimiéntos eran un laúd. Ahí es, digamos, donde degeneró el «oficio». Por eso comento en ese texto cómo podemos salir de ese lugar. Ese era el modelo de poesía para la Poetry Society of America y eso era también lo que combatía Pound, lo que trataba de erradicar con un oído mucho más claro. Y por supuesto ese era también el objetivo de Williams y también el motivo por el que han sido reconocidos Creeley, Olson y Kerouac. Por eso me rebelo tanto contra la palabra «oficio», está claro que no importa lo que se le haya enseñado a la gente en la escuela que es el «oficio», porque con toda seguridad eso es precisamente lo que *no lo es*. Más valdría quemar esa palabra antes que abusar de ella como ya se ha abusado, para confusión de todo el mundo.

NYQ: Ha hecho usted algunos recitales junto a su padre.

A. G.: Hemos hecho unos cuatro desde 1965. Empezamos en la PSA. Pero no lo hacemos muy a menudo. Podría hacerse muy pesado. Normalmente lo hacemos cuando hay algún motivo sentimental o estético que justifique la ocasión. Como lo de la PSA, eso tuvo su interés estético. Y también la otra noche en el Y, eso también tuvo su gracia porque es el lugar al que tradicionalmente van a recitar los «poetas distinguidos». Lo hice en parte para tener esa experiencia junto a mi padre, porque no va a durar para siempre. Ni yo tampoco. Como poeta me interesa vivir en el mismo universo que él. Los dos aprendemos algo al hacerlo, nos introducimos un poco en el alma del otro, en el alma del mundo. Un padre puede aprender cosas del alma de su hijo y un hijo del alma de su padre, al fin y al cabo es lo mismo que aprender del alma de Dios. Es una confrontación con mi propia alma que a veces no es fácil, pero que generalmente acaba resultando placentera. A veces veo cosas en mí o tengo que enfrentarme a cosas de mi padre que me parecen espantosas. Hasta ahora siempre ha provocado que nos reconciliemos cada vez más.

NYQ: ¿Leyó el poema de la «La aparición de Gales» en la televisión durante la entrevista de Buckley?

A. G.: Sí, «La aparición de Gales».

NYQ: ¿Es su poema favorito?

A. G.: Sí, de los que he escrito últimamente sí, es como una imitación de un poema perfectamente natural y también un poema compuesto bajo los efectos del LSD, lo que lo convierte en un ejemplo de cierto tipo de conciencia. Puede resultar también útil para ciertas personas a modo de guía, una guía mental para gente que ha tenido malas experiencias, porque si las revisan a través del poema descubrirán que hay una parte del viaje que en realidad ha sido bueno. Un viaje ecológico en sintonía con una naturaleza panteística. Y también un ejemplo de que se puede hacer una obra de arte utilizando la más perversa y famosa sustancia psicodélica.

NYQ: ¿No dijo T. S. Eliot que no creía en eso?

A. G.: Sí, pero Eliot no era un escritor muy experimentado, no escribió mucho, no compuso mucha poesía. Y además hay una abrumadora cantidad de ejemplos que demuestran que se pueden escribir buenos textos en todos los estados posibles de conciencia, incluidos los producidos por las drogas. No es que las drogas sean necesarias. Sencillamente la mitología *policial* quiere hacer creer que es imposible hacer nada con ellas, que a lo único a lo que lleva el LSD es al caos y a la confusión. Y eso es ridículo.

NYQ: Sin estar bajo el efecto de las drogas, ¿en alguna ocasión ha trabajado medio dormido?

A. G.: Sí, como ya he dicho tengo en la mesilla de noche una libreta para hacer anotaciones en un estado semiinconsciente o preconsciente o medio dormido. Acabo de sacar un libro titulado *Diarios indios* en el que hay varios ejemplos de ese tipo de escritura, incluidos algunos poemas que han surgido de sueños y he recordado luego medio dormido, largos párrafos en prosa-poética en los que uso un doble discurso en un estado medio dormido.

NYQ: Parece una forma de escritura muy relajada y sensible en contraposición con la que ha estado describiendo antes, aquella en la que quiere ser perfectamente consciente de todo.

A. G.: Las dos están relacionadas con el estudio de la conciencia. Piénsalo como una parte de la tradición que se remonta a Gertrude Stein, que a su vez fue discípula de William James en Harvard, cuyo tema de estudio eran las variedades de la experiencia religiosa y las alteraciones de la conciencia. Aquel fue el gran tema de James – el estudio pragmático de la conciencia, las modalidades de la conciencia. Stein utilizó sus estudios con James en sus propios estudios médicos de la práctica de la composición y pensó esta como una extensión de sus investigaciones sobre la conciencia. Esa es la tradición en la que me gustaría incluirme, y me parece también que es la tradición más legítima en el terreno de la poesía: la articulación de diferentes modalidades de la conciencia, la investigación o articulación de estados extraordinarios de la conciencia de un modo no *científico* pero sí *artístico.* Todo esto viene de mi propio interés por los estados más elevados de la conciencia debido a, como ya he repetido una y mil veces, un episodio que me sucedió en mi juventud, cuando tenía unos veinticuatro años, tras la lectura de algunos poemas de Blake como «El girasol», «La rosa enferma» y «La niña perdida pequeña» que me catapultaron a un estado de conciencia mística en la que también pude oír de un modo alucinatorio la voz del propio Blake. Escuché la voz de Blake y también tuve unas iluminadoras visiones epifánicas de las azoteas de Nueva York. Todo aquello sucedió mientras escuchaba la voz de Blake al tiempo que leía «El girasol», «La rosa enferma» y «La niña perdida pequeña». He relatado ese episodio con gran detalle en otras ocasiones. Pero quería retomarlo para reafirmar que para mí la función de la poesía es la de convertirse en un catalizador para alcanzar estados visionarios del ser y soy consciente de que empleo la palabra «visionario» en unos tiempos como estos de severa conciencia materialista, un tiempo en el que estamos tan erradicados de nuestra propia naturaleza y de la naturaleza que nos rodea que cualquier cosa que nombre la naturaleza parece visionaria.

NYQ: En cierta ocasión comentó que se consideraba a sí mismo un agonías, pero por otro lado demuestra un enorme sentido de la alegría y la libertad, no solo en sus lecturas, también en su escritura.

A. G.: Mi ideal, el mayor deseo, la ambición de mi juventud, era la de escribir durante un rapto profético e iluminado. Esa era la idea: la de alcanzar tal estado de alegría y plenitud consciente que todo el lenguaje que emanara de ese estado hiciera vibrar necesariamente a los cuerpos en los que entraran o resonaran esas palabras provocándoles el mismo estado correspondiente de alegría y plenitud. De modo que intenté escribir siempre en esos «momentos desnudos» que nos sobrevienen a diario: las epifanías de una iluminación. Todos los días en algún momento, en el baño, en la cama, en medio del sexo, al caminar por la calle, en mi cabeza, o incluso si no sucedía nada. Si no sucedía nada entonces esa era la iluminación. Así que intenté escribir en ese estado también. Es el truco de los rabinos judíos hasídicos. Tenía que *estar atento constantemente*. La escritura misma, el mismo acto sagrado de la escritura, cuando uno hace algo de esa naturaleza, es como una plegaria. Cuando el acto de la escritura se hace sacramentalmente, se sostiene durante unos minutos, se convierte en un ejercicio de meditación que provoca un recuerdo de una conciencia del detalle que es una aproximación a la alta conciencia. A una elevada mente epifánica. Por decirlo de otro modo, la escritura es un yoga que invoca a la mente del Señor. Si uno se entrega a una escritura que le ocupa el día completo va avanzando cada vez más y más hacia el interior de su propia conciencia central.

NYQ: ¿Y se alcanza así una realidad más grande?

A. G.: Una atención más grande. No una atención, un mayor sentimiento que emerge de ahí. Uno baja un par de manzanas caminando por las calles de Nueva York y de pronto tiene una percepción gigantesca de los edificios. Si uno camina durante un día completo al final se encuentra al borde de las lagrimas. Con más detalles, al prestar más atención al significado de todo ese estado robótico que transgrede a la mente, uno se da cuenta a través de los miedos de su propio cuerpo que uno está rodeado de una maquinaria robótica gigante que no hace más que destrozar y separar a la gente, los separa de la naturaleza y de los vivos y los muertos. Pero para llegar a ese estado es necesario caminar durante un día completo. Lo que quiero decir es que si uno escribe durante todo un día uno acaba llegando a él, en su cuerpo, en sus sentimientos, en su conciencia. Yo mismo no escribo en ese estado lo suficiente. Escribí «Aullido», «Kaddish» y otros poemas en ese estado: con la atención de un día completo.

Sexta parte

Correspondencia

DE ALLEN GINSBERG [NUEVA YORK, NY] A NEAL CASSADY [SAN FRANCISCO, CA], HACIA EL 21 DE ABRIL DE 1949

Querido Neal:

¿Estás demasiado ocupado para escribir o es que no quieres hacerlo por algo relacionado con nuestra relación en NY? No se me ocurre ninguna razón importante al margen de las típicas fantasías de embrollos.

A Jack [Kerouac] le ha llegado el gran día y ha vendido su libro *[El pueblo y la ciudad]*. Tiene un % asegurado de las ventas, el 85 % de los derechos cinematográficos (algo que creo que acabará materializándose considerando la naturaleza de su obra, pero esa ha sido mi opinión desde hace mucho y ahora parece que hay más gente que la comparte, puede que sea cierto) y lo más importante en cuanto a dinero real 1.000 $ (mil) de anticipo que están en su posesión desde hace semanas. No está enfadado contigo, es más, 5 de los 15 sándwiches que te negó en Frisco se pusieron malos antes de que pudiera comérselos.

Han detenido a Bill Burroughs y se enfrenta a una pena de cárcel en Luisiana por posesión de armas y narcóticos. Todavía no se sabe qué va a ocurrir pero puede que salga de esta sin pasar por la cárcel. Me escribió Joan [Burroughs] y él me escribió al día siguiente diciendo que había salido bajo fianza muy rápido. Si al final le meten en la cárcel pienso invitar a Joan a NY para que se quede en mi apartamento con los niños. Si se libra tendrá que irse de Texas y Luisiana porque allí lo tiene complicado, tal vez se vaya a Chicago o a Yucatán, dudo mucho que a NY porque su familia tiene reparos con la ciudad y creo que económicamente depende mucho de ellos.

Claude [Lucien Carr] está escribiendo cuentos y haciendo terapia psicoanalítica. Son unos progresos que, al menos yo, he esperado desde hace mucho y creo que son el comienzo de su regeneración y la aceptación de cierta humanidad y de cierto ideal de poder. Rompió con Barbara este mes. Durante todo el tiempo que he pensado en nosotros como artistas ha sido Claude a quien he visto como la pieza clave de cualquier tipo de escuela inspiradora o de comunidad creativa, y también es de él de quien he esperado la fuerza necesaria para asumir la responsabilidad del más auténtico conocimiento estético y la mayor generosidad; parece que al fin ese imán invisible ha empezado a guiarle. De modo que ese potencial milenio con el que había soñado durante tantos años de poder profético juvenil y romántico se está cumpliendo en su forma más verdadera, siguiendo el único camino inevitable y necesario. Charlé con él ayer por la noche de todas estas cosas, le oí diseñar el método, el argumento y la técnica (por categorizar sus ideas) y todo lo que decía me sonaba esencial, preciso y tan imprevisible que me pareció inspirado; actuaba con una actitud lógica con respecto a su actitud pasada, pero sobrepasando la lógica. Otro mito que se hace realidad. Le preocupa la acción y los hechos y que pasen cosas, pero parece (digo «pero» porque eso es lo que le preocupa a todos los escritores de manera evidente, a todos menos a los alquimistas enloquecidos como yo), parece tremendamente preocupado por los hechos y su armonía y sus relaciones, y todas las sugerencias de lo que yo plantearía como metafísico o divino parecen surgir de sus cuentos como si lo hicieran de la misma vida, más aún, de la objetividad y la afinidad y de la estructura aparentemente cerrada de sus cuentos, de tal forma que no hay nada en sus textos que parezca extraño o sin sentido, todas las cosas que dice las dice porque eso es lo que quiere. Yo descubrí en mi poesía también ese principio evidente (el de que todo tiene que tener un sentido y no ser retórico) y el verano pasado lo hice conscientemente, pero aún no he podido perfeccionar muchos poemas para aclarar su factura debido a mi inclinación a lo abstracto y lo vaporoso; aun así veo que Claude lo ha aplicado con más éxito incluso que Jack. Cuando la imaginación de Claude se libere del miedo se convertirá en un gran hombre. Pienso mucho en esto porque ahora Claude ha vuelto al grupo, el gran macho alfa ha vuelto al grupo y mucho más mejorado que antes, una vez más estamos todos implicados en el mismo trabajo artístico y verdadero. Tal vez le esté dando demasiada importancia a algo sencillamente bueno, no me hagas mucho caso.

Vuelvo a estar abatido, soy el eslabón débil de la cadena, tal vez solo tú me superas en fragilidad. Herbert ha estado conmigo unos meses sangrándome el bolsillo y la vitalidad, y ahora se han unido a nosotros Vicki y un hombre llamado Little Jack y llevan a cabo varias conspiraciones con relativo éxito. Está empezando a entrar un poco de dinero, voy a subalquilar mi apartamento para reunirme con Joan y Bill [Burroughs]: a cambio me va a pagar (Little Jack, etc.) el apartamento ahora y durante el verano. Pero el arresto de Bill hace que dude del plan, no sé qué haré al final. Me gustaría irme de la ciudad en verano (junio, julio y agosto) si es posible para estar con Joan y con Bill. No estoy escribiendo mucho ni tampoco nada particularmente bueno, pero siempre he estado descontento con lo que he escrito y con cómo lo he hecho; aun así, por alguna razón, mi impotencia artística parece ahora más real y radical que nunca, algún día tendré que tomar cartas en el asunto, no solo escribiendo más, sino también en una escala más amplia, utilizable al menos desde el punto de vista comercial (obras de teatro líricas para la televisión como siempre he soñado), etc. Siguen también mis preocupaciones teóricas y visionarias – la fijación, basada en aquella experiencia que tuve el don de recibir, en una inteligencia más elevada de la conciencia de Ser del universo, o de las simples alucinaciones, tal y como las despreció el médico cuando acudí para empezar la terapia en septiembre, todo eso me ha dejado confundido e incapacitado para la acción y el pensamiento, la presa perfecta para cualquier sugestión, expuesto a las corrientes del pensamiento abstracto y la lasitud y una sensación de que no merezco nada y de inferioridad que se alza una y otra vez frente a mi mirada sin brillo; soy la presa perfecta para todas las sospechas, las propias y las ajenas, eso es lo que me sale. La trampa doméstica que temo tanto como necesito es un buen ejemplo de lo dividido que me siento, de mi incertidumbre. Es como si tanto en el camino hacia el cielo como en el de la vuelta a la cordura me obligara a relacionarme con ciertas realidades de tiempo y circunstancia con las que nunca me había relacionado antes, y a aprender cosas nuevas, algo a lo que no estoy acostumbrado. Pero al parecer he cruzado, como Joan, cierto límite en mi cerebro del que no puedo regresar y desde el que no puedo seguir adelante sin un esfuerzo extraordinario del que soy incapaz desde hace ya no sé cuánto. Tal vez la terapia me ayude. En fin, estoy preparando algunas cosas para poder dar clase en el Cooper Union College este otoño y tener algo más de seguridad económica que en A. P. Entonces seré yo mismo e intentaré pensar, a no ser que pase algo inesperado que me cambie a mí o mis relaciones con los demás. El año que viene, si es que sirve de algo decirlo, lo intentaré de nuevo; ahora mismo me veo atrapado en el cansancio y en esta sensación de fracaso y esterilidad, y en unas circunstancias que no parece que vayan a acabar ni que tengan mucho sentido. Quizá me active si me voy de la ciudad y salga así de esta inercia. Tal vez, y si a ti te parece bien, podría ir a California. En este preciso instante no me siento atormentado, tengo la mente activa y relativamente clara. Lo que hace que me venga abajo es llevar tanto tiempo inactivo, el exceso de introspección y la falta de ambición. Aun así ha habido mucho trajín en mi apartamento y espero en cualquier momento una visita de la policía de narcóticos, me han localizado en varias cartas que le envié a Bill este otoño. Si al menos fuera capaz de mantenerme limpio todo iría bien, pero con Vicki y el resto siempre metidos en sus asuntos no le resultará difícil a la ley encontrar algo que objetar. Soy incapaz de pegar un puñetazo sobre la mesa o decidirme, en gran medida porque es precisamente por esa razón por la que quieren mi apartamento, para hacer trapicheos en él, y porque mi intención es pagarme el viaje con parte de su trabajo. Tal vez tenga que admitir que en ese sentido me he estado comportando de una manera avara y autodestructiva. Pero cuando veo pasar esos tesoros encuentro siempre algún poderoso argumento que acalla mis impulsos más cautos. Tal vez al final no pase nada. Todo esto para resumir lo que sucede en York Ave. Intimidación general. Hebert estaba hecho polvo y ahora parece que empieza a prosperar, así que tampoco puedo acabar con todo. O al menos no fácilmente. Supongo que todo esto suena cobarde, o tal vez sea solo cosa mía. A Claude y a Jack no parece gustarles y por eso estoy preocupado. O eso es al menos lo que me llena la mente de preocupación.

¿Y qué haces tú? ¿Cuándo se cansará tu corazón de su propia indignidad y su despotismo y su falta de creatividad? ¿Por qué no estás en NY? ¿Eres capaz de hacer algo lejos de nosotros? ¿Sientes a alguien como nos sientes a nosotros, a pesar de que en NY te comportaste de la peor manera rodeándote de una niebla sensata de actividad febril? ¿Estás quizá aprendiendo cosas nuevas allí donde estás? Si te preguntas por la razón de estas preguntas no sospeches que tras ellas hay motivos sexuales por mi parte. Ahora no tengo ninguno y no me dejé dominar por ellos la última vez que estuviste en NY [...]

Te quiere,
Allen

DE ALLEN GINSBERG [PATERSON, NJ] A JOHN CLELLON HOLMES [PROVINCETOWN, MA], 16 DE JUNIO DE 1949

Querido John:

Gracias por investigar *Partisan*. La copia del poema que te envié [«Estrofas: escrito de noche en Radio City»] estaba doblada en las esquinas, así que te adjunto otra copia. Espero poder publicar pronto esos poemas; me he pasado las dos últimas semanas trabajando duro en los manuscritos que viste y los he revisado donde lo necesitaban (menos algunas cosas que están tan embrolladas que no tengo valor para desembrollarlas) y he tirado un montón. Han quedado unos 50 poemas pasados a papel limpio (como este) y estoy dispuesto a entrar en acción. Lo primero que haré será dar el libro al mayor número de gente posible para que lo lea y me sugiera mejoras. Tengo la sensación (es la sensación más persistente de todo mi proceso poético) de que el libro no tiene ningún valor, de que carece de contenido, y no consigo sobreponerme a esa conclusión a pesar de seguir trabajando en él.

Ahora estoy en Paterson, me encuentro aquí desde que nos vimos. He intentado instalarme y conseguir un trabajo y aprender a querer de nuevo a mi familia, y esa resolución, acompañada de la percepción concomitante de haber estado albergando un peso enorme de ira irracional, me ha dado unos cuantos días de paz, pero cuando se ha puesto a prueba mi cólera en situaciones que requerían una absoluta humildad frente a mi padre no he sido capaz de tragarme el orgullo sin enfurecerme de nuevo y he tenido que cerrar la herida retirándome de mi «compromiso» con la familia – fracaso absoluto sin comprensión alguna – tal y como sucede en las mejores novelas. En fin, al margen de todo eso, mi abogado y el psicoanalista oficial al que estoy viendo y que está en contacto con el fiscal del distrito han hecho un trato: si me presto a que me vea un psiquiatra retirarán los cargos. Dentro de unos días ingresaré como paciente interno en la Columbia Psychiatric Clinic de la Calle 168 de NY. Es una institución mental experimental en la que mi psicoanalista dice (se llama Dr. Fagan) que «me darán tarea», psicoanalíticamente hablando. No sé si me permitirán salir, voy a tener una habitación, quedarme en el hospital, etc. Por otra parte entiendo que los otros han sido imputados – el otro día. No tengo ni idea de lo que está pasando desde que mi abogado se ha hecho cargo de la molestia de lo que hay que hacer – aquí tengo una vida protegida. Al parecer está siguiendo un programa (que agradezco) de mantenerme alejado de todo menos lo esencial, como lo de mi marcha al hospital; de todo me enteraré más tarde, de momento estoy en reposo. Sea como sea me he librado de la carga legal.

También he estado leyendo – Blake, los comentarios de Mona Wilson, los diarios de Dostoievski – los comentarios de su mujer, *Los poseídos,* las autobiografías de Yeats, ensayos, un libro de Van Doren sobre E. A. Robinson, *Fedra* de Racine, obras de teatro griegas, los poemas de Hardy, las obras de teatro de Yeats *(Ruedas y mariposas),* los *Cantos* de Pound, Keats y el nuevo libro de las aventuras del Dr. Doolittle de Hugh Lofting. No hago nada más, aparte de ver películas, 3 o 4 a la semana, y quedar con viejos amigos del colegio. Pienso mucho – sobre la naturaleza de la tragedia y el sentido o el significado de la luz. Pero las conclusiones no son más que construcciones intelectuales de cosas que para una mente disciplinada no deberían ser obvias sino *palpables.*

Jack y yo nos hemos escrito de forma intermitente – casi siempre escribo yo. En su primera carta decía que había alquilado una casa por 75 $ al mes cerca de Denver: «Mi casa está cerca de las montañas. Esta es la ira de los recursos – La división en la que se deciden los ríos y las lluvias [...]. Soy Rubens [...] este sitio está lleno de Dios y de mariposas amarillas.» La segunda carta incluía un poema sobre Dios con una Nariz Dorada llamado Ling, uno de los Lings Rientes:

> [...] y los chinos de la noche
> se arrastraron desde las cárceles de Old Green

cargando la Rosa que es de Verdad Blanca
hasta el Cordero que es Dorado de verdad [...]

Va de acá para allá con Justin Brierley, un viejo gideano de Denver. Un profesor de escuela y abogado del que tal vez hayas oído hablar. También está (hablo de Jack) dando tumbos de una manera penosa, etc. Su familia está allí. Participó en un rodeo a pelo. No cree en la sociedad. «Está todo mal y lo censuro y por mí se pueden ir todos al infierno.» «De modo que tira los dados, digo yo.» Lee a Racine y a Malherbe y a Blake.

¿Te acuerdas de la canción que decía: «Quiero al señor en las alturas / ojalá cogiera mi margarita»? Pues Jack ha contribuido con unos versos: «Coge mi margarita, / inclina mi taza, / tengo todas las puertas abiertas.» Ha crecido hasta convertirse en un monstruoso panegírico. Sus versos comienzan (aquí se ve mi mano): «Este tazón simbólico apareo / colmado y roto por los bienes, / Coge mi margarita», etc. Desde entonces hemos ido añadiendo versos: una de las estrofas la hizo él basándose en un poema mío que tiene un estribillo que dice: «Tomadlos, dijo el esqueleto, / pero dejad mis huesos en paz.» Y en el capitán de la marina de otro mito: «La vez que fui a China / para guiar las tropas de *boy-scouts* / me llenaron de arena el océano / y lo único que dije fue *vaya.*»

Y ahí: «Inclina mi taza, / tira mis dados / todo lo que digo es *vaya.*»

También hay otras estrofas que dicen: «En oriente viven en chozas / pero les encanta donde yo me apoltrono / Corta mis pensamientos / a cambio de cocos / mis higos caen uno tras otro.» Y otro empieza: «Soy una maceta y Dios un alfarero / y mi cabeza un trozo de masilla [...]» Cuando lo terminemos vamos a tener una gran canción arquetípica: «Coge mi margarita / inclina mi taza / corta mis pensamientos / a cambio de cocos / inclina mi taza / tira mis dados / y lo único que digo es *vaya.*» Voy a mandárselo a Charlie Chaplin para que lo utilice en su próxima película o a Groucho Marx. Me veo ganando un millón de dólares. También está relacionado con: «Le pregunté a la dama qué era una Rosa, / ella me sacó a patadas de la cama; / le pregunté a un hombre, y sucedió lo mismo, / me golpeó en la cabeza. / Nadie lo sabe, / nadie lo sabe, / o al menos nadie lo dice.» Bueno, ya basta. ¿Está [Ed] Stringham por ahí? ¿Qué hace, a quién ve? ¿Hay artistas por ahí? Espero poder hacer una escapada en algún momento de este verano para visitarte en Provincetown porque nunca he estado allí y sería estupendo verte en ese ambiente. ¿Y Marion [Holmes]? ¡Buuuuuu! La próxima vez que escribas a [Alan] Ansen mándale recuerdos de mi parte y cuéntale mi vida.

Y ahora, tal y como me pediste, me alegra poder darte la información que tengo. Puede que no te tomes muy en serio los valores que le doy, pero como estoy bastante involucrado en esto de lo que te hablo no me molestaré en debilitar la sustancia de lo que digo tratando de rebajar la ironía.

He intentado poner en palabras lo que quiero decir, episodios e interpretaciones en cartas a ciertas personas, en cuadernos de notas y escritos diversos, en charlas y en poemas. Aún no he logrado pergeñar una declaración coherente o aglutinada porque todavía no estoy preparado; no me opongo a un sistema ni a una sistematización porque si se entienden bien esas cosas pueden ser útiles; lo que intento es aproximarme mediante un estricto proceso racional, aunque ya sé que no es el camino más comunicativo del mundo de transmitir pensamientos o de llegar a un entendimiento. Es más, mi uso de la sistematización también es limitado porque lo que busco no es un sistema (eso lo tengo, casi completo al menos, en mi esqueleto) sino profundidad, valor. La aproximación mediante la razón, aun así, no es más que una de las muchas posibilidades; para algunas personas, es el camino más obvio porque se trata de su herramienta principal (como para mí lo son las imágenes). Cada uno tenemos nuestro propio camino para alcanzar la perfección. Por otra parte, y en cuanto a tus dudas, resulta difícil ofrecerles algo que les satisfaga (me refiero a una historia completa) porque eso supondría componer una masa tremenda de explicaciones detalladas de cientos de episodios significativos, razonamientos relacionados con ellos, etc. Puede que haya ciertas fórmulas «mágicas» – recetas, apotegmas religiosos, etc. – pero lo que pides tú no es tanto lo que podríamos llamar una relación abstracta de las relaciones entre las cosas, sino las elaboraciones de lo que ya he afirmado, explicaciones y detalles que tal vez podrían servir de puente sobre el abismo aparentemente incomprensible que se abre entre la teoría y la realidad, entre la cantidad y la cualidad, etc., todas las polaridades lógicas. Recuerda que escribo bajo unas cargas paradójicas, y sin estar al otro lado de la pared falsa, y que lo que digo es el resultado de una teoría elaborada en el tiempo sobre la experiencia – que para mí fue momentánea – de la eternidad. He estado fuera del tiempo, pero ahora vuelvo a estar en el interior de este mundo ilusorio; por eso nada de lo que escribo tiene el menor valor, no es más que una imaginería abstracta basada en el recuerdo del aspecto que tiene un valor absoluto y las modificaciones de lo que digo pueden continuar hasta el infinito sin un verdadero valor intemporal, a no ser que en algún punto de esta Paradoja de Infinito alguna otra forma de conciencia lo entienda. Aquí el problema de la comunicación está relacionado y es semejante al problema de enunciar con exactitud la diferencia entre pensamiento y sensación, entre el mundo de los sueños y el mundo del día. Afortunadamente todos hemos soñado alguna vez, todos tenemos inclinaciones, una sensación de lo sobrenatural, estética o religiosa, si bien vaga, de las emociones, un sentido del valor – de la deficiencia, del miedo que nos abruma, etc. Esas son las experiencias del mundo del día, del llamado «mundo real», que yo usaría para sugerir el subrayado motivo de todas nuestras vidas; el hecho de que todos esos sentimientos son formas ocultas de otro mundo inconsciente de realidad. Como ves esto es igual que la formulación de la nueva psicología y creo que en las manos adecuadas (puede que el único lo bastante profundo en este caso fuera Freud) es clave suficiente; esa es la razón por la que confío en el autoanálisis, cuando la mayoría no lo hace. (Jack, Ansen, etc.)

Y ahora, en cuanto a tus preguntas. Voy a pasar por alto, al menos de momento, los detalles clínicos que hayan podido sugerir el párrafo anterior y voy a regresar a un vocabulario más literario, o estético, o visionario. Debo añadir en confesión que lo hago así porque mi experiencia del análisis anterior a las visiones no era lo que ahora entiendo que son las posibilidades del análisis, y porque creo que, en gran medida, el psicoanálisis no es más que un juego intelectual vacío de valor emocional e interminable, no absoluto, porque no ha entendido la práctica, la Paradoja del Infinito, y está dirigido a un mundo de un solo nivel encerrado en sí mismo. Pero aquí termino mi carta, sean cuales sean las diferencias teóricas que hayan existido entre nosotros, diciendo que mi experiencia del análisis cambiará con el nuevo análisis que me hagan en el hospital y hará que resulte inútil o innecesario todo ese confuso vocabulario místico que he empleado hasta ahora. Que así sea, eso es lo que espero; en ese caso, lo único que podré decir es 1. que la inmensa mayoría de la gente casi sin excepción jamás habrá tenido ni la más remota idea de ese otro mundo posible, o bien 2. que yo no habré tenido jamás ni la más remota idea de ese mundo en el que vive la gente. En los momentos en los que estoy teniendo la visión veo con toda claridad que la gente no sabe; cuando me encuentro a punto de tener la visión, cuando encaro las dificultades para entender a la gente (tal y como he descrito en la primera página), lo que siento es que la deficiencia de valor está en mi lado, que yo soy el loco que vive en un mundo ilusorio, el que trata de encajar en una estructura mis pensamientos abstractos y sistemas. Por eso digo que sería una sorpresa maravillosa y casi un milagro si un día, gracias a la terapia, se abrieran mis ojos y yo descubriera que lo que había estado perturbando el mundo y al resto de la gente, etc., no era otra cosa que yo mismo. Que, al igual que Edipo, yo fuera el criminal que había llevado la peste a la ciudad, porque esa es básicamente la experiencia que he tenido hasta ahora en la terapia; me despierto y compruebo que el único responsable he sido yo con mi malicioso comportamiento. Aunque eso no daría cuenta de los problemas sociológicos y psicológicos de los otros, algo que creo que llegados a este punto se encuentra de una manera tan clara en el mundo exterior como para afectar prácticamente a todos, en extremos de ira y destrucción física. Daría cuenta solo de mi propia ira y de mi propia turbación. En un sistema está todo mezclado y es autosuficiente, y uno acepta eso. De hecho, cuando escribo siento que es indudablemente cierto. La razón por la que me ha llevado tanto entenderlo es el mucho tiempo que llevo desconectado del mundo de la carne y embrollado en una ira y un orgullo de mi intelecto que no podía comprender. Tras esos estallidos del principio de realidad, que en todo momento habían dejado como estaba mi incuestionado neurótico universo ilusorio, no podía pensar que solo se tratara de una pesadilla de mi producción, a pesar de que los otros lo compartieran a su manera y que lo que veía era el mundo natural de los sentidos libres y organizados. Me sentí tan apartado de todo lo conocido que aquello supuso un cambio milagroso que incluía diferentes sensaciones, valores y hasta procesos de pensamiento. Había visto la luz y había pensado que se trataba de Dios. El caso es que todos los que habían tenido una experiencia antes del siglo XIX, la llamada era de Dios, le habían dado un nombre; y no solo ellos, también los que nunca habían hecho un descubrimiento pero aún así seguían siendo supersticiosos porque sus limitadas mentes no podían explicar la fuente de la existencia y su naturaleza irracional, le rendían homenaje a un ídolo al que atribuían todos los principios de la realidad. La magia no es más que una manifestación subconsciente del sentido del mundo real que, en su verdadera apariencia, y comparado con el sentido falso que tenemos nosotros del mundo, está lleno de emociones más grandes que la de la enclenque sombra convocada bajo las creencias de la magia.

Es precisamente esa enormidad, esa diferencia inaprehensible que existe entre el mundo neurótico del tiempo y el mundo libre de la eternidad, la que me lleva a emplear un lenguaje visionario; puede que yo sea una de las pocas personas que ha tenido contacto con un mundo real y por eso mi lenguaje no es superfluo; si se diera el caso contrario yo sentiría una desazón tan grande que acabaría sintiendo en mi orgullo que soy la misma puerta de la ira de la que siempre he hablado. Tengo la sensación de que esa es una de las claves para adquirir una comprensión total de lo Visionario. Se ve que lo que quiere es ser como los demás en lo que se refiere a la carne, pero como el amor le da miedo elabora un sistema que le convierte en profeta, confunde a todo el mundo (cada uno de ellos tiene su propio sistema) y fuerza su voluntad para hacerles creer las mismas abstracciones en las que él cree.

Yo había elaborado esa construcción, ese sistema de análisis con zonas antropológicas y sociológicas, todas funcionaban cuando eran confrontadas con las visiones, y empleé la Unidad del Ser de Yeats para enunciar la perfección psicológica que creía posible, especulé racionalmente y hasta llegué a elaborar un plan para imitar la actitudes teóricas y las actividades del guerrero feliz. Es lo mismo, supongo (casi espero), que hace todo el mundo, el sustento de todas las máscaras que se pone la gente tras construir sus ideas, y si no – por poner un ejemplo cercano – fíjate en Jack con su imitación del dios alegre de nariz dorada o en ti mismo con tu búsqueda de un sistema de responsabilidades o de valores en la vida (no bromeo, al fin y al cabo todos buscamos valores). O incluso el *New Yorker*, esa preocupación por lo que piensa es una actitud que contiene un valor, su forma de imitar un ideal teórico hasta el punto de llegar al absurdo forzando por sí mismo ciertas emociones y respuestas (casi siempre defensivas y negativas). Lo que todos buscamos en todas las fases de nuestras ideas es precisamente eso que no puede encontrarse en realidad en el mundo de las ideas, y esa es la salud de una unidad del ser. Yo y los analistas (básicamente) y los religiosos y los místicos aseguramos que esa salud es algo posible y resolverá todos los problemas (o tal vez que, cuando estemos sanos, seremos libres para resolver esos problemas que ahora nos resultan irresolubles porque tenemos miedo de ver, actuar y ser con claridad); nunca antes de la «Visión» había comprendido lo que decía, pero cuando tuve unas cuantas experiencias (digamos que lo fueron; para mi médico no fueron más que alucinaciones) me sentí tan sobrecogido por la absoluta maravilla de las posibilidades que contenía la vida que al instante comprendí que mis pensamientos, tal como eran, habían significado mucho más de lo que yo había pensado que significaban. Me quedé muy sorprendido y al principio pensé que había estado equivocado desde siempre porque ese «ideal» logrado era muy distinto de aquello con lo que, en mi frenético sueño de la vida, había estado trapicheando; ahora había desatado al dragón de la realidad. En el sentido que he esbozado, todo lo que había hecho antes lo había hecho para constituir desde mi inconsciente sistemas e imágenes que, cuando se volvieran luego sustanciales, quedarían demostrados *ipso facto* de modo «teórico», porque ahí estaba aquello con lo que había soñado – pero había rechazado por lo que era, una simple baraja de cartas desordenada, meros pensamientos sin realidad. De modo que desistí de elaborar sistemas y me puse a buscar en mí mismo los arroyos de esa energía o fuerza vital o realidad o supernaturaleza que había sido liberada momentáneamente – y así pude escribir versos hermosos y atractivos, o reorganizar pensamientos como si se tratara de los muebles de una habitación.

Y ahora unas palabras sobre las visiones mismas. Ya te dije todo lo que te podía decir: que en cuestión de forma no vi nada nuevo, nada de ángeles ni de humo. Estaba en la librería y la librería era la misma de siempre, pero con la suma de ese nuevo sentido de realidad, o de existencia sobrenatural, concentrado en todas sus formas. Lo nuevo era el sentido de presciencia, de plenitud, de absolución de sentido total de todos los detalles que se producen en la mayoría de los sueños nocturnos que parecen de otro mundo, todo eso que solo podía adscribir a la sensación mística o religiosa de la presencia del Espíritu Santo. Mirara a donde mirara me daba la sensación de ver de una manera tan profunda en el interior de las cosas que estas se manifestaban bajo ese aspecto de eternidad del que se lleva hablando desde hace siglos, veía de una manera tan profunda que veía todo lo que podía verse, y me sentía en paz y satisfecho. Me dirás, y lo confirmo, que pudo tratarse de una percepción subjetiva. «Limpiad las puertas de la percepción», etc. La frase de Blake sobre la eternidad en un grano de arena es una verdad total. Vivimos en la eternidad. Y una de las cosas más sorprendentes que vi fue las *almas* de los hombres y las mujeres que estaban en aquella sala, las vi en sus rostros, en sus actitudes y sus gestos, y lo que estaban haciendo sus almas era *ocultarse para no tener que admitir su conciencia de toda la paz inclusiva de la presciencia,* impidiéndoles actuar en consonancia con la *comunidad de total alegría mental y existencial* en la que vivían. Todos eran perfectamente conscientes, como yo, pero estaban encerrados en algo mecánico, [¿un bucle?], estaban en retirada, no avanzaban un paso hacia la eternidad, se negaban. Los objetos inanimados, pura sustancia, participaban de la presciencia. La frase religiosa de «Dios es Amor» significa que la esencia de las cosas, todo, es amor. El amor es aquello de lo que está hecha la sustancia. Aquello también lo entendí, pero soy incapaz de explicarlo más allá de decir que la conciencia, o la capacidad para percatarse de algo, o la inteligencia, es como si estuviera acumulada en todas las cosas, también en la ausencia, es algo animal en la naturaleza y también entre los seres vivos. El mundo entero parecía estar vivo como un árbol puede estar vivo en un sueño.

La sensación de otras experiencias en otros momentos distintos fue bastante parecida en lo esencial, y en una ocasión sentí también algo más allá: que la bestia del universo estaba enferma o asqueada, en un proceso de agostarse lentamente (lee «La rosa enferma» de Blake), y que el mal humano era responsable en parte de esa enfermedad. Como si Dios estuviera loco. ¡El horror! ¡El horror innombrable! Como si la misma existencia estuviera, al igual que la mente humana, siendo destruida. Leo en tu carta, la «carne será el lenguaje, etc.». Tal vez está claro – la esencia es espíritu. En los hombres está separado el cuerpo de la mente (tal y como lo veo yo es la teoría del sentido y la realidad).

¿Mi análisis reichiano? En teoría debería saber las respuestas. Según el análisis reichiano mis «descubrimientos» fueron semejantes en lo que se refiere a la sensación, pero dice que mis visiones son alucinaciones. Yo confío en ellas.

¿Mi padre? He estado hiriéndole. Tal vez él ha estado hiriéndome a mí. Los dos de forma inconsciente, pero con un propósito. Yo no le acepto como entidad real. Tal vez deba aceptar el viceversa.

¿La policía? Igual que todo el mundo, mi padre incluido. Para ingresar en un mundo de realidad debe aceptarse primero su existencia. La aceptación de la existencia de otro implica amor (la esencia es amor). No «Ámame, Señor» sino «Te amo, Señor». Al universo. Implica la liberación de un bloqueo del sentimiento y la percepción y abrir la energía, que es amor en sí misma. La preocupación de liberar las energías negativas es el coco de las pesadillas nocturnas de una sociedad fundada en la represión de la energía y el amor, una sociedad que probablemente se verá obligada a cambiar o abandonar sus costumbres cuando gobierne el amor. Se teme a las emociones antisociales porque la «Sociedad» misma, eso es lo que creo, es hostil a las emociones en primer lugar. Yo temo a la policía porque me siento culpable de la realidad de mi actividad negativa que debería haber sabido que concierne tanto a los demás como a mí mismo. Me equivoqué e «intenté» aceptar esa culpa, a pesar de mi inclinación al desprecio, al horror, al ego, etc., siempre y cuando la cruel policía estuviera implicada.

Lo más importante de todo es ese punto en el que creo que tenemos un canal para el entendimiento. «¿Acaso después de las visiones el simbolismo de mi poesía se volvió menos simbólico y más real para ti? Por decirlo de otro modo, ¿dejó el símbolo de ser una flecha denotativa que apuntaba a algo que estaba bajo la superficie y se convirtió, por utilizar los términos de tu poesía y tu pensamiento, en un objeto?» A eso es a lo que me refiero con la palabra valor y a mi intento previo de explicar la diferencia entre lo teórico y la realidad real: ambas situaciones comparten las formas pero no la emoción. Estoy muy interesado en ese asunto porque es la clave para todos los problemas del arte. Tengo que admitir que me ha sorprendido mucho que fueras capaz de formular con tanta claridad esa cuestión esencial. Pero tal vez, como ya he dicho antes, sea yo en este caso el que no tiene un sentido de la realidad, y además el mundo exterior está ahí todo el tiempo. Por supuesto no hay conocimiento de lo que quieres decir con la pregunta. Pero este proceso de transformación a un valor absoluto es efectivo no solo en los poemas, sino en la sensación. Se trata del mismo proceso tanto en las artes como en la experiencia, un desplazamiento desde el nivel de una chata ausencia de valores, mero simbolismo, hasta un absoluto, una «eterna» concreción y plenitud sustanciales. Esa ha sido la carga de todos mis poemas, un intento de emplear el lenguaje que fuera a la vez un acontecimiento puro, no una poesía etérea, sino algo capaz de sugerir en la mente del lector esa realidad sustancial del Ser o esa realidad de los hechos, etc. con la que sueña, y afirmarla por mucho que le pueda parecer una locura (porque lo cierto es que nuestro mundo lo considera una locura y la gente tiene miedo de la realidad). La diferencia entre lo que trataba de escribir el año pasado y lo que intento escribir ahora (puede que aún sin mucho éxito) es que antes no hacía más que balbucear sueños y ahora soy más consciente del significado de las palabras, o mejor aún, ahora soy consciente de que las palabras tienen un significado y, por tanto, son capaces de provocar una reacción en el lector. Si yo fuera capaz de encontrar ese verdadero significado, el valor y el efecto en el lector serían totales. Eso es algo cierto en los poemas de Blake, que fueron capaces de evocar en mí la sensación de la eternidad. De entre todas las personas que conozco solo hay una que entiende de verdad. Te hablé de él, Richard Weitzner, su progreso ha sido mucho mayor que el mío. Dice que mi poesía tiene muy poco contenido – aunque me ha señalado ciertos versos en concreto en los que el sentido es total – estos son algunos y hay otros más –

Oh recorre este pasaje con placer.
Espectáculo ciego
a lo largo de toda nuestra tierra de ira
ojos muertos que ven y ojos muertos que lloran
la sombra se convierte en hueso
el prado olvidado de la mente
a veces depongo mi ira.

Etc. Para él se trata de una cuestión de *voz,* de voz profunda, de voz profética, esa es su sensual aproximación. El verso «la sombra se convierte en hueso» resume toda la cuestión. Mi poesía aún no es literal porque mi pensamiento aún no es literal, y cuanto más literal se vuelve la mente y la lengua, más proféticas y ciertas se hacen también. Para mí fue una sorpresa descubrir que tanto Blake como Wordsworth, Coleridge, Dante, etc., eran todos en mayor o en menor medida literales. ¿Quién los lee de manera literal? ¿Quién se toma de manera literal la esencia de la Biblia? ¿Quien lee a Freud de manera literal? ¿Quién se toma el mundo de forma literal?

Y ahora, la gente. Quiero a Neal, a Huncke, etc., etc., etc., en distintos grados. Ellos me devuelven su amor, hasta físicamente. Ellos fueron los primeros que me enfrentaron a la cuestión de expresar el amor, a la cuestión de qué era el amor, etc., de modo que básicamente han sido ellos los instrumentos que me han liberado y han dirigido mi vida. Se supone que no debo preguntar, pero tengo miedo a las cartas detalladas desde mi accidente, de modo que prefiero dejar esas cosas para hablarlo a viva voz, sobre todo porque hay demasiados detalles, sucesos, etc. y etc. En esencia nuestras relaciones cambian a medida que vamos creciendo, «L'affaire Auto», como dices tú, cambiarán las cosas, para bien. No he estado en contacto con Neal, ni con Huncke; ni con Lucien, aparte de un par de conversaciones por teléfono; a Bill Burroughs tampoco le he escrito aún.

Llama y la puerta se abrirá.

Igual que siempre,
Allen

DE ALLEN GINSBERG [PATERSON, NJ] A JACK KEROUAC Y NEAL CASSADY [SAN FRANCISCO, CA], HACIA FEBRERO DE 1952

Queridos Jack y Neal:

¡Hoy estoy delirando! Tu carta llegó ayer y ayer por la noche abrí una extraña misiva procedente del Hotel Weston de Nueva York y nunca me habría podido imaginar de quién era aunque había escrito a W. C. Williams la semana anterior una carta-jazz medio loca (en la que te mencionaba) enviándole unos poemas raros. Su carta (la copio entera porque es muy dulce) dice así:

> Querido Allen:
>
> ¡Extraordinario! Te voy a convertir en serio en el centro de mi nuevo poema – un poema sobre algo que te voy a contar: la continuación de *Paterson.* (Tendré el honor de entregarte un *Paterson IV.)*
>
> Para componerlo utilizaré tu «Metafísica» como apertura (al estilo en que cierto mierda pone citas de algún griego inútil en griego – para encabezar sus poemas)
>
> ¿Cuántos poemas tienes de ese estilo? Tienes que tener ya un libro. Ya me encargaré yo de que lo saques. No tires nada. Estos son los de verdad.
>
> Estoy en NYC, me estoy tomando unas vacaciones de invierno, vuelvo a casa el domingo. Haremos algo el próximo fin de semana. Me pondré en contacto con tu padre.
>
> Tuyo, sinceramente,
> Bill

Lo abrí y grité: «¡Dios!» Los poemas a los que se refiere (hace referencia también a una petición anterior de que le lleve a River Street en Paterson para añadir algo a un poema suyo cuando mi padre le escribió invitándole para que fuera allí y el dijo que sí y me envió un mensaje en el que me decía que quería conocer mi zona de Shrouded Street) no eran más que un puñado de textos cortos de mierda que saqué de mis diarios y escribí en forma de poemas; podría hacer diez al día. Algo así:

Metafísica (este es al que él se refiere)

Este es el único y verdadero
firmamento, por lo que
es el mundo absoluto
no hay más mundo que este.
Vivo en la eternidad:
Los caminos de este mundo
son los caminos del cielo.

y

Larga vida a la telaraña

Siete años de palabras perdidos
esperando en la telaraña
siete años
atendiendo al anfitrión con los pensamientos
siete años perdidos
con la conciencia nombrando imágenes
estrechando el nombre
para nada
siete años
de miedos en red de viejas medidas
palabras muertas
moscas, un plantel
de fantasmas.
La araña ha muerto.

y [7 poemas más].

¿Os habéis dado cuenta ya, pasmarotes, de lo que significa eso? ¡Voy a sacar el libro cuando quiera! En New Directions (supongo). ¡Uf! Y os habréis dado cuenta también de que Williams está como una regadera. Lo que significa que todos podemos sacar nuestros libros (o al menos tú, yo y Neal) (no se lo digas a Lamantia, es demasiado educado); lo tenemos que hacer: tengo un método nuevo para la Poesía. Lo único que tenéis que hacer es echarle un vistazo a vuestros cuadernos de notas (de ahí es de donde he sacado yo esos poemas), echaros en un sofá y pensar en lo primero que se os venga a la cabeza, sobre todo desgracias, des-gracias, o esos pensamientos nocturnos que se tienen cuando no se puede dormir, una hora antes de quedarse dormidos; lo único que tenéis que hacer es levantaros y apuntarlos. Luego los ponéis en versos de 2 o 3 o 4 palabras cada uno, sin preocuparos por hacer frases, en estrofas de 2, 3 o 4 versos cada una. Vamos a hacer una antología enorme de locuras y miserias a la americana. El Museo Espiritual Americano. Una estupenda galería de inventos americanos a la última, tipo:

> Hoy tengo 32.
> ¿Cómo? ¿Ya?
> ¿Qué ha sido de mi mujer?
> La maté.
> ¿Qué ha sido de mi hierba?
> Me la fumé.
> ¿Qué ha sido de mis hijos?
> Me los comí para cenar
> la semana pasada.
> ¿Qué ha sido de mi coche?
> Lo volví a estampar contra un poste.
> ¿Qué ha sido de mi carrera?
> La arruiné, la arruiné.

Suficiente.

¿Cómo queréis que entienda vuestra carta? ¿Quién la firmó? ¿Quién me llamaba cariño? ¿Es que ya no tenéis nombres o qué?

Os voy a mandar, yo, el más pobre de todos, dinero para sellos. ¿Qué pasó cuando recitaron mis poemas? ¿Lloró alguien? Mandadme Peyote. Decidle a Lamantia que necesito Peyote para escribir mis metafísicas muuuuuu. ¡Bien, escribisteis a Bill! Le voy a dar a Ginger una buena abstracción. Aún sigo sin ver a John H., pero ya aparecerá.

¡¡¡NEGOCIOS!!!

¿Habéis visto? Carl [Solomon] me envió el contrato. Una mierda de contrato (¿qué? ¿nada de millones?), pero no está mal.* Échale un vistazo y termina tu libro pronto, así no tendrás que esperar hasta 1954 para conseguir pasta. Gene [Eugene Brooks] te envió una carta legal, ¿ves, hombre? Van a publicar a Alan Ansen pero no le van a dar nada de anticipo. Y además Carl le ha pedido a un amigo mío que está haciendo el doctorado en francés que traduzca el *Journal du voleur* de Genet. Y Carl también va a publicar el libro de Bill en rústica. Está bien, supone dinero, la posteridad le reconocerá, tendrá igual que si hubiese salido en New Directions. Pero yo me quedo con New Directions.

En la carretera de Jack va a ser la primera novela americana. Vamos a viajar, te lo digo yo. La prosa de las cartas era fantástica. California y Neal son fantásticos para ti. ¿Pero qué amante** le vamos a buscar a Neal para que no deje de escribir? Si me presento allí, ¿escribirá? No, me temo que lo único que haría sería molestarte, muchacho. Pero en serio, me siento muy bien – y eso que en la puerta de mi casa de Paterson ha caído una nevada enorme.

Sí, sí, funciona, funciona. Termina pronto la novela. Lo vamos a petar. Un guiño para ti, creo que la tuya es la primera novela moderna.

Oh, Lucien se acaba de casar, es lo único malo que tiene aparte de ser un caso de leve amargura congénita. Igual le quiero a Lucien.

Pero ¿qué se puede hacer con Hal [Chase]? ¿Hay alguien al menos que sepa su dirección? ¿Cómo puedo ponerme en contacto con

* Carl Solomon trabajaba para su tío A. A. Wyn en Ace Books y le envió a Kerouac un contrato por *En la carretera* en el que le ofrecía mil dólares de anticipo, pero Kerouac no lo llegó a firmar.

** En español en el original. *(N. del T.)*

él? Cuéntame en detalle – o dile a [Al] Hinckle que me cuente los detalles, etc. Voy a escribir una enorme carta enloquecida y se la voy a mandar, no va a saber qué pensar, así que quizá hasta conteste y todo. No está enfermo, es todo puro teatro. Lo primero que tiene que hacer el Buen Rey Mente es teñirse ese pelo rubio de verde.

Realmente me está saliendo una carta absurda.

Bonitos poemas sobre Melville y Whitman. Le he mandado a Van Doren nuestras mutuas notas sobre Melville. No he hablado con él desde entonces.

Mi joven amigo llamado Gregory Corso se ha marchado a la costa, no le he visto desde que se marchó, pero puede que te lo encuentres. Hace dos años veía desnuda a Dusty [Moreland] a través de la ventana de un piso amueblado que quedaba al otro lado de la calle. Yo se lo presenté. Se enamoró de ella. Él también es poeta. Pero Dusty no se casará conmigo, ¿se lo pido? ¿Qué puedo hacer? Le mandaré también tu propuesta. ¿Y si se casa con los tres? Imagínate qué fiestón de bodas.

Tienes que conocer a Williams, nos ha cogido ganas, le voy a pasar tus libros y le voy a enseñar tus cartas. Es viejo y no está muy a la última como nosotros pero es la inocencia personificada y así es como se le conquista.

Tu abstracción es muy superior. Guarda los colores al pastel. Supe que eran tuyos desde el preciso instante en que les puse el ojo encima. Es como una firma.

Me he estado acostando con todas las chicas [Elise Cowen] de Columbia, de Barnard, quiero decir. Me estoy convirtiendo en alguien increíblemente pasivo. No sé cuándo ha ocurrido, ya no hago el amor, me tumbo y dejo que me la chupen. (Pero no funcionó con Dusty igual – no me la volví a llevar a la cama.) Mándame tu ballenato de mierda y haré que lo impriman, o mándaselo a Carl y que se encargue él de las gestiones. Me estoy volviendo demasiado fino como para hacer esas cosas gratis (menos en casos de obstinados tan recalcitrantes como Neal que no saben lo que se pierden por tirarse pedos en público).

El único hombre vivo que escribe como nosotros es Faulkner. *La paga de los soldados.* 25 centavos en edición de bolsillo.

No leí lo de *Moby Dick,* mándamelo. Tengo buenas fotos de la boda de Lucien [enero de 1952]. No, embarco en el NMU

[National Maritime Union] en cuanto me encuentre con Williams, voy de friegaplatos del barco y tras un mes seré todo un hacendado. Después de eso regresaré para que me ANALICEN. ¡Síííííí! Dile a Neal que me escriba por teletipo y tú lo transcribes.

¿Qué es 12 Adler? ¿Quién es Ed. Roberts?

Ido,
Allen

DE ALLEN GINSBERG [BERKELEY, CA] A LOUIS GINSBERG [PATERSON, NJ]. SIN FECHA, HACIA FINALES DE MARZO DE 1956

Querido Louis:

Ya sé que llevo mucho sin escribir, he estado de acá para allá y muy ocupado. Estoy trabajando a jornada completa en la oficina de Greyhound en la ciudad, pero aún no he conseguido organizarme la casa de una manera decente, de modo que solo voy a Berkeley unas cuantas veces a la semana, tengo todas las cartas y los papeles sobre la mesa en un caos impresionante. Entre semana duermo en distintos sofás en la ciudad. Desde que he vuelto aún no he tenido tiempo de sentarme y relajarme y pensar un poco en cómo me voy a organizar la casa. Estuve a punto de regresar a SF pero habría tenido que dejar esta choza, y de hecho lo iba a hacer supuestamente este fin de semana, pero se presentaron demasiadas cosas y al final no encontré tiempo suficiente. Realmente tengo todo en el aire.

Básicamente lo que hago es esperar un barco o alguna otra forma parecida de hacer algo de dinero porque quiero largarme de aquí e ir a Europa en algún momento de este año. Mientras tanto el trabajo de Greyhound me da 50 a la semana. Las deudas de Seattle las voy a saldar este mes. También estoy dando para mi sorpresa una clase semanal en S. F. State College – State es la universidad que promueve talleres de poesía, recitales, etc., y como ahora soy el héroe-poeta local me invitaron a ocupar la cátedra del invitado ayudante en su clase de escritura. Trabajo en colaboración con otro profesor de plantilla que se encarga de todos los detalles, los registros, hacer copias en el mimeógrafo de los poemas para pasárselos a los estudiantes y discutirlos, etc., y yo soy el experto encargado de dirigir los debates. Hay unos 20 estudiantes, la mayor parte de ellos son ancianas y la otra mitad jovencitos modernos atraídos por toda esta última movida reciente. No tengo duda de que te sorprendería mucho mi técnica educativa, e igual de claro que con ella me echarían a patadas de cualquier lugar: llevo a clase a vagabundos de North Beach y hablo sobre Whitman y sobre marihuana, provoco grandes estallidos y aullidos de protesta a causa de mi comportamiento irracional y espontáneo – aunque lo cierto es que es un éxito a la hora de comunicar la electricidad & fuego de la poesía, lo que sea con tal de acabar con ese mismático y puntilloso rollo de la forma *vs.* el fondo etc. y la discusión sobre la palabra «trabajo» y la historia del «éxito» y sobre si los sonidos «p & f» son demasiados intensos o no, etc. La mujer que dirige el programa es la profesora Ruth Witt-Diamant, que conocía mi obra – al parecer hay, según Rexroth, una considerable *renaissance* en la costa Oeste debida a mi presencia y a la de Jack –, y la mujer de Rexroth me ha comentado que su marido llevaba esperando toda la vida que se produjera una situación como esta. Lo que hago en clase es tratar de que se relacionen personalmente con lo que están escribiendo y arremetan contra todo lo que suene a «literatura» para que expresen realmente su vida secreta sin que les importe la forma en la que salga. Yo prácticamente me desnudo en clase para hacerlo. Todos los estudiantes conectan y lo entienden bien, y la clase crece un poco todas las semanas; ya ha crecido demasiado como para gestionarla bien, empezamos con 8 y terminamos con 25.

W. C. Williams leyó «Aullido» y le gustó y escribió un prólogo para el libro, y mientras tanto estoy pensando en la posibilidad de ampliarlo y convertirlo en un libro entero de poemas. Montamos otro recital en un teatro de aquí de Berkeley y yo leí, entre otros, «Whitman», «El girasol» y un poema nuevo titulado «América» – una especie de tratado anarcosurrealista –, todos salieron muy bien, así que el editor está interesado ahora en un libro que contenga poemas representativos de todo y no solo un poema único. La lectura fue cojonuda, había fotógrafos de viajes que aparecieron en el escenario para fotografiarlo todo y que habían venido desde Vancouver, y una pareja de aficionados expertos en electrónica que se presentaron con máquinas grabadoras a petición del

State College para tener un registro acústico completo de toda la velada; la gente pidió copias de las grabaciones y hasta hay una organización de músicos bop que quieren componer música y hacer un gran tour de «Aullido» por la costa oeste, una especie de Misa de Jazz, lo grabaron todo para una compañía llamada Fantasy Records que publica mucha música bop nacional, etc. No estoy bromeando. No tienes ni idea de la tormenta de enloquecidas actividades alternativas que he suscitado. Además de todo eso los poetas locales, buenos y malos, se han puesto al día y ahora hay tres grupos de gente que se reúne todas las semanas para hacer lecturas, hay una todos los fines de semana, y va todo tipo de gente – esta semana llegó a la ciudad Eberhart [Richard] para unas conferencias en State y esta noche hay una fiesta en su honor, a mí me invitaron a que hiciera un recital privado pero dije que no (por una cuestión de carácter) y se van a escuchar las grabaciones. Mañana por la noche Rexroth me ha invitado para que conozca a un grupo de músicos de jazz y discutir la posibilidad de hacer una combinación de jazz y poesía. Y hay también otro grupo de músicos, su líder solía hacerle arreglos a Stan Kenton y me ha dicho que quiere hacer una grabación conmigo. Y finalmente también me han invitado a escribir un artículo que todavía no he tenido tiempo de empezar para la *Black Mountain Review* & he colaborado también con 2 revistas literarias que están empezando. Bob LaVigne, un pintor cuya obra he comprado y seguido mucho, ha pintado unos dibujos de línea enloquecida para empapelar las paredes de la sala de recitales y ha hecho también 7 magníficos pósteres a lo Lautrec. Ha sido realmente una escena encantadora. Ahora mi gran dilema es el de no tener tiempo suficiente para hacer todo lo que me gustaría, con el trabajo de Greyhound y sin trasladarme fuera de Berkeley, por lo que el tiempo real para escribir se ha reducido a nada – la verdad es que sería un alivio salir de esta situación e irme lejos en un barco, o mudarme a Alaska y buscar algo en la industria pesquera.

Hace 2 semanas, en una de las reuniones que hace Rexroth en su casa los viernes por la noche, estuve con Malcolm Cowley. Me emborraché e hice un discurso incendiario en el que le acusé de publicar a Donald Hall solo por cuestiones comerciales y haber dejado pasar & retrasado la publicación de Kerouac, una escena graciosa, sin derramamiento de sangre; el fin de semana anterior había estado allí Eberhart y durante un buen rato estuvimos recordando nada borrachos una fiesta en la que nos habíamos conocido en NY 5 años antes, él se acordaba de nuestra conversación con detalle: yo acababa de salir del hospital y estaba obsesionado con lo de la experiencia religiosa en el poema de Marmota.

Parece que los editores ingleses no se las van a poder apañar con «Aullido», me refiero a los impresores ingleses [Villiers], por lo que ahora nos enfrentamos a la dificultad de que salga inexpurgado. Lo he revisado y está peor que nunca. Estamos investigando la posibilidad de México, si es necesario se gastará un dinero extra y lo hará aquí igualmente. Se consultó a la Civil Liberties Union y dijeron que ellos lo defenderán si hay problemas, cosa que casi deseo que ocurra. Estoy dispuesto a sacar como sea al Gobierno de los Estados Unidos de su autocomplacencia. Hay realmente una gran conspiración estúpida de una inercia negativa e inconsciente para evitar que la gente se «exprese». He estado leyendo *Trópico de Cáncer,* la obra prohibida de Henry Miller, que en realidad es un gran clásico – jamás escuché hablar de ese libro en Columbia sin que le acompañara un comentario vejatorio – él y Genet son dos escritores a la última y totalmente honestos que han abierto la expresión de sus percepciones y verdaderas creencias, por eso se les considera una amenaza para la sociedad. La pregunta es si la literatura tiene realmente ese poder.

¿Cómo es la casa nueva de Gene? Creo que voy a mandar algunas de mis cosas a casa – ¿hay espacio? – una caja & baúl lleno de ropa de sobra & fotos & papeles.

Allen

DE ALLEN GINSBERG [SAN FRANCISCO, CA] A RICHARD EBERHART [NUEVA YORK, NY], 18 DE MAYO DE 1956

Estimado Mr. Eberhart:

Kenneth Rexroth me ha comentado que está usted escribiendo un artículo sobre la poesía de SF y que le ha pedido una copia de mi manuscrito. Se la enviaré.

He pensado de pronto con miedo en lo terribles que podrían ser las generalizaciones si se hicieran con tanta vaguedad como en los periódicos.

Estuve sentado sin decir nada en el coche mientras usted me contaba lo que iba a decir en Berkeley. Me sentía halagado y egoístamente hipnotizado con la idea del reconocimiento, pero lo cierto es que no estaba de acuerdo con su análisis de mi poesía. Antes de que diga usted nada en el *Times* déjeme decirle algunas cosas:

1) El «problema» general es el de los «valores» positivos y negativos. «Usted no me va a decir a mí cómo vivir», «Usted se relaciona con lo negativo o lo horrible, de acuerdo, pero no tiene un proyecto positivo», etc.

Todo eso es tan absurdo como suena.

Sería imposible escribir un poema poderoso y emotivo sin sostenerse firmemente en los «valores», pero no como un ideal intelectual sino como una realidad emocional.

Usted ha escuchado o leído «Aullido» como un aullido negativo de protesta.

A pesar del título el poema en sí mismo es más un acto de afinidad que de rechazo. En él trato de saltar *por encima* de una idea preconcebida de «valores» sociales y sigo los instintos de mi corazón – me *permito a mí mismo* seguir los instintos de mi corazón, anulando cualquier tipo de idea de propiedad, valor «moral», «madurez» superficial, sentido melodioso de «civilizacion» y exponiendo mis sentimientos auténticos – de afinidad e identificación con los rechazados, los místicos y hasta ciertos «locos».

Quiero decir que lo que parece de «locos» en América es nuestra expresión de éxtasis natural (como en Crane o en Whitman), ya que cuando es suprimida no encuentra ninguna forma de organización social ni ningún marco de referencia o validación externa; de ahí viene la confusión del «paciente», que cree que está realmente loco y se vuelve más loco todavía. Quiero rendir homenaje a los misterios místicos y a la forma en la que se producen realmente en los Estados Unidos, en nuestro entorno.

He saltado para distanciarme de las preocupaciones artificiales e ideas preconcebidas de lo que es aceptable y normal y he dado mi consentimiento a un tipo de locura particular que está enumerada en la lista Who.

El salto de la imaginación – no es peligroso hacerlo en poesía.

Un salto hacia una santidad real y viviente no es imposible, pero me requeriría más tiempo.

A menudo he pensado que mi deseo de ser un santo me convertía en un loco, pero ¿acaso tengo miedo ahora? ¿Me preocupan las opiniones de los demás? ¿Me atemoriza perder mi trabajo en la enseñanza? Vivo al margen de esas consideraciones. He construido mi propia santidad ¿Qué más? El sufrimiento y la humildad obligan a un ego que, como el mío, podría dispararse a arrastrar maletas en la Greyhound.

Comencé como estudiante mimado en Columbia.

He descubierto muchas cosas sobre mi propia naturaleza y sobre esa individualidad que es un valor, el único valor social que puede haber en los mundos-de-Blake. Para mí es un «valor social».

Le he dicho cómo vivir si he conseguido despertar en usted algún tipo de emoción compasiva o algún entendimiento de la belleza de las almas en America a través del poema.

¿Qué otro valor puede tener un poema – quizá ahora, desde el punto de vista histórico?

He liberado y confesado y comunicado claramente mis verdaderos sentimientos a pesar de que en primer lugar implicaban un doloroso salto a una exhibición de mi propio miedo a ser rechazado.

Eso es un valor, un hecho real, no una formulación mental de un ideal sociológico-moral de segunda categoría que no tiene ningún sentido en la poesía académica de H– –, etc.

«Aullido» es el primer descubrimiento que he hecho al menos en lo que tiene que ver con la *comunicación* de los sentimientos y de la verdad. Comienza con un catálogo en el que se describe de forma empática y *humana* los excesos del sentimiento y la idealización.

Moloch es la visión de un mundo inhumano y sin sentimientos que aceptamos y en el que vivimos – y el verso clave es el final, donde dice «Moloch a quien yo abandono».

Acaba con una letanía de aceptación activa del sufrimiento del alma de C. Solomon en el que dice: yo soy *todavía* tu amigo,* a pesar de que estás en apuros y te sientes vacío, y la última estrofa declara los términos de la comunicación:

«Oh estrellado shock de *compasión»,*

y la compasión es algo real; si eso no es un valor, no sé qué es un valor.

Cómo consigue existir la misericordia o de dónde viene tal vez sea algo a lo que se pueda responder desde las evidencias internas y las imágenes del poema – un acto de autorrealización, de autoaceptación y de la consiguiente e inevitable relajación de la ansiedad protectora y de las capas con las que nos cubrimos y de la capacidad para ver y amar a los otros por sí mismos como ángeles sin considerar el estúpido autoengaño de las categorías que deciden con *quién* es seguro relacionarse amablemente y con quién no.

Véase Dostoievski y Whitman.

Todo este proceso llega a cristalizar en el «Sutra del girasol», que supone un contexto «dramático» para esos pensamientos:

> Maldita maltratada vieja cosa eras tú, mi Girasol ¡Oh mi alma,
> te AMÉ entonces!

* En español en el original. *(N. del T.)*

Produce el efecto de liberar al individuo y al público de una imagen falsa negadora y vejatoria de nosotros mismos que hace que nos sintamos como la última mierda y no como los ángeles que realmente somos.

La visión que tenemos de la gente y las cosas externas que nos rodean es evidentemente (véase Freud) un reflejo de nuestra relación con nosotros mismos.

Tal vez solo sea posible entender a los demás y amar a los demás después de haberse perdonado y amado a uno mismo.

Esa es la razón por la que Whitman es tan determinante en el desarrollo de la psique americana. Se aceptó a sí mismo y desde ahí fluyó la aceptación de todas las cosas.

El «Sutra del girasol» es una liberación emocional y una exposición de ese proceso.

Por eso no termino de comprender por qué clasifica usted mi obra como destructiva o negativa. Solo si se piensa desde una teoría basada en un mundo de valores pasados de moda académicos y puritanos puede dejar de ser evidente que solo hablo de la *materialización* del amor. AMOR.

Los poemas son religiosos y esa era mi intención, y el efecto que han tenido en el público (para mi sorpresa inicial) fue una confirmación de ese hecho. Es como si hubiese «realizado el gesto primitivo» de aceptación, como en Whitman.

El segundo punto es técnico. Este punto se pondrá en cuestión solo si no tiene usted Fe. Quiero decir que está al margen de la verdadera cuestión y es irrelevante porque la comunicación, la *señal* de la comunicación, si se realiza con éxito, debería nacer y terminar mediante el logro de la perfección de una experiencia mística de la que usted ya lo sabe todo.

Digo que también tenga fe con lo que me estoy refiriendo a Lo Verdadero y al hecho de que eso es lo que yo trato de comunicar.

¿Por qué habría usted de negar sus sentidos?

Pero en cuanto a la técnica – [Ruth] Witt-Diamant me comentó que a usted le había sorprendido que yo estuviera interesado en el «Verso», etc.

Lo que parece sin forma y efectivo es en realidad efectivo gracias al descubrimiento o la comprensión de las reglas y significados y formas que hay en ellos.

La «forma» del poema es un experimento. Un experimento que usa el catálogo, la elipse, el verso largo, la letanía, la repetición, etc.

Las últimas partes de la primera sección describen una estética «formal» derivada de modo incidental de uno de mis maestros, Cézanne.

En realidad el poema está construido como un cagadero de ladrillo.

Ese es el plan general de base – todo un accidente, algo orgánico pero sorprendentemente simétrico. Creció (la tercera parte) gracias al deseo de construir un ritmo empleando una base fija que respondiera y alargara la respuesta a pesar de contenerla en la elasticidad de una sola respiración o una sola racha de pensamiento.

Como en todas las cosas, la dependencia de la naturaleza y la espontaneidad (y del mismo modo que gran parte de la experiencia en la escritura y la práctica para llegar a cualquier manifestación espontánea que es UN OFICIO y no una manera de pajearse, un oficio en el que es esencial estar lo más cerca de la perfección) produjo en este caso una proporción orgánica y en cierto modo simétrica (es decir, racionalmente aprehensible).

Pero todo esto no es más que una vaga generalización.

El verso largo que utilizo lo descubrí después de 7 años de trabajo con la rima fija yámbica y 4 años de trabajo con el verso corto de forma libre que emplea Williams – un verso que, como ya sabrá, tiene también sus propias reglas enloquecidas – indefinibles a pesar de estar presentes –

El verso largo, el poema en prosa, el bosquejo espontáneo son estructuras del siglo XX francés (y en el siglo XIX francés las estructuras «formales», Baudelaire) que los versificadores académicos han ignorado por completo a pesar de sus intereses continentales. ¿Por qué?

Es una forma de escritura muy popular en Sudamérica y al fin y al cabo es lo más interesante que está sucediendo en Francia.

Whitman.

Apollinaire.

Lorca.

Es que acaso suponen esos idiotas que esa gente de mérito no tiene sentido técnico, que repiten los balbuceos yámbicos de sus mejores o el cuasiyámbico de Eliot o el completamente irracional (aunque hermoso) mito de la «clara forma lúcida» de Pound – quien trabajaba básicamente de oído de todas formas y en quien tampoco hay ninguna forma mental que pueda enunciarse claramente, ninguna medida estándar contable* [error mío, porque Pound siempre se intentó aproximar a una medida clásica. Allen Ginsberg, 1975] – pero me estoy alejando – la gente, por el mero hecho de repetir esas cosas, etc., no demuestra en absoluto más sensibilidad técnica sino una sencilla capacidad de adaptación mediante el uso de fórmulas preconcebidas – e *históricamente* ya no es tiempo de seguir haciendo eso – e incluso si hubiese alguien a quien todavía le preocuparan esas cuestiones, desde luego no es a mí. Yo estoy interesado en descubrir lo que *no* conozco, tanto en mí mismo como en mis formas de escritura – una vieja cuestión.

El verso largo – para trabajar con él es necesario un buen oído, un buen fondo emocional, una facilidad sintáctica y técnica y una libertad de *esprit* para hacer de todo ello algo significativo. Y se necesita también algo que decir, lo que significa haber aclarado y comprendido los propios sentimientos. Lo mismo sucede en cualquier tipo de verso libre.

Los versos son el resultado de un largo pensamiento y experimentan sobre cuál es la unidad que constituye un *discurso-respiración-pensamiento*.

He estudiado mi mente
He estudiado mi expresión 1) Borracho
2) Drogado
3) Sobrio
4) Cachondo, etc.

Y como me he ejercitado puedo ahora hablar *libremente,* es decir, sin las pausas inhibitorias de la autoconciencia y la censura que lleva luego a destruir la expresión y el ritmo del pensamiento.

Pensamos y hablamos rítmicamente de continuo, cada frase, cada fragmento del discurso equivalen métricamente a lo que tenemos que decir desde un punto de vista emocional.

Cuando se deja en libertad a la mente sin bloqueo alguno, el aliento del intercambio verbal se manifiesta con un ritmo extraordinario, un ritmo que es quizá inmejorable.

[Inmejorable al menos como experimento.

Cada poema es un experimento
que se revisa lo menos posible.

Y así se producen (los experimentos) en muchos lienzos modernos, como usted sabe. El bosquejo es una «Forma» refinada.]

W. C. Williams ha estudiado ritmos discursivos durante años tratando de localizar una «medida» estándar –

creo que es un error.

No hay medida que pueda hacer que un discurso tenga la misma medida exacta que otro, un verso que tenga la misma extensión que otro.

Por eso al final se ha acabado aferrando a la expresión «medida relativa» en su vejez.

Tiene razón, pero aún no ha comprendido las implicaciones de ese hallazgo a largo plazo.

Cada onda de discurso-pensamiento ha de ser medida (hablamos y quizá también pensamos en ondas) – o al menos lo que yo digo y pienso en «Aullido» se reduce a ondas de peso relativamente semejante – y puesta la una junto a la otra para generar una estabilidad aceptable.

La técnica de la escritura, tanto en prosa como en verso, el problema técnico de la actualidad, es el problema de cómo trasladar el flujo natural de la mente, la transcripción de la melodía del pensamiento y el discurso reales.

Yo he preferido inclinarme más hacia la captura de la mente-pensamiento-interno que a la verbalización del discurso. Hago esta distinción porque la mayoría de los poetas ven el problema a través de Wordsworth cuando se aproximan al *discurso* real, al discurso verbal.

He comprobado que el flujo visual-verbal no articulado tiene un ritmo extraordinario y me he acercado al problema de la versificación, verso y estrofa y medida, escuchando y transcribiendo (en grandes extensiones) el flujo mental coherente. He tomado *eso* como modelo para la forma de la misma manera que Cézanne tomó la Naturaleza.

Esto no es surrealismo – inventaron una imitación literaria artificial.

Yo transcribo desde mis pensamientos ordinarios – y espero que se produzcan momentos excitantes o místicos o casi místicos para poder transcribirlos.

Esto genera problemas de imagen, y la transcripción del flujo mental da un conocimiento muy útil porque nuestro pensamiento se produce de una manera surrealista (superponiendo imágenes) o en forma de haiku.

El haiku, y esto *no* lo sabían los imagistas de la década de 1910-1920, consiste en 2 imágenes visuales (o de otro tipo) reducidas y yuxtapuestas – la carga de electricidad generada por esos 2 polos es tanto más grande cuanto mayor es la distancia entre ambas – como en la frase de Yeats «la asesina inocencia del mar» – 2 polos opuestos que se reconcilian en un destello de comprensión.

En su flujo la mente crea unas elipsis extraordinarias y de ese modo la frase clave del método de «Aullido» es «Jukebox de hidrógeno», que a pesar de no tener un sentido aparente en su contexto se entiende a la perfección.

A lo largo de todo el poema se encontrará usted con rastros de transcripciones, en su mejor expresión en el último verso del «Sutra del girasol»: «La sombra de la loca locomotora ribera puesta de sol Frisco visión sentada del anochecer en colinas de latón.»

Puede parecer extraño, pero no es más que el progreso natural desde el trabajo de Pound-Fenollosa-la escritura caracteriológica china-los imagistas-William Carlos Williams.

Dados mis intereses, experiencias, etc., y el tiempo que me ha tocado vivir, no entiendo ni la métrica ni las metáforas como revolución sino más bien como un progreso lógico.

Todo esto (esta explicación) es en realidad demasiado literario porque básicamente mi intención no es otra que decir lo que siento en realidad (no lo que me gustaría sentir o pensar, o lo que debería sentir, o lo que hace encajar mis sentimientos en una «Tradición» falsa, que es un *proceso* en realidad y no un conjunto de valores fijos y costumbres – por lo que todas las personas que prefieren aferrarse a las métricas y los valores tradicionales acabarán estupidizados o engañándose a sí mismos por mucho que quieran ser los más sinceros del mundo). Toda la gente piensa que se debería aprender académicamente por «experiencia» y ningunear y destruir la propia alma y eso ha llegado a alcanzar el estatus de «valor», pero a mí me sigue pareciendo la misma vieja y falsa muerte, incluso cuando la defiende el profesor T – a quien quiero, pero que al fin y al cabo no es más que un pobre fanático mental y no un espíritu libre – pero me estoy dispersando.

2) La situación de la poesía en SF

La última ola estaba dirigida por Robert Duncan, alta literatura pero con un reconocimiento básico del experimento espontáneo con la estructura libre. Se mudó a Mallorca y se puso en contacto con Robert Creeley, editor de la *Black Mountain Review,* se hicieron amigos y Duncan fue quien le descubrió a Williams, Stein, etc. Es especialmente importante la influencia de *Black Mountain* en Charles Olson, que era el líder paralelo en la costa Este de los autores pertenecientes a la bohemia sofisticada después de Pound. El poema «La muerte de Europa» en el libro *Origen* de Olson publicado el año pasado (sobre el suicidio de un muchacho alemán) – «Oh, que se te haya tenido / que dar sepultura / de esta forma» – es el primero de sus poemas que he podido leer, pero me parece un gran logro del sentimiento y creo que es un gran poema moderno.

Creeley vino por aquí [San Francisco] el mes pasado y se puso en contacto con nosotros – el próximo número de *Black Mountain Review* publicará textos míos, de Whalen y de:

1) William Burroughs, un novelista amigo mío afincado en Tánger. Un gran tipo.
2) Gary Snyder, un poeta zen budista y estudiante de chino de 25 años que parte la semana que viene para estudiar poesía en un monasterio zen de Kioto.
3) Jack Kerouac, que es el gran coloso desconocido de la prosa norteamericana, la persona que me ha enseñado a escribir y que ha escrito más y mejor que ningún otro de mi generación hasta donde yo sé. Es posible que haya oído hablar de Kerouac pero cualquier descripción del estado de la cuestión sería completamente absurdo desde un punto de vista histórico si él no estuviera en ella, ya que es sin duda *el* más fértil y prolífico *genio* shakespeariano – vive en una cabaña en Mill Valley con Gary Snyder. Cowley (Malcolm) está intentando venderle ahora en NY [Cowley estaba teniendo dificultades en ese momento para convencer a los responsa-

bles de Viking de publicar *En la carretera.* Allen Ginsberg 1975] y puede darle toda la información. Fue Kerouac quien inventó e inició mi práctica de la prosodia como flujo de discurso.

Le relato todo lo anterior porque su reseña sería completamente irrelevante si no hiciera especial hincapié en Kerouac – no lo digo en broma, pida información a Kenneth [Rexroth] o a Louise Bogan si no confía en mi palabra, ellos le conocen también.

El arriba mencionado W. S. Burroughs fue mi mentor y el de Kerouac entre 1943 y 1950.

He escrito esta carta en la oficina de la Greyhound durante la pausa para cargar equipajes a los autobuses y se la mando sin censura.

No he dicho nada sobre la extraordinaria influencia de la música bop en el ritmo, ni de las drogas en cuanto a la contemplación del ritmo y los procesos mentales – no tengo suficiente tiempo ni papel.

Atentamente,
Allen Ginsberg

Resumen

I. Valores

1) «Aullido» es una «afirmación» de la experiencia individual de Dios, el sexo, las drogas, el absurdo, etc. La primera parte trata de una manera empática de algunos casos individuales. La parte II describe y rechaza el Moloch de la sociedad que frustra y suprime la experiencia individual y obliga al individuo a considerarse un loco si no renuncia a sus sentidos más profundos. La parte III es una expresión de empatía y una identificación con C. S. [Carl Solomon], que está en el manicomio – se dice allí que su locura es básicamente su rebelión contra Moloch y que yo estoy con él, y le extiendo mi mano en señal de camaradería. Se trata de un acto afirmativo de piedad y compasión, que son las dos emociones esenciales del poema. La crítica a la «Sociedad» es que la sociedad es implacable. La única alternativa es llevar a cabo acciones individuales y privadas de misericordia. El poema mismo es una de ellas. Está construido por tanto de manera clara y consciente sobre la más elemental de las virtudes humanas.

Calificar esta obra de rebelión nihilista sería malinterpretarla por completo. Su fuerza proviene de una positiva creencia y experiencia «religiosa». No ofrece un programa «constructivo» en términos sociológicos – ningún poema podría hacer semejante cosa. Lo que hace es ofrecer un valor constructivo humano – básicamente la *experiencia* – la iluminación de la experiencia mística – sin la cual no podría sobrevivir ninguna sociedad.

2) «Un supermercado en California» tiene que ver con Whitman, ¿por qué?

Porque fue el primer gran poeta americano que tomó cartas en el asunto de reconocer su propia individualidad, perdonándose y aceptándose *a Sí Mismo,* extendiendo así de forma automática ese reconocimiento y esa aceptación a todos – y definiendo así la Democracia. En su gloria fue un caso excepcional y único – la verdad de sus sentimientos – algo sin lo que no puede sobrevivir ninguna sociedad. Al margen de esa verdad solo es posible el impersonal Moloch y el desprecio de los otros.

Sin la autoaceptación no es posible la aceptación de las otras almas.

3) «Sutra del girasol» es un momento «dramático» cristalizado de autoaceptación en términos modernos.

Qué cosa impía y desastrada eras, girasol. ¡Oh, alma mía, cómo te *amé* entonces!

El descubrimiento del sagrado amor-propio es un valor «afirmativo» poco común y no puede fallar a la hora de generar una voz influyente que le «diga *a usted* (R. E.) [Richard Eberhart] cómo vivir».

4) «América» es una exposición no sistematizada y más bien gay de mis propios sentimientos privados contra los dogmas oficiales, pero también una exposición universal, en tanto que privada, de lo que ya he mencionado. Dice – «Soy de este modo, por tanto tengo el derecho a serlo y lo digo a gritos para que lo oigan todos.»

II. Técnica

A. Los versos largos o estrofas como yo los llamo surgieron de manera espontánea como resultado de los tiernos sentimientos que trataba de exponer, y se produjo como una sorprendente solución a un problema métrico que me estuvo preocupando durante una década.

Tengo una experiencia considerable con el verso yámbico rimado y el verso corto libre pos- WCW [William Carlos Williams].

Las 3 partes de «Aullido» son 3 aproximaciones distintas al uso del verso largo (más largo que el de Whitman, que era más francés).

1. La repetición de la base fija «Quien» para elaborar el listado.
   A. Construye así un ritmo consecutivo de estrofa a estrofa.
   B. Abandona la base fija «Quien» en algunos versos pero carga el peso y el ritmo de la forma estrófica de forma continua hacia adelante.

2. La ruptura del verso en partes dentro del verso para convertir así el verso en una nueva forma de estrofa – La repetición sobre la base fija «Moloch» para producir el cemento que permita la continuidad. «Un supermercado en California» utiliza la estrofa en versos liberándose así de la necesidad de una base fija. Estaba experimentado con la forma.
3. Empleo de la base fija, «Estoy contigo en Rockland», con una réplica en la que el verso se vuelve cada vez una sucesión más y más larga del discurso para construir una estructura *relativamente* semejante sin que deje de ser libre y variable. Cada verso de réplica es un poco más largo que el anterior, en todos mido los versos por el oído y la duración del aliento, ya que no se puede medir de otra manera. Cada verso consiste en un conjunto de frases que se pueden recitar en una sola respiración y que tienen un peso retórico semejante. El penúltimo verso es una excepción y pretende ser – una serie de exclamaciones – «Oh escuálidas legiones corren afuera Oh estrellado shock de compasión Oh victoria, etc.» No creo que se le escape que las exclamaciones tienen todas un ritmo definido.

   El problema técnico que se produce y que queda parcialmente resuelto es el avance que comenzó con Whitman pero que no se llevó más allá, tanto por parte de la estupidización del verso yámbico y el automatismo literario como del verso corto arrítmico, que no ofrece tampoco una *base* que concrete un flujo cíclico para construir un ritmo poderoso en el poema. El verso largo parece liberar de momento el discurso y habilitarlo para la expresión emocional, dando una medida con la que poder trabajar. Espero poder experimentar con los versos libres de extensión corta lo que he aprendido de mi práctica con el verso largo.

B. Imaginería – es un resultado del *tipo* de verso y el tipo de emociones y el tipo de discurso – y de la transcripción del-flujo-interno-de-la-mente que hago – la imaginería consiste habitualmente en lo que en 1920 W. C. W [William Carlos Williams] expuso como detalles estudiados desde el punto de vista de la imagen que colapsaba mediante una lógica asociativa interna – como en «jukebox de hidrógeno», Apollinaire, Whitman, Lorca. Pero *sin ser* automatismo surrealista. El conocimiento del haiku y de la elipsis es esencial.

DE ALLEN GINSBERG [TÁNGER, MARRUECOS] A LAWRENCE FERLINGHETTI [SAN FRANCISCO, CA], 3 DE ABRIL DE 1957

Querido Larry:

Recibí tu carta el 27 de marzo y me quedé muy sorprendido con la noticia de la incautación en la aduana. [...] Sin pensarlo bien no sé qué decir sobre MacPhee.* No conozco las leyes y no sé qué derechos tengo. ¿Se puede enviar todo a un apartado de correos en NY y desde allí reenviártelos a ti a otra dirección con otro sello? ¿No sería eso reenviar desde NY? ¿Me pueden enviar ellos algunas copias desde Inglaterra hasta aquí? Supongo que al menos la publicidad será buena. Aquí estoy con Jack, Peter y Bill Burroughs, hemos estado tan colgados con nuestra vida privada y con la escritura y enloquecida personalidad de Bill, investigando el barrio árabe y tomando *majoun* (caramelo de hachís) y opio y bebiendo un delicioso té de menta en oscuros cafés a lo Rembrandt y dando largos paseos por la lúcida costa mediterránea, envueltos en una luz verde brillante del Norte de África, que no he escrito ni una carta (esta es la segunda en 2 semanas) ni he pensado demasiado en nada. Escribiré a Don Allen a Grove y se lo contaré, y él se lo contará a la mujer de *Time-Life*. Si puedes hacer una copia de esta carta y conseguir alguna declaración de W. C. Williams, [Louise] Bogan, [Richard] Eberhart y enviarla a las revistas tal vez pueda salir algo de publicidad de ahí. Incluye sin duda, también, a Harvey Breit del *NY Times* – lo más probable es que escriba un artículo sobre esto. Mi hermano es abogado y hace poco ha estado investigando sobre el tema, le escribiré para que se ponga en con-

* Chester MacPhee era empleado de aduana en San Francisco.

tacto contigo y te ofrezca ayuda legal – si es que hay algo en lo que él te pueda ayudar desde Nueva York. Supongo que todo esto te ha debido joder la economía. Nunca pensé que fuera a pasar realmente. No sabía que te iba a costar 200 $ la reimpresión, pensé que solo era 80 $ por cada mil copias extra. Perdón por no estar ahí, tenemos que hablar y pensar cómo hacemos la edición en Estados Unidos, aunque supongo que eso será también caro. Asegúrate de que la gente de la revista *Life* de San Francisco se enteran de la situación, puede que saquen algo. La mujer de NY se llama Rosalind Constable, está a cargo de *Time-Life,* en el Rockefeller Center. Es una mujer muy simpática* y seguro que le llama la atención sobre el tema a Peter Bunzell, quien está (eso he oído) escribiendo la historia para *Life* en NY. Envíale también la historia al *Village Voice,* han estado investigando el asunto. Por cierto, he oído que salió una crítica un tanto tibia en el *Partisan Review,* ¿me la podrías enviar? Házselo saber, también, por si quieren publicar más tarde algún poema mío. Creo que la manera más eficaz e inteligente de conseguir publicidad es preparar una declaración exaltada y medio estúpida que no deje de ser digna citando al tipo de la aduana y el artículo de Eberhart, y a Williams, y al *Nation Review,* hacer copias y mandarlo como si se tratara de un manifiesto a las revistas y a los periódicos. Mándale uno también a Lu Carr, de la United Press. Si es que sirve para algo. Escribe también, quizá a [Randall] Jarrell, de la Biblioteca del Congreso, para ver si se puede obtener su intercesión oficial. Me imagino que esa gente de las aduanas tendrán que obedecer órdenes de sus superiores y que esos superiores de Washington D. C. es esperable que reciban informes y sean sensibles a la petición de intercesión de alguien oficial de la Biblioteca del Congreso. Puede que escriba a mi congresista – ¿es simpático el congresista de SF? Eso sería más rápido que una demanda. Los derechos están a nombre de City Lights – si consigues recuperar tu dinero y obtenemos algún beneficio después de tanto problema, y sacamos una 4.ª edición o una 17.ª, nos repartiremos el botín. No creo que la obra de Grove sea un éxito en ventas. Seguramente tomarán nota de todo el libro. Mándame recortes de las reseñas – no tengo nada aparte de la de *Na-*

* En español en el original. *(N. del T.)*

tion, si es que sale algo, también novedades del Cellar.* Suena muy bien. Debe de estar de fiesta todo el mundo. ¿Cómo anda Duncan? Recuerdos a DuPeru, etc. ¿Ha salido ya *Ark III*? ¿Me mandas uno? Tengo que reconocer que me siento más deprimido que halagado, más molesto que halagado por lo de la aduana, aunque sea entretenido – el mundo no es más que un pozo sin fondo de aburrimiento y pobreza y políticos paranoicos y trapos sucios, en ese contexto «Aullido» parece una gota en el vacío y el furor literario algo ilusorio – es como si todo estuviese ocurriendo en otro mundo – lejos de mí, como si no tuviera nada que ver conmigo, ni con nada. Jack tiene una habitación a la que me voy a trasladar la semana que viene, muy luminosa, en lo alto de una colina que está a solo unas manzanas desde la playa desde la que te estoy escribiendo esta carta; desde una veranda de piedra roja se puede ver un tilo, un patio enorme sobre el puerto, sobre la bahía, al otro lado de la luminosa llanura, y también la costa azul de España y los antiguos parapetos de Europa a los que aún no he ido, Gibraltar pequeño y en la distancia pero rodeado de una enorme masa de agua brillante y azul y un gigante y nítido cielo azul sin nubes – nunca había visto una luz tan serena como esta, la enorme belleza de la luz clásica del Mediterráneo sobre el pequeño mundo. Escribiré al señor MacPhee personalmente, le pediré que deje pasar mis ejemplares, será una carta muy seria y triste y larga y conmovedora.

Escríbeme y te contestaré, dime cómo se va desarrollando todo y si hay algo que quieres que haga házmelo saber y envíame los recortes si puedes. Los aerogramas solo cuestan 10 centavos en sellos si no hay adjuntos.

Dale las gracias a Kenneth [Rexroth] por las molestias y dile que espero que disfrute de la escena – es muy graciosa y está casi organizada, me imagino que no pueden estar fiscalizándonos eternamente y que al final acabarán rindiéndose. Dime cómo es la ley.

Aquí ponen rock and roll en todos los tocadiscos, hubo incluso una revuelta de rock and roll en un cine hace unas cuantas semanas y de hecho, antes de que me fuera a NY, Peter y yo ligamos en

* The Cellar: club nocturno de North Beach en el que Ferlinghetti y Rexroth organizaron desde recitales de poesía hasta conciertos de música jazz.

el histórico escenario de la Paramount. En realidad me traje unos cuantos discos de Little Richard y de Fats Domino.

La única persona interesante por aquí aparte de Burroughs es Jane Bowles, con quien me he encontrado solo una vez.

Tuyo, como siempre,
Allen Grebsnig

15 de noviembre: Olympia ha rechazado el libro de Bill pero lo va a intentar de nuevo, tal vez cambien de opinión. *Partisan* me envió 12 $ por un poema y les envié tres de Corso. Si sucede lo peor vamos a conseguir al menos anuncios gratis y publicidad para conseguir $ y así publicar la novela por nuestra cuenta.

DE ALLEN GINSBERG [PUCALLPA, PERÚ] A WILLIAM S. BURROUGHS [TÁNGER, MARRUECOS], 10 DE JUNIO DE 1960

Querido Bill:

Sigo en Pucallpa, me he encontrado por casualidad con un tipo pequeño y regordete, Ramón P. – un viejo amigo de Robert Frank (el fotógrafo de nuestra película) al que conoció en el 46 o algo así, aquí mismo. Ramón me llevó a su curandero,* en quien tiene mucha fe y de cuyos poderes curativos sobrenaturales no para de hablar, tal vez más de la cuenta. El Maestro, como le llaman, es un pillo de unos 38 años muy suave y aparente, nos preparó unas bebidas para tres de nosotros la otra noche y luego ayer por la noche fui a un curandero común para una sesión de bebida de una noche completa con otras 30 personas, hombres y mujeres, en una choza en las afueras, casi jungla, de Pucallpa, tras los terrenos de la fábrica de gas.

La primera vez me pareció mucho más fuerte que la bebida que había tomado en Lima, la ayahuasca se puede embotellar y transportar sin que pierda su fuerza siempre y cuando no fermente, las botellas tienen que estar bien selladas. Me bebí una taza y me pareció que estaba un poco rancia, que llevaba pasada varios días y que también había empezado a fermentar, me eché y tras una hora (en una choza de bambú alejada de su casucha, en la que cocina la muestra) comencé a ver o a sentir lo que pensé que era el Gran Ser, o al menos su sensación, aproximándose hacia mi mente como si se tratara de una enorme vagina húmeda, y permanecí echado todavía un rato. La única imagen que me venía a

* Siempre en español en el original. *(N. del T.)*

la cabeza era la de un gran agujero de la nariz-de-Dios al que me asomaba buscando el misterio, y que el agujero negro estaba rodeado de toda la creación, sobre todo de serpientes de colores, todas reales.

Me sentí de algún modo como lo que representa esa imagen, su sentido me parecía muy real.

El ojo es una imagen imaginaria, solo para darle un poco de vida a la escena. Sentí también en el cuerpo una gran sensación de placer, nada de náuseas. Duró unas 2 horas en fases distintas y los efectos se desvanecieron después de 3, la fantasía misma duró desde los 3/4 de hora después de haber bebido hasta las 2 horas y 1/2, más o menos.

Volvimos y charlamos con el Maestro, le dimos 35 soles (1,50 $) por el servicio y platicamos con él sobre el peyote y el LSD; había oído hablar del peyote. Es un mestizo que estudió en San Martín (al norte de la región del Huallaga). Me dio algunas muestras de su preparado: utiliza una planta de ayahuasca joven que cultiva en su patio trasero y la mezcla al cincuenta por ciento con un catalizador conocido como «Mezcla», que es una hoja que en la lengua india chama se conoce como *cahua* (se pronuncia *coura)* y localmente, en Pucallpa, como *chacruna*. Me dijo que me iba a dar más muestras para que las llevara al Museo de Historia Natural de Lima y las identificaran. Cocina las mezclas durante todo el día y satura el caldo, escurre las hojas y las cocina una segunda vez. En fin, la preparación tampoco es particularmente secreta. Creo que Schultes [un botánico peruano] la ha visto y conoce la fórmula. Se pueden añadir otras hojas de otras plantas, no conozco las combinaciones con las que se puede intentar. Parece interesado en las drogas de manera seria y genérica, no desde un punto de vista mercenario, es un buen tipo y hay mucha gente que le sigue por aquí, hace curas físicas, es su especialidad.

En fin, para abreviar, regresé de nuevo a la sesión formal en grupo en las cabañas ayer por la noche y esta vez la infusión era fresca y se presentó con la ceremonia completa, él canturreaba (y fumaba un cigarrillo o una pipa) y echaba el humo delicadamente sobre la taza unos minutos antes (una taza de esmalte, me acordé de tu taza de plástico), luego encendí un pitillo y eché el humo sobre la taza, y la vacié. Vi una estrella fugaz, un aerolito, antes de ir, y la luna llena, y me sirvió a mí el primero. Y luego me tumbé esperando Dios sabe qué placentera visión y me empezó a subir, y un segundo más tarde el puto universo entero se quebró a mi alrededor, creo que la vez que más fuerte y peor me ha pegado hasta la fecha. (Aún me reservo en suspenso las experiencias de Harlem, a pesar de ser naturales. El LSD era la perfección pero no me llevó tan profundo y desde luego no a un lugar tan horrible.) Al principio me di cuenta de lo estúpida que era mi preocupación de no vomitar o de los mosquitos ante aquel gran poste de la vida y la muerte. Sentí que me enfrentaba a la muerte, mi calavera en mi barba sobre el palé bajo aquel porche rodaba de atrás para adelante y finalmente se quedó inmóvil como si se tratara de una reproducción del último estertor físico antes de una muerte real, me dieron náuseas, salí a toda prisa y empecé a vomitar, todo cubierto de serpientes, como un serafín de serpientes, serpientes coloreadas en una aureola alrededor de todo mi cuerpo. Me sentí como una serpiente que estaba vomitando el universo, o un jíbaro con un tocado de colmillos que vomita para llevar a cabo el asesinato del universo, me llegaba la muerte, llegaba la muerte de todo el mundo, nadie estaba preparado, yo no estaba preparado, todo lo que merodeaba en los árboles, el ruido de esos espectrales animales del resto de los bebedores, todos vomitaban (es algo normal en las sesiones curativas) en medio de la noche, en medio de su espantosa soledad en el universo, todos vomitaban su voluntad para sobrevivir, casi mantenerse en el cuerpo. Regresé y me tumbé de nuevo. Ramón vino a verme muy dulce como una enfermera (él no había bebido, es una especie de asistente que ayuda a los sufrientes) y me preguntó si estaba OK y «Bien mareado». Yo dije «Bastante» y volví a sentir que se aproximaba el espectro a mi mente. La choza entera parecía repleta de presencias espectrales, todas en procesos de transfiguración al entrar en contacto con una sola cosa misteriosa que era nuestro destino y que antes o después nos iba a acabar matando, el tarareo del curandero seguía sonando de una manera muy dulce, tarareaba y luego cambiaba a una sola tonada, una especie de consuelo, solo Dios sabe lo que significaba, parecía querer darnos un punto de referencia con el que yo no había conseguido entrar en contacto todavía. Yo estaba asustado y me limité a quedarme allí tumbado sintiendo una oleada tras otra aquel miedo a la muerte, eran sustos, me pasaban por encima y apenas podía soportarlos, no quería refugiarme y rechazarlos como si solo fuesen espejismos porque era demasiado real y demasiado familiar, era sobre todo como un ensayo de mi último minuto de muerte, mi cabeza rodaba de un lado a otro sobre la manta y al final se quedaba en su última posición de inmovilidad y de desesperanzada resignación hacia lo que Dios quisiera que fuera mi destino, me sentía como un alma completamente apartada y perdida, fuera de todo contacto con nada que pareciera presente. Al final me dio la sensación de que tenía que enfrentarme a la pregunta allí y en ese instante, y elegí morir y comprender, y dejar mi cuerpo para que lo encontraran a la mañana siguiente. Imaginé el dolor de todo el mundo, no podía soportar la idea de dejar a Peter y a mi padre tan solos. Me daba miedo morir, por eso nunca tomé esa opción (si es que era una opción, tal vez lo era realmente), también era como si todos en aquella sesión estuvieran conectados radiotelepáticamente con el mismo problema, el gran ser en nuestro interior. Cuando regresé de vomitar vi a un hombre con el pecho apoyado en las rodillas y me pareció ver su calavera con rayos X y me pareció que estaba agachado como en una mortaja (con una toalla atada alrededor de la cara para protegerse de los mosquitos) sufriendo el mismo juicio y el mismo trance de separación. Pensé en la gente, vi sus imágenes con claridad, tú, misteriosamente sabes más que yo en apariencia en este momento, ¿por qué no te comunicas? ¿no puedes o es que has ignorado la señal? Simon aparentemente es un ángel que destruye la vanidad para provocar una nueva vida en los niños. Si llegara cualquier tipo de novedad interplanetaria él diría: «Seré el primero que lo transmita por cable para que no se joda todo.» Francine, su esposa, es una especie de mujer seráfica, todas las mujeres (como todos los hombres) son lo mismo, criaturas espectrales abandonadas aquí misteriosamente a la vida, a ser dioses vivientes, a sufrir la crucifixión y la muerte como Cristo, pero o bien se perdían y morían en sus almas o bien entraban en contacto y daban a luz para continuar con el proceso de la existencia (a pesar de que ellas mismas morían, ¿no es así?), y yo me perdí y el pobre Peter, que depende de mí por un paraíso que no poseo, perdido, y yo sigo rechazando a las mujeres, que vienen a atenderme, decidí tener hijos de alguna forma, una revolución dentro de la alucinación, pero aquello era casi el máximo de sufrimiento que podía soportar y el pensamiento de que iba a sufrir más todavía me hizo caer en la desesperación, me sentí, me siento todavía, como un alma perdida, rodeado de ángeles ministeriales (Ramón, el Maestro, tú mismo, el universo entero de los moribundos ordinarios) y mi pobre madre que murió solo Dios sabe en medio de qué sufrimientos. No lo pude soportar y vomité de nuevo (Ramón había venido y me había dicho que vomitara fuera del porche en el que estaba tumbado si tenía ganas de hacerlo más adelante, fue muy amable y cuidadoso), quiero decir que era un grupo muy bueno. Recuerdo lo que decías de tener cuidado con la persona con la que tienes la visión, pero sabe Dios que no sabía hacia quién volverme al final cuando la suerte estuviera echada espiritualmente y dependiera solo de mi propia memoria de serpiente de las alegres visiones Blake, o no dependiera de nadie e ingresara de nuevo, pero ingresar ¿a qué? ¿A la muerte? En ese momento, vomitando aún y sintiéndome como una enorme, verde y perdida serpiente que vomita en conciencia de la transfiguración que está a punto de producirse, con la sensación de la radiotelepatía de un ser cuya presencia no había sentido aún completamente, toda una situación demasiado horrible para mí que, inmóvil, acepté el hecho de una comunicación total con todo el mundo, eterno serafín macho y hembra al mismo tiempo, yo, un alma perdida en busca de ayuda. En fin, poco a poco fue desvaneciéndose la intensidad, y yo me sentí incapaz de moverme en esa dirección espiritualmente, no sabía qué mirar ni qué buscar. No confiaba lo suficiente como para preguntarle al Maestro, a pesar de que en el conjunto de la escena él era el único espíritu ministerial local en quien se podía confiar, si es que había alguno. Fui y me senté a su lado (como me sugirió amablemente Ramón) para que me «soplara», es decir: te canturrea una canción para sanar tu alma y te sopla humo en la cara, una presencia reconfortante a pesar de que cuando llegué a ese punto ya había pasado la cuesta del miedo. Cuando acabó me levanté, cogí mi ropa, me la puse para evitar los mosquitos y regresé a casa bajo la luz de la luna con el regordete Ramón, quien me dijo que cuanto más te saturas de ayahuasca más profundo llegas, visitas la luna, ves a los muertos, ves a Dios, ves los espíritu de los árboles, etc.

Apenas tuve ánimo para regresar, me daba miedo acabar realmente loco o generar una transformación permanente en el universo, aunque supongo que el cambio acabará llegando para mí, mucho menos que como uno lo ha planeado, y subo al río seis horas para beber con una tribu india. Supongo que lo haré. Mientras tanto esperaré aquí otra semana más en Pucallpa y beberé unas cuantas veces más con el mismo grupo. Me gustaría conocer a la persona, si es que existe, que puede trabajar lo que conoce, si es que lo conoce alguien, quién soy o qué soy yo. Me gustaría saber de ti. Creo que estaré aquí el tiempo suficiente como para que me llegue una carta. Escribe.

Allen Ginsberg

DE ALLEN GINSBERG [BOMBAY, LA INDIA] A JACK KEROUAC [N. P.], 11 DE MAYO DE 1962

American Express
Calcuta, la India
12 de la mañana-5 de la tarde

Bombay, 11 de mayo de 1962

Querido Jack:

Bien, ¿recuerdas que conseguimos una habitación grande y barata en un transatlántico en marzo del año pasado? *Estados Unidos [sic:* las S.S. de América], pues comimos y nos dimos duchas todo el día hasta que al fin pasamos la costa irlandesa y llegamos a París. Eugene y Louis y el triste grupo de Carl y Janine y Elise y LeRoi y otros vinieron a vernos como si nos marcháramos a otro planeta, y eso hicimos, por lo menos Elise, porque al parecer saltó de la azotea del apartamento de sus padres en Manhattan Heights el mes pasado – eso me escribió Irving – y murió. Y cuando llegamos a París, Burroughs no estaba en el 9 de Gît-le-Coeur, se había largado como su agente Brion Gysin, quien me susurró que Burroughs se había marchado porque no quería verme y era además un asesino responsable de varias muertes: Kammerer, Joan Cannastra, Phil White – así que intenté ser amable con Gysin y entendí de qué iba todo aquello, me dio pena Bill, por qué no había esperado y me había dejado un mensaje en el que me dijera dónde encontrarle. Ni siquiera dijo a dónde iba y dejó Londres como su última dirección, hasta que algunos días más tarde Gysin me enseñó una carta suya desde Tánger. Así que allí estábamos casi sin un céntimo y Alan Eager y Bob Thompson estaban en la ciudad y también el reparto de *The Connection,* Carl Lee con pantalones blancos y Shirley Clarke eran amantes, ella dirigía la película. Por si fuera poco aquel primer día que Peter y yo salimos a dar una vuelta por St. Germain nos encontramos y abrazamos a Gregory al doblar la esquina de los grandes cafés, había llegado de Grecia ese mismo día y no nos esperaba hasta la semana siguiente. De modo que en medio de todo aquel lío nos quedamos un mes en la Rue Gît-le-Coeur – y luego llegó Stan Persky junto a un par de sosos de San Fran y se trasladaron a la casa de al lado, y John Hohnsbean estaba en un ático lesbiano del siglo XVI en una de las esquinas que daban al Sena e hizo una fiesta una tarde. Peter y yo conocimos a Michaux en la calle también en una esquina y estuvimos tomando café durante horas y hablando de lo que la gente hace *después* con sus vidas, no durante las visiones. Así que nos colocamos y vimos vitrales y poetas franceses otras tardes y París producía nostalgia, Gregory montó una fiesta muy pija en el Girodias con los de Olympia Press en el restaurante de St. Severin Cave, había salido su libro *American Express,* y yo di deprimentes conferencias para un periódico de ARTES con unos poetas negros argelinos, y también era primavera, justo en esa época Hemingway se estaba emborrachando en alguna otra parte. Fuimos todos a la casa de Céline pero también estaba borracho y ni siquiera en su casa así que nos quedamos mirando su césped cubierto de muelles de cama oxidados – y ahí llegaron mensajes de Tánger, Bill escribía al fin y decía que le gustaría vernos. Gysin nos enseñó su máquina titilante, una especie de estroboscopio casero que te hace ver dentro de la mente mandalas de colores con los ojos cerrados (un cilindro negro ajustado sobre un fonógrafo de 78 r. p. m, 10 agujeros equidistantes, una luz eléctrica colgando de un cable hasta el interior del cilindro, enciende la máquina, enciende la luz, cierra los ojos, y deja que la luz titile en tus ojos 13 veces por segundo o 780 veces por minuto, genera una retroalimentación electrónica del ritmo alfa cerebral, provoca fuegos artificiales ópticos, muy interesante, cuesta los 20 céntimos de una cartulina negra o cualquier papel de dibujo, le haces unos cortes con una cuchilla, le pones cinta adhesiva, lo pegas al cilindro y sobre un tocadiscos como te he dicho antes. Haz la prueba). Leí las galeradas de *Soft Machine* de Bill y le escribí con honor una cita para que la pusiera en las fajas que suelen poner por encima de la portada – gran libro de poemas, me molestaban un poco sus chistes pero aun así escribe una poesía exquisita desde la luna y los mundos de las estrellas y las visiones de ciencia ficción, todo mezclado, todo lo trocea y lo recompone. Luego nos subimos todos a un tren – Peter, Gregory, Alan Eager, un actor del Living Teather con bigote de italiano, todos con los bolsillos hasta arriba de heroína, fui al baño del tren con Eager y nos hicimos un apaño con agujas y sangre y repiqueteo eléctrico del tren y fuimos de vuelta al vagón donde todo el mundo se pasó la noche esnifando y asintiendo hasta Marsella y desde allí hasta Cannes para el festival de cine. Los de la película *The Connection* tenían una pequeña casa a las afueras de Cannes y nos ofrecieron el sótano para que nos quedáramos gratis y como estábamos sin un céntimo y sin perspectivas de tenerlo decidimos escondernos ahí y ver pelis de gorra – y así durante un mes estuvieron llegando desde París paquetes de H por correo, la vida en la casa era como en una película, Gregory se colocaba y discutía con una novia que había traído, y Peter se lo montaba con una judía inglesa muy alta con cazadora de cuero, y nos daban entradas de franco para ir a ver los filmes y todas las comedias de Hollywood que ponían, películas malísimas – menos cuando fuimos a la fiesta de la película polaca y conocimos a unos simpáticos críticos de cine polaco de pelo canoso. Gregory apostaba en el casino. Un día conseguimos un coche y condujimos 70 kilómetros hasta la costa de St. Tropez y adivina a quién nos encontramos, pues a Jacques Stern, un amigo millonario francés del último viaje a París y exyonqui – así que nos invitó a que nos quedáramos con él, no teníamos a dónde ir después de Cannes, así que nos quedamos 2 semanas en St. Tropez con estrellas de cine francesas y espías en una mansión enorme en medio de una enorme y antigua finca francesa esnifando éter y otras mierdas, y Gregory no paraba de pelear con Stern («asqueroso tullido» – «poeta de mierda, bocazas») hasta que se hizo insoportable – íbamos a nadar con los chóferes al beach club, pasábamos las noches en aquella casa gigante o en el hotel, langostas, comidas de diez dólares, todo a cuenta de Stern – a quien le gustábamos, pero con Gregory borracho todo se hacía imposible, no había manera de mantener una calma amistosa. Al final nos invitó al viaje desde Marsella hasta Tánger y dijo que tal vez se uniría a nosotros más tarde – estuvo a punto de ir con su yate hasta allí – pero el yate desapareció cuando se divorció. Así que fuimos en tren hasta Marsella y les compramos más mierda a los árabes y nos pillamos un billete de segunda clase en barco, no como tú en la bodega – lo malo es que al llegar a Tánger no había manera de ver a Bill con prismáticos en el muelle, estaba en casa y no sabía nada de nuestra llegada a pesar de que le habíamos enviado cartas y telegramas – y a Gregory le detuvo la policía porque tenía el pasaporte caducado. Se puso a gritar en el puerto y a insultar al cónsul americano que no le ayudó y le llevaron al sótano para retenerlo con vigilancia policial, y el barco continuó hacia Casablanca, así que yo volví a bordo para hacerle compañía y llegamos a Casablanca 30 horas más tarde, Gregory arrestado, un hombre sin país – Peter se había quedado en Tánger para hacerse cargo del equipaje y nos envió un cable con dinero a Casablanca – yo me bajé allí, fui a la embajada y ellos acudieron al rescate enseguida con un pasaporte nuevo, muy amables y amistosos, no como el malvado ayudante del cónsul de Tánger, que ni siquiera levantó un dedo, con razón Gregory se había puesto histérico – y se había pasado la noche en una cama de paja charlando con unos cocineros negros que cocinaron algo para él cuando se negó a comer, y tomaron café en una larga mesa de madera. De modo que llegamos de vuelta a Tánger en autobús y allí estaba Bill, debo decir que un tanto indiferente ante nuestra temible hégira. En fin, que así empezó aquel mes y medio de (ahora que lo veo en perspectiva) incomprensibles celos mezquinos y horrores, un gran espectáculo de lo más bizarro, ¿te escribí allí? Bill trabajaba entonces en chistes eléctricos muy sofisticados, decía que las palabras y la poesía habían muerto, ni siquiera se leyó «Kaddish», hacía miles de cosas interesantes pero es difícil enumerarlas porque tenía un nuevo acólito, un joven inglés de aspecto angélico y narcisista que se pasó meses sonriéndonos sentado junto a Bill y no nos dejó ni un segundo a solas con él mientras Bill menospreciaba a Peter y Peter se iba poniendo cada vez más furioso, Gregory no paraba de correr de un lado a otro pensando que era un hechizo sexual en el que no creía, yo estaba preocupado porque Bill estaba muy cambiado y Peter muy herido, y yo estaba herido también así que también me irrité mucho y empecé a discutir con Peter, traté de calmarle, de observar y esperar – la raíz de toda aquella histeria era que Bill se había declarado emancipado de todas las pasiones, afectos, mayas, pensamientos y lenguaje y lo único que hacía era estar sentado escuchando mensajes en la estática de los transistores, mirando estroboscopios y haciendo fotografías de otras fotografías suyas, construyendo supercollages (todos a partir de los tuyos), ¿recuerdas aquellos collages marrones con fotos viejas de Viena y Tánger que tenía en la pared la última vez en Tánger? Fotos de fotos con las que intentaba rescatar el mensaje y la esencia de todo reduciéndolo a algo desdibujado y él sentado y mirándolo y señalando amasijos interesantes y fantasmas y espectros, y más fotos de collages de periódicos y el *Time,* la boca de Khrushchev en la frente de Kennedy, – sin parar de perseguir todo el tiempo mediante chistes relacionados con el lenguaje o con la mente y la conciencia los agentes maestros del cosmos que nos usan a los humanos como si fuésemos pantallas de TV para proyectar sus argucias – y en medio él asegurando que el universo es un vacío parecido-a-Alá que ha sido invadido por esas fuerzas. En realidad no era más que la clásica filosofía india advaita (no-dualística) con grandes significados para desintegrar los conceptos. El problema es que era tan inhumano que me asustaba, tenía también sus propias ideas y gustos y fobias y realmente no era una inexpresividad amable, jugaba a los favoritos con sus acólitos y maltrataba a Peter. La escena completa era al estilo de una reinona tipo Alesteir Crowley en plan decadente o magia negra tipo Blavatsky – me sentía atrapado porque no conseguía dejar en paz a Bill, quería asesinarle como Gurú y volverme indiferente a sus nuevas grandes fases – pero él descubrió que la verdadera razón era mi CARIÑO por Peter y por él y mi dependencia de toda la Vieja Camaradería, la hermandad y la sentimentalidad y toda la codiciosa naturaleza de ese asunto. Al final algún bien me acabó haciendo porque cuando llegué al punto de aceptar la pérdida de Peter y Bill y la poesía y a mí mismo me había convertido en un hombre más sabio y triste y estaba preparado para una nueva vida. Así que él fue el asesino en esa circunstancia y vaya si hizo un buen trabajo, como el gurú shd. Al final llegó Leary con hongos para todos y predicando contra el lenguaje, y ese mismo día Peter se largó para escapar de la locura (la PRIMERA vez en mi vida que me siento presa de la magia negra, realmente minó mi confianza en mí mismo, algo que también resultó positivo porque qué sentido tiene aferrarse a la confianza en uno mismo) (hizo temblar mi confianza, mi fe, etc.). No he explicado en qué consistía, lo que quiero decir es que la estructura o el concepto-local de los conflictos que teníamos allí estaban fundados en la negación de Bill a la hora de aceptar ninguna apariencia verbal o fenoménica como realidad, hacía chistes de todo, incluida nuestra vieja amistad. Y aunque yo pensaba que aquello era correcto desde una perspectiva de vacío zen, y aunque eso le llevaba a producir una poesía muy extraña y hermosa (la puerta le pilló la mano al viento), me molestaba verle jugar con lo que yo pensaba que era nuestra vieja y sagrada amistad. Aunque, ¿por qué no en realidad? Estaba entregado a la maquinaria – realmente es un gran gurú. El problema es que tenía algunas flaquezas personales que provocaban que la situación fuese un poco más confusa de lo necesario. *A posteriori* se demostró que Bill era el único clásico gurú que predicaba el vacío en Occidente. Desde su punto de vista la ira aristocrática de Lucien no servía para nada. Seguramente Bill te evitaba a ti a Lucien, etc., a mí, etc., nos evitaba como si fuésemos demonios que trataran de agarrarle con manos materiales para llevarle de vuelta al universo creado, todos éramos maya, éramos ambiciosos. Joder, me hubiera gustado que le vieras, me hubiera gustado que vieras todo aquello, los dos sois maestros de la desilusión, habría sido un momento de magia sombría. Pero aunque siempre se estaba riendo no siempre era gracioso, ya no tenía esa ternura de muchachito triste que siempre había visto en él. En fin, me llevó un buen rato adaptarme a todo aquello en Tánger, sobre todo al tema de sus muchachitos ingleses (tenía dos, uno era un lord y el otro era más simpático, un genio delgado de las matemáticas salido de Cambridge que planeaba fabricar una descomunal maquinaria de payasadas para él), correteaban y se escondían tras sus codos como demonios, nos sonreían con afectación. Gregory se lo tomó mejor que yo, al menos él era capaz de seguir el juego y no creer en nada más que en sí mismo como poeta, pero cuando Bill empezó a ridiculizar la poesía y hacer magia contra aquel fantasma hasta Gregory se agitó un poco. Menudo héroe. ¡Vaya un desalentador Próspero!

Así que me largué una semana buscando el calor de Marrakesh con Bowles y fue un descanso llevarse bien con él, dejé al pobre Peter en aquel infierno, enfermo y con una disentería que luego se transformó en hepatitis. Gregory y Peter también se peleaban. Cuando regresé Peter pensaba que Gregory, Bill y yo habíamos conspirado en su contra, así que dividimos el dinero y Peter se marchó para estar a solas en Oriente Próximo – una buena decisión, la primera vez que viajaba solo – y yo me quedé retrasado para contemplar el fin de temporada en Tánger. Leary, Bill y los muchachos se marcharon a Londres, y luego Bill y Leary fueron a Harvard donde Bill dijo que construirían máquinas para localizar las distintas zonas del cerebro con las que controlar los universos alucinatorios y las realidades. Con Leary era respetuoso y amable, pero luego, al llegar a Harvard, Bill se volvió suspicaz y pensó que le estaban utilizando para vender hongos a los beatniks y que no iba a encontrar ninguna máquina, y en fin, se enfadó con lo de los hongos (lo que parece un tanto incoherente porque como dices tú te hacen bromear con tu Quien) y cortó con todo y le dijo a Leary que no era más que un caraculo financiado por Lucifer y otros poderes siniestros. Lo que me parece que fue muy grosero por parte de Bill. Y así fue como Bill regresó y sigue en Londres y allí le escribí el otro día, describiéndole la India, cartas neutrales. Como voy de aquí para allá, ya no me entero de lo que pasa. Y la última noche que estuvimos en Tánger Gregory apostó los últimos 200 dólares en el casino y regresó a Inglaterra sin un céntimo y ahora está en NY preparándose para venir aquí o eso dice (¡Vente con él!) (Sería una situación bizarra) y Peter se fue solo a Grecia en barco una semana y luego de mochilero por todo Estambul en autocares por Turquía y hasta Beirut y los mercados de Damasco y Alepo y en barco a Port Said y a El Cairo y subió a las pirámides y contempló la esfinge a solas y regresó a Beirut y el Jordán y al viejo barrio árabe de Jerusalén y llegó a Israel donde tuvo de nuevo un silencioso encuentro. Yo fui más tarde a Grecia y me quedé allí y paseé a solas por allí, y dejé de escribir y no estuve con nadie, y me lo monté con muchachos griegos y leí la *Iliada* y la *Odisea* de Homero, y fui en barco a Creta y a Micenas y a las llanuras de Argos y subí al monte Parnaso y vi pastores tocando zampoñas y campanillas con los rebaños de ovejas a lo lejos en los valles de Delfos y conocí a poetas griegos en cafés de Atenas. Dos meses y medio colocándome y sentado en la Acrópolis mirando cucarachas sobre el mármol blanco – «del color de mis zapatillas», como escribió Gregory – escuchando música griega *buzuki,* le mandé a Lucieu unos cuantos discos, tienes que escucharlos. Los chicos griegos lo bailan solos como si rezaran y los viejos les miran contentos – los jóvenes duermen con cualquiera por un dólar, es respetable y tradicional, realmente es como en el banquete, dan ganas de llorar de alegría, no como en nuestra insensible América.

Luego cogí un barco a Israel y desembarqué en Haifa, que es una especie de Bronx en versión andrajosa, increíblemente lleno de judíos que creen que son judíos, con piel de judíos y tranvías judíos y aviones judíos y ejércitos y discursos judíos y bailes y teatros y periódicos judíos, así que al poco rato ya me sentía como un árabe. A pesar de estar rodeado de miles de familiares de Newark me sentía solo y perdido, todos los poetas tenían el temible aspecto de Howard Moss – y en Tel Aviv conocí a un viejo artista amigo de Henry Miller – al final encontré a Peter en la calle buscándome, de modo que ahí estábamos juntos de nuevo, todavía sorprendidos de lo que había sucedido en Tánger y sin entender nada aún. Él llevaba el pelo largo y unas zapatillas rojas que se caían a trozos, no paraba de hablar de unos jovencitos de Port Said que le habían enseñado muchas palabras en árabe y de las pirámides que había escalado y de los poemas que había escrito en Turquía. Igual que Peter y también igual que yo. Mientras tanto yo me había acercado hasta Galilea y había metido el pie en el agua, no me había sostenido, y vi el monte del sermón y había ido a Nazaret y había escrito un poema sobre el olor a pis que había junto a la tumba de María y cerca de Nazaret y hasta la ciudad jasídica de los rabinos en Mts donde se escribió la Cábala, luego me fui a Jerusalén una semana y vi a Martin Buber, el gran sabio barbado, y le pregunté por los hongos (me dijo que las visiones no eran importantes) y vi estudiantes de la Cábala y viejas sinagogas con cantos mántricos y rock de coros jasídicos que generaban sonidos eléctricos en la noche del *sabbat,* entramos en uno y nos quedamos sorprendidos con las orgonas religiosas que salían de sus barbas, jóvenes y viejos rocanroleando y aullando nombres hebreos de Javé hasta que todo el mundo <u>sentía</u> la luz s*hekinah*. Eso fue lo mejor de Israel. Eso y un viaje en autobús por el desierto que cruzó Moisés hasta el mar Rojo donde hice submarinismo con gafas y *snorkel* por primera vez y vi silenciosas ciudades de coral con peces verdes y violetas en unas celestiales aguas ondeantes de un azul invisible. No conseguimos un barco para irnos de Israel, fui a la oficina durante un mes hasta que nos quedamos prácticamente sin un céntimo – y ni siquiera me trataron como a un héroe poeta judío internacional. Aunque la verdad es que tampoco di ningún recital, la mayor parte del tiempo estaba solo y perdido. Al final escribí a Spectorsky de *Playboy* y me envió 500 $ a cuenta de un prometido artículo sobre la India y con eso compramos dos billetes por 23 $ a Mombasa, Kenia, y nos quedamos un mes allí esperando un barco que nos llevara a la India en tercera clase – cogimos un autocar hasta Nairobi y vimos el Kilimanjaro envuelto en la niebla, nos alojamos en pensiones indias de mala muerte y vimos a Uhuru Kenyatta rezando en un estadio en el que había 30.000 negros, nosotros éramos los únicos blancos, y fuimos a la fiesta de boda de Tom Mboya, de la que nos echaron por no llevar chaqueta y corbata, y cogimos un autocar al Tanganica y otros pueblos pequeños y envié una enorme piel de tambor a Paterson por 5 dólares. Kenia fue un gran coñazo igual que Israel, todo el mundo piensa que es negro, este año era el año de la independencia, y los blancos a los que conocimos eran tan insoportables como Deborah Kerr. Había cantidad de marihuana, solo teníamos que cruzar la calle y la vendían un par de limpiabotas que estaban sentados en un banco. Al final conseguimos un barco con 13 días de trayecto por 50 dólares a través del mar arábigo – ah, sí, antes hicimos una parada en Yibuti y Massawa, cerca del fin del mar Rojo, territorio Rimbaud cerca de Harar Jugol, y caminamos hasta donde llegamos hace ahora unos 3 meses, el 15 de febrero de 1962. Fue un agradable viaje en barco, los billetes baratos y la comida era buena, teníamos hamacas en la bodega junto a otras 600 familias de indios que no paraban de vomitar y viajaban hacia África Oriental porque va a independizarse, pero las claraboyas y una puerta enorme que había en un costado del barco generaban mucho viento contra nuestras hamacas así que estábamos tumbados todo el día leyendo los Vedas y algunas novelas indias modernas y *Kim* de E. M. Forster y abecedarios indios.

Cuando llegamos a Bombay nos quedaba exactamente un dólar, aparte del dinero que estaba esperando a Ferlinghetti de sus *royalties* desde enero en la American Express, un enorme edificio como un pan de jengibre en mitad de una abarrotada ciudad de aspecto victoriano, cogimos un taxi con nuestras mochilas y tambores y máquinas de escribir y buscamos señales de Gary, que había aterrizado en Ceilán el 1 de enero y estaba esperándonos para que le alcanzáramos, pero no había ninguna nota, así que nos quedamos solo 2 días en Bombay, paseamos por la calles y cambiamos dinero en el mercado negro (el cambio está a 7 rupias el dólar y con 2 rupias puedes pagar una gran comida o ir a alguno de los restaurantes de carne pijos de la ciudad y comerte una langosta termidor por 3 rupias y 1/2, el mejor hotel de la ciudad, el Taj Mahal, cuesta 50 rupias el día, una habitación enorme con comidas tremendas y restaurante con aire acondicionado, pero nosotros podemos vivir si es necesario con 20 rupias al día para los dos y quedarnos en hostales indios de mala muerte o en *ashrams* gratuitos o en hostales para peregrinos y comer bandejas vegetarianas que cuestan solo 1 rupia). Así que con unos cuantos dólares conseguimos billetes de tren de 3.ª clase para todo el día y la noche hasta Delhi, y por 2 rupias te dan una hamaca enorme, tú llevas tus propias sábanas y tu manta y puedes dormir cómodamente, nada de agobios ni de gente ruidosa. De hecho los trenes de 3.ª de la India son los mejores del mundo para los viajes de larga distancia, son baratos, cómodos, divertidos, ves pasar la India por la ventana con sus enormes llanuras y palmeras y vacas y gente y gente cagando en el campo y lavando sus taparrabos en ríos fangosos y búfalos acuáticos y escaleras que dan al río en las calurosas salidas – y se puede cenar en el tren y pegarse un almuerzo de 5 platos al estilo occidental por 3 rupias y 1/2 o por 87 *nyapaesas* (87 céntimos de rupia, unos 10 céntimos) y una bandeja de hojalata con comida vegetariana al estilo indio. Y estar ahí sentado durante horas bebiendo refrescos o café. La tercera clase es espantosa si no reservas con un día de antelación, ahí tienes que empujar y dar golpes y estar de pie horas enteras y sudar rodeado de viejas con bebés que te mean en los pies, pero para los viajes largos es perfecto – dentro de unos días tenemos reservadas unas hamacas para un viaje de 2.500 kilómetros, en 52 horas cruzamos toda la

India hasta Calcuta, ahí están en mitad de la estación cálida – Ya veremos qué tal.

Así que llegamos a Delhi en febrero y Gary no estaba en la American Express, estaba en Nepal en alguna parte, esperamos una semana y nos quedamos en el *dharamshala* de los jain. Por toda la India se pueden encontrar sitios baratos o gratuitos en los que quedarse. Los *dharamshalas* son como grandes YMCA* y tienen sedes en todas las ciudades pequeñas y grandes cercanas a cada templo, con alojamiento gratuito y comida económica para cualquiera que viaje por negocios o como peregrino. Los *ashrams* son como granjas sagradas de alojamiento de balde y comida, están por toda la India en los lugares en los que vivió algún santón o hay algún gran templo o reside un *swami*. Puedes quedarte tanto una sola noche como la vida entera, a nadie le importa y te dan de comer arroz y nabos envueltos en hojas de plátano sentados en el suelo y hay clases de yoga gratis todos los días si quieres, y si hay algún santón puedes tener un *darshan* (su presencia) o hablar con él, aunque algunos no hablan. O si prefieres todo al estilo inglés los británicos dejaron tras de sí toda una red de residencias, bungalós y viejas casas de correos aireadas, ventiladas, blancas y limpias, hay cientos de miles de ellas en cada cruce de vías y puedes alquilarlas un par de noches por 2 o 3 libras por adelantado con sirviente incluido. O si eres muy vago y no quieres alejarte de la estación de ferrocarril tienen también «habitaciones de reposo» adjuntas, que son como una especie de enormes habitaciones de motel en las que te puedes quedar por 3 rupias. Esas están abiertas especialmente para los turistas norteamericanos. Jamás en mi vida había visto un lugar más cómodo para vagabundear y viajar. En todas partes hemos bebido el agua y tienen mejores intestinos que en Marruecos: la comida india no importa que tenga peor aspecto que un callejón mejicano, es siempre vegetariana y barata y saludable y llena mucho, aunque también es un poco aburrida, y por eso cuando vamos a las grandes ciudades comemos en restaurantes chinos o en los establecimientos de la estación de tren unos menús occidentales económicos o como aquí en Bombay o en Delhi hay comedores en los que sirven comida al estilo inglés, pollo en salsa

* Young Men's Christian Association. (*N. del T.*)

pescado carne de borrego patatas fritas – lo único que no dan es ternera, nadie mata a las vacas, es extraño pues en realidad casi todos son hindúes, y eso significa que la mayoría de la población no come carne, realmente son gente santa – la India es Santa y un lugar maravilloso en el que estar, un lugar para vivir. No comen carne porque la tradición es dejar a los animales en paz. Pero tampoco les enfurece que haya gente que la coma. Así que tanto Peter como yo y como Gary cuando nos encontramos con él hemos estado comiendo verduras desde hace meses y tampoco hemos notado una gran diferencia (aparte de que la gastronomía es un poco aburrida). En fin, que en Delhi nos quedamos en el *dharamshala* de los jain. Los jain son una secta extraña fundada por Mahavira, un contemporáneo de Buda – al final se pelearon y separaron – que decía que el universo era un ciclo infinitamente repetido de kalpas, en el que se repite exactamente el mismo tiempo, y NADIE puede salir de él JAMÁS – con excepción de los 24 *tirthankaras* o puros, cada uno de ellos es un *kalpa* que se alza sobre la cumbre del universo y flota en libertad porque son leves y puros gracias a no comer cebollas y a las múltiples oraciones, algunos de ellos mueren de pura inanición de una forma suicida. Se supone que van desnudos y que practican la castidad y la mayoría de ellos se dedican al negocio de las joyas – Mr. Jain (casi todos se llaman Mr. Jain) nos enseñó el *dharamshala* y se quedó en la habitación de al lado, era un joyero de Jaipur que iba de viaje de negocios a Delhi, nos paseó por las callejuelas de la vieja ciudad y nos presentó a unos amigos que nos consiguieron opio y conocimos a todos los joyeros del callejón de los joyeros de Delhi y nos explicó que él era un *brahmachari* (había renunciado al sexo) porque «¿sabes? uno no tiene que dar sus joyas, uno tiene que guardar sus joyas». Todo el mundo es religioso en la India, es algo raro, todo el mundo practica algún *saddhana* (escuela) y tiene un gurú familiar o un sacerdote *brahman* y sabe todo eso de que el universo no es más que una gran ilusión, justo exactamente lo opuesto que Occidente – esto es realmente una dimensión distinta de la historia-tiempo – es más, de cada propietario de clase media se espera que, al cumplir los 45 o 50 años y después de haber formado una familia, se retiren del mundo, haga votos *brahmachari,* se vistan de naranja y se pongan a vagabundear por las carreteras de la India renunciando a las posesiones para vivir libremente en *ashrams* (esa es la razón por la que hay *ashrams* y *dharamshalas* por todas partes) cantando himnos y meditando sobre Shiva o Visnu o al que sea que hayan elegido para representar el vacío, se da por descontado que todos los dioses son irreales, por lo que se deben respetar como puras formas subjetivas de la meditación para fijar la mente en una imagen y conseguir así la inmovilidad y la paz – los dioses se pueden intercambiar de una manera totalmente amistosa – Saraswati es para la gente que está interesada en la música y el aprendizaje, Lakshmi para la gente que está interesada en las hermosas estrellas de cine y el dinero, Rhada es el preferido de los jóvenes amantes, Krishna para los gigolós tipo cayote, Ganesha, el de la cabeza de elefante, es el dios de la prosperidad y la astucia para los Jerry Neuman y los Peter Orlovsky de este mundo (Peter se ha vuelto un devoto de Ganesha), Buda es para los Jack, Kalis y Durgas para los Bill y los Ilk, hay de todo – es una religión de dibujos animados con dioses de Disney con 3 cabezas y seis brazos que matan demonios con forma de búfalos – todo el mundo es amable y todo es increíble – menos los musulmanes que barrieron con todo en el siglo XII con su único Alá como un puñado de judíos histéricos y destrozaron todas esas hermosas esculturas de Disney hasta que se calmaron y se quedaron tan contentos como los hindúes. Qué extraño resulta esto de haber conocido a cientos de propietarios retirados *(sunyassis),* están por todas partes, se retiran del mundo de verdad. Imagínate a mi padre vagabundeando por Nueva Jersey vestido de naranja con expresión severa. Pues aquí es así – y así estábamos sentados en el centro de Delhi frente a un amanecer indio cuando llegaron a la ciudad Gary y su mujer Joan después de muchos meses en trenes y Benareses y Calcutas y Bubanishwars y templos sexuales y Ceilanes y Madrasas y Nepales y todos nos encontramos y estuvimos paseando por Delhi contemplando las vistas durante una semana, tomamos un té literario con Kushwant Singh, un autor sij de estilo occidental con un enorme y estúpido turbante («¿Qué se *siente* al ser un sij?», le pregunté, y me respondió: «Es genial porque los sijs son guerreros célebres y yo soy un cobarde, pero como todo el mundo piensa que soy un gran guerrero nadie se atreve a pegarme.») Luego cogimos otro tren nocturno hasta la ciudad sagrada de Rishikesh, al pie del Himalaya, donde el Ganges entra en la llanura indogangeática – nos alojamos con un famoso y viejo Swami Sivananda (Shiva-éxtasis de amor), en su *ashram,* un viejo luchador con aspecto de hombre calvo tirado en un sofá enfermo y moribundo murmurando om cada vez que alguna señora americana le hacía preguntas sobre el dualismo – en realidad es un famoso santón pero ya está débil y no puede hacer demasiado a pesar de que en su día llegó a fundar un hospital y escribió 386 libros («escribo a una velocidad eléctrica»), es un charlatán experto en producción en masa internacional de fraudes-nirvana – pero también un tranquilo y viejo santón – nos regaló unos sobres con 5 rupias a cada uno y a mí un pequeño libro titulado *Raja Yoga para americanos.* ¿Cuántos sois? «4» dije yo mientras pasaba él apoyándose en sus ayudantes – «4 es un número propicio», me guiñó uno ojo y se alejó, me gustó. El día siguiente le pregunté: ¿dónde puedo conseguir un gurú? Él sonrió, se tocó el corazón y dijo: el único gurú es tu propio corazón, querido, o algo parecido, y añadió – sabrás quién es tu gurú porque cuando le veas le amarás, si no es así no te preocupes. Puede que no fuera muy extraño pero ese fue el mensaje. Me hizo sentir bien después de toda aquella austeridad de Tánger y toda aquella paranoia y aquellos gurús tan poco amorosos. Así que cruzamos el Ganges y pasamos una semana en otro ashram – te dan enormes habitaciones vacías y tú duermes sobre una estera o en un saco de dormir aunque también tenemos una colchoneta hinchable y sábanas blancas – no hay más muebles, pero te sientes como en casa entre laderas silvestres y ventanas con vistas al Ganges en este lugar especialmente sagrado para el baño – hay grandes peces amistosos en las orillas, peces sagrados que nadie pesca ni come – en realidad los alimentan – con migas de pan y arroz – tomates – y dimos paseos y escalamos unos cuantos cientos de metros hasta una cima y contemplamos la cara interna del Himalaya nevado – 300 kilómetros de peñascos blancos entre los que se incluye el santo monte de Kailash, la morada de Krishna y de todo tipo de mitológicos Gangotris y Kedarrnaths y Baderntahs donde hay templos cerca de la nieve y muchos yoguis y santones dispersos en cuevas – caminando por un sendero que quedaba junto a la casa me encontré con tres hombres medio desnudos sentados con las piernas cruzadas y barbas en trance con la mirada fija debajo de un árbol – uno llevaba como mascota a una vaca con una mandíbula monstruosamente deforme – y tazas de hojalata para pedir en la estera de piel de ciervo en la que estaban sentados – tenían los ojos inyectados en sangre y fijos en uno, y tridentes de Shiva, como pequeños tridentes de Neptuno, clavados en la tierra a sus espaldas – estuvieron inmóviles durante horas – luego subimos la colina y hablamos con el guapo Jerry Heiserman de piel clara delgada con el pelo largo como una niña y ojos brillantes de juventud que justo bajaba de las montañas del Himalaya para la primavera con una larga vestidura naranja brahmachiana, nos invitó al almuerzo astral. Vive con otro muchacho yogui que en ese momento se estaba lavando desnudo en el jardín. Les hablamos de los hombres que estaban sentados con los ojos enrojecidos en el sendero – y comentó: «Ah, no son más que pósteres publicitarios para los verdaderos yoguis, a los que no se puede ver en las montañas.»

Si miras un mapa verás Rishikesh justo al norte de Delhi donde empieza el Himalaya. A unos cuantos kilómetros de distancia está Hardwar – justo cuando llegamos allí, Hardwar es otra de las grandes ciudades que están sobre el Ganges, la siguiente ciudad en fila, era el comienzo del festival anual del 12.º año – había una congregación de santones de todas las montañas y llanuras de la India – duraba todo el mes. 2 millones de peregrinos abarrotan la pequeña ciudad – todos los *saddhus* (diferentes tipos de monjes santos vagabundos) van a bañarse en el Ganges (y lo purifican de toda la mierda que el resto de la gente de la India ha vertido al lavar allí sus pecados durante los últimos 12 años). Así que fuimos allí el día de la apertura del Kumbhamela (el lanzador del néctar) – y vimos las procesiones de cientos de *saddhus* austeros desnudos y cubiertos de ceniza – (a los que van en cueros se les llama *nagas* o serpientes) algunos chicos jóvenes muy guapos de pelo apelmazado y otros con panzas a lo Brueghel el Viejo y pelotas indias marrones y pelo por todo el culo y hasta un yogui desnudo de una sola pierna – un tipo pequeño apoyado contra un muro que tenía unas delgadas piernas infantiles de araña cruzadas en la postura *padmasana* – con la taza de hojalata para pedir y una sonrisa – algunos iban montados en elefantes o en caballos y todas las mujeres y hombres mercaderes y los propietarios regaban el sendero de flores para que pisaran sobre ellas – un *naga* que estaba desnudo y que vive de forma permanente en Hardwar bajo un árbol se levantó cuando la comitiva pasó junto al río y sopló triunfante su cuerno al ver a sus hermanos pasar revista – seguidos por bandas de llorosas mujeres sin hogar que cantaban y paseaban apoyándose unas en otras, sin pelo y calvas como la santa humilde Gertrude Stein sufriendo los fantasmas, la verdad es que me hicieron llorar, todas vestidas con sus túnicas naranjas y cantando *bajans* (himnos sánscritos al Nirvana) – y largas procesiones de *sunyassis* con túnicas naranjas que habían renunciado al mundo en todo menos en la ropa – todos los tipos de santos reunidos allí para purificar el Ganges. Así que vimos aquella multitud bajar los escalones hasta el río y se bañó el viejo gordo barbudo y desnudo líder *saddhu* en primer lugar y detrás siguieron todos y se lavaron las cenizas que traían en el cuerpo y luego subieron de nuevo hacia las calles y hacia el templo donde tocaron las campanas y se echaron por encima cenizas blancas otra vez y se desperdigaron por toda la India al final de aquel mes cuando se acabó el Kumbhamela. Deberíamos habernos quedado allí el mes entero hablando con los santones, pero en vez de eso cogimos un tren y regresamos a Delhi y desde allí cogimos otro hasta Almora, más hacia el interior del Himalaya para ver más nieve y las cumbres del Nanda Devi y vivimos en un bungaló al borde del valle del Abismo frente a un muro de 400 kilómetros del Himalaya, y luego hicimos otro larguísimo viaje en tren hasta Punjab y de ahí a Pathankot para ver *más* del Himalaya desde otra perspectiva y esta vez ascendimos de noche hasta la nieve a una altura de 2.700 metros y pasamos la noche allí en un bungaló, y a la mañana siguiente Gary subió con botas de montaña hasta la nieve, estábamos todos exhaustos. Después de aquello Gary, el más viejo, con los ojos centelleantes, barbudo y demacrado se tranquilizó un poco, es un marido que siempre está peleándose con su mujer, lanzándose chistes mordaces y discutiendo, aunque manda él porque en su interior es también una especie de Walt Disney y ella se lo toma en serio. Sabe cantar sutras en sánscrito japonés con una gran voz sepulcral noh-tibetana que hace eco en las cuevas sincopando sílabas jijimuje. Me sorprende describir que es más dulce de lo que me había imaginado, casi femenino en su tolerancia y en su sentido del juego, se acabaron las peleas a cuchillo en tabernas de marineros. Es la persona que he visto que describe con más claridad la práctica zen desde el libro Suzuki. Al parecer las series zen se componen de 2 partes. En la primera te sientas y aprendes a vaciar la mente y a meditar *zazen,* etc. Luego llega el profesor e inserta el *koan* en tu mente y tú empleas tu sesión *zazen* en quebrar el *koan.* La meditación parece que consiste en una concentración tan extrema que uno tiene la experiencia interna de una alucinación en la que *es* una tempestad en un vaso de agua, etc. Cuando uno es un maestro en ese tipo de ejercicio de alucinación y tiene la experiencia subjetiva de ser un perro, etc., el maestro te asigna otro *koan* nuevo de las series fijas de 2.005 *koans* que cubren todas las áreas concretas en todas las direcciones, todos los estados subjetivos concretos y los mundos etc. Gary dice que ya ha superado 30 *koans* o algo así, de 2.000. Cuando uno termina va a otro maestro zen y prueba las experiencias de esos estados, compara sus notas y aprende de los detalles de los demás. Parece un esquema sencillo, tenaz, rígido y bien planteado, que requiere una gran pérdida de tiempo en un trabajo extenuante, haciendo ejercicios mentales. Así que bajamos de los montes Himalaya hasta la ciudad de Dharamsala, en la que estaban acampados los refugiados tibetanos, y visitamos al Dalai Lama del Tíbet y hablamos con él una hora, Gary estuvo comentando técnicas de meditación y yo estuve balbuceando tonterías sobre hongos. Todo salió bien y pusimos a Leary en contacto con el Dalai Lama. Luego nos subimos a un tren y fuimos a Jaipur, hacia el sur, en medio de la India, una enorme ciudad aburrida de muros rojos llena de palacios de marajá que la mujer de Kennedy había visitado la semana anterior, luego cogimos más trenes a más lugares turísticos durante semanas y semanas hasta Sanchi, una enorme estupa budista con tallas, luego fuimos a las cuevas de Ajanta y luego a la gran montaña de Ellora en la que están tallados los templos en los que la gran GLORIA del arte indio hace que el Renacimiento de Miguel Ángel parezca un enano occidental, hay enormes Shivas de 6 metros con diez brazos ejecutando bailes cósmicos de la creación y fantásticos Kalis cadavéricos invocando asesinatos de pesadilla en otra *yuga,* miles de estatuas que bailan a lo ancho y largo de un templo enorme construido según la forma del monte Kailash, la morada de Shiva en el Himalaya. Y está también Ganesha con su gorda barriga y su cabeza de elefante y un cinturón con cabeza de serpiente y el tronco en un cuenco repleto de dulces transportado por un ratón – ¿Acaso puede competir Da Vinci con un elefante llevado por un ratón? En fin, las estatuas son para no acabar nunca, y solo en Ellora hay 30 cuevas llenas de ellas. Nos quedamos allí cerca en la ciudad de Aurangabad unos cuantos días y luego cogimos un tren a Bombay donde, después de 2 meses de viaje, nos derrumbamos todos en una estera enorme bajo un ventilador eléctrico en la casa de una mujer india rica de Malabar Hill en Bombay, con árboles enormes en el exterior y Bhima, un sirviente descalzo que nos llevaba una bandeja con té tres veces al día – amigos de Dorothy Norman. Gary se marchó en barco a Japón y Peter y yo nos hemos quedado aquí casi un mes acomodados en la hospitalidad, yo me he dedicado a contestar el correo acumulado, tu carta ha sido la última y la más larga de todas pero tengo que terminar – perdón por este silencio tan prolongado. Mientras tanto aquí en Bombay comemos bien y es barato vivir, vestimos con pijamas indios, por todas partes ropa Gandhi Khadi, y tenemos el pelo largo hasta los hombros, así que parezco Bengali y con las sandalias Peter parece dorado, resulta muy *cool* caminar por las calles en estos pijamas flotantes – la estación seca está en su esplendor pero aun así es genial, sudo, pero en los peores momentos es como el verano de NY – toda la fama temible de la India no es más que una exageración – es más fácil que México y encima todo el mundo habla inglés. Peter enfermó de hepatitis en Marruecos, pero aquí va en pantalones cortos y está sano. ¡Y los salones de opio! Chinos de verdad en chozas de bambú en los suburbios, vamos, nos tumbamos con la cabeza apoyada en una lata o en un ladrillo y nos preparan 12 pipas por una moneda y horas más tarde estoy volviendo a casa feliz – fumar opio es infinitamente mejor y superior a toda la m(arihuana) y a tragar oscuro C(ánnabis) y las agujas de H(eroína). Es más suave y el subidón es de mejor calidad y más profundo y prolongado. Te quedas a medio camino en las alucinaciones pero te sientes bien todo el tiempo. Y el *bhang* mezclado con leche lo usan para emborracharse las familias piadosas en los negocios antes de los servicios en algunos templos, es algo respetable. El *charas* (un cánnabis como el *bhang)* está por todas partes, hay pequeños clubs construidos con bambú en los suburbios a los que van los empleados de los bancos para relajarse al anochecer y fumar pipas especiales para *charas*. Tampoco hay alcohol. En la India está prohibido – excepto para los turistas como nosotros a los que se nos permite tener permisos para comprarlo y conseguir una ración. Pero a mí todavía no me ha molestado. Está también el legendario Meher Baba y hay gurús en todas las ciudades que visitas. El santón más respetado por todos los hombres de todas las religiones y las sectas como superconciencia del siglo XX en la India fue un genuino genio Maha Rishi, un hombre del sur llamado Ramana Maharshi – predicaba una introspección no dualística (advaita) – decía que el mundo es irreal y la película propia no debería ser indagada como toda la película – hablaba a través de la exploración del Quién soy yo, pero rechazaba todas las disciplinas, rituales, yogas, zens, *sadhanas* como una preocupación cuando el sendero directo está abierto. Todos los yoguis y las sectas afirman que tiene razón y que abrió la perdición de todos los formalismos. Decía que ningún gurú puede ayudar porque todo es irreal, no se puede hacer nada, ni siquiera la actividad mental es útil, no se puede realizar ninguna tentativa ni ninguna investigación de utilidad porque todos los movimientos que hacemos son movimientos en maya (como dice Bill), así que lo único que se puede hacer es dejarlo estar y no hacer nada. De modo que lo único que hacía el Ramana Maharshi era estar tirado todo el día en la cama en silencio y solo contestaba preguntas cuando alguien le hacía una pregunta, y escribía algún un poema quizá y era superconsciente o eso es lo que dice todo el mundo. Aquí está lo que escribió el Maharshi:

XXIII
(De 30 versos o La Quintaesencia de la Sabiduría)
Como no hay un conocimiento separado
para conocer el Ser, el Real
Ser no puede ser conocido.
Resulta duro decirlo
porque el engaño es antiguo y está muy fijado
y buscamos conocer al Señor
en Reinos de División.

Pero no hay un ser separado
no se dan por separado el Conocedor y el Conocimiento.
¿Cómo puede partirse la realidad?
Somos los reales nosotros mismos.

XXVII
Cuando el Ser es comprendido
y el Conocedor es la Conciencia misma
la Visión deja de estar separada,
y se convierte en el éxtasis infinito de Ser
en todas sus formas,
en todos los abrazos de la experiencia.
La vida es la miel inmortal
de la conciencia.

XXX (último verso)
Y esta es la auténtica Penitencia
el culmen del YOGA
vivir y moverse en el silencio
completamente liberados del ilusorio «yo»
la raíz de la mente bajo la servidumbre.
Así habla Ramana
que no se aparta del Señor.

Mientras tanto describe también el mundo fenoménico y mental como algo estrictamente ilusorio, el clásico pensamiento oriental, pero añadiendo que la conciencia sin un Yo o sin un Yo *corporal* es un final total y absoluto – y aparentemente escribía desde una asunción continua de esa realidad, no desde experiencias intermitentes de lo mismo. Algunos de sus discípulos viven aún, él murió hace diez años. Por supuesto que hay miles de santos y yoguis y *swamis* completamente arbitrarios por aquí, pero a mí me parece que él está muy lejos de todas las leyendas, es la persona más recta y más clásica y genuina y el resultado subjetivo de la India en mí ha empezado así a hacer descender toda la actividad espiritual que comenzó desde los días en que escuché la voz de Blake y todas las actividades mentales que puedo desechar, y siento que ahora puedo dejar de empujar la puerta del paraíso y todo ese misticismo y las drogas y los chistes y los gurús y los miedos y los infiernos y el deseo de dios y todo eso, y como resultado, en suma, me siento mejor y más relajado y ya nada me importa una mierda y a veces me siento en un café del centro de Bombay para que me hagan una entrevista para el *India Illustrated Weekly* (que nos trata como si fuésemos santos invitados) (van a publicar mi foto del vomitador y los autorretratos de Peter y nuestras conversaciones) y se me vacía el cerebro y luego se llena con un enorme atardecer emocionante cósmico índico Persa del siglo XX. Mientras escribo esto Peter se ha vestido con su vaporosa camisa de seda y se ha ido al centro, a Mahim, a lo del chino que canturrea melodías de Bach. Los indios son todos amables y le prestan atención como a una especie de *saddhu* americano, así que él también se vuelve expansivo y habla mucho y ahora soy yo el que calla y se enfada con él de vez en cuando pero luego me doy cuenta de que ¿a quién le importa? Y me dejo llevar por el atardecer. Así que todo bien por aquí. Y encima está la música, todos esos tañidos celestiales, conocí a un gran músico de *tabla* (percusionista de tambor) llamado Chatur Lall que me dijo qué músicos tenía que escuchar, así que todas las semanas vamos a uno o dos conciertos – en vivo la música clásica es mejor que en los discos – dos tipos Chatur Lall y Ravi Shankar o Ali Akbar Kahn el gran músico de la India, se sienta en el escenario o en una habitación y el hombre de las cuerdas comienza a tocar meditabundo su *raga* (notas) y al poco rato comienza a sonar la *tabla* como en los discos y a continuación tocan pero no durante 15 minutos como en los discos sino 50 60 70 coros *siempre* durante horas, persiguiéndose el uno al otro como en la forma más pura del jazz improvisado con toda la comedia espontánea que conlleva hasta que se encuentran en un trance telepático dirigiéndose el uno al otro adelante y atrás sobre los suelos repletos de flores de la no-música, y así *continúan,* nunca terminan hasta que han hecho diez coros o 20 o 30. Un concierto de 2 o tres *ragas* puede empezar a las 9 de la noche y seguir hasta la medianoche o si se sienten bien con el público pueden incluso llegar hasta el amanecer – aunque el que más ha durado de los que he visto ha sido hasta las 3 de la mañana. Un indio cantando es otra cosa distinta, el tipo se sienta y le rodean – todos tocan sentados y descalzos en pijama – todo el mundo, trabajadores, caminan alrededor en las calles en calzoncillos a rayas pantalones cortos hollywoodienses de pesadilla con las braguetas abiertas como los americanos que tienen pesadillas en las que se les ve así – se sienta y empieza a cantar y se pone a gemir y a estirar las manos para agarrar el gemido y lo hace girar sobre su cabeza, todos los ruidos que se producen en el interior de su garganta son como mariposas y los lanza al exterior con la mano izquierda y agarra otra nota con un gesto hipnótico con la mano derecha y lo hace girar alrededor, su voz se alza hacia arriba de una forma extraña en agudas, repelentes risitas y gárgaras, y desciende como Jerry Collonna y la mezcla girándola hacia abajo con el dedo índice como si fuera mermelada y la lanza a lo lejos con un pequeño falsete penetrante hacia el telón y hace eso una y otra vez cada vez más nervioso hasta que tiembla como un epiléptico y lanza los dedos hacia todas partes como si tratara de agarrar miles de pequeños sonidos que se acercan a sus oídos como mariposas, digo eso y quiero decir como moscas, como mosquitos más bien, ¡como pequeños iiiiis y zums y llantos con los ojos en blanco! Algo parecido a esa canción infantil que grabé en tu cinta pero muchísimo más allá y durante delicadas horas para acabar siempre en el gemido original de la eternidad OOM, el sordo blues. Escuchamos toda esa música en los conciertos y cuesta 14 céntimos u 80 céntimos un asiento en primera fila dependiendo de lo rico que seas, hay también unas danzas tan increíbles que hacen que Barrault parezca un aficionado, se tarda mil años en preparar un guiño, las danzas cósmicas de la creación y los bailes de Kali y las manos agitándose frente a los rostros de los dioses masculinos-femeninos y esa extraña forma de sobretaconear descalzos[,] vi a un hombre cruzar un escenario *volando,* con el cuerpo rígido por completo y los pies agitándose planos sobre el suelo como saltadores doce veces por segundo, mejorándolo con unos frenéticos redobles de tablas – danza *kathak* se llama eso – Fred Astaire se quedaría maravillado en su vejez – así que imagínate tú, viejo aburrido – y cuando vi por detrás aquellas groseras bailarinas en piedra de Sanchi pensé que eran las únicas tías que me podría follar. Jack, te lo digo en serio, este sitio es muy raro. Aun así me lo estoy pasando muy bien. No bebas demasiado, Gregory me dijo que bebías y tú me dijiste también que bebías y eras cruel con Lucien y le molestabas, pues bien, vente a la India porque aquí está prohibido y libérate de tu ropa e iremos desnudos o en pijamas blancos anónimos arriba y abajo por las laderas de Sikkim y hablaremos con los refugiados lamas tibetanos sobre globos. De verdad, me gustaría que estuvieras aquí, pura paz y tranquilidad y no me gritarías demasiado, podríamos coger juntos cómodos trenes en 3.ª clase y hacer viajes al Himalaya y leer el *Mahabharata,* pasaríamos meses haciendo el idiota por la India y yendo a conciertos. Hasta los periodistas son simpáticos, te aceptarían como a un santo-*saddhu* y no como a un malvado beatnik – la gente se acerca y te besa la mano y te acaricia el pelo – verás cuánta ternura te estás perdiendo por estar en Maquinolandia – y ni siquiera importa demasiado porque todo es Maya – menos este concreto y rojo polvo indio que es mucho mejor que el polvo del resto de los países que he visitado hasta ahora. La India es una gran NACIÓN – una nación sagrada. En fin, que me siento bien y espero que tú también te sientas bien, y si puedes coge un avión y vente a ver el místico Oriente en esta ocasión, está realmente aquí y es mítico como cualquier Maya. Y como la existencia es sufrimiento, la palabra original es *dukka,* o algo que suena parecido. Significa *no* sufrimiento, pero en la insatisfacción. El sufrimiento es algo demasiado categórico y demasiado impreciso. Se lo escuché a un corredor de bolsa en Pijama que nos enseñó los templos, lo repitió tres veces y con el mismo tono de voz impaciente y molesto, *«dukka dukka dukka»,* como si estuviera enfadado y dijera problemas problemas problemas, molesto por la factura de la luz, o dinero dinero dinero, no paran de pedirme dinero. *Dukka dukka dukka.* Así que de momento estoy escribiendo una Oda a Kali superponiendo una *durga* de diez brazos sobre la Estatua de la Libertad, 22 versos que imitan el himno a Kali en sánscrito que he leído en una traducción. Un puñado de jóvenes poetas *marathi* ya han traducido (antes de que nos conociéramos) «La escritura de la dorada eternidad» y el «Viejo ángel de medianoche» al *marathi.* Les interesaba cómo sonaba y todos conocen a Burroughs, es un grupo encantador y muy peculiar de 5 pobres poetas que nos presentó el Chino, Peter y yo hemos estado saliendo con ellos y les hemos llevado a los tés literarios que se celebran en Bombay, donde críticos sesudos nos preguntan por Robert Graves. Imagínate una traducción de *Ángel de medianoche* al *marathi*

– es la lengua que hablan en Bombay. Salimos hacia Calcuta el lunes 14 de mayo. Escríbeme a allí.

Te quiere,
Allen

P. D. ¡Ven a la India! Está empezando el verano, vamos a Calcuta y allí hará calor, cogeremos un tren hasta la fresca colina en la estación de Darjeeling y desde allí en autocar hasta Sikkim, en el Himalaya, una ciudad como la tibetana y budista Gangtok. Podemos dar largos y no-extenuantes paseos por las colinas del Himalaya y hasta ver el Everest. Después, cuando comiencen las lluvias, pienso bajar por el Ganges hasta Benarés y el Parque de los Ciervos y la Universidad de Nalanda y hacer un pequeño desvío a Bodh Gaya y quizá a Lumbini, en la frontera con Nepal – tal vez también vaya a Katmandú y Nepal – dentro de un mes estaré en Benarés escuchando cantos sánscritos y música y viendo bailes, tengo amigos académicos por allí y podré alojarme gratis o por poco dinero en el *ashram* Gandhi o Krishnamurti y conocer a la famosa mujer santa llamada Anandamayi y otros santos y ver cómo queman los cuerpos en las piras funerarias, y seguiré a Peter por todas partes porque se dedica a seguir a las vacas cada vez que ve una paseando por la calle. Luego, cuando llegue el otoño, bajaremos hacia el sur, a los templos del sexo de Konarah y más al sur hasta Madrás y allí veremos más bailes y música y académicos expertos en Ganesha, y luego a Ceilán, y tal vez Bowles esté también allí en diciembre y desde ahí regresaremos lentamente hacia el norte por la costa occidental hasta regresar a Bombay, y el año que viene tal vez iremos en barco a Japón o a algún otro lugar. En fin, vente unas semanas si te apetece y nosotros seremos tus guías y te protegeremos de las amebas y el alcohol. O nos quedaremos en un lugar y nos relajaremos y daremos paseos y tal vez nos quedemos en Madrás o en Ceilán unos cuantos meses y alquilaremos una casa y tú escribirás novelas sobre palmeras. Y hay también barrios de putas en Bombay más grandes que los de Ciudad de Mexico, y se pueden conseguir chicas muy guapas por 2 o 3 rupias – bajando por esa manzana tienen casas llenas de hermafroditas y más abajo aún un puñado de catres en plena acera en los que están sentados los travestis de mediana edad pintándose los labios y con calvas en la cabeza pero peinándose el pelo largo y negro hasta la cintura, y hay polis sentados en las esquinas en sus cabinas para proteger a la gente. Las *tankas* y las estatuas tibetanas están inundando el mercado del arte. Mándame 100 dólares y te compraré una gran *tanka* tibetana clásica tipo Walt Disney. Gary y yo hemos comprado una y te vamos a enviar una estatua pequeña *yab-yum shakta-shakti* como las antiguas. Te la va a enviar desde Japón. Dentro de diez años todas estas obras de arte tibetano serán imposibles de encontrar y valdrán mucho más de lo que valen ahora. Aquí hay también grandes colecciones de pintura persa en museos y en tiendas de antigüedades, miniaturas mongolas por 20 o 30 dólares, muy baratas, como pequeños Klees naturalistas.

Otra cosa extraña son los cultos *bhakti* – cultos de Fe y devoción. Por ejemplo, he conocido a un corredor de bolsa y su mujer que adoran a Krishna, el avatar de cuerpo azul de Visnu que fue criado como un ser humano y se folló a 16.000 muchachas *gopi* (muchachas vaca) (Peter las llama «las pringosas»)* y toca la flauta – le adoran en forma de bebé y tienen una estatua suya gateando por el suelo y visten a la estatua bebé y juegan a las chapas con él y le balancean en un columpio en miniatura y le meten en una cama de plata con una sábana de seda por las noches – un importante corredor de bolsa jugando a las muñecas en el suelo durante dos horas todos los días, feliz antes de irse a trabajar – es su *sadhana* (o lo que es lo mismo su devoción o camino de autoperfeccionamiento). Me comenta que así son todas las formas de adoración hindúes de clase media – en dos partes su marido está oficialmente con Krishna y ella se considera a sí misma el coño secreto de K; por su parte el marido se considera también una mujer amante de Krishna tanto como de su mujer; lo que quiere decir que en relación con Krishna todos los hombres asumen un rol femenino de amantes y van a los templos y al mercado de valores y se cuentan sus últimos escarceos. ¡Aquí todo el mundo está a la última hasta un punto indecible! El corredor de bolsa me ofreció *bhang*. También ha leído *En la carretera* y *Los vagabundos del Dharma*. Peter te manda saludos desde las vacas, dice que él también te va a escribir.

* Por la semejanza entre la palabra india y la expresión *goopy* (viscoso). *(N. del T.)*

DE ALLEN GINSBERG [PORTLAND, OR] A NICANOR PARRA [SANTIAGO, CHILE], 20 DE AGOSTO DE 1965

Querido Nicanor querido:

Recibí tu carta desde Santiago el 9 de julio y estoy ahora en el noroeste con Gary Snyder, un viejo amigo poeta que ha vivido en Japón y estudiado zen y lengua china y japonesa durante los últimos 8 años. Nos estamos dedicando a acampar con sacos de dormir en bosques y playas y preparándonos para escalar valles glaciares durante un mes. Luego regresaré a San Francisco y el 15-16 de octubre participaré en una manifestación contra la guerra de Vietnam y quizá acabe en la cárcel otro mes o algo así. Ya veremos. Me alegra saber de ti, yo he vivido unas cuantas enloquecidas aventuras desde que me fui de Cuba, incluso he pasado unas cuantas noches hasta las 4 de la mañana con Alejandro Jodorowsky en La Coupole de París. Pero empecemos donde lo dejamos.

A las 8.30, después de la fiesta del Habana-Riviera en la que te vi riéndote en pijama por última vez, me despertó alguien llamando a mi puerta y 3 *milicianos* entraron y me pegaron un buen susto. Pensé que me iban a robar los cuadernos de notas, me despertaron en plena resaca porque solo llevaba 2 horas en la cama. Me dijeron que hiciera la maleta, que el jefe de inmigración quería hablar conmigo y no me dejaron hacer una llamada, me llevaron a un despacho en La Habana Vieja para presentarme ante el señor Verona, el jefe de inmigración, quien me dijo que me iba a meter en el primer avión que saliera del país. Le pregunté si se lo había notificado a la Casa* o

* Casa de las Américas. Ginsberg había sido invitado por su directora, Haydee Santamaría.

a Haydee y me contestó que no, que tenían una cita con Haydee esa tarde y que ella estaría de acuerdo cuando escuchara sus motivos. ¿Qué motivos? «Atentado contra las leyes de Cuba.» «Pero ¿qué leyes?» «Eso tendrá que preguntárselo a usted mismo», contestó. Mientras me llevaban hacia el aeropuerto les dije que sentía simpatía por la revolución y que me avergonzaba aquella situación tanto por mí como por ellos y le expliqué también que mi mes había terminado, o al menos casi lo había hecho, que los delegados se iban a marchar de todas formas el fin de semana y que sería más diplomático y evitaría a todos un lío si me dejaban marcharme normalmente a Praga con todos los demás, que por qué actuaban de aquella manera tan brusca y sin notificárselo a la Casa. «En la revolución tenemos que actuar con rapidez.»

Cuando aterrizamos en Praga le escribí una carta muy larga a María Rosa y se la mandé al aeropuerto explicándole todo lo que había pasado y pidiéndole consejo, le dije que no iba a hablar con periodistas etc. y que me mantendría callado para no avergonzarla ni a ella ni a la Casa ni a Cuba, pero pensé que al final se lo tendría que contar a mis amigos. La cosa se sabría y haría quedar como unos idiotas a los burócratas cubanos, de modo que tal vez lo mejor era pedirle a Haydee que me volviera a invitar, al menos para compensar la comedia [de la expulsión], y por ese motivo he estado en contacto con ella y con Ballagas desde entonces. Vi [a amigos] en Praga y luego en Londres y todos opinaban que la policía me había utilizado para atacar a la Casa. Mientras tanto he sabido también que ha aumentado el número de flagelaciones a maricas en la universidad y al final de este mes Manuel Ballagas me escribió que Castro había hablado mal de El Puente en la universidad y ahora El Puente se había disuelto y él estaba deprimido.* Realmente no era consciente del lugar en el que me estaba metiendo, pero al parecer mi presencia ha funcionado como una antena para activar una situación de mierda cuando todo el mundo estaba siendo muy discreto. Dudo mucho de que las cosas no hubiesen llegado a un estado crítico parecido a pesar de mi torpeza, quiero decir que lo más probable es que hubiesen terminado

* Ediciones El Puente: un proyecto literario concebido y promovido por jóvenes escritores cubanos. *(N. del T.)*

exactamente del mismo modo si yo no hubiese estado allí: la hostilidad y la connivencia ya llevaban mucho tiempo en el ambiente, eso fue lo que yo sentí y lo que censuré.

En fin, que al llegar a Praga me encontré con que me habían saldado los *royalties* por el nuevo libro y que también me habían pagado de una revista literaria extranjera y 2 años de derechos de representación por recitar mis poesías en el Viola Poetry Café; de pronto tenía suficiente como para vivir un mes y pagar 3 días de turismo y un tren de ida y vuelta a Moscú vía Varsovia. Conocí a un montón de muchachos, me contaron una tira de chismes, me comporté con discreción, canté mantras por las calles en los despachos literarios, hice una lectura de poemas ante un público de 500 estudiantes de la Universidad Carlos y contesté sus preguntas. Me dejaron a mi aire y yo hablé con libertad, no se cayeron los muros del Estado, todo el mundo estaba contento, las relaciones sexuales tanto con hombres como con mujeres son legales a partir de los 18 (en Polonia todo tipo [de sexo] es legal a partir de los 15), y me fui a Moscú. Cuando llegué expliqué a los amigos de la Unión de Escritores lo que había sucedido en Cuba para avisarles de que no tuvieran problemas por mi causa, intenté también ser lo menos desagradable posible y limité mis críticas a la doble moral ideológica en vez de decir directamente y en mis términos lo que pensaba. Aquello funcionó bien, así que me fui en tren a Moscú. Los primeros días los pasé con Rominova y Luria y una intérprete muy bajita y me invitaron durante 2 semanas, vi a Akaionov y a Yevtushenko noche tras noche y estuve brevemente un día con Voznesensky y le hice una visita en el campo a Achmedulina y a su Buba y a Aliguer, que te recordaba y me preguntó por ti. Hice un traslado al hotel Bucarest bajo el puente Moskovskaya y crucé la Plaza Roja todas las mañanas y las noches y escribí poemas en medio de aquella nieve junto al muro y me quedé allí a medianoche contemplando a los guardias y a los amantes eslavos que se gritaban en la puerta del GUM [los grandes almacenes más grandes del mundo], 4 rápidos días en tren hasta el Hermitage de Leningrado, vi a mis viejos primos en Moscú («No fue culpa de Stalin, fue de Beria, Stalin no supo ver y a Beria le había pagado Scotland Yard», me explicó mi tío – y K. Simonov me comentó luego: «Su tío es un hombre de lo más ingenuo.».) Yevtushenko se puso a recitar piadosamente borracho una medianoche en casa de un compositor con su perfil dorado contra la pared y sus cuerdas vocales tensas con la fuerza del discurso, pero nuestro primer encuentro fue muy gracioso: «Allen tengo tus libros, eres un *gran poeta, nosotros respectamos mucho, consejo hay mucho escándalo sobre su nombre, marihuaniste, pederaste, perro yo conosco no es verdad.*»* «En fin, ejem – *pero is verdad pero yo voy explicar*», de modo que me pasé 15 minutos tratando de elucidar científicamente la diferencia entre la marihuana la heroína el éter el gas de la risa el ácido lisérgico la mescalina el yagé, etc. Tenía la mirada errática, le dolía la cabeza, se tomó una pastilla de codeína y al final me dijo: «Allen, te respeto mucho como poeta pero te estás rebajando con esas palabras. Es asunto tuyo. Por favor, no comentes conmigo ninguna de esas dos cuestiones: ni la homosexualidad ni las drogas.» A pesar de esa comedia le vi muchas más veces mientras estuve allí y fue siempre muy abierto y simpático conmigo, y me sacaron a cenar muchas noches, y su mujer y yo nos emborrachamos en un restaurante georgiano y vino al tren para despedirme el último día con Aksiónov – otra escena extraña, porque aquel último día había conseguido contactar con [Alexander] Esenin-Volpin y me había pasado el día entero en su casa hablando de filosofía del derecho, y relaciones entre el individuo y el Estado. Está trabajando en un proyecto para definir la legalidad socialista porque le encerraron en un manicomio por quejarse del trato policial. Solo le darán el certificado de salud mental si firma una declaración en la que dice que la policía no se sobrepasó con él en ningún momento. Tiene un sentido del humor muy fino y sentimental y una mente humana – en realidad el hecho de haber sido una especie de expulsado de la Unión de Escritores le da un sentido del humor social y de la realidad más veraz que el de nadie – al menos según la medida de mi corazón – es muy reconfortante ver a una mente por completo natural que trabaja con reacciones emocionales básicas en vez de con lo que es socialmente aceptable en el momento. Así que ahí estaba Esenin-Volpin, el cómico paria, junto a la puerta del tren, cuando de pronto aparecieron aquellos dos héroes con abrigos de piel, Yevtushenko y el varonilmente borracho

* En español en el original. *(N. del T.)*

Aksiónov, y se toparon el uno con los otros por primera vez mientras yo me despedía con la mano desde la portezuela de un tren que ya arrancaba rumbo a Varsovia. No tuve ocasión de conocer allí a gente joven ni de hacer ninguna lectura de poemas, casi hacia el final me permitieron conocer a un grupo del club de teatro satírico universitario y hubo un par de conferencias formales con profesores seleccionados y editores de la Unión de Escritores y la plantilla de Dangulov, del Instituto de Literatura Extranjera y del Club de Literatura Extranjera, pero no se abrieron a la posibilidad de hacer una gran lectura de poesía tal y como sí hicieron amablemente en Praga. Así que canté mantras a todos los que me quisieron escuchar y Romanova me escuchó y todas las chicas de la Unión de Escritores, en los taxis.

Pasé un mes tranquilo en Varsovia, la mayor parte del tiempo estuve solo o borracho con Irridensky[,] un joven escritor rimbaudiano con aspecto de Marlon Brando de la Unión de Escritores y también largas tardes con el editor de la revista *Jazz,* que ha publicado mis poemas, un judío muy buen tipo que estuvo en el gueto de Varsovia, escapó y se pasó el resto de la guerra como periodista con el ejército ruso y cruzó el río al otro lado desde Varsovia y vio la ciudad destruida y a los nacionalistas clandestinos asesinados por los alemanes; al parecer Stalin no quiso movilizar su ejército hasta el otro lado del río porque tras la guerra no quería competidores en el dominio de Polonia. Luego pasé una semana en Cracovia, que tiene una hermosa catedral con un gigantesco retablo policromado realizado por un genio escultor de la Edad Media llamado Wit Stoltz, y fui en coche a Auschwitz con unos líderes de los *boy scout* que trataron de reclutar a los chicos que vagabundeaban junto a la alambrada de púas mirando a los turistas.

Luego crucé Polonia en tren hasta Praga de nuevo el 30 de abril y llamé a unos amigos para que me acompañaran en el desfile del Primero de Mayo. Los estudiantes se habían enterado de que había vuelto y la tarde del 1 de mayo les permitieron celebrar los Majales (el festival de mayo de los estudiantes) por primera vez desde hacía 20 años – los últimos años los estudiantes habían plantado batalla a los perros y mangueras de la policía, así que aquel año el presidente Novotny había dado un paso a su favor y había reinstaurado la vieja fiesta medieval estudiantil. Hacían un desfile hasta el parque y elegían allí a la Reina y el Rey de Mayo. La Escuela Politécnica me preguntó si quería ser su candidato para Rey de Mayo – cada facultad propone uno – así que yo pregunté por ahí si era un acontecimiento seguro y apolítico y mis amigos escritores me dijeron que no había problema, de modo que me quedé esperando en el hotel después del desfile de la mañana pasado el quiosco de la calle Wenceslao con el Presidente del Comité Ideológico y con el Ministro de Educación y Economía[,] y de puntillas los tres saludando a la multitud – un grupo de estudiantes de la Politécnica vestidos con trajes de 1890 y muchachas con viejas faldas con miriñaques vinieron hasta el hotel que quedaba junto a la estación de ferrocarril para recogerme con una corona dorada de cartón y un cetro y me sentaron en un trono destartalado sobre una camioneta y me llevaron bebiendo vino hasta la Escuela Politécnica, donde había cientos de estudiantes y una banda de jazz, todos apelmazados en un patio, y me pidieron que diera un discurso – que fue algo tipo «quiero ser el primer rey desnudo» – y desde allí salimos en procesión por los callejones de Praga hasta las grandes avenidas del centro. Cuando llevábamos recorrido un kilómetro ya teníamos a nuestra cola una comitiva de varios miles de personas que cantaban y gritaban larga vida a los Majales, parábamos cada pocos minutos por el tráfico o para conseguir más vino y yo también hacía sonar mis címbalos y cantaba cada vez que me ponían el altavoz en la boca para que diera un discurso – la mayoría de las veces canté el mantra Om Sri Maitreya – Saludos al futuro Buda – una fórmula medio budista medio hinduista que se utiliza para saludar a la belleza que está por venir. Llegados a aquel punto cada vez había más y más gente, y cuando llegamos a la vieja plaza en el centro histórico Staremeskaya Nameske donde vivía Kafka la gente había inundado el lugar, puede que fueran 15.000 almas, y yo tuve que dar otro discurso: «Le dedico la gloria de esta corona al hermoso burócrata Franz Kafka, que nació en ese edificio que está tras la esquina.» (En 1961 por fin se había publicado a Kafka en Praga) y la procesión se trasladó y pasamos frente a la Casa de la Carpa Dorada, donde escribió *El proceso,* y yo la señalé con la corona y me emborraché de cerveza y me puse a cantar cada vez más alto, hasta que al final cruzamos el puente sobre el río Moldava, la gente cubría el puente y había una enorme masa humana como un dragón popular por delante y por detrás de nuestra furgoneta y una banda de jazz tipo dixieland tocando en la cabecera, y la gente estaba sentada en el acantilado que quedaba frente a nosotros contemplando la escena con sus hijos – toda la gente de Praga que podía caminar vino de forma espontánea. Llegamos al Parque de la Cultura y el Descanso, donde había 100.000 personas y media docena de bandas de rock and roll y todo el mundo estaba feliz y encantado. Al parecer solo esperaban la presencia de unas 10 o 15 mil personas aquella tarde. Al final, hacia las 3 de la madrugada, el candidato de la Facultad de Medicina, que estaba envuelto en vendajes, se levantó y dio su discurso en latín y el candidato de la Facultad de Derecho, que iba vestido con ropajes reales, se levantó e hizo un discurso muy sexi sobre la fornicación como campaña y yo me levanté y canté Om Sri Maitreya durante 4 minutos y luego me senté, y al final fui elegido Rey de Mayo por aquella extraña multitud. Me di cuenta de que era un día delicado desde el punto de vista político y me comporté, di una vuelta más sobrio que nadie con un puñado de estudiantes de la Facultad Politécnica. Mientras tanto, en aquel Parque de la Cultura y el Edén, el Presidente del Comité Ideológico y Ministro de Educación empezaron a quejarse. Yo me había escapado unas cuantas horas para escuchar música y más tarde me enteré de que habían estado buscándome; esa noche nos reunimos todos de nuevo sobre el estrado para elegir a la Reina de Mayo, yo estaba sentado en mi trono observando a la multitud y aquellos focos y abrí mi libreta y escribí un poema y me centré en mi Yo durante quince minutos yóguicos. Mientras tanto los burócratas habían dado una orden al Festival de Estudiantes para que me depusieran, yo no lo sabía, pero de pronto 10 policías con camisas marrones de la Policía Estudiantil se alinearon frente a mí y el maestro de ceremonias dijo unas cuantas frases en el altavoz, dijo que yo había sido depuesto y nombrado Primer Ministro y que se iba a poner a un estudiante checo en lugar del Rey, la policía me levantó en la silla y me pusieron a un lado con el juez de la Reina de Mayo y un estudiante borracho que no sabía lo que estaba pasando y al que sentaron en el trono durante una hora en la que se le vio confuso y avergonzado. Pero la multitud pensó que aquello no era más que una gamberrada de los estudiantes y no oyeron o quizá no supieron siquiera si había diferencia, de modo que se emborracharon igual, aquel gesto se hizo muy tarde y fue demasiado pequeño como para que nadie lo entendiera y se eligió a la Reina de Mayo pero yo no tuve ocasión de casarme y dormir con ella esa noche como era la tradición. De hecho se suponía que yo podía ir a donde quisiera en Praga y hacer lo que me diera la gana y follarme a quien quisiera y emborracharme en mi condición de Rey pero en vez de eso acabé en los dormitorios de la Politécnica con otros 50 estudiantes y nos pasamos la noche charlando y cantando – junto a una pareja de hombres de negocios de mediana edad vestidos con trajes que llevaron whisky y una grabadora. Dijeron que eran comerciantes pero yo supongo que eran policías, puede que sea demasiado paranoico. No importa, les acogimos. Mientras tanto yo pensé que lo mejor que podía hacer era irme a los pocos días así que pregunté en la Unión de Escritores sobre si podía disponer de dinero en Hungría, que quizá podía ser esa la próxima parada, y esperé a que contestaran el telegrama y me quedé vagabundeando por Praga, charlando con directores de cine sobre la posibilidad de hacer películas y cantando Hari Krishna y haciendo entrevistas grabadas para revistas de estudiantes acerca de la evolución de la conciencia y la lógica sexual y los sentimientos espaciales y tuve varias orgías secretas nocturnas por aquí y por allá y fui a conciertos de rock and roll y escribí poemas – y de pronto perdí mi cuaderno de notas o de pronto desapareció de mi bolsillo. Aunque la verdad es que tampoco había gran cosa en él, sobre todo bosquejos, y eran muy vagos, los nombres de la gente estaban camuflados, había algunos sueños y seis poemas, entre ellos el que había escrito bajo los focos Klieg y algunos chismes políticos («Todas las mentiras capitalistas sobre el comunismo son ciertas y viceversa») y descripciones de escenas orgiásticas con unos cuantos estudiantes y la crónica de una masturbación en mi habitación del Hotel Ambassador de rodillas en el suelo del baño con un palo de escoba metido en el culo – cosas que no me gustaban particularmente que leyera todo el mundo y por esa razón nunca había publicado mis diarios, para que siguieran teniendo esa condición cruda y subjetivamente real – pero no había en ellos nada ilegal y nada que no habría estado encantado de leer en el Paraíso o a otros hombres – aquellas cosas solo eran algo vergonzoso para los oídos de los políticos o la policía – afortunadamente no había detalles como en Cuba o en Rusia y me lo estaba pasando demasiado bien como para escribir nada que no fuera Poesía concentrada. Aquella noche fui al Viola y me encontré con los dos hombres de negocios, que me dieron vodka hasta que me emborraché, y me pasé cantando Hari Om Namo Shiva hasta la medianoche en la calle Narodni. Un coche de la policía me detuvo y me pidió la documentación – cosa que no tenía porque me había dejado el pasaporte en el mostrador de registro del hotel. En la comisaría de policía les dije que era el poeta turista Rey de Mayo y me dejaron marchar, en realidad tampoco estaba tan borracho, solo contento. Aun así la noche siguiente, como vi que me seguían un par de policías calvos vestidos de paisano, me mantuve sobrio visitando el Viola y salí de allí con una pareja joven para ir a una oficina de correos que estaba abierta toda la noche para enviar unas postales para ti o para alguien más y cuando doblamos una esquina en plena noche en una calle solitaria vi a un hombre que dio la vuelta a la esquina y dudó un instante, me vio y de pronto se puso a correr hacia mí gritando *bouzerant* («maricón») y me empezó a pegar. Me golpeó en la boca, se me cayeron las gafas, gateé, las recogí y empecé a correr calle abajo, la pareja con la que estaba intentó retenerle, pero él me persiguió y me volvió a tumbar frente a la oficina de correos y un coche de la policía lleno de guardias se detuvo al instante y de pronto me vi en el suelo rodeado de 4 policías con porras de goma sobre mi cabeza, así que dije OM y me quedé inmóvil, me metieron en el coche de policía y pasamos la noche entera en la comisaría contando la historia, la pareja con la que estaba relató con precisión lo que había ocurrido, el extraño kafkiano dijo que estábamos practicando exhibicionismo en plena calle y que cuando pasó él le habíamos atacado. Al final pedí que llamaran a un abogado o al consulado de los Estados Unidos y me dejaron marchar y dijeron que se había acabado el asunto, que no se tendría más noticias de él y que estaba libre. Yo les conté todo a la Union de Escritores y a los amigos de la revista de Literatura Extranjera y decidí que lo mejor que podía hacer era irme de la ciudad, me retrasé estúpidamente un día más por los telegramas húngaros y al día siguiente me volvieron a seguir, había ido a un café remoto con unos estudiantes a las afueras de la ciudad cuando me pararon dos policías vestidos de paisano: «Hemos encontrado su cuaderno de notas, si viene con nosotros a la oficina de objetos perdidos y lo identifica se lo devolveremos y podrá estar aquí de vuelta en media hora.» Así que fui a la comisaría de la calle Convictskaya y la identifiqué y firmé un papel para que me la devolvieran, y en el momento en el que firmé la cara del agente se congeló y me dijo: «Hemos examinado el texto y sospechamos que en este cuaderno hay anotaciones ilegales, de modo que de momento nos lo vamos a quedar para que lo examine un fiscal.» A la mañana siguiente, cuando desayunaba en el centro, vino a recogerme un estudiante al que conocía vagamente y que se había ofrecido para quedarse conmigo durante aquel día para que no tuviera problemas y no me volvieran a llevar a la comisaría de la calle Convictskaya cuando de pronto aparecieron de nuevo los mismos policías vestidos de paisano y me llevaron a un despacho con 5 burócratas regordetes con gafas sentados alrededor de una mesa reluciente: «Señor Ginsberg, como jefes de inmigración hemos recibido muchas quejas de padres científicos y educadores sobre el mal ejemplo y el efecto corruptor que están teniendo en nuestros jóvenes sus teorías sexuales, por esa razón damos por cancelado su visado.» Me dijeron que era posible que me devolvieran el cuaderno de notas por correo. Les dije que estaba esperando un telegrama de Hungría y que si eso no salía tenía un billete para Londres, así que podía irme por mi cuenta al día siguiente, que eso sería más diplomático y les evitaría a ellos la vergüenza de exiliar al Rey de Mayo, que lo único que tenían que hacer era dejar que me fuera de manera voluntaria. Realmente no tenía ninguna gana de que me echaran de OTRO país socialista. Y además iba a ser algo difícil de explicar a los estudiantes, etc. Oídos sordos, total incompetencia burocrática, una vez más. Me llevaron de vuelta al hotel y me pasé la tarde sentado en mi habitación junto a un policía y no se me permitió hacer ninguna llamada telefónica ni a la Unión de Escritores ni a la Embajada de los Estados Unidos ni a amigos ni a nadie y me metieron en secreto en un avión a Londres esa misma tarde y una chica muy guapa a la que conocía que estaba tomando LSD en un hospital psiquiátrico fue a mi hotel para encontrarse conmigo, pero un policía se interpuso entre nosotros. En el aeropuerto un burócrata con gafas me dijo sardónicamente: «¿Quiere que le dejemos algún mensaje a la joven con la que nos hemos cruzado en la puerta del hotel?» Lo último que pude ver que le hacían al estudiante que me había ido a buscar mientras desayunaba era que le empujaban un poco y que la policía de la calle Convictskaya le pedía la documentación mientras a mí me subían a la habitación. Así que viajé en avión a Inglaterra y mantuve la boca cerrada. No quería cagarla ni implicar a nadie que conociera y que lo relacionaran con el escándalo, así que fui discreto y el 7 de mayo volé a Inglaterra y escribí un bonito poema «Kraj Majales», te lo enviaré el mes que viene cuando se imprima – un gran himno paranoico sobre ser el Rey de Mayo y dormir con adolescentes risueños – llegué a Inglaterra y coincidí con Bob Dylan (un cantante folk, ¿recuerdas que tenía su disco en La Habana?), que estaba allí, y pasé varios días con él viendo cómo le perseguía toda una generación de muchachas y muchachos pacifistas de pelo largo con abrigos de piel de borrego y mochilas – y en su habitación del Hotel Savoy me pasé una noche de borrachera hablando de hierba y de William Blake con los Beatles, di un par de recitales poéticos en Londres Liverpool Newcastle Cambridge y me encontré allí con mi amiga, hice más documentales y me hicieron una fiesta de cumpleaños después de una lectura en el Institute of Contemporary Arts, me desnudé en mi fiesta de 39 cumpleaños y me puse a cantar y a bailar desnudo, los Beatles llegaron a medianoche y se asustaron y se marcharon a toda prisa entre carcajadas y diciendo que tenían que cuidar su reputación, luego Voznesensky vino a la ciudad y nos encontramos de nuevo – nos habíamos visto otra noche más en Varsovia – y Corso y Ferlinghetti vinieron desde París, así que reservamos el Albert Hall y lo llenamos con 6.000 jóvenes melenudos y un hombre de letras calvete de mediana edad, Indira Gandhi y Voznesensky estaban sentados a mi lado dados de la mano, leyeron 17 poetas ingleses alemanes holandeses, a Voznesensky le daba pudor leer porque el *Daily Worker* lo había anunciado como una manifestación anticapitalista y antibelicista y tal vez se convertía en algo demasiado político como para participar, Neruda dijo que iba a venir a leer pero no vino y en lugar de eso fue a una lectura oficial que ya tenía acordada en una universidad, fue una noche muy divertida con todos los poetas hasta arriba de vino, mucha mala poesía y también alguna buena, pero todo el mundo contento e Inglaterra despierta poéticamente. Unas cuantas noches más tarde Ferlinghetti, Corso y yo leímos en una asociación de arquitectos y Fernández y Voznesensky y otro poeta de Georgia vinieron, yo leí un fragmento de «Kaddish» y Gregory leyó «Bomba» y al final Voznesensky se levantó y leyó como el rugido de un león un poema dedicado a todos los artistas de todas las naciones que han dado la vida y dejado derramar su sangre por la poesía, un poema en el que imitaba el sonido de las campanas de las torres del Kremlin en Moscú, leyó mejor que nadie y estaba muy contento y vino y me dio un beso al final y me metió la lengua en la boca como un ruso en una novela de Dostoievski, me dijo adiós, y luego volé a París pero sin pasta porque no había cogido ningún dinero ni del Albert Hall ni de las otras lecturas, así que me pasé la primera noche entera recorriendo las calles con Corso y al final nos tiramos una semana durmiendo en la Librarie Mistral, una librería con clientes que leían a Mao Tse-Tung a las 10 de la mañana cuando me despertaba, y volé de vuelta a NY con un billete cubano aún valido, arribé a NY y en cuanto llegué a la aduana me detuvieron dos policías de los Estados Unidos, me llevaron a una salita y me registraron, de mi bolsillo sacaron una hebra que parecía marihuana. Me asusté, había pasado una semanas con Tom Maschler en Londres, me había regalado su ropa vieja y no sabía lo que podía haber en los bolsillos, pero no encontraron nada aunque me dejaron en calzoncillos. Pude ver las instrucciones que les habían llegado porque las dejaron descuidadamente sobre la mesa boca arriba: «Allen Ginsberg (reactivado) y Peter Orlovsky (continuado) – Se ha registrado que estas dos personas están relacionadas con el tráfico de drogas...», mientras tanto el 18 de mayo yo había oído rumores en Inglaterra y había recibido llamadas telefónicas y había descubierto que el Periódico Checo de la Juventud había escrito un largo artículo sobre mí en el que se me atacaba como si fuera un monstruo yonqui y homosexual que había abusado de la hospitalidad de Praga, al parecer le había faltado el suficiente sentido común de acallar su propia estupidez. En realidad no hacían ninguna acusación que yo mismo no hubiera dicho públicamente, nunca había llevado en secreto que fumaba hierba, que me follaba a cualquier joven con el que me cruzaba, orgías, etc., es más, esa había sido precisamente la razón por la que me habían elegido como Rey de Mayo – aparte de por los mantras y la poesía – la retórica periodística era como una vieja película decrépita – y publicaron un dibujo y unos cuantos fragmentos guarros de mi diario – debidamente censurados para que no resultaran tampoco demasiado ofensivos – pasaron por alto el hecho de que me habían elegido Rey de Mayo mientras ellos estaban allí. En fin, que la policía aún tiene mi cuaderno de notas y también varios poemas que no pude copiar – afortunadamente no pueden destruirlo porque eso sería lo mismo que destruir la única evidencia que tienen, así que está a salvo – es probable incluso que ya hayan circulado copias y las hayan leído algunos entretenidos *littérateurs* del Partido, acabará encontrando al final su camino hasta los estudiantes y hasta de regresar a mí en 1972 a las afueras de Mongolia a través de las manos de un monje lama que practique el antiguo sexo tántrico o el yoga, o tal vez lo encuentre Neruda en el cajón de la mesilla de su habitación en el Hotel Ambassador la próxima vez que viaje a Praga.

Al llegar a NY tras el episodio kafkiano del registro en la aduana entré en casa y descubrí que mi amigos yonquis habían hecho una visita y habían robado el harmonio indio de Peter Orlovsky y mi última máquina de escribir y luego viajamos a San Francisco a dar una charla sobre poesía en la Universidad de Berkeley con Creeley y Olson y Gary Snyder y vi a más apocalípticos adolescentes delirantes descalzos. También este país revela lentamente su locura absoluta, me enfurecí junto a los estudiantes de Berkeley en una sentada cantando mantras a través del micrófono frente al juzgado en el que les iban a juzgar. Se supone que el 16 de octubre voy a participar en más protestas y mientras tanto, con el dinero de la beca Guggenheim, me he comprado un Volkswagen con transistor, una autocaravana en miniatura que alcanza los 100 km por hora y dura 10 años o más, con cama y nevera y mesa para escribir y radio y pequeños armarios en el interior, y viajo a través de bosques de secuoyas y leo mapas, y fui a casa de Snyder en el noroeste para escalar quizá el monte Olympus antes de que regrese al monasterio zen para estudiar este otoño. Nos levantamos por la mañana con su novia y leemos un capítulo de las 100.000 canciones de Mila-Repa (un poeta santo tibetano del siglo XII que habla del universo como sueño e ilusión) (y de volar por el aire) – paramos en la casa de un amigo con hijos y gatos y máquina de escribir, ahora está todo el mundo dormido menos yo, es pasada la medianoche, así que me voy a callar ya con estos *abrazos y saludos y dosvedanyas y laegitos, feliz y fatiguado, adiós por uns momentito Shri Shivati Camarada Comanchero* Sir Zeus Nicanor, *Senor.**

Te quiere,
Allen

* En español en el original. *(N. del T.)*

DE ALLEN GINSBERG [NUEVA YORK, NY] A ROBERT CREELEY [BUFFALO, NY], 28 DE NOVIEMBRE DE 1967

Querido Bob:

Regresé al Lower East Side hace 2 semanas, limpié la casa y revisé y contesté una pila de cartas atrasadas panfletos antibelicistas telegramas, Peter regresó después de llevar a Irving Rosenthal a campo a través para que se acomode cerca de [Dave] Haselwood en SF, Julius vive en la 3.ª Ave con Barbara Rubin y otras amigas y al fin está empezando a hablar y socializar un poco; estoy eligiendo textos de un período de 7 años de poesía para el libro de City Lights, con la casa limpia y el teléfono descolgado.

La montonera de garabatos hace que sea difícil abarcarlo todo porque aparte de los panegíricos «históricos» como «El cambio» o «Rey de Mayo» o «Con quién ser amable», la inmensa mayoría del resto de los textos de prosa periodística de circunstancias tiene «demasiadas palabras» (según Bunting); lo que tengo es un montón de música espontánea y un lenguaje natural y vistoso pero cada vez que leo una línea la veo llena de defectos. Estoy revisándolo todo, o editándolo más bien, para condensar las palabras que ya están ahí, ponerlas más juntas y acabar con la grasa sintáctica. El único miedo es la rigidez que siempre aparece tras la revisión, la compresión antinatural. Me gustaría tener una superficie que se pudiera leer con claridad como si fuera una charla nítida y que no tuviera que «estudiarse». Ahora llevo más o menos un tercio de los poemas, quizá en un par de semanas haya terminado, luego los reuniré todos en un libro sobre U.S. Vietnam-Estados Unidos-Volkswagen máquina de escribir «Sutra del vórtice de Wichita» y entre todo sumará unas 100 páginas, espero.

Tengo una cita para una lectura en Buffalo el 5 de marzo, no he visto la correspondencia (la llevaba el agente) – ¿es un festival de poesía? ¿Estarás allí entonces? He oído el rumor de que piensas regresar a Nuevo México y también el rumor contrario. ¿John W. [Wieners] con el pelo rubio platino?

Me arrestaron unos policías locales en Spoleto por el texto de «Con quién ser amable» (vinieron a por mí en un café media hora después de la lectura, aparecieron de la nada y de forma completamente inesperada, fue una sorpresa en realidad porque yo no había hecho nada, de hecho cuando me dijeron «acompáñenos» pensé que tenía algo que ver con drogas, pero por suerte no llevaba nada encima). Menotti me dijo que él se iba a encargar de las cuestiones legales (de acuerdo con la ley italiana nada que sea formalmente «arte» puede considerarse motivo de detención por obscenidad por lo que todo es seguro al final). El problema es que la estructura legal italiana (los fiscales y las cortes supremas) todavía funciona con premisas fascistas, a saber, las leyes y la plantilla, todo sigue igual que en la época de Mussolini. Aquí en los Estados Unidos es justo lo contrario porque las mejores opciones uno las tiene siempre con los más viejos de la Corte Suprema, la última apelación a la Corte Constitucional en Italia son todos viejos que fueron jueces respetables durante el fascismo y por tanto vaticanos y propensos al viejo orden, y llevan parcheando las leyes desde los años treinta con una Constitución que no ha sido abolida desde el final de la guerra – necesitan una revisión total legislativa o una decisión de la Corte Constitucional para liberalizarla de acuerdo con una Constitución teóricamente liberal. Por esa razón todas las reuniones públicas de más de 5 personas necesitan una autorización formal de la policía para «manifestaciones» – excepto las políticas, que no requieren autorización. Es correcto, pero excluye a todos los que no están organizados como partidos políticos, no se puede hacer un *happening,* por ejemplo. En Italia está todo un poco envejecido en cuanto se refiere a la ciudad porque durante años ha habido furgonetas de la policía que aparecían de pronto en la plaza de la catedral de Milán o en la escalinata de la plaza de España en Roma y arrestaban a los «capelloni» –melenudos – así que, naturalmente con mi buena suerte, cuando fui a Italia *en famille* me alojé en el Hotel Engleterre, que está a 2 manzanas de la casa en la que murió Keats sobre la escalinata de la plaza de España y me senté en los escalones al atardecer para charlar furtivamente con los *ragazzi* locales y una vez más me detuvieron durante 3 horas. Intenté zafarme cruzando la calle cuando escuché el sonido de las furgonetas pero me echaron el guante cuando pensé que ya estaba a salvo.

En fin, eso fue más tarde: antes fui a Inglaterra desde Spoleto y me quedé a lo grande con Panna Grady y fui de acá para allá, terminé las pruebas de un pequeño libro que ahora ha publicado Cape Goliard, parloteé en la tele y canté Hari Krishna en un pícnic con marihuana en Hyde Park, pasé una tarde con Paul McCartney (Dice que «estamos todos solos», es decir que somos el mismo cuerpo místico-real) y un montón de tardes con Mick Jagger cantando mantras y hablando de economía y política durante la crisis de la Corte, me pareció muy delicado y amistoso, leí a Poe y a Alesteir Crowley – sobre moquetas gruesas con incienso y vestido de encaje en casa – y también pasé una noche en el estudio con Jagger, Lennon y McCartney componiendo y arreglando las voces de una bonita canción llamada «El vuelo del diente de león» («Dandelion Fly Away»), todo el mundo estaba colocado de hachís partiéndose de risa – iban vestidos con estampados de cachemira y terciopelo y acabaron completamente absortos en afianzar el sonido de una armónica centímetro a centímetro en la grabación, a veces regresaban al piano para probar variaciones más suaves y de nuevo al micrófono para probarlas – fue una bonita escena a través de la ventanilla del control, yo estaba tan contento que me puse a dirigir como un loco al otro lado del cristal.

En Londres esperé a que llegaran mi padre y mi madrastra, se quedaron una semana en el estudio del jardín de Panna, hicimos una lectura juntos en el Institute Contemporary Arts y estuvo tan animado (era la primera vez que regresaba a Europa después de 71 años) que uno de los pequeños editores le ofreció publicar un libro, algo que necesita y no ha sido capaz de conseguir desde el último, hace 30 años, así que ese fue el episodio más importante; luego continuamos hasta París y nos sentamos en el Pont des Arts y contemplamos los árboles veraniegos que había junto al Sena y nos sentamos en cafés para disfrutar la vista, y fuimos a hoteles y viajamos en taxi y cargamos las maletas y tuve el placer de ver cómo comprendía lo mucho que sé del mundo exterior, y él experimentó esa dimensión fuera de las imágenes de las películas y los periódicos y los libros – su mayor sueño era pasear junto a los puestos de madera de los vendedores de libros de la orilla izquierda y eso fue lo que hicimos y compramos grabados con imágenes de los tenderetes. Luego pasamos una semana en Roma, donde mi arresto le dio un poco de vidilla al asunto (vino a la *questura* para intentar sacarme de allí y vio la escena y estuvo a mi lado en persona en una situación que de otro modo le habría parecido una lejana alucinación dudosa en un periódico) (Aunque en realidad yo estaba fuera de la cárcel él dijo de todas formas que había disfrutado de ir a la comisaría de la policía, resuelto a que le diera una explicación aquella autoridad culpable.) Y vio el Vaticano y un montón de estatuas, la familia empezó a cansarse y un par de días en Venecia resultaron refrescantes, al final regresaron a Estados Unidos, él lloró en un rapto de vieja nostalgia – cuando le pidieron el billete y subió por la rampa hacia el avión.

Luego me quedé en Milán con Nanda Pivano un mes, trabajé en las traducciones con ella – reescribí los poemas en italiano palabra por palabra para el siguiente libro – un balbuceo sintáctico anfetamínico pero creo que hicimos algo novedoso con la lengua. FINALMENTE me llegó respuesta de Olga Rudge y fui a Rapallo para pasar la tarde con Pound, no dijo nada aparte de «¿Le importaría lavarse las manos? Ella lo pide» antes del almuerzo y durante el almuerzo *«Ouvert à la Nuit»* cuando Olga R y yo le preguntamos por el título del libro de Paul Morand de hace 30 años – le llevé en coche hasta Portofino y estuvimos durante una hora sentados en silencio en un café, negó con la cabeza cuando le pregunté si alguna vez había probado el hachís. Canté Prajnaparamita y Hari Krishna. Parloteé un poco, pero él se mantuvo más terco que Julius, supongo que por razones similares (Julius pensaba que combatía contra el mal en el universo y todo el mal provenía de él, de modo que le parecía que lo mejor era no hacer ni decir nada).

Luego regresé a Milán y trabajé un poco más y escribí y le pedí una nueva cita a Rudge en Venecia, me dijo que sí de modo que viajé solo a Venecia y me quedé en una pensión que estaba a la vuelta de la esquina de su pequeña casa. El primer día que me invitó a comer le llevé de regalo el *Sgt. Pepper's Lonely Hearts Club*

Band y *Blonde on Blonde* y más discos de los Beatles y de Dylan y de Donovan, bebimos vino y fumamos un porro de hierba con el café (sin llamar la atención), miré a Pound a los ojos y le dije: «En fin, abuelo, ¿cuántos años tiene?», y él habló al fin y dijo: «82 dentro de unos días.» Luego volví a los Beatles y a Dylan, recité la letra para que la pudiera entender: «Sad Eyed Lady of the Lowlands» (Muchacha de ojos tristes de las tierras bajas), él no dijo nada pero estuvo sentado durante 3/4 de hora con música rock a buen volumen sonriendo, luego estuve cantando durante una hora y me largué y me emborraché en el Harry's Bar.

A continuación, y durante las siguientes 2 semanas y 1/2, estuve vagabundeando por ahí, un día le vi en la calle, fuimos a un concierto de Vivaldi en una iglesia una noche, comimos alguna vez juntos en la pensión los días en los que Rudge no cocinaba, fueron de la TV italiana porque estaban rodando un documental sobre su cumpleaños (cumplió 82 el 30 de octubre). Al día siguiente yo empecé a hacerle preguntas muy específicas del tipo: «¿Dónde están los postes suaves como el jabón de san Vito? He estado mirando y son todos rugosos», y él empezó a contestar. Apunté todas las cosas que dijo, así que sumando todas las palabras de dos semanas y suprimiendo el contexto quedaría algo así: «¡No! ¡No! (cuando Rudge le preguntó si quería más calabacín)... Sí, cuando la fuente estaba llena, ahora la han cambiado, antes estaba así (a mi pregunta sobre «en la fuente a la derecha al entrar / se ven todas las bóvedas doradas de San Marco» en los *Cantos pisanos)*... Don Carlos el *farsante* («¿era esta la casa de Don Carlos?»)... Sí, pero mi propia obra no tiene sentido... Demasiado tarde (cuando le pregunté si quería hacer una lectura de sus poemas en Buffalo)... Bunting me dijo que había muy poca presentación y demasiada referencia... Un desastre... mi obra, estupidez e ignorancia de arriba abajo... la intención era mala, todo lo que he hecho ha sido por puro accidente, a pesar de mis perversas intenciones, la preocupación por asuntos bobos e irrelevantes... Te la doy (dame, Allen, su bendición, después de que yo se la pidiera)... pero el peor error de todos fueron mis estúpidos prejuicios urbanos antisemitas, aquello lo estropeó todo de principio a fin... Después de setenta años me di cuenta de que no es que estuviera loco, es que era imbécil... Tendría que haberlo hecho mejor... No (sonriendo) nunca me dijo eso (cuando le dije que W. C. Williams me había dicho que Pound tenía un oído místico)... *(Los Cantos)* no dicen nada... para mí es difícil escribir lo que sea... No leí suficiente poesía... *(Los Cantos)* no son más que parches y etiquetas... un desastre... mi depresión es mental, no psíquica... sería un ingenioso trabajo encontrar alguna influencia (suya sobre los poetas jóvenes tal y como se la describí citando alguno de tus poemas de memoria, Robert)... Williams estaba en contacto con los sentimientos humanos... Sabes mucho sobre el tema (después de que le explicara la situación con el LSD y la hierba y de que le preguntara si entendía todo aquello)... Peor, y vivo...» Esas son las dos semanas condensadas.

Me quedé por ahí hasta que me pareció que mi presencia se estaba haciendo cargante y luego me fui a los Estados Unidos – después de dar numerosas arengas concisas y precisas – la noche más agradable fue la de su cumpleaños, Olga R. me invitó para que fuera y cantara para él junto a la chimenea por la noche, solos, canté Prajnaparamita: «No hay Nirvana no hay camino no hay sabiduría y no hay logros porque no son posibles los logros», él estaba sentado tranquilo, en silencio, comió pastel, dio un sorbo al *champagne,* me dijo que no, que no había leído «Atlantis» de Crane (del que yo le recité allí mismo 20 versos de memoria), me firmó el panfleto del Canto 110 con un «para Alan Guinzberg dall'autore». (Me había dicho ya que no había leído nada de mi poesía, conocía la tuya o al menos reconoció rápidamente tu nombre y sabía quién eras – y también respondió muy rápido que sí con la cabeza, que había recibido *Briggflats* [de Basil Bunting].)

Olga Rudge comentó que extrañamente nadie le había invitado últimamente de los Estados Unidos, no estaba segura cuándo había sido la última vez que le habían convidado y creo que fue Laughlin quien intervino en aquel caso, u otra persona. Le pregunté si le parecía bien que yo hiciera alguna discreta sugerencia en Buffalo o en Berkeley. Creo que si se hiciera con ternura, sin demasiado escándalo, tal vez le podrían invitar a Buffalo (Rudge conoce las actividades de poesía que estás haciendo allí, en el centro) sobre todo para el festival. Me dijo que había una invitación para una ópera de Villon en Buffalo. Pero si va todo bien por allí, ¿crees que sería posible invitarle a que hiciera una breve lectura de poemas – algo que aún puede hacer y hace – (igual que todavía escribe)? Creo que irían. Sería maravilloso si funcionara. Les preocupa el asunto de que sea mucho jaleo (político y de otras clases) – quieren un viaje tranquilo y confortable con la privacidad / atención que necesita cualquier anciano – podría asistir a alguna cena tranquila con pocas personas, tal vez ir a algún concierto o alguna lectura, y hacer él mismo una lectura. Tiene mucha energía física. No sé cómo estarán de dinero. Tal vez podemos hacer una colecta entre todos y contribuir un poco. Básicamente lo que le he dicho (a Rudge) es que iba a preguntar y que haría lo posible por que la consulta no se convirtiera en un chismorreo. Tenía intención de escribirte antes. Le dije a Rudge que para él también sería fantástico viajar a SF y hacer quizá una lectura en Berkeley o en SF State. Si se puede hacer algo en Buffalo y Rudge y Pound están dispuestos, tal vez se podría contactar con Parkinson. No creo que fueran capaces de hacer mucho más en público, si es que llegan a eso. Rudge se encarga de él, de la comida, las cartas, las visitas, organiza los viajes, etc. Le puedes escribir a ella, de otro modo no quiere que circule su dirección.

¡OK! – ¡Bravo! ¡Hurra! Besos a Bobbie y ¿dónde está Olson? Dile *salve* de mi parte a John Wieners. Peter dice: «Dile muchas cosas buenas.»

Como siempre,
Allen

Me resulta extraño el tono de esta carta. He esperado mucho para escribir, la carta tenía que ser larga por necesidad y como no sabía cómo empezar a contar lo de Pound me he puesto a relatar otras cosas. Vi también a Pasolini, Antonioni, Quasimodo, Montale, Ungaretti y a todos los Feltrinellis, Mondadoris y Balistrinis y Nonos a la vista.

DE ALLEN GINSBERG [CHERRY VALLEY, NY] A GARY SNYDER [KIOTO, JAPÓN], 8 DE JULIO DE 1968

Querido Gary:

Me desalienta escribir porque tengo muchas cosas que contar, de modo que seré breve. He comprado (o estoy comprándome) una granja en el norte del estado de NY, un sitio aislado a unos 700 metros de altura cerca de Cooperstown rodeado de bosque estatal – son 70 acres y una vieja casa de 8 habitaciones por unos 9.000 $, aunque habría que invertir unos cuantos miles más para acondicionarla para el invierno. Peter y Julius han estado allí unos meses, Gregory Corso y su novia, Barbara Rubin tratando de ligar conmigo (¡Puaj!) («¡Uy!», quería decir) y una joven pareja de granjeros y directores de cine. Tenemos 3 cabras (ahora cabras lecheras) 1 vaca 1 caballo (marrón caoba, para disfrutar) 15 gallinas 3 patos 2 gansos 2 palomas de cola de abanico, un pequeño granero del tamaño apropiado, cerca vive un amistoso eremita que vive sin electricidad desde 1939 que nos enseña a arreglárnoslas y las cosas que tenemos que reparar. Es más un kibutz que una comuna, un lugar relajado, pero poco a poco lo estamos organizando, Julius tiene trabajo que hacer y habla, Peter casi ha dejado la metadona y está tranquilo. No hay electricidad, tenemos una bomba de mano, estamos cavando un pozo en nuestro bosque para tener agua corriente usando la fuerza de la gravedad. De un lado tenemos 15 acres de bosque, del otro los bosques estatales protegidos – pino roble y arce, etc. Tenemos montones de libros y de flores. No hay carne en nuestra mesa, pero comemos pescado. Es un comienzo. Construiremos también un lugar más sencillo más tarde o más temprano en California. Le hice una visita una noche a Tassajara.

La sociopolítica local (USA) es un tanto confusa. El *happening* hippie de Chicago fue un coñazo al final por las corrientes subterráneas de violencia (del estado de la Máscara Negra callejera, etc.), hacen que todas las manifestaciones a favor de la paz parezcan estúpidas. La organización hippie está en las manos incorrectas. Me gustaría salirme o tratar de redirigirla hacia una especie de proposición para una nueva nación, pero no tengo tiempo.

Corregí las pruebas de *Planet News Poems 61-67* para Ferlinghetti y los *Diarios Indios* de Haselwood para Auerhahn. Lo siguiente será un volumen de poesía completa y una recopilación de entrevistas / ensayos / manifiestos – está hecho todo el trabajo menos la edición.

¿¿¿Skandas Snyder??? Suena a noruego (Pobre l'il Skandas). Veamos, un nombre – pero veamos antes el cuerpo de la dicha. Otro chisme – estuve 3/4 de hora con Robert Kennedy discutiendo sobre marihuana, ecología, ácido, ciudades, etc. Un mes antes de que comenzara su campaña para la presidencia y muriera. Peter / la metadona es un gran problema kármico. Renuncié (me quedaba frito) al sexo con él para quitarle presión por si era por eso. Ha aligerado mucho nuestra relación.

Voy a viajar a México con mi hermano y 5 sobrinos y mi cuñada, 2 semanas y luego a SF de nuevo para encontrarme con mi padre y estar con él 2 semanas – luego lo más probable es que vuelva a la granja – tal vez vaya a la convención de Chicago y luego vuelva, me voy a encerrar unos meses.

Escribí un poema fantástico sobre que alguien me daba por culo repitiendo la frase «complacer al maestro» que me tenía un tanto avergonzado, pero al fin lo leí en una gran lectura de poemas en la Poesy Renaissance de SF y resultó ser, como es habitual, universal, qué importa un agujero o el otro, un sexo u otro. Es realmente asombroso cómo año tras año tropiezo con zonas de miedo o vergüenza y las catarsis de conciencia de la comunidad levantan el veto del sonrojo.

¿Cómo es la paternidad? ¿La niñez? Escribí a Kapleau y me envió su traducción del Prajnaparamita – lo canta con monosílabos en inglés, es uno de los *senseis* de Tassajara o *roshis* y un experto en sánscrito, podemos mirarlo con él la próxima vez que vengas. ¿Qué planes tienes? OK.

Con todo mi cariño, como siempre,
Allen

Me sigo perdiendo en ataques de ira y beligerancia mental, pero luego me voy a ordeñar las cabras.

DE ALLEN GINSBERG [BOULDER, CO] A DIANA TRILLING [NUEVA YORK, NY], 15 DE ENERO DE 1979

Querida Diana:

Peter me enseñó hace un mes la nota que le escribiste, ojalá te hubiese escrito antes de irme de NY pero estaba atado aquí dando unas clases sobre Blake (especialmente todo sobre *Vala, o los cuatro Zoas)* y solo ahora me estoy poniendo al día con el correo.

Lo que dibujé con el dedo sobre el polvo en el corredor del dormitorio de Livingstone para llamar la atención y obligarle a limpiar las ventanas a aquella dama irlandesa a la que despreciaba por ser tan ineficaz en su trabajo para permitir que se pudiera escribir en ellas fue lo que sigue:

BUTLER NO TIENE PELOTAS

[2 dibujos]

QUE LES FOLLEN A LOS JUDÍOS

La primera de las frases fue parafraseada por un «Barnard» local en una canción que decía «No tenía pelotas / No tenía pelotas / Ella se casó con un hombre sin pelotas». La segunda de ellas, a pesar de su inmadurez, estaba en el tono del humor universitario y en el que yo suponía que era el de la mujer que hacía la limpieza, como era irlandesa supuse que sería antisemita, tal vez por eso no quería limpiar mi cuarto. El dibujo era una polla y dos pelotas y también (a no ser que me falle la memoria solo en este detalle) una calavera.

No tendría que haberle dado mayor importancia al asunto, pero la señora de la limpieza al parecer se quedó conmocionada y relató aquellos horrores polvorientos a las autoridades en vez de limpiar la ventana para acabar con cualquier tipo de evidencia de mi evidente depravación.

Sucedió entonces que ese mismo fin de semana Jack Kerouac, quien había sido vetado de poner un pie en el campus por ser una «mala influencia» para sus amigos estudiantes (cita del decano McKnight), vino a verme después de una larga charla con Burroughs en la que le había prevenido de que si seguía colgado de la falda de su madre iba a acabar estrechando su destino en círculos cada vez más estrechos alrededor de su figura – ¡una profecía asombrosa y basada en los hechos que dejó atónito a Jack! De modo que se presentó en la habitación de mi dormitorio una noche de viernes, justo en el momento en que yo terminaba la pieza más enorme de mi juventud, «El último viaje», un poema basado tanto en el «Bateau Ivre» de Rimbaud como en «Le Voyage» de Baudelaire escrito en cuartetos yámbicos a imitación de las poesías de mi padre en el que me despedía de la «Sociedad».

Charlamos de la vida y del arte un buen rato hasta que se hizo de noche, y como también a él se le había hecho tarde para regresar a Ozone Park se metió en la cama conmigo, parece que castamente porque yo era totalmente virgen, demasiado tímido como para reconocer que amaba aquello que no me atrevía ni siquiera a nombrar, al menos así lo entendía yo entonces, en aquel campus, en aquella época y aquel lugar.

Llegó el día y con él llegó también un Secretario de relaciones entre estudiantes-profesores, un entrenador del departamento de atletismo y también del equipo de fútbol americano que Kerouac había abandonado para estudiar poesía (perdiendo así su beca de rugby yanqui) – ¿Fue Mr. Furnam? *[sic:* Furey] Primero golpeó furiosamente la puerta y luego la abrió, pues estaba sin pestillo, y entró en el recibidor, en la cama los dos adolescentes inocentemente adormilados. Kerouac abrió un ojo, vio a aquel entrenador enemigo por el cuarto, saltó de la cama a gatas y recorrió la habitación hasta la otra cama que había allí – (mi compañero de cuarto William Wort Lancaster Jr., hijo del Presidente del National City Bank, líder de la Amer-Soviet Friendship Society, cuya madre, que era también miembro de la Karen Horney Society, había pagado la terapia de su hijo adolescente durante años y tenía un tic espantoso en el ojo y la boca, el chico se había levantado temprano y se había ido a clase) – como ya he dicho, Kerouac se metió en la otra cama y se tapó con las sábanas dejándome solo y tembloroso con mis piernas delgadas y en calzoncillos frente a la ira del Ayudante del Secretario, que señaló enfadado hacia la ventana y preguntó: «¿Quién es el responsable? ¿Quién ha escrito eso?», «Yo», admití, y él insistió: «Límpialo inmediatamente.» Yo cogí una toalla y la manché limpiando la ventana que tanto la señora de la limpieza como el Ayudante del Secretario consideraban tan gravemente ofensiva. «El Secretario te querrá ver luego», y se marchó. Cuando bajé las escaleras una hora más tarde me encontré una factura de 2,75 $ para un invitado de una noche y una nota en la que me informaban de que se me requería en el despacho del Secretario una hora más tarde. Cuando entré en la oficina del Secretario McKnight me saludó diciendo: «Espero que se dé cuenta, señor Ginsberg, de la enormidad que acaba de hacer.»

Yo en realidad no había hecho gran cosa y siguiendo el consejo de Burroughs había estado leyendo el *Viaje al fin de la noche* de L.-F. Céline, donde en el segundo capítulo el héroe se ve de pronto a sí mismo en medio del campo de batalla en la Primera Guerra Mundial y cuando descubre que absolutamente todo el mundo menos él está loco y que se están disparando unos a otros de manera enloquecida en medio de un bosque marchito, decide salir de escena de inmediato.

«Oh, claro que sí, señor, si hay algo que pueda hacer para arreglarlo...» Aquella parecía ser la mejor táctica. «Espero que se dé cuenta, señor Ginsberg, de la enormidad que acaba de hacer.»

Diana, cuando la historia llegó a ti y Lionel no tengo ni idea de a qué sonaba pero reconozco que el único diablo que permaneció para siempre en el recuerdo de los profesores fue lo de «Que les follen a los judíos» como si en una especie de espantosa automutilación psicológica ese pobre y sensible estudiante enmadrado estuviera interiorizando los sufrimientos producidos por el rechazo que suponía que debía de ser acostarse con él en una sociedad autoritaria o en una clase que quedaba más allá de su inocente comprensión, etc. No estoy seguro de qué sistema psicológico se trazó para «comprender» el caso. Sea como sea no quedaría (eso esperaba yo) ninguna evidencia de él después de que el polvo y el chisme se hubieran perdido en el olvido, nada más que aquel singular y «epatante» o «viejo» eslogan de «Que les follen a los judíos» que parecía ser lo único que se recordaba de la historia completa cuando, una década y media más tarde, tú lo recordaste en «La otra noche en Columbia».

Más o menos en ese momento, después de tu ensayo, te escribí, o escribí a Lionel o a los dos, una extensa carta por telegrama, creo que desde San Francisco, explicando en detalle, como acabo de hacerlo ahora mismo, el contenido completo de lo que se escribió en la ventana, y el contexto, pidiendo un poco de humor y de sentido común, al mismo tiempo que precisión, y esperando también quitarte un peso tanto a ti como a él de la ansiedad que parecía que habíais sentido por la pobre relación que tenía yo con la herencia de mi «Ego».

Me decepcionó un poco recibir en 1959 una respuesta de Lionel en la que me decía que tú también habías leído mi carta, y la habías comprendido, pero que yo estaba haciendo una montaña de un grano de arena, que aquello tampoco era un asunto tan serio y que tampoco tenía mucha importancia lo que escribiera en aquella ventana. Me decepcionó porque pensé en lo mucho que habías considerado la frase «Que le follen a los judíos» fuera del contexto de «Butler no tiene pelotas» etc.; y me hizo sentirme estúpido por habérmelo tomado tan en serio como para corregirte y escribirte una carta sobre el asunto. ¿Pensabas tú que era importante y él no lo pensaba? ¿Pensaba yo que era importante y tú no lo pensabas? Nunca lo conseguí saber del todo, pero en cualquier caso escribí la historia con detalle, te envié el relato e hice cuanto estaba en mi mano por ser razonable. A pesar de todo, y década tras década, todos los listillos de Columbia que se leen tu ensayo me preguntan: «¿Es verdad eso de que escribió "Que les follen a los judíos" y le echaron de Columbia?» «Oh, sí», respondo yo, «pero verá, en realidad fue..., etc.» Es más, he llegado a exponer tanto en prensa académica como en medios públicos y privados el Relato Completo y Sin Expurgar de la Violación de la Ventana... pero sobre todo a Lionel y a ti allá por 1959 tal y como lo he descrito, de modo que si tienes acceso a las cartas que te envié entonces es posible que la localices, y la respuesta de Lionel está a tu disposición en el 801 de la Colección Especial de Butler, donde tan amablemente me ayudó a ordenar mis papeles para el archivo.

Por eso fue un pequeño sobresalto ver la nota que habías escrito a Peter en la que decías «porque había escrito en el polvo de una ventana de uno de los corredores "Nicholas Butler no tiene pelotas" pero eso no fue para nada lo que escribió Allen. Estoy segura de que debe recordar que escribió: "Que les follen a los judíos".»

He escrito estas tres páginas para hacerte un relato detallado y preciso de lo sucedido, igual que escribí las mismas dos páginas hace una década o más, sí, dos décadas, sobre un episodio que lleva 3 decenios y 1/2 bajo tierra. Espero liberarte así del miedo que sientes de que durante estas décadas haya estado alimentando algún tipo de terrible neurosis sobre mi ser judío, un secreto mucho más vergonzoso para ser recordado que la abierta y alegre recopilación de la tragedia familiar más «terrible» que se relata en el poema de «Kaddish». ¿Has visto? No había necesidad de que te preocuparas, he estado bien todo este tiempo.

Mientras tanto, como en el preciso Texto de la Ventana Borrada ya ha quedado fijado para la Academia (en realidad me desanimaba que tu académico marido no pareciera reconocer que eso era lo que estaba haciendo, formalmente, en la carta de 1959, y también en esta), me he tomado la libertad recientemente, cuando surge el tema entre los académicos, de hacer énfasis en lo de «Butler no tiene pelotas» como una frase que tenía el mismo peso, y de hecho, en una rara ocasión, hasta dije que era más importante que «Que les follen a los judíos».

Pensé que ya que solo una mitad de mis impertinentes observaciones había sido tan exclusivamente enfatizada en el pasado, podía al menos una vez, en mi canosa vejez, tomarme la libertad de hacer hincapié en la otra mitad de aquel texto perfectamente trivial que ha conseguido, en gran medida gracias a tu trabajo, la inmortalidad. No hay duda de que los académicos del futuro sabrán leer entre líneas esta última humorada universitaria.

No es ni a tu información ni a tus opiniones a las que estoy respondiendo, corrigiendo o retando aquí: a lo que apunto tiene décadas de antigüedad, y es a esa actitud vanidosa enmascarada de responsabilidad moral, a esa incapacidad para entender los episodios sencillos de una manera frontal sin disfrazarlos de una sinceridad superior.

«No golpees en el corazón», afirma el dicho budista. Es cierto. Buenas noches. Te he escrito una carta muy muy larga, no creo en la perdición eterna, tú, pobre muchacha, me temo que sí... no es tan importante tener razón.

Tuyo siempre,
Allen Ginsberg

Séptima parte

Fotografías

«Retrato panorámico tomado por W. S. Burroughs, con una Kodak Retina en 1953, en la azotea de mi apartamento en la 7th East Street, cuando editábamos *Las cartas de la ayahuasca.*»*

* Todas las leyendas son del autor.

«Jack Kerouac con el libro de instrucciones del guardafrenos ferroviario en el bolsillo, aireando los cojines del sofá en la escalera de incendios con vistas al sur ignorando los tendederos que había en el patio tres plantas más arriba en mi apartamento del número 206 de la East 7th Street entre las avenidas B y C en el Lower East Side de Manhattan. Había terminado ya *En la carretera, Visiones de Cody* y *Dr. Sax* y había empezado el *Libro de los sueños* y *Pic,* estaba en mitad de *Los subterráneos* con "Mardou Fox", terminó la novela el mismo año que su novela *Maggie Cassady.* Burroughs estaba en la casa editando los manuscritos de *Las cartas de la ayahuasca* y *Queer,* Gregory Corso hizo una visita esa temporada, seguramente en septiembre de 1953.»

«Fuimos a la parte alta de la ciudad para ver los códices mayas del Museo de Historia Natural & al Museo Metropolitano de Arte para ver el retrato de Cristo con la tez verdusca y las espinas clavadas simétricamente sobre la calavera que pintó Carlo Crivelli – aquí se ve a William Burroughs en el ala egipcia junto a su hermana la esfinge, otoño de 1953, Manhattan.»

«Kerouac en el muelle del que salía el ferry de Staten Island, Nueva York, en otoño de 1953. Solíamos vagabundear por aparcamientos de camiones que estaban cerca del muelle y bajo el puente de Brooklyn cantando sencillos blues y recitando a gritos los versos del "Atlantis" de Hart Crane al tráfico que pasaba sobre nosotros. En la época del *Dr. Sax* & *Los subterráneos.*»

«Neal Cassady y su amor de aquel año, Natalie Jackson, conscientes del papel que estaban jugando para la eternidad, en el mercado callejero de San Francisco. Cassady se había convertido en el modelo para Dean Moriarty, el héroe de la saga de *En la carretera* que escribió Kerouac a finales de los cuarenta, y más tarde, en 1960, siguió la estela de la era psicodélica de Ken Kesey en el autobús *Further*. Su obsesión americana e iluminada por los coches y la energía erótica ya había escrito su nombre en letras doradas en nuestra imaginación literaria antes de que el cine tratara de imitar su encanto. Por eso nos detuvimos debajo de la marquesina, para fijar el paso del tiempo en el reloj, 1955.»

«El número 1010 de la Calle Montgomery en San Francisco. Mi cuarto de estar en la Eternidad 1955. El lugar en el que escribí la primera parte de "Aullido". Las acuarelas de Robert LaVigne, Bach y el reloj. La manta ajedrezada tapaba la ventana al callejón.»

«El poeta Gregory Corso comiéndose unas uvas en el ático de París situado en el número 9 de la Rue Gît-le-Coeur, 1957.»

«Peter Orlovsky con las piernas cruzadas y un atractivo y misterioso peinado, William Burroughs pensativo, con un sombrero para protegerse del sol mediterráneo y una cámara, Allen Ginsberg con pantalones blancos muy serio, Alan Ansen resuelto y de visita desde Venecia para ayudar a pasar a máquina las piezas del pos-*El almuerzo desnudo,* Gregory Corso con gafas y minoxidil, Ian Sommerville, asistente de sonido, collages electrónicos y estroboscopio, trabajaba en aquella época con Bill B. y Brion Gysin haciendo experimentos con ritmos alfa y una máquina de sueños, Paul Bowles entrecerrando los ojos bajo la brillante luz del mediodía sentado en el suelo, todos reunidos en la terraza de la habitación individual de Bill, mi Kodak Retina estaba en las manos de Michael Portman, en el viejo jardín de Villa Muneria, Tánger, Marruecos, en julio de 1961.»

«Desde la azotea de la casa del brahmán al que le habíamos alquilado una habitación en la tercera planta durante seis meses, entre diciembre y mayo de 1963, se podían ver los tejados antiguos de los templos mandir y la otra orilla del río Ganges. Nuestras terrazas daban a un mercado de verduras por un lado y por el otro a la pavimentada carretera sagrada a Dashashwamedh Ghat, unas escalinatas habilitadas para el baño de los mendigos los peregrinos los *sadhus* y las vacas que pasaban por allí; los monos nos hacían visitas y nos quitaban los plátanos de las manos, mi Retina estaba en manos de Peter Orlovsky, Benarés, la India, primavera de 1963.»

«El primer encuentro entre Timothy Leary, investigador y pionero lisérgico, y Neal Cassady en Millbrook, NY, en el autobús *Further* de los Alegres Bromistas de Ken Kesey, un vehículo que Neal había conducido a lo largo de todo el país, desde SF hasta NY a través de Texas, con un logo pintado en el flanco que decía: "Un voto para Goldwater es un voto para la diversión"; en la nevera había una jarra con LSD. Neal se está rascando el picor de las anfetaminas en sus manos de conductor.»

«Lawrence Ferlinghetti en su despacho con Pooch, una foto de Whitman, archivadores, percheros, bolsas de libros, pósteres en la terraza de la planta de arriba de City Lights, entre las avenidas Broadway y Columbus, San Francisco, octubre de 1984.»

«Anne Waldman, oradora, poeta y directora de la escuela de poesía del Instituto de Naropa, sentada frente a la mesa de Jane Faigao, el 15 de agosto de 1985. Bajo su muñeca el libro de Robert Frank *Los americanos.*»

«Peter Orlovsky, nacido en 1933, en una visita a su familia – Lafcadio, de 47 años, vivió con nosotros en San Francisco-NY desde 1955 hasta 1961 y más tarde en años intermitentes; Katherine Orlovsky, de 78 años, completamente sorda tras una operación del nervio mastoideo en el Eye Ear Hospital NY alrededor de 1930; la hermana melliza de Laff, Marie, que vivió en nuestro apartamento del Lower East Side en 1959 y trabajó en la escuela de matronas en Jersey pero dejó el trabajo poco después, por el enfado que le produjeron unos sucios chismes. Segunda planta de un edificio de una solitaria carretera de Long Island, tenían que coger un taxi para ir al supermercado y pagaban con los talones de las indemnizaciones de la Seguridad Social, 26 de julio, 1987.»

«William Seward Burroughs descansando en un viejo sofá de gomaespuma y plástico en el jardín de su casa, mirando el cielo a través de las copas de los árboles, Lawrence, Kansas, 28 de mayo de 1991.»

«Veterano y superviviente Herbert E. Huncke, pionero literario beat, ladrón en décadas anteriores, la persona que nos presentó a William Burroughs, a Kerouac y a mí a toda la población flotante de estafadores y drogadictos de Times Square en 1945. Desde el 48 realizó una reseñable serie de viñetas autobiográficas, anécdotas y relatos que publicó en el clásico *The Evening Sun Turned Crimson* (Cherry Valley, 1970) y más tarde en un segundo volumen, *Guilty of Everything* (Paragon House, 1990). En la imagen tiene 78 años y está en el patio trasero de un apartamento, en el sótano cerca de la avenida D en la East 7th Street, en el Lower East Side, Nueva York, 18 de mayo de 1993.»

«Autorretrato en mi 70 cumpleaños con un sombrero Borsalino una bufanda de seda de cachemira de Milán y una chaqueta a prueba de espinas de *tweed* de Dublín, una corbata Oleg Cassini del Goodwill y una camisa del mismo establecimiento, junto a la ventana de la cocina a mediodía. Estuve en casa trabajando en las pruebas de *Selected Poems 1947-1995* después de regresar del Walker Art Center de una lectura de fin de semana durante una exposición sobre los beat. Lunes, 3 de junio de 1996, NY»

AGRADECIMIENTOS

Hubo mucha gente que ayudó a Allen Ginsberg en la publicación de sus libros. Los esfuerzos de todas esas personas merecen gratitud, pero hay algunas a las que debería hacerse una mención especial porque tampoco este libro habría sido posible si no hubiese sido por ellas.

Lawrence Ferlinghetti, amigo de Ginsberg, compañero poeta y editor, publicó el primer libro de Ginsberg, *Aullido y otros poemas,* en la serie «Pocket Poets» de la editorial City Lights, inaugurando así una relación que duró muchos años, abarcó muchos libros y contribuyó a cambiar el panorama de la poesía moderna.

Gordon Ball, director de cine, educador y gerente de la granja de East Hill de Ginsberg, editó dos volúmenes de los diarios de Ginsberg *(Journals Early Fifties Early Sixties* y *Journals Mid Fifties)* y también una recopilación de sus conferencias *(Allen Verbatim)*.

David Carter, autor del relato definitivo en forma de libro de los altercados de Stonewall, quien se atrevió a sumergirse en el océano de entrevistas a Ginsberg, tanto publicadas como inéditas, antes de editar *Spontaneous Mind,* un libro que demuestra que el género de la entrevista puede ser, en las manos apropiadas, todo un género artístico.

Juanita Lieberman-Plimpton, quien no solo trabajó como su asistente privada ayudando a Ginsberg a mantener un orden relativo en el caos del día a día de sus obligaciones profesionales, sino que también se hizo cargo de la delicada tarea de coeditar *The Book of Martyrdom and Artifice,* un volumen de los diarios de juventud de Ginsberg que ofrece a los académicos un sólido punto de partida para comprender el desarrollo artístico y personal del poeta.

David Stanford, coeditor de *Jack Kerouac and Allen Ginsberg: The Letters,* quien continuó el trabajo del difunto Jason Shinder, cuya entrega al proyecto fue infatigable, incluso cuando se hacía muy arduo continuar.

Steven Taylor, músico acompañante en muchos de los recitales de Ginsberg, quien fue determinante en el desarrollo del poeta como compositor. La mayor parte de sus colaboraciones están recogidas en las grabaciones *First Blues* y *Holly Soul Jelly Roll.* Barry Miles, biógrafo de Ginsberg y académico especializado en la Generación Beat, hizo una visita a Ginsberg en la granja de Cherry Valley y le animó en sus primeras aventuras de componer música grabando sus iniciales intentos de acompañamiento a algunos trabajos de William Blake.

Raymond Foye examinó miles de fotografías tomadas por Ginsberg y llegó a positivar muchas de ellas de películas que ni siquiera habían sido reveladas. Foye se tomó el trabajo ímprobo de hacer hojas de contactos, revisar todas las imágenes con el propio Ginsberg, seleccionar las mejores y positivarlas profesionalmente en tamaños adecuados para que se exhibieran en museos y galerías de todo el mundo.

Terry Karten y el equipo de HarperCollins llevan trabajando en proyectos relacionados con la obra de Ginsberg desde la publicación de *Collected Poems 1947-1980.* Andrew Wylie ha sido el agente literario de Ginsberg desde hace más de tres décadas y la Wylie Agency sigue supervisando la publicación de sus libros mucho tiempo después de la muerte del poeta. Durante los últimos años, Jeff Posternak y su ayudante Jessica Henderson se han encargado de esas obligaciones, entre las que se incluye la edición ampliada de *Collected Poems 1947-1997.* Resulta inestimable el trabajo realizado por Luke Ingram y Davara Bennet de la Wylie Agency de Londres en las ediciones extranjeras de la obra de Ginsberg.

Bill Morgan, amigo de Ginsberg, biógrafo, archivero y bibliógrafo, editó tres volúmenes de cartas de Ginsberg *(The Letters of Allen Ginsberg, The Selected Letters of Allen Ginsberg and Gary Snyder* y *Jack Kerouac and Allen Ginsberg: The Letters),* coeditó también un volumen de sus diarios *(The Book of Martyrdom and*

Artifice) y un libro de poemas *(Death & Fame)*. Como asesor, el trabajo de Morgan a la hora de editar y ayudar a otros a elaborar trabajos de y sobre Ginsberg es de un valor incalculable.

Bob Rosenthal, poeta y profesor, quien estuvo trabajando como asistente de Ginsberg durante más de treinta años y fue testigo de todo el espectro del poeta, desde lo más mundano hasta lo más extraordinario, desde lo memorable hasta lo olvidable, desde lo enloquecedor hasta lo hilarante, que hizo siempre con una admirable paciencia y cariño. Fue coeditor de *Death & Fame* y también ayudante, mediador y defensor de otros muchos proyectos de Ginsberg.

Peter Hale, coeditor de *Death & Fame,* es el custodio hábil y dispuesto del fondo de Allen Ginsberg y también de la página oficial de Allen Ginsberg en la web (allenginsberg.org), y mantiene viva la llama para toda una nueva generación de lectores dispuestos a explorar la obra de este artista del siglo XX.

Mi más profundo agradecimiento a todos ellos.

MICHAEL SCHUMACHER,
1 de mayo de 2014

ÍNDICE

* Previamente inéditos.